Matthias J. Diaz

Die Zuflucht der Schatten

Der zweite Band von

Das Licht und die Wildnis

Impressum

Umschlaggestaltung, Illustration: Hans Binder Knott
Korrektorat: Doris Eichhorn-Zeller
Karte: Tania Gomes
Foto: Isabel Dahlke
ISBN Taschenbuch: 9781980224365

Für alle, die den ersten Band unterstützt und den zweiten möglich gemacht haben.

Inhalt

Kapitel 1 – Verloren 6

Kapitel 2 – Legenden 35

Kapitel 3 – Waldschrat 54

Kapitel 4 – Wanderung 78

Kapitel 5 – Infiltration 103

Kapitel 6 – Versenkung 127

Kapitel 7 – Fremde 154

Kapitel 8 – Versteck 172

Kapitel 9 – Untersuchung 196

Kapitel 10 – Substanz 217

Kapitel 11 – Begegnung 243

Kapitel 12 – Klippen 263

Kapitel 13 – Schützenhilfe 292

Kapitel 14 – Dummheit 314

Kapitel 15 – Streichelzoo 341

Kapitel 16 – Dampf 363

Kapitel 17 – Handel 387

Kapitel 18 – Salau 420

Anhang 457

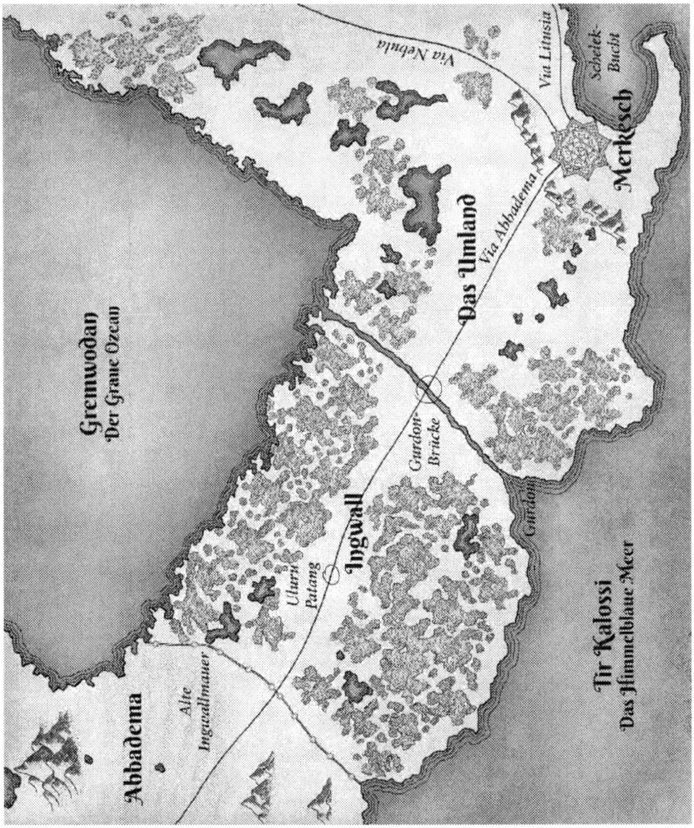

Ein Personenverzeichnis und ergänzende Erläuterungen befinden sich im Anhang auf den letzten Seiten.

Kapitel 1 – Verloren

Er hatte nicht bemerkt, dass er eingeschlafen war. Die Sonne aber, die rot durch die Ränder seiner Augenlider schien und mit ihren Strahlen seinen Rücken wärmte, war ein deutliches Indiz dafür, dass eine Nacht vergangen war. „Hrmpf." Vorsichtig begann er, sich zu rühren. Eine Gruppe von Vögeln, die es sich neben und möglicherweise auch auf ihm gemütlich gemacht hatte, stob flatternd empor. Es roch nach Bäumen, Moos und Feuchtigkeit. Gräser stachen ihm in die Nase. Er blinzelte und sah noch mehr grüne Halme. Eindeutig ein Fall von Schönheit der Natur. Offensichtlich lag er mit dem Gesicht nach unten in einer Wiese.

Einen Moment lang überlegte er, einfach so liegen zu bleiben. Alles deutete darauf hin, dass er noch am Leben war. In Anbetracht der Umstände konnte man das Ganze wohl als einen kleinen Sieg, zumindest aber als einen gelungenen Start in den Tag bezeichnen. Es bestand kein Grund dazu, sich den Übeln dieser Welt früher als nötig auszusetzen, die auf der anderen Seite der Lider unweigerlich wieder auf ihn warteten.

„Ah!" Etwas zwickte ihn in die Wade und ließ ihn auffahren. Er rollte sich auf die Seite und richtete sich halb auf.

Eine Gruppe von Ziegen mit glänzenden braunen und goldenen Fellen trabte blökend über eine kleine Lichtung davon. Die Tiere bemühten sich, den Eindruck zu erwecken, als hätten sie nicht eben noch vorgehabt, ihn zu verspeisen. Einige waren so schamlos, am Rand der Wiese umzukehren und herumzulungern. Womöglich hofften sie darauf, dass es sich um einen Irrtum seinerseits handelte und er sich jeden Moment wieder daran erinnern würde, dass er eigentlich tot war.

„Verschwindet!" Die Tiere schnaubten und machten sich enttäuscht über einige Grasbüschel her.

Verdammter Ingwall. Nicht einmal auf die Einhaltung der Nahrungskette war hier draußen Verlass. Er wischte sich Schlaf und Grashalme aus den Augen. Nein, es konnte kein Zweifel daran bestehen, dass er noch am Leben war. Falls es so etwas wie ein Jenseits gab, so würde es ihn kaum mit Blumenwiesen und Sonnenschein willkommen heißen. Flammengruben und Säurebecken waren eine wahrscheinlichere Art der Begrüßung. Es sei denn natürlich, den Erhabenen war ein Fehler unterlaufen. Vielleicht hatten sie ihn ja aus Versehen auf die *andere* Seite geschickt. Diejenige, auf die sich die Gerechten freuen durften, die es auf unerklärliche Weise geschafft hatten, ein anständiges Leben zu führen.

Er sah sich um. Gar nicht einmal so übel, dieser Ingwall. Nicht so schlimm, wie er erwartet hatte. Ein leichter Wind wiegte die Kronen der Bäume am Lichtungsrand. Bienen umkreisten summend Bündel von Gräsern und Feldblumen. Kräuter ragten ringsum aus dem Gras hervor und erfüllten die Luft mit einem angenehm würzigen Geruch. Er hob den Blick. Der Umriss des Mondes Halle war hier draußen selbst bei Tageslicht, am hellblauen, wolkenlosen Himmel zu erkennen.

Das hier war es also: jenes finstere Land, vor dem sie ihn die ganze Zeit über gewarnt hatten. Beinahe musste man sich kneifen, um sicherzugehen... „Argh!“ Er betrachtete seine Arme. Nein, er musste sich nicht kneifen, um sich zu überzeugen, dass er nicht noch immer träumte. Seine Nervenenden übernahmen die Aufgabe bereits von ganz alleine.

Er stöhnte. Der Palter vom Vorabend hatte ihn schön zugerichtet. Rote und purpurne Kratzer bedeckten seine Haut. Einige davon hatten, wie es schien, die oberste Schicht durchdrungen und bedurften zweifellos der Aufmerksamkeit eines fachkundigen Heilers.

Kein Grund zur Sorge. Mit Sicherheit trieben sich in dieser Wildnis Ärzte und Sanitäter in rauen Mengen herum.

„Ha!“ Bestimmt würde der Arm abfaulen. Er hatte es gewusst. Der Tag würde schrecklich werden. Er hätte niemals aufstehen sollen.

Vorsichtig betastete er sein Gesicht. Sofort beschloss er, wieder damit aufzuhören. Auch auf seiner Stirn und seinen Wangen hatte die wilde Flucht vom Vortag ihre Spuren hinterlassen. Wenigstens schienen sich alle Körperteile noch an ihren angestammten Plätzen zu befinden. Er schüttelte versuchsweise die Beine. Einige langbeinige Spinnen, die auf seinem Gewand ein Sonnenbad genommen hatten, staksten verärgert davon. Offenbar hatte das ganze Land seine Bewusstlosigkeit als eine Art Einladung angesehen, es sich auf ihm gemütlich zu machen. Es kam schon einem Wunder gleich, dass er seine Kopfhaut betasten konnte, ohne dass Wieselbanden aus seinen Haaren fielen. Hätte er noch länger geschlafen, wäre er vermutlich unter einem fertigen Termitenbau aufgewacht.

Nur langsam kehrte die Erinnerung zu ihm zurück, Bruchstücke der Ereignisse des Vorabends. Ein Stöhnen entfuhr ihm. Übelkeit begann, sich in ihm zu regen. Mit Mühe gelang es ihm, das Gefühl niederkämpfen. Das Vergessen konnte auch ein Segen sein. Möglicherweise hatte sein Körper ihn deshalb für einige Stunden ausgeschaltet. Sein Gehirn versuchte offenkundig, ihm die Sache schonend beizubringen.

Er betrachtete die braunen Krusten auf seinen Händen. Herwans Blut. Wolskins Blut. Sein eigenes. Zu dumm. Nichts davon war ein Traum gewesen.

Rabacus. Der verdammte General hatte recht behalten. Eine Ernte von Blut war eingefahren worden. Nur mit Sicherheit nicht in einer Weise, die der Mann erwartet hatte.

Er schnaufte bitter. War bis hierher überhaupt irgendetwas nach Plan verlaufen? Nun, *dieser* Abschnitt war schon einmal geschafft, oder nicht? Er war in Ingwall, wie geplant. Lebend entkommen, wie vorgesehen. Hatte seinen einzigen Führer aufgeschlitzt wie einen ... „Verdammt, verdammt, verdammt!“ Er trat nach einer Erdkante und schoss sie ein kurzes Stück weit über die Wiese.

Wunderbare Aussichten waren das. Allein in der Wildnis. Alle Verbündeten zum Feind. Ohne Wasser und ohne Nahrung. So viel zu dem verdammten Plan!

Ruhig bleiben, meldeten sich die hartnäckigen Überreste seines Verstandes. Das Wichtigste zuerst. All die Dienstjahre mussten doch zu irgendetwas gut gewesen sein. Also. Womit fangen wir an?

„Wasser“, gab er krächzend selbst die Antwort. Wasser war das Wichtigste. Er war am Verdursten. Außerdem musste er das verdammte Blut von seinen Händen waschen. Das Land war grün und voller Leben. Irgendwo hier draußen musste es doch ein Gewässer geben. Irgendeinen Tümpel oder Bach. Irgendetwas, woran die Tiere ihren Durst stillen konnten, wenn gerade einmal keine knackigen Hauptmänner herumlagen.

Er schlug nach einer Mücke. Wahrscheinlich konnte er noch froh sein. Ziegen gehörten in diesen Ländern mit Sicherheit zu den harmloseren Besuchern. Die Götter mochten wissen, was sonst noch hier herumkroch. Möglicherweise hatten nicht einmal sie von jedem letzten Wesen eine Ahnung.

Unwohl ließ er den Blick über den Waldrand wandern. Zwischen den Stämmen ragten Farnblätter und die Ausläufer von Gebüschen aus den Schatten. Auf den ersten Blick unterschied sich der Bewuchs nicht von dem irgendwelcher anderer Länder, die er im Laufe seines Dienstes zu Gesicht bekommen hatte. Dennoch war es ratsam, vorsichtig zu sein. Manche Kreaturen waren äußerst gut darin ...

Der Hund, fiel es ihm wieder ein. Der verdammte Hund gehörte ebenfalls zu den Wesen, die sich darauf verstanden, unsichtbar zu bleiben. Das Vieh war wieder da gewesen. Gestern, als die Darmukta ihn fast erledigt hätten. Nur der Töle war es zu verdanken, dass er an diesem Morgen überhaupt noch lebte. Sie war ihnen also wirklich gefolgt. Wie Wolskin es erwartet hatte. Aus Merkeschs Kerkern und den ganzen Weg hierher.

Er rieb sich über die Schläfe. Die Sache mit dem Fell. Die blauen Blitze. Was zum Henker hatte es auf sich mit diesem Biest? Und warum war es nicht schon früher aufgetaucht? Warum hatte es zugelassen, dass er seinen Hüter aus der Zelle ...

Mit einem Kopfschütteln vertrieb er den Gedanken an den schlimmsten Teil des zurückliegenden Abends. Die lebhafte Erinnerung daran würde sich sicher noch des Öfteren melden. Nachts. Zu ihrer eigenen Zeit. Es war lange her, seit er jemanden hatte töten müssen. Noch länger seit dem letzten Fall in einer solchen Art und Weise.

Der Hund, ermahnte er sich. Der Hund war ein Verbündeter, vielleicht der einzige hier draußen. Wo aber befand sich das verdammte Biest? Versuchsweise stieß er einen leisen Pfiff durch die Zähne aus. „Hierher, Junge!“, rief er halblaut. Schlimmeres als der Hund mochte sich zwischen diesen Stämmen herumtreiben. Er hatte nicht vor, die Aufmerksamkeit unerwünschter Besucher zu erwecken.

Er wartete einige Augenblicke. Nichts geschah. Nichts rührte sich in den Schatten zwischen den Bäumen. „Komm! Guter Junge. Hier!“ Er schnalzte mit der Zunge. „Wer ist ein guter Junge?“ Die Ziegen am anderen Ende der Wiese hoben die Köpfe und musterten ihn schmatzend. Keine von ihnen trat vor, um Anspruch auf den Titel zu erheben.

„Hierher, Streuner“, versuchte er es erneut. „Papa hat etwas für dich!“ So viel Lüge war erlaubt. Hunde durfte man belügen. Auf der Liste seiner Verfehlungen stand das Belügen von Tieren irgendwo sehr weit unten.

Da! Etwas raschelte tatsächlich in den Büschen am Waldesrand. Einige Farnblätter erzitterten. Dann war die Bewegung vorüber.

„Streuner?“ Er kniff die Augen zusammen und versuchte, in den Schatten etwas zu erkennen. Nichts wies mehr darauf hin, dass dort noch vor wenigen Momenten etwas vorübergestrichen war.

Er stieß einen weiteren, zaghaften Pfiff aus. Das Geräusch war noch verhaltener als zuvor und endete in einem Fragezeichen. Er war sich nicht einmal mehr sicher, ob er gehört werden wollte. Er mochte keine Wesen, die auf eine solche Art herumschlichen. Wer herumschlich, hatte etwas zu verbergen. Hunde beispielsweise schlichen äußerst selten, es sei denn, sie führten etwas im Schilde. Bösartige Wesen, von denen man keinesfalls Besuch bekommen wollte, schlichen hingegen ausgiebig und gerne.

Er blickte sich nach etwas um, das sich als Waffe benutzen ließ. Er fand einen Stock, etwas faulig schon, der in einigen Schritt Entfernung im Gras lag. Ohne den Waldessaum aus den Augen zu lassen, ging er in die Knie und hob ihn auf. Das Teil war etwas länger als ein ausgestreckter Arm und angenehm schwer. „Huh! Und huh!“ Versuchsweise unternahm er einige Streiche durch die Luft. Gut so. Gar nicht einmal schlecht.

Er hielt inne.

Etwas beobachtete ihn.

Ein Paar gelber Augen war zwischen den Zweigen einiger Büsche aufgetaucht. Vielleicht verharrten sie dort auch schon eine ganze Weile.

Er schluckte. Gelb war nicht die Farbe, die er suchte. Gelb war eine schlechte Farbe.

„Guter Hund", brachte er krächzend hervor. „Braves Hündchen!"

Struppiges Fell und eine lange Schnauze zeigten sich zwischen den Blättern, gar nicht unähnlich denen eines Hundes. Vielleicht wurde aus diesem Wesen tatsächlich eines Tages einmal ein Hund. Vielleicht in ein-, zweihundert Generationen. Vermutlich aber eher nie.

Langsam hob er seine Waffe. Er hielt den Stock ausgestreckt vor sich und tat einen vorsichtigen Schritt zurück.

Der Blick des Wolfes folgte ihm.

„So ganz allein hier draußen, Wolf?" Wohl kaum. Argwöhnisch suchte er den Waldrand nach weiteren Augenpaaren ab. Wölfe jagten nicht alleine. Auf jeden, den man sehen konnte, kamen drei oder vier weitere, die einen unbemerkt umzingelten.

„Hm? Wo sind deine Freunde?" Vielleicht half es, mit dem Tier zu reden. Vielleicht hatte es bloß übersehen, dass er keine unbedarfte Ziege war, die sich so einfach verschlingen ließ. Die echten Ziegen, das musste man den Biestern lassen, hatten es derweil geschafft, sich klammheimlich zu verdrücken.

Er sah sich um. Irgendetwas musste es geben, was er unternehmen konnte. Irgendetwas, um zu verhindern, dass der Feind ihn einschloss. War nicht der Mensch dem Wolf an Gerissenheit bei Weitem überlegen?

Denk nach! Konnten Wölfe klettern? Besser oder schlechter als alte Hauptmänner? Nein. Irgendein anderer Einfall musste her. Er ließ den Blick über den Waldrand schweifen. Eine Fluchtrichtung sah so gut oder schlecht aus wie die andere. Aus einem Instinkt heraus entschied er sich für ein Gebüsch hinter seinem Rücken.

Die Spitze seiner Waffe blieb auf den Wolf gerichtet, während er sich langsam in Bewegung setzte. Wusste der Räuber überhaupt, dass dieser Stock ein Zauberstab war, mit der Macht, wilde Tiere allein mittels Willenskraft auf Distanz zu halten? Er tat jedenfalls sein Bestes, eben diese Drohung mit jeder Faser seines Körpers zu unterstreichen.

Der Wolf bewegte den Kopf und folgte ihm lediglich mit seinen Blicken. Das Tier sah nicht einmal hungrig aus, eigentlich sogar recht wohlgenährt. Eine Schläue sprach aus diesen Augen, die ungerecht erschien anhand der Tatsache, dass die Natur dem Wesen bereits bei der Verteilung von Zähnen und Kiefern eine Vorzugsbehandlung hatte zukommen lassen. Einem Wolf wie diesem war das Schlimmste zuzutrauen. Ein Wolf wie dieser war womöglich allein zum Vergnügen auf der Jagd.

Noch immer tapste er geduckt zurück zum Lichtungsrand. Er konnte spüren, wie das Herz in seiner Brust heftiger schlug und sich kleine Härchen auf seinen Armen aufstellten. Jetzt nur nicht losrennen oder stolpern. Bloß keine Furcht zeigen. Raubtiere liebten es, wenn man losrannte oder Angst bekam.

Er entschied sich für eine Art selbstsicheres Schleichen. Ein Wolf war nur ein Wolf. Vielleicht nahm ihm das Biest ja sogar ab, dass der morsche Knüppel in seinen Händen eine Furcht erregende Waffe war. Für den Moment jedenfalls schien die List zu funktionieren. Das Tier hatte sich noch immer nicht gerührt. Es schien noch unschlüssig, wie mit der seltsamen

Art von Beute zu verfahren war, die es an diesem Morgen aufgestöbert hatte. Möglicherweise versprach es sich auch weitere Unterhaltung davon, sie noch eine Weile lang gewähren zu lassen.

Schon war das Knacken kleiner Zweige unter seinen Stiefeln. Der Schutz der Büsche war beinahe erreicht.

Mit einem Mal richtete das Tier sich auf und trat zwischen den Sträuchern hervor.

„Halt!“ Warnend hob er einen Finger.

Die Ausbilderstimme zeigte Wirkung. Der Wolf hielt zögernd inne.

Es funktionierte! „Bleib!“, forderte er mit Nachdruck, so als übe er bereits sein ganzes Leben lang Befehlsgewalt über wilde Tiere aus. „Bleibst du wohl? Sitz! Böser Hund. Böser! Hund!“

Zu seiner eigenen Verwunderung war Betroffenheit in den Zügen des urzeitlichen Jägers zu erkennen. Das Tier senkte den Kopf und musterte ihn mit einer Mischung aus Feindseligkeit und Vorwurf.

„Ha!“ Sein vorgestreckter Finger, seine entschlossenen Blicke waren wie ein Bannspruch. „Bleib!“ Bleib, verdammter Köter. Ich befehle es! Wurzeln und Fladen aus Moos knirschten unter seinen Stiefeln. Zweige verdeckten bereits das Licht der Sonne über seinem Kopf. Wenn er es nur noch etwas weiter ...

Ein Erdloch brach unversehens unter seinen Hacken ein. Er strauchelte. Noch während er sich fing, hatte der Wolf einen Satz getan. Schon hatte das Tier im gestreckten Lauf die halbe Lichtung überwunden.

„Gah!“ Er wandte sich um und rannte.

Ein Knacksen, ein Hecheln war hinter seinem Rücken, als er vorwärts durch die Sträucher stürzte. Zwischen den Bäumen hindurch ging es, über Wurzeln und gefallene Zweige, krachend durch Ansammlungen von Unterholz und trockenes Geäst. Er warf den Kopf herum, sah den dunklen Umriss des Jägers, nur wenige Schritte entfernt zwischen den Stämmen. „Schusch!“ Im vollen Lauf wedelte er, so gut es eben ging, mit dem Stock. „Verschwinde! Böser Hund!“

Das Tier verschwand nicht. Es trabte längs zu ihm zwischen den Stämmen, so nahe, dass es hätte vorspringen und nach ihm schnappen können. Stattdessen aber unternahm es einen unerwarteten Satz nach rechts, hinauf auf eine Erdkante, die seitlich neben seiner Fluchtroute verlief. Das Biest überholte ihn und sprang plötzlich von der Seite mitten in seinen Weg, sodass er stolpernd ausweichen musste.

Ohne Mühe hätten ihn die Fänge packen können. Der Räuber aber wich ihm aus, sprang wie ein übergroßer Welpe spielerisch zur Seite und ließ ihn vorüberstürzen. Erst nach einigen Augenblicken nahm das Tier die Verfolgung wieder auf.

„Garg!“ Das hatte gerade noch gefehlt. Mit voller Absicht hielt sich das Biest zurück, so als sei dies alles ein verdammtes Spiel. „Verdammtes ... gah! Hau ab! Weg von mir!“

Dummerweise verriet nur einer der Beteiligten Anzeichen von Erschöpfung. Während er bereits um Atem rang, trabte sein Jäger scheinbar mühelos an seiner Seite, so als fände er Vergnügen darin, ihm seine Überlegenheit vor Augen zu führen.

Stolpernd fiel er vorwärts. Seine Finger fanden einen dünnen Baum, an dem er sich festhalten und aufrichten konnte. Schnaufend, seinen Verfolger nicht aus den Augen lassend, kämpfte er um Luft. Das Tier hatte ebenfalls seinen Trab verlangsamt und kam mit gesenktem Kopf herangeschlichen. Auf diese Weise war der Kampf nicht zu gewinnen.

„Zurück! Ich warne dich." Wieder hob er drohend seinen Zauberstab.

Der Blick des Wolfes folgte der Spitze interessiert.

Ein kurzes, verräterisches Zucken in den gelben Augen.

Er hatte das Knacken ebenfalls gehört und fuhr herum.

Ein zweites, spitzes Räubergesicht, in nur wenigen Schritt Entfernung hinter seinem Rücken.

„Götter!", stieß er aus. „Schusch!"

Der Neue kannte die Macht der Waffe noch nicht. Die Bestie sprang zurück, als sich die Spitze auf ihn richtete.

„Verdammte Biester!", heulte er. „Geht ein paar Rehe jagen! Ich warne euch. Ich bin gefährlich!"

Erledigt war er. Das war es, was er war. Er ließ ein frustriertes Jaulen hören. Es war lächerlich. Lächerlich und ungerecht. Dreißig Jahre Kriegsdienst, und dann ein solches Ende.

Unversehens stieß seine Hacke an einen Stein. Ein kurzer Blick zu Boden. Götter! War dies ...

Feuerstein! Schnell ergriff er einige der scharfkantigen Bruchstücke. „Schusch!"

Die Tiere verfolgten mit Interesse, wie er in die Hocke ging, um mit der Hand Tannennadeln und trockene Blätter aufzusammeln. Für den Moment zumindest schien er genügend Unterhaltung zu bieten, um das Verschlingen noch einige Augenblicke hinauszuzögern.

Schweißperlen liefen über seine Stirn.

Feuer. Feuer konnte ihn noch retten. Wilde Tiere hassten Feuer, oder nicht? Wie sonst als mit Feuer hatte es der

Mensch geschafft, die übermächtige Wildnis in ihre Schranken zu verweisen?

Weiter vorne leuchtete etwas grün zwischen den Bäumen. Eine offene Fläche unter der Sonne. Er lief rückwärts, sich den Weg zur neuen Lichtung bahnend, den Stock mal auf den einen, mal auf den anderen Verfolger gerichtet. Sonnenstrahlen begrüßten ihn, als er aus den Schatten hinaus auf die Wiese trat. Beinahe war es, als scheuten die Tiere davor zurück, ihm hinaus ins Licht zu folgen.

„Ha!" Wie in den Geschichten. Frohlock Gilbran hätte dies mit Sicherheit gefallen. Zurück in eure Schatten, Wölfe! Zurück in eure Finsternis, elende Kreaturen, sonst leuchte ich euch heim!

Er fand eine kleine Lehmkuhle, ausgescharrt von irgendeinem Tier, und warf seine Zündhölzer hinein.

Die Verfolger warteten, so als fragten sie sich, welches Zauberkunststück ihr Mittagessen wohl als Nächstes aufführen würde. Sie würden schon noch sehen, was er aufzubieten hatte.

Er warf den Stock ins Gras. Mit beiden Händen begann er, die Feuersteine aneinanderzuschlagen, immer wieder aufblickend zu seinen Belagerern.

Die Ohren der Wölfe zuckten bei jedem der scharfen Geräusche. Wussten diese Biester, was Feuer war? Wussten sie wenigstens, dass sie sich davor zu fürchten hatten?

Wieder und wieder hallte das laute Klacken über die Lichtung. Kleine Funken rieselten von seinen Werkzeugen in die Kuhle. Der Blätterhaufen aber machte keine Anstalten, in Flammen aufzugehen.

Wie er selbst betrachteten auch seine Zuschauer die Versuche mit zunehmender Ungeduld. Nicht nur für sie war die Unternehmung bisher eine einzige Enttäuschung.

„Kommt schon, kommt schon.“ Bereits vor einer ganzen Weile hatten seine Finger jedes Gefühl verloren. „Brennt, verdammte Hölzer. Warum brennt ihr nicht?“

Einer der Wölfe hatte genug von der Sache und unternahm einen Schritt nach vorn.

„Gaaah!“ Lautstark schrie er seine Enttäuschung in den Wald hinein. Er schleuderte einen der Steine. Das angepeilte Tier wich der Flugbahn mit einer geschickten Bewegung aus. Er warf auch den anderen. Der zweite Räuber rührte sich nicht einmal. Das Geschoss traf den Wolf in der Flanke, ohne ihm auch nur ein Zucken zu entlocken.

Ächzend erhob er sich und ergriff den Stock mit beiden Händen. *Danke, Götter.* Er richtete einen wütenden Blick zum wolkenlosen Himmel. Wirklich, vielen Dank. Immer, wenn man euch braucht, seid ihr zuverlässig nicht zur Stelle.

Dann also doch auf diese Weise. In der Haltung eines Kämpfers machte er sich bereit. Wie es aussah, würde er sich selbst retten müssen. Ebenso wie Merkesch, das auf seine Dienste künftig wohl endgültig verzichten musste. So viel zu dem Plan, irgendwann einmal im Bett zu sterben.

„Nun denn“, forderte er. „Dann kommt. Kommt her, wenn ihr mich wollt. Noch könnt ihr fliehen. Aber sagt nachher nicht, ich hätte euch nicht gewarnt.“

Etwas geschah, doch nicht mit den Tieren. Dem Gebüsch hinter ihren Rücken wuchs mit einem Mal ein Gesicht. Es war das eines alten Mannes, durchzogen von tiefen Falten wie Scharten in der Borke eines Baumes, mit einem Bart, der den Vergleich mit den umliegenden Gebüschen nicht zu scheuen brauchte. Sein ganzer Körper schien aus dem Gesträuch regelrecht hervorzuwachsen. Für einige Momente war er nicht einmal sicher, ob es sich um einen Menschen handelte oder lediglich um ein ungewöhnlich gewachsenes Stück Baumrinde, das seinen Augen einen Streich spielte.

Nein, zweifellos. Ein alter Mann im langen, grauen Rock.

Er blinzelte. Er hatte schon davon gehört, dass das eigene Leben die Angewohnheit hatte, kurz vor dem Tod noch einmal an einem vorüberzuziehen. Allerdings hätte sich sein Gedächtnis wirklich einen angenehmeren Anblick aussuchen können als den eines alten Zausels, an den er sich nicht einmal mehr erinnern konnte.

„He!“, rief er. „Ihr da. Alter Mann!“ Er wedelte mit dem Stock. „Passt auf. Ihr müsst aufpassen! Seht Ihr nicht? Hier ist alles voller Wölfe!“

Der Alte antwortete nicht. Seinem Gesicht waren zwei buschige Augenbrauen gewachsen, die ihm einen äußerst mürrischen Ausdruck verliehen.

Sein Blick schoss zu den Räubern. Die Tiere hatten ihre Augen nicht von ihm abgewandt. Litt er etwa doch schon unter Wahnvorstellungen? Er leckte sich über die Lippen. „Ihr dort. Mit dem Wurzelgesicht! Seid Ihr echt? Wenn ja, seid Ihr bewaffnet? Hört zu! Habt Ihr Feuer bei Euch, Alter? Vielleicht können wir ...“

„Was habt Ihr hier zu suchen?“, fiel ihm der Mann barsch ins Wort. Seine Stimme war vorwurfsvoll und knurrig, so als habe er ihn soeben beim unbefugten Betreten seines persönlichen Vorgartens erwischt.

„Was ich ... ?“ War der Kerl schwer von Begriff? „Wölfe“, wiederholte er laut für den Fall, dass sein Gegenüber nicht nur blind, sondern auch noch begriffsstutzig war. „Wilde

Tiere mit scharfen Zähnen. Zwei davon liegen etwa fünf Schritte vor Euch."

„Ich habe Euch eine Frage gestellt!" Die Stimme des Mannes war sogar noch schärfer als zuvor. „Was, frage ich, habt Ihr hier draußen verloren?"

Einen Moment lang konnte er nicht anders, als fassungslos zu glotzen. Nur wenige Schritte vor seinen Fußspitzen lauerten urzeitliche Räuber und dieser Kerl raunzte ihn an, als habe er ihn beim unerlaubten Ballspiel in seinem Hinterhof angetroffen.

„Wölfe ...", wiederholte er und wedelte mit dem Stock in die entsprechende Richtung. „Ihr müsst doch auch ..."

Etwas sirrte durch die Luft traf ihn mitten an der Stirn.

„Aaah! Au. Auauauau!" Er ließ die Waffe fallen. Mit beiden Händen hielt er sich den Kopf.

„Zum letzten Mal!" Die Stimme des Alten klang nun offen wütend. „Ich habe Euch gefragt ..."

„Ich habe Euch gehört!", hörte er sich selbst kreischen. „Seid Ihr vollkommen ...?" Fassungslos starrte er auf einen Tannenzapfen, der zuvor noch nicht vor ihm im Gras gelegen hatte. Er prüfte die Wunde über seinen Brauen mit der Hand. Seine Fingerkuppen ertasteten frisches Blut. „Ihr wollt, dass ich ..." Weiße Blitze begannen, vor seinen Augen zu tanzen, vor Schmerzen und vor Wut. „Was glaubt Ihr, was ich hier draußen ...? Glaubt Ihr, ich bin ... Oh. Oh, ich verstehe! Entschuldigt bitte. Habe ich Euch gestört? Wie unachtsam von mir. Ich wusste gar nicht, dass dieser Wald hier Euch gehört. Dieses Gras. Und die Büsche. Die Blumen hier?" Er holte mit dem Fuß aus und trat gelbe Blütenkelche quer über die Wiese. „Und die hier? Die hier auch?" Mit der Hacke seines Stiefels fing er an, auch die Blätter der Pflanze in den Boden zu stampfen. „Und das hier? Das hier auch? Oh! Tut mir leid. Ich wollte ja nicht …“

Er verstummte. Im Gebüsch an der Seite des Mannes erschien der Kopf eines Wolfes.

Er hob die Hand und wollte eine Warnung aussprechen, doch das Geräusch blieb ihm im Halse stecken. Das Tier trat ganz zwischen den Zweigen hervor und nahm an der Seite des Mannes Platz. Eine Hand des Alten fand den Kopf des Räubers und begann, ihn zu kraulen.

„Oh“, entfuhr es ihm. Verbittert warf er die Arme in die Luft. „Ja, doch. Natürlich. Euer Wald. Eure Wölfe. Sicher. Was auch sonst?“ Verhalten wanderte sein Blick hinab zu der Stelle, wo von der Blume nur noch bräunlicher Matsch übrig war. Er räusperte sich. Warum, zum Henker, schaffte er es nie, sein Maul zu halten? „Ich glaube, den Wurzeln geht es gut“, behauptete er. Aus dem Augenwinkel linste er hinüber zu dem Alten. „Der Pflanze macht das gar nichts aus. Wächst alles nach, solange es den Wurzeln gut geht.“

Das Gesicht des Mannes zeigte keine Regung. Seine Finger kraulten noch immer unablässig den Kopf des Raubtiers. Ein weiteres Biest war an seiner anderen Seite erschienen, hatte Platz genommen und betrachtete gleichermaßen leidenschaftslos ihren Fang.

„Ihr habt Blut an Euren Händen“, stellte der Alte fest.

Er blickte an sich herab. Verdammt. Er sah tatsächlich übel aus. „Es ist nicht, wonach es aussieht“, verkündete er ohne viel Überzeugung.

„Ihr bringt Zerstörung mit Euch“, erklärte der Mann. „Zerstörung und Gewalt.“

„Nichts dergleichen!“, versicherte er und hob abwehrend die Hände. „Bitte, Alter. Alles, was ich brauche …“

„Ihr gehört nicht hierher." Der Ausspruch klang ganz wie ein Urteil.

„Damit habt Ihr völlig recht! Glaubt mir, niemand wird Euch mehr zustimmen als ich! Ich sollte überhaupt nicht hier sein. Alles das hier ist ... bitte! Das alles ist ein großes Missverständnis. Zeigt mir einfach nur den Weg zurück zur Straße. Die Richtung, in der Merkesch liegt. Ich werde dann schon selbst ..."

„Merkesch, ja?" Der Alte rümpfte die Nase. Der dichte weiße Bart auf seiner Oberlippe schien zu tanzen.

„Ja!", stieß er schnell hervor, neue Hoffnung schöpfend. „Merkesch! Ihr habt davon gehört? Große Stadt. Sehr reich. Viele Soldaten. Mit Sicherheit vermisst man mich bereits. Wenn Ihr mich also einfach ..." Mit dem Daumen wies er zurück über seine Schulter, wo alles Mögliche liegen mochte, Ozeane, Wüsten, in jedem Fall weniger Wölfe und bösartige alte Männer.

„Hm, hm." Der Bärtige klopfte nachdenklich mit seinem Knöchel auf den Kopf des Wolfes. Dem Tier schien die Art der Liebkosung keinesfalls zu gefallen. „Ja", verkündete er schließlich. „Ich habe in der Tat davon gehört."

„Hoffentlich nur Gutes. Haha!"

Er blieb der Einzige, der lachte. Der Ausdruck des Alten war der eines Mannes, dem das Konzept von Humor zwar zu Ohren gekommen ist, der jedoch beschlossen hat, sich nicht weiter damit zu befassen. Die Bewegungen seiner Hand hatten ihre Richtung geändert und gingen nun gegen den Wuchs des Fells. Die Nackenhaare seines Tieres sträubten sich. Die Lefzen entblößten gelbe Hakenzähne.

„He! Nicht so schnell!", empörte er sich. Was sollte das nun wieder? „Alter! Macht keine Fehler!"

„Der Fehler liegt bei Euch." Der Bärtige wandte sich um. „Auf Nimmerwiedersehen, Mann aus Merkesch."

„Wartet!" Innerhalb eines Augenblicks war der Bursche wieder mit den Zweigen verschmolzen. Leider hatte er vergessen, auch seine Tiere mitzunehmen. Die Wölfe erhoben sich mit gesenkten Köpfen, mit zuckenden Lefzen und bedrohlich aufgestelltem Fell.

„Das mit Euren Blumen tut mir leid!", rief er in die Wälder. „Ehrlich! Und auch das ... Ihr habt überhaupt kein Wurzelgesicht! Ich wusste ja nicht ... Ihr seht jung aus für Euer Alter! Gah!" Er hob seinen Stock auf und wich zurück.

Die Tiere hatten einen Halbkreis gebildet, der sich langsam näher schob.

„Kommt schon, alter Mann!" Er schlug nach demjenigen, der sich am weitesten herangewagt hatte. „Das war alles nicht persönlich gemeint! Ihr wisst ja nicht, in welcher Lage ich mich ... man wird ja wohl noch ... verdammt!" Das Geschrei konnte er sich sparen. Der Alte war und blieb verschwunden. Wieder einmal konnte nur der überlegene menschliche Intellekt die Rettung bringen. „Guckt mal! Ein Reh!"

Er wartete nicht ab, sondern rannte los. Mit gesenktem Kopf, ohne sich umzusehen, schaffte er es irgendwie bis in die Büsche, stolperte fluchend und um sich schlagend ins Unterholz. Zweige zerbrachen dicht hinter seinem Rücken. Die Geduld der Jäger war am Ende. Dieses Mal kamen sie nicht, um zu spielen.

„Verschwindet!" Er schlug Haken, sprang über Wurzelschlingen und verlor doch nur zunehmend an Atem. „Böse Hunde! Bleibt weg! Ich mache Bettvorleger aus euch!"

Eine Ansammlung riesenhafter Farne tauchte unversehens vor ihm auf. Gerade noch konnte er die Arme schützend emporreißen. Ein blitzender Schauer schwerer Tautropfen ergoss sich über ihn, als er durch die scharfkantigen Blätter sprang, vom Schwung hinabgetragen, rutschend und stolpernd über einen Abhang voll mit feuchtem Unterholz und zerfallener Rinde, die Farnblätter hinter seinem Rücken raschelnd auf den Fellen der Tiere, die auf ihrer Jagd kaum einen Laut von sich gaben.

Dort vorne! Eine breite Senke am Fuße des Abhangs, in der die Abstände zwischen den Bäumen weiter waren. Ein verwitterter Felsen, kantig und hoch wie ein Haus, in der Mitte auseinandergebrochen wie der geteilte Brotlaib eines Riesen, gekrönt von einer einzelnen krummen Tanne im Licht von goldenen Sonnenbalken. Moos und Sträucher drangen überall aus Rissen im Stein, hingen festgeklammert auf schmalen Vorsprüngen und Terrassen. Auch die Finger eines ausreichend entschlossenen Mannes mochten Halt an ihnen finden.

Keuchend, das Blut wummernd zwischen seinen Schläfen, sprang er über das Gefälle, von Hügel zu Hügel, immer weiter hinab, das Hecheln der Jäger hinter seinem Rücken. Kühle Schatten empfingen ihn im Spalt zwischen den Felsenhälften. Er sprang, streckte sich, soweit er konnte, bekam, Götter, eine herabhängende Wurzel zu fassen und zog sich empor.

Kiefer schnappten unter ihm zusammen, derart dicht unter seinen Sohlen, dass er die Bewegung in der Luft spüren konnte. Strampelnd kämpfte er sich weiter hinauf, mit aller Kraft, die seine müden Arme aufbieten konnten, stemmte sich in die Höhe, bohrte seine Stiefelspitzen in Felsvorsprünge und stieß sich von dort aus weiter empor.

Immer wieder nahmen die Wölfe Anlauf, sprangen knurrend an der Wand entlang, versuchten jaulend, ihn trotz allem noch zu fassen zu bekommen, ihn in die Tiefe zu zerren, die, zu ihrer unverkennbaren Wut, immer weiter unter ihm zurückblieb. Ein Knurren und Bellen war aus ihren Kehlen zu vernehmen. Die Jäger überboten sich darin, übereinander zu klettern, um ihn doch noch mit ihren scharfen Zähnen zu erreichen, doch er hatte gesiegt, zog sich empor über die Kante, rollte sich mit letzter Kraft auf den Rücken ins sonnenbeschienene Moos der Oberfläche, außer Atem und doch in einem Stück.

„Ha!" Es gelang ihm, eine triumphierende Faust zum überhängenden Blätterdach emporzurecken. Das Stechen in seinen Lungen war den Laut beinahe wert gewesen. „Ha!" So einfach hatten sie es sich vorgestellt. Aber ein Palter Calgola war derart einfach nicht zu haben. Ein Palter Calgola pflegte nicht, verspeist zu werden. Ein Palter Calgola pflegte, seine Feinde in ihre Grenzen zu verweisen. Auf allen vieren richtete er sich auf und kroch zurück zum Rand.

Auf Seiten der Verfolger war noch weitere Verstärkung eingetroffen. Vier gelbe Augenpaare starrten vorwurfsvoll zu ihm empor. Ganz offenkundig betrachteten die Tiere seine Flucht in die Höhe als groben Regelverstoß und appellierten nun an sein Ehrgefühl, um doch bitte schön wieder hinabzusteigen und sich verschlingen zu lassen.

„Ha!" Wer stand jetzt ganz oben in der Nahrungskette?

Eines der Biester leckte seine Pfote wie eine Katze. Das Tier schien sich auf der Flucht verletzt zu haben.

„Oh", flötete er, Mitleid heuchelnd. „Hast du dich verletzt? Warte! Der Onkel hat etwas, das hilft ..."

Der Wolf musste die Bewegung vorhergesehen haben. Das Tier wich aus, sodass der hinabgeschleuderte Stein es knapp verfehlte. Dennoch schienen die Verfolger zu dem Schluss zu kommen, dass es klüger war, einen geeigneteren Ort für die

Belagerung zu finden. Hintereinander trabten die Tiere aus dem Spalt, zurück auf die sonnenbeschienene Anhöhe, über die sie hergekommen waren. Im glitzernden Gras ließen sie sich nieder, um ihm erneut die Köpfe zuzuwenden.

„Feiglinge", knurrte er. „Eine Belagerung wollt ihr? Bitte sehr." Palter Calgola war ein Meister der Belagerung. Diese Biester hatten keine Ahnung, wie viel Zeit Palter Calgola in seinem Leben bereits mit Belagerungen verbracht hatte. „Ich hoffe, ihr habt Zeit mitgebracht. *Ich* habe heute nichts mehr vor." Er ließ sich in die Hocke sinken. Die Oberfläche des Felsens war hinreichend flach, um sich darauf auszustrecken. Er legte sich auf den Rücken, streckte die Arme zu den Seiten aus und erlaubte sich für einige Momente, Luft zu holen. Sonnenstrahlen blitzten zwischen den tanzenden Zweigen in der Höhe.

Eigentlich hatte er überhaupt keine Zeit.

„Ich weiß." Verdammte Hitze. Mit der Rückseite der Hand fuhr er sich über die Stirn. Er hatte an diesem Morgen noch immer nichts gegessen oder getrunken, dafür aber auf der Flucht einiges an wertvoller Flüssigkeit verloren. Durst war schlecht, schon unter gewöhnlichen Umständen, aber ganz besonders dann, wenn man belagert wurde. Wie zur Bestätigung ließ auch sein Magen ein tiefes Knurren hören. Hatte das ganze Unglück wirklich unbedingt noch vor dem Abendessen über ihn hereinbrechen müssen? Wolskins Diener hätte mit seinem Befreiungsversuch wenigstens noch den Abschluss der nächsten Mahlzeit abwarten können.

Armer Herwan. Immerhin um solche Dinge musste sich der Mann nie wieder Sorgen machen.

Er blickte an sich herab. Das Gewand, das die Darmukta ihm gegeben hatten, war von der Flucht gehörig mitgenommen und an einigen Stellen tief eingerissen. Wie gut es allerdings dafür geeignet war, die Nacht hier draußen zu verbringen oder schlechtes Wetter zu überstehen ...

„Schon gut!“ Nicht nur der Körper, auch der Geist neigte zu seltsamen Abschweifungen, wenn Stärkung und Erfrischung über zu lange Zeit ausblieben. Erneut rumorte ihm der Magen, dieses Mal sogar noch heftiger. Nein, er hatte keine Wahl. Es war an der Zeit, etwas zu unternehmen.

Stöhnend richtete er sich auf. Zu trinken gab es hier oben nichts. Keine Gottheit hatte es bisher für angemessen befunden, unerwartet eine Quelle aus dem Fels hervorspringen zu lassen. Auch das Nahrungsangebot des Steinblocks war alles andere als reichhaltig. Die dünnen gelblichen Gräser und schmalen Flechten erweckten den Eindruck, als besäßen sie kaum ausreichend Nährstoffe für den Selbsterhalt. Einige Mücken summten friedlich über den Gräsern und Moosen umher, doch die Insekten waren die Jagd kaum wert, selbst wenn das eine oder andere von ihnen recht wohlgenährt am Blut von fragwürdigen Lebewesen erschien. Der Verzehr von Moosfladen war etwas, das man am besten so lange wie möglich hinausschob, ebenso wie den von Tannennadeln oder der Borke des krummen Bäumchens.

Er erinnerte sich. Hatte er nicht beim Aufstieg einige Pilze in den Schatten der Felswand gesehen? Er robbte hinüber zum dunklen Spalt und blickte hinab. Tatsächlich. Die bläulichen Gewächse, die dort terrassenartig aus den Steinritzen hervorquollen, sahen allerdings alles andere als appetitanregend aus. Er fand ein dünnes Ästchen, lehnte sich über die Kante und stocherte versuchsweise in den fleischigen Pilzköpfen herum. Nein, genießbar waren die Teile ganz sicher nicht. Eine gelbliche, gallertartige Masse drang daraus hervor, als die Spitze seines Werkzeugs eine der Oberflächen durchdrang. Angewidert warf er den Stock in die Tiefe und wandte sich ab.

Etwas, das er bisher übersehen hatte, fing seinen Blick ein. Weiter hinten, an der am weitesten abgewandten Seite des Felsens, fiel die Steinoberfläche zu einer schattigen Terrasse hin leicht ab. Ein gedrungener Strauch versuchte dort, sich vor ihm zu verbergen, eine Pflanze mit schimmernden Blättern in dunklem Blau. Als er näher kam, bestätigte sich sein Verdacht. Auch die Blätter hatten Geheimnisse vor ihm und versteckten eine Fülle kleiner roter Beeren. Eine ganz ordentliche Anzahl war es, die dort hing. Eine Handvoll bekam man allemal zusammen.

Er konnte spüren, wie ihm das Wasser im Mund zusammenlief. Die Früchte sahen sogar recht appetitlich aus.

Konzentrier dich, Palter!

Dinge wie diese waren Teil ihrer Grundausbildung gewesen. Wie ging noch der Merkspruch? Sind die Blätter rund, Beeren in den Mund? Wird dein Darm dir wund? Die verdammte Grundausbildung war dreißig Jahre her. Haben Blätter Ecken, lass dir die Beeren schmecken? Haben Blätter Zacken ...?

Er stöhnte. Das hier führte zu nichts. Warum konnte sich die verdammte Wildnis nicht deutlich ausdrücken? Widerwillig wandte er sich ab und hob den Blick zur Sonne. Es war noch nicht einmal Mittag. Noch eine ganze Weile, bis auf den Schutz der Dunkelheit zu hoffen war, sofern diese überhaupt welchen versprach. Kamen Wölfe nicht auch in der Nacht weitaus besser zurecht als Menschen?

Erneut ließ sein Magen ein Knurren hören. Das Sträuchlein schien seine Blicke mit neu erwachter Dringlichkeit anzuziehen.

Und wenn sie giftig sind?

Wenigstens eine kann man ja wohl probieren.

Denk an die Gefahr! Welchen Unterschied machte eine Handvoll Beeren beim Verhungern?

Vielleicht den ganzen.

„Also gut“, verkündete er laut und zu niemandem im Speziellen. Er kroch zurück bis an die Kante.

Die Wölfe hoben erwartungsvoll die Köpfe.

„Was meint ihr dazu? Verhungern oder vergiften?“

Keines der Tiere gab einen Laut von sich. Eines kratzte sich mit dem Hinterlauf am Ohr.

„Ja. Du da. War das eine Meldung?“

Der Wolf hielt inne.

„Ist das ein ‚Ja‘ oder ein ‚Nein‘?“

Der Räuber blickte verwirrt drein.

„Hehehe.“ Etwas Humor im Angesicht des Entsetzens musste schon sein, um sich das Ganze erträglicher zu gestalten. Gebückt erhob er sich und stieg vorsichtig auf die Felsterrasse herab. Er ging in die Knie und schob die Blätter des Strauches zur Seite. Mit zwei Fingern zupfte er eine der Beeren ab. Die Haut der Frucht war dünn wie die einer Himbeere. Er schnüffelte. Vermutlich hatte sich sein Geruchssinn ohnehin längst mit dem Magen verbündet. „Also dann“, verkündete er dramatisch. „Guten Appetit.“ Er schnippte die Beere in die Luft und fing sie, ungeschickter als vorgesehen, mit den Lippen wieder auf. Vorsichtig kaute er darauf herum. „Hm“, versuchte er sich zu überzeugen. „Lecker! Ja. Wirklich gar nicht schlecht. So lässt es sich aushalten. Hört ihr? Ich weiß ja nicht, wie es mit eurem Hunger aussieht. Meinem geht es gut.“ Die Blätter erzitterten, als er erneut zugriff. Eine weitere Frucht fand den Weg in seinen Mund. Diese war sogar noch wohlschmeckender als die erste. Er kaute. Wirklich gut. Wenn man einmal damit angefangen hatte ...

Auf irgendeine Weise waren seine Handflächen mit einem Mal voll von rotem Saft und seine Backen waren voller Beeren. „Ah." Er kaute zufrieden. „Schon viel besser."

Ein kurzer Schluckauf durchfuhr ihn. Er blinzelte.

Hm. Nicht mehr als eine kurze Rebellion seines leeren Magens. Obwohl ... ein wenig seltsam schmeckten sie ja schon, diese Beeren. Dem anfänglich süßen Geschmack folgte eine unerwartete Spur von Bitterkeit, nicht unangenehm, aber überraschend. „Uff." Nach einem Mahl sollte man ruhen, hieß es. Für den Mittag war es sicherlich besser, sich einen Platz im Schatten zu suchen. Beim aktuellen Stand der Sonne konnte das Licht recht unangenehm wirken, grell und anstrengend für die Augen. Er schirmte die Brauen mit der Hand ab, ohne eine spürbare Verbesserung zu erzielen. Vielleicht war es besser, die Lider für eine Weile zu schlie...

„Woooh!" Er streckte tastend die Arme zu den Seiten aus. Nur unter Taumeln fand er Halt. Für einen Moment hatte es sich angefühlt, als beabsichtige sein Geist, ganz ohne die störende Last des Körpers allein zum gleißenden Himmel emporzuschweben.

Wasser! Wo bekam man hier oben Wasser her?

„Hihihi", entfuhr es ihm. „Was zum Henker?"

Etwas kitzelte ihn an der Hand. Seine Augenlider flatterten, als er ihnen den Befehl gab, sich zu öffnen, und gaben den Blick frei auf einen blauen Falter, der auf seinem Ringfinger gelandet war. Die Flügel des Tieres schienen von silbernen Drähten umrahmt und unter Wellen zu erzittern wie die Oberfläche eines windgetriebenen Ozeans. „Wooooh!", entfuhr es ihm erneut. Er streckte einen Finger aus, um das Tier zu streicheln. Der Falter erhob sich und flog zwischen unerträglich heißen Sonnenstrahlen davon. Er starrte ihm nach, bis sein Genick zu schmerzen begann.

Es konnte kein Zweifel bestehen. Dieser Falter war das Beste, was ihm je passiert war, vermutlich, nein, mit Sicherheit sogar das Beste, was überhaupt irgendjemandem jemals passiert war, seit die Götter das Universum geschaffen hatten. „Habt ihr das gesehen?“ Seine eigene Stimme erschien ihm schrill und laut, aber er brannte darauf, sein Erlebnis mit jemandem zu teilen. Dieser Tag hielt viel mehr Überraschungen bereit, als er sich hätte träumen lassen. Seine Knie berührten hart die Kante, als er sich herabsinken ließ und hinunterblickte zu den wartenden ...

„Meine Güte!“ Was für Felle diese Tiere hatten! Flauschig mussten sie sein wie die kostbarsten Decken aus Shugan-Seide, wie dicke Teppiche aus Abbadema, die nur darauf warteten, dass man seine Zehen in ihnen vergrub.

„Wooooh!“, urteilte er. Wilde Tiere. Wilde Tiere waren ohne jeden Zweifel das Beste, was er je gesehen hatte. Und die Beeren! Diese Beeren waren fantastisch.

Einer der Wölfe gähnte und entblößte eine weiche, rosafarbene Zunge. „Schön für Euch“, befand das Tier. „Einige von uns haben immer noch Hunger. Wollt Ihr nicht endlich herunterkommen und Euch fressen lassen?“

Er blinzelte argwöhnisch nach rechts und links. Irgendetwas warnte ihn, dass es sich um einen Trick handeln musste, um ihn zu überschlauen. Überschleuern? War „überschleuern“ ein Wort? Und wenn nicht, warum klaffte eine derart unentschuldbare Lücke in den Wörterbüchern einer fortschrittlichen Sprache? „Ich glaube nicht“, gab er vorsichtig zurück, um zumindest irgendeine Antwort zu geben. „Nein. Ich glaube nicht, dass ich herunterkommen möchte.“

„Ihr werdet so oder so sterben“, erklärte der Wolf gelangweilt.

„Sterben?“ Er konnte spüren, wie ihm die Tränen kamen. „Das ist ja furchtbar!“

„Alle sterben“, verkündete der Wolf mit dem Desinteresse von jemandem, der über derartige Sorgen weit erhaben ist. „Warum sorgt Ihr nicht wenigstens dafür, dass Euer Fleisch zu etwas gut ist?“

„Nein!“ Wütend verschränkte er die Arme vor der Brust. Er wollte nicht gegessen werden. Kein Wunder, dass er sonst nie mit Wölfen sprach. Die Biester hatten ja entsetzliche Vorstellungen von einer angenehmen Unterhaltung. Er stöhnte und streckte sich auf dem Rücken aus. Mit den flachen Händen schlug er sich auf die Wangen. Die Sonnenstrahlen schienen leise zu summen. Vielleicht waren die Beeren doch nicht gut gewesen.

Er drehte sich auf die Seite und zog die Knie vor seine Brust. Die Sonne funkelte gnadenlos durch das rauschende Blätterdach. In diesem Wald gab es zu viel, zu viel von allem. Es war wirklich kaum zu ertragen.

Etwas flatterte zu seiner Linken. Eine Amsel war auf der Steinkante gelandet und begann damit, über dem Abgrund ihr Gefieder zu putzen. Fasziniert beobachtete er, wie sich die fein gearbeiteten Flügel sträubten und der Schnabel jede krumme Feder einzeln zurechtzog. Alles, was recht war. Manchmal war die Wildnis etwas Wunderbares.

Der Vogel hielt inne, musterte ihn aus einem runden, gelben Auge. „Was gibt’s zu glotzen, Arschloch?“

„Huch! Meine Güte.“ Was für ein furchtbarer Wald. Warum mussten hier draußen alle so verdammt gemein sein? „Das hier ist ein verdammt unhöflicher Wald“, beschwerte er sich mit tränenerstickter Stimme. „Versteht denn niemand, dass das alles hier sehr schwer für mich ist?“

„Hättest ja nicht herkommen müssen", blaffte ihn der Vogel an.

„Herkommen? Ich war zuerst hier! Du bist hier gelandet. Das ist mein Felsen!"

„Einen Scheiß!"

„Dämliches Vieh", murmelte er, so laut er sich traute.

„Gleich gibt's Schläge", verkündete die Amsel, sprang ab und segelte von der Kante in die Tiefe.

„Argh." Er setzte sich aufrecht hin und presste beide Fäuste gegen die Schläfen. Schluss damit. Schluss mit dem Wahnsinn. Er weigerte sich. Er weigerte sich ganz einfach, diesen Wahnsinn noch weiter mitzumachen.

„Nö", brachte er ablehnend hervor. „Nööö." Er genoss den Klang des Wortes. Der Begriff fühlte sich wunderbar an auf seiner Zunge. Auf irgendeine Weise folgte ihm ein Gefühl des Friedens. Es machte ihn fröhlich und brachte ihn zum Lachen. „Nö", verkündete er fest. „Haha! Das war's. Genug davon. Ich gehe zurück. Zurück nach Hause!"

Er richtete sich auf, was mit nicht geringen Mühen verbunden war. Suchend kniff er ein Auge zu, zielte mit dem anderen über seinen ausgestreckten Arm nach vorn und ließ den Zeigefinger auf einer Kreisbahn umherwandern. Irgendwo dort draußen war sie, die richtige Richtung. Bestimmt würde es kitzeln, sobald sein Finger sie berührte. Eine Kleinigkeit! In Frohlock Gilbrans Geschichten geschahen solche Dinge ständig. Die Götter gaben einem ein Zeichen, wenn man nur mit ausreichender Hingabe nach ihnen suchte.

Ein-, zweimal hatte er sich auf diese Weise um sich selbst gedreht, als er feststellen musste, dass er sich verdreht hatte und Gefahr lief, von den Felsen zu stürzen. Kurz entschlossen hielt er inne. „Aha!" Da war es ja, sein Zeichen.

Ein Baum lag vor ihm, eine Platane, wenn seine Erinnerungen stimmten. Etwas zur Linken vor dem Felsplateau stand ein Baum. Einige der Äste reckten sich ihm entgegen wie zur Einladung vorgestreckte Hände.

Menschen konnten klettern, oder nicht? Was waren Menschen anderes als besonders schlaue Affen? Und welcher Affe war schlauer als Palter Calgola?

„Hehehe." Der Gedanke begann, ihm zu gefallen. Äußerst gut sogar. Er würde davonklettern. Einfach so. Und wer ihn dann noch verfolgen wollte, würde dumm aussehen. „Wie sieht's aus mit uns, Baum?"

Der Baum antwortete nicht. Bäume waren ohnehin eher stille Gesellen, die gerne unter sich blieben.

Etwas in ihm schien wie durch eine dicke Watteschicht Warnungen auszustoßen. Für einen Augenblick zögerte er. War die Lücke bis zum Ast wirklich schmal genug, um einfach hinüberzuspringen? Besser war es, erst einmal in aller Ruhe Maß zu nehmen und sich das Ganze von vorne bis hinten gründlich zu ...

Mit einiger Verwunderung nahm er zur Kenntnis, dass er sich bereits in der Luft befand. Wind rauschte um seine Ohren und Blätter ohrfeigten ihn auf seinem Flug. Kleine Zweige lehnten ihn ab wie die Hände einer widerwilligen Menge, doch irgendetwas bekam er zu fassen, den gesuchten Ast, der sich unter seinen Griffen knarzend bog, nachgab, gerade noch haltend, bis ...

„Nö", sagte der Baum, und der Ast brach ab.

Kapitel 2 – Legenden

Er fiel, zwischen Blättern und Geäst, vorbei an scharfen Kanten im grauen Fels, bis die Welt genug von seinem Unsinn hatte und sich ihm entschlossen entgegenwarf. Ein harter, schmerzhafter Stoß war es, mit dem er inmitten von zerbrochenen Zweigen auf den federnden Waldboden schlug.

Stöhnend rappelte er sich auf. Verdammtes, nichtsnutziges Erdgewächs, mit seinen viel zu zerbrechlichen ...

„Argh!“ Die Verfolger waren aufgesprungen. Die ganze Rotte schoss über den Hang heran: drei, vier lang gestreckte Schatten mit gesenkten Köpfen und raumgreifenden Läufen.

Er stürzte zurück, schaffte es in die kühlen Schatten des Felsenspalts, sprang hoch, streckte sich nach den Wurzeln über seinem Kopf, doch dieses Mal ohne Erfolg. Den Beinen fehlte ihre frühere Kraft. Seine Finger strichen nutzlos über das raue Gestein unterhalb der herabhängenden Pflanzen. Geradezu spöttisch hielten sich die Gewächse außerhalb der Reichweite seiner Hände.

Nichts blieb mehr übrig als eine Flucht noch tiefer in den Spalt hinein. Hinab über den rutschigen, sich zunehmend absenkenden Boden voller fauliger Blätter ging es, doch mit einem Mal fiel er, rutschte, rollte sich überschlagend den Untergrund hinab, immer weiter, hinab ins Dunkle, in die Schatten zwischen den aufragenden Felsen. Instinktiv versuchte er, sich so klein wie möglich zu machen, die Arme schützend über den Kopf zu reißen, und schlug dennoch überall an, rechts und links, mit sämtlichen Körperteilen und in allen Himmelsrichtungen, bis er plötzlich nicht mehr rollte, sondern fiel, einen Moment lang verloren in der Finsternis schwebte, dann schmerzhaft mit dem Rücken zuunterst in etwas landete, das krachend unter ihm zerbarst.

Er blieb liegen, die Lider zusammengekniffen, während prasselnde Geräusche rings um ihn erstarben.

Liegen bleiben, Palter. Alles war besser, als die Welt vorschnell davon in Kenntnis zu setzen, dass er noch am Leben war. Ein Hustenreiz durchkreuzte seine Pläne. Schatten umzingelten ihn. Eine aufwirbelnde Staubwolke hatte sich über ihm erhoben. Zwischen den funkelnden Körnchen fielen Balken von Tageslicht herein. Er lag auf einem Stapel aus hartem Gestänge, einem ganzen Haufen aus zerbrochenem Geäst. Über seinem Kopf, einige Mannslängen in der Höhe, befand sich ein Loch mit gleißenden Kanten. Stöhnend wandte er den Kopf zur Seite und gefror. Unmittelbar neben seiner Schläfe ragte die scharfe Spitze eines armdicken Asts aus dem Haufen unter seinem Rücken empor. Er schloss die Augen und schickte ein Stoßgebet zu allen Göttern. Hoffentlich ragten keine weiteren Spitzen aus seiner Brust hervor, von denen sein Schmerzempfinden lediglich noch nicht den Mut besessen hatte, ihn in Kenntnis zu setzen. Erst nachdem noch eine weitere Weile vergangen war, ohne ihn mit Todesqualen zu überraschen, wagte er, sich langsam umzuschauen.

Eine Art Höhle war es, in der er sich befand. Dünne Wurzeln hingen von den Rändern des Loches in der Höhe herab, so als erkundeten die Gewächse nur zögerlich die Kavernen unter dem Boden. Einiges an vertrocknetem Unterholz lag hier untern herum, ebenso wie ...

Er blinzelte, um sich zu versichern, dass er wirklich sah, was er zu sehen glaubte. Der Sturz und der Rausch der Flucht hatten wie ein kaltes Bad gewirkt, doch letzte Zweifel blieben, ob den Eindrücken der Sinne wirklich schon wieder zu trauen war. Er blinzelte erneut, doch das Objekt blieb noch immer an seinem Platz.

Ein Knochen. Irgendein Teil von einem Bein, baumelte nur wenige Handbreit über ihm von einem Faden in der Dunkelheit herab.

Ein weiterer. Dann noch einer auf der anderen Seite. Eine ganze Galaxie von Knochenteilen war es, die wie ein absonderlicher Sternenhimmel aus Gebein unterhalb dieser Decke hing. Tierknochen, wie er mit einiger Erleichterung feststellte. Dicht an dicht, befestigt in unterschiedlichen Höhen wie die Unterseite einer morbiden Welle. Einige von ihnen waren glänzend und wie glatt poliert. Andere hatten die Beschaffenheit von sprödem Holz, waren überzogen mit dünnen Rissen und perforiert von winzigen Löchern.

Er schaffte es, sich aufzurichten. Der Haufen unter seinem Rücken gab ein Knarzen von sich. Der Stapel hatte ihm das Leben gerettet. All die Äste, Zweige und Blätter mussten im Laufe der Zeit ebenso hier herabgerutscht sein wie er selbst. Erneut hob er den Blick zum hellen Ausschnitt in der Höhe. Keine Bewegung war dort zu erkennen. Wenigstens die Wölfe, so schien es, hielten sich vom Erdloch in der Decke fern.

Er spürte, dass Gänsehaut auf seinen Armen lag. Es war kühl hier unten. Ein leichter Zug ging durch die Kammer. Die Knochen drehten sich an den Enden ihrer Fäden, schlugen hier und da mit einem hölzernen Klacken aneinander, wie das Windspiel eines Mannes, dem man weder Faden noch Werkzeug hätte anvertrauen dürfen. Beinahe wie in den Geschichten.

„Ha“, brachte er leise hervor. Daher also wehte der Wind. Also doch die Beeren. Ganz so begann eine von Frohlock Gilbrans Geschichten, oder nicht? Der alte Schreiber hätte sicherlich sein helles Vergnügen hieran gehabt. Vielleicht holten diese Beeren alte Erinnerungen und Sinneseindrücke aus den Untiefen seines Geistes hervor, um sie ihm als Wirklichkeit zu präsentieren.

Er ergriff einen dünnen Ast und stocherte damit nach den Deckenbehängen. Die Knochen schienen echt zu sein und drehten sich unter der Berührung der Spitze.

Alle Achtung. Keine schlechte Illusion.

Mit der freien Hand rieb er sich über sein Gesicht. Hoffentlich war er wirklich hier und lag nicht sabbernd und halluzinierend oben auf dem Felsen an der Oberfläche. „Au!“ Die frische Wunde an seiner Stirn wirkte in jedem Fall echt.

Waffe, mahnte ihn ein Teil seines Verstandes, der noch zu vernünftigem Denken fähig war. Er sah sich um. Echt oder nicht: Eine Höhle war eine Höhle. In Höhlen konnte sich alles Mögliche verkriechen. Es war besser, sich gegen unliebsame Begegnungen zu bewaffnen. Die Auswahl an der Decke war in dieser Beziehung äußerst reichhaltig. Er fand etwas von ausreichender Dicke, das womöglich irgendwann einmal einem Lebewesen als Schenkel gedient hatte. Mit einem kurzen Ruck löste sich der Faden aus der Dunkelheit der Decke und gab den Knochen frei. Er tastete über die behelfsmäßige Waffe und umfasste sie mit beiden Händen. Gut. Sogar über eine scharfe Bruchkante verfügte das Teil an der einen Seite. Mit einer solchen Keule in den Händen fühlte man sich doch gleich viel besser.

Erneut hob er den Blick hinauf zum Licht. Das gezackte Loch war selbst bei hoffnungsvoller Betrachtung zu weit entfernt für einen Aufstieg. Zu beiden Seiten der Öffnung zog sich die Decke der Kammer in die Dunkelheit zurück. Es gab keine erkennbare Möglichkeit, um hinaufzuklettern und die Höhle auf diese Weise wieder zu verlassen. Ganz abgesehen davon warteten dort draußen ohne Zweifel die verdammten Wölfe darauf, dass er seinen Kopf herausschob wie ein unvorsichtiges Nagetier. Er verabschiedete sich von der entsprechenden Hoffnung und spähte ringsum in die Dunkelheit. Der Luftzug, den er schon zuvor bemerkt hatte, kam aus einer bestimmten Richtung. Er feuchtete einen Finger an und fühlte. Vorsichtig unternahm er einige Schritte, bis er den richtigen Weg gefunden hatte. Eine dünne Schicht aus grauen Blättern, kaum noch als solche zu erkennen, bedeckte den schweren Lehmboden. Ein Hauch schien seinen Schritten zu folgen, ein leichter Zug, der die Knochen über seinem Kopf leise klingen ließ.

Ruhig, Palter. Keine Zeit für Gruselgeschichten.

Mit Halluzinationen war es nicht viel anders als mit Albträumen: Wenn man sich nur lange und entschieden genug weigerte, sie als Wahrheit anzunehmen, verschwanden sie bestimmt von ganz alleine.

Ein plötzliches Knurren ließ ihn aufschrecken. Wild richtete er die Spitze seiner improvisierten Waffe in die Schatten. Es dauerte einige Augenblicke, bis er sich bewusst wurde, dass das Geräusch aus seinem Magen stammte. Ein leises Lachen drang aus ihm hervor. „Schon gut", versicherte er sich. „Schon gut. Alles gut. Alles wird gut." Der Klang seiner Worte verhallte irgendwo in der Dunkelheit.

Er hielt den Atem an. War dies ein Plätschern, das er dort vernahm? Er folgte dem Geräusch mit großer Vorsicht und noch größerem Durst. Tatsächlich. Der Klang war nicht mehr zu verkennen. Weiter vorne glitzerte etwas.

Wasser. Ein dünnes Rinnsal, kaum mehr als ein bewegter, durchscheinender Film auf dem schwarzen Fels der Höhlenwand. Ungläubig streckte er die Hand aus, berührte die Kühle und kostete den Geschmack. Waldboden. Erde und Gras. Alles frisch und kalt und wunderbar. Wie ein Verdurstender presste er sich ganz mit seiner Wange an den Fels, fing auf, was immer er fangen konnte, schluckte Luft und Wasser, herrliches Wasser, immer und immer wieder, bis sein Magen glucksend verkündete, dass der Tod durch Verdursten fürs Erste abgewendet war. Er rülpste laut. Das Geräusch wanderte vor ihm durch die Dunkelheit, einem Herold gleich, der laut verkündete, dass hier jemand kam, dem es an Manieren fehlte. Das Geräusch des Echos half bei der Orientierung. Mit der Rechten tastete es sich weiter an der Wand entlang, über feuchtes Moos und scharfe Kanten. Ja, eindeutig. Von hierher stammte der Luftzug. Die Höhlendecke schien in dieser Richtung niedriger zu werden oder die Fäden an der Decke länger. Er musste sich ducken und die herabhängenden Gebeine mit der Waffe wie einen Vorhang vor sich teilen. Schließlich aber erreichten seine tastenden Finger eine Kante, eine dunkle Vertiefung von einiger Größe, ja, eine Abzweigung wie von einem Gang. Ein kühler, nach Feuchtigkeit und Erde riechender Luftzug wehte ihm daraus entgegen.

Er zögerte. Noch einmal blickte er über die Schulter zurück zum Loch an der Decke. Nein. Das Licht war und blieb zu weit entfernt. Hier entlang musste es gehen. Es gab keinen anderen Weg.

Er atmete tief und umfasste den Knochen fester. Etwas Gefährliches geht um in diesem Schatten, erinnerte er sich, und sein Name ist Palter Calgola. Er knurrte ein wenig, um der Versicherung Nachdruck zu verleihen. Die Art, in der die Wände das Geräusch zu ihm zurückwarfen, sorgte dafür, dass er schnell wieder damit aufhörte. Er verlegte sich stattdessen darauf, still die Zähne zu fletschen. „Ich bin der Jäger, nicht die Beute“, flüsterte er. „Hütet euch, sonst wird es übel mit euch enden!“

Langsam gewöhnten sich seine Augen an die Finsternis. Er begann, Einzelheiten in dem finsteren Tunnel auszumachen: Wurzeln, die aus den Wänden ragten. Dünne Wasserfäden, die wie glitzernde Quarzadern von der Decke über die schwarzen Felsen rannen. Der Art nach, in der sich Steinschichten übereinanderfügten, musste der Gang natürlichen Ursprungs sein. Ebenso unverkennbar war jedoch, dass an vielen Stellen jemand nachgeholfen hatte. Menschenhände. Die Wände waren geebnet worden. Auch der Boden wirkte wie festgetreten von den Schritten vieler Füße. Wann wohl zuletzt jemand hier unten gewesen war?

Weiße Pilze zeigten sich in den schattigen Ecken und in den Aussparungen in den Wänden. Beim genaueren Hinsehen zeigte sich, dass haardünne, bläuliche Adern ihre bleichen Köpfe durchzogen, die ein schwaches Licht aussandten. Schritt für Schritt bahnte er sich seinen Weg, den Knochen vor sich ausgestreckt und nach eventuellen Hindernissen tastend.

Mit einem Mal stieß die Spitze seiner Waffe auf Widerstand. Etwas lag vor ihm in der Mitte des Ganges, im schwachen Widerschein der Wasserläufe und fluoreszierenden Pilzgewächse. Zwei gekreuzte Planken. Nein, keine Planken. Er erschauderte. Welches Tier verfügte über Knochen dieser Größe? Die Gebeine waren lang genug, um den Gang in seiner ganzen Breite zu versperren. Jemand hatte sie in Scharte in die Wände gerammt, an ihrem Schnittpunkt mit grauer Schnur umwickelt und damit festgezurrt. Die Sperre sandte eine eindeutige Botschaft. Wer immer zuletzt hier gewesen war, hatte eine deutliche Empfehlung hinterlassen, den Weg nicht weiter fortzusetzen.

Er stöhnte. Typisch Gilbran. Jeder wusste, was geschah, wenn man ominöse Verbote in verwunschenen Höhlen einfach überging. Er wandte sich um und spähte in alle Richtungen. Nein, natürlich war der nächste Akt unvermeidbar. Auf die Suche nach Alternativen konnte man getrost verzichten. Es gab hier unten keinen anderen Weg. Außer natürlich ...

„Hehehe." Er ging erst in die Hocke und dann auf alle viere. Ein Held würde bestimmt nicht versuchen, einfach unter einer solchen Sperre hinwegzukriechen. Damit hatte der alte Gilbran sicher nicht gerechnet. Er versuchte es mit einigen Verrenkungen, bis er sich eingestehen musste, dass auch dieser Plan nicht funktionieren würde. Verärgert rieb er sich das Genick. Die Öffnung unterhalb der Knochen war zu schmal. So würde es nichts werden.

Er drückte sich stattdessen an die Wand und versuchte, an der Seite über die Streben hinwegzusteigen. Auch dieser Versuch war nicht von Erfolg gekrönt. Missmutig trat er zurück. Du glaubst, du hast mich, Alter, was? Mal sehen, was du hiervon hältst.

Er trat vor und stocherte mit seiner Waffe gegen die Barriere. Niemand konnte ihm einen Vorwurf machen, wenn die verbotene Sperre gewissermaßen von selbst aus den Wänden fiel. Er stocherte noch etwas fester. Komm schon, Sperre! Konnten sie nicht einmal eine Ausnahme machen für jemanden, der einfach nur nach Hause wollte? Er legte die Waffe aus der Hand und rüttelte versuchsweise mit beiden Händen an den Knochen. Nichts bewegte sich.

„Fein", verkündete er bitter. Der Zufall weigerte sich also, sich einzustellen. Also gut. Warum nicht? Was sollte schon groß passieren? Höchstens ein paar Splitter und vielleicht, dass man unfassbar Böses aus seinem traumlosen Schlaf hervorriss.

„Klopf, klopf.“ Er trat zurück, nahm Anlauf und trat mit der Ferse gegen die Knochen, gerade unterhalb der Stelle, an der die dünne Schnur sie wie ein Kreuz zusammenhielt. Es knackte vielversprechend. Die Barriere fiel jedoch noch immer nicht. „Verfluchte ...“

Ein erneuter, heftigerer Tritt. Erst jetzt folgte das erwartete Krachen. Splitter flogen umher. Die zerbrochenen Gebeine sanken schlaff aus ihren Ritzen und fielen klappernd auf den Boden. Natürlich verzichtete das Geräusch nicht auf die Gelegenheit, wie ein übereifriger Welpe von Wand zu Wand zu springen und erst irgendwo weiter vorne in ungeahnten Tiefen zu verhallen.

„Nichts für ungut“, murmelte er. Er bückte sich nach einem der Sperrfragmente und wog es in der Hand. Keine schlechte Waffe. Beinahe wie ein kleiner Speer, wenn man ein Auge zukniff, und dann noch das zweite, bis beide ganz geschlossen waren. Hoffentlich nahm es namenloses Böses nicht persönlich, wenn man ihm bewaffnet mit dem Schienbein seines eigenen Großvaters entgegentrat. „Ich bin übrigens kein Held“, informierte er die Schatten vorsichtshalber. „Ich will nur kurz passieren. Wäre das wohl möglich?“

Die Höhle gab keine Antwort. Ihm blieb nichts andres übrig, als sich weiter an der feuchten Wand entlangzutasten.

Ein leises Winseln entfuhr seiner Kehle. Das spärliche Licht hatte ein weiteres Hindernis freigegeben. „Ach, kommt schon!“ Wenigstens etwas Einfallsreichtum hätte man sich wünschen können. „Schon wieder ein Kreuz? Ist das wirklich alles, was euch einfällt?“ Die erneute Blockade war so hinderlich wie unnötig. Glaubten die Erbauer etwa, er sei besonders schwer von Begriff? Er verharrte einen Moment vor der Absperrung und schüttelte den Kopf.

Dieses Mal reichte ein Tritt, um die morschen Knochen umherfliegen zu lassen. Bestens. „Nächstes Mal baut verdammte Türen ein!“ Er hielt inne und lauschte. Er kniff die Augen zusammen.

Tatsächlich. Irgendwo weiter vorne war Licht. Mit noch einmal verstärkter Vorsicht schlich er weiter voran. Ja, kein Zweifel. Auch der Gang verbreiterte sich zusehends. Die Felsen sahen seltsam aus. Ganz eindeutig hatten Handwerker hier an verschiedener Stelle Quader in den natürlichen Verlauf der Gesteinsschichten eingefügt. Was zuvor nur ein diffuser grauer Schimmer gewesen war, erwies sich bei weiterer Annäherung als Tageslicht, als graue und bläuliche Balken, die aus großer Höhe in eine Felsenkammer von beachtlichen Ausmaßen fielen. Nachdem er sich lauschend versichert hatte, dass niemand mit röchelndem Atem darauf lauerte, ihn beim Betreten zu ermorden, trat er durch den Durchgang.

Weitere Knochen hingen hier von der Decke herab, gewaltiger noch als in der ersten Kammer. Größer als alle, die er je zuvor gesehen hatte. Beckenknochen, Schienbeine und kompliziertere Körperteile unbestimmter Zuordnung und Funktion drehten sich an den Enden dünner Schnüre geräuschlos um sich selbst. Eingelassen in der hinteren Wand war eine mit seltsamen Zeichen beschriebene Steinplatte unter einer Art Regalbrett voller Menschenschädel. Die Strahlen gefilterten Tageslichts, in denen Staubflocken trieben wie Sedimente unter der Oberfläche eines Teiches, fielen auf einen einzigen Punkt in der Mitte des Raumes: ein erhobenes, steinernes Podest. Eine Art Altar, auf dem etwas verführerisch schimmerte und glänzte.

„Hahaha“, entfuhr es ihm bitter. „Nein. Nein danke. Auf gar keinen Fall.“ Er wandte sich ab und starrte demonstrativ gegen die nackte Felswand hinter seinem Rücken. Ohne Zweifel hätte Gilbran an dieser Stelle feuchte Augen bekommen. Das unfassbare Böse musste tatsächlich glauben, Palter Calgola sei erst seit gestern auf dieser Welt. Alte Artefakte von großer Macht waren etwas, das man am besten weiträumig umging. Berührungen waren selbstverständlich verboten, ebenso wie interessiertes Schauen oder auch nur zu begehrliches Darandenken. Am besten tat man überhaupt nichts, was als Interesse verstanden werden konnte, es sei denn, man konnte es gar nicht abwarten, endlich unter einen schrecklichen Fluch zu fallen.

„Kein Bedarf", versicherte er fest. „Wirklich nicht. Ich bin nur auf der Durchreise." Nicht mit ihm. Die Wahrscheinlichkeit, mit verwunschenen Artefakten versehentlich das Böse heraufzubeschwören oder zumindest ein Portal in eine Schattenwelt der Schmerzen zu öffnen, lag bei nicht weniger als einhundert Prozent. Bei ihm war das Böse an der falschen Adresse und musste sich wohl oder übel selbst heraufbeschwören, wobei er nachträglich gehofft hätte, den Gedanken nicht zu Ende geführt zu haben.

Es schien sich um eine Art Halskette zu handeln.

Verdammt! „Kein Interesse", versicherte er sich laut.

Bestimmt verdammt mächtig.

„Bestimmt verdammt verdammt!"

Niemand trug Halskette aus Tierfängen und glänzenden Klauen, außer, um damit das Böse heraufzubeschwören. „Aha!" Auf einen unbewussten Teil seines Verstandes war Verlass. Die Augen hatten zur Rechten einen Durchgang erspäht. Zielgerichtet, den Blick zum Altar mit der rechten Hand abgeschirmt, steuerte er über den mit Steinplatten belegten Boden in die entsprechende Richtung. An einigen Stellen hatten Wurzeln das Pflaster aufgebrochen und nach oben gedrückt. Irgendwie aber schaffte er es, ohne zu stolpern, auf die andere Seite. Ein Türrahmen aus glatten, offenbar von Menschenhand behauenen Steinquadern lag vor ihm. Es konnte mit Sicherheit nicht schaden, den Knochenspeer in Anschlag zu bringen. Derart gerüstet wagte er es, den Kopf vorzuschieben und einen Blick durch den Durchgang zu werfen.

„Verfl…!“ Er hatte es nicht geschafft, rechtzeitig die Augen zu schließen. Ein menschliches Skelett lag auf der anderen Seite, der Länge nach ausgestreckt auf einer Steinplatte, gebettet wie zur letzten Ruhe. Irgendjemand hatte die fragwürdige Entscheidung getroffen, die Knochen des Toten von Kopf bis Fuß mit blauem Diamantstaub zu überziehen, sodass seine sterblichen Überreste glitzerten wie ein Scherbenhaufen.

Irgendein mächtiger Held oder König, keine Frage. Irgendjemand, der es sich nicht nehmen ließ, die Sache noch weiter zu verkomplizieren. Heldenhafte Tote waren fast so schlimm wie unheimliche Artefakte. Auf keinen Fall durfte man darauf hoffen, dass sie nach ihrem Ableben keine Probleme mehr verursachten.

Er atmete tief. Also gut. Er hatte einen Blick auf etwas geworfen, das vermutlich besser unbesehen blieb. Dennoch konnte niemand bestreiten, dass das Ganze nicht mehr als ein Zufall gewesen war. Kaum etwas, was man ihm würde vorhalten können. Auf die eine oder andere Weise musste er in jedem Fall daran vorbei. Seine Finger umklammerten die Waffe fester. Er konnte es schaffen. Er musste einfach nur darauf verzichten, versehentlich irgendetwas Heldenhaftes zu tun.

Er trat durch den Türdurchgang. Eine seltsame Art von Grabkammer war es, die man hier errichtet hatte. Zuerst einmal fehlte es ihr an Wänden. Es zog auf dem gemauerten Podest. Jenseits der Steinplatte mit dem Toten, nur wenige Schritte hinter dem Durchgang, gähnte ein finsterer Abgrund, ebenso wie zur Rechten und zur Linken. Er befand sich auf einem schmalen Vorsprung, vielleicht fünf Schritte tief und ein Vielfaches davon in der Breite. Der Untergrund bestand aus unebenen, mit Mörtel und Quadern verstärkten Gesteinsschichten. Aus der Finsternis unter der Decke hingen knorrige Wurzeln herab, verwoben wie schlecht instand gehaltene Fischernetze. So also war es, unter den Wäldern herzulaufen. Auf der anderen Seite der Länder, auf die das Licht der Sonne fiel. Wo aber befand sich der nächste Ausgang?

Einige Augenblicke lang spürte er nichts als heraufziehende Kühle aus dem Schlund jenseits des Felsenrandes. Die Dunkelheit vermittelte ein Gefühl von gewaltiger Tiefe. Dann erkannte er einen Lichtpunkt in der Ferne. Unterhalb der Decke, leuchtend über den Abgründen wie ein seltsames Gestirn, war ein Loch zu erahnen. Ein Durchgang hin zum Waldboden musste es sein, ein Portal zurück in die andere, die obere Welt. Wie aber sollte man dort hingelangen, ohne eine Brücke oder irgendetwas, auf das man seine Füße setzen konnte? Sein Blick wanderte zu den armdicken Wurzeln über seinem Kopf. Er stöhnte. Nicht die Füße. In der Welt unter der Erde waren alle Dinge umgekehrt. „Nicht doch“, beschwerte er sich beim Universum. „Nicht auch das noch!“ Ein weitaus jüngerer Hauptdarsteller hätte an dieser Stelle stehen sollen. Jemand mit genügend Kraft in seinen Armen und ausreichender Entschlossenheit, um ...

Etwas knirschte. Unter seinen Füßen geriet etwas ins Rutschen, an der Kante zur Dunkelheit, die seine Zehen fast berührten. Er sprang zurück, als spröder Mörtel nachgab, Steinplatten sich zu senken begannen wie zerbrechende Eisschollen. Schauer von Steinen und grauen Quadern ergossen sich in den Abgrund. Gerade noch rechtzeitig schaffte er es, zurück in die Sicherheit nahe bei der Wand zu springen. Auch die Steinplatte mit dem Toten hatte sich zu senken begonnen, lag mit einem Mal schräg wie das Deck eines Schiffes im Sturm.

„Nein. Nein!“ Er streckte die Hände vor. „Neineineinein!“

Wie auf einer zur Seebestattung geneigten Planke begannen die verzierten Knochen, sich knirschend zu bewegen, klappernd abzurutschen über die Kante hinweg und verschwanden innerhalb von Augenblicken als glitzernde Spur in der Dunkelheit des Abgrunds.

„Nein!“ Es war nicht gerecht! „Was soll das? Ich habe nichts gemacht!“

Ein weiteres Krachen ertönte, dieses Mal aus dem Nebenraum. Es klang, als zerberste eine mit machtvollen Schriftzeichen versiegelte Grabplatte unter dem Schlag einer gewaltigen Faust.

„Halt! Nein! Es war ein Versehen! Ich habe nicht ... argh! Verdammter Mist!“

Ein Tapsen wie von schweren Schritten, die die Steinfragmente einer schweren Steinplatte mühelos beiseiteschoben.

„Ich habe nichts angerührt!“ Der Protest war vergeblich. Für Verhandlungen war es längst zu spät. Ächzend blickte er hinauf zum Wurzelgeflecht an der Decke. „Das zahle ich dir heim, Gibran! Hörst du mich?“

Und so war es, dass er sprang, und auf Iasnins Geheiß hin, die über alle Wälder herrscht, bot Eiche ihre Wurzeln dar, und ließ sich aus Mitgefühl von ihm ergreifen.

„Gack!“ Der Knochenspeer fiel klappernd auf die Felsen. Er griff zur nächsten Wurzel, die nachgab, aber nicht zerriss. Ohne nachzudenken, kämpfte er sich weiter hangelnd voran.

Mit einem Mal war unter ihm kein Steinboden mehr, nur noch der Abgrund, dessen Tiefe verlangend an ihm sog.

Die Kreatur aber, todlos, garstig anzusehen und voll von lang gehegter Bosheit, war auf seinen Fersen. Denn, ach!, wie ruhmlos war Hergis' treue Wache zu ihrem Ende gekommen, die edlen Knochen und kostbaren Steine zerstreut und in die Dunkelheit gefallen, die Macht der Runen auf dem Grab von unachtsamer Hand zerbrochen.

„Unachtsam? Ich habe nicht einmal ...“ Ein plötzlicher Ruck ließ ihn beinahe in den Abgrund stürzen. Einer der Stränge in seinen Händen gab nach. Einen Augenblick lang verhinderte lediglich die Linke seinen Absturz, bevor er mit der Rechten in einer anderen Masche Halt fand. Die Wurzeln knarzten und sandten Schauer loser Erde in die Tiefe. Etwas folgte ihm. Etwas kletterte hinter ihm unter dieser Decke entlang.

Bloß weiter!

In seinen Ohren pochte es.

Weiter! Weiter! Nicht zurücksehen!

Rani war es, die in diesen Augenblicken der Bedrängnis zu seiner Rettung kann. Sie erlaubte es, dass die Last der Jahre für die Dauer weniger Augenblicke von seinen Schultern fortgenommen wurde und die Kraft der Jugend erneut in seinen Gliedern war. Mit jedem Griff fanden seine Hände, von den Göttern geleitet, auch in der Dunkelheit ihr Ziel. Auch die Arme ermüdeten ihm nicht, sodass die Tiefe wütend und vergeblich an ihm zog.

Das Loch war fast erreicht. Dort vorne, rettender Sonnenschein, kaum noch zwei oder drei Griffe entfernt ...

„Haa!“ Plötzlich fiel er, die Wurzel nachgebend in seiner Hand, dann ruckend wieder Halt findend, wobei Erde und kleine Steine auf ihn niedergingen. Der Strang in seinen Händen knarzte bedenklich, doch entschlossen schwang er sich erneut hinauf, mit beiden Händen in die Höhe greifend, in das braune Geflecht, hinauf zum Licht. Hin zur Seite des Tageslichts griff seine Hand, tastete durch Gras und trockene Tannennadeln, spürte Sonnenschein, fand festen Halt, zog, gefolgt von der anderen, den Körper empor, keuchend, über die Kante kriechend wie ein Ertrinkender über die Ränder eines tiefen Brunnens. Licht blendete ihn. Steine kratzten über seine Schienbeine. Irgendwie aber rollte er sich hinaus, schaffte es, sich aufzurichten und sah ...

... einen Baum, im Winter zerbrochen von Gralmos‘ Winden, geknickt dicht über der Erde für eben diesen Tag, die Wurzeln ausgerissen und vertrocknet, der Stumpf aber wartend und der Fäulnis verwehrt durch Iasnins kundige Hände ...

Mit aller Kraft lehnte er sich gegen den alten Baumstumpf. Trockene gelbe Erde gab unter seinen Füßen nach. Auf irgendeine Weise bewegte sich der schwere Block tatsächlich, rutschte, sich überschlagend die kleine Böschung hinab und verschloss mit einem knirschenden Geräusch das dunkle Loch, sodass die Wurzeln emporragten wie Zungen eines Feuers, wie die Zacken einer übergroßen Krone. Er taumelte rückwärts, schwitzend und verwirrt. Verdammte Beeren. Verdammte Götter. Was, zum Henker ...

... und erblickte dann aus weiten Augen zum ersten Mal das Land, in das die Erhabenen ihn geführt hatten, die abfallende Böschung der schwarzen Nadelwälder, hinabführend

zur dunklen Spiegelfläche eines Sees, in dem Gebirge schwammen, hohe Gipfel, gekrönt mit Wolken, glühend wie der Untergang des Tages, der blaue Kranz der Tannen im Dunst, umschließend seine Ufer, verschwindend hinter Kälte und aufsteigenden Nebeln zum Gruß der Nacht.

Wie benommen machte er sich an den Abstieg hinab zur weiten Wasserfläche, die ihn anzog. Er stand am Ufer auf dem Sand, ließ sich nieder auf die Knie, schöpfte klares Wasser mit den Flächen seiner Hände, wollte trinken ...

... doch Rani gewährte ihm Einsicht, sodass er erkannte, dass diese Wasser nicht zum Trinken waren, dass er fort musste, dass das Lied der Vögel längst verstummt und die Schatten lang geworden waren und finstere Dinge sich zu regen begannen.

Was, bitte, sollte nicht stimmen mit diesem Wasser? Er hatte Durst und auch den Vögeln ging es gut. Der Ruf eines Kuckucks hallte vom fernen Ufer her über die Oberfläche. Vereinzelt stiegen Ringe auf, wo Fische nach niedrig fliegenden Mücken und nach Wasserläufern schnappten.

... wie die Tiere des Tages sich zurückzogen in dieser Stunde und die der Nacht erwachten. Und er sah dann auch das Ufer, den dunklen Fluss mit Rändern voller Schilf, der da flüstert von solchen Dingen, wie sie den Ohren von Menschen verboten sind. Und das Geräusch der Ruder, die Barke jenes Einen vom dunklen Volk, des Fährmanns, der die Toten in das Reich der Schatten fährt und auf der Suche ist nach einem, der entkommen ist.

„Spukgeschichten“, verkündete er laut. „Ich glaube nicht mehr daran. Hörst du, Mutter?“

Zu Rani rief er dann, der Göttin der Heilung und der Nacht, auf dass ihr leuchtendes Gewand den Weg zu seinen Füßen erleuchte, seine Blicke lenke zu Sternen der Weisheit und fern von jenen Lichtern, denen ein Mann nicht folgen darf.

Ach? Tat er das?

Die bleiche Frau.

Hör auf damit!

Kühl und finster ist die Nacht, durch die ich wandere, bis zu jener Biegung. Welch fahles Leuchten, das von dort an meine Augen dringt durch allerlei Geäst. Hochgewachsene, geisterhafte Frau, mit einer Harke aus Eisen durchkämmst du den dunklen Fluss nach deinem Sohn zu dieser späten Stunde?

Wie bleich ist die Haut deiner Beine in den schwarzen Wellen. Du erschrickst nicht und weichst auch nicht zurück, als du mich erblickst. Frau, wie lange suchst du schon nach ihm in diesen Wassern? Dein Kleid hängt in Fetzen von dir herab und ist von einer Art, die man seit Langem nicht gesehen hat.

Du blickst mich an mit deinen Augen, die schimmernd sind wie Perlen. Ich kenne dich, seit langer Zeit aus den Geschichten meiner Väter. Dein Sohn versank in ihm, diesem Fluss, dem dunklen, der ins Reich der Toten führt. Niemals bist du müde geworden, suchst ohne Unterlass nach ihm mit dem Stab in deiner Hand, mit deiner Harke, der verzauberten, welche die Götter dir gewährten, auf dein Flehen hin.

Bin ich es, den du suchst? Muss ich selbst sein wie du, in Ewigkeit gebunden an dieses Land im Zwielicht wegen dem, was mir genommen wurde?

Meine Hände hebe ich vor mein Gesicht zur Abwehr deiner schrecklichen Erscheinung. Behalte nur das Werkzeug deines Zaubers, biete es mir mit deiner Hand nicht länger an. Nimm es fort von mir, auf dass ich es nicht ergreife, auf dass mich seine Berührung nicht verzaubert und mein Leben Sehnen und Verzweiflung wird von diesem Tag an und bis auf unabsehbare Zeit.

Bumm, bumm.

Kapitel 3 – Waldschrat

Er erwachte mit flatternden Lidern. Gerade noch rechtzeitig besann er sich eines Besseren und hielt die Augen fest geschlossen. Es war immer ein Fehler, der Welt vorschnell zu verraten, dass man wieder bei Bewusstsein war. Niemand sollte sagen können, dass Palter Calgola nicht aus seinen Fehlern lernte.

Mit geschlossenen Augen versuchte er herauszufinden, wo er sich befand. Beinahe mit Sicherheit war auch an diesem Tag wieder irgendjemand darauf aus, ihn zu ermorden oder in den Wahnsinn zu treiben. Es roch nach kaltem Rauch. Sein Magen war unangenehm gereizt. Sein rechter Fuß schmerzte, als sei er auf einen Igel getreten. Über ihm war eine Decke ausgebreitet worden.

Er lauschte. Irgendjemand hackte Holz. Wilde Tiere schieden somit erst einmal aus. Blieben also Menschen oder handwerklich veranlagte Dämonen. Auf der Messlatte potenzieller Bedrohungen waren beide Spezies in etwa ebenbürtig einzuordnen.

Vorsichtig spähte er aus den Augenwinkeln durch die Ränder seiner Lider. Ein kleiner Raum. Dunkle Deckenbalken. Ein Durchgang, etwas zur Rechten, am Fußende des Bettes. Der Lichtschein einer halb geöffneten Tür, durch die das Geräusch der Axt und der zersplitternden Scheite hereindrang. Zumindest schien noch niemand bemerkt zu haben, dass er erwacht war. Vielleicht gab es irgendwo eine Hintertür, durch die man sich klammheimlich ...

Das Geräusch des Hackens verstummte. Kein gutes Zeichen. Die Entscheidung musste schnell her. Flucht oder Tarnung? Waren seine Beine überhaupt schon wieder in der Lage ...

Das Donnern von Stiefeln erklang auf einer hölzernen Stufe. Die Tür quietschte in ihren Angeln. Jemand trat herein. Es wurde still. Er konnte spüren, dass ein Blick auf ihm ruhte. Palter Calgola wusste nichts davon. Palter Calgola schlief noch immer tief und fest.

Keine weiteren Geräusche. Der Besucher schien auf der Schwelle zu verharren.

Er versuchte es mit einem leichten Schnarchen.

Ein Klopfen traf ihn hart zwischen den Augen.

„Ah!“ Er wollte emporfahren, doch lederne Fesseln hielten ihn zurück.

„Genug geschlafen“, verkündete jemand barsch. Ein hölzerner Stab mit rundem Knauf schwebte drohend über seinem Gesicht. Am Ende des ausgestreckten Armes war ein Gesicht wie ein verwitterter Holzschnitt, verziert mit grauen Brauen, die in Missbilligung verzogen waren.

„Da soll mich doch ... gargh!“ Wütend warf er sich hin und her. Die Bewegungen brachten lediglich die Haltegurte zum Quietschen, die seine Arme und Beine hielten.

„Verhaltet Euch ruhig!“, befahl die Stimme in herrischem Tonfall. Wieder klopfte der Knauf des verdammten Wanderstocks schmerzhaft zwischen seine Augen.

„Ah! Was soll das! Hört sofort auf damit! Wer ... wo bin ich? Was mache ich hier? Was habt Ihr ...“ Er stutzte und hielt inne. Das hier war nicht sein Gewand. Die zerschlissene Gefangenenkleidung war verschwunden. Jemand hatte ihm etwas Neues angezogen: ein langärmliges Hemd aus kratzender, grauer Wolle. „Wo sind meine Sachen?“, entfuhr es ihm. „Wer seid Ihr? Irgendein Perverser?“

„Ihr sollt den Mund halten!“, fuhr der Alte ihn an. „Was glaubt Ihr denn, was ich damit getan habe? Verbrannt habe ich sie! Bis auf den letzten Fetzen. Habt Ihr irgendeine Vorstellung davon, in welchem Zustand Ihr wart, als ich Euch aufgegriffen habe?“

„Ich weiß, dass Ihr mich festgebunden habt! Dass Ihr mich ...“

„Vergiftet habt Ihr Euch!“, unterbrach ihn der Kerl. „Und meinen Wald gleich mit. Götter! Wie seid Ihr überhaupt noch am Leben? Wie viele Unhofbeeren kann man schlucken, ohne ohnmächtig zu werden? Und dann dieses Geschrei! Mitten in der Nacht. Im Umkreis einer Tagesreise war an Schlaf nicht mehr zu denken. Wie seid Ihr überhaupt dort hoch gekommen, an die Spitze dieser Tanne? Ihr habt meinen Igel getreten. Heulend einen halben Kessel Eintopf verschlungen. Und meinen Außenabort derart zugerichtet, dass ich den ganzen Vormittag mit Graben beschäftigt war!“

„Was?“ Er verzog das Gesicht. Das klang ja beinahe wie damals zu Rekrutenzeiten. Nicht schlecht für einen alten Ruheständler. Dumm nur, dass er sich an nichts davon erinnern konnte. „Seid Ihr sicher, dass Ihr das Ganze nicht geträumt habt, Alter? Vielleicht habt Ihr gestern zu viel vom Wurzelschnaps ... ah! Wehe! Wehe, Ihr schlagt mich noch einmal mit dem verdammten Stock!“ Die Fesseln ächzten und quietschten unter seinem Zerren. Der Bursche schüttelte den Kopf über ihn, doch er ließ sich nicht beirren. „Überhaupt ist das hier alles Eure Schuld, Alter!“, setzte er nach. „Ihr habt Eure verdammten Wölfe auf mich gehetzt! Wisst Ihr eigentlich, was ich hinter mir habe? Höhlen voller Knochen und Dämonen. Legenden, die mich … ich konnte den alten Gilbran hören! Wie er sich über mich … urgs!“ Ein tiefes Gurgeln erklang aus seiner Magengegend.

„Oh nein!“ Der Alte wedelte abwehrend mit der Hand. „Nein! Nicht hier drinnen. Wagt es nicht!“

„Bindet mich los!“

Mit großer Eile stürzte sich der Mann auf seine Fesseln.

„Schneller!“, forderte er. „Schneller! Argh! Ihr müsst noch viel schneller machen!“

„Ich warne Euch!“, jaulte der Alte. „Nicht hier drinnen! Hier. Los! Lauft schon! Raus mit Euch!“

Er sprang auf und durch den Türrahmen, über die Treppenstufe nach draußen. Ein Hof aus festgetretener Erde zwischen mehreren niedrigen Schuppen. Das schmale Häuschen auf der anderen Seite war nicht zu übersehen. Zielstrebig stürzte er darauf zu. Ein Wolf lag quer davor und hob den Kopf.

„Klopapier!“

Das Tier legte die Ohren an und trabte eilig davon.

Er sprang die Stufe hinauf und schlug scheppernd die Tür hinter sich zu. Eine kleine Aushöhlung in der Mitte spendete etwas Licht. Er hämmerte von innen gegen das Holz. „Ihr habt versucht, mich umzubringen“, schrie er. „Glaubt nicht, das würde ich vergessen. Glaubt nicht, wir seien quitt!“

Der Alte brachte mit scharfen Worten die jaulenden Wölfe zum Schweigen.

Nach einer sehr langen Weile verließ er das Häuschen wieder. Sein Gastgeber saß auf einer Bank neben der Haustür der Hütte und rauchte Kraut in einer langen Pfeife. Eine fleckige Schürze voller Taschen, auf der die Spuren aller möglichen

Arten von Arbeiten zu erkennen waren, bedeckte sein grobes Hemd.

Palter schnaufte. Er streckte sich, sodass seine Knochen knackten. „Ich fürchte, Ihr müsst noch etwas weiter graben", erklärte er. Sonnenstrahlen. Was für ein Gefühl! Tannen in dunklem Grün umgaben den kleinen Platz zu allen Seiten. Es roch nach Wald und Kräutern und nach frisch geschlagenem Holz.

Der Alte gab keine Antwort, sondern deutete mit dem Kopf hinüber zu einer Schaufel, die an der Wand des Häuschens lehnte.

„Ich?", gab er ungläubig zurück. „Nein, Alter. Habt Ihr mir nicht zugehört? Ich bin halb tot, halb verhungert, bis auf die Knochen ..."

Das warnende Knurren eines Wolfes erklang äußerst dicht hinter seinem Rücken.

„ ... und körperliche Ertüchtigung hat noch jedem gutgetan, sage ich immer!" Missmutig trat er vor, ergriff die Schaufel und drohte dem Tier damit. Der Räuber zog die Lefzen hoch. Der Wulst in seinem Nacken spannte sich bedrohlich.

„Lass ihn in Ruhe, Taja", erklärte der Alte mit einer Ruhe, als unterbreche er lediglich ein Spiel von Kindern. „Ich glaube kaum, dass er dir schmecken würde."

Palter warf dem Tier einen feindseligen Blick zu und begann, hinter dem Häuschen zu graben. „Wuäh. Meine Güte!"

„Nicht wahr?"

„Das ändert überhaupt nichts!", erklärte er laut. „Ihr habt mich Euren Wölfen vorgeworfen! Geht man so mit Gästen um? Mit unschuldigen Wanderern?"

„Nur mit solchen, die es verdient haben, Mann aus Merkesch." Der Alte musterte seine Arbeit mit dem kritischen Blick von jemandem, der sehr genau weiß, wie er die Dinge erledigt haben möchte. „Ihr könnt Euch über nichts beschweren“, behauptete er. „Dass Ihr noch am Leben seid, verdankt Ihr mir. Ich bin es, der Euch in der letzten Nacht gerettet hat.“

„Schöne Rettung ist das“, gab er knurrend zurück und rammte den Spaten mit Nachdruck in die Erde, um mehr Unaussprechliches in eine flache Grube zu schaufeln.

„Hm, hm.“ Der Alte folgte für einige Augenblicke schweigend den Bewegungen seines Werkzeugs.

So unauffällig wie möglich nutzte er die Gelegenheit, um sich am Ort seiner Gefangenschaft genauer umzusehen. So also wählten manche Leute zu leben. Alles, was nicht die Natur hervorgebracht hatte, sah so aus, als stamme es aus der Hand eines einzigen, in baulichen Dingen nur begrenzt fachkundigen Mannes. Außer der Wohnhütte gab es einen windschiefen Schuppen mit schrägem Anbau, unter dem stapelweise geschlagenes und ungeschlagenes Holz untergebracht war. Außer dem bereits bekannten Abort gab es noch drei weitere aus Stämmen und Planken gefertigte Lagerhäuschen, in denen sich Vorräte an Nahrung und Werkzeugen befinden mochten.

„Ein Verräter also, hm?“, bemerkte der Alte, ohne allzu viel Interesse in seiner Stimme.

„Ha“, brachte er knurrig hervor und schaufelte weiter Erde. „Ihr könnt auch noch Gedanken lesen?“

„Kaum.“ Der Alte winkte ab und schüttelte damit zugleich den Zündfunken an seinem Hölzchen aus. „Ihr habt im Schlaf geredet. Auch Eure Ausführungen an der Tannenspitze waren kam zu überhören.“

„Hmpf!“ Erneut stieß er die Schaufel in den Boden. „Ihr habt an meinem Bett gesessen und mir beim Schlafen zugehört? Da, wo ich herkomme, gilt so etwas als seltsam. Ihr bekommt nicht viel Besuch, oder?“

„Wie weit seid Ihr mit dem Graben?“

„Fertig“, beschloss er. „Besser wird es nicht mehr.“

„Gut“, befand der Alte. „Ihr könnt mit dem Holz weitermachen.“

„Wie bitte?“ Er folgte dem Blick des Mannes zur Unterbringung der ungeschlagenen Stammstücke. Er war jetzt schon außer Atem. „Das könnt Ihr vergessen, Alter. Ich bin nicht hier, um ...“

Der Wolf erhob sich wortlos.

„Das ist Sklaverei!“, ereiferte er sich. „Was ist mit ‚*Ich habe Euch das Leben gerettet*?‘ Etwa hierfür? Damit ich für den Rest meines Lebens für Euch schuften darf?“

„Dass es überhaupt noch einen ‚Rest Eures Lebens‘ gibt, verdankt Ihr mir. Also los. Was ich verlange, ist nicht mehr als ein Mindestmaß an Dankbarkeit.“

„Ihr habt Eure Wölfe auf mich gehetzt!“

„Jetzt hört schon auf damit. Los. Ohne Scheite gibt es kein Feuer und ohne Feuer kein Mittagessen. Anschließend könnt Ihr den Schuppen aufräumen.“

„Großartig. Und am Schluss werde ich gefressen? Wenn es ohnehin darauf hinausläuft, würde ich mir das Hacken gerne sparen.“

„Weniger reden und mehr spalten, Mann aus Merkesch.“

Der Vormittag bot ausgiebige Gelegenheit dazu, die Nachteile des Landlebens kennenzulernen. Er spaltete Holz, während der Alte auf seiner Bank saß und rauchte. Er räumte Behälter aus Ton von der einen Seite des Schuppens auf die andere und anschließend wieder zurück, als der Mann zu dem Schluss kam, dass ihm die alte Ordnung doch besser gefallen hatte. Die ganze Zeit über übernahm sein Gastgeber die anspruchsvolle Aufgabe, eine Pfeife nach der anderen zu stopfen und zu rauchen, so als bestehe sein Beitrag zum Erhalt des Waldes darin, die übermäßige Ausbreitung gewisser Kräuter nach bestem Vermögen einzudämmen. Irgendwann erhielt er die Aufgabe, ein paar Gruben für Abfälle auszuheben, dann noch ein paar weitere, weil man nie wissen konnte, wozu man ein paar anständige Gruben noch einmal brauchen konnte.

Als es irgendwann tatsächlich ans Kochen ging, erlaubte ihm der Alte lediglich, das Feuer zu entzünden und im Gang zu halten, während er sich selbst daranmachte, Kräuter und Gemüse in einen Kessel zu werfen und darin herumzurühren. Selbst dann dauerte es gefühlt noch eine Ewigkeit, bis zwei verbeulte Schüsseln aus Metall mit dampfendem Inhalt vor ihnen auf einer hohen Baumscheibe abgestellt wurden, die als Tisch fungierte. Zwei behelfsmäßige Möbelstücke der gleichen Art dienten ihnen als Hocker.

Kritisch betrachtete er die in den Schalen eingestanzten Zeichen und ließ einen vorsichtigen Blick zum Alten wandern. Tharsis-Prägungen. Dritte Legion ‚Tertiari'. Er schluckte. Erst essen, dann fragen. So machte es ein kluger Mann. Der Alte hatte grußlos zu essen begonnen. Ohne weiteres Zögern schlang auch er seinen Anteil am Eintopf herunter. Den gereichten Humpen mit dem Wasser leerte er in einem Schluck. Gut war das Zeug. Er war hungrig wie ein Wolf.

Die Tiere hatten sich indes in der Sonne ausgestreckt, zwei von ihnen auf dem bloßen Erdboden und zwei weitere auf den erwärmten Holzstufen der Gebäude. Die Räuber beobachteten sie geduldig, ohne zu betteln oder mit ihren Blicken

Schuldgefühle heraufzubeschwören, wie Hunde es mit Sicherheit getan hätten.

Nachdem sie beide ihren Hunger gestillt hatten, begann der Alte zur Überraschung von niemandem erneut damit, sich eine Pfeife zu stopfen. Der Mann blickte zu ihm auf, während seine Finger wie von selbst die Aufgabe übernahmen, das Rauchwerk vorzubereiten. „Dass Ihr noch lebt, habt Ihr auch Eurem Hund zu verdanken."

Er stutzte. „Das verdammte Vieh!", entfuhr es ihm. „Wo ist es?"

Der Alte schüttelte den Kopf. „Ein wahrhaft außergewöhnliches Tier. Saß dort am Fuße der Tanne nach Eurem ... ‚Abstieg'. Neben dem, was wir für Eure Leiche hielten. Knurrte sogar meine Wölfe an. Ließ niemanden an Euch heran." Der Mann nickte anerkennend. „Es geschieht nicht oft, dass andere Wesen vor meinen Wölfen nicht die Flucht ergreifen."

„Wie schön für Euch", befand er böse. „Und ohne den Hund? Hättet Ihr ihnen befohlen, mich aufzufressen?"

Der Alte zuckte mit den Schultern ohne zu widersprechen und prüfte den Inhalt des Pfeifenkopfes mit den Fingern.

„Reizend", befand er. „Ihr scheint mehr Mitgefühl für Tiere aufzubringen als für Menschen."

„Vielleicht." Der Mann hob einen Blick zum ihm. „Bei Tieren weiß man immer, woran man ist. Bei Menschen kann man sich nie ganz sicher sein."

„Weise Worte", gab er spöttisch zurück. „Sehr tiefsinnig. Ich glaube, etwas Ähnliches habe ich schon einmal gehört. Wo war es noch? In einem Tempel? Nein, wartet. Jetzt weiß ich wieder. Eingeritzt an der Innenseite einer Aborttür."

Der Alte entzündete die Kräuter im Pfeifenkopf, nahm einen tiefen Zug und stieß eine Rauchwolke aus. „Ihr plärrt viel herum, Mann aus Merkesch. Ihr scheint darin Beruhigung oder Vergnügen zu finden. Glaubt nur nicht, dass ich mich davon täuschen lasse. Ich erkenne einen Mann, der zu viel redet, um zu vermeiden, dass man ihm Fragen stellen kann. Eure Worte sind wie Rauch aus einem Feuer, in das viel feuchtes Holz geworfen wird. Manche Männer sind durch natürliche Veranlagung einfältig. Andere erreichen diesen Eindruck erst durch Übung und überlegten Vorsatz. Eure Fähigkeit auf dem Gebiet ist, wie man feststellen muss, recht bemerkenswert."

„Hmpf. Bemerkenswert ist wohl eher Eure Fantasie." Unwillkürlich tastete er nach der Wunde, die der Zapfenwurf an seiner Stirn hinterlassen hatte. Seine Finger berührten etwas Fremdes, eine grüne Paste, wie ein Blick auf seine Fingerspitzen verriet. Er schnüffelte daran. „Heilkräuter?"

Der Alte betrachtete ihn noch immer durch die Rauchschwaden. „Ihr lästert und ergeht Euch in Banalitäten, um keine ernsthaften Worte sprechen zu müssen", beharrte er. „Doch solche verlange ich von Euch. Nun, da Ihr genesen seid. Für gewöhnlich schere ich mich nicht um die Angelegenheiten Eurer Welt. Doch Eure Welt hat neuerdings begonnen, mit neuem Eifer in meine Wälder einzudringen. Späher laufen hier herum. Dummköpfe und solche die vorgeben welche zu sein. Hunde, die keine Angst vor Wölfen haben. Ich verlange zu wissen, was vor sich geht, Mann aus Merkesch. Verratet mir, was Ihr über diese Dinge wisst."

„*Eure* Wälder?", begann er bitter. „Ich wusste nicht, dass ... ha!" Der Wolf war schnell gewesen. Feuchte Wärme umfing mit einem Mal sein Handgelenk. Die Spitzen von Zähnen drückten schmerzhaft in seine Haut.

„Macht keinen Fehler, Mann aus Merkesch", mahnte ihn der Alte. Die Augen unter den buschigen Brauen blitzten nun. „Ich bin nicht Euer Freund. Ich bin überhaupt niemandes Freund. Und ich hasse leeres Gerede."

Er konnte spüren, wie das Gebiss des Wolfes zitterte. Stöße heißen Atems benetzten seine angespannte Haut. „Was soll das? Was wollt Ihr von mir?“

„Es gibt viele Neuankömmlinge in der letzten Zeit“, fuhr der Alte mit Bestimmtheit in seiner Stimme fort. „Banditen. Schatzsucher. Soldaten aus Merkesch und Abbadema. Seltsame Gestalten mit Absichten, die sich mir entziehen. Früher einmal konnte man in diesen Wäldern seine Ruhe haben. Doch mit einem Mal scheint es, als sei es damit vorbei. Was ist es, das euch herzieht? Was hat es auf sich mit all der neuen Aufmerksamkeit?“

Er schluckte. „Ich weiß nicht, ob ich ...“

„Fangt mit dem an, was Ihr wisst.“

Einige Momente lang starrte er den Alten schweigend an. Der Bursche war gefährlich, nicht nur wegen seiner Helfer. Bohrende Aufmerksamkeit lag in diesen Augen. Ein wacher Verstand, der sich nicht einfach etwas vormachen ließ. Besucher waren nicht willkommen an diesem Ort, so viel war sicher. Leider brauchte er die Hilfe dieses Kerls. Es lag kein Heil darin, auf gut Glück in diesen Wäldern herumzulaufen in der Hoffnung, durch irgendeinen glücklichen Zufall zu Bernrots Lager und hinein zu gelangen. Mit Verstand betrachtet, brauchte er jemanden, der sich hier draußen auskannte. Allerdings sollte es sich dabei nach Möglichkeit um jemanden handeln, der ihn nicht direkt in die Hände seiner Feinde weitergab. „Woher soll ich wissen, dass ich Euch trauen kann?“, wollte er wissen.

„Ihr wisst nichts dergleichen“, verkündete der Alte ruhig. „Aber Ihr habt keine Wahl. Denkt gut nach, Mann aus Merkesch. Wählt Eure Worte mit Bedacht.“

Ein leises Knurren drang aus der Wolfskehle. Er erschauderte. *Ein paar anständige Gruben kann man immer gebrauchen.*

„Es geht um Leben", hörte er sich sagen. „Um äußerst viele Menschenleben. Meine Stadt hat etwas verloren in diesem Land. Etwas von großer Zerstörungskraft. Ich weiß nicht, wie weit die Nachricht davon bereits gedrungen ist. Zumindest Einige derer, von denen Ihr gesprochen habt, werden wegen dieser Sache hergekommen sein. Um nach ihr zu suchen und sich ihrer zu bemächtigen."

„‚Verloren', sagt Ihr." Der Alte musterte ihn noch immer aufmerksam. „So, so. Und wenn man sie wiederfindet, Eure ‚Sache'? Was wird dann geschehen?"

„Das hängt ganz davon ab, wer sie findet."

„Tut es das? Wirklich?"

„Natürlich!"

„Warum?"

„Was meint Ihr damit, ‚*warum*'?"

„Welchen Unterschied macht es, wer Eure zerstörerische ‚Sache' findet? Ob der eine oder der andere?"

„Es macht ..." Er öffnete die Kiefer und schloss sie wieder.

„Vergesst es", fuhr ihm der Alte über den Mund. „Dann lasst mich *Euch* erklären, was Ihr mir gerade sagt. Seid Ihr der Meinung, wenn Eure ‚Sache' gefunden ist, ziehen alle wieder ab? Sie bleiben hinter ihren Grenzen, halten den Frieden und lassen Ingwall Ingwall sein?"

Der Blick des Alten hielt den seinen fest. Das wohl ganz sicher nicht. Theus' und Kapilars Worte waren eindeutig gewesen. Merkeschs Führer hatten ein für alle Mal genug davon, Ingwall Ingwall sein zu lassen. „Ich bin weder Politiker noch General", erklärte er abwehrend mit unwohlem Blick zu den Kiefern um seinen Arm. „Aber ich bin mir sicher, dass Eure

Wälder wieder ruhiger werden, sobald diese Sache aus der Welt geschafft ist."

„Aus der Welt geschafft?"

Verdammt!

„Aus der Welt geschafft", beharrte der Alte. „Das sagtet Ihr gerade. Was meint Ihr damit, ‚aus der Welt geschafft'? Die Gefahr ist ja wohl kaum ‚aus der Welt geschafft', wenn Eure Sache von jemandem gefunden wird. Egal, in wessen falsche Hände sie letztendlich gerät." Noch immer schien der Alte ihn mit Blicken durchdringen zu wollen.

Er knirschte mit den Zähnen. Der Kerl wollte seine Ruhe? Bitte sehr. Dann musste er auch einsehen, dass Palter Calgola der Einzige war, der ihm seine Ruhe geben konnte. „Ich werde sie vernichten", erklärte er. „Darum macht es einen Unterschied. Alle anderen wollen sie besitzen. Aber ich werde dafür sorgen, dass sie aus dieser Welt getilgt wird. Es gibt nur ein Exemplar. Eine einzige Möglichkeit zum Einsatz. Wenn sie vernichtet ist, kehrt wieder Ruhe ein."

„Nobel", verkündete der Alte, unverkennbar halb im Spott. „Äußerst nobel. So gar nicht menschlich. Und das soll ich Euch glauben?"

„Die Macht der Waffe ist zu groß für Menschenhände", beharrte er. „Ich bin Soldat. Ich weiß schon, was geschehen wird. Sie sagen, allein die Androhung einer solchen Waffe reiche aus, um Kriege zu verhindern. Doch alles, was erdacht werden kann, wird früher oder später auch eingesetzt."

„Hm, hm." Irgendetwas schien sich hinter dieser dicken Stirn zu regen. „Zumindest einen Funken an Verstand scheint Ihr zu besitzen."

„Und darum müsst Ihr mir helfen."

„Warum?"

„Damit ich sie vernichten kann! Ist die Waffe erst einmal aus der Welt geschafft, kehrt Ruhe zurück in Eure Wälder."

„Und genauso, wenn andere sie vor Euch finden."

Er starrte. War der Mann schwer von Begriff?

„Oder etwa nicht?", beharrte der Alte. „Ihr sagt, sie kann nur einmal eingesetzt werden. Also macht es keinen Unterschied. Jemand findet sie und setzt sie ein. Danach haben wir hier draußen wieder unsere Ruhe. Das sagtet Ihr gerade."

„Habt Ihr mir nicht zugehört, Alter? Diese Waffe ..."

„Es macht keinen Unterschied", erklärte der Alte fest. „Glaubt mir. Ich bin nicht erst seit gestern in dieser Welt. Dann wird sich diese Sache also auf die eine oder andere Weise bald selbst erledigt haben. Gut. Kein Grund, sich einzumischen." Der Mann erhob sich unversehens.

Verdutzt beobachtete er, wie sein Gastgeber ihre Schüsseln ineinanderstellte. „Was ..."

Die Wölfe erhoben sich erwartungsvoll, als der Mann aufstand und den Kessel mit einem dicken Stock aus dem Feuer hob, um ihn sich über die Schulter zu legen. Wortlos entfernte er sich in Richtung der Bäume. Die Tiere folgten dicht auf seinen Fersen, als er Geschirr und Essensreste auf dem Boden abstellte. Nur der Bewacher an seinem Handgelenk blieb zurück und beobachtete ihn noch immer aufmerksam.

„Menschen werden sterben!" Die Worte kamen fassungslos aus seiner Brust. Der Kerl war tatsächlich nicht mehr ganz bei Trost. „Völker werden gegeneinander ..."

„Menschen sterben ständig irgendwo", erklärte der Alte und wischte sich die Hände an der Lederschürze ab, während sich die Wölfe hinter seinem Rücken über die Reste ihrer Mahlzeit hermachten. „Es ist der Weg der Welt. Glaubt Ihr, es macht einen Unterschied, ob ein paar Leben kürzer oder länger ausfallen?"

„Ein paar?“ Jetzt stand er wirklich davor, wütend zu werden. „Hunderte, Tausende werden …“

„Hundert, tausend, hunderttausend! Menschen kommen und gehen. Ihr, ich, wir alle werden eines Tages sterben, ob nun langsam oder schnell, friedlich oder durch Gewalt. Ärger und Sorgen sind der Lohn, wenn man sein Leben lang umherhetzt und versucht, den Lauf der Dinge aufzuhalten.“

„Ihr seid …“ Fassungslos blickte er sich um. Welche Worte ließen sich überhaupt finden für einen Zuhörer wie diesen?

„Was glaubt Ihr, was passieren wird, wenn diese Waffe vernichtet ist?“, herrschte der Alte ihn an. „Irgendjemand wird eine neue bauen. Die Dummheit der Menschen ist endlos, ebenso wie ihre Lust am Streit. Sollen sie einander ruhig die Köpfe einschlagen. Weder an Dummköpfen noch an Anlässen zum Krieg wird es jemals einen Mangel geben, solange die Sonne über unserer Welt aufgeht. Es lässt sich nicht verhindern. Genauso gut könntet Ihr Euch in einen Fluss legen und darauf hoffen, dass Euer Körper ihn umlenkt.“

„Was?“ Er weigerte sich, die Sache so einfach aus der Hand zu geben. „Das ist Eure Entschuldigung? Eure Lösung ist es, einfach *nichts* zu tun? Was ist mit Dämmen, alter Mann? Mit Brücken, Flutwehren und Kanälen? Habt Ihr nie davon gehört? Es gibt viele Wege, um den Fluss der Dinge umzuleiten.“

„Ach.“ Der Alte winkte unwirsch ab. „Ich bin an Wortspielen nicht interessiert. Für wie lange, Mann aus Merkesch? Wie lange lässt sich abwenden, dass alles immer wieder zurück zum Schlimmen kommt? Alles Menschenwerk zerfällt, wenn man nur lang genug wartet. Setzt Euch eine Weile an den Rand. Vielleicht erkennt auch Ihr dann irgendwann, dass man gut damit beraten ist, sich ganz herauszuhalten.“

Für einige Augenblicke starrte er lediglich hinüber zu dem Alten, der wiederum beobachtete, wie seine Wölfe das Geschirr mit ihren Zungen sauber leckten. Dann schüttelte er den Kopf. Tiefe Verbitterung hatte aus den Worten des Mannes gesprochen. Wie es schien, bestand wenig Aussicht darauf, den Alten mit Worten von seiner Überzeugung abzubringen.

„Gut", befand er düster. „Dann haltet Euch heraus. Lehnt Euch zurück. Beobachtet, wie die Welt um Euch herum zugrunde geht. Aber lasst mich meine Arbeit machen. Nahrung. Etwas Wasser. Mehr brauche ich nicht. Zeigt mir einfach nur die Richtung."

„Welche Richtung?"

„Ich muss ein Lager finden", beharrte er. „Den Aufenthaltsort von jemandem mit dem Namen Bernrot."

„Bernrot." Eine Braue des Alten hob sich. „Bernrot hat Eure Waffe?"

Er zuckte mit den Schultern. „Vielleicht. Ich weiß es nicht. Es ist der einzige Hinweis, den ich habe. Es sei denn, Ihr habt eine Ahnung davon, wo sich meine ‚Sache' in diesem Land befinden könnte."

„Hm, hm." Der Alte schien zu überlegen. Beinahe konnte man zusehen, wie sich im Inneren seines Schädels die Gedanken formten. Unglücklicherweise war es eine neue Art von Argwohn, die mit einem Mal in die grauen Augen trat. „Was wisst Ihr über Bernrot?"

„Nicht viel." Versuchsweise bewegte er den Arm. Die Umklammerung der Kiefer blieb fest. „Ein Führer von Banditen, wie man hört. Jemand, der in diesem Land etwas zu sagen hat. Können wir diese ..."

„Der Hund", unterbrach ihn der Mann mit einer Sanftheit, unter der Schärfe lag. „Woher habt Ihr ihn?"

„Er ist mir nachgelaufen.“ Er hob den Kopf. Der Blick des Alten schien ihn durchdringen zu wollen. „Das ist die Wahrheit, alter Mann“, hielt er scharf dagegen. „Warum fragt Ihr? Alles, was ich Euch berichtet habe. Und Ihr fragt mich nach dem verdammten Hund?“

„Ihr wisst etwas“, stellte der Mann fest, mit Sicherheit in seiner Stimme. „Nicht viel. Aber etwas wisst Ihr. Was ist es?“

„Was meint Ihr? Ich ... au!“ Auf eine Geste des Mannes hin hatte sich der Griff der Zähne um sein Handgelenk mit einem Mal verstärkt.

„Redet!“

„Was soll das. Es ist ... argh! Es ist nicht meiner!“

„Das ist mir wohlbekannt. Wie kamt Ihr zu ihm?“

„Von einem Alten! Könnt Ihr Eurem Schoßhund sagen ...“

„Weiter“, unterbrach der Mann ihn scharf. „Beantwortet meine Frage!“

„Ein Gefangener“, brachte er hervor. „Verwirrt. Aus einer Zelle in Merkesch. Ah!“

„Und?“

„Hngh!“ War es überhaupt von Bedeutung, die Sache zurückzuhalten? „Rabacus!“, stieß er aus. „Er sagte, er sei Rabacus!“

„Rabacus!“

„Ha!“ Ein Knurren war aus der Kehle des Tieres gedrungen. Zum ersten Mal schien es, als verliere der Alte seine Fassung. „Rabacus“, stieß er aus. „Rabacus ist hier?“

„Ja. Nein!“

„Sprecht, Bengel!“

„Er ist tot. Ich musste ihn ...“ Er verstummte. Half er sich gerade oder redete er sich um Kopf und Kragen?

„Getötet!“ Der Alte starrte ihn an. Seine Augen verrieten plötzliche Erkenntnis, so als habe irgendetwas seine Worte ungehört bestätigt. „Ja“, hauchte der Mann. „Rabacus ist tot. Und Ihr habt ihn getötet.“

„Alles wäre sehr viel einfacher, wenn Euer Wolf ...“

„Bei den Göttern.“ Mit einer schnellen Bewegung wandte der Mann sich ab. „Erschlagen. Von Eurer Hand.“ Wie auf der Suche nach Halt wanderte die Hand des Alten zurück zu seiner Brusttasche mit dem Kraut. Momente der Stille folgten, in denen nur das Atmen des Biestes an seinem Handgelenk und das Rascheln der Kräuter zu vernehmen waren. „Was hat er gesagt?“ Der Alte wandte sich erneut zu ihm um. „Hat er etwas erzählt? Zum Anlass seiner Rückkehr?“

„Eine Stimme.“ Noch immer schaffte es der Wolf, den schmerzhaften Druck aufrechtzuerhalten, ohne, dass die Zähne sein Fleisch durchbohrten. „Die Stimme des Landes. Er sagte, dass die Erde nach ihm ruft.“

„Und doch konntet Ihr ihn töten.“

„Ja!“

„Hier. In Ingwall. Und seid trotzdem immer noch am Leben.“

„Gerade noch! Und zusehends weniger.“

„Hm, hm.“ Weitere Momente vergingen, in denen der Mann nichts tat, als ihn anzusehen. „Ungewöhnlich“, murmelte er schließlich. „Wirklich äußerst ungewöhnlich.“ Eine plötzliche Bewegung mit den Fingern. Mit einem Mal löste sich der Griff des Wolfes.

Schnell sprang er auf und trat einen Schritt zurück. Mit der Hand rieb er sich über die schmerzende Stelle, wo weiße Einbuchtungen in der Haut zurückgeblieben waren. „Was jetzt?“, wollte er wissen, halb verärgert und halb im Scherz. „Habt Ihr plötzlich Angst vor mir?“

„Vor Euch?“ Ein spöttisches Schnaufen ließ den Bart des Alten erzittern. „Nein“, gab er zurück. „Mir liegt nur nichts daran, die Flüche auch über mich zu bringen, die nun ohne Zweifel auf Euren Schultern liegen."

„Flüche? Was für Flüche? Wovon redet Ihr?"

Ohne Eile bewegte sich der Mann zurück zu seiner Bank und begann, sich auf gewohnte Weise zum Rauchen einzurichten. „Habt Ihr jemals von Salau gehört, Mann aus Merkesch?"

„Was soll das nun wieder sein?" Er hatte es gründlich satt, im unheilschwangeren Tonfall gefragt zu werden, ob er mit irgendwelchen schlimmen Dingen mit ominösen Namen bereits bekannt war.

„Das Gesetz des Ingwall", gab der Alte in unheilschwangerem Tonfall zurück. „Die Ordnung des Landes. Leben für Leben. Blut für Blut. So lautet das Gesetz, das in diesen Ländern gilt. Wer dem Land ein Leben nimmt, muss es zurückzahlen. Und Ihr, Mann aus Merkesch, habt ein sehr bedeutendes Leben genommen. Rabacus' Leben. Rabacus besaß einen großen Wert für dieses Land. Der Preis für Euer Eingreifen wird mit Sicherheit äußerst hoch ausfallen."

Einen Augenblick lang stand er wie erstarrt. Dann stieß er die Luft aus, ungläubig und verärgert. „Sicher, Alter. Was immer Ihr sagt."

Sein Gastgeber hob eine Braue und musterte ihn über den Pfeifenkopf hinweg.

„Was?", stieß er weiter aus. „Ihr meint, dass ich Schulden habe? Bei dem verdammten Land?"

„Verdammt ist eher, wer die Pflicht zur Zahlung schuldig bleibt", mahnte ihn der Alte. „Und Ihr solltet sparsam sein mit Euren Flüchen. Worte haben Macht in diesem Land."

„Klingt nach einem beschissenen Gesetz, wenn Ihr mich fragt", verkündete er gereizt.

„Niemand fragt Euch. Die Dinge sind einfach, wie sie sind."

„Ich gehöre nicht dem Land!“, beharrte er. „Ich bin aus Merkesch. Wir haben unser eigenes Gesetz. Ein verd ... ein ganz tolles Gesetz ist es, wenn man von einigen, wenigen Passagen einmal absieht.“

Der Alte seufzte. „Ihr seid nicht mehr in Merkesch, Junge. Weit davon entfernt. Weiter, als Euch die Zahl der Meilen glauben machen mag. Ihr habt eine schlimme Tat begangen. Unglück erwartet den, der dem Land ein Leben nimmt. Ihr werdet dafür zahlen müssen. Mit Zins und Zinseszins, wenn die Zeit dafür gekommen ist.“

„Ha!“ Jetzt also auch noch das. „Ein Fluch? Ist es wirklich das, wovon Ihr redet?“ Flüche. Ungeheuer. Von allen möglichen Motiven aus Gilbrans Erzählungen bewahrheiteten sich bisher lediglich die schlimmsten. Vermutlich konnte man vergeblich darauf warten, dass auch schöne Nymphen und unermessliche Schätze endlich ihren Auftritt hatten.

„Salau“, beharrte der Alte, „ist die schlimmste Form des Unglücks. Alles, was Ihr berührt, wird verflucht sein. Allem, an dem Euer Herz hängt, wird das Gegenteil von dem widerfahren, was Ihr Euch wünscht. So lange, bis Eure Schuld mit Zins beglichen ist.“

„Reizend.“ Es wurde wirklich immer besser. „Zufällig glaube ich nicht an Flüche.“

Der Alte seufzte erneut. Er konnte beobachten, wie sich das Gesicht für einen Augenblick erneut in rissige Baumrinde verwandelte. Eine Hand schirmte die Pfeife ab und das Licht des Glutspans tanzte über die tiefen Schatten der Züge. Nachdem die Kräuter im Pfeifenkopf aufs Neue glommen, ein tiefer Zug genommen war, war auch der Alte wieder als Mensch zu erkennen.

Er rieb sich über die Augen. Die verdammten Beeren blieben, wie es schien, eine ganze Weile im Blutstrom eines Mannes.

„Eine interessante Erscheinung seid Ihr, Mann aus Merkesch“, verkündete der Alte durch den dichten Rauch. „Bedeutsame Dinge scheinen Euch zu umspannen. Nichts, was man Euch zutrauen möchte. Mächte, die größer sind, als Ihr Euch ...“

„Jetzt hört schön auf! Verschont mich mit Eurem Legendenkram. Ich bin hier, um einen Auftrag zu erfüllen. Alles andere könnt Ihr getrost für Euch behalten.“

Ein weiterer zischender Ausstoß des weißen Rauches. „Es macht keinen Unterschied, ob Ihr meine Worte annehmt oder nicht“, beharrte der Alte ruhig. „Dinge geschehen. Ihr seid nun ein Teil davon. Dass Ihr Euch dagegen wehrt, bedeutet nicht, dass Ihr keinen Anteil daran habt.“

„Das Gleiche kann man über Euch sagen!“, gab er bissig zurück. „Was macht Euch so besonders, dass es in Eurem Fall in Ordnung sein soll, trotzdem nichts zu unternehmen?“

„Hm, hm.“ Eine weitere bedeutsame Bewegung der buschigen Brauen. Der Kerl schien über seine Worte tatsächlich nachzudenken. „Bernrot.“ Die Stimme des Mannes war nachdenklich, düster und bedrückt. „Bernrot und Rabacus. Shhh.“ Die Hand des Alten legte sich auf die Schnauze des Wolfes, der zu knurren begonnen hatte bei der Nennung der beiden Namen. „Zwei unheilvolle Namen, die lange nicht zusammen ausgesprochen wurden“, fuhr er fort. „Und Ihr wollt zu Bernrot gehen. Mit Rabacus‘ Blut an Euren Händen. Hm, hm. Ein Wahnsinn, ohne Frage. Aber vielleicht etwas, das nichtsdestotrotz geschehen muss. Vielleicht ist dies der Fluss der Dinge. Der Hund gibt auf Euch acht. Ja. Es mag in dieser Sache unklug sein, in Eurem Weg zu stehen.“

„Also helft Ihr mir!"

Der Alte starrte düster auf die Spitzen seiner Stiefel. „Zur Freude oder Dankbarkeit besteht kein Grund."

„Ha! Der Einfall wäre mir ohnehin nicht gekommen."

„Hm, hm." Rauch. Schweigen. „Es wird nicht leicht werden, Mann aus Merkesch", erklärte der Alte schließlich. „Diese Angelegenheit scheint hoch und weit zu sein, in ihrem eigenen Recht. Ich möchte nicht an Eurer Stelle sein. Auch bin ich keineswegs froh darüber, dass Ihr mich in diese Sache mit hineingezogen habt."

„Ihr und ich, alter Mann. Ich möchte ebenfalls nicht an meiner Stelle sein. Aber diese Welt hat anscheinend so eine Art, uns das Leben schwer zu machen."

„Anscheinend hat sie das." Erneutes Paffen. Der Mann gehörte eindeutig zu den Leuten, die nie darauf verzichten konnten, das letzte Wort zu haben. Mit einer Hand hatte sein Gastgeber begonnen, den Nacken des Wolfes zu kraulen. Seine grauen Augen richteten sich zum Himmel, wo der Stand der Sonne vom Beginn des frühen Nachmittages kündete. „Ich werde nachdenken", erklärte er schließlich. „Dinge dieser Art wollen nicht schnell beschlossen werden und sind am besten in Ruhe überlegt."

„Dann denkt." Ächzend ließ auch er sich auf die Holzbank sinken. Er lehnte sich an die von Sonnenstrahlen aufgewärmte Hauswand und verschränkte die Hände hinter dem Kopf. Es war kein schlechter Ausblick, den man von hier aus auf die Wälder und den Himmel hatte. Etwas Ruhe würde ihnen sicher guttun. „Wisst Ihr", begann er, „manchmal ..."

Der Blick, der ihm begegnete, ließ ihn verstummen. „Was?"

Das Mundstück der Pfeife wies zum Holzstapel.

„Was ist dort drüben?"

„Die Axt. Und die Schaufel. Und der Eimer zum Wasserholen."

„Das kann nicht Euer Ernst sein!"

„Mir steht nicht der Sinn nach Scherzen, Junge."

„Aber ich dachte ... wir haben doch gerade ..."

„Was? Ihr dachtet, das Holz hackt sich von alleine?"

„Argh!"

Der Alte schüttelte den Kopf über ihn und klopfte die Pfeife an der Kante der Holzbank aus, während er sich stöhnend erhob.

Es wurde ein langer Nachmittag, voll von beschwerlichen und schweißtreibenden Aufgaben. Holz musste gehackt und Gruben mussten ausgehoben werden. Für das Abspülen des Geschirrs musste Wasser von einem nahe gelegenen Flüsschen geholt und in große Bottiche gefüllt werden. Länger als sonst schien es zu dauern, bis die Sonne sich endlich hinter den Wäldern senkte und der Mann ihm seine Abendmahlzeit vorsetzte: Eintopf mit Pilzen und ein wenig Fleisch darin. Sie aßen gemeinsam, größtenteils schweigend. Die Kronen der Bäume wiegten sich in einer leichten Brise. Die Blätter waren grün und golden im Abendlicht.

„Trinkt Euer Wasser", forderte der Mann ihn auf und deutete mit dem Kopf zu seinem Humpen.

„Danke. Ich bin voll."

Der Blick des Alten verharrte auf ihm.

„Wollt Ihr mich zum Platzen bringen?", protestierte er. „Mein Magen gluckst schon wie ein übervoller Schlauch!"

„Das hättet Ihr Euch früher überlegen sollen! Die Wirkung von Unhofbeeren kann tagelang anhalten, wenn Ihr nicht ordentlich schwitzt und trinkt."

Widerwillig griff er nach dem Krug und zwang sich, noch mehr von der Flüssigkeit in sich hineinzugießen. „War das der Zweck der ganzen Arbeit?“ Er fuhr sich mit dem Handrücken über den Mund. „Wenn Ihr mich schwitzen lassen wolltet, hätte ich auch in der Sonne liegen können.“

„Vom Herumliegen werden meine Holzspeicher nicht voll.“

„Ja“, knurrte er. „So etwas dachte ich mir schon.“

Die Sonne war lange untergegangen, als er die Decken über sich zusammenzog. Er hatte sich unter dem Vordach eines der niedrigen Lagerhäuschen eingerichtet. Einige Steine, die sie nahe am Kochfeuer erhitzt hatten, wärmten ihn. Es roch nach frisch geschlagenem Holz und kalter Asche. Die Hütte des Alten hob sich als dunkler Umriss von den Bäumen ab. Darüber spannte sich der purpurne Nachthimmel. Die Sterne waren hervorgekommen, in einer Klarheit und Fülle, wie man sie in der Stadt niemals zu Gesicht bekam. Aus den Wäldern erklang ein Rauschen wie von Wellengang. Manchmal war irgendwo das Rascheln oder Tapsen kleiner Tiere zu vernehmen, die sich den Weg durch das Unterholz bahnten.

Ein geduckter Schatten, ein Paar silbrig glänzender Augen huschte in nur wenigen Schritt Entfernung vorüber. Der Wolf hielt inne und hob still den Kopf zum Himmel. Im Dunkeln waren die Tiere von zahmen Hunden kaum zu unterscheiden.

Er war bereits in Träume versunken, erschöpft von der Arbeit des Tages, als das Heulen begann. Ein klagender Laut, beinahe wie aus der Kehle eines Menschen. Schon bald stimmten weitere Tiere in den Gesang mit ein. Rätselhaft, was diese Wesen daran fanden, die Monde anzurufen, diese zu Gedanken und Gefühlen unfähigen Massen aus Stein. Er spürte keine Furcht vor der Präsenz der Wölfe. Ein wenig war es, als sängen sie ihn mit ihren Stimmen in den Schlaf.

Kapitel 4 – Wanderung

Er erwachte durch den würzigen Geruch von brennenden Kräutern. Der Alte saß bereits wieder auf seiner Bank inmitten von Rauchwolken, während Morgenrot den Himmel über dem Dach seiner Hütte zum Leuchten brachte. Im Steinkreis vor der Bank brannten die ersten Scheite eines frischen Feuers. Es war kühl, doch an einem Spätsommertag wie diesem bestand immer noch die Hoffnung darauf, dass es im Laufe des Tages nicht dabei bleiben würde.

Der Alte bemerkte ihn, als er sich aus den Decken schälte. Er beobachtete ihn stumm dabei, wie er sich erhob, mit krachenden Knochen reckte und selbst heran zum Feuer trat. „Was gibt es zu essen?"

„Euch ebenfalls einen guten Morgen."

„Sicherlich." Ein weiteres Recken war erforderlich, um die Steifheit der Nacht einigermaßen aus den Knochen zu vertreiben. „Wie könnt Ihr nachts ruhig schlafen, während Eure Wölfe ein Geheul veranstalten, als stünde das Ende der Welt unmittelbar bevor?" Das Geräusch hatte ihn bis in seine Träume hinein verfolgt. Nicht alle davon waren angenehm gewesen.

„Man gewöhnt sich daran", gab der Alte zurück und stocherte mit einem krummen Stock in den Flammen. „Außerdem hält es unliebsame Besucher fern. Nun, nicht alle, wie man sieht. Aber in einer Sache habt Ihr recht." Der Mann nahm einen Zug aus seiner Pfeife und richtete einen Blick zum Himmel, wo der Umriss Halles noch immer hinter dem Blau zu erkennen war. „Etwas scheint sie zu beunruhigen."

„Was glaubt Ihr, was es ist?"

Der Alte zuckte mit den Schultern. „Ich bin kein Wolf."

„Hm.“ Er beugte sich vor und warf einen Blick in den Kessel über dem Feuer. „Was ist das für eine Pampe?“

„Frühstück“, erklärte der Alte.

Ächzend ließ er sich ebenfalls auf die Bank fallen, während sein Gastgeber seine Pfeife ausklopfte, sie beiseite legte und zwei Schüsseln mit dem Inhalt des Kessels füllte. „Ihr habt auf mich gewartet!“, stellte er fest, halb überrascht und halb im Scherz. „Man könnte fast meinen, Ihr hättet irgendwann einmal unter fortschrittlichen Menschen gelebt.“

Der Alte gab keine Antwort.

„Hat Euch wohl nicht gefallen.“

Schmatzen. Starren in die Flammen.

„Was macht Ihr überhaupt allein hier draußen?“

„*Meine Ruhe haben.*“ Der Tonfall ließ erahnen, dass aktuell gewisse Abweichungen vom ersehnten Zustand zu beklagen waren.

„Etwa den ganzen Tag lang? Jeden Tag?“

„Das ist die beste Zeit dafür.“

„Und dabei wird Euch niemals langweilig?“

Wieder folgten Kaugeräusche anstelle einer Antwort. Er zuckte mit den Schultern. „Na gut. Eure Sache.“

Gemeinsam verzehrten sie schweigend die bräunliche Paste. Wie am Vorabend erhob sich der Alte am Ende ihres Mahls, um die Reste seinen Wölfen vorzusetzen. Gemeinsam beobachteten sie, wie die Tiere Geschirr und Kessel ausleckten.

„Erstaunlich friedfertige Tiere“, bemerkte er. „Habt Ihr ihnen das Fleischfressen etwa abgewöhnt?“

„Nein.“ Der Alte betrachtete ebenfalls die Mahlzeit seiner Schützlinge. „Darum kümmern sie sich selbst.“

„Ja. Ich erinnere mich gut.“ Er lehnte sich auf der Bank zurück. Wenigstens Palter Calgola stand an diesem Morgen nicht auf der Speisekarte dieser Biester. Überhaupt begann der neue Tag recht angenehm. Es wäre schön gewesen, noch eine Weile lang so sitzen zu bleiben. Noch beschienen die Strahlen der Sonne lediglich das Dach, doch schon bald würden sie entlang der Hauswand hinabwandern und ihre Wärme auch verdienteren Oberflächen angedeihen lassen. „Und?", wollte er wissen. „Habt Ihr nachgedacht?"

Der Alte nickte. „Das habe ich."

„Und? Aber sagt jetzt bitte nicht, Euch sei dabei eingefallen, dass Ihr noch mehr gehacktes Holz benötigt."

Statt einer Antwort ließ der Mann einen klackenden Laut seiner Zunge hören. Die Wölfe hoben die Köpfe. Mit einem Mal formte sich eine seltsame Art von Prozession. Die Schüsseln und selbst der Henkel des Kessels fanden ihren Weg in kräftige Kiefer und wurden auf diese Weise über den Platz getragen, hinüber zu einem Bänkchen an der Seite der Hütte, wo er beim letzten Mal den Abwasch hatte erledigen dürfen.

„Ah", brachte er hervor. „Sehr praktisch. Abspülen können Eure Tiere auch?"

Selbstverständlich musste das Rudel nicht damit rechnen, in derart niedere Aufgaben eingespannt zu werden. Hierfür gab es schließlich Gäste.

„Und nun", wollte er wissen, nachdem er selbst den Kessel glänzend gescheuert hatte und alles wieder ordentlich verstaut war.

„Nun", erklärte der Alte, „brechen wir auf."

„Was? Jetzt gleich? Wohin?"

„Ihr wisst, wohin."

„Nach Hause?", versuche er es ohne echte Hoffnung.

„Darüber müssen andere entscheiden."

„Bernrot." Er sprang auf. „Ihr bringt mich zu ihm?"

„Es wird nichts nützen, wenn ich Euch lediglich die Richtung zeige“, erklärte der Alte mit etwas, das nach einem Seufzen klang. „Viele Gefahren liegen auf dem Weg. Womöglich trifft *Salau* am Ende noch mich selbst, wenn ich Euch alleine losschicke und Euer Leben irgendwo unterwegs verlischt.“

„Hehe. Geschähe Euch ganz recht!“ Am Gesetz dieses Landes war offenbar auch nicht alles schlecht.

Der Mann kam zurück über den Platz und trat über die Stufe ins Innere seiner Hütte. Kurz darauf kehrte er mit einem kleinen Lederbeutel über seiner Schulter und einem Wanderstab in seiner Hand zurück. „Los“, erklärte er.

„Wartet einen Moment!“

„Warum? Ihr habt doch kein Gepäck.“

„Genau das ist das Problem! Ich brauche wenigstens einen Mantel. Und eine Waffe.“

Der Alte schnaufte. Er nickte zu den Decken vom Nachtlager. „Nehmt Euch eine davon. Die kleine! Eine Waffe braucht Ihr nicht.“

„Was soll das heißen?“

„Es soll heißen, wonach es klingt. Jetzt kommt.“

„Was ist mit Vorräten?“

„Auch die braucht Ihr nicht.“

Ein Stöhnen entfuhr ihm. „Ihr wisst schon, dass jedes Wort von Euch so klingt, als ob Ihr mich in diesen Wäldern töten und verscharren wollt?“

„Keine Sorge.“ Der Mann unternahm bereits die ersten Schritte auf einem schmalen Trampelpfad zur Linken seiner Hütte. „Meine Wölfe haben immer Hunger. Ich würde nichts von Euch verscharren müssen.“ Wie zur Bestätigung trabten die Tiere an ihm vorüber und folgten dem Alten über den Weg.

„Reizend. Wirklich reizend.“ Er sprang auf. Im Vorüberlaufen ergriff er eine Decke unter dem Vordach, die größte, die seine Finger finden konnten, und beeilte sich, zu dem Alten aufzuschließen.

Einer der Wölfe hatte, wie es schien, die Führung übernommen, zumindest aber die Aufgabe eines Spähers. Das Tier hatte den Alten überholt und war zwischen den nicht besonders dicht beieinanderstehenden Bäumen verschwunden. Sein Gastgeber näherte sich, in einen dunklen Umhang gehüllt und gestützt auf seinen Stock, dem Waldrand. Der Trampelpfad wurde zu einer Wiese und die Wiese irgendwann zu Unterholz zwischen den Stämmen. Niedrige Pflanzen mit breiten, hellgrünen Blättern bedeckten den Boden zur Rechten und zur Linken. Lediglich eine Erhebung aus fester Erde, ähnlich einem aufgeschütteten Damm in einer Bucht, ermöglichte die Passage durch die See aus Grün. Es roch nach Feuchtigkeit und nach Harz, das auf den Borken golden glänzende und milchig-weiße Spuren hinterlassen hatte, so als handle es sich bei den Fichten und Tannen um übergroße Kerzen. Das Meer aus Blättern lichtete sich nach einiger Zeit. Statt dem Damm aus Erde lag nun trockener, unebener Waldboden unter ihren Füßen, bedeckt von braunen Tannennadeln.

Er hatte beinahe Mühe, mit dem Alten Schritt zu halten. Der Mann bewegte sich zwischen den Wurzeln und Senken mit großer Sicherheit, während er selbst des Öfteren das Gleichgewicht verlor oder mit dem Gewand an einem Zweig hängen blieb, der ihn zurückhalten wollte.

„Kennt Ihr Bernrot, alter Mann?“ Vielleicht war ein Gespräch ein geeignetes Mittel, um den allzu eifrig Voranstürmenden dazu zu zwingen, seine Schritte zu verlangsamen. „Bringt Ihr mich direkt zu seinem Lager? Könnt Ihr bei ihm vielleicht ein gutes Wort für mich einlegen?“

Der Mann schob einige Zweige mit seinem Stock zur Seite. „Ich werde dafür sorgen, dass Ihr zu Bernrot gelangt“, bestätigte er. „Doch Worte werdet Ihr schon selbst finden müssen.“ Ein Schnaufen folgte, wie in bitterer Belustigung. „Mich lasst Ihr dabei besser unerwähnt. Außer, Ihr besteht darauf, Euer Leben unter Schmerzen in einem dunklen Loch auszuhauchen.“

Das war ja wieder einmal typisch. „Ihr seid wirklich nicht sehr gut mit Menschen, oder? Habt Ihr hier draußen eigentlich irgendwelche Freunde? Vielleicht solltet Ihr ... ah!“ Er begutachtete seinen Unterarm. Ein frischer roter Striemen leuchtete auf seiner Haut, wo ein Dorn ihn gestreift hatte. „Ihr solltet Euch wirklich einmal fragen, was da bei Euch schiefläuft“, fuhr er trotzdem fort. „Ihr wisst schon. Aufgeschlossener gegenüber Neuem sein. Neue Bekanntschaften knüpfen. Öfter lächeln. Ein freundliches Wort hier und da.“

Der Alte lachte humorlos. „So wie Ihr etwa?“

„*Ich* habe viele Freunde.“

„Oh ja, zweifellos. *Ihr* seid, wenn man Euch begegnet, ein regelrechter Sonnenschein. Ich bin sicher, Ihr habt auf Eurer Reise bisher nichts als Freundlichkeit erfahren.“

„*Ich* habe keine Wölfe auf einen Unschuldigen gehetzt!“

„Diese alte Sache wieder?“

„Diese ‚alte Sache‘ gehört nicht zu den Dingen, die man so einfach vergisst!“

„Genug davon“, beschloss der Alte. „Seid still, damit wir horchen können.“

Er fügte sich widerstrebend. Irgendwann einmal würde die Sache anders laufen. Es gab keinen guten Grund, warum dieser Alte stets das letzte Wort behalten sollte.

Nach einer Weile war ein Plätschern zu vernehmen. Ja, kein Zweifel. Irgendwo in den Tiefen dieser Wälder ergoss sich ein Strom aus einer gewissen Höhe in eine Wasserfläche. Sie waren bereits eine ganze Weile unterwegs. Er konnte spüren, dass er sich beim Frühstück nicht ausreichend gestärkt hatte. „Wie wäre es mit einer Rast?“, schlug er vor. „Ich könnte etwas zu trinken gebrauchen.“

Der Alte hielt inne, widerstrebend wie es schien und sah sich zwischen den Stämmen um.

„Spricht etwas dagegen?“

Der Blick des Mannes blieb finster. „Seid vorsichtig mit dem, was Ihr zu sehen und zu hören meint“, warnte er. „Diese Länder sind anders als diejenigen, die Ihr kennt.“

„Ach?“, gab er zurück, mit einer Spur von Trotz. „Aber Wasser ist hoffentlich auch in diesen Ländern Wasser?“

Die glitzernde Oberfläche eines kleinen Teiches war zwischen den Bäumen aufgetaucht. Ein schmaler Wasserfall ergoss sich von einigen höher gelegenen Felsen in einen schwarzen Tümpel. Beim Näherkommen zeigte sich, dass es zudem einen kleinen Bach gab, der sich aus der Wasserfläche am Fuße einiger übereinanderliegender Steinblöcke speiste und zwischen schollenartigen Anhäufungen von Moos und Wurzeln abfloss.

„Bewegtes Wasser“, urteilte er fachmännisch. „Sicher zum Trinken, solange nicht gerade eine tote Ziege weiter oben im Strom liegt.“ Ohne weitere Belehrungen abzuwarten, trat er alleine weiter vor. Ein kleiner Abschnitt aus grauen Kieseln bildete am Rand des Wassers eine Art Strand. „Wisst Ihr was?“, verkündete er. „Ich hatte heute noch gar keine Gelegenheit, um mich anständig zu waschen.“

Er hatte bereits ein Bein gehoben, um sich den Stiefel vom Fuß zu ziehen, als der Knauf des Wanderstocks ihn vor der

Brust zurückhielt. Fragend folgte er der unerwarteten Beschrankung hinüber zum Gesicht des Alten. Ein warnender Ausdruck lag darauf. „Kommt“, forderte ihn der Mann auf. „Aber lasst die Stiefel an.“

„Hier“, kam die Anweisung, als auch er ans Ufer getreten war. „Seht genauer hin!“ Der Knauf des Stabes deutete hinab zum schmalen Strand.

„Kiesel“, stellte er nüchtern fest. „Ich bin beeindruckt. Kaum zu glauben, was es hier draußen alles gibt.“

Der Knauf blieb, wo er war. Er rollte mit den Augen und ging in die Hocke. „Ich sehe ...“ Er verstummte. Bewegungen. Einige der Steinchen schienen umherzuschwimmen wie graue Erbsen auf der Oberfläche einer Suppe. Wieder andere kletterten übereinander. „Was zum ...“

„Kieselkrebse“, erklärte der Alte ruhig. „Mit nackten Füßen sollte man nicht dazwischentreten.“

Er kniff die Augen zusammen. „Wovon ernähren sie sich?“

„Euch, wenn Ihr nicht aufpasst.“

„Hmpf.“ Er erhob sich aus den Knien. „Aber trinken darf ich?“

Wieder war der Alte einige Schritte weitergetreten und winkte ihn heran. Neben einigen Seerosenblättern war an Pflanzen nur eine Ansammlung dunkelgrüner Halme zu erkennen, die nahe beim Ufer durch die Oberfläche brachen. Schimmernde Kügelchen schienen sich wie Reben von Trauben im dunklen Wasser daran zu klammern.

„Fischeier“, stellte er fest. „Vielleicht lässt sich irgendwo ein Mittagessen fangen? Oh. Ja. Lasst mich raten.“

„Schaut genauer hin.“

„... genauer hin. Ja. Schon gut.“ Er beugte sich hinab, um die kleinen schwarzen Punkte im Inneren der durchsichtigen Perlen genauer zu begutachten. Er zuckte zurück, als eine

Wolke besonders großer Mücken summend aus dem Wasser aufstieg.

„Tauchsperber", erklärte der Alte.

Tatsächlich. Auch die Wesen in den Blasen besaßen winzige Flügel und Schnäbel. Scharen von Vögeln, ein jeder nicht größer als der Nagel eines kleinen Fingers. Selbst unterhalb der spiegelnden Wasserfläche huschten sie mit schnellen Flügelschlägen mühelos umher. Ab und an durchbrach einer von ihnen die Oberfläche, um sich in der Luft ebenso ungehindert zu bewegen.

„Wunderbar", befand er. „Ich muss also beim Trinken aufpassen, um keinen ganzen Schwarm an Federvieh zu verschlucken."

„Auf Ballonasseln solltet Ihr ebenfalls achtgeben", erklang die nächste Warnung des Alten. „Sie lassen sich gerne von Luftblasen durch die Ströme treiben. Ihre Schale ist äußerst unverdaulich. Ansonsten müsst Ihr darauf achten, nicht hineinzufallen. Einige Schuppenkriechaale können ziemlich groß werden und sind so gut wie immer hungrig." Die Hand des Alten wanderte nachdenklich hinauf zu seinem Bart. „Und wo ich darüber nachdenke: Womöglich gibt es hier auch noch einige ..."

„Schon gut!" Er richtete sich auf. „Es geht schon. Ich habe keinen Durst mehr. Können wir endlich weiter?"

„Wie Ihr meint." Er glaubte, für einen Augenblick unter dem Bart ein Zucken der Mundwinkel zu erkennen.

„Amüsieren Euch meine Leiden, alter Mann?"

„Keineswegs, keineswegs", versicherte der Alte. „Ihr werdet schon noch lernen, mit offenen Augen umherzugehen. Bis dahin solltet Ihr aufpassen, wo Ihr hintretet. Bleibt nahe bei mir. Und haltet Euch von Dingen fern, die Euch seltsam erscheinen."

„Beides gleichzeitig wird kaum möglich sein."
„Was grummelt Ihr da?"
„Nichts. Weist den Weg, Alter."

Mit einer Zielsicherheit, die bemerkenswert war, stapfte der Alte weiter voran durch das Unterholz. Nirgendwo boten sich erkennbare Anhaltspunkte für eine Orientierung, auch wenn der Mann seinen Stab irgendwann einmal in Richtung einiger Stiele mit gelben Blüten ausstreckte und behauptete, die Köpfe deuteten immer in die Richtung der nächsten menschlichen Besiedlung.

Immer öfter verschwanden jetzt auch die Wölfe ganz aus ihrem Sichtkreis. Der Alte ließ sie gewähren. Regelmäßig kehrte eines der Tiere zu ihm zurück und trabte eine Weile lang an seiner Seite, so als erfolge zwischen den beiden eine stumme Art von Austausch.

Je länger sie gemeinsam unterwegs waren, desto mehr lernte er, die Tiere, voneinander zu unterscheiden. Diejenige mit dem hellen Fell schien, dem Verhalten der anderen nach zu urteilen, das Rudel anzuführen und hielt sich am häufigsten in der Nähe des Alten auf. Ein weiterer, hagerer Artgenosse mit kurzem Fell und einem Ohr, dem an der Spitze ein Stück fehlte, schien sich als eine Art Leibwächter stets in ihrer Nähe aufzuhalten, während die anderen, mal getrennt, mal dicht nebeneinander durch die umliegenden Gebüsche streiften, wobei mal der eine und mal der andere alleine abbog, um für eine Weile zu verschwinden. Eben tauchte die Wölfin erneut zwischen einigen ausladenden Farnblättern zur Rechten auf und näherte sich dem Alten mit gesenktem Kopf. Der Mann hielt kurz inne, als das Fell des Tieres über seine Beine strich, so als überlege oder lausche er. „Hier entlang", verkündete er mit einem Mal entschlossen und wies mit dem Gehstock in eine Richtung, die von allen anderen in keiner Weise zu unterscheiden war.

Mit etwas, das durchaus Eile hätte sein können, schritten sie über den leicht federnden, von Blättern bedeckten Waldboden, in eben jene Richtung, aus der die Wölfin sich genähert hatte. Nach einem kurzen Stück begann der Boden vor ihnen, sich in Form einer breiten Rinne leicht abzusenken. Die Blätter unter ihren Stiefeln zeigten eine bräunliche, manchmal schwarze Färbung und waren zusehends feucht, so als wähle auch abfließendes Wasser des Öfteren diesen Weg.

Wie die Ränder einer schmalen Schlucht erhob sich der Waldboden zur Linken und zur Rechten immer weiter über ihnen, während sie über die natürliche Rampe hinabstiegen. Wurzeln ragten aus dem schwarzen Erdreich zu beiden Seiten, verwitterte, dunkle Schichten aus Stein, durchzogen von bleichen Wasserspuren, über deren Ränder sich Moos und Erdschollen schoben, bis vollends kühle Schatten über ihnen lagen. Manchmal war, wenn man den Kopf bis in den Nacken legte, eine Baumkrone in der Höhe über dem Einschnitt im Land zu erkennen, bewegte, goldene Blätter, die daran erinnerten, dass irgendwo dort oben die Sonne auf die Wälder schien.

Die Abwesenheit wärmender Strahlen, dazu die Kühle und die Feuchtigkeit von Felsen und Erdreich waren in der Summe alles andere als angenehm. „Warum laufen wir hier unten?“, wollte er wissen. „Oben war ...“

„Haltet die Stille!“ Die Stimme des Alten war ein warnendes Zischen. „Kein Wort von Euch, bis ich es erneut erlaube.“

Er blies die Backen auf, schaffte es jedoch, auf eine Erwiderung zu verzichten. Eine Dringlichkeit hatte in der Stimme des Mannes gelegen, die deutlich machte, dass dies nicht die richtige Zeit für Widerworte war.

Sämtliche Tiere des Rudels waren jetzt nahe bei ihnen, abgesehen von der hellen Wölfin, die vorauslief und stets als Erste jede Biegung in der schmalen Schlucht durchquerte. In einigen Momenten kamen ihre Begleiter derart dicht heran, dass ihre Felle entlang seiner Beine strichen. Es schien sich weniger um einen Ausdruck von Furcht zu handeln, wie man ihn von Hunden kannte, sondern eher um einen Instinkt des Rudels, die beiden Zweibeiner in ihrer Mitte mit noch einmal verstärkter Sorgfalt zu beschützen.

Ein äußerst dünner Pfad, vielleicht auch lediglich ein Bachbett, kaum sichtbar und überwachsen mit Büscheln von herzförmigen Blättern, zog sich unter ihren Füßen durch die schmale Schlucht hindurch. Irgendwann, nach mehreren weiteren Biegungen, verbreiterte sich der Einschnitt. Keine Erde mehr, lediglich Türme und Kavernen aus schwarzem Fels waren nun noch an ihren Seiten zu erkennen, übereinanderliegend in feucht glänzenden Schichten, voller Höhlen und schattiger Klüfte, mit überhängenden Schichten von Waldboden irgendwo in der Höhe.

Es mussten tatsächlich dringliche Gründe sein, die den Alten dazu bewegt hatten, gerade diesen Weg zu wählen. Die Schatten eigneten sich vorzüglich dazu, alles Mögliche vor ihnen zu verbergen. Man konnte sich kaum einen besseren Ort vorstellen, um von plötzlichen Steinschlägen verschüttet oder von lichtscheuen Biestern verspeist zu werden. Dazu kam ein modriger, alles andere als angenehmer Geruch.

Er hielt ein Stöhnen zurück, als sie um die nächste Biegung traten. Keine haltlose Befürchtung, wie sich erwies. Das Gerippe eines Hirsches, ausgestreckt auf einer leicht erhöhten Felsterrasse und mit verdrehtem Hals, schälte sich aus den

Schatten zu ihrer Rechten. Das breite Geweih war vergilbt und an mancher Stelle zerbrochen. An den Rippen waren noch einzelne schwarze Streifen herabhängender Haut und widerwärtige Überreste von Fleisch zu erkennen. Es war wohl schon zu viel gehofft, davon auszugehen, dass das Tier einen natürlichen Tod durch einen Sturz in diese Klamm erlitten hatte.

Weder der Alte noch die Wölfe machten irgendwelche Anzeichen, sich von dem unheilvollen Vorzeichen verlangsamen zu lassen, auch nicht, als die nächste Biegung mehr Knochen zum Vorschein brachte, weit verstreut liegend zu beiden Seiten der Felswand. Argwöhnisch wanderte sein Blick über die dunklen Höhlen zur Rechten. Einmal meinte er, für einen Augenblick ein Paar schimmernder Augen aufblitzen zu sehen. Keiner seiner Begleiter zeigte eine Reaktion. War er etwa der Einzige, der solche Dinge mitbekam? Nein, wohl kaum. Schon seit einer ganzen Zeit war das Fell des Wolfes mit dem Fledderohr, der dicht an seiner Seite lief, im Nacken aufgestellt. Ein dumpfes Knurren erklang aus der Kehle des Tieres. Es wäre *wirklich* angebracht gewesen, einige dringende Fragen an den Alten zu richten, doch sein Führer stapfte mit eiligen Schritten voraus und er traute sich nicht, zwischen den widerhallenden Steinwänden nach ihm zu rufen.

Mit einem Mal hielt sein Vordermann abrupt inne, sodass auch er erstarrte. Er lauschte. Nicht vor ihnen, sondern von weiter oben aus dem Wald waren Geräusche zu vernehmen. Ein Rascheln im Unterholz. Das Knacken von Zweigen jenseits des Randes in der Höhe. Dann wieder Stille.

Weitere Augenblicke vergingen, in denen sie schweigend verharrten. Eben erst hatte sich die Schlucht erneut verengt, sodass tiefe Schatten über ihnen lagen. Wenn sich gerade jetzt jemand über diesen Rand lehnte, um herabzublicken ...

Er erschauderte. Wieder ein Knacken. Geräusche wie diese entstanden nicht durch zufällige Bewegungen. Jemand oder etwas schlich dort oben herum mit dem festen Vorsatz, nicht bemerkt zu werden. Nicht nur einer. Eine ganze Gruppe, wenn seinen Sinneseindrücken in irgendeiner Art zu glauben war. Die Wölfe saßen still wie Schoßhunde. Ihre Augen musterten die Höhlen ringsum und die Ohren auf ihren Schädeln drehten sich wie Segel in einer wechselhaften Brise.

Der Alte wandte sich um und legte einen Finger an die Lippen. Der Mann musste den Eindruck gewonnen haben, dass seine Einfalt keineswegs gespielt war, wenn er ernsthaft glaubte, dass eine solche Warnung erforderlich war.

Er nickte, damit keine Zweifel daran aufkommen konnten, dass er verstanden hatte. Sie warteten weiter. Für seine Ohren war nicht zu erkennen, ob Tiere oder Menschen über ihnen den Klippenrand passierten, doch wenn der Alte der Meinung war, dass man eine Begegnung mit ihnen besser vermied, so würde er kaum jemand sein, der widersprach.

Zugleich war es, als schärften das Schweigen und das Abwarten die Empfindsamkeit der Sinne. Nach und nach wandelte sich das Gefühl eines vagen Unwohlseins zu etwas anderem. Auch die Blicke der Wölfe wirkten mit einem Mal keineswegs mehr unbefangen. Etwas war dort in den dunklen Aussparungen und Höhlen zur Rechten. Immer stärker wurde das Gefühl, dass aufmerksame Augen sie beobachteten. Er ließ die Blicke wandern und bemühte sich, die Schatten zwischen den Felsen zu durchdringen.

Scharf fuhr die Luft in seine Lungen, als er das erste Augenpaar erblickte. Perlgrau schimmerten die Punkte, nur wenige Schritte entfernt auf der rechten Seite. Dann ein weiteres Paar. Wie das Auftauchen unsichtbar in einem Sumpf dahintreibender Krokodile war das Öffnen von Paar um Paar dieser Augen in der Dunkelheit. Jetzt erst bemerkte er die Pelze, die zottigen Körper in der Finsternis. Wölfe, ein ganzes Rudel, lagen dicht an ihrer Seite, regungslos auf Felsterrassen und unter steinernen Überhängen und musterten sie stumm.

Ihre eigenen Begleiter erwiderten die Blicke der Artgenossen. Keine Partei gab einen Laut von sich, während sich die Gruppe unbekannter Wesen über ihren Köpfen verstohlen den Weg durch die Wälder bahnte.

Er wagte kaum zu atmen. Eine gefühlte Ewigkeit standen sie so, schweigend und mit einem Zittern, das sich kaum noch unterdrücken ließ, selbst noch, als schon lange nichts Verdächtiges mehr zu hören war.

Eine Berührung an seinem Bein ließ ihn zusammenfahren. Sein tierischer Begleiter drängte sanft gegen seine Beine. Anscheinend beabsichtigte die Kreatur, ihn darauf aufmerksam zu machen, dass auch der Alte sich langsam erneut wieder in Bewegung setzte.

Wie in einem Albtraum, jede unbedachte Bewegung und jedes unvorsichtige Geräusch peinlich vermeidend, bewegte er sich auf den Fußballen weiter über den Pfad. In nur wenigen Schritten Entfernung unternahm die Klamm eine scharfe Linksbiegung, wobei der Weg jedoch zur Rechten unmittelbar an einer Steinplatte vorbeiführte, auf der ein besonders großes Exemplar des finsteren Rudels ausgestreckt lag.

Er zwang sich, den Blick fest geradeaus zu richten und möglichst flach zu atmen, während sie den stillen Beobachter passierten.

Die Biegung im Fels blieb hinter ihnen zurück. Auf der anderen Seite, Götter!, beschien ein dünner Streifen Sonnenlicht die abgestorbenen Blätter auf dem Boden. Die helle Wölfin blickte von weiter vorne auf sie herab, erhoben zwischen den beiden Felswänden auf einer irdenen Rampe, die zwischen den Klippen wieder zurück, hinauf und in die Wälder führte.

Er beeilte sich, dem Alten zu folgen, der ebenfalls, immer wieder mit seinem Wanderstock nach vorn ausgreifend, die schmale Böschung erklomm. Mehr und mehr zogen sich die Felsen zu den Seiten zurück, verbreiterte sich der Anblick der grünen und gelben Baumkronen über ihren Köpfen. Irgendwann berührten die ersten Sonnenstrahlen ihre Haut.

Er erschrak kurz, als der mit dem Schlappohr an ihm vorübersprang und beinahe spielerisch über die Blätter tanzte. Die helle Wölfin an der Seite des Alten hatte sich zu ihnen umgewandt und musterte ihn von Kopf bis Fuß. Die Augen des Tieres waren aufmerksam, die Nase zitternd, so als prüfe sie den Geruch jedes Einzelnen aus ihrem Gefolge, während die Mitglieder des Rudels an ihr vorüberstrichen, die Schweife wedelnd, die Köpfe dicht über dem Boden. Einige der Tiere schüttelten sich wie Hunde nach dem Bad in einem Tümpel. Eines begann damit, sich in den sonnenbeschienenen Bündeln von Waldgras herumzuwälzen. Sofort war ein anderes bei ihm, versetzte seinem Kameraden spielerische Bisse, bis ein kurzer Austausch fauchender Drohungen und vorschnappender Kiefer beendet war.

Auch er atmete tief die Waldluft ein und ließ sie zurück aus seinen Lungen fahren. Ein wenig war es, als kehre man nach einem längeren Tauchgang in einem dunklen Gewässer zurück an die Oberfläche. Er öffnete den Mund.

„Nicht hier“, zischte der Alte. „Wartet noch ein Stück.“

Er gehorchte. Weiter ging es zwischen den Stämmen dahin. Erst nach einer Weile schien auch der Alte sich zu erlauben, endlich durchzuatmen. Der Mann lehnte sich mit dem Rücken an einen Baum und fuhr sich mit der Hand durch sein graues Haar. Die Erleichterung war ihm deutlich anzusehen. Eine Braue hob sich in dem zerfurchten Gesicht, als das heftige Gefuchtel seines Begleiters wirklich nicht mehr länger zu übersehen war. „Ah“, machte der Alte und verzog das Gesicht. „Ich verstehe. Ich weiß jetzt schon, dass ich es bereuen werde. Aber gut. In Ordnung. Ich erlaube es. Ihr dürft wieder reden.“

„Wa… !“

„Leise.“

„Was bei allen Göttern war das eben?“

Der Mann schnaufte. Die Augen über dem dichten grauen Bart glitzerten. „Ein alter Wolfspfad“, erklärte er. „Eigentlich verlassen. Scheint so, als habe sich ein Rudel Bruchwölfe dort unten eingerichtet. Damit hatte ich nicht gerechnet.“

„Ach?“

„Natürlich nicht.“ Der Alte schüttelte bestimmt den Kopf. „Ansonsten hätte ich niemals diesen Weg gewählt. Sie hätten uns zerreißen können.“

„Gah!“

„Nun ja. Es ist ja gut ausgegangen.“

„Wie man‘s nimmt! Ich bin sehr dankbar, dass ich vorhin doch nichts mehr getrunken habe.“

Die lederne Tasche des Alten flog durch die Luft und er fing sie auf. „Zeit für eine Rast“, erklärte der Mann. „Nicht zu lang. Von hier aus ist es nicht mehr weit.“

„Was war das andere eben?“, wollte er wissen. „Die Geräusche oberhalb der Kante?“ Seine Aufmerksamkeit galt bereits dem Inneren des Beutels. Etwas fest gebackenes Brot lag darin, ebenso wie ein Schlauch mit Wasser.

„Hm.“ Der Alte blickte an seiner Seite hinab zur Wölfin, die den Kopf hob und seinen Blick erwiderte. „*Okori*“, behauptete er. „Eine Patrouille vom alten Volk. Bernrot mag es nicht, wenn sich Fremde unbemerkt nähern.“

„Bernrot steht mit den *Okori* im Bund?“

„Bund ...“ Der Alte schien zu überlegen. „Ja. Ich denke, so kann man es nennen.“

„Das alte Volk macht gemeinsame Sache mit den Banditen?“

„Trinkt“, forderte ihn der Alte auf. „Wenn Ihr über Politik sprechen wollt, ist dies weder die Zeit noch die Gesellschaft dafür.“

„Ihr könntet mich wenigstens wissen lassen, was mir bevorsteht.“

„Ihr geht zu Bernrot, so wie Ihr es gewünscht habt. Die Götter allein wissen, was Euch dort erwartet.“

„Hmpf.“ Er nahm einige tiefe Schlucke aus dem Schlauch. „Ihr habt wirklich so eine Art, einen Mann in einer schweren Stunde zu ermutigen.“

„Schön zu lügen war noch nie eine meiner Fähigkeiten.“ Der Alte musterte ihn genau, so als wolle er sicherstellen, dass er auch tatsächlich austrank. Anschließend nahm er das nun deutlich erleichterte Bündel erneut entgegen und warf es über seine Schulter.

„Was ist mit Euch?“, wollte er von seinem Führer wissen.

„Ich brauche nichts.“

„Seid Ihr sicher?“

„In meinem Alter kommt man mit weniger von allem aus.“

„Na dann.“ Ein solches Alter war ihm fremd und würde es hoffentlich auch immer bleiben.

Ohne weitere Worte setzte sich der Alte erneut in Bewegung. Wieder benötigte er einige Schritte, um zu dem Mann aufzuschließen. Auch ihr Begleitschutz verfiel zurück ins alte Muster aus Erkundung und Bewachung. „Ist es noch weit?“

„Nein.“

„Wie weit?“

„Wir sind bereits sehr nahe.“

„Woher wisst Ihr das?“

Der Alte seufzte. Ein kritischer Blick aus den grauen Augen richtete sich zum Himmel zwischen dem Blätterdach. „Wegen des Lagerfeuers.“

„Huh?“ Auch er hob den Blick zu den Zweigen. „Ich kann nichts erkennen.“

„Das bedeutet nichts.“

Er bemühte sich noch etwas weiter. Seine Augen waren, darauf bildete er sich einiges ein, durchaus in Ordnung. Dennoch blieb ihm schleierhaft, was der Alte dort oben ausgemacht zu haben meinte. „Ich war dreißig Jahre lang Soldat“, beharrte er. „Ich glaube doch, ich wäre in der Lage, Rauchspuren zu erkennen, wenn dort oben welche wären.“

„Ich dachte, Ihr seid im Ruhestand?“

„Das gilt nicht für meine Auffassungsgabe.“

„Vielleicht doch. Kommt jetzt.“

Wieder blieb ihm nichts anders übrig als zu folgen. Es war zu hoffen, dass der Weg tatsächlich nicht mehr allzu weit war. Schon jetzt zeigten seine Beine erste Anzeichen der Ermüdung. Wenn sie wirklich noch an diesem Tag zu Bernrots Lager gelangten, würde es von großer Bedeutung sein, mit den eigenen Kräften gut zu haushalten, mit denen des Körpers ebenso wie mit denen des Geistes. Nach einer kurzen Weile verlangsamte der Alte seine Schritte und hielt schließlich an. Er folgte dem Beispiel, lauschend darauf, welche Gefahr es wohl dieses Mal war, die den Anlass für ihren Halt gegeben hatte.

Mit einiger Überraschung beobachtete er, wie der Mann zur Seite trat und sich mit der Hand an der zerfurchten Rinde eines Baumes abstützte. Erschöpfung stand mit einem Mal in seine Züge geschrieben, eine überaus menschliche Erinnerung daran, dass auch an seinem Körper die Anstrengung des Marsches nicht spurlos vorübergegangen war. Zugleich aber lag in dem Anblick etwas überaus Beunruhigendes. Bisher war es vor allem die scheinbar unerschütterliche Zielstrebigkeit seines Führers gewesen, die der Passage durch dieses seltsame Land eine gewisse Sicherheit und zumindest die Hoffnung auf einen glücklichen Ausgang gegeben hatte.

„Alles in Ordnung mit Euch?"

„Ja." Der Alte winkte ab. „Nur meine Knie. Es geht schon wieder."

„Nicht, dass ich Euch den Rest des Weges tragen muss, alter Mann."

„Den Tag, Junge, erlebt Ihr nicht."

„Ist das eine Drohung?"

„Nicht mehr als eine Tatsache." Der Alte fand den Stamm einer umgestürzten Tanne und ließ sich ächzend darauf nieder. All die stolzen Worte konnten nicht darüber hinwegtäuschen, dass auch ihm die Wanderung zusehends schwerer fiel. „Hört mir zu, Mann aus Merkesch." Die grauen Augen richteten sich auf ihn, so als erwarte der Mann eine Bestätigung, dass er tatsächlich seine Aufmerksamkeit hatte.

„Sprecht nur. Ich höre."

Die helle Wölfin hatte sich dicht an den Alten herangeschoben. Auch sie schien zu spüren, dass die Kräfte ihres Menschen allmählich nachließen. Mit der Schnauze stupste das Tier den Mann an, der damit begann, ihr den Nacken zu kraulen. „Erinnert Ihr Euch, was ich Euch über das Gesetz des Landes erzählt habe? Über *Salau*?"

„Hmpf." Nicht unbedingt ein Thema, auf dessen weitere Besprechung er große Lust verspürte. „Mein Schuldenstand", fasste er zusammen. „Bei der Erde unter unseren Füßen. Es ist mir bisher nicht gelungen, etwas davon zu vergessen."

„Gut", befand der Alte. „Ich sagte Euch bereits, das schöne Lügen keine meiner Stärken sind. Es ist sehr wichtig, dass Ihr die Wahrheit erkennt und nicht versucht, Euch in dieser Beziehung einer Täuschung hinzugeben. Das Land ist ein Schuldner ohne Erbarmen. Die Tage werden kommen, in der die Tilgung von Euch eingefordert wird. Es ist wichtig, dass Ihr schon jetzt damit beginnt, diesen Umstand zu akzeptieren."

„Und wie soll das gehen? Soll ich etwa schon einmal anfangen zu zittern und zu heulen?"

„Stählt Euch für den Schmerz", forderte der Alte. „Gebt acht, dass sich Euer Herz nicht zu sehr an Dinge hängt, die Euch genommen werden können. Bedenkt stets, dass alles, was Ihr wertschätzt, in der benannten Stunde von Euch eingefordert werden kann." Die Augen unter den buschigen Brauen musterten ihn. Welche Antwort konnte es geben auf derart düstere Worte? „Die Menschenleben", fuhr der Alte fort. „All jene, die Ihr retten wollt durch die Vernichtung dieser Waffe. Ihr müsst bedenken: Alle, die auf dieser Erde gehen zwischen dem Gurdon im Osten und der alten Ingwallmauer im Westen, stehen unter dem Gesetz des Landes. Es wird kein Leichtes sein, ihm noch mehr Leben abzuringen, die es bereits für sich beansprucht hat. Seid Ihr bereit, die Opfer zu bringen, die gefordert sind? Euch auch von Wertvollem zu trennen, um zu retten, was Euch am wichtigsten ist?"

„Nicht, wenn es sich vermeiden lässt."

„*Es wird sich aber nicht vermeiden lassen*!" Die Stimme des Mannes war verärgert. „Begreift das endlich. Es gibt keine Schuld, die vergessen, keine ausstehende Rechnung, die nicht mit Zins zurückgefordert wird!"

Ein paar Rotkehlchen zwitscherten in den Ästen in der sich anschließenden wortlosen Stille.

„Ihr könnt einem wirklich den Tag verderben, alter Mann."

„Ich versuche, Euch zu helfen!"

„Schöne Hilfe ist das. *‚Fürchtet die Vergeltung. Es gibt kein Entkommen.'* Wirklich, nicht viel Hilfreiches dabei."

Der Alte seufzte. Eine Spur von Resignation schien mit einem Mal in seinem Blick zu liegen, wie bei einem Lehrer, dessen eben erst mit einem Diplom in die Welt der Erwachsenen entlassener Schüler bereits auf der Türschwelle ins Straucheln gerät und sich die Rippen bricht. „Nun gut", brachte er mit schwacher Stimme hervor. „Von hier aus ist es nicht mehr in meiner Hand."

„Ganz wie Ihr meint." Auch sein Tonfall war nicht ohne Gereiztheit. Er war es leid, wie ein hoffnungsloser Fall behandelt zu werden. „Können wir dann weiter?"

„Wir sind bereits da."

„Wo? Hier?"

„Seid einmal still."

Stille war, wie es schien, die Antwort des Alten auf wirklich jede Schwierigkeit, die das Leben einem bereiten konnte. Zuerst vernahm er nichts. Die Wölfe hatten ebenfalls die Ohren gespitzt. Ein leises Knacken. Eine Brise von der Linken her.

„Temi e'luchun."

Er fuhr zusammen.

Abbademer. Nur wenige Worte in der rauen Sprache waren ihm bekannt, doch er erkannte den Zungenschlag des Volkes aus dem Westen, wenn er ihn vernahm. Spione. Voraustruppen des Khans mussten es sein, heimlich eingedrungen für die Suche nach Krillborgs Feuer! Oder aber Schmuggler.

Schmuggler waren in dieser Lage sicherlich die weniger gefährliche Option.

„Hört Ihr sie?“ Die Stimme des Mannes war ein Flüstern.

„Natürlich. Habt Ihr die ganze Zeit über gewusst ...“

„Still. Seht mich an. Und jetzt hört. Diese Männer sind tot. Sie wissen es lediglich noch nicht.“

„Was? Was soll das schon wieder?“

„Sie gehören nicht hierher“, beharrte der Alte. „Dies ist Bernrots Land. Es war sehr unklug von ihnen, herzukommen und ein Feuer zu entzünden.“

„Was redet Ihr vom Feuer? Ich sehe immer noch kein ...“

„Die Leben dieser Männer sind Euer Eintritt. Blut und Leben sind der Weg, den Ihr nehmen müsst. Ihre Leben für das Eure.“

„Ich verstehe nicht ...“

„Was Ihr versteht, tut nichts zur Sache. Was Ihr verstehen müsst, ist, dass diese Männer Tote sind. Sorgt dafür, dass ihr Tod für etwas gut ist. Zögert nicht, oder Ihr werdet ihnen folgen. Habt Ihr das verstanden?“

„Nein!“

„Kommt!“ Der Alte bedeutete ihm mit der freien Hand, zu folgen. Mithilfe des Stockes in der anderen drückte er sich aus seinem Sitz empor.

Nur gegen starken Widerwillen folgte er. Nichts hatte er verstanden. Warum konnte niemand in diesem Land einfach einmal normale, verständliche Dinge von sich geben?

Sein Führer lief gebückt, aber schnell, anscheinend ohne Sorge vor einer Entdeckung. Zwischen den Stämmen einiger Laubbäume führte der Mann sie bis zu einer Reihe gelblicher Büsche. Dort bedeutete er ihm, sich hinzuhocken. Ein ausgestreckter Finger wies ihn an, selbst zu schauen.

Unter Anwendung größter Vorsicht hob er den Kopf und bemühte sich, durch das Blattwerk hindurchzuspähen.

Ein kleiner, mit Sträuchern bewachsener Abhang lag unter ihnen, führte hinab zum Grün einer kleinen Lichtung, einer grasbedeckten Wiese, auf der vier in Schwarz gekleidete Gestalten um ein Feuer saßen. Soldaten, ohne Frage. Abbademer, gekleidet in eng um ihre Körper geschlungene Stoffbahnen. Lederne, mit Dolchen besetzte Gurte kreuzten sich vor ihrer Brust und auch an ihren Seiten schaukelten die Umrisse krummer Klingen. Die Glut ihres Feuers war gut geschürt und erzeugte kaum Rauch. Womöglich lag eben darin der Grund dafür, dass sich die Gruppe in falscher Sicherheit wähnte. Die Lagerstelle aber war alles andere als gut gewählt, zu exponiert und ungeschützt. Auch war nirgendwo eine Wache zu erkennen. Welche Verwirrung trieb ausgebildete Soldaten zu einem solchen Leichtsinn?

In der kleinen Runde schien es bemerkenswert vergnügt, beinahe ausgelassen zuzugehen. Die Kerle scherzten miteinander und kauten Fleisch von den Knochen eines über dem Steinkreis röstenden Tieres. Einer der Soldaten, jünger als die anderen, hatte sich erhoben und stöberte in einigen Bündeln von Gepäck herum. Irgendwann schien er fündig zu werden und hielt triumphierend das Objekt seiner Suche in die Höhe. Die beim Feuer riefen mit höhnischer Stimme etwas zu ihm herüber und begannen, laut zu lachen.

„*Sha'hir, kemnet a'chmak!*“ Die Stimme des Mannes war verärgert. Schließlich aber stimmte er ebenfalls in das Lachen mit ein. Der Mangel an Vorsicht war haarsträubend. Die Kerle verhielten sich wie auf einem Ausflug in vertrautem Land, nicht wie auf einer Expedition in feindlichem Gebiet.

„Sie haben vom falschen Wasser getrunken." Die Stimme des Alten war kaum zu hören, verriet aber durchaus Mitgefühl. „Es ist zu spät für sie. Sie begreifen nicht mehr, wo sie sich befinden." Der Blick des Mannes richtete sich auf ihn. „Ich habe getan, was ich konnte, Mann aus Merkesch. Vergesst nicht, was ich Euch gesagt habe. Erinnert Euch, in wessen Land Ihr seid. Erinnert Euch an das Gesetz. Und daran, dass Ihr unter Toten seid."

„Wartet! Was ..."

Der Stoß des Alten traf ihn völlig unvorbereitet. Mit einem Krachen flog er vorwärts durch die Büsche.

Kapitel 5 – Infiltration

Fluchend rollte er vorwärts über den sandigen Abhang der Böschung, fand Himmel und Erde im Wechsel mal über und mal unter sich. In einer kleinen Lawine aus Blättern, Geäst und loser Erde landete er im feuchten Gras, aufspringend, taumelnd, darum bemüht, wieder irgendeine Vorstellung von ‚oben' und von ‚unten' zu bekommen. Irgendwann befand sich der Himmel wieder an seinem angestammten Platz. Vor ihm aber warteten vier erstaunt dreinblickende Gesichter.

Langsam hob er beide Hände, die Handflächen nach außen gewandt, um zu zeigen, dass er unbewaffnet und nicht mit bösen Absichten gekommen war.

Die der Abbademer aber gingen zu ihren Waffen. Braun war die Haut der Männer, bei einigen faltig wie reichlich benutztes Leder und bedeckt mit kurzen, schwarzen Bärten von beeindruckender Dichte. Die Kopfbedeckungen waren aus gewickeltem Tuch und an ihren Schläfen hingen Mundschleier herab, die sie für die Einnahme ihrer Mahlzeit entfernt hatten. Einer hielt noch immer den von Fett tropfenden Schenkel eines kleinen Bockes in seiner Hand, der auf halbem Weg zum Mund erstarrt war. Außer einer knusprigen Ziegenkeule waren vier blitzende Klingen auf ihn gerichtet.

Er öffnete den Mund, besann sich jedoch im letzten Moment eines Besseren. Womöglich war es klüger, nicht durch den unverkennbaren Zungenschlag der Heimatstadt seine Herkunft zu verraten.

„*Mesa ale'hine anefahir*?" Der mit dem Ziegenbein hatte die Frage gestellt, in Richtung des kräftigsten der Männer in der Mitte der Soldaten, dessen Bart vermutlich Schutz vor einem mittelstarken Pfeilhagel geboten hätte. Der Angesprochene hob eine zur Faust geballte Hand, offenbar als Anweisung an die übrigen, sich zurückzuhalten. Seine schwarzen Augen waren bohrend und musterten ihn von Kopf bis Fuß, so wie man eine verdächtig günstig angebotene Ware mustert, bei der mit gutem Recht vermutet werden darf, dass etwas mit ihr nicht in Ordnung ist. Ganz offensichtlich handelte es sich um den Anführer der kleinen Schar.

„Tertiari", erklärte der Mann. „Rühr dich nicht!" Scharf war der Einschlag des Abbademischen in der Sprache von Merkesch. „Du tust, was ich dir sage", fuhr der Kerl fort. „Versuch nicht, davonzulaufen. Setz dich auf den Boden!"

Tertiari nannte ihn der Bursche? Es war wohl besser, nicht zu widersprechen, bevor er wusste, ob die Wahrheit in dieser Sache helfen oder schaden würde. Er gehorchte und ließ sich langsam auf der Stelle nieder.

Ein Halbkreis von Klingen blieb auf ihn gerichtet. Der mit dem Ziegenbein, ganz rechts und ein wenig hinter den anderen stehend, nahm einen schnellen Bissen, wohl hoffend, dass keiner seiner Kameraden etwas bemerkte.

„Du verstehst", stellte der Anführer mit einer gewissen Zufriedenheit in seinem Ausdruck fest, der sich jedoch unmittelbar wieder in Strenge wandelte. „Sprich, Mann!"

„Ihr ... habt mich noch nichts gefragt."

Der Ausdruck des Abbademers wurde für einen kurzen Augenblick unsicher. Die dunklen Pupillen wanderten nach links und rechts wie bei jemandem, der versucht, sich an etwas Naheliegendes zu erinnern, das ihm plötzlich und unerklärlich entfallen ist.

Er ließ einen schnellen Blick über den Rest der Gruppe wandern. Irgendetwas stimmte nicht mit der Versammlung.

Nicht nur der Anführer, sämtliche der Männer wirkten auf eigentümliche Art verwirrt. Ein diffuser Ausdruck der Entrücktheit lag in sämtlichen der auf ihn gerichteten Augen.

Das falsche Wasser. Wie Betrunkene wirkten diese Burschen nicht. Was immer aber sie getrunken hatten: Der Genuss war ihnen offenkundig nicht bekommen.

„Woher kommst du?“ Die Worte kamen heftig hervor, beinahe so, als klammere sich der Abbademer dankbar an den nächstbesten, vernünftig erscheinenden Gedanken, der ihm in den Sinn gekommen war.

Er räusperte sich. „Aus dem Wald.“

„Wo?“ Wie um der Frage Nachdruck zu verleihen, stieß die Klinge mehrere Löcher in die Luft vor seinem Gesicht. „Wo ist es?“

„Wo ist was?“

„Das Lager.“

„Welches Lager?“

Schweißperlen glänzten auf der bronzenen Stirn. Nachzudenken bereitete dem Mann ganz offensichtlich echte Schwierigkeiten. „Warum wir hier sind“, brachte er hervor.

„Woher soll ich wissen ...“

„Was ist dieses Land?“

„Wie bitte?“ Sein Blick schweifte ab, angezogen von einer plötzlichen Bewegung bei den Bäumen. Auch die Abbademer fuhren herum, alarmiert wohl vom Ausdruck in seinem Gesicht. *„A'belehz!“*

Die Blätter der Büsche teilten sich. Grimmige Gesichter, Pfeilspitzen ragten ihnen unversehens aus dem Gesträuch entgegen. Sonnenstrahlen glänzten auf Rüstungen aus Eisenrippen und Waffenröcken aus dunkelrotem Stoff. Kurze Schwerter in den Fäusten sehniger, braun gebrannter Arme.

Mit Wangenflügeln bestückte Helme, die schon bessere Tage gesehen hatten.

Bei den Göttern!

Auch die Abbademer erhoben kampfbereit ihre Klingen, formten sich zu einer Reihe, um der Bedrohung zu begegnen. Er spürte, dass seine Kehle trocken geworden war. Die Ausrüstung der Soldaten war mitgenommen, aber ohne Zweifel kaum verschieden von derjenigen, mit der die Legionäre der Tharsis auch heute noch marschierten. Das Alter stimmte. Die Krieger waren nicht mehr jung. Wie es aussah, hatte Rabacus ihn nicht belogen. Die Dritte ‚Tertiari' mochte verloren gegangen sein. Vergangen aber war sie nicht.

Für einige Momente standen sich die beiden Haufen schweigend gegenüber. Beide Seiten waren angespannt. Die Abbademer aber hatten dazu unverkennbar den größeren Anlass. Eine eindeutige Übermacht hatte sie hier draußen überrascht. Noch dazu verfügten die Legionäre über Fernkampfwaffen.

Unversehens löste sich ein Mann aus den Reihen der Tertiari. Anders als die anderen trug er keinen Helm. Die kantige Form seines vernarbten Schädels erweckte den Eindruck, als benötige er auch keinen. Verblassende blaue Tätowierungen bedeckten zu beiden Seiten ein Gesicht, das in einem Ausdruck permanenten Missfallens erstarrt zu sein schien. Die goldenen Schulterzeichen des Entstellten wiesen ihn als jemanden aus, der einmal den Rang eines Kohortenführers bekleidet hatte.

Der Kerl mit der Statur eines Metzgers ließ seinen Blick über die auf der Lichtung Versammelten wandern. Das Urteil, das sich dabei hinter seiner Stirn zu formen schien, fiel keineswegs gnädig aus, wenn der Ausdruck aus seinem Gesicht irgendeinen Anhaltspunkt gab.

Der Blick des Mannes erreichte ihn. Für einen kurzen Augenblick war es, als weiteten sich die Augen in Überraschung. Kurz schien der Kerl zu überlegen. Dann wandte er sich an seinen Nebenmann.

Der jüngere Mann straffte sich und nickte wie im Verständnis, obwohl keine Worte zu vernehmen gewesen waren, und wandte sich an seine Kameraden. „Den am Boden am Leben lassen!"

Auch die Abbademer verstanden die Bedeutung des Befehls. Nur für einen Augenblick hatte der Anführer der Krieger aus dem Osten gezögert. Dann aber schoss er unversehens vor, geistesgegenwärtig und mit gesenktem Kopf, hindurchtauchend unter den Pfeilen, die zwei seiner Kameraden mit dumpfen Einschlägen niederstreckten. Der Mann sprang, flog durch die Luft, prallte hart gegen den Brustpanzer des Kohortenführers und riss den kräftigen Offizier mit sich zu Boden.

Palter wartete nicht ab. Er sprang, lief, hielt den Kopf gesenkt, die Verwirrung nutzend, fort vom Getümmel hin zum Rand des Waldes. Mit einem Mal aber war Bewegung in seinem Augenwinkel, ein huschender, heranstürmender Schatten. Der Körper des jungen Abbademers traf ihn in der Seite, bevor er ausweichen konnte, riss ihn herum und warf ihn hart mit sich ins Gras. Die Umklammerung von Fingern fand seinen Arm. Eine wutverzerrte Fratze war mit einem Mal über ihm, Knie auf seinem Brustkorb, die die Luft aus seinen Lungen trieb, die Hände des Burschen auf einer wilden Suche nach dem Dolch in den Gurten vor seiner Brust.

Wild schlug er nach dem Kerl, trat wild um sich in ungezielter Gegenwehr. „Was ... lass mich! Was macht Ihr? Ah!" Gerade noch rechtzeitig, aus einem Instinkt heraus, bekam er das Gelenk der Hand zu fassen, das mit einer Klinge nach seiner Kehle stach.

„Was soll das? Ah! Runter von mir!“ Kniestöße, Schläge unternahm er mit dem Ellenbogen gegen die Seiten seines Feindes. Der Abbademer aber hielt mit großer Kraft dagegen und drückte mit noch größerer Entschlossenheit seinen Dolch herab. Schnaufend und stöhnend leistete er Widerstand, stemmte sich mit aller Kraft gegen die zitternde Spitze auf dem Weg zu seiner Kehle. Mordlust brannte in den schwarzen Augen. Welcher Wahnsinn brachte den Kerl dazu, zurückzubleiben und zu kämpfen, anstatt wie ein gesunder Mensch davonzulaufen und zu fliehen? Ein Ringen, ein ächzendes Umherwälzen entwickelte sich im Gras. Jeder von ihnen war darum bemüht, den anderen unter seine Gewalt zu bringen.

Der Kampf zu ihren Seiten hingegen war bereits entschieden. Tharsis-Stiefel näherten sich ihnen, beinahe gemächlich. Die Soldaten zeigten keine erkennbare Eile dabei, sie zu umstellen. Hinter den Schultern des noch immer auf ihn eindringenden Jungen waren Augenpaare zu erkennen, einige teilnahmslos, andere interessiert, geduldig abwartend, wer von ihnen letztendlich die Oberhand gewinnen und mit dem Leben davonkommen würde. Für sie, so schien es, war das Ganze nicht bedeutsamer als eine Schulhofrauferei.

Sie würden nicht mehr lange warten müssen. Der Abbademer kämpfte wie von Sinnen, blind für die Bedrohung hinter seinem Rücken, getrieben von der Kraft eines weitaus jüngeren Mannes, so, als bestände der letzte Wunsch seines Lebens darin, auch den Mann unter sich mit in den Tod zu reißen.

Sha'hir.

Die Idee kam ihm wie aus dem Nichts. Natürlich. *Sha'hir,* Bruder, hatte der Kerl den Anführer der Abbademer-Bande genannt. Jetzt erst gingen ihm die Augen auf. Die Ähnlichkeit zwischen den beiden war nicht zu übersehen. Es gelang ihm, den Kopf zu drehen. Der kräftige Befehlshaber der Abbademer lag regungslos im Gras, noch immer an der Stelle, wo er gegen den Panzer des Kohortenführers geprallt war.

„*Sha'hir*", stieß er hervor. „Bruder! Sie haben deinen Bruder! Dort drüben! Ich glaube, er lebt noch!"

Es war ein schwacher Versuch. Für einen kurzen Moment aber zeigte sich Verwirrung im verkniffenen Gesicht seines Feindes. Ja! Falsches Wasser. Seine einzige Rettung. Der Bursche war nicht vollends bei Verstand.

„Du kannst ihn retten!", brachte er gepresst hervor „Sieh nur! Er braucht dich. Dein Bruder atmet noch!"

Der Kerl war dumm genug, den Blick abzuwenden. Der kurze Moment, in dem der Druck auf seinen Oberkörper nachließ, genügte. Sein Schädel schnellte vor und traf den anderen an der Schläfe. Ein kurzes Erschlaffen, genügend Raum für einen weiteren, kräftigen Stoß mit dem Knie, und der Abbademer rollte seitwärts ins Gras. Er selbst war mit einem Mal über seinem Gegner, zuschlagend, den Dolch herauswindend aus der verkrampften Hand. Mit einem Mal war er es, der die Klinge hielt.

Der Junge erstarrte beim Anblick seiner eigenen Waffe, die nun gegen ihn gerichtet war. Wortlos, heftig atmend starrten sie einander an. Gemeinsam hoben sie den Blick. Der verunstaltete Kohortenführer stand unmittelbar vor und über ihnen. Blut bedeckte seine Stirn und seine Schläfen. Das wenigste davon schien sein Eigenes zu sein.

Das Schweigen des Mannes war abwartend, einer Herausforderung gleich. Erwartung lag im Blick der milchigen Augen zwischen dem Kranz der Tätowierungen. Eine Anweisung, die keiner Worte bedurfte.

Ihre Leben für das Eure, Junge. Sie sind bereits tot.

Sein Blick ging hinab zum jungen Abbademer, dann zurück zum Führer der Tertiari.

Nein.

Scheiß auf euch.

Er war nicht hier, um die Machtspiele anderer Männer mitzuspielen. Mit aller Kraft schleuderte er den Dolch fort, irgendwo nach rechts ins Gras der Wiese. Er erhob sich steif, keuchend, wischte frisches Blut von seinem Mund, kam zum Stehen mit taumelnden Schritten. Die Augen des Kohortenführers hielten ihn fest. Das Gesicht des Mannes war eine unveränderte Fratze der Missbilligung.

Er richtete sich ganz auf, den drohenden Blick erwidernd, das Kinn trotzig vorgeschoben. Falls der Kerl ihn einschüchtern wollte, so sollte er es ruhig versuchen. Er jedenfalls war nicht bereit, zur Unterhaltung dieser Deserteure einen Wehrlosen umzubringen.

Der Tritt des Kohortenführers traf den Abbademer unerwartet. Ächzend rollte sich der Bursche auf die Seite, versuchte ungelenk, sich zu erheben. Schon aber war die schwielige Hand des Grobschlächtigen vorgefahren, hatte ihn am Schopf gepackt und vor sich auf die Knie gezogen. Noch während der Junge Luft holte, war die Klinge von oben her in die Stelle neben seinem Hals gefahren. Ein Gurgeln erklang von den Lippen des Abbademers. Der Kohortenführer zog seine Waffe frei. Mit einem Tritt in den Rücken stieß er den Burschen vorwärts auf die Wiese.

Er selbst war entsetzt zurückgefahren und glotzte wie erstarrt. Der Mord war schnell gewesen und brutal. Der bohrende Blick in dem kantigen Gesicht des Tertiari war wie eine Herausforderung. Hier ist das Ergebnis Eurer Weigerung, schien der Mann ihm zu bedeuten. Noch Fragen dazu, wer von uns hier draußen über Leben und Tod bestimmt?

Fassungslosigkeit und Wut regten sich in ihm, doch kein Wort kam über seine Lippen. Etwas Betäubendes lag im Blick des Offiziers.

Tote, Mann aus Merkesch. Ihre Leben für das Eure.

Der Blick des Entstellten war wie ein Urteil. Sein Befehl war eine Prüfung gewesen. Er hatte nicht bestanden. Wie erstarrt wartete er ab, was nun mit ihm geschehen würde. Jederzeit mochte der Stoß kommen, der auch ihn das Schicksal des Abademers teilen ließ.

Dann aber wanderten die Pupillen des Mannes an ihm herab, hinab zu seinem Arm. Ein bisher unbemerkter Schnitt hatte seinen Ärmel zerrissen, von der Schulter bis zum Ellenbogen. Inmitten von verwischtem Blut schien die Tätowierung der Legion durch den zerfetzten Stoff.

Die wütende Grimasse des Tertiari blieb unverändert. Vermutlich blickte der Mann selbst seine eigene Mutter an, als hege er finstere Mordgedanken.

„Legion."

Erstaunt blickte er zum Soldaten zur Rechten des Kohortenführers, der unerwartet das Wort ergriffen hatte. Es war der gleiche, der schon den Befehl zum Angriff erteilt hatte. Der Mann deutete mit dem Finger auf das Zeichen an seinem Arm. „Aus welcher Einheit stammt Ihr." Der Mangel an Betonung war seltsam. Es schien sich eher um eine Aussage zu handeln als um eine Frage.

„Die Zweite." Seine eigene Stimme erschien ihm krächzend. Er wusste nicht, welchen der Männer er anblicken sollte. „Vinx Tremens."

Der Grobschlächtige schnaufte wie belustigt. Noch immer funkelten seine blauen Augen, erfüllt von einer tiefen Wut. Dann wandte der Mann sich unversehens ab.

„Folgt", befahl der andere Soldat.

Er setzte sich in Bewegung. Wie benommen folgte er den Schritten des Kohortenführers. Was für ein Spiel wurde hier gespielt? Konnte der Mann nicht ... nein! Jetzt erst begann er zu verstehen. Die Narben. Die erstarrte Fratze, wie von einer Verwundung oder einem Nervenleiden. Vermutlich konnte der Befehlshaber dieser Männer tatsächlich nicht für sich selbst sprechen. Die Legionäre zur Rechten folgten ihm mit ihren Blicken. Etwas wie Wohlwollen oder Verbundenheit suchte man darin vergeblich.

Achtlos trat der Kohortenführer zwischen den beiden toten Abbademern hindurch, deren von Pfeilen gefällte Körper Seite an Seite auf der Wiese lagen. Sein Ziel war die massige Form des Obersten der Abbademer, der *Sha'hir* des Jüngeren, der ein Stück entfernt mit dem Gesicht zum Boden ins Gras gesunken war. Ein Tertiari war neben dem Gefallenen auf den Untergrund gebettet worden. Jemand hatte seinen Kopf auf einem zusammengeschlagenen Umhang erhöht. Ein Kamerad hockte mit besorgtem Blick an seiner Seite. Blut bedeckte den Rippenpanzer und auch das Gesicht des Legionärs vom Kinn bis hinauf zur Nase. Jetzt erst sah er die gleichermaßen verschmierten Krummdolche des Abbademer-Führers inmitten der beschmutzten Halme.

Der Kohortenführer ging an der Seite seines Kameraden in die Knie. Seine Augen betrachteten zuerst die Wunden und suchten dann den Blick des offenkundig schwer Verletzten. Erstaunlich behutsam berührte die grobe Hand den befleckten Panzer.

Ein Keuchen drang aus der Brust des getroffenen Legionärs hervor. Sein Gesicht verzog sich wie unter Schmerzen und entblößte vergilbte Zähne unter rostrotem Speichel. „Sieht schlecht für mich aus", brachte der Mann hervor.

Der Kohortenführer nickte. Beinahe liebevoll tätschelten seine Finger die Rüstung des Mannes.

„Kein schlechter Kämpfer, dieser Kerl“, fügte der Soldat hinzu und deutete unter Mühen mit dem Kopf zum regungslosen Abbademer. „Verdammte Wüstensöhne. Nur einen kurzen Augenblick nicht aufgepasst. Schon hatte er mich bös erwischt.“ Die Worte des Mannes klangen beinahe, als entschuldige er sich dafür, künftig nicht mehr zur Verfügung zu stehen. Ein Zucken regte sich um seine bleichen Lippen. „Ich grüße sie von Euch“, brachte er mit schwacher Stimme hervor. „Richte ihnen einen schönen Gruß aus, wenn ich unten ankomme.“

Der Befehlshaber ließ ein erneutes Nicken sehen. Der Mann erhob sich und betrachtete den Rücken des Abbademers. Auf ein kurzes Kopfnicken hin traten zwei seiner Männer vor, um den Gefallenen herumzuwälzen.

Ein Stöhnen erklang.

Götter! Der Schwarzgekleidete war tatsächlich noch am Leben.

Der Kohortenführer winkte. Offenbar forderte der Mann ihn dazu auf, heranzutreten.

„Was?“ Was wollte der Kerl von ihm? „Ich ... “

Instinktiv riss er einen Arm zum Schutz empor. Die Hand des Grobschlächtigen war vorgeschossen und packte ihn am Handgelenk. Der Mann zog ihn zu sich heran. Mit einem Mal wurde etwas in seine Faust gedrückt, in die Fläche seiner rechten Hand. Der Offizier entließ ihn und trat zurück.

Er wandte den Blick und betrachtete den Ursprung des vertrauten Gefühls. Eine anregende, Macht verleihende Berührung. Seine Finger wanderten über den Griff. Holzkern, dicht umwickelt mit einstmals weicher Schnur, rau und hart geworden vom Schweiß und von Jahren des Gebrauchs. Weniges war in der Lage, Beruhigung zu verschaffen wie die Berührung eines anständigen Tharsis-Schwertes. Er sah sich um. Mehr erwartungsvolle Augenpaare waren auf ihn gerichtet. Zu viele, um sich mit irgendeiner Aussicht auf Erfolg gewaltsam zur Wehr zu setzen. Niemand sagte etwas. Dennoch war unverkennbar, was von ihm erwartet wurde.

Seine Augen wanderten hinab zum Körper auf der Wiese. In dem Abbademer war tatsächlich noch Leben. Leben für Leben. Blut für Blut.

Tote, Mann aus Merkesch. Sie wissen es allein noch nicht.

Es war nicht sein Gesetz.

Ihre Leben für das Eure.

Nicht mein Feind. Und nicht mein Kampf.

Leben, Palter. Leben oder Tod.

Leben. Er *musste* überleben. Ohne Leben keine Rückkehr nach Merkesch. Keine Rettung für die Stadt. So viel hing davon ab, dass er am Leben blieb. Bestand darin, zu überleben, in diesen Tagen nicht sogar seine verdammte Pflicht? Ein Zwang, den der Auftrag mit sich brachte, an dem so viele Dingen hingen, Leben, Hoffnung, vielleicht das Schicksal einer ganzen Stadt? Der Mann lag ohnehin bereits im Sterben, jenseits aller Hoffnung, oder etwa nicht?

Ein Stöhnen erklang. Der am Boden Liegende schlug mit einem Mal die Augen auf. Stumm bewegten sich unter dem dichten Bart die Lippen. Die Pupillen schwammen einen Augenblick lang suchend umher und fanden dann die seinen.

Da gingen sie dahin, die schönen Ausreden. Nein, so einfach würde es nicht werden. Nichts hiervon war unausweichlich oder vorbestimmt. Die Feldordnung, das Gesetz des Kanos enthielten eindeutige Vorschriften für den Umgang mit wehrlosen Feinden.

Kurz nur schoss sein Blick zum Kohortenführer. Erfolg oder Versagen. Seine Entscheidung. Dieses Mal würde es keine Nachsicht für Befehlsverweigerung geben.

Leben.

Der Schwertgriff zitterte in seiner Hand, als er sich herabbeugte. Etwas noch konnte er tun. Seine Finger fanden den Puls am erschlafften Schwertarm des Abbademers. Mit einem schnellen Schnitt durchtrennte er die Ader gerade unterhalb des Handgelenks. Der Mann gab einen leisen Laut von sich. Blut floss in pochenden Stößen von der Stelle unterhalb seiner Handballen in das Gras der Wiese. Die Lider des Burschen zitterten. Dann schlossen sich die schwarzen Augen.

Bumm, bumm.

Verdammte Götter! Er rammte das Schwert in die weiche Erde und stützte sich daran empor. Für einen Augenblick schwankte er unter dem festen Schlag, den das Herz in seiner Brust getan hatte.

Der Kohortenführer stand vor ihm und starrte ihn an. Ob sich der Ausdruck wütender Missbilligung in seinen Zügen noch verstärkt hatte, wusste allein der *Scheloch*. Ohne den Blick abzuwenden, trat der Mann vor, sodass sich ihre Gesichter beinahe berührten. Die Hand des Tertiari zog das Schwert aus dem Boden.

„Ihr scheint der Meinung zu sein, dass unsere Feinde einen einfachen Tod verdient haben.“ Wieder war es der Jüngere, der hinter seinem Rücken für den Kohortenführer sprach.

„Leben für Leben“, brachte er bitter hervor. „Blut für Blut.“

Die Augen des Tertiari waren dicht vor den seinen. Er hatte seinen Teil geleistet. Brachten sie ihn jetzt auch noch um?

Mit der freien Hand ergriff der Kerl sein Gewand, gerade unterhalb der Brust. Anstatt zuzustoßen, begann er, mit dem Stoff über die Klinge zu reiben, so als handle es sich bei seinem grauen Wollhemd um einen Putzlappen. Erst als die Klinge wieder glänzend war, als bräunliche Streifen zurückblieben auf dem Hemd, das der Alte ihm gegeben hatte, fuhr das Schwert zurück in seine Scheide.

Er versuchte, nicht zu offensichtlich aufzuatmen. Der Tertiari musterte ihn noch immer abschätzend. „Welchen Rang habt Ihr bekleidet in der Tharsis", erklang die Frage des Helfers im seltsamen Tonfall einer Feststellung hinter seinem Rücken.

„Hauptmann."

„Hauptmann", wiederholte die Stimme des Soldaten monoton. „Ihr seid alleine." Wieder war es keine Frage, sondern eine Gewissheit. Der Blick der Fratze musterte die Büsche oberhalb der Hangkante. Zwei Soldaten waren dort erschienen. Zweige Knacken, als die beiden so kontrolliert wie möglich die sandige Böschung hinabstiegen. Alle Achtung. Der alte Zausel musste sich fachmännisch aus dem Staub gemacht haben, wenn die Tertiari von ihm keine Spur gefunden hatten.

Der Anführer der Gruppe musterte ihn in der gewohnten Weise. „Verbindet dem Hauptmann die Augen."

„Uff", entfuhr es ihm. „Wohin bringt Ihr mich?"

Ein Soldat brachte etwas herbei: die Kopfbedeckung eines Abbademers. Er verzog das Gesicht, als man ihm die Mütze überzog. Sogar der warme Schweiß des Vorbesitzers war noch zu spüren, als man eine Stoffbahn löste und wie eine Augenbinde vor sein Gesicht legte. Dies war nicht der Plan gewesen. Er hatte ein Ziel. Er durfte nicht zulassen, dass sie ihn fortbrachten. Er musste zu ...

Einen Augenblick. Er erstarrte, vergas für einen Augenblick die ruppige Behandlung. Hatte der Alte dies alles hier vorausgesehen? Der Kerl hatte versprochen, ihn zu Bernrot zu bringen. Stand, bei den Göttern, auch die verlorene Legion mit dem Banditenführer im Bund? „Seid Ihr ..."

„Haltet den Mund, Hauptmann", unterbrach ihn die Stimme des jüngeren der Kerle. „Ansonsten müssen wir Euch knebeln."

Er verlegte sich darauf, zu schweigen. Nein. Mit Knebeln hatte er bereits zur Genüge Erfahrungen gemacht. Er verspürte keinerlei Bedürfnis, um noch weitere hinzuzugewinnen. Hände ergriffen ihn an den Oberarmen und drehten ihn mehrere Male um sich selbst. Mit einem nicht gerade freundlichen Stoß wies man ihm anschließend die Richtung.

Über das Gras der Wiese ging es, zurück in die Schatten der Bäume. Die Welt wurde finster, abgesehen von gelegentlichen Lichtflecken auf dem Stoff, dem Schein der Sonne durch die Blätter über ihren Köpfen. Die Augenbinde hätten sie sich sparen können. Bäume und Felsen, Wurzeln und Sträucher. Nichts in diesen Wäldern bot dem Ungeübten irgendeine Möglichkeit zur Orientierung. Nicht einmal unter Androhung von Gewalt wäre er noch in der Lage gewesen, den Weg zurück zur Hütte des Alten zu finden.

Immerhin waren seine Bewacher einigermaßen geschickt darin, ihn zu führen, ohne dass er irgendwo anstieß oder stolperte und sich die Knöchel brach. Mehrere Male wurde er gepackt und eng zwischen zwei Soldaten hergeführt. Anfangs ging es es eine leichte Steigung hinauf, dann hinab über sandigen, rutschigen Untergrund. Dazwischen führte man ihn immer wieder vorwärts über harte Wurzeln und Moospolster, die unter ihren Schritten federnd nachgaben. An einer Stelle überquerten sie mithilfe breiter Trittsteine ein scheinbar nur flach dahinfließendes Wasser. Es bedurfte besonderer Mühen, auf den glatt gespülten Oberflächen nicht auszurutschen.

Schon sehr bald hatte er jedes Gefühl für Zeit und Raum verloren. Wie in einem Traum war es, einem Hirngespinst der unangenehmeren Sorte, aus dem man nicht erwachen konnte, sodass ihm nichts anderes übrig blieb, als abzuwarten und zu folgen. Seltsame Gedanken formten sich in der Dunkelheit vor seinen Augen. Dinge stiegen auf an die Oberfläche seines Geistes, nun, da andere für ihn dachten und seine Schritte lenkten.

Er hatte damals einige gekannt, vor vielen Jahren, die Namen und Gesichter vieler Männer in den Rängen der Tertiari. Ob manche davon wohl noch am Leben waren? Wie viele konnten noch übrig sein von einer Legion, die schon vor Jahrzehnten verschollen war, vergessen und im Geheimen auch gejagt, wenn Rabacus zu glauben war? Was, bei allen Göttern, trieben diese Männer noch hier draußen? Etwas stimmte nicht mit diesem Land, weit mehr noch als befürchtet. Mit der Stimme. Mit dem Ruf, was immer er auch war. Irgendetwas an diesem Land stank wirklich ganz gewaltig.

Mit einem Mal wurde er ruckartig angehalten. Fußsohlen beugten seine Kniekehlen. Die festen Griffe von Händen auf seinen Schultern drückten ihn zu Boden. „Wa... ?“

„Still!“

Ein Knacken erklang, als zerbrächen irgendwo, nicht weit genug entfernt, Zweige, Wurzeln und dicke Äste. Ein fernes Schnaufen ertönte, ein Rasseln wie von gewaltigen Lungen. Er bedurfte keiner Ermahnungen, um völlig still zu bleiben. Stampfende Schritte waren durch den Erdboden hinweg zu spüren. Es dauerte eine ganze Weile, bis der Lärm verklungen war und nur noch die gewöhnlichen Geräusche des Waldes zu vernehmen waren. Selbst jetzt noch blieben die Soldaten eine ganze Weile lang ruhig liegen. Dann erst halfen ihm die Handgriffe der Männer in die Höhe. Es ging erneut weiter voran. Niemand bemühte sich um eine eine Erklärung dahingehend, was geschehen war. Verdammter Ingwall. Dieser ganze Wald wimmelte anscheinend nur so von Gefahren, vor denen sich selbst schwer Bewaffnete verkriechen und verbergen mussten.

„Was war das eben?“, wollte er wissen, ohne echte Hoffnung auf eine Erklärung. Anstelle einer Antwort erhielt er einen Stoß. Fragen und Gespräche waren auch weiterhin offenkundig unerwünscht.

Über Stunden, beinahe den ganzen Rest des Tages, wie es schien, marschierten sie auf diese Art. Längst spürte er das Gewicht seiner Beine und seines Körpers bei jedem Schritt. Der Weg über den wechselhaften Untergrund wurde zunehmend beschwerlich. Immer schwerer fiel es ihm, seine Schritte mit der gebotenen Vorsicht zu wählen und ein Straucheln oder Umknicken zu vermeiden.

Auch das Land hatte sich, wie es schien, nach und nach verändert. Ein leichter Wind wiegte die Kronen ringsum. Lag nicht eine Spur von Salz darin? Er grübelte. Die Küste. Falls dies tatsächlich der Geruch des Meeres war, mussten sie in der kurzen Zeit ein ordentliches Wegstück zurückgelegt haben. Ganz unmöglich war es nicht. Wenn ihn nicht alles täuschte und seiner nachlassenden geistigen Frische noch zu trauen war, musste es sich um das Tir Kalossi handeln. Das himmelblaue Meer, das von Nordwesten nach Südosten hin die Grenze dieses Landes bildete. Ein keineswegs ungeeigneter Ort, um eine große Anzahl Männer selbst über längere Zeit hinweg vor unliebsamen Augen zu verbergen. Theus‘ Karte bei den Mauern hatte auf eine unüberschaubare Anzahl von Felsenscheren, von schmalen Einbuchtungen und verdeckten Einschnitten im Land schließen lassen. Keine Flotte und kein noch so großerer Heer der Welt besaßen die Mannstärke und Geduld, um jede einzelne davon nach Banditennestern zu durchstöbern.

Irgendwann, es mochten weitere Stunden vergangen sein, bestätigten Geräusche, was er bereits vermutet hatte. Ein Rauschen wie von Wellen war in der Ferne zu vernehmen. Der Boden, zuvor weich und federnd, wurde zusehends fester und steiniger. Irgendwann ertönte der klagende Schrei einer Möwe über ihren Köpfen. Die Luft war unverkennbar salzig.

Kein Zweifel. Die Ingwallküste. Das Meer lag nicht mehr weit entfernt.

„Vorsicht, Hauptmann." Beinahe war es, als rissen ihn die Worte aus einem Traum. Seit einer gefühlten Ewigkeit hatte niemand mehr mit ihm gesprochen. Selbst untereinander hatten die Tertiari während des gesamten Weges kaum ein Wort gewechselt. „Achtet auf Eure Schritte. Von hier an geht es aufwärts."

Aufwärts war es bereits zuvor gegangen. Nun aber nahm die Steigung in der Tat noch einmal erheblich zu. Geröll knirschte unter ihren Stiefeln. Kräftige Hände umfassten seine Arme unterhalb der Schultern und führten ihn auf diese Art voran. „Stufe", erklang die Warnung. Tatsächlich stieß seine Fußspitze an eine Kante und ertastete den Absatz einer Treppe. Felsen. Jemand hatte eine Treppe in den Fels geschlagen. Weder Theus noch Kapilar hatten irgendetwas davon erwähnt, dass es hier draußen mehr gab als ein paar Hütten und Bauwerke provisorischer Natur.

Anfangs schienen sie durch eine Art natürlichen Gang hinaufzusteigen, zum Himmel hin offen und mit mehr als mannshohen Steinwänden zu beiden Seiten, von denen ihre Schritte widerhallten. Irgendwann aber trat die Wand zur linken Seite urplötzlich zurück. Er schnappte nach Luft. Stoßartig heranfauchender Wind zerrte an ihm. Weit unten ertönte das Geräusch von Wellen, die sich irgendwo in der Tiefe an den Felsen brachen. Beinahe spürbar war der Sog des Abgrunds am Fuß der steil abfallenden Klippen, das lebhafte Wogen des Ozeans irgendwo weit unter ihren Füßen. Ausgerechnet jetzt lösten sich die Griffe der Bewacher an seinen Armen. „Festhalten, Hauptmann." Eine Hand führte die seine in eine Art steinerner Rinne zur Rechten. „Geht weiter vor", forderte ihn die Stimme auf.

Er gehorchte, jedoch unter erheblichem Widerstreben. Ganz offenbar war die Treppe zu schmal geworden, als dass zwei Männer auf ihr nebeneinander gehen konnten. Je weiter es hinaufging, desto stärker wurde auch der Wind. Die Böen zerrten an seiner Kopfbedeckung. Unangenehm kühl zogen sie durch den dünnen Stoff des Hemdes, das auf seiner Haut zu flattern begonnen hatte. Vor und hinter ihm verriet angestrengtes Keuchen, dass auch den Tertiari der Aufstieg keinesfalls leichtfiel.

„Halt!" Eine vom Wind verzerrte Stimme tönte mit einem Mal aus einiger Höhe zu ihnen herab. „Wer da?"

„*Meli Vos*", schallte es laut von vorn zurück. „Kohortenführer Schwalbdorn mit Patrouille *Zaka Kadek*. Wir bringen einen Gefangenen."

„In Ordnung", kam nach einer kurzen Pause die Antwort. „Kommt herauf."

Weiter ging es in die Höhe. Schwalbdorn. Das also war der Name dieses Metzgers. Ein kleiner Fortschritt, immerhin. Namen waren Macht, das galt mit Sicherheit auch hier draußen. Es würde sich bestimmt noch zeigen, was sich damit anfangen ließ.

Ein erneuter Stoß traf seinen Rücken. Selbst darin lag Vorsicht. Der Abgrund ließ keine unachtsamen Bewegungen zu. Vermutlich wollte keiner der Männer dafür verantwortlich sein, den Gefangenen noch auf den letzten Längen ihres Marsches versehentlich ins Meer gestoßen zu haben. Die Treppe wandte sich nach rechts. Panik durchflutete ihn, als sein Fuß für einen Moment vergeblich nach der nächsten Stufe suchte. Die Hand eines Tertiari packte ihn am Rücken, schmerzhaft durch den Stoff des Hemdes hindurch. „Vorsicht, Hauptmann", warnte ihn die Stimme. „Von hier aus geht es wieder abwärts."

„Das hättet Ihr ruhig früher sagen können!"

Tatsächlich ging es von hier an erneut nach unten. Schatten empfingen sie. Eine Felswand lag zu ihrer Rechten und ein Abgrund nun zu ihrer Linken, aus dem feuchte Kühle aufstieg. Statt dem Rauschen des offenen Ozeans war aus der Tiefe ein gemächlicheres Plätschern zu vernehmen. Möglicherweise hatten sie den höchsten Punkt der Klippen hinter sich gelassen und stiegen nun in eine Art verdeckter Schere oder Bucht herab, einen geschützten Meeresarm, abgetrennt von der offenen See und verborgen vor den Augen von Besatzungen vorüberziehender Schiffe.

Wieder verlor er beinahe seinen Tritt, als auf einmal keine Stufe mehr folgte. Ebener Felsboden lag nun unter ihren Füßen. Nach einigen Schritten über waagerechten Grund wurde es mit einem Mal dunkel. Das Geräusch der Stiefel hallte hohl von den Wänden eines Tunnels wider. Die Kühle hatte zugenommen und der Boden wurde feucht und rutschig. Man ergriff ihn an den Schultern und brachte ihn zum Stehen.

„Kohortenführer." Der Gruß des Unbekannten musste an den Führer ihres Zuges gerichtet sein. Falls er stumm erwidert wurde, so blieb ihm die Geste verborgen. „Wen bringt Ihr da?", erklang es von weiter vorne. Der Hall der Stimme ließ darauf schließen, dass sie sich in einem engen Gang im Fels befanden. „Abbademer?"

„Einen Hauptmann der Tharsis", erklärte der Mann, der dem Kohortenführer seine Stimme lieh. „Wir haben eine abbademische Patrouille aufgespürt und vernichtet. Dieser Mann war ihr Gefangener."

„Noch ein Spion?"

„Befehl von Bernrot", erklärte die Stimme ungerührt. „Offiziere der Tharsis, die in diesen Tagen in den Wäldern aufgegriffen werden, sind am Leben zu lassen und hier unten einzusperren."

„Hm." Die Stimme des Fragenden blieb argwöhnisch. Der Name des Banditenführers aber zeigte offenkundig Wirkung. „Nun gut. Dann bringt ihn mal her. Tiefzelle sieben ist noch frei."

Tiefzelle! Das war ja einmal wieder typisch. Niemals sagte jemand: „Bringt ihn auf das Sonnendeck!" oder „In den Ruheraum mit ihm!" Eine Handfläche legte sich zwischen seine Schulterblätter und schob ihn voran. Man führte ihn weiter, durch schmale Gänge, vorbei an Ausbuchtungen und Höhlen zur Rechten, die in der Dunkelheit allein durch Veränderungen in der Luft zu bemerken waren, die wie ein kalter Atem aus ihnen hervordrang. Ein ganzes System aus Höhlen und Tunneln musste es sein, das man hier unten in die Klippen getrieben hatte. Der ebene Boden und der Verlauf der Gänge wiesen darauf hin, dass Menschenhände der Arbeit der Natur an vielen Stellen nachgeholfen hatten. Tertiari-Hände? Kaum vorstellbar. Das alles hier konnte kaum im Laufe von nicht einmal zwanzig Jahren erschaffen worden sein. Die Stollen mussten älter sein. Aber wessen Hände waren dann am Werk gewesen?

Ein Durchgang strich über seinen Kopf, derart dicht, dass seine Kopfbedeckung Stein berührte. „Ihr sagt doch Bescheid, wenn ich mich ducken muss?"

Wie zur Antwort riss ihm jemand die Verschleierung vom Kopf. Er blinzelte. Ein Legionär stand vor ihm. Ein weiterer befand sich hinter seinem Rücken. Zur Linken befand sich eine Wand aus weißem Kalkstein, bedeckt von türkisen Spuren wie von alten Wasserströmen, deren Ursprung in der Höhe über ihren Köpfen in den Schatten lag. Zur Rechten aber waren mehrere dunkle, rechteckige Löcher in den Boden eingelassen, ein jedes von kaum mehr als drei Schritten Kantenlänge. Der Finger seines Vordermanns deutete in die entsprechende Richtung. „Eure Zelle, Hauptmann!", erklärte der Mann. „Steigt hinab."

Zweifelnd beugte er sich vor und lugte hinab in die finstere Vertiefung. Zwei schwarze Eisenringe waren an der Vorderkante in den Fels gebohrt. Eine Strickleiter war in ihnen festgezurrt und führte in die Dunkelheit hinab. „Habt Ihr kein anderes Zimmer? Ich bin nicht mehr der Jüngste."

Der Finger des Soldaten deutete mit neuem Nachdruck in die Tiefe hinab.

„Sieht aus wie eine tolle Gelegenheit, um sich das Genick zu brechen", meldete er erneut Bedenken an.

„Los jetzt!"

Widerwillig ging er in die Hocke und umklammerte die Eisenringe mit den Händen. Unter größter Vorsicht ließ er sich über die Kante hinab. Die Leitersprossen knarzten bedenklich unter seinem Gewicht, als er mit beiden Füßen auf die Stufen trat und sich mit beiden Händen am rauen Seil festklammerte. „Wann gibt es Essen?“, wollte er wissen.

„Wenn Ihr unten seid.“

„Habt Ihr das aus sicherer Quelle? Klingt verdächtig nach einer Lüge, um mich loszuwerden.“

„Die sichere Quelle meines Stiefels wird Euch beim Abstieg helfen, wenn Ihr weiter meine Zeit verschwendet.“

„Hmpf.“ Langsam setzte er sich abwärts in Bewegung. „Ein Umgangston ist das in diesem Land. Ich gehe. Aber nur unter Protest.“

Die Köpfe der Männer, vornübergebeugt über die Kante, dunkle Umrisse vor dem grau schimmernden Fels, blieben über ihm zurück. Viel zu lange kletterte er durch Dunkelheit, bis sein Fuß irgendwann festen Steinboden fand. Er stieg von der letzten Sprosse und klapperte mit dem Holz gegen die Felsen. „Und jetzt?“ Wie in einem Kamin hallte seine Stimme von den Steinwänden wider.

Anstelle einer Antwort wurde die Vorrichtung klappernd zurück in die Höhe gezogen.

„Wunderbar.“ Verärgert warf er die Arme empor. Von einer Zelle in die nächste. Manchmal konnte man sich tatsächlich fragen, ob den Herren dieser Welt nichts Besseres einfiel. Missmutig blickte er sich um. Die Kammer war kaum mehr als ein tiefes Loch im Felsen. Wenn man die Arme ausstreckte, konnte man mit den Fingerspitzen beinahe beide Wände berühren. Prüfend fuhr er mit den Kuppen über den Stein. Feucht und kühl war es hier unten, wie in einem Keller. An der einen Raumseite, in der Wand zur Linken derjenigen, über die er herabgestiegen war, ertasteten seine Finger ein regelmäßiges Muster aus rechteckigen Vertiefungen, eine Art

Gitter im Stein, durch das ein schwacher Luftzug in die Zelle wehte. Er tastete nach den Umrandungen der Löcher, wagte es jedoch nicht, hindurchzugreifen. Der *Scheloch* mochte wissen, was auf der anderen Seite lag. Das Gitter im Stein reichte etwa bis zur Höhe seines Kopfes. Nicht einmal annähernd weit genug, um auch nur einen Gedanken daran zu verschwenden, mit seiner Hilfe zurück in die Höhe zu klettern.

Ächzend ließ er sich an derjenigen Wand zu Boden sinken, die dem Muster im Fels gegenüberlag. Eine reichlich ausweglose Situation war dies, das musste man sagen, und eine unbequeme noch dazu. Er verschränkte die Arme vor der Brust. Die Kühle war alles andere als angenehm. Welche weiteren Befehle hatte dieser Bernrot seinen Soldaten für den Umgang mit gefangenen Tharsis-Offizieren erteilt? Lebend gefangen genommen zu werden war eine Sache. Allerdings schloss es nicht aus, dass die nächste Anweisung darin bestand, den Festgesetzten in aller Ruhe hier unten verrotten zu lassen. Er schnaufte. „Befehl von Bernrot" also. Wenigstens in dieser Beziehung gab es keine Unklarheiten mehr. Die Tertiari erhielten ihre Befehle direkt von dem Banditenführer. Was für ein Wahnsinn. Was brachte einen Tharsis-Legionär, nein, schlimmer, gleich sechstausend davon dazu, ihren Eid zu brechen, Heimat und Familie zu verlassen, um hier draußen in der Wildnis im Verborgenen zu leben? Die Frage war eigentlich nur, was schlimmer war: dass Theus und Kapilar ihm Informationen von entscheidender Relevanz verschwiegen hatten oder dass sie selbst keine Ahnung davon hatten, was hier draußen wirklich vor sich ging.

Kapitel 6 – Versenkung

Allmählich gewöhnten sich seine Augen an die Finsternis. Ein bläuliches Schimmern war jenseits des Gitters im Fels zu erahnen. Dem Anschein nach war die Nachbarzelle erheblich geräumiger als seine eigene. Irgendwo weiter hinten im Nebenraum musste sich eine kleine Wasserfläche befinden. Weiße Linien wie der Widerschein von Wellen tanzten über die niedrige Höhlendecke. Vereinzelt war das Geräusch von herabfallenden Tropfen zu vernehmen.

„Plitsch, platsch", murmelte er und kniff die Augen zusammen. Verdammte Dunkelheit. Reichlich unheimlich konnte es einem hier unten werden. Besonders die Schatten an der rechten Wand der Nachbarkammer sahen verdammt seltsam aus.

Die Gestalt im Umhang wandte sich ihm zu.

„Ha!" Die Wände warfen seinen Schrei zu ihm zurück. Rückwärts presste er sich gegen die kühle Wand. Leider saß er bereits so weit vom Gitter entfernt wie überhaupt nur möglich.

Der Verhüllte auf der anderen Seite rührte sich nicht. Das Gesicht lag im Schatten einer weiten Kapuze und eine schwarze Robe verwischte alles Übrige seiner Form. Wie er selbst auf seiner Seite, lehnte die Gestalt mit dem Rücken an der Wand ihrer Zelle. Vor ihren Knien lag ein unförmiges Bündel, das mit etwas Vorstellungskraft leicht der Umriss eines Menschen hätte sein können. Er konnte spüren, dass er aus der dunklen Haube heraus angestarrt und aufs Gründlichste gemustert wurde.

Eine Weile lang blickten sie einander durch die Löcher des Felsengitters hindurch an. Keiner von ihnen rührte sich oder gab ein Geräusch von sich. Irgendwann gelang es ihm tatsächlich wieder, ruhiger zu atmen. Der erste Schreck über die unerwartete Begegnung war verflogen. Das Gefühl verwandelte sich in Ärger. Was war das nur für eine Art? Der andere konnte kaum übersehen haben, wie er hier hinabgestiegen war. Dennoch hatte er die ganze Zeit über schweigend dort gesessen, ohne sich auf irgendeine Weise bemerkbar zu machen.

Er schnaufte und lehnte sich zurück. Wirklich ganz reizende Umgangsformen hatten die Menschen in diesem Land. Der Verhüllte unternahm noch immer keine Anstalten, um sich zu entschuldigen oder seine Anwesenheit in irgendeiner Weise zu würdigen.

Bitte sehr. Sollte er doch. Warum sollte gerade *er* derjenige sein, der als Erster ein Gespräch aufnahm?

Der in der Nachbarzelle bewegte sich. Die Öffnung der Kapuze wandte sich von ihm ab. Wie zuvor lehnte der Kerl mit dem Rücken an der Zellenwand.

Er schnaufte erneut. Ganz wie Ihr wollt. Ein Palter Calgola kam auch ohne die Gesellschaft unhöflicher Fremder gut zurecht. Die Zeit würde schon zeigen, wem von ihnen beiden zuerst langweilig wurde.

Ihm wurde zuerst langweilig. Er wollte gerade das Wort ergreifen, als plötzlicher Feuerschein den Laut in seiner Kehle ersterben ließ. Die Flamme eines Streichhölzchens erleuchtete mit einem Mal die Nebenzelle. Es folgten mehrere Züge aus einer kleinen Pfeife. Bei jedem Atemzug glühten die Kräuter im Pfeifenkopf hell auf. Ein warmer Lichtkreis fiel auf das Gesicht unter der Kapuze.

Erst nach einigen Augenblicken wurde er sich bewusst, dass sein Mund offen stand. Ein Schopf pechschwarzer Haare hing über die beinahe weiße Stirn seiner Nachbarin herab. Jung war sie, mit grauen Augen und Lippen in der Farbe frischer Vogelbeeren. Eine ihrer Hände schüttelte die Flamme am Ende des Hölzchens aus. Die andere lag auf einem Gewirr von schwarzen Locken in ihrem Schoß. Der Kopf eines Mannes war es, der ausgestreckt vor ihr auf dem Zellenboden lag. Die Berührung ihrer Hand war zärtlich, wie die einer Mutter, die ihren gefallenen Sohn betrauern muss. Beinahe geräuschlos stieß die Unbekannte den Rauch zwischen ihren Lippen aus. Silbrige Schwaden zerstreuten sich in der Finsternis. Die Glut im Pfeifenkopf erlosch und Dunkelheit verhüllte wieder ihr Gesicht.

Er räusperte sich. Sein Mund fühlte sich mit einem Mal sehr trocken an. „Ihr seid eine ...“ Er verstummte und verzog das Gesicht. Etwas Dämlicheres fiel ihm wohl nicht ein? „Die Erste, die ich hier draußen gesehen habe“, versuchte er, sich zu rechtfertigen. Großartig. Nun klang er nicht nur dämlich, sondern auch noch aufdringlich. „Ich wollte nur ...“ Verdammt, Palter! Aber was gab es sonst zu sagen? „Wie geht es Eurem Freund?“, setzte er schwach nach.

Er konnte hören, wie seine Nachbarin leise ausatmete. „Nicht gut.“ Ihre Stimme war tief und samtig. Der Klang sorgte dafür, dass ein Schauer über seinen Rücken lief. „Er ist tot.“

„Oh.“ Wieder voll ins Schwarze getroffen. „Das tut mir leid.“

„Ja“, erklang die Antwort unverbindlich.

Stille folgte. War das Gespräch damit bereits vorüber? Er leckte sich über die Lippen. „Seid Ihr schon lange hier unten?“

Er konnte leisen Atem hören. Die Dame ließ sich Zeit mit ihrer Antwort. „Sehr lang“, erklang es erst nach einer ganzen Weile durch das Gitter.

Wieder folgte Stille. Sehr gesprächig war seine Nachbarin anscheinend nicht. Vielleicht war es besser, eine Weile lang nichts zu sagen. Er hatte nicht vor, lästig oder störend zu erscheinen.

Er legte seine Hände auf die Knie und trommelte mit den Fingern darauf herum. Seine Handflächen waren feucht. Irgendetwas kam ihm seltsam vor. Eine sonderbare Anspannung war über ihn gekommen, die ihn in Unruhe versetzte. Auch die Stille wog mit einem Mal deutlich schwerer als zuvor. Die Abwesenheit von Unterhaltung war entnervend. Seiner Nachbarin hingegen schien sie überhaupt nicht zuzusetzen.

Er lehnte den Kopf gegen die Wand und sah sich um. Selbst die Schatten fingen an, ihn zu verunsichern. Der Austausch mit dem einzigen Mitmenschen hier unten wirkte wie die einzige Möglichkeit, um etwas an der Lage zu verbessern. „Weshalb hält man Euch hier fest?“ Die Worte waren beinahe ohne Überlegung über seine Lippen gekommen. Immerhin hatte er es geschafft, halbwegs beiläufig zu klingen, nicht wie ein Ertrinkender mit Aussicht auf das letzte Rettungsboot. Die Frage war berechtigt, oder nicht? Dies waren Dinge, über die Gefangene miteinander sprachen.

Von der Seite seiner Nachbarin kam keine Antwort.

Er schnaufte. Offenbar war Palter Calgola jemand, den man nach Belieben ignorieren konnte. „Wisst Ihr, wo *ich* herkomme, gilt es als unhöflich, gut gemeinte Fragen unbeantwortet zu lassen.“

Etwas rührte sich auf der anderen Seite. Die Hand der Frau strich erneut über das Haar des Toten auf ihren Knien. Sofort bereute er seinen vorwurfsvollen, unentschuldbar anmaßenden Ton. Er stöhnte und schüttelte den Kopf über seine eigene Kurzsichtigkeit. Palter Calgola, du bist wirklich ein Aas. „Verzeiht“, bat er. „Ihr betrauert Euren Verlust und ich rede ohne jede Rücksicht auf Euch ein. Bitte entschuldigt mich. Ein anstrengender Tag liegt hinter mir. Mehrere sogar, wenn man es genau nimmt. Man könnte beinahe sagen, mein ganzes Leben ist in der letzten Zeit eine einzige, große Anstrengung. Aber was sage ich!“ Er winkte ab. „Vergesst auch diese Worte. Meine Sorgen werden Euch mit vollem Recht egal sein.“

Die Frau lachte. Es war ein tiefes, angenehmes Geräusch, ein Anlass zur Erleichterung selbst noch an diesem dunklen Ort. Gänsehaut regte sich auf seinen Armen. „Ihr fangt schon wieder damit an“, erklang es halb belustigt von der anderen Seite.

„Womit?“

„Mit *Euch*. Wie es scheint, könnt Ihr keine zwei Sätze zu Ende bringen, ohne dass es am Schluss dabei wieder nur um Euch geht.“

Die Spitze war sanft, ein Scherz nur. Trotzdem fühlte er sich von der Feststellung getroffen. Die Kapuze bewegte sich. Er konnte spüren, dass ihre Augen ihn erneut durch die Vertiefungen im Stein betrachteten. „Es ist mir nicht egal“, erklärte die Stimme. „Sprecht nur. Es kommt nur selten vor, dass ich mich mit jemandem *wirklich* unterhalten kann.“

Mut erfasste ihn. Er drückte sich von der Wand ab und kroch auf allen vieren zu den Löchern in der Wand. „Palter Calgola“, erklärte er und streckte eine Hand hindurch. „Zu Euren Diensten.“

Die Frau ergriff sie und hielt seine Finger einen Moment lang fest. Die Berührung sandte Schauer über seine Haut. Schnell zog er den Arm zurück.

„Palter Calgola“, erklang es ernst. „Angenehm.“ Die Behauptung klang wie mehr als reine Form. Zum ersten Mal fühlte er sich ehrlich wertgeschätzt. „Um welche Art von

Diensten handelt es sich, mit denen Ihr meint, hier unten aufwarten zu können?"

Er blickte sich um. „Ich muss zugeben, dass ich in der Beziehung momentan etwas eingeschränkt bin. Unterhaltung ist zurzeit das Einzige, was ich Euch bieten kann."

„Unterhaltung?" Die Frau schien amüsiert. „Wollt Ihr etwa für mich singen?"

„Davon würde ich abraten. Es sei denn, Ihr hofft, dass Eure anderen Leiden im Vergleich etwas erträglicher erscheinen werden."

„In dem Fall verzichte ich lieber, Palter Calgola. Aber danke für das Angebot." Ein klapperndes Geräusch ertönte. Offenbar klopfte seine Nachbarin ihr Pfeifchen auf dem Felsenboden aus. Kein Licht war mehr zu sehen außer dem blauen, wellenartigen Leuchten der Wasserspiegelungen an der Höhlendecke. „Dann also Gespräche", erklärte die Verhüllte. „Nur zu. Ich höre gerne Erzählungen von draußen. Ich habe diese Felsen zu lange nicht verlassen."

„Ah." Er winkte ab. „*Draußen*. Ihr habt nicht viel verpasst. Alles wird dort draußen immer nur noch schlimmer. Es ist, als hätten alle den Verstand verloren." Der schwarze Schatten unter der Kapuze war ihm zugewandt. Offenbar erwartete seine Nachbarin mehr von ihm.

Er zuckte mit den Schultern. Ganz so pessimistisch musste man es vielleicht auch nicht sehen. Das Erzählen half tatsächlich dabei, die seltsame Unruhe zu vertreiben. „Es ist nicht überall so schlimm", fügte er hinzu. „Es gibt noch Orte, an denen es sich anständig leben lässt. Da, wo ich herkomme beispielsweise, ist längst nicht alles schlecht. Sicher, man muss hier und da acht geben. Verstehen, wie die Dinge laufen. Das Geheimnis liegt darin, die Regeln zu durchschauen, nach denen alles funktioniert, und sich dann in ihnen einzurichten.

Man muss dort draußen vorsichtig sein. Sich, so gut es eben geht, aus dem Schlimmsten heraushalten. Damit bringt man es schon weiter als die meisten Menschen.“

Graues Licht schimmerte in den Augen der Frau. „Ein angenehmes Leben, wie es scheint.“

Er nickte. „Man kommt zurecht.“

Stille folgte seiner Versicherung und auch Nachdenken. „Und das Ziel?“

„Was meint Ihr?“

„Der Zweck“, beharrte die Frau. „Was für einen Zweck verfolgen sie? Die Menschen. Dort, wo Ihr herkommt.“

Er lachte, trocken und mit einer Spur von Bitterkeit. „Der Zweck?“ Er zuckte mit den Schultern. „Braucht man denn einen? Ich weiß nicht. Vermutlich liegt der Zweck darin, es irgendwann einmal besser zu haben. Ein ordentliches Auskommen zu finden. Sich nicht jeden Tag aufs Neue schinden zu müssen. Ist das etwa nichts?“

„Hm.“ Die Frau schien ernsthaft über seine Worte nachzudenken. „Und Ihr?“ Ehrliche Neugier sprach aus ihrer Stimme. „Was ist mit Euch?“

„Mein ‚Zweck‘?“ Das Interesse seiner Nachbarin ehrte ihn. Zugleich aber erweckte ihre Frage vages Unwohlsein in ihm. „Mein Ziel ist einfach“, erklärte er nicht ohne einen gewissen Trotz. „Ich will nur meine Ruhe haben. Niemanden, der mir sagt, was ich zu tun habe.“

„Freiheit“, stellte die Frau fest.

„Wenn Ihr so wollt. Aber auch damit müsst Ihr aufpassen. So wie Ihr es sagt, klingt es beinahe, als würde ich mich auf den Marktplatz stellen und Freiheit predigen. Daran liegt mir nichts. Mir ist herzlich egal, was alle anderen tun. Sie sollen mir damit nur nicht in die Quere kommen.“

Wieder schien die Frau zu überlegen.

Er räusperte sich. Sein Kopf war eigentümlich leicht. Auch seine Gesprächigkeit verwunderte ihn. Musste an der Abgeschiedenheit liegen, die einen hier unten umfing.

„Glaubt Ihr an die Wahrheit, Palter Calgola?"

Er stieß die Luft aus. „Wahrheit. Was ist Wahrheit als Eure eigene Idee davon?"

„Sie ist eine große Verantwortung", behauptete die Frau. „Woher wollt Ihr wissen, dass Euer Zweck der richtige ist und nicht stattdessen irgendein anderer? Habt Ihr niemals Angst, dass Ihr eines Tages zurückblickt und den Weg bereuen müsst, für den Ihr Euch entschieden habt? Wenn es die Wahrheit gibt, dann gibt es auch den Irrtum. Wenn nur ein Weg der richtige ist, dann sind alle anderen falsch. Und alle, die auf den falschen unterwegs sind, werden es bereuen müssen."

„Ha!" Er winkte ab. Solche Dinge hatte er schon oft genug gehört. „Glaubt mir: In dieser einen Sache solltet Ihr besser auf mich hören. Ich behaupte nicht, in meinem Leben besonders viel Weisheit erworben zu haben. Aber das hier weiß ich sicher: Hütet Euch vor denen, die Euch mit der Wahrheit kommen. Entweder sie glauben selbst an ihren eigenen Mist oder sie erzählen Euch die schönsten Lügen, damit Ihr ihrer Sache Euer Leben überschreibt."

„Gleich das ganze Leben?"

„Was ist das Leben als die Summe all Euerer Entscheidungen?" Wieder musste er sich räuspern. Das Kratzen verschwand nicht. Er hustete. Warum bei allen Göttern redete er so viel und dann noch über solche Dinge? Unterhaltungen wie diese erforderten üblicherweise die Gesellschaft leicht beschwipster Freunde, fortgeschrittene Abendrunden auf irgendeiner Dachterrasse in Merkesch, versammelt um eine Wasserpfeife mit abbademischem *Holum*-Kraut und ...

Mit der Hand fuhr er sich an die Stirn. Der Schmerz der Wunde, wo der Zapfenwurf des Alten ihn getroffen hatte, war wie eine Ohrfeige. Erst jetzt erwachten seine Instinkte wie aus einer Betäubung. „Verdammt!“ Er kroch zurück und drückte sich gegen die Wand. „Was ist mit mir?“ Er blinzelte heftig. Ein Fiepen war in seinen Ohren. „Was habt Ihr getan? Was zum *Henker* war in Eurem Kraut?“

„Sprecht doch weiter, Palter Calgola.“ Unversehens erhob sich die Frau hinter ihrem Gitter. „Warum verstummt Ihr? Wir waren doch gerade erst dabei, einander besser kennenzulernen.“

Mit einem Mal stellte Furcht die Härchen an seinen Armen auf. Die Augen unter der Kapuze schimmerten im schwachen Gegenlicht. Es war nicht mehr Begehren, das der Anblick in ihm hervorrief. Nichts wünschte er sich sehnlicher als den Schein irgendeiner Lichtquelle, solange sie nur diese Schatten von ihm fernhielt.

„Ihr könnt mir die Wahrheit sagen.“ Die Stimme war noch immer sanft, doch eine Härte lag darin, ein sonderbarer Zwang, vor dem es kein Entkommen gab. „Sprecht mit mir.“

Gerade noch rechtzeitig presste er sich beide Hände vor den Mund. Lippen und Zunge schienen sich plötzlich wie von selbst zu bewegen.

„Ihr seid nicht der, den ich erwartet habe“, stellte die Frau fest. Ihre Fäuste umfassten gedankenvoll das Gitter. Wie die Fühler irgendeines Seewesens tasteten ihre Finger durch die rechteckigen Vertiefungen. „Wer seid Ihr, Palter Calgola? Warum seid Ihr hergekommen?“

„Hmbrgl.“ Er brauchte beide Hände, um die Worte zurückzuhalten. Auch seine Kiefer gehorchten ihm nicht mehr.

Bumm, bumm.

Die Stimme der Frau duldete keinen Widerspruch. Er *wollte* sprechen. Er *wollte* es ihr sagen. Alles wollte er ihr sagen. Sie würde ihn verstehen. Sie war die Einzige, die ihn verstand. Aufnehmen würde sie ihn, ihm Sicherheit verschaffen, ihn endlich dorthin führen, wo er wirklich hingehörte.

„Nehmt die Hände fort, damit ich Euch verstehen kann."

Seine Finger wurden kühl und schwach. „Ich bin ..."

Nein.

Die Frau fuhr herum. Es war, als habe eine Stimme in der Tiefe ihrer Zelle sie aufgeschreckt. Die Wasserfläche hinter ihrem Rücken war wie leuchtender Türkis. Nichts war zu erkennen außer blauen und weißen Reflexionen, die über die Höhlendecke tanzten. Die Dame wandte sich erneut zu ihm. Es war ihm gelungen, den Griff der Hände wieder zu verstärken. Seine Lippen waren durch den Druck der Finger fest verschlossen.

„Faszinierend", befand die Frau. Es war, als empfinde sie echte Freude über eine unverhoffte Entdeckung. „Ja, wirklich. Ihr überrascht mich, Palter Calgola. Mehr, als ich erwartet habe. Ihr seid tatsächlich über alle Maßen interessant."

„Hngn!" Wie einen Schmerzensschrei unterdrückte er das Geräusch, das aus seiner Kehle zu entkommen drohte. Er wollte, er musste mit ihr sprechen. Wie eine Welle überrollte ihn die Fülle ihrer ungeteilten Aufmerksamkeit. Was würde ihm noch bleiben, wenn sich die Flut von ihm zurückzog?

Nein!

Seine Hände blieben fest vor seinem Mund verschränkt. Eine Falle war es. Eine List und ein Verhör. Nichts, überhaupt nichts mehr würde er hier unten von sich geben.

„Außergewöhnlich. Ja, wirklich." Der Schemen der Frau bewegte sich langsam hinter den Durchbrüchen im Stein. Für einige Momente war es ihm, als sei ein Raubtier auf der anderen Seite eingesperrt.

Mit einem Mal flammte Licht auf. Der Schein der Fackel war so grell, dass er die Augen zusammenkneifen musste. In einer eisernen Halterung hing die Leuchtquelle an der Wand der Nachbarkammer. Erst jetzt war auch der Mann am Zellenboden vollends zu erkennen. Ein Abbademer war es, im fortgeschrittenen, in seinem eigenen Alter. Die dunklen Pupillen des Mannes waren leblos zum Boden verdreht. Schwarze Tätowierungen wie Tränen waren unter seinen Augen in die Haut gestochen. Der Schein der Flammen fiel auf Würgemale, purpurne Abdrücke zu beiden Seiten seines Halses.

Auf dem Gesicht der Frau erschien ein Lächeln. Ein solches Lächeln konnte jede Schuld der Welt vertilgen und musste keines Mannes Urteil fürchten. Betörend war jede ihrer Bewegungen, einnehmend die Wanderungen ihrer Finger über die Vertiefungen des Gitters, so als suche sie nach einem Weg, um doch noch zu ihm durchzudringen. „Ich muss über Euch nachdenken." Die Worte waren eine Drohung und ein wunderbares Versprechen zugleich. „Ich muss wissen, wen ich vor mir habe. Was es ist, das Ihr vor mir zu verbergen sucht. Und wer weiß? Vielleicht finde ich für Euch sogar Verwendung. Vielleicht wollt Ihr Euch von mir sagen lassen, wer Ihr *wirklich* seid."

Er schrak zusammen. Das Ende einer Strickleiter fiel unter klappernden Geräuschen in die Nachbarzelle. „Ich muss fort", erklärte die Dame mit Bedauern. „Ihr sollt Zeit bekommen, um über Eure Angelegenheiten nachzudenken. Glaubt mir. Es gibt für solche Dinge keinen besseren Ort als diesen. Die Dunkelheit zeigt, wer wir wirklich sind.“

„Hngh.“ Bernrot. Die Gewissheit brach sich ihre Bahn, unausweichlich und jenseits aller Zweifel. Diese Frau war Bernrot. Warum hatte ihn niemand davor gewarnt, wen er zu erwarten hatte?

Der Blick der Dame senkte sich zum Boden. „Verzeiht bitte“, bat sie. „Es war in der Tat sehr unhöflich von mir, mich nicht gleich vorzustellen.“

Zauberin! Las sie etwa auch noch seine Gedanken?

Das Lächeln war erneut auf ihrem Gesicht. „Ich hoffe auf Euer Verständnis, Palter Calgola. Ich hatte Grund, zu fürchten, dass Ihr Euch sonst weigern würdet, Euch mir vorzustellen. Namen haben Macht, wisst Ihr? Aber keine Sorge. Kennenlernen werden wir uns. Oh ja, das werden wir. Ich freue mich bereits darauf. Wirklich. Ich kann es kaum erwarten.“ Wieder hallte ihr bezauberndes Lachen von den Wänden wider. Die Frau wandte sich zur Leiter und setzte einen Fuß auf die Sprossen. Noch einmal blickte sie zu ihm zurück. „Gute Nacht, Palter Calgola. Ich wünsche angenehme Träume.“ Ihre Finger griffen nach der Fackel in der Wand. Unversehens erstickte die Flamme, so als habe ihre Handfläche sie erdrückt. Dunkelheit umfing ihn. Für einige Augenblicke war nichts zu vernehmen außer dem knarzenden Geräusch von Stiefeln auf den Tritthölzern, das Ächzen der Seile unter ihrem Gewicht. Dann kehrte Stille ein. Der Klang von Wassertropfen auf der Oberfläche des unterirdischen Teiches war alles, was in der Finsternis noch zu vernehmen war.

Eine Weile lang stand er einfach nur da und starrte in die Dunkelheit. Etwas Schlimmes war geschehen. Etwas Furchtbares. Etwas Überwältigendes und Großartiges.

Er blinzelte verwirrt. „Was?“

Eine leise Stimme in seinem Inneren versuchte, sich Gehör zu verschaffen. Sie schien nur langsam wieder aus einer entfernten Ecke seines Bewusstseins hervorzukriechen. Etwas Großartiges? Wohin zum Henker trieben seine Gedanken? Er schüttelte sich und rieb sich mit den Händen über sein Gesicht. Verfluchte Frau. Benebelt und vergiftet hatte sie ihn, mit ihrem verdammten Kraut. Ihre Worte waren nichts als Lügen gewesen, Schmeicheleien, um ihn einzulullen.

„Nichts als Lügen", erinnerte er sich laut. „Lügen und schöne Worte." Der Ärger half. Er bot Orientierung und half ihm dabei, zurückzufinden in seine eigenen Gedanken.

Die Dunkelheit zeigt, wer wir wirklich sind.

„Einen Scheiß zeigt sie!" Die Betäubung hielt noch immer an. Er brauchte Ablenkung. Etwas, das dabei half, ihre Lügen von der Wirklichkeit zu unterscheiden. Er begann in seiner Zelle auf und ab zu laufen. „Palter Calgola", murmelte er zu sich selbst. Es war an der Zeit, diese körperliche Hülle daran zu erinnern, wer den Ton angab. „Palter Calgola. Das bin ich."

Der Auftrag. Er durfte den Auftrag nicht vergessen. „Mein Haus", wiederholte er. „Meine Stadt. Mein Haus. Meine Freunde." Er versuchte, sich jedes Einzelne davon ins Gedächtnis zu rufen, bildlich genug, um sich daran festzuhalten, bevor sein Verstand ins Unermessliche davontreiben konnte. Noch immer drohten Nebel, seine Gedanken zu umfangen. Er ließ sich auf den Boden sinken und begann damit, Liegestütze auszuführen, bis seine Arme wie Gummi wurden, er zusammenbrach und sich erschöpft auf den Rücken rollte. Der Ausgang aus dem Loch lag als gräulicher Umriss in der Höhe über ihm. Nicht nur sein Körper, alles an ihm zeigte sich erschöpft von der Wanderung und dem Angriff auf sein Konzentrationsvermögen.

Er musste entkommen. So viel war sicher. Er musste es aus diesem Loch zurück nach oben schaffen. Die Zeit war nicht auf seiner Seite, so viel war sicher. Dieses Mal hatte er noch widerstehen können. Wie aber würde es beim nächsten Mal sein, wenn die Frau ihr Nachdenken beendet hatte und wieder für ihn herkam?

Er spürte, dass seine Lider schwer wurden. Er brauchte Wasser. Nahrung. Der kleine See auf der anderen Seite war durch das Gitter von ihm abgetrennt. Wo blieben die Wächter mit der verdammten Mahlzeit?

„Palter Calgola“, erinnerte er sich laut, während sein Geist in Träumen zu versinken drohte. „Bürger von Merkesch. Hauptmann im Ruhestand. Held von Wolfshecke. Besitzer von ...“

Die Worte waren wie die Ankerkette eines Tauchers, der sich entlang der Glieder in die Tiefe hangelt.

Palter Calgola. Das war sein Name. Namen hatten Bedeutung. Dies war seiner. Niemand hatte das Recht, zu bestimmen, wer er war.

Ein lautes Klatschen unmittelbar an seiner Seite ließ ihn zusammenzucken. Das Geräusch irgendeines Monsters, das sich in der Dunkelheit herangeschlichen hatte, um ihn zu verschlingen. Er schlug wild um sich, bis er sich erinnerte, dass er den Stoff seiner abbademischen Kopfbedeckung vor den Augen hatte. Er riss den Streifen fort und warf Blicke in die Dunkelheit. Kein Monster. Niemand war bei ihm. Er musste eingeschlafen sein.

Er kniff sich in den Arm. „Ah!“ Ganz offensichtlich war er wach. „Palter Calgola“, formten seine Lippen stumm. „Palter Calgola. Ein Traum, weiter nichts.“ Es gelang ihm nur bedingt, sich mit seinen Worten zu beruhigen. Stellten Selbstgespräche nicht eine allgemein bekannte Vorstufe zum Wahnsinn dar? Ein weiteres Zeichen dafür, dass er hier unten allmählich den Verstand verlor.

Vorsichtig tastete er über den Boden der Zelle. Nach einigen Momenten berührte seine Hand etwas Warmes, Klebriges. Sein Magen zog sich zusammen. Unwillkürlich trat das Bild eines geborstenen Schädels in sein Bewusstsein, dessen Gehirn über den Boden vergossen war. Dann aber ertasteten seine Finger die geflochtenen Stränge eines Korbes. Erleichtert stieß er die Luft aus. Ein Gefäß, aus der Höhe herabgefallen und beim Aufprall zersplittert. Offenkundig war das Teil gefüllt gewesen mit einer zähflüssigen Paste. Er beugte sich vor und schnupperte am Inhalt. Dem Anschein nach handelte es sich um irgendetwas, das man ihm als Mahlzeit zu verkaufen versuchte.

Er blickte hinauf zum grauen Rechteck. War das etwa eine Art, sich um einen Gefangenen zu kümmern? Eine Armlänge weiter, und sie hätten ihm mit dem Teil den Schädel eingeworfen. Misstrauisch betastete er die Splitter des Gefäßes. Eine zerbrochene Form aus Ton war darin, offenkundig eine Art Schale. Seit dem Frühstück bei der Hütte des Alten hatte er nichts mehr zwischen die Zähne bekommen. Er schob einen kleinen Finger in die Masse und kostete davon.

Unter Prusten verabschiedete sich die Probe in eine Ecke. „Verdammt!“ Schon wieder eine List. Der Geschmack war angenehm, doch die Note von Unhofbeeren war darunter nur ungenügend verborgen.

Ha! Mit dem Fuß schob er den Korb fort. So einfach, glaubten sie, würden sie ihn bekommen. Wenn sie meinten, ein Palter Calgola ließe sich derart einfach überrumpeln, würden sie sich wundern müssen. Ein weiterer plumper Versuch, ihn zu verwirren, sein Bewusstsein zu betäuben und ihn gesprächig zu machen.

Ächzend kroch er zurück in eine Ecke und starrte missmutig auf die Trümmer. Er lehnte den Kopf zurück und blickte hinauf in die Dunkelheit. Das Ganze warf Fragen auf, oder nicht? Beeren, die Tiere zum Sprechen brachten. Rauch, der die Gedanken leicht und die Zunge locker machte. Beinahe konnte man sich fragen, was von den Erinnerungen der letzten Tage überhaupt wirklich geschehen und was lediglich die Folge von Rausch und Trugwerk gewesen war.

Er schloss die Augen und fand Schweißperlen auf seiner Stirn. Derartige Gedankengänge waren gefährlich. Wenn man erst einmal damit begonnen hatte, die Grenze zwischen Traum und Wirklichkeit anzuzweifeln, war der Wahnsinn nicht mehr allzu weit entfernt.

„Palter Calgola." Die Worte waren wie ein Gebet, eine Beschwörungsformel, die ihn vor Schlimmerem beschützen musste. „Palter Calgola, Bürger von Merkesch."

Er stutzte. Etwas hatte angefangen, sich in der Zelle zu bewegen. Erst dachte er, es seien die Wände selbst. Dann wurde ihm bewusst, dass er selbst es war, der sich bewegte. Nach unten ging es, durch den Steinboden hindurch. Ein Stöhnen entfuhr ihm. Dinge wie diese hatten keinen Platz in der Wirklichkeit. Er musste träumen, wieder eingeschlafen sein in der Ecke seiner Zelle. Vorsichtig breitete er die Arme und Beine aus, wie ein Schwimmer bei dem Versuch, die Körperfläche zu vergrößern, um das Absinken zu verhindern. Er verspürte keine Furcht, als der Untergrund ihn aufnahm. Warmes, feuchtes Erdreich umfing ihn, durchzogen von roten und bräunlich-gelben Wurzeln.

Kein Grund zur Beunruhigung, ermahnte er sich. Ein Traum blieb ein Traum. Auch atmen konnte man hier unten.

Wenigstens war es ruhig. Wenigstens im eigenen Grab besaß die Welt den Anstand, einen mit ihrem ganzen Ärger in Ruhe zu lassen.

„Ihr habt mich umgebracht, Calgola!"

„Hm?" Die störende Stimme verärgerte ihn mehr, als dass sie ihn erschreckte. Er ließ die Blicke schweifen, auf der Suche nach dem Ursprung der seltsamen Bemerkung.

Das Erdreich war verschwunden. Er saß wieder auf dem harten Steinboden seiner Zelle. Wolskin saß ihm gegenüber und blickte ihn an. Der Alte lehnte am Gitter in der Wand und schüttelte den Kopf über ihn, sodass die grauen Haarsträhnen umhertanzten. Blau glühende Äderchen pulsierten unter der bleichen Haut seines ehemaligen Begleiters.

„Uff." Er hob die Hände und presste sich die Handballen in die Augenhöhlen. Leise zählte er bis zehn. Als er erneut die Augen aufschlug, saß der Mann noch immer an seinem Platz. Befremden lag im Blick des Toten, so als sei *er* derjenige, mit dem etwas nicht stimmte. So wie es aussah, hatte der Mann sogar recht. So wie es aussah, verlor er in diesem Loch allmählich den Verstand.

„Ihr habt mich ermordet", wiederholte der Alte vorwurfsvoll. Zur Bekräftigung deutete er auf eine furchtbare Schnittwunde an seinem Hals. „Ohne Rast und Ruhe wandere ich in dieser Welt umher. Wuuuuh!" Der hagere Körper wedelte mit den Armen. „Wuuuuuh! Das habt Ihr jetzt davon. Ihr seid mein Mörder. Ich bespuke Euren Arsch bis in alle Ewigkeit."

„Oh Mann", beklagte er sich. „Echt jetzt?"

„Scheiße, nein." Der Tote winkte müde ab. „Ihr habt Halluzinationen. Von der Mahlzeit. Wisst Ihr nicht mehr? Ihr habt vom Zeug in diesem Korb gekostet. Von den Beeren."

„War doch nur ein bisschen“, gab er brummelnd zurück. „Eine kleine Fingerspitze. Und schon wollen die Toten mit mir sprechen? Das erscheint mir kaum gerecht. Wo bleibt da das Verhältnis?“

„Was weiß denn ich?“, ereiferte sich der Alte. „Denkt Ihr, *ich* freue mich, Euch hier zu treffen? Denkt Ihr, ich hätte ich nichts Besseres zu tun, als mich mit den Lebenden herumzustreiten?“

Einige Momente des Schweigens folgten, in denen er über die Frage nachsann. „Ich weiß nicht“, gab er schließlich zurück. „Habt Ihr das?“

„Ach.“ Der Alte winkte ab. „Kümmert Euch um Euren eigenen Kram.“

Eine Weile saßen sie sich in Stille gegenüber. Der Alte hatte die Knie angewinkelt und beide Ellenbogen darauf abgelegt.

„Und jetzt?“, wollte er nach einer längeren Zeit des ereignislosen Wartens von seinem unheimlichen Besucher wissen. „Wie geht es weiter? Wie, bei den Göttern, läuft so etwas ab?“

„Was fragt Ihr mich?“, blaffte der Alte zurück. „Das hier ist Eure Erscheinung. Glaubt Ihr, ich mache so etwas jeden Tag?“

„Nein. Ich weiß auch nicht.“ Er zuckte mit den Schultern. „Tut mir leid.“

„Ja“, grummelte der Alte. „Mir auch.“

Es war wohl besser, seine Worte mit Bedacht zu wählen. Wenig Gutes konnte davon kommen, einen Toten zu verärgern. Die Stille enthielt eine gewisse Anspannung. Es war schlimm genug, einem *lebenden* Gesprächspartner gegenüberzusitzen und nicht zu wissen, worüber man sich unterhalten sollte. Die Gesellschaft eines Toten, den man noch dazu selbst auf dem Gewissen hatte, bot noch deutlich mehr Raum für Peinlichkeiten. „Ahem.“ Er räusperte sich und rieb die Hände aneinander. „Wo Ihr schon einmal hier seid, Wolskin. Darf ich Euch eine Frage stellen?“

„Seid Ihr denn bereit, dafür zu bezahlen, Elender?“, gab der Mann zurück. „Der Rat des Erschlagenen ist teuer! Das Blut einer Jungfrau, vergossen um Mitternacht ... “ Das Wedeln der bleichen Hände wirkte eher halbherzig. „Ach, was weiß denn ich. Irgend so einen Scheiß. Ich bin für solche Dinge einfach nicht geschaffen.“

„Gibt es so etwas wie ein Leben nach dem Tod?“

„Ha! Das ganze große Ding, was?“ Der Alte grinste. „Was soll ich sagen? Sieht ganz so aus, was? Offenbar besteht es darin, mit denjenigen, die man am wenigsten sehen möchte, in einem Loch zu sitzen und ihnen dabei zuzuschauen, wie sie Selbstgespräche führen. Ich würde also nicht unbedingt zur Eile raten, falls Ihr daran denkt, selbst abzutreten.“

„Vielleicht bekommt ja jeder das Jenseits, das er sich verdient?“

„Das habt Ihr gerade nicht wirklich gesagt, Junge.“

„Verzeihung.“

„Ihr seid mein Mörder! Und jetzt meint Ihr ...“

„Das war keine Absicht!“

„Toll. Sehr beruhigend. Da geht es mir ja gleich viel besser.“

Stöhnend lehnte er sich an den Fels zurück. Ein wirklich seltsamer Traum war das. Nicht einmal das graue Rechteck des Ausgangs war mehr in der Höhe zu erkennen. „Habt Ihr sie gesehen, Wolskin? Die Frau in Schwarz?“

„Allerdings habe ich sie gesehen.“ Der Mann rieb sich über die bleichen Arme wie jemand, dem plötzlich kalt ist. „Hat mir eine Scheißangst eingejagt. In *Eurer* Haut möchte ich nicht stecken.“

„Wolskin. Was soll ich denn jetzt machen?“

„Was weiß denn ich? Irgendetwas wird sich schon ergeben. Ich kannte mal jemanden, der daran geglaubt hat.“

„Sehr komisch.“

„Eure Worte, nicht meine.“

Er rieb sich über die Arme. Auch ihm war mit einem Mal kalt. „Könnt Ihr nicht …“ Er blinzelte. Der Alte war verschwunden. Wo eben noch der Geist seines Begleiters gesessen hatte, waren mit einem Mal nur noch Schatten und das bläuliche Schimmern des Felsengitters. Er kniff die Augen zusammen. Seine Knochen schmerzten. Seine Beine waren taub von der Härte des Felsenbodens. Erneut kniff er sich in den Arm. Die Schmerzen ließen darauf schließen, dass er unbemerkt erwacht war.

Eine plötzliche Bewegung, begleitet von einer kaum merklichen Bewegung der Luft, ließ ihn erschrecken. Angestrengt starrte er in die Dunkelheit. Ja, etwas bewegte sich vor der Felswand. Er streckte eine Hand aus. Raue Fasern. Ein Tau. Ein Seilende hing direkt vor ihm herab. Er blinzelte. Falls es sich erneut um einen Traum handelte, so war es ein besonders grausamer.

„Luhes a'lhan!“ Ein scharfes Zischen, irgendwo oberhalb der Kante.

Tatsächlich. In dem grauen Rechteck in der Höhe gestikulierte jemand wild zu ihm herab. Zumindest glaubte er, dass er gemeint war. Die Auswahl war hier unten nicht besonders groß. Zur Sicherheit grub er noch einmal die Fingernägel in seinen Arm. „Autsch!“

„Essera!“, ertönte es von oben. *„Rahid! A'hana hunak! Azed!“*

„Was immer Ihr meint“, gab er murmelnd zurück. Wenn jemand der Meinung war, ihn auf Abbademisch retten zu müssen, so würde er mit Sicherheit nicht protestieren.

Er ergriff das Seil und zog einmal fest daran. Es schien zu halten. Den linken Fuß gegen die Wand gesetzt begann er, sich emporzuziehen. Steinstaub knirschte unter den Sohlen seiner Stiefel und bröselte in die Tiefe, als er sich den Weg nach oben bahnte. Die Muskeln in seinen Armen protestierten. Nun bereute er, sich bei den Liegestützen derart verausgabt zu haben, doch die Aussicht darauf, dieses Loch so schnell wie möglich hinter sich zu lassen, setzte ungeahnte Kräfte frei. Schritt für Schritt gelang es ihm, sich über die Wand hinaufzuarbeiten.

Als die Kante des Steinstegs nur noch etwa eine Armlänge über ihm lag, war erneut Bewegung zu erkennen. Aus dem spärlichen Licht ragte ihm eine ausgestreckte Hand entgegen. Dankbar ergriff er sie und wurde mit einem Ruck emporgezogen. Halb kletterte, halb kroch er auf den schmalen Steg. Für einige Augenblicke blieb er schwer atmend liegen. „Danke“, brachte er keuchend hervor. „Ich dachte schon, ich müsste dort unten ...“

„Alef a mustawla sa'chim!“

„Was ... ah!“ Der Tritt kam so heftig wie unerwartet, gerade unterhalb des Rippenbogens. „Wartet!“ Er versuchte, sich aufzurichten, doch der nächste traf ihn an genau der gleichen Stelle. „Ihr müsst ... ha!“ Mehr bekam er nicht hervor. Erneut traf ihn der Stiefel.

„A'belehz! Mina'ant?“

„Kann nicht ... ah!“ Weiße Blitze tanzten vor seinen Augen. Mit den Ellenbogen versuchte er den nächsten Angriff zu parieren

„Wer bist du?“ Ein Fauchen, im rauen Zungenschlag des Westens. „Wo ist Rahid?“

„Aufhören! Da unten war nur ich. Verdammt!“ Schon wieder holte der Kerl mit dem Stiefel auf. „Hört ... verdammt noch mal auf, mich zu treten!“

„Rahid!“, beharrte die Stimme. „Er muss dort unten sein. Wo ist er? Was hast du mit ihm gemacht? Sprich, *Belehz!*“

Einen kurzen Moment lang folgten keine weiteren Fußtritte. Er nutzte die Pause, um aufzuspringen. Taumelnd, nur halb aufgerichtet, die Arme zur Abwehr erhoben, hob er den Blick.

Sein Peiniger und Befreier war Abbademer, ohne jeden Zweifel. Der Mann trug einen schmucklosen schwarzen Anzug aus gewickelten Stoffbahnen. Seine Hände waren zu Fäusten geballt, offenkundig mit dem Vorsatz, diese als nächste an ihm zu benutzen. „Rahid!“ Ein Paar dunkler Augen blitzte wütend in dem bronzefarbenen Gesicht. „Sprich! Ich frage nicht noch einmal.“ Gut aussehend war der Mann, jung, von einer Art, nach der sich die Frauen in Merkesch mit Sicherheit umgedreht hätten. „Rede, *Belehz!* Oder ich werfe dich zurück in dein Loch!“

„Shhht!“ Der Mann brachte es noch fertig, mit seinem Geschrei die Wachen herbeizurufen. „Ich weiß nicht, wovon Ihr sprecht!“ Die Hände blieben oben, zur Abwehr bereit. „Dort unten war nur ich.“

„Unmöglich“, verkündete der Mann mit einer Festigkeit, als streite er sich mit dem schlechtesten und zugleich dreistesten Lügner aller Zeiten. „Ich habe bezahlt. Teuer bezahlt! Zelle sieben. Das ist Zelle sieben. Du bist in Zelle sieben. Aber du bist nicht Rahid. Also!“ Einer der Fäuste des Jungen wuchs ein Zeigefinger, der wie eine Waffe gegen ihn gerichtet wurde.

Verzweifelnd blickte er von links nach rechts. Auf diese Weise kamen sie nicht weiter. Die uneinsichtige Art des Mannes bot keinerlei Ansatz für eine fruchtbare Debatte. „In Ordnung“, versuchte er es. „Ruhig bleiben. Lasst uns ruhig bleiben, ja? Wie wäre es hiermit: Ihr sucht in aller Ruhe weiter nach Rahid, während ich …“

Er zuckte zurück. Die flache Hand des anderen schlug so heftig gegen die Wand, dass Flocken von Kalk herabfielen. „Du gehst nirgendwo hin, klar?“

„Klar“, wieder hob er die Arme. „Sicher. Ganz klar.“

Die Augen des Abbademers glühten wie Kohlen. Die meisten Menschen ließen mit sich sprechen, wenn man nur ruhig blieb und sich nicht von ihnen in Aufregung versetzen ließ. Bei diesem hier funktionierte das Ganze hingegen überhaupt nicht.

„Du hilfst mir, ihn zu finden“, beschloss der Bursche, so als könne überhaupt kein Zweifel daran bestehen, dass er hier unten die Befehle gab. „Los.“ Der Blick des Mannes ging auffordernd zum Seil. „Zieh das Seil hoch. Wir versuchen es bei der da drüben.“

Er wandte den Kopf. Die nächste Grube. Jetzt verstand er. Er schloss die Augen. Nicht gut. Das war überhaupt nicht gut.

„Worauf wartest du? Her damit!“ Ungeduldig bückte sich der Junge nach dem Seil. Schon hatte er es emporgezogen und begann damit, es durch die eiserne Öse am Rand des nächsten Schachts zu wickeln. „Rahid!“, zischte er hinab. *„A'hana hunak!“*

Sein Blick wanderte zum Felsdurchgang am Ende des Steges. Er konnte einfach loslaufen. Oder sichergehen. Ein Stoß, und der Bursche würde geradewegs in die Tiefe segeln.

„Runter mit dir!“

„Hm?“

Der Abbademer hatte sein Verzurrungswerk beendet. Seine Hand deutete hinab in die Schatten. „Dort runter“, befahl er. „Geh runter und such nach Rahid.“

„Was?“ Er konnte nicht glauben, was der Mann von ihm verlangte.

„Du“, wiederholte der Bursche, mit einem Ausdruck, als frage er sich, ob er vielleicht einen Schwachsinnigen gerettet hatte. „Jetzt!“

„Nein.“ Er trat zurück und hob abwehrend die Hände. Alles, nur das nicht. Nicht einmal die Androhung weiterer Schläge konnte ihn dazu bringen, noch einmal in diese Schatten abzusteigen.

„Ich sagte ...“ Der andere trat drohend vor. Ein Dolch hatte mit einem Mal den Weg vom Gürtel aus in seine Hand gefunden. Die Bewegung der glänzenden Klinge ging hinüber zum Loch. „Los.“

„Nein!“

„Du gehst.“

„Ich gehe *nicht* dort runter!“ Die Entschlossenheit seiner Worte überraschte ihn kaum weniger als sein Gegenüber. Der Blick des Burschen ging prüfend zu seiner Klinge, so als müsse er sich selbst noch einmal versichern, dass auch der andere die Waffe gut sehen konnte und trotzdem gerade die Nerven besessen hatte, dem Befehl zu widersprechen. Stimmen waren in der kurzen Stille zu vernehmen. Das Geräusch von Wachen? Wie lange noch, bis man sie beide hier entdeckte?

„Euer Freund“, begann er drängend. „Ein Abbademer, so wie Ihr? Etwas älter, so wie ...“ Seine Daumen fanden nur zögerlich ihren Besitzer als Beispiel für fortgeschrittenes Alter. „Tätowierungen auf den Wangen? Kleine Punkte wie Tränen unter den Augenhöhlen?“

Der Kerl blieb stumm. Seine Augen aber verrieten, dass er ins Schwarze getroffen hatte. „Wo?“ Die Stimme war nur ein Krächzen, zwischen kurzzeitiger Hoffnung und düsterer Vorahnung. Die Klinge bewegte sich zur Grube, doch die Pupillen blieben fest auf ihn gerichtet. „Hier? Da unten?“

Er wagte ein Nicken.

Verständnis blitzte in den dunklen Augen. Der Mann konnte den verräterischen Ausdruck auf seinem Gesicht kaum übersehen haben. Der Mund des Abbademers öffnete sich für einen Augenblick. Dann aber schüttelte der Mann den Kopf, entschlossen, so als verweigere er sich der Erkenntnis. „Nein“, stieß er aus. „Nein.“ Schon war der Bursche vorgetreten, bei der Kante in die Knie gesunken und darin begriffen, sich über den Rand hinweg ins Dunkle abzuseilen.

Verdammter Mist.

„Rahid! Kudh ala'habal! Rahid!“

Er leckte sich über die Lippen. Sollte der Kerl doch dort hinabsteigen. Ihm konnte das Ganze egal sein. Wenn er noch irgendeine Hoffnung darauf erhalten wollte, aus dieser Sache wieder heil herauszukommen, war es allerhöchste Zeit, um zu verschwinden. „Er ist tot“, hörte er sich sagen. „Ich habe ihn gesehen.“

Die Bewegungen seines Befreiers erstarrten. Das Gesicht, eben in Begriff, jenseits der Kante zu verschwinden, wandte sich ihm langsam zu.

„Bernrot“, versicherte er schnell. „Sie war es, nicht ich. Er war schon tot, als sie mich nach unten brachten. Euer Freund hatte ...“ Er schluckte. „Ich glaube, die Frau hat ihn erwürgt.“

Stille. Stimmen, ganz eindeutig nun, irgendwo im Labyrinth der Gänge. Es gab keinen Zweifel, dass die Geräusche näher kamen.

„*Aha al moha'deled!*“ Der andere spuckte die Worte förmlich aus und schüttelte den Kopf. „Du lügst!“

„Hört zu!“ Ein letztes Mal noch musste er es versuchen. „Glaubt mir doch. Ihr wisst, dass ich die Wahrheit spreche. Wir können nichts mehr für ihn tun. Wir müssen fort von hier, bevor mit uns das Gleiche geschieht.“

Der Junge starrte ihn an. Es war nicht zu verkennen, dass auch er die Stimmen der Wachen hören konnte. „*Niemals* gehe ich ohne ihn“, stieß er aus. „Nicht ohne Rahid.“

„Wenn Ihr dort hinabsteigt, werdet Ihr ihm Gesellschaft leisten. Für immer. Ist es das, was Ihr wollt? Hätte Euer Freund das für Euch gewollt? Dass Ihr Euer Leben opfert, obwohl Ihr nichts mehr für ihn tun könnt?“

Noch immer starrte ihn der Abbademer an. Wut und Vorwurf brannten hell in seinen Augen. Er kannte solche Blicke. Männer, die gescheitert waren, neigten nicht selten zu gefährlichen Akten von Fatalismus. Dazu, das eigene Leben wegzuwerfen in einem sinnlosen, letzten Akt des Widerstandes.

„Ihr müsst für ihn überleben!“, beharrte er. „Damit man sich an ihn erinnert.“ Und ein alter Mann aus Merkesch brauchte jemanden, der ihm den Weg nach draußen zeigte.

Irgendetwas traf. Irgendetwas bewirkten seine Worte in der Brust des jungen Mannes. Ein dunkles Knurren erklang aus seiner Kehle. Der Bursche schwang sich über die Kante und löste mit schnellen Bewegungen die Knoten des Seils. Wie eine abtauchende Seeschlange verschwand das Hilfsmittel in der Dunkelheit des Loches.

Für einige kurze Augenblicke war die Dolchklinge zwischen ihnen. Die Spitze war auf seine Brust gerichtet, die Brauen seines Gegenübers geballt in einem unversöhnlichen Ausdruck.

Er hielt dem Blick stand.

Die Waffe verschwand in ihrer ledernen Scheide. „Hier entlang." Der Bursche fuhr herum und lief los, ohne sich noch einmal umzusehen.

Er atmete auf. Noch einmal ging sein Blick zurück zur Grube. Auf Nimmerwiedersehen, Dunkelheit. Dann beeilte er sich, dem Abbademer zu folgen, der bereits durch den Durchgang am Ende des Steges verschwunden war.

Kapitel 7 – Fremde

Der Raum mit den Zellen blieb hinter ihnen zurück. Was folgte, war ein Gang im Fels, so dunkel, dass er beide Hände vorausstrecken musste, um nicht unvermittelt gegen eine Wand zu laufen. Üblicherweise waren Besucher für diesen Abschnitt wohl mit Fackeln ausgestattet. So aber war nur das weißliche Schimmern von Felsen auszumachen. Irgendwo weiter vorne ertönten die knirschenden Schritte seines Befreiers.

Nach einer kurzen Zeit hatten sich seine Augen an das spärliche Licht gewöhnt. Der Gang in den Felsen verbreiterte sich. An der rechten Seite lagen kleine, mit Eisengittern abgetrennte Kammern. Ihre Stäbe waren im Laufe der Jahre mit einer dünnen Schicht wie von Salz überzogen worden. Dahinter waren im schwachen, bläulichen Widerschein von der Decke herabhängende Säcke zu erkennen, ebenso wie die Umrisse von niedrigen Gerüsten unter fleckig-weißen Tüchern.

Er verlangsamte seine Schritte und trat näher an die Gitter. Durch einzelne Löcher in den Stoffüberzügen schimmerten Beschläge aus Metall, Spitzen, Ösen und Kettenglieder. Er erschauderte. Es gehörte nicht viel Fantasie dazu, um sich auszumalen, wozu diese Apparaturen dienten. Offenkundig unterschieden sich die Verhörmethoden der rückschrittlichen Welt nicht sonderlich von denen in fortschrittlichen Ländern. Die Säcke an der Decke allerdings ...

Er fuhr zurück. Für einen Augenblick versagte ihm der Atem. Die Säcke besaßen Arme, bleiche Hände, die beinahe den Boden berührten. Kopfüber wie Schlachtvieh hingen die Männer am Ende eiserner Ketten von der Decke herab. Sechs

Körper, gekleidet in bekannte Uniformen. Peculari. Kapilars Männer.

„Ver*dammt*." Mit einem Schaudern wandte er sich ab. Der Peculari-Führer hatte ihm versprochen, dass er nicht der Einzige war, an dem die Sache mit dem Feuer hing. Dass man seine Späher wie überreife Pflaumen aus den Wäldern pflücken würde, war dabei mit Sicherheit nicht Teil des Plans gewesen.

Die Schritte seines Führers waren bereits beinahe verklungen. Er riss sich los und lief. Er durfte diesen Burschen hier unten nicht verlieren. Mit nur einem Mindestmaß an Vorsicht stürzte er vorwärts, durch einen breiter werdenden Gang und bog rechts um eine Ecke.

Ein Arm traf ihn vor der Brust. Eine Hand presste sich auf sein Gesicht. Der Abbademer warf ihn hart gegen die Steinwand. „Kein Wort", ertönte der geflüsterte Befehl. Erst als er ganz ruhig stand, lösten sich die Finger des Mannes. Der Blick des Burschen war warnend. Er deutete zu einer Kreuzung weiter vorne im Gang. Eine T-förmige Abzweigung lag vor ihnen. Von der linken Seite fiel helles Tageslicht herein. Ein Plätschern wie von fließendem Wasser war von dort zu vernehmen. Ein Ausgang! Endlich. Selten hatte er sich so danach gesehnt, die Sonne wiederzusehen.

Der Abbademer bedeutete ihm, zurückzubleiben. Der Junge schlich voran und spähte vorsichtig in beide Richtungen. Schnell zog er seinen Kopf zurück. Der Mann kehrte zurück und beugte sich dicht zu ihm heran. „Ein Wächter", erklärte er flüsternd. „Steht mit dem Rücken zu uns. Halt mir den Rücken frei, während ich ihn erledige."

„Was? Wie? *Womit*?"

Der Mann musterte ihn kritisch. Offenbar fand er dabei auch nichts, was geeignet gewesen wäre, um eine rückwärtige Bedrohung von ihm fernzuhalten. „*Warte* einfach hier, in Ordnung?“ Ein mahnender Blick, auffordernd gehobene Brauen. Mit einem Nicken, das von einem Mangel an Alternativen kündete, gab er zu verstehen, dass er verstanden hatte. Wer hatte *diesen* Mann zum Befehlshaber befördert?

Der Abbademer wandte sich ab und schlich erneut zur Kreuzung. Er warf einen Blick um die Ecke und verschwand mit einer Drehung um die Wand.

Er sah sich um. Warten also. Nein, es ergab wenig Sinn, hier zurückzubleiben. Von weiter vorne waren wenigstens die Abzweigungen gut einsehbar. Hier aber konnte er überhaupt nichts tun.

Mit eiligen Schritten folgte er dem Jungen. Er presste sich gegen den Fels und wagte einen schnellen Blick um die linke Abzweigung.

Der Abbademer ging geduckt und äußerst langsam vor. Nur noch wenige Schritte trennten ihn vom Umriss eines Mannes in der Uniform der Tertiari. Der Soldat stand von ihnen abgewandt und hielt den Blick hinausgerichtet durch den blendenden Bogen aus Tageslicht. Eine Wand aus weißem Fels, mit Farnen bewachsen und von türkisen Sickerspuren überzogen, war auf der anderen Seite des Durchgangs zu erkennen. Sonnenlicht fiel darauf hinab. In der Tiefe war das Plätschern eines Stromes zu vernehmen. Offenbar befand sich unmittelbar jenseits des Ausgangs eine Art schmaler Schlucht, ein tiefer Einschnitt zwischen den aufragenden Felswänden, den der Fluss über die Jahrtausende hinweg in den Stein gegraben hatte.

Der Abbademer musste die Bewegung hinter seinem Rücken bemerkt haben. Der Mann fuhr herum und warf ihm einen wütenden Blick zu. Unverkennbar lag darin die Frage, was denn bitte an den Begriffen des Wartens und Zurückbleibens derart schwer zu verstehen war. Die Hand des Abbademers vollführte drängende Gesten. Zurück in deine Ecke!

Der Bursche erstarrte mitten in der Bewegung. Der Wächter war mit einem Mal unruhig geworden. Murmelnd trat der Soldat von einem Bein auf das andere.

Der Abbademer trat entschlossen vor. Er musste jetzt zuschlagen, bevor der Tertiari auf die Idee kam, sich nach hinten umzusehen.

„Kesmerad!"

Der Soldat zuckte zusammen.

Der Abbademer, bereits halb im Angriff begriffen, schaffte es gerade noch, zurückzutaumeln und sich mit dem Rücken an die rechte Wand zu pressen.

Der Tertiari knurrte etwas in sich hinein. Er trat vor, durch den hellen Durchgang und wandte den Kopf wie suchend zum linken Arm der schmalen Klamm, von wo aus der Ausruf erklungen war. „Was?" Seine Stimme klang verärgert. Offenbar hatte ihn der scharfe Ausruf ebenfalls erschreckt.

Palter hielt den Atem an. Er konnte sehen, dass der Abbademer das Gleiche tat. Derart nah am Durchgang gab es nicht einmal mehr den Schutz der Schatten. Falls der Soldat sich umwandte, waren sie geliefert.

Zur Linken des Durchgangs erklang ein glucksendes Lachen. „Warum so grimmig?", wollte eine Stimme wissen, nicht ohne eine gewisse Häme. „Schlechtes Gewissen?"

„Keineswegs“, erklang die mürrische Erwiderung des Tertiari. „Ich hatte nur nicht mit Besuch gerechnet.“

„Ach?“, wunderte sich der andere. „Ich dachte, genau darum geht es beim Wachestehen?“

„Ich habe nachgedacht“, gab der Wächter knapp zurück. „Andere Menschen tun so etwas manchmal, weißt du?“

Die Antwort war erneut ein Lachen. „Ein Denker, hm? Was du nicht sagst. Falls es dich interessiert: Auch ich gehöre zu den Leuten, die sich gelegentlich Gedanken machen.“

„Tut es nicht.“

„Und als ich eben nachdachte“, fuhr der andere fort, als habe es den Einwand seines Gesprächspartners nie gegeben, „da dachte ich mir: ‚Kesmerads Schicht dauert bereits sehr lange. Bestimmt freut er sich über etwas Gesellschaft.‘“

„Falsch gedacht“, gab der Angesprochene mürrisch zurück. „Ruhe ist mir weitaus lieber als deine Art von Gesprächen.“

„Ach, hör auf zu brummen. Du kannst den ganzen Tag alleine sein. Ab und zu braucht jeder ein Gespräch.“

Ein Zischen erklang. Es klang wie das Geräusch eines Zündholzes. Offenbar machte es sich der Besucher mit Rauchwerk an der linken Seite des Durchgangs gemütlich. „Hast du schon gehört?“, wollte der Unsichtbare wissen. Wieder erklang sein belustigtes Glucksen. „Einer von den Gefangenen. Peculari. Völlig ausgehungert. Hat fast den ganzen Korb von seiner ‚Spezialration‘ gegessen. Unhofbeeren, in einer solchen Menge? Ha! Du wirst nicht glauben, was mit ihm passiert ist.“

„Bin nicht interessiert“, gab der Wächter missmutig zurück. „Kranke Hunde seid ihr, daran auch noch Vergnügen zu finden.“

„Ach, vergiss es. Das Ergebnis ist auf jeden Fall, dass wir ein paar Hände brauchen. Ist schmutziger geworden, als wir dachten. Hilf uns schnell, ihn zu entsorgen. Danach überlasse ich dich wieder deiner Ruhe."

„Siehst du?", erregte sich der andere. „Genau das meine ich! Von wegen ‚Gesellschaft'. Immer, wenn du herkommst, hast du irgendeinen Drecksauftrag für mich. Ich habe es satt, eure Schweinereien aufzuräumen! Macht gefälligst selbst hinter euch sauber. Oder sorgt dafür, dass die klebrigen Teile *in* den Menschen bleiben."

„Was soll das heißen?", gab der andere zurück. „Ich mache hier nur meine Arbeit. Es ist meine verdammte *Pflicht*, Männer zum Reden zu bringen. Nicht zuletzt, damit dein fauler Arsch hier draußen Wache stehen kann, ohne sich die Hände schmutzig zu machen."

„*Unsere* sind ganz geblieben", wandte der Wächter protestierend ein. „Alle sechs. Hängen da drinnen wie Schinken an der Stange."

„Und? Haben sie geredet?"

„Nicht meine Sache", gab der Mann mürrisch zurück. „Ich bin nur der Aufpasser."

„Deine Leichen laufen dir nicht weg. Jetzt komm schon. Lass mich nicht hängen. Ha! ‚Hängen'. Verstanden?"

„Das hast du schon beim letzten Mal gesagt!"

„Kesmerad! Lass mich nicht erst drohen. Oder muss ich mit Schwalbdorn reden?"

„Nur zu! Was willst du ihm sagen? Dass ich mich geweigert habe, meinen Posten zu verlassen?"

„Du weißt sehr gut, dass ich geschickt mit Worten bin. Mir fällt schon etwas ein. Aber du kannst gerne versuchen, dich vor ihm zu rechtfertigen. Wenn er dich zu sich ruft. Alleine. Dich anstarrt mit seiner Narbenfratze. Mit diesen toten Augen, die ..."

„Schon gut. *Schon gut.*"

„Na! Dachte ich mir doch."

„Verdammter Menschenschinder. Einmal noch, hörst du! Aber das hier ist das *allerletzte* Mal!"

„Sicher doch. He. Wir sind doch hier unten alle Kameraden."

Der Wächter gab ein Knurren von sich. Unsicher wandte er seinen Blick nach rechts und links.

„Jetzt komm schon", erklang die Stimme, dem Anschein nach bereits ein Stück entfernt. „Je schneller wir das Ganze hinter uns bringen, desto eher hast du wieder deine Ruhe."

„Hmpf." Der Soldat schüttelte den Kopf, anscheinend fassungslos darüber, was er sich einmal mehr hatte aufdrängen lassen. Dann aber verschwand auch er über den Felsenpfad zur Linken.

Erst nach einer ganzen Weile erlaubte er sich, durchzuatmen. Der Abbademer löste sich von der Wand und klopfte sich den Staub aus der Kleidung. „Freu dich, *Kafir*", forderte er aufblickend. „Die Götter sind auf unserer Seite."

Er schnaufte. Zumindest waren sie auf der Seite des Soldaten Kesmerad. Der Beistand für die eigene Sache fiel deutlich zweifelhafter aus. Noch mehr Peculari waren also gefasst und getötet worden. Wie viele von Kapilars Männern gab es noch in diesen Wäldern? Und was hatten diejenigen, die gefangen worden waren, unter dem Eindruck ihrer „Sonderbehandlung" preisgegeben?

„Komm." Sein Führer hatte sich abgewandt und spähte nach links und rechts durch den Ausgang. Auch er trat vor. Offenbar befand sich zu beiden Seiten ein schmaler, in den Fels geschlagener Pfad. Sein Führer trat ins Sonnenlicht und bedeutete ihm mit einem Winken, zu folgen.

„Ihr kennt den Weg?", wollte er wissen.

Der Junge huschte vorwärts, ohne eine Antwort zu geben.

Einen leisen Fluch ausstoßend, beeilte er sich, dem Mann zu folgen. Der Abbademer blieb in der Sache seine beste Hoffnung.

Trotz der Umstände war es ein erhebendes Gefühl, wieder frische Luft zu atmen, warmes Sonnenlicht auf der Haut zu spüren und den blauen Himmel zwischen den Felsenkanten in der Höhe zu erspähen. Der Pfad war schmal, gerade breit genug, dass ein Mann darauf gehen konnte. Ein Geländer fehlte und zur Linken ging es steil hinab. Er riskierte einen Blick über die Kante. Ein Fluss, klar und durchsichtig wie Kristall, spülte in der Tiefe mit beachtlicher Geschwindigkeit über einen Grund aus weißen Kieseln. Die Kühle der Wellen, die sich wie Schichten aus geschmolzenem Glas übereinanderschoben, war selbst hier oben deutlich zu spüren. Die Farne und Moose, die in der Höhe aus den Felsenritzen quollen, fehlten nahe bei der Wasseroberfläche völlig. Offenbar fanden selbst die Genügsamsten unter ihnen dort unten nicht genügend Nährstoffe.

„Mel'ahun!"

Überraschend laut hallte der Ruf des Abbademers von den Wänden wider. Der Vorsprung einer Felsnase, eine Biegung im Pfad verbarg den Mann vor seinen Blicken. Er stürzte vorwärts. Ein Ächzen, das Knirschen von Stiefeln auf dem gefährlichen Untergrund, verrieten einen Kampf. Ein Schrei hallte durch die Schlucht. Der platschende Aufschlag in der Tiefe erklang gerade in dem Augenblick, in dem er um die Ecke bog. Der Abbademer fuhr zu ihm herum. Der Bursche atmete heftig und seine Augen waren weit. „Lauf, *Kafir*!"

Der Junge wartete nicht. Mit schnellen Sätzen setzte sich der Abbademer in Bewegung und hastete vorwärts über den Pfad.

Stolpernd und fluchend bemühte er sich, zu dem weitaus jüngeren Mann aufzuschließen. Der Abbademer fand mit großem Geschick seinen Weg über den Boden aus losen Kieseln und Geröll. Die Arme zu den Seiten ausgebreitet versuchte er mit seinem Führer Schritt zu halten. Weitere Tunnelenden in den Felsen flogen vorüber, doch nirgendwo ertönte der alarmierte Schrei eines Wächters. Welche Götter auch immer der Abbademer angerufen hatte, für den Moment war auf sie offenbar Verlass.

Unverkennbar war, dass sich die Felswände zu beiden Seiten des Stromes einander immer weiter annäherten. Auch auf der anderen Seite gab es einen Pfad. Jemand mit ausreichender Geringschätzung für das eigene Leben hätte sich beinahe zu dem Versuch ermutigt sehen können, vom einen Weg hinüber auf den anderen ...

Er bog um den nächsten Vorsprung. Der Abbademer befand sich bereits in der Luft. Mit nicht geringem Geschick landete der Bursche auf dem gegenüberliegenden Steinpfad, richtete sich auf und bedeutete ihm mit heftigem Winken, das Gleiche zu tun. Der Anlass für das Wagnis war nicht zu übersehen. Nach einem kurzen Stück endete ihr Pfad an einer Felswand in einem finsteren Durchgang. Auf der anderen Seite jedoch führte der Weg weiter, tiefer in die Schlucht hinein.

„Spring, *Kafir*!“ Der Abbademer hatte auf einem Vorsprung kurz vor der nächsten Biegung innegehalten. „Nicht denken. Einfach springen.“

Einfach? Nichts war an dieser Sache einfach. „Gibt es keinen anderen Weg?“

Der Abbademer zuckte mit den Schultern. „*Batima Kah'minjada*. Dein Blut von meinen Händen.“

„He!“

Der Bursche war bereits verschwunden, abgebogen um die nächste Ecke.

Ein leiser Fluch. Also gut. Springen. Nicht denken. Er nahm Anlauf und sprang. Feuchte Kühle sog an ihm. Der Abgrund wollte ihn hinabziehen. Seine Fußballen aber fanden Geröll und festen Stein. Mit dem Schwung beider Arme warf er sich vorwärts, prallte hart gegen die aufragende Felswand. „Argh!"

Keine Zeit zum Lamentieren. Weiter ging es. Nur nicht zu weit zurückfallen! Er konnte spüren, dass die Hetzerei ihm zuzusetzen begann. Atemluft war mit einem Mal eine nur noch begrenzt verfügbare Ressource.

„Rahi Kinzir!" Der Abbademer hatte sich zu ihm umgewandt. In seinen Zügen lag Erleichterung und er deutete nach vorn. „Jetzt ist es gleich geschafft!"

Der Anlass seiner Freunde war offenbar ein an der Oberseite flacher, nach unten hin spitz zulaufender Steinbrocken, der vor ihnen zwischen den Wänden hing. Moos und Schlingpflanzen wuchsen darauf. Irgendwann einmal musste der Felsen hier herabgestürzt und zwischen diesen Klippen stecken geblieben sein. Herabhängende Wurzeln und Sprossen zu beiden Seiten verliehen ihm ein wenig den Eindruck eines kantigen Tierschädels mit einem dünnen Bärtchen.

Das Objekt befand sich in ausreichender Höhe. Geduckt hasteten sie darunter hindurch. Auf der anderen Seite begann der Pfad, sich zu ihren Füßen abzusenken, erst langsam, dann jedoch immer steiler. Sie waren gezwungen, ihre Schritte zu verlangsamen und mit großer Vorsicht eine Reihe glitschiger Stufen hinabzusteigen, die an dieser Stelle in den Fels getrieben worden waren. Auf diese Weise ging es hinab in die Tiefe, bis die plätschernde Wasseroberfläche unmittelbar neben ihnen war. Die Strömung kam von weiter vorne. An vielen

Stellen erhoben sich glatt gespülte Felsen durch die Oberfläche. Vereinzelt staute sich der Fluss in flachen Pfützenbecken und vom Hauptstrom abgeschnittenen Scheren. Auch die Dichte des Bewuchses nahm wieder zu. Moos und Kletterpflanzen bedeckten die dunklen Felsen zu beiden Seiten, ebenso wie eine Art grünlicher, fast lebendig aussehender Schleim. Weiter vorne verengte sich die Schlucht noch weiter. Die Felsenwände zu beiden Seiten näherten sich einander beinahe so weit an, dass ein mit ausgebreiteten Armen stehender Mann beide gleichzeitig hätte berühren können. Von jenseits des Engpasses war ein Donnern und Rauschen zu vernehmen.

„Schau nur auf das, was vor deinen Füßen liegt", warnte ihn der Abbademer. Beide waren sie darum bemüht, sich in den Wurzeln und feuchten Schlingen an den Wänden genügend Halt zu verschaffen. „Schau nur auf meinen Rücken, wenn wir durch diesen Engpass gehen. Nicht nach rechts und nicht nach links. Verstanden?"

Er grunzte. Anweisungen dieser Art führten fast schon zwangsläufig zum genauen Gegenteil. „Warum? Was ist da hinten?"

„*Kahilef A'shar*", erklärte der Abbademer, den Blick nur auf den nächsten Schritt gerichtet. „Eine Höhle. Eine *böse* Höhle. Ein schwarzes Auge, das in dich hineinblickt. Schau auf keinen Fall in ihre Richtung. Pass auf!" Der Bursche schob einen Ast beiseite, der in ihren Weg hing, und half ihm dabei, das Hindernis ebenfalls zu passieren. „Wir haben keine Zeit für Fragen", mahnte der Junge. „Spar dir deinen Atem. Du bist sowieso schon viel zu langsam."

„Unsinn", wehrte er sich und musste dabei ein Keuchen unterdrücken. „Ich bin lediglich vorsichtig."

„Bringt dir nichts, wenn du tot bist. Los jetzt!"

Der Strom zu ihrer Rechten war finster, verdunkelt von den Schatten der aufragenden Klippenwand. Die Strömung wirkte, aus der Nähe betrachtet, nicht sonderlich stark. Die Stufen führten bis zum Fluss hinab und schienen in der Flut zu enden.

„Dort hinein?"

Sein Führer gab keine Antwort. Der Mann stand auf dem Absatz am Ende der letzten Stufen. Ohne zu zögern, ließ sich der Junge auf dem glitschigen Fels nieder, tauchte zuerst die Stiefel ein und ließ sich dann ganz ins schwarze Wasser gleiten. Seine Füße erreichten den Grund, nachdem er etwa bis zur Hüfte in der dunklen Schicht versunken war. Der Abbademer winkte. „Weiter, *Kafir*. Wir haben es fast geschafft." Ohne abzuwarten, bahnte sich der Mann mit ausladenden Bewegungen seiner Arme einen Weg.

Der Junge ließ ihm keine Wahl. Das Wasser sah kalt und alles andere als einladend aus. Er folgte dem Beispiel seines Führers und brachte das Eintauchen schnell hinter sich. Die Kühle sandte Taubheit durch seine Beine. Der nächste Tag würde ein wahres Vergnügen werden an Krämpfen und Unterkühlung, aber erst einmal ging es darum, überhaupt so lange zu überleben.

Hintereinander erkämpften sie sich gegen den Widerstand der Fluten gemeinsam ihren Weg. Das von den Wänden widerhallende Rauschen und Plätschern schwoll immer weiter an, je näher sie dem Klippenengpass kamen.

Der Abbademer legte auf der Suche nach Halt eine Hand an den glitschigen Fels, während er als Erster den schmalen Durchgang passierte. Er selbst vermied es, die schlüpfrige Oberfläche zu berühren.

„Rücken", zischte der Abbademer mahnend zu ihm zurück. „Schau nur auf meinen Rücken."

„Ja doch.“ Ein erwachsener Mann würde ja wohl noch in der Lage sein ...

Für einen Augenblick hielt er inne. Dies also war die Quelle all des Plätscherns und Rauschens. Eine Art Felsenkessel lag vor ihnen. Ein kleiner, ganz von Klippenwänden eingerahmter See. Auf der gegenüberliegenden Seite ergoss sich ein Wasserfall über diverse Vorsprünge und Plattformen in die Tiefe. Tageslicht lockte jenseits der Kanten in der Höhe. Helle Balken, die zwischen den Zweigen krummer Bäumchen hinabfielen in eine Wasserfläche aus Schwärze und Türkis. Wo die Strahlen sie berührten, war die Oberfläche beinahe durchscheinend. In den von Schatten verborgenen Ecken aber herrschte tiefe Dunkelheit.

„Rücken!“, ertönte es von weiter vorne.

Noch nicht! Ein Flecken schwärzester Finsternis auf der rechten Seite des Felsenkessels zog seine Blicke an. Die scharfkantigen Ränder verliehen dem Durchgang den Eindruck einer klaffenden Wunde im Stein. Ein schmaler, von glasigen Wellen überspülter Kieselstrand bildete die Schwelle zu dem Eingang.

Er kniff die Augen zusammen.

Die Höhle.

Er kannte diese Höhle.

Nicht zum ersten Mal stand er hier. Viele, unzählige Male war er hier gewesen, hatte an der Schwelle gestanden und sich gefragt, was auf der anderen Seite lag. Es war das Tor aus seinem Traum.

Er taumelte. Ein Gefühl des Fallens ergriff ihn. Immer schon hatte er den Augenblick herbeigesehnt. Hatte hineinschauen wollen, endlich erkennen, was sich jenseits von ihm befand, im Schoße dieser Felsen, in den Schatten dieser ...

„He!“

Jemand schüttelte ihn. Das Gesicht des Abbademers nahm vor seinen Augen wieder Formen an. *„Eine* Sache, *Kafir!*“ Brauen wie diese waren geradezu dafür gemacht, in Wut verzogen zu werden. „Nur eine Sache habe ich von dir verlangt!“ Der Junge ergriff ihn am Stoff vor seiner Brust und zog ihn unter plätschernden Geräuschen hinter sich voran. „Nichts als Ärger machst du mir. Kannst du *Belehz* nicht *einmal* auf mich hören?“

Wut. Wut war nicht das Schlimmste. Aus der Stimme seines Führers klang noch etwas anderes. Furcht. Furcht war wirklich schlimm. Der Beiklang war wie ein Weckruf. Die Verwirrung schien sich mit einem Mal von ihm zu lösen.

Hinüber zur anderen Seite ging es. Die Plattformen, über die sich das Wasser aus der Höhe in den schwarzen Teich ergoss, waren offensichtlich das Ziel des Abbademers.

Bereits der Anblick der Passage reichte aus, um seinen Mut sinken zu lassen. Nicht weniger als die Höhe von drei oder vier Stockwerken konnte es sein, über die sich diese Felsen vor ihnen erhoben. Der Abbademer aber hatte bereits ein Knie auf die unterste Kante gesetzt. Der Mann zog sich hinauf, stand aufrecht im schäumenden Becken auf der Oberseite des Felsvorsprungs und suchte, ungeachtet der durchweichten Stoffbahnen seines dunklen Gewandes, bereits nach der nächsten geeigneten Plattform.

Widerwillig suchte er ebenfalls nach Halt an der glitschigen Kante und zog sich schnaufend und unter nicht geringen Mühen in das kühle Becken auf der Oberfläche. Ächzend richtete er sich auf, umspült von brausendem Wasser, das an seinen Knöcheln sog. Er war zu alt für Hindernisläufe. Er war bereits jetzt völlig durchweicht.

„Weiter, *Kafir*!“ Der Abbademer hatte bereits die nächsten beiden Hürden genommen und winkte zu ihm herab. „Du musst schneller machen.“

„Ihr habt gut reden!“

„*Alef a mustawla sa'chim!*“ Mit einem Fluch sprang der Mann zu ihm herab. Eine Hand erschien oberhalb der Kante. Er ergriff sie und ließ sich emporziehen. Der Abbademer trat zurück und lehnte sich an einen Felsen. Auch er musste für einige Momente heftig atmend nach Luft ringen. Die Gelegenheit ließ er sich nicht entgehen.

„Los, Junge!“ Entschlossen stiefelte er weiter zur nächsten Plattform und deutete hinauf. „Weiter geht's. Ihr müsst schneller werden. Keine Zeit für Ruhepausen.“

Der Abbademer verzog das Gesicht. „Glaubst du, du bist witzig, Alter? Ohne dich wäre ich schon längst wieder an der Sonne.“

„Wirklich?“ Zu seiner nicht geringen Genugtuung gelang es ihm, die nächste Stufe als Erster zu erklimmen. Er wandte sich um und bot seine Hand zur Hilfe an.

Der Abbademer schüttelte ungläubig den Kopf. Die Provokation verfehlte ihre Wirkung nicht. Mit erschreckend wenig Mühe folgte ihm der Bursche, drängte sich an ihm vorüber und übernahm erneut die Führung.

Über einige der nächsten Stufen hinweg versuchte er, mit dem Jungen mitzuhalten, doch das Unterfangen erwies sich als hoffnungslos. Die wenige noch verbleibende Kraft war besser darauf verwendet, es überhaupt bis ganz nach oben zu schaffen. Außerdem gehörte eine weitere Kraftanstrengung dazu, den Eindruck aufrechtzuerhalten, er stünde nicht unmittelbar vor einem Herzinfarkt.

Irgendwann ließ sich die Wahrheit nicht mehr länger überdecken. Unter Flüchen sprang sein Befreier zu ihm zurück und ergriff ihn unter dem Arm. Stufe um Stufe ging es auf diese Weise in die Höhe, wobei der Abbademer ihn mal stützte, mal unsanft an seinem Umhang in die Höhe zerrte.

Mehrfach blickte er zurück, argwöhnisch prüfend, ob sich Verfolger blicken ließen. Die Schlucht aber blieb seltsam still und unbewegt.

„Beinahe geschafft“, verkündete der Junge und deutete hinauf zur Kante. Die letzte Anstrengung lag unmittelbar über ihnen. Etwa eine Mannshöhe war er noch entfernt, der Rand mit seinen Sträuchern, der offene Himmel, an dem graue Wolken dahinjagten wie zerrissene Stoffballen, getrieben von einem Wind, der selbst hier unten spürbar war.

„Wir machen eine Leiter“, erklärte der Abbademer und zeigte ihm, wie er mit gefalteten Händen eine Trittstufe zu formen hatte.

Der Junge zuerst? Ein Anflug von Misstrauen durchzuckte ihn. Im Laufe seines Lebens hatte der Instinkt ihm oft genug das Leben gerettet. War das vielleicht der Plan? Hatte der Kerl ihn nur deshalb bis hierhin mitgenommen?

Er vertrieb den Gedanken und trat vor. Er faltete die Hände und nickte. Seine Glieder protestierten, als der Mann mit seinem vollen Gewicht hineintrat und sich in die Höhe stemmte. Die Finger des Jungen erreichten die Kante. Dann war eine seiner Fußspitzen über den Rand geschwungen. Schließlich verschwand mit einem Ächzen auch der Rest des Körpers.

Er stand und wartete.

Der Himmel leuchtete grau und weiß. Rund um ihn herum dröhnten und plätscherten die Fluten. Ein leichter Windzug zerrte an seinem klammen Hemd.

Er schluckte. Nein, oder?

Dann Bewegung. Das grinsende Gesicht des Abbademer erschien oberhalb der Kante. „Keine Wachen“, stieß der Junge aus. „Die Götter meinen es gut mit uns, *Kafir*. Vielleicht erleben wir doch noch den nächsten Tag.“

„Nicht zu früh freuen, ist, was ich gelernt habe“, gab er knurrig zurück. Er ergriff die dargebotene Hand. Es bedurfte einer weiteren, erheblichen Kraftanstrengung, um auch ihn über den Klippenrand zu hieven.

Gras. Wind. Herrlich. Fehlte nur noch die Sonne. Ohne sich aufzurichten, wälzte er sich auf den Rücken, an der Seite des Abbademers, der dasselbe getan hatte.

„Verdammt“, brachte er zwischen rasselnden Atemstößen hervor. „Das war ...“ Neben dem Atem fehlten ihm beinahe auch die Worte. „Lasst uns das nie wieder machen.“

„Verdammt“, stieß auch der Abbademer erschöpft hervor. „Für dich war’s einfach. Ich musste alles zweimal machen.“

„So ist das eben. Wer viel leistet, bekommt zum Dank noch mehr.“

Der Abbademer lachte stumm. Es war gut, den Mann einmal bei einer anderen Gefühlsregung als Wut zu erleben. Nach einigen Augenblicken aber stutzte er und wandte den Kopf. Der Abbademer lachte noch immer. Seine Augen waren geschlossen. Stöße schüttelten seinen Körper und seine Brust. Ein Glucksen drang aus seiner Kehle, ein eigenartiges, schnappendes Geräusch, in dem neben Belustigung auch besorgniserregende Anteile von Wahnsinn und Erschöpfung lagen.

Er schwieg, während der Körper seines Nachbarn weiter zuckte. Zu schweigen war in diesen Augenblicken noch das Beste. Die Auflösung von Anspannung, die Verausgabung und das plötzliche Bewusstsein von erlittenem Verlust konnten seltsame Dinge anstellen mit dem Geist eines Mannes.

Nach einer Weile legte sich, was immer den Jungen befallen hatte. Der Abbademer atmete tief und wandte den Kopf. „Lebst du noch?", wollte er wissen. „Alles noch dran, alter Mann?"

„*Mir* geht es gut. Ha! Nein. Das war gelogen. Ich glaube, ich sterbe. Und selbst?"

Der Bursche schnaufte und richtete sich auf. „Wag es nicht. Du schuldest mir was. Alles. Du schuldest mir alles."

„Für die Prügel?"

Der Abbademer erhob sich und wrang Wassertropfen aus seinem Gewand. Suchend blickte er sich um. Sie befanden sich auf einer zugigen Felsenkuppe. Den Boden bildete brüchiger, von harten, bläulichen Moosen durchzogener Stein. Zur Rechten, gar nicht allzu weit entfernt, fiel das Klippenufer steil zum Meer hin ab. Die Wellen des dunkelblauen Tir Kalossi rollten in der Tiefe gegen die Klippen. Die Oberfläche des Meeres war bedeckt mit schmalen weißen Wellenkämmen. Durch den Felsenboden unter ihren Füßen schnitt ein klarer Fluss, der sich von der gerade überwundenen Kante hinab in die zurückgelassene Schlucht ergoss. In einiger Entfernung aber lag ein Waldrand aus zerzausten Bäumen mit zerfurchten kupferfarbenen Stämmen und krummen Ästen mit Zweigen voller bläulicher Nadeln. Der Finger des Abbademers deutete in die entsprechende Richtung. „Dort entlang", erklärte er. „Schau nicht zurück, *Kafir*. Noch sind wir nicht in Sicherheit. Steh auf. Ich kenne einen Ort ganz in der Nähe."

„Mit Feuern und mit Handtüchern?"

„Mit allem, was dein Herz begehrt. Zu einem guten Preis, versteht sich."

Kapitel 8 – Versteck

Er schaffte es ebenfalls, sich aufzurichten. „Einen Augenblick!“ Auf einem Bein balancierend, zog er einen Stiefel aus und entleerte ihn vom Wasser. Anschließend wiederholte er das Manöver auch noch mit dem anderen. „Was ist das für ein Ort, von dem Ihr redet?“

„Das wirst du schon sehen.“

Er rollte mit den Augen. Immer diese Geheimniskrämerei. Er zog die Stiefel wieder an und beeilte sich damit, dem Abbademer zu folgen. Der kühle Wind fuhr flatternd durch ihre durchweichten Kleider. Der Untergrund bestand aus Schichten von Gestein, sodass man hier und da über Risse und Vertiefungen springen musste. Trotzdem gelangten sie ohne Zwischenfälle bis an den Rand der Wälder.

Er fror und rieb die Finger über seine Arme. Seine Hände hatten zu zittern begonnen. Wenn sie nicht bald einen warmen Ort erreichten, würden sich potenzielle Feinde die Verfolgung sparen können. „He!“, brachte er hervor. „Wartet einen Moment!“

„Schon wieder?“

Der durchweichte Stoff des Oberkleides löste sich nur gegen Widerstand von seiner Haut. Schließlich aber gelang es ihm, den Ausschnitt über seinen Kopf zu ziehen. Das Gewand gab den Blick frei auf das verzogene Gesicht des Abbademers. „Was soll *das* jetzt wieder werden?“

„Gegen Unterkühlung“, gab er zurück. „Man kann davon sterben, zu lange mit durchweichter Kleidung herumzulaufen.“

„Ach? Und dafür muss ich jetzt *das* hier ertragen, oder was?“

Er blickte an sich herab. „Was denn? Noch nie einen Mann im Unterkleid gesehen?"

„Wo ich herkomme, gibt es Anstand!"

„Sehr komisch. Ich würde Euch dringend empfehlen, das Gleiche ..."

Kopfschüttelnd wandte der Mann sich ab. „Und *ihr* besitzt die Nerven, andere als Wilde zu bezeichnen."

„Ihr werdet mir noch zustimmen, wenn die Lungenentzündung Euch hinwegrafft!", rief er dem Jungen nach, der seinen Weg unbeirrt fortsetzte. Noch immer quietschte Wasser bei jedem Schritt aus seinem Schuhwerk. Der erste Versuch hatte nur begrenzt geholfen.

Es war kein angenehmes Gefühl, in die Schatten zwischen den Bäumen zu treten. Auch die letzte Wärme des wenigen Sonnenlichts, das es an diesem Tag durch die Wolkenschichten geschafft hatte, ging dabei verloren. Wenigstens boten die Wälder einen gewissen Schutz vor dem vom Meer herandringenden Wind. Auch mochte das dichte Nadelwerk dabei helfen, sie vor den Blicken möglicher Verfolger abzuschirmen.

Für eine Weile schien die Erkenntnis, tatsächlich lebend davongekommen zu sein, ihnen beiden neuen Antrieb zu verleihen. Über ein ganzes Stück hinweg spürte er frische Kraft in seinen vorher ausgelaugten Gliedern. Der Abbademer trieb sie zur Eile an. Der Mann schien sehr genau zu wissen, in welche Richtung sie sich wenden mussten, auch wenn er sich fragte, wie der Bursche in diesen Wäldern seine Orientierung fand.

Der Boden war trocken, bedeckt von braunen Nadeln, abgestorbenen Ästen und der dünnen Haut von Baumrinden, die knisternd unter ihren Schritten zerbrach.

Auf einer kleinen Lichtung hielt der Abbademer schließlich inne und maß mit kritischen Blicken den Stand der Sonne. Dann deutete er in eine Richtung zwischen den Stämmen. „Hier entlang."

Er gab sich keine Mühe, ein Stöhnen zurückzuhalten. Der Antrieb des ersten Entkommens hatte schneller nachgelassen als erhofft. Seine Beine waren steif von der Kletterpartie. Jeder seiner Schritte war ein träges Stapfen über den unebenen, von Felsenkuppen durchbrochenen Waldboden. „Wie weit noch bis zu Eurem ‚Ort ganz in der Nähe'?"

„Nicht mehr weit." Der Abbademer zuckte unbekümmert mit den Schultern. „Vielleicht noch eine Tagesreise."

„Gah!"

Der Junge zeigte keine Regung, als er in sich zusammensank und seitwärts auf den Waldboden fiel.

„Eine Tagesreise!", krächzte er vom Boden aus. „Eine *Tagesreise!* Wollt Ihr mich ... gargh!" Er schloss die Augen. Der Junge musste den Verstand verloren haben. Das alles hier durfte nicht wahr sein.

Ein Knacken im Unterholz kündete davon, dass sich der Abbademer näherte. „Alles in Ordnung mit dir, alter Mann?"

„Nein", brachte er hervor und rollte den Kopf zu beiden Seiten durch die Tannennadeln, in dem vergeblichen Versuch, liegend ein Kopfschütteln zu bewerkstelligen. „Nein, Junge. Eine Tagesreise! Ich schaffe keine Tagesreise mehr. Ich werde hier draußen sterben."

„Ich werde hier draußen sterben", flötete der Abbademer mit Fistelstimme. „Uhuhuhu! Mann! Reiß dich zusammen."

Er schlug die Augen auf und bedachte seinen Peiniger mit einem wütenden Blick. „Ihr findet das hier witzig?"

„Schon.“ Das bärtige Gesicht verzog sich zu einem Grinsen. „War ein Scherz, alter Mann. Wir sind schon fast da. Noch höchstens eine halbe Stunde.“

„Ein *Scherz*?“ Strampelnd, hin und her rollend wie ein Käfer, versuchte er wieder auf die Beine zu kommen. „Ein *Scherz*? So etwas nennt Ihr einen Scherz? Wisst Ihr eigentlich ...“

„Du hast Tannennadeln in den Haaren.“

„Fahrt zum *Scheloch!*“

„Könnte auch ein Ameisenhaufen sein.“

„Argh!“ Mit beiden Händen fuhr er sich durchs Haar.

Der Abbademer schüttelte den Kopf über ihn. „Jetzt komm, du Memme.“

„Haltet Euren Mund! “

„Sonst was? Häh?“ Eine Spur von Streitlust klang unversehens aus der Stimme des jungen Mannes. Der Abbademer wandte sich um und kam zu ihm zurück. „Sonst was, alter Mann?“

„Das werdet Ihr schon sehen.“

„Ach ja? Zeig's mir ruhig. Zeig's mir jetzt. Los doch. Was willst du mir zeigen, hm? Was hast du zu jammern? Los doch. Zeig's mir.“ Die Hände des Mannes ballten sich zu Fäusten. Der Bursche nahm die Haltung eines Boxers ein. „Los doch, alter Mann. Die ganze Zeit über reißt du hier das Maul auf und alles, was herauskommt, ist Gejammer. Schlimmer als bei einem alten Weib. Also los. Zeig‘s mir. Lass uns gleich die Sache regeln. Ich geb dir einen Grund zum Jammern.“

„Kindisch.“ Mit einer Hand winkte er ab, während er mit der anderen so gut wie möglich versuchte, Nadeln und Unterholz aus seinen Haaren zu zupfen. „Aus *dem* Alter bin ich raus.“

„Ja“, bekräftigte der Abbademer mit wütendem Nachdruck. „Das dachte ich mir.“ Der Mann ließ seine Fäuste sinken. Das

Feuer aber blieb in seinen Augen. „Alles geht immer nur um dich, oder? ‚Oh nein, mir ist kalt.' ‚Mir ist so unbequem!' Nicht *einmal* ein ‚Danke, dass Ihr mich gerettet habt.' ‚Vielen Dank, dass ich nicht dort unten bin, allein in irgendeiner Drecksgrube!'"

Daher also wehte der Wind. Vielleicht war er tatsächlich ein wenig eigensinnig gewesen. „Hört zu. Ich wollte nicht ..."

„Nein, du hörst zu!", unterbrach ihn der Junge. „Hast du irgendeine Ahnung davon, wie gnädig deine Götter zu dir sind? Ein sehr viel besserer Mann als du liegt da unten tot in einem Loch. Was glaubst du, warum du hier bist? Glaubst du, ich hätte ausgerechnet *dich* gerettet, wenn ich irgendeine Wahl gehabt hätte?"

Er schwieg. *Das* tat tatsächlich weh.

Mehrere Atemzüge lang starrte ihn der Abbademer an. Dann wandte er sich ab und machte eine verächtliche Bewegung mit der Hand.

Er schluckte. „Ich wollte nicht ..."

Der Bursche aber war bereits außer Hörweite.

Er räusperte sich. Die Erschöpfung. Sie beide waren viel zu ausgelaugt und reizbar. Er würde darauf achten müssen, seine Worte sorgfältiger zu wählen. Ein Vorsatz für die Zukunft. Für den Augenblick aber musste er sich beeilen, um nicht zurückgelassen zu werden.

Der Worte zwischen ihnen waren erst einmal genug. Schweigend bahnten sie sich ihren Weg zwischen den immer gleich aussehenden Stämmen. Nach einem Stück waren immer häufiger eigentümliche Steinformationen zwischen den Bäumen zu erkennen, Ansammlungen von wettergegerbten, von Wind und Regen abgerundeten Felsen. Eine seltsame Laune der Wildnis musste es gewesen sein, die diese Brocken in einer derartigen Weise zusammengelegt hatte. In vielen Fällen konnte man geradezu den Eindruck von menschlichem Plan und Vorsatz gewinnen. Nach einer Weile hielt der Abbademer vor einem ebensolchen Haufen von Findlingen inne. Der Mann wandte sich zu ihm um und hob bedeutungsvoll die Brauen. „Tadaa!“, verkündete er stolz.

Er kniff die Augen zusammen und musterte den Steinhaufen. „Tadaa?“

Der Junge trat vor, die Hand wie zu einem Zauberstück erhoben, für das ein Künstler sein Publikum um Aufmerksamkeit bittet. Einige Augenblicke lang tasteten seine Finger suchend zwischen den Steinen umher. Dann erhellten sich seine Züge und er ließ ein Zwinkern sehen. „Sieh her!“, verkündete er mit einem Ausdruck des Triumphs und trat zurück.

Gemeinsam starrten sie erwartungsvoll auf die Steine. Die grauen Brocken lagen auch weiterhin in der Art von schweren Felsen in der Landschaft herum.

Der Abbademer trat erneut vor, schob die Hand in die Spalte und zog den Arm zurück. Nichts geschah.

„*Alef a mustawla sa'chim*!“ Der Junge trat gegen den Stein.

„Alle Achtung“, erkannte er an. „Ihr habt wirklich nicht zu viel versprochen.“

„Steh da nicht herum, alter Mann“, fauchte der Abbademer und begann, sich an einem der Brocken zu schaffen zu machen. „Fass mit an!“

„Seid Ihr ganz sicher, dass Ihr lang genug gewartet und laut genug ‚Tadaa‘ gerufen habt?“

„Du kannst heute Nacht im Freien schlafen!“

Seufzend trat er vor. Gemeinsam stemmten sie sich Seite an Seite gegen den Stein. Nach einer Weile begann der Felsbrocken, sich knirschend zu bewegen, und fiel schließlich mit einem dumpfen Geräusch auf den Waldboden. Einige der Felsen sackten in eine neue Position und entblößten ein äußerst unspektakuläres Loch nahe am Boden, nicht größer als der Eingang einer Hundehütte.

„So“, verkündete der Abbademer. „Da sind wir.“

„Ah.“ Er verzichtete auf einen weiteren Kommentar. Ein Loch im Fels war immerhin besser als ein Schlafplatz unter freiem Himmel.

„Bitte.“ Sein Gastgeber vollführte mit beiden Händen eine einladende Geste. „Der Gast zuerst.“

„Zu viel der Ehre.“

„Nein“, beharrte der Mann. „Ich bestehe darauf. Wo ich herkomme, gebührt dem Gast die Ehre des ersten Eintritts.“

„Wo ich herkomme, gilt es als höflicher, zuerst zu gehen und den Gast hereinzubitten.“

„Das hier ist mein Haus, daher muss ich ablehnen.“

Er schnaufte. Von wegen Höflichkeit. Irgendein Dummer musste vorgehen und herausfinden, ob sich wilde Tiere in der Höhle eingenistet hatten. „Wisst Ihr“, begann er, „“Traditionen sind, geschichtlich gesehen, kaum mehr als ...“

„Jetzt reicht’s. Rein mit dir, *Kafir*, oder ich helfe nach.“

„Aha! Jetzt zeigt Ihr Euer wahres Gesicht! Ist das die berühmte Gastfreundschaft von Abbadema?“

„Du kannst froh sein. Weil du mein Gast bist, bekommst du eine Warnung.“

„Ja, sicher.“ Widerwillig ließ er sich in die Knie sinken und schob vorsichtig den Kopf in die Öffnung. „Ganz schön dunkel hier unten.“

„Irgendwelche Spuren von Dachsen oder Wölfen?“

„Ich *wusste* es!“

„Los jetzt!“ Die Unterseite eines Stiefels bot von hinten unwillkommene Hilfe.

„Ich krieche ja. Ich krieche!“ Auf allen vieren bewegte er sich weiter voran. Tatsächlich war unmittelbar weiter vorne helles Tageslicht. Die Formation der Felsen schien natürlichen Ursprungs zu sein. Stellenweise aber hatten unverkennbar fachkundige Hände das Ganze auf geschickte Art befestigt und verstärkt. Eine Art Höhle war es, ein nicht gerade kleiner Raum, in den aus gut platzierten Ritzen und Löchern unter der Decke Lichtstrahlen fielen. Entlang der Wände stapelten sich, halb unter weißen Tüchern verborgen, Kisten, Fässer und Körbe sowie alle erdenklichen Arten von losen Waren beinahe bis unter die Decke.

„Eine Schmugglerhöhle!“

„Wie bitte?“, ertönte es ungläubig hinter seinem Rücken. „Ich höre wohl nicht richtig. Du beleidigst mich? In meinem eigenen Haus? Los jetzt!“

Er krabbelte weiter in den Raum, dicht gefolgt vom Abbademer, der sich an ihm vorüberdrängte. Der Mann richtete sich auf und klopfte ohne großen Erfolg Staub und Nadeln aus den feuchten Stoffbahnen seines Gewandes. „Sehr schön“, verkündete er zufrieden. „Alles noch an seinem Platz. Willkommen in meinem *Koss‘era, Kafir*. Meinem Palast. Komm. Hilf mir mit den Felsen.“

Gemeinsam verschlossen sie den Eingang mit den Steinen, die anscheinend eigens zu diesem Zweck beim Durchgang bereitlagen. Nachdem das Werk vollendet war, klopfte ihm der Abbademer unerwartet auf die Schulter. „So, alter Mann. *Jetzt* können wir uns ausruhen.“ Der Bursche lief quer durch den Raum und begann, in einer offenen Kiste mit aufgestelltem Deckel herumzuwühlen.

Er selbst ließ den Blick weiter durch die Kaverne wandern. Eine erstaunliche Ansammlung erlesener Waren war es, die der Mann hier unten angesammelt hatte. „Nicht schlecht“, bemerkte er staunend. „Was für ein Händler seid Ihr?“

„Es reicht, *Kafir*!“, klang die verärgerte Stimme des Abbademers hohl aus der Kiste. „Haltlose Verdächtigungen, nur, weil ich ein Fremder bin. Schon meint Ihr, ich sei ...“ Der Mann verstummte. Sein Gesicht erschien für einen Augenblick neben dem Deckel. „Du hast ‚Händler‘ gesagt, oder? Gut! Denn genau das bin ich!“ Der Kerl beugte sich zurück in seine Kiste. „Seide oder Brokat?“

„Seide.“ Die Antwort erforderte nicht einmal Nachdenken.

Wieder erschien das kritische Gesicht des Abbademers neben der Holzplatte. „Das kam erstaunlich schnell.“

„Ab einem gewissen Alter weiß man eben, was man will.“

„*Mann*“, wiederholte der Abbademer und malte mit den Fingern Anführungszeichen in die Luft. „Ha!“, verkündete er dann mit einem Ausdruck des Triumphes auf seinem Gesicht. „In dem Fall habe ich genau das Richtige für dich. Hier!“ Ein seidener Mantel mit Palmenmuster wurde in seine Richtung gewedelt. Ungläubig griff er danach. Der Schnitt war bekannt, doch der Stoff! Wunderbar, deutlich dichter und hochwertiger gewebt als sein eigener, der irgendwo in einem Waldstück zurückgeblieben war.

„Vorjahresmodell“, kommentierte der Abbademer. „Kaufen eh nur noch Idioten. Könnte ich dir also günstig überlassen.“

Fassungslos stierte er weiter auf das Kleidungsstück. So weich also konnte Seide sein. Die Liste der Dinge, die er mit Hobovese zu besprechen hatte, wurde immer länger. Vielleicht fand sich eine Möglichkeit, den Händler nur so weit zu strangulieren, dass er noch bei Bewusstsein war, wenn man ihn von den Stadtmauern auf die Klippen warf.

„*Kafir*?“

„Hm? Ah. Nichts“, brachte er zwischen zusammengebissenen Kiefern hervor. „Ich fürchte nur, sie haben vergessen, meine Geldbörse mit mir einzusperren.“

Der Mann schüttelte betrübt den Kopf. „Unglaublich, was sich hier draußen alles herumtreibt. Also gut. Du bekommst Kredit. Aber nur ausnahmsweise, klar?“

„Klar. Habt Ihr auch ein Handtuch?“

„Hm ...“ Der Abbademer presste die Lippen zusammen und verzog wie unter Schmerzen das Gesicht. „Handtuch wird teuer. Das Produkt wird gerade sehr stark nachgefragt.“

„Gebt schon her!“

„Haha!“

Im Schutz einer Kiste entledigte er sich seines durchweichten Unterkleides und rieb sich, so gut es ging, trocken. Er streifte den Seidenmantel über. Tausend Höllen! Es war, als massierten einen Hunderte von Schmetterlingen. Sogar das Muster war feiner herausgearbeitet als bei seinem eigenen Exemplar. Erst jetzt wurde ihm bewusst, wie lange es her war, seit er zuletzt anständig gekleidet gewesen war.

Als er aus seiner Ecke zurückkehrte, sah er, dass auch der Abbademer ein frisches Gewand für sich gefunden hatte, allerdings von einer deutlich fremdländischeren Art. Allerlei Narben, weiße und purpurne Linien auf dem bronzenen Oberkörper, verschwanden gerade unter schwarzen Bahnen aus Stoff mit nur den dezentesten Bestickungen von Silber. „Setz dich, *Kafir*.“ Mit einer Bewegung seines Kinns deutete der Mann zur Mitte des Raums. „Gleich wärmen wir uns auf.“

„Ein Feuer?“, wagte er zu hoffen. Die Wärme einiger lodernder Flammen wäre in der Tat genau das Richtige.

„Zu gefährlich.“ Die Bewegung des Mannes galt dieses Mal den Spalten in der Decke. „Wegen dem Rauch. Nein. Aber ich habe eine andere Idee, die dir gefallen wird.“

Nachdem das umständliche Anlegen seines Gewandes gelungen war, verschwand der Kopf des Abbademers erneut in einer Kiste. Einige Kissen und Decken flogen in seine Richtung. Jedes einzelne Stück war, wie es schien, von keineswegs geringem Wert. Anschließend ertönte ein verheißungsvolles Klirren.

„Aha!“ Die Hände des Mannes hielten eine in Korb gewickelte Flasche und zwei verzierte Messingbecher triumphierend in die Höhe. „Na?“, wollte er wissen. „Ist das etwa nichts?“

Irgendetwas in seinem eigenen Blick veranlasste den Jungen dazu, die Ausbeute seines Fischzugs wieder sinken zu lassen. „Du trinkst doch harte Sachen ...?“, begann er wie mit einer schlimmen Vorahnung.

„Ja! Nein. Das ist es nicht.“ Schnell hob er die Hand und winkte den Abbademer mit seiner Beute heran, bevor der unverhoffte Schatz wieder verschwinden konnte. „Und ob ich das tue. Ich war nur überrascht.“

„Überrascht?“ Die Becher und Flaschen verharrten außerhalb seiner Reichweite.

„Ja. Also. Ich dachte nur. Ich habe gehört, eure Götter seien keine Freunde von ...“ Er winkte in die Richtung des berauschenden Getränks.

Der Junge verzog das Gesicht. „Bist du jetzt ein Priester, oder was?“

„Nein! Ich meinte nur ... vergesst, was ich gesagt habe.“

„Was soll das, hm?“ Etwas zu heftig stellte der Mann Flasche und Becher auf der Holzplatte eines Kistenbodens ab, die zwischen ihnen auf dem Boden lag. „Was weißt du von meinen Göttern, hm?“

„Überhaupt nichts. Ich ...“

„Warum redest du dann davon? Von Dingen, von denen du keine Ahnung hast?“ Mit den Zähnen zog der Abbademer den Korken aus der Flasche. Unversehens hatte die Hand des Burschen sein Handgelenk umfasst. Mit der anderen goss er Schnaps über die Schürfwunden auf seinem Arm.

„Gaah!“

„So. Bitte schön.“

„Argh!“

„Ist gut für dich.“

„Genug jetzt!“

„Sind deine Götter dir nicht gnädig, hm?“, wollte der Mann wissen und fand noch weitere Stellen, die einer schmerzhaften Behandlung bedurften. „Freust du dich nicht, dass du noch am Atmen bist?“

„Doch, ja. Argh!“

„Und?“, beharrte der Mann weiter, so als folgten seine Worte einer zwingend logischen Kette. „Glaubst du, die Götter haben heute übersehen, wie ich deinen Arsch aus diesem dunklen Loch gezogen habe?“

„Hm. Was? Nein. Sicher nicht.“

„Glaubst du also, man könnte sagen, dass ich an diesem Tag mehr Gutes getan hab als die meisten anderen Leute auf der Welt?“

„Möglicherweise. Ja, doch! Zweifellos.“

„Na bitte.“ Der Mann unterbrach seine Tortur und prüfte wohlwollend das Ergebnis seiner medizinischen Behandlung. „Mein Vater ist Arzt“, erklärte er. „Und glaub mir: Die Götter betrachten unsere Taten ganz genau. Sie sind gerecht und ertragen unsere Schwächen sehr viel länger, als wir es verdienen.

Denen, die gut und mutig sind, lächeln sie zu. Und wir, *Kafir*, haben heute eine Menge Mutiges getan."

Der Abbademer begann die beiden Becher zu befüllen und überreichte ihm eines der Gefäße. „Für meinen Ehrengast."

Seine bereits vorgestreckte Hand verharrte zögernd in der Luft.

Der Junge rollte mit den Augen. „Mann! Nicht, was du schon wieder denkst. Passt ein Dachs in eine Flasche? Das Zeug ist gut! Los jetzt. Wir trinken zusammen."

Gemeinsam hoben sie die Becher.

„Das hier ist für dich, Rahid." Der Abbademer erhob seinen Blick zur Höhlendecke. „Wir nehmen Abschied und danken für das Leben, das die Götter dir gegeben haben. Für die Zeit, die wir mit dir verbringen durften. Mögest du die Grenze sicher überschreiten. *Salem'aharu ha kefi'schahamiah ahe'lehukalad.*"

„Genau", fügte er hinzu, um selbst irgendetwas beizutragen. Klirrend stießen sie an und tranken. Der Schnaps brannte angenehm in der Kehle. Obwohl er im Trinken ganz gewiss kein Anfänger war, musste er sich beherrschen, um nicht laut loszuhusten. Das Zeug war würzig, stark und brennend, so wie es sich gehörte.

Der Abbademer räusperte sich geräuschvoll. Tränen glitzerten in den Winkeln seiner Augen, bewegt von Rührung oder durch die Schärfe des Alkohols. Der Junge beugte sich vornüber und hustete hart.

„Keine Angst, Junge." Nun konnte er ein Grinsen nicht zurückhalten. „Aus Euch wird schon noch ein Mann werden. Dann werdet auch Ihr es verstehen, ordentlich zu trinken."

Der Abbademer winkte ab, bis er seine Stimme wiedergefunden hatte. „Kein Bedürfnis", krächzte er. „Rauschgetränke schaden dem Verstand. Ich habe gehört, in Merkesch wird sehr viel getrunken."

Er nickte. „Und aus uns ist schließlich auch etwas geworden."

„Sicher." Das Geräusch aus der Kehle des Mannes war entweder ein Aufstoßen oder ein Ausdruck des Zweifels. „Lass uns essen!", verkündete der Junge unversehens und schnellte in die Höhe.

„Bravo! Das ist mit Abstand der beste Vorschlag, den ich seit langer Zeit gehört habe."

Sein Gastgeber trat mit einem schwankenden Schritt zwischen die Kisten. Nacheinander holte er runde, steinharte Brote und einige durchsichtige Gläser mit eingemachtem Gemüse aus einem Fass hervor. „Na?" Er hielt die funkelnden Behältnisse in die Höhe, als handle es sich um seltene Schätze, was sie unzweifelhaft auch waren.

„Besser als Gold und Seide", bestätigte er. „Nichts wie her damit!" Der Schnaps brannte heiß in seinem Magen. Er konnte bereits spüren, wie sich eine angenehme Benommenheit in seinem Inneren breitmachte.

„Heute lassen wir es uns gut gehen", verkündete der Abbademer. „Denn morgen sind wir tot!"

„Hoffentlich nicht. Was ist das, ein Sprichwort?"

Der Mann war zu sehr damit beschäftigt, die Brote mit seinem Dolch zu zerteilen. Er öffnete die Versiegelungen der Gläser und belegte die Scheiben dick mit vor Öl triefendem Gemüse. Zufrieden betrachtete er die kleinen Kunstwerke und hielt ihm eines davon entgegen. „Probier!"

Gehorsam nahm er das Geschenk entgegen und biss hinein. „Hm", brachte er hervor. „Gampf aufgebpfeifmep!"

„Nicht wahr?" Auch der Abbademer machte sich über seinen Kanten her.

Kauend betrachtete er seinen Gastgeber über sein Brot hinweg. „Ich möchte mich bedanken", erklärte er.

„*Kelmen lohot'ihet*", ertönte es zwischen mehreren Bissen. „Gern gegeben."

„Nein, wirklich. Für alles. Die Rettung. Eure Gastfreundschaft. Ihr hattet recht. Ich war wirklich undankbar. Es tut mir leid um Euren Freund. Ich bin sicher, er hatte Besseres verdient."

„Hm." Der Abbademer nickte unverbindlich. Seine Hand ergriff ein weiteres Brot und wedelte auffordernd damit, bis er auch dieses entgegennahm. Gemeinsam kauten sie eine Weile lang in Stille.

Mit einem Mal blickte der andere von seiner Mahlzeit auf und hielt ihm eine von Öl und Krümeln bedeckte Hand entgegen. „Azed", drückte er zwischen Kaugeräuschen hervor. *„Azed Ibn Ali Ahal'kam bar Eherem Achama."*

Zögerlich ergriff er den dargebotenen Körperteil. „Palter Calgola aus Merkesch", erklärte er vorsichtig. „Für einen Moment dachte ich, Ihr hättet einen Anfall."

„Für dich Azed."

„Angenehm."

Weiteres stummes Kauen. Irgendwann waren alle Brote verputzt, die Gläser geleert und wieder in einer Kiste verstaut. Der Abbademer nahm erneut vor ihm auf dem Boden Platz. Der Mann ergriff Flasche und Becher und schenkte ihnen nach, wobei sich sein Gesicht zu einem Grinsen verzog. „Ha!", erklang es humorlos aus seiner Kehle, als beschäftige ihn irgendein persönlicher Spaß.

„Was?"

„Aus Merkesch. Glaubst du echt, ich brauche eine Erklärung? Ich weiß, woher du kommst. Jeder weiß das."

„Wirklich?“ Hoffentlich hatte nicht zu viel Misstrauen aus seiner Stimme geklungen.

„Na klar“, bestätigte der Abbademer. „Deine Sprache. Deine ganze Art. So was entgeht mir nicht. Bürger?“

„Erst seit Kurzem.“

„Donnerwetter.“

Stumm beobachtete er, wie sein Gastgeber die Becher vollgoss, anscheinend von dem festen Vorsatz geleitet, nicht ein Jota ihres Füllvermögens ungenutzt zu lassen. „Prost!“ Erneut wurde ihm das verzierte Gefäß gereicht. Wieder stießen sie an, legten die Köpfe in die Nacken und lehnten sich zurück, als auch die zweite Runde warm in ihren Mägen brannte.

„Ah, Merkesch.“ Der Gedanke schien den Abbademer noch immer zu beschäftigen. „Hauptstadt des Lichts. Speerspitze des Fortschritts. Glänzendes Juwel unter den Menschenvölkern!“

Der Mann schien eine Erwiderung zu erwarten, doch er war nicht in der Stimmung für einen Streit. Die neue Richtung ihres Gespräches gefiel ihm ganz und gar nicht.

„Hast du keine Angst, mit einem ‚Wilden‘ zu speisen? Uhuhuhu!“ Deutlich zu achtlos für seinen Geschmack fuchtelte der Mann mit seinem ölbedeckten Dolch herum. „Ein wilder Sohn der Wüste. Mit Krummdolch! Er schneidet dir die Kehle durch und trägt deine Haut als Umhang. Mein Hund spielt mit deinen Eingeweiden und meine Kinder benutzen deine Augen als Murmeln. Das denkst du doch, oder?“

„Was?“

„Dass wir Wilde sind!“ Die Stimme des Mannes hatte ein leichtes, aber dennoch nicht zu überhörendes Lallen angenommen. Das also ging hier vor sich. Der Bursche vertrug ganz offenkundig seinen Schnaps nicht. „So wie alle, die nicht glauben, eure Stadt sei das Beste, was den Völkern je passieren konnte. Ihr seid nicht sehr ..." Der Mann wedelte gedankenverloren mit der Klinge. „Ihr seid nicht sehr nett zu Fremden, will ich damit sagen."

Ein unverbindliches Brummen war alles, was er beizusteuern bereit war. Der Abbademer starrte ihn noch immer an, als erwarte er eine Rechtfertigung. Hoffentlich ließ sich dieser unerfreuliche Abschnitt des Abends schnell beenden, bis sich die Gedanken des Burschen ganz von selbst wieder auf andere Dinge richteten.

„Du sagst gar nichts!"

„Nein. Ich spreche grundsätzlich nicht über Politik, wenn ich trinke."

Der Abbademer schüttelte den Kopf und ließ ein unterdrücktes Lachen hören. „Die Schönsten, Besten, Stärksten", fuhr er fort und erhob sich schwankend in der Art eines Schaukämpfers in der Arena, der den Applaus der Zuschauer einfordert. „Hoffnung der Welt. Richter über die Völker. Ihr glaubt, ihr wisst alles besser und könnt über alle anderen urteilen. Was erzählt man sich bei euch über Abbademer, hm? Raus damit! Was redet ihr hinter euren Stadtmauern über uns?"

„Ich glaube nicht, dass ..."

„Na los!" Wieder wurde der Dolch in seine Richtung gewedelt, mit Vorsatz oder aus reiner Unachtsamkeit. „Ich bin dein Gastgeber! Es ist sehr unhöflich, die Fragen seines Gastgebers nicht zu beantworten."

Er seufzte. Offenbar war es zu viel verlangt, einfach nur in aller Ruhe zu essen und zu trinken.

„Hä? Hä?" Der Abbademer stocherte auffordernd vor ihm in der Luft herum. Der Mann fing ernsthaft an, ihm auf die Nerven zu gehen.

„Oh, ich weiß nicht. Manche sagen, ihr seid streitlustig und leicht reizbar."

„Streitlustig! Und reizbar! Da hast du's!" Der Junge schüttelte wütend seinen Dolch. „Was habe ich gesagt? Nichts als leere ... nichts als ..." Der Mann hielt inne und schien für einen Augenblick zu überlegen. „Hm. Na gut. Die hier könnten sogar stimmen. Dattel?" Ohne abzuwarten, hatte er sich einem Fass zugewandt und zog ein Säckchen voller getrockneter Früchte daraus hervor. Erneut ließ er sich in der Mitte des Raumes nieder und bot auch ihm von seiner Nachspeise an. Der Abbademer kaute mit offenem Mund. Sein Blick wanderte über die Höhlenwand.

„Er war mein bester Freund", verkündete er plötzlich. „Rahid." Seine Stimme war ernst und klar, so als hätte die Erinnerung an die Ereignisse des Tages seinen Rausch unversehens fortgewischt. „Hat mir alles beigebracht. All das hier ..." Seine Hand ging zu den umstehenden Waren und Gefäßen. „All das habe ich ihm zu verdanken." Ein trauriges Lächeln erschien auf seinen Zügen. „*Wir werden reiche Männer sein, Azed*", verkündete er mit veränderter Stimme. „*Du und ich, wir werden es einmal gut haben in der Welt*." Er schüttelte den Kopf. „*Salem'aharu ha kefi'schahamiah ahe'lehukalad.*" Der Junge hob den Kopf und sah ihn an. Anscheinend war er erneut zu irgendeiner Art von Stellungnahme aufgefordert. Er räusperte sich. „Ich bin mir sicher, er hätte sich gewünscht, dass es Euch gut geht."

„Ja, genau!" Der Abbademer hob die Brauen und richtete zustimmend die Dolchspitze auf seine Brust. „Genauso war er. Ein viel zu großes Herz." Er biss von einer Dattel ab. „Wir haben es uns versprochen", verkündete er kauend. „Jetzt muss ich ohne ihn weitermachen. Habe eine Familie zu ernähren.

Nein. Warte." Der Junge hob eine Hand vor seine Augen und zählte an den Fingern ab. „Drei", sagte er.

„Was?"

Der Mann zeigte drei Finger. „Drei. So viele Familien muss ich ernähren."

„Hm." Amüsiert verzog er das Gesicht. „Das ‚Händlerleben', was? In jeder Stadt eine Frau."

Der Mann bedachte ihn mit einem leeren Blick. „Meine Familie. Shakus Familie. Und jetzt die von Rahid."

„Verdammt." Verfluchter Schnaps. „Tut mir leid. Ich dachte ..."

Der Abbademer winkte ab und schenkte ihnen nach. Ganz offensichtlich hatte er für sie beide den Beschluss gefasst, dass sie sich an diesem Abend ordentlich betranken.

„Shaku hat es zuerst erwischt", verkündete der Junge finster, nachdem er erneut den Becher abgesetzt hatte. Anscheinend war ihm doch danach, die Geschichte weiter zu erzählen. „*Salem'aharu ha kefi'schahamiah ahe'lehukalad.* Es war im tiefen Ende der Nacht. Auf einem der alten Pfade." Die Hand des Abbademers vollführte vage, kreisende Bewegungen. „Verborgene Wege, die durch diese Wälder führen. Nichts, wo man einen Handelszug vermuten würde. Trotzdem war da dieser Wagen. Und die Toten. *Aluhrsi Alo'kala.* Ich kenne die Uniformen. Festungswächter aus den Burgen auf dem alten Ingwall. Ich hätte wissen sollen, dass nur Unglück davon kommen kann. Jeder weiß, dass ein Fluch auf diesen Mauern liegt. Alle tot. Ermordet. Und die ganze Ladung war noch da. Eine Einladung, *Kafir*. Krüge, weiß wie Mondlicht. Sie haben dort auf uns gewartet. Sie *wollten*, dass wir sie mitnehmen. Es ist kein Diebstahl, wenn man Dinge nimmt, die niemandem gehören. Oder?"

Die Stille zwischen ihnen zog sich in die Länge.

„Oder?“, forderte der Abbademer ungeduldig. Der Mann verstand sein Schweigen wohl als Äußerung von Zweifeln.

„Nein“, gab er krächzend zurück. „Bestimmt nicht.“

Bei den Göttern.

Der Abbademer nickte, so als erteile er sich selbst die gewünschte Bestätigung, dass sie im Recht gewesen waren. Der Mann schwieg. Ausgerechnet hier beschloss der Kerl, dass es Zeit für eine Pause war!

„Die ... Krüge“, begann er schwach, mit aller Vorsicht. „Ihr habt sie also ... für Euch selbst genommen.“

„*In Sicherheit gebracht*“, korrigierte ihn der Mann scharf.

„Richtig. Das meinte ich. In Sicherheit gebracht.“

Das Gesicht des Burschen verzog sich in Argwohn. „Stimmt irgendwas nicht mit deiner Stimme, *Kafir*?“

„Alles in Ordnung“, erklärte er rau. „Hab mich bloß verschluckt.“

„Hm.“ Der Abbademer nickte wie in Gedanken. „Wenn wir sie nicht genommen hätten, hätte jemand anders sie genommen. Verstehst du?“

„Jemand anders. Ja.“

„War eine verdammte Schinderei“, fuhr der Mann mürrisch fort. „Bis in den Morgen haben wir geschleppt. Vermutlich für nichts. Hast du irgendeine Vorstellung davon, was diese Dinger wiegen?“

Entschlossen schüttelte er den Kopf. Der Junge sollte jede Antwort bekommen, die er wollte, solange sie ihn nur dazu bewegte, weiterzuerzählen.

„Wir hatten gerade erst einen Teil geschafft, als fremde Männer kamen. Gesindel, wie man es zu oft in diesen Ländern trifft. Als sie sahen, dass wir nur zu dritt waren, versuchten sie, uns die ... den *Finderlohn* streitig zu machen." Der Bursche schüttelte den Kopf. „Shaku war noch nie jemand, der sich solche Dinge gefallen lässt. Das Nächste, was ich weiß, ist, dass er eine Klinge in den Eingeweiden hat." Der Mann fuhr sich über die Stirn und wischte sich über die Lider. „Ich wollte kämpfen, aber Rahid zog mich hinter sich her. Ein paar der Kerle haben uns verfolgt. Wir mussten ..." Der Junge blickte auf, so als frage er sich, ob sein Zuhörer die Schwere des Gesagten überhaupt begreifen konnte. „Es gibt Orte hier draußen, die ein Fremder nicht betreten darf", fuhr er fort. „*Okori*-Land. Heiligtümer des alten Volkes. Doch wir hatten keine Wahl." Er biss von seiner Dattel ab und kaute düster. Beide setzten sie ihre Becher an die Lippen. Er nippte lediglich am Inhalt, während der Abbademer das ganze Gefäß hinunterstürzte. Es war ein Fehler gewesen, sich auf ein Besäufnis einzulassen. Jetzt schon fehlte ihm die geistige Schärfe, um in der Sache angemessen vorzufühlen.

„Verdammte *Okori*." Der Abbademer schüttelte den Kopf. „Man sieht sie nicht mal kommen. Und sie sind schnell. Wenn man sie so sieht, ahnt man nicht, wie schnell sie sind. Sie hatten unsere Spur. Es war Rahids Idee, dass wir uns trennen. Ich wusste ja nicht, dass er anfangen würde, einen solchen Lärm zu machen. Um sie abzulenken. Weg von mir ... " Der Bursche verstummte und senkte den Kopf.

Er selbst hielt seine Worte nur mit Mühe zurück. Das Herz pochte derart laut in seiner Brust, dass es einem Wunder nahekam, dass der andere es nicht hören konnte.

Tausend Höllen.

Vielleicht hatte er den Göttern unrecht getan. Hier saßen sie, eine zufällige Begegnung in einer Höhle irgendwo in Ingwall, und dieser Mann wusste, wo Krillborgs Feuer war. Selbst nach den Maßstäben der frommsten Legendenschreiber war diese Fügung beinahe zu dick aufgetragen.

Mit der Zunge fuhr er sich über die Lippen. Das Schweigen war hoffentlich lange genug gewesen, um angemessene Betroffenheit auszudrücken. „Tut mir leid, was Ihr erleben musstet“, erklärte er sanft.

Der Abbademer hielt seinen Blick zum Boden gewandt und gab keine Antwort.

„Und die Ware ...“

„Mann! Scheiß auf die Ware! Was interessiert mich die verdammte Ware?“

„Verzeiht.“ Er rieb sich über das Gesicht. Es gehörte nicht einmal Schauspiel dazu, ein Gähnen zustande zu bringen. „Zu viel Schnaps“, erklärte er, seinen Gastgeber durch die Finger hindurch beobachtend. „Die Müdigkeit. Ich kann nicht mehr gut denken.“

„Hm.“ Der Abbademer starrte mit leerem Blick zu Boden. Wie es schien, galt seine Aufmerksamkeit den Dingen einer völlig anderen Welt. „Kennst du Geschichten, *Kafir*?“

Die Frage überraschte ihn. „Geschichten?“

„Ja“, bestätigte der Mann. Seine Stimme klang unwirsch und er hob den Blick. „Rahid hat immer ... ich mag Geschichten, alles klar? Sie bringen mich auf andere Gedanken.“

„Hm.“ Er bemühte ein verständnisvolles Nicken.

„Also?“

„Lasst mich sehen ...“ Er räusperte sich. Verdammte Müdigkeit. Andererseits waren Geschichten gewissermaßen seine Spezialität, besonders betrunken und vor exklusivem Publikum. „Kennt Ihr ...“

„Irgendwas mit Schwertern“, fiel der Abbademer ihm ins Wort. „Magisch, wenn möglich. Und wag es nicht, irgendeinen Merkesch-Kasper zum Helden zu machen.“

„Etwa einen Abbademer?“

„Was immer du hast.“ Der Mann war in eine liegende Position übergegangen und zog einige Decken über sich zusammen.

„Also dann ...“

„Einen Abbademer“, beschloss der Abbademer. „Nimm ruhig einen Abbademer.“

„Wollt Ihr die Geschichte vielleicht selbst erzählen?“

„Nein, nein.“ Der Mann winkte ab. „Du machst das gut. Fang ruhig an. Ich sag dir schon, wenn du irgendwas falsch erzählst.“

Ein Stöhnen entfuhr ihm. Das Publikum erwies sich von Anfang an als äußerst anspruchsvoll. „Kennt Ihr die Geschichte vom ersten Tag der Menschen?“

„Kommen da Schwerter drin vor?“

„Magische Schwerter.“

„Dann leg los.“

„Ahem.“ Er bemühte sich, auf den Kissen eine bequeme Sitzposition zu finden und seine beste Erzählerstimme an den Tag zu legen. „Vor sehr, sehr langer Zeit, am Tag des ersten Turle Lomos, der Nachtgeburt, in der der dunkle Mond Lakon sich zum allerersten Mal vor seinen hellen Bruder Halle schob, so wie es stets der Fall ist in den bedeutsamsten Momenten dieser Welt, ...“

„Ich weiß, was eine Mondfinsternis ist, *Kafir*.“

„*War es*“, fuhr er scharf fort, „dass der erste Mensch aus jenen Nebeln trat, mit denen Schaddach, der Erschaffer, den Ort seiner Erweckung zu dieser Zeit bedeckt hielt. Zum ersten Mal, so hieß es, erblickte der Mensch in diesem Augenblick das Licht der Sterne und empfand bei ihrem Anblick überwältigende ...“

Ein lautes Schnarchen ertönte unter dem Kissenberg, den der Abbademer über sich angehäuft hatte, bevor magische Schwerter überhaupt ihren Auftritt feiern durften.

Leise ließ er die Luft aus seinem Brustkorb entweichen. Wenigstens dieser Teil verlief schon einmal nach Plan.

Vorsichtig blickte er auf. Der Abbademer lag eingewickelt wie eine Raupe zwischen seinen purpurnen und goldenen Decken. Eine ganze Zeit lang wartete er, um ganz sicherzugehen, dass der Mann tatsächlich eingeschlafen war. So still wie möglich erhob er sich von seinem Lager und blickte sich um. Der Mann war selbst schuld, dass er sich derartiger Mittel überhaupt bedienen musste. Ein gewiefter Händler wie dieser durfte nie erfahren, welchen Wert die Krüge wirklich besaßen. Wer konnte ahnen, an wen der Mann sich sonst mit seinem Wissen wenden würde?

Leider gab es keinen anderen Weg, als sich als undankbarer Gast zu erweisen. Zum Wohle Merkeschs und möglicherweise zum Wohl der ganzen Welt.

Kapitel 9 – Untersuchung

Mit einem letzten Blick über die Schulter versicherte er sich, dass sein Gastgeber tatsächlich im Schlaf versunken war. Armer Abbademer. Es war ein Fehler gewesen, sich mit einem Mann auf ein Besäufnis einzulassen, der nicht nur dreißig Jahre Armeedienst, sondern auch noch mehrere Monate feuchtfröhlicher Langeweile hinter sich hatte. Olaikan würde Augen machen, wenn er hiervon erfuhr. Was sein Kamerad als Lotterleben verurteilt hatte, war in Wirklichkeit ein hartes Übungsregiment gewesen, das ihn bestens auf Begegnungen wie diese vorbereitet hatte. Zumindest tat es gut, sich solche Dinge einzureden.

Vorsichtig tastete er sich entlang der Kisten und Kästen hinüber zum hinteren Teil des Raumes. Er ahnte bereits, wo er suchen musste. In der Hauptkammer standen keine Krüge der gesuchten Farbe. Schon die ganze Zeit aber hatte ein schattiger Bereich an der dem Eingang abgewandten Seite des Gewölbes seine Aufmerksamkeit auf sich gezogen.

Trotz gegenteiliger Versicherungen an sich selbst war der Weg durch die Höhle nicht so einfach wie erhofft. Seine Füße schienen entschlossen, den Boden stets an einer anderen Stelle zu berühren als an derjenigen, die seine Augen angepeilt hatten. Gelegentlich musste er auch innehalten, um, gestützt auf einen Kistenrand, abzuwarten, bis die Wände aufgehört hatten, sich auf und ab zu bewegen. Verdammter Branntwein. Bier und Wein waren gute Freunde. Der Schnaps aber war stets ein hinterhältiger Weggefährte.

Zumindest erlaubten ihm die kurzen Ruhepausen eine eingehendere Untersuchung der geöffneten Behältnisse. Dasjenige, das seine Finger gerade umklammert hatten, enthielt eine beeindruckende Sammlung glitzernder Flakons, kleiner Glasbehälter mit Düften und Heilmitteln von zweifellos zweifelhafter Wirkung. In einem anderen stapelten sich Ballen teurer Stoffe. Das nächste wiederum enthielt Kästchen voller Schmuck. Er fischte eines der glänzenden Medaillons heraus und hob es prüfend vor die Augen. Er schnaufte. Falscher Tand für einfache Gemüter. Von Männern wie diesen also bezogen Händler wie Hobovese ihre minderwertigen Waren. Ein ganzer Geschäftszweig von Dieben und Betrügern musste es sein, mit keinem anderen Ziel, als arme Hauptmänner um ihr hart verdientes Erspartes zu bringen.

Er stutzte. Durch einen der schräg aufliegenden Kistendeckel waren Bündel von in Papier geschlagenen Büchern zu erkennen. Ein Stöhnen entfuhr ihm. Nicht jetzt, Palter! Dennoch beugte er sich vor und spähte durch den Spalt. Wie hoch war wohl die Wahrscheinlichkeit dafür, hier drinnen ein Exemplar von Gilbrans „Schätze des Ingwall" zu entdecken? Vermutlich sogar noch geringer als die auf den erfolgreichen Abschluss dieses ganzen Unterfangens. Und überhaupt: Was wollte er tun, wenn er in einer dieser Kisten fündig wurde? Etwa ein gebundenes, ellenbogenlanges Buch mit sich durch diese Wälder schleppen? Eines, das noch dazu mit hoher Sicherheit eine Fälschung war? „Nein, danke", murmelte er zu seiner eigenen Bestärkung. Derart mit Selbstversicherungen ausgestattet, schaffte er es, sich wieder in Bewegung zu setzen.

Je weiter er in die Schatten des Gewölbes vordrang, desto dubioser wurde auch das Angebot der bevorrateten Güter. Bernsteinfarbene Flaschen mit Rauschgetränken, in denen Wurzeln und sogar Spinnen und Skorpione schwammen, standen aufgereiht auf einem Holzbrett an der Wand. Getrocknete

Bündel von Kräutern, gelagert in unmittelbarer Nähe der dazugehörigen Rauchvorrichtungen, waren in geöffneten Säcken zu erkennen. Auf mehreren Regalen reihten sich tönerne, säuberlich mit abbademischen Schriftzeichen beschriftete Einmachgläser. Er zuckte zusammen. Aus einer finsteren Ecke grinste ihm ein Tierschädel entgegen. Irgendjemand mit erheblich mehr Einfallsreichtum als Kunstverständnis hatte den Kopf eines Krokodils mit silbernen Beschlägen verziert. Anstelle der Augen waren funkelnde Edelsteine oder, was wahrscheinlicher war, geschliffene Glasimitate eingesetzt. Er verzog das Gesicht. Das Objekt war an Geschmacklosigkeit kaum zu überbieten. Der Staubschicht nach zu urteilen, rissen sich die Kunden nicht gerade um die extravagante Monstrosität. Vielleicht bewahrte der Abbademer das Teil auch auf, um es irgendwann einmal im eigenen Wohnzimmer aufzuhängen und seine Familie damit zu traumatisieren.

Über die Schulter warf er einen Blick zu seinem Gastgeber. Der Bursche zog stöhnend einige Tücher über sich zusammen, drehte sich zur Wand und blieb erneut still liegen.

Nach einigen Momenten des Abwartens wandte er sich wieder den Schatten zu. Der hintere Teil der Höhle war beinahe erreicht. In einem schattigen Winkel zur Rechten lagerten Waffen, halb in Tücher eingeschlagene Schwerter und Armbrüste in Halterungen an der Wand, schwere Ausführungen ebenso wie filigrane Modelle, die sich leicht im Ärmel eines Umhangs verbergen ließen. Nicht umsonst war das Tragen der Letzteren in sämtlichen fortschrittlichen Städten der Welt verboten.

Inzwischen war ein Durchbruch von den Ausmaßen einer niedrigen Tür an der linken Seite zu erkennen. Ein kurzer, leicht abfallender Gang führte vom Hauptraum hinab in eine kleine Kammer. Vorsichtig schlich er über den sich absenkenden Steinboden, bemüht darum, nur ja kein Geräusch zu erzeugen. Unten angekommen, trat er durch den Bogen.

Es musste bereits Nacht sein. Nur wenig Licht fiel durch eine schmale Öffnung unter der Decke in den Raum hinein. Es gab nicht viel zu sehen. An der linken Seite stapelten sich zugenagelte Kisten unter einer dicken Schicht aus Staub. Die rechte Wand aber verbarg ein schwerer Vorhang mit lederner Unterkante. Der einstmals weinrote Stoff war angegraut und fleckig. Dennoch wies der Vergleich mit den Kisten darauf hin, dass er noch vor kurzem bewegt worden war.

Er atmete durch. Hier musste es sein. Wenn sich seine Krüge wirklich in dieser Höhle befanden, so musste dies der Ort sein, an dem der Abbademer sie verborgen hatte. Er streckte eine Hand aus, um den dunklen Spalt zwischen den Tuchbahnen des Vorhangs zu teilen. Aus irgendeinem Grund aber hielten seine Finger inne. Etwas fühlte sich seltsam an. Er hatte gelernt, aufzumerken, wenn sein Körper derartige Warnungen von sich gab. Wenn sich etwas seltsam anfühlte, so war es das in den meisten Fällen auch. Er beugte sich vor und musterte den Stoff eingehender. Der Vorhang hing von einem kräftigen Querseil zwischen beiden Wänden herab. Bei genauerer Betrachtung war noch etwas anderes zu erkennen: dünne Schnüre auf Augenhöhe, die ebenfalls am Stoff befestigt waren. Einige davon verschwanden in kleinen Vertiefungen im Fels.

„Aha“, brachte er hervor. Betroffen schüttelte er den Kopf. „Azed, Azed, Azed.“ Fallen und Alarmzüge. Der Junge glaubte wohl, ein Palter Calgola sei erst seit gestern auf dieser Welt. Er blickte sich in der Kammer um. Auf einem alten Holzfass fanden sich gleich mehrere geeignete Hilfsmittel. Jemand hatte ein gewickeltes Bündel aus grauer Schnur und ein paar angerostete Werkzeuge auf dem Deckel liegen lassen. Die Spuren im Staub wirkten frisch. Neben einem Hammer und einer Zange fand sich auch ein grobes Messer. Er nahm das Arbeitsmittel an sich und prüfte die Klinge. Der Stahl war stumpf und der Griff geschwärzt vom häufigen Gebrauch. Für seine Zwecke aber würde es genügen.

Einige Momente lang folgte er mit Blicken und mit seinen Fingerspitzen dem Verlauf der Züge. Irgendwann meinte er, ein gewisses Verständnis für ihre Wirkungsweise erlangt zu haben. Unter Anwendung größter Vorsicht begann er, einige ausgewählte Seile am Vorhang zu durchtrennen oder sicher festzubinden. Nach einer Weile war das Werk vollbracht. Zufrieden betrachtete er die zerlegten Fallvorrichtungen. Einfach. Beinahe schon *zu* einfach. Die junge Generation würde noch einiges lernen müssen, wenn sie es mit alten Hasen wie ihm aufnehmen wollte.

Beinahe hatte er erneut die ledernen Umschläge ergriffen, um die Stoffhälften zu teilen. Seine Hände aber zögerten noch immer. „Hmmm."

Seine Finger fanden auf dem Fassdeckel Hammer und Zange. Äußerst behutsam schob er die Werkzeuge hinter die Stoffkanten und zog sie auseinander. Er hob eine Braue und konnte sich ein Grinsen nicht verkneifen. Ein Glitzern an den Umschlagrändern zeigte, dass sein mulmiges Gefühl berechtigt gewesen war. „Gift, Azed?", flüsterte er tadelnd. „Also wirklich." Missbilligend schüttelte er den Kopf. Dünne, beinahe unsichtbare Nadeln ragten aus dem Stoff. Ein leichtfertiger Mann, zufrieden mit der Überwindung der ersten Sicherungsebene, hätte leicht hineingreifen können. Nicht so Palter Calgola. Einmal mehr war er dem Jungen um mindestens einen Zug voraus.

Mithilfe seiner beiden Werkzeuge zog er den Vorhang langsam auseinander. Auf der anderen Seite waren ...

Götter! Zum Vorschein kam der weiße Körper eines Kruges. Ein weiterer. Dann noch ein dritter. War es zu glauben? Drei Krüge, freigelegt aus den zurückweichenden Schatten. Er bemerkte, dass seine Hände zu zittern begonnen hatten. Die Werkzeuge verursachten klappernde Geräusche, als er sie zurück auf den Fassdeckel legte.

Drei Vasen, beinahe mannshoch, gefertigt aus leuchtend weißem Ton. Eine jede versehen mit dem Zeichen: drei Kreuze, untereinander angeordnet. Gerade so, wie es Kapilar beschrieben hatte. „Götter", entfuhr es ihm erneut. Der Anblick schlug ihn wie mit einem Bann. Sein Hals war trocken. Was für eine Fügung. Sie waren es. Sie mussten es sein. Hier. Bei ihm. In Sicherheit. Fern von Bernrots Zugriff. Mit erheblicher Willensanstrengung musste er sich beherrschen, ansonsten wären seine Gedanken allzu hoffnungsvoll vorangeprescht.

Heute Abend. In dieser Kammer. Sollte wirklich alles noch an diesem Tag sein Ende finden? Abschluss. Rückkehr. Heimat. Erlösung. Theus, Kapilar, die hohen Herren würden ihr Versprechen halten müssen. Das Feuer würde, erst einmal aus der Welt geschafft ...

Blinzelnd kam er zur Besinnung. „Verflucht!" Zur Sicherheit zählte er noch einmal nach. Die Anzahl blieb die gleiche. Drei. Drei weiße Krüge.

„Verdammt", entfuhr es ihm zischend. Warum nur drei? Von einer ganzen Wagenladung hatten sie geredet. Warum zum Henker standen hier nur drei? Er biss sich auf die Faust. Wie viele von den Teilen gab es überhaupt? Verfluchter Kapilar! Der Peculari hatte ihn selbst bezüglich der wichtigsten Einflussgrößen für die Mission im Dunkeln gelassen.

Ruhig, Palter. Was gab es denn für Möglichkeiten? Entweder, die Abbademer hatten ihre Beute aufgeteilt und an verschiedenen Orten untergebracht. Oder aber, dies hier waren alle, die sie hatten in Sicherheit bringen können, als die Unbekannten sie beim Wagen überfallen und ihrerseits beraubt hatten. Vielleicht hatte er ja Glück.

Er lachte bitter. Ja, genau. Er und Glück. Vielleicht war ja heute auch der Tag, an dem endlich alles gut wurde in seinem Leben. Nichtsdestotrotz musste er es versuchen. Warum sollte Krillborgs Feuer *nicht* in einem gerade dieser Krüge sein?

Er atmete tief. Konzentrier dich, Palter. Er wünschte wirklich, dass er weniger getrunken hätte. Die Trunkenheit machte die ganze Angelegenheit schon die ganze Zeit über unnötig kompliziert.

Einige Momente widmete er der Suche nach noch weiteren verborgenen Fallen. Immerhin konnte er sich als gewarnt betrachten. Was Sicherheitsmaßnahmen anging, war der Abbademer nicht zu unterschätzen. Nachdem er ausreichend überzeugt war, dass ihm keine weiteren Überraschungen drohten, trat er vor und nahm die Versiegelungen der tönernen Hälse in genaueren Augenschein. Übergroße Korken aus Holz steckten darin fest, mit Wachs eingeschmolzen und mit grauen Leinenbinden fixiert. Zeit, das Glück herauszufordern. Mit welchem wollte er beginnen? Er streckte einen Finger vor.

Eins, zwei, drei, vier, wir trinken heute hundert Bier/fünf, sechs, sieben, acht, den ganzen Tag, die ganze Nacht ...

Augenblick mal. Das war überhaupt kein Auszählreim, sondern ein verdammtes Trinklied. Verfluchter Tharsis-Dienst. Hatten sie ihnen auch irgendetwas Nützliches beigebracht?

Dann eben anders. Ohne weiteres Geplänkel entschied er sich für das Behältnis ganz zur Rechten. Er fand das Ende der Tuchbahnen und begann, sie unter knirschenden Geräuschen abzuwickeln. Wachspartikel rieselten vom Tonhals auf den Boden. Das Geräusch war ganz bestimmt zu leise, um im Nebenraum gehört zu werden, noch dazu von jemandem, der einen gehörigen Rausch ausschlief. Nachdem er den Korken freigelegt hatte, begann er, das Objekt mithilfe der Klinge und des Hammers aus seiner wächsernen Fassung zu hebeln. Es dauerte eine Weile, bis es ihm gelang, doch irgendwann gab der Verschluss tatsächlich nach. Der scharfe Geruch von Lampenöl stieg ihm aus dem Inneren entgegen. Vorsichtig ergriff er den Korken an den Rändern und legte ihn auf den Boden. Bevor er es versuchte, richtete er einen Blick hinauf zur Decke, dorthin, wo sich wohl der Himmel befinden musste, soweit sich jenseits dieser Felsendecke alles noch an seinem gewohnten Platz befand.

Kommt schon, Götter. Ein wenig Glück. Nur dieses eine Mal.

Eine Stimme in seinem Inneren merkte an, dass er die Erhabenen keineswegs zum ersten Mal mit der Bitte um einmaligen Beistand bedrängte. Wenn man jedoch all die Male mit abzog, in denen er letztendlich doch wieder ganz auf sich allein gestellt gewesen war, musste zweifellos irgendwo noch ein kleines Guthaben an göttlichem Segen übrig sein, das die da oben ihm noch schuldig waren.

Er nahm das Messer und tauchte es durch die dunkle Öffnung ins Innere der Vase. Die Klinge drang mit einem leisen Plitschen durch die Oberfläche. Einige Male drehte er das Werkzeug in der dickflüssigen Flüssigkeit herum. „Komm schon. Komm schon!" Er zog die Klinge heraus und hielt sie hoch ins Licht. Der Stahl schimmerte in allen Farben eines

Regenbogens. Von blauem Rost aber, wie Kapilar ihn angekündigt hatte, fehlte jede Spur. „Verd..."

Also gut. Kein Grund zur Entmutigung. Schließlich gab es noch zwei weitere, die Seite an Seite darauf warteten ...

Ein hölzernes Knarzen hinter seinem Rücken ließ ihn herumfahren. In wenigen Schritten Entfernung hing eine viergeteilte Eisenspitze in der Luft. Das unfreundliche Ende eines überschweren Bolzens war auf seine Brust gerichtet. Kaliber dieser Größenordnung waren für den Einsatz in geschlossenen Räumen weder zugelassen noch vorgesehen, außer, der Waffenführer hatte vor, das Zimmer im Anschluss komplett zu renovieren. Merkeschs Stadtwache verwendete derartige Modelle, um mit Schüssen von den Mauern feindliche Schilde und sogar Panzerungen zu durchbrechen. Aktuell aber lagen zwischen der Spitze und seiner Brust wenig mehr als einige Armlängen Luft und der Stoff eines vorzüglichen Morgenmantels.

Langsam hob er beide Hände.

Der Abbademer lehnte mehr im Türrahmen, als dass er stand. Der Junge schien blinzelnd darum bemüht, gleichzeitig dem Eindringen des Schlafes zu widerstehen und zu begreifen, was bei allen Höllen in seiner Höhle vor sich ging. „Hast du schlecht geträumt, *Kafir*?" Die Stimme des Burschen war schlaftrunken. Seine Lider bewegten sich nur schwerfällig. „Konntest nicht schlafen, oder was? Oder hast du schon die ganze Zeit lang vorgehabt, mich zu berauben?"

„Es ist keineswegs so, wie es ..."

„Fallen lassen", erklang die Aufforderung. Der Bursche nickte zur Klinge in seiner Hand, von der noch immer schillerndes Öl auf den Steinfußboden tropfte. Er gehorchte und ließ das Werkzeug scheppernd auf den Boden fallen.

„In die Ecke damit." Gehorsam versetzte er der Klinge einen Tritt, sodass sie klappernd in einer Ecke verschwand.

Der Junge blickte sich weiter in der Kammer um. Seine Wange zeigte noch die Abdrücke von zerknitterten Decken. Die Abläufe in seinem Kopf schienen sich äußerst mühsam zu gestalten. Irgendwann aber fanden seine Augen den Korken und die zertrennten Leinentücher. „Was machst du da mit meinen Krügen?"

„Ich hatte Durst und dachte, es wäre vielleicht Wein drin."

Der Abbademer stieß die Luft aus. „Wirklich, *Kafir*? Mal sehen, was in *dir* drin ist, wenn ich dich ..."

„Schon gut!" Beschwichtigend streckte er beide Hände vor sich aus.

„Außer Lügen, meine ich natürlich." Die Waffe war drohend angehoben worden. Ganz umnebelt war der Bursche offenkundig nicht.

Er atmete tief. „Ich musste etwas überprüfen."

„Überprüfen, hm? Und?", wollte der Junge halb belustigt wissen. „Was gefunden?"

„Lampenöl", gab er zurück.

„Hm", kommentierte der Mann und nickte mit gespieltem Verständnis. „Lampenöl. Blöd, was? Ist noch nicht mal teuer. Und *dafür* bist du jetzt gestorben."

„Wartet!"

Die Armbrust war bereits angelegt. Ein dunkles Auge musterte ihn durch das eiserne Visier.

„Ich kann Euch helfen", erklärte er schnell. „Es geht um viele ... es geht um sehr viel Geld!"

„Pff." Das Gesicht hinter der Zielvorrichtung blieb unbewegt. Der Mann schien ernsthaft versucht, den Bolzen allein aus einer schlechten Laune heraus in seinen Rippenkorb zu jagen.

„Alleine werdet Ihr es nie bekommen“, setzte er eilig nach. „Die Ware ist wertlos ohne das Wissen in meinem Kopf.“

„In deinem Kopf, hm?“ Die Zielvorrichtung der Waffe wanderte noch etwas höher. „Vielleicht sollte ich nachsehen, was alles drin ist. In deinem Kopf.“

„Mit Sicherheit kein Gold.“

„Hm, hm.“ Wieder schien es, als bräuchte der Abbademer einige Zeit, um das Gesagte zu verarbeiten. „Also“, blaffte er schließlich. „Gold. Von wie viel reden wir?“

„Wie viel passt in die Schatzkammern Merkeschs?“

Die Lippen des Mannes bewegten sich, so als arbeite es hart und langsam hinter seiner Stirn. „Eine ganze Menge“, brachte er hervor.

„Eben!“ Es war kein Verbrechen, einen Betrunkenen anzulügen, der eine Kriegswaffe auf einen gerichtet hielt. Außerdem würden Merkeschs Herren für Unkosten schon aufkommen.

„Hm.“ Der Abbademer überlegte noch etwas länger. Dann zuckte er mit den Schultern. „Was soll‘s? Heute gönn ich mir was. Gold ist nicht alles.“ Die Waffe wurde wieder auf seinen Kopf gerichtet.

„Ich bin ausgebildeter Nahkämpfer.“ Die Worte waren aus ihm herausgeplatzt, ohne den Umweg über sein Gehirn zu nehmen.

Sein Gastgeber wirkte für einen Augenblick perplex. „Schön für dich“, kommentierte er schließlich. „Gleich nicht mehr.“

„Wie lange brauche ich wohl bis zu Euch herüber?“

Nachzudenken bereitete dem Abbademer ganz unverkennbar Schwierigkeiten. Vielleicht war dies ja der Weg, um sich Zeit zum Atmen zu verschaffen. „Bevor oder nachdem ich dich erschossen habe?“, wollte der Junge wissen.

„Ihr habt einen Schuss", setzte er nach. „Und wenn Ihr mich verfehlt?"

Der Abbademer verzog das Gesicht. Offenbar war noch immer Verlass auf seine Fähigkeit, bei anderen Leuten Kopfschmerzen hervorzurufen. „Dann ... ersteche ich dich mit meinem Dolch!", erklärte er schließlich in der bemühten Art eines Schülers, der für genau eine Aufgabenstellung gelernt hat und nun gezwungen wird, vor versammelter Klasse eine geringfügige Variation durchzurechnen.

„Falsch", verkündete er. „Denn vorher erschlage ich Euch mit diesem Hammer."

Der Abbademer zog die Brauen zusammen und nickte in erzwungenem Verständnis. „Dann muss ich dich also schnell erschießen."

„Das geht nicht", presste er eilig hervor. „Ihr habt die Sicherung noch nicht gelöst."

Der finstere Blick des Mannes zuckte zu seiner Waffe. „Das Ding hat überhaupt keine Sicherung."

„Seht Ihr? Ihr wisst ja noch nicht einmal, wo die Sicherung ist!"

„Hm." Die Kiefer seines Gastgebers arbeiteten angestrengt. Ein argwöhnischer Ausdruck trat in seinen Blick. „Du lügst, *Kafir*", behauptete er. „Euch Fremden ist nicht zu trauen. Du versucht schon wieder, mich zu betrügen."

„Ich sage die Wahrheit! Entscheidet Euch. Einen großen Haufen Gold oder gar kein Gold und dafür einen Hammer in der Schläfe. Im besten Fall einen Keller voller klebriger Fetzen, den Ihr sauber machen dürft."

Der Abbademer betrachtete ihn noch etwas länger. Der Mann kniff ein Auge zusammen und musterte ihn erneut durch das Visier. „Pschiuh!", machte er. Seine Lippen imitierten das Geräusch einer schnappenden Sehne. „Krsch.

Aaah!“ Ein Grinsen erschien auf den Zügen des Jungen. Die Vorstellung, wie sein Besucher sich in eine Wolke aus rotem Pulver verwandelte, schien ihn nicht unerheblich zu amüsieren. Das Grinsen verschwand. „Deine Nachtgeschichte war langweilig“, erklärte er trocken. „Und diese hier ist es auch.“

„Das tut mir leid. Ich erzähle Euch gerne eine neue.“

„Das solltest du auch, *Kafir*.“ Die Bolzenspitze deutete hinüber zur Wand. „Kannst gleich hier anfangen. Meine Krüge. Was ist damit? Warum sind sie so viel wert?“

„Das erzähle ich Euch, wenn Ihr die Waffe weggelegt habt.“ Besorgt beobachtete er, wie die Spitze des Bolzens in der Luft herumschwamm. In einem solchen Zustand war nicht auszuschließen, dass der Mann ihn irgendwann aus reiner Unachtsamkeit im ganzen Raum verteilte.

„Also gut.“ Auch der Abbademer musste inzwischen bemerkt haben, dass er die Unterhaltung in seinem Zustand nicht mehr allzu lange würde fortsetzen können. Die Waffe, die er sich ausgesucht hatte, war massiv. Früher oder später würde schon die Schwerkraft das mittelschwere Belagerungsgerät zu Boden zwingen. „Wir reden“, setzte der Mann nach. „Aber wenn du Mist erzählst, kommst du schön mit mir nach draußen und lässt dich erschießen.“

„Einverstanden.“

„Keine Tricks mehr!“

„Keine Tricks“, versicherte er.

Der Abbademer ließ die Waffe sinken. „Dann lass mal hören ...“ Mit einem Krachen löste sich der Abschussmechanismus. Gerade noch rechtzeitig sprang der Mann zur Seite. Der breite Bogen flog an ihm vorüber, verschwand scheppernd und begleitet von den Geräuschen splitternden Holzes und zerbrechenden Tons im großen Eingangsraum. Der Abbademer öffnete den Mund, um etwas zu sagen, doch ein klirrender Schauer zerberstender Fläschchen schnitt ihm das Wort ab. Gemeinsam lauschten sie, bis das letzte Geräusch aus der Vorkammer verklungen war.

Sein Gastgeber atmete tief und richtete einen anklagenden Finger auf seine Brust. *„Sicherung, Kafir?“*

„Keine Tricks mehr“, versicherte er. „Ab jetzt.“

„Unglaublich.“ Zerknirscht schüttelte der Junge den Kopf. „Was für eine Welt. Niemandem ist mehr zu trauen.“ Erneut richtete sich der Finger gegen ihn. „Du schuldest mir eine Geschichte, *Kafir*. Über meine Krüge. Und sie sollte besser gut sein.“

Er nickte ergeben. Die Anspannung löste sich von ihm. Zugleich aber wurde er sich bewusst, wie erschöpft er eigentlich war. Schlaf. Er brauchte dringend Schlaf, genauso wie der Abbademer. Schon zu viel war an diesem Tag passiert. „Ich schlage eine Vertagung vor. Das alles hat auch noch bis morgen ...“

„Abgelehnt!“, fiel ihm der Abbademer scharf ins Wort. „Bei meinen Krügen konntest du auch nicht warten. Also. Wenn du müde bist, dann fass dich kurz.“

„Ihr könnt Euch kaum noch auf den Beinen halten!“, protestierte er. „Alles, was ich heute erzähle, muss ich morgen ohnehin wiederholen, weil Ihr es vergessen habt.“

„Vergiss nicht, wer hier immer noch einen Dolch hat!“

Sein Blick ging zum Hammer auf dem Fass. Dann seufzte er. Er hatte keine Lust auf Streitereien. Doch wo sollte man anfangen bei solch einer Geschichte und zu solch einer Zeit? „Ihr wollt es kurz? Bitte schön. Habt Ihr je von Krillborgs Feuer gehört?“

„Alef a mustawla sa'chim.“ Der Mann trat einen Schritt zurück. Seine Augen wanderten entgeistert hinüber zu den Krügen. „Du meinst doch nicht …“

„Doch. Genau das meine ich.“

„Mel'ahun!“ Der Abbademer vollführte mit beiden Händen eine kompliziert anmutende Schutzgeste. „Ich wusste es! Wusste ich es doch, dass ein Fluch auf diesen Dingern liegt. Wir hätten sie niemals … “ Der Mann unterbrach sich und blinzelte angespannt. Beinahe schien es, als rechne er jederzeit damit, dass sich die Behältnisse von selbst entzündeten und alles in dieser Höhle in Asche verwandelten. Mit einem Kopfnicken deutete der Junge in Richtung der Gefäße, so als könnte schon zu entschlossenes Hindeuten zu einer Katastrophe führen. „Was beim *Belehz* hattest du vor?“

„Ich wollte sichergehen, dass ich mich nicht irre“, antwortete er wahrheitsgemäß. „Ich wollte nachsehen, ob es dabei ist. Wenn Ihr es so eilig habt, schlage ich vor, dass wir damit weitermachen.“

„Warte!“ Der Abbademer sprang vor und schob sich zwischen ihn und die Behältnisse. Über die Schulter hinweg musterte er die Krüge, so als könnten sie jederzeit vorspringen und sich auf ihn stürzen. „Das Zeug ist gefährlich, oder nicht?“

„Sehr gefährlich.“

„Also?“

„Ich werde vorsichtig sein. Es bedarf äußerst großer Hitze, um es zu entzünden.“

„Hm.“ Nur unter offenkundigem Widerwillen gab der Mann den Weg frei. „Nein. Halt!“ Wieder schob sich der Kerl in seinen Weg.

„Was?“

„Von wie viel Gold reden wir hier überhaupt?“

„Von gar keinem, solange ich nicht sicher sein kann, was ich vor mir habe. Dann aber von mehr, als Ihr Euch vorstellen könnt."

„Ich kann mir eine ganze Menge vorstellen, *Kafir*."

Er verzichtete auf eine Antwort.

„Hm." Irgendwann wich der Mann erneut vor ihm zurück. „Gut", murmelte er. „Aber sei bloß vorsichtig. Wehe, du bringst uns beide um."

„Gebt mir Euren Dolch."

„Ha!", stieß der Junge aus und legte eine Hand an den Knauf. „Netter Versuch! Den behalte ich bei mir. Für den Fall, dass ich dich erstechen muss."

Er rollte mit den Augen. „Dann das Arbeitsmesser."

„*Du* hast das Teil in die Ecke getreten! Hol es dir selber wieder."

„Schön. Versucht bitte in der Zeit, mich nicht aus Versehen mit irgendwelchen herumfliegenden Armbrustbögen zu erschießen."

„Verlass dich nicht drauf, *Kafir*! Beim nächsten Mal bin ich auf deine Lügen vorbereitet."

Es bedurfte einigen Herumkriechens in dunklen Ecken, bis er sein Werkzeug wiedergefunden hatte. Der Abbademer beobachtete angespannt, wie er vortrat, und begann, sich am Korken des zweiten Kruges zu schaffen zu machen. Schon nach wenigen Augenblicken hielt er in seiner Arbeit inne. „Azed. Könntet Ihr wohl bitte damit aufhören?"

„Momit?" Der Abbademer hatte einen erheblichen Teil seiner Faust zwischen seine Kiefer geschoben und kaute angespannt darauf herum.

„*Damit*. Euer Gehabe macht mich nervös."

„Umb beim Behabe mafft miff mervöf! Grr.“ Trotz der Widerworte unterbrach der Bursche sein nervtötendes Ritual.

Nach einigen weiteren Versuchen hatte er es geschafft. Er amtete tief. „Und los.“ Ohne weitere Umstände tauchte er den Dolch durch die freigelegte Öffnung und zog ihn wieder hervor.

„Und?“, bedrängte ihn der Mann. „Rede mit mir! Sind wir unermesslich reich?“

„Lampenöl“, verkündete er enttäuscht und blickte zum letzten noch verbleibenden Krug an der Wand. „Einen Versuch haben wir noch.“

„Dann los! Worauf wartest du!“

„Immer mit der Ruhe.“

Bewusst langsam trat er zum letzten Krug und begann, vorsichtig die grauen Leinen zu lösen.

Der Abbademer raufte sich die Haare. „Was soll das? Das ist ein verdammter Korken und nicht deine Hochzeitsnacht! Jetzt mach schon!“

„Hört auf mich zu bedrängen! Was ist mit ‚wag es nicht, uns umzubringen‘?“

„Das gilt immer noch!“ Der Abbademer verstummte und nickte auffordernd zum letzten Krug. Erneut begann der Mann damit, seine Knöchel mit den Zähnen zu malträtieren.

Irritiert schüttelte er den Kopf. Mithilfe der Werkzeuge schabte er Kuhlen in das harte Wachs und setzte an, um auch den letzten Korken emporzuhebeln. Er warf einen letzten Blick zum Abbademer. „Habt Ihr irgendwelche Götter, die Ihr anrufen könnt? Jetzt wäre wohl die Zeit dafür.“

„El Sha'himlia hofni. Mach endlich auf!“

Vorsichtig zog er den Korken aus der Öffnung, legte ihn beiseite und senkte den Dolch hinab in die Dunkelheit.

Nur einmal, Götter! Ein einziges Mal Glück.

Er zog das Objekt zurück in die Höhe. Der Anblick sorgte dafür, dass sein Magen sich zusammenzog.

„Sprich mit mir, *Kafir*!"

„Lampenöl", stieß er schwach hervor.

„Puh." Der Abbademer fuhr sich mit dem Handrücken über die glänzende Stirn. „Verdammt." Ein leises Lachen drang über die Lippen seines Gastgebers. Unverkennbar nahm der Junge wenig Anteil an seiner Enttäuschung. Es lag sogar Erleichterung darin. „Was für ein Tag", stieß er aus „Ha! Jetzt schau nicht so, *Kafir*. Das Leben geht weiter."

Er schüttelte den Kopf. Nein. So durfte es nicht sein. Mit aller Willenskraft weigerte er sich, die Hoffnung aufzugeben. Noch immer glänzten Regenbogenfarben auf der Klinge. Vielleicht, wenn man nur lang genug wartete ... „Verdammt!" Der fortgeschleuderte Dolch verschwand klirrend in einer Ecke.

„He!", protestierte der Abbademer. „Ich versuche, hier drinnen Ordnung zu halten!"

Mit dem Rücken ließ er sich entlang der rauen Wand zu Boden sinken und verbarg das Gesicht hinter den Händen.

Verfluchte Götter. So viel also zur Aussicht auf eine frühe Heimkehr. Einmal mehr war alles ganz und gar zum Heulen.

„He!"

Er richtete einen Blick zwischen den Fingern empor.

Der Ausdruck des Abbademers war besorgt. „Du nimmst das hier zu ernst, *Kafir*. Unser Tag kommt schon noch. Das Leben geht weiter. Irgendwann werden wir beide reiche Männer sein. Alles eine Sache der Mühe, die man bereit ist, aufzubringen. Rahid hat das immer gesagt."

„Darum geht es nicht." Ein Stöhnen entfuhr seiner Brust. Angestrengt hob er den Blick. „Die restlichen Krüge", forderte er. „Ich muss wissen, wo sie sind. Habt Ihr sie? Wohin, glaubt Ihr, hat man sie gebracht?"

Der andere winkte ab. „Lass gut sein, *Kafir*. Das ist es nicht wert."

„Ihr versteht mich nicht!", stieß er ungeduldig aus. „Ich habe keine Wahl!"

„Alef a mustawla sa'chim." Der Mann blickte verärgert drein. „Pass auf, was du dir wünschst, *Kafir*. Die Gier nach Gold ist eine schlimme Sache. Du solltest besser lernen, sie zu beherrschen, sonst beherrscht sie irgendwann dich und bringt dich in dein Grab."

„Genug mit Euren frommen Sprüchen! Es geht hier nicht um Gold! Es geht um sehr viel mehr!"

Der Abbademer hob eine Braue. „Ach?" Die Stimme des Burschen war mit einem Mal deutlich abgekühlt. „Um mehr, ja? Aber mich versuchst du mit Gold abzuspeisen? ‚Keine Tricks mehr', *Kafir*. Das hast du gesagt! Und jetzt versuchst du schon wieder, mich übers Ohr zu hauen."

„Es ist nicht …" Entnervt hob er eine Hand und ließ sie wieder fallen. An diesem Abend war bereits entschieden zu viel geredet worden.

„Ich bin müde", verkündete der Junge brüsk. „Mein Kopf dreht sich. Es fühlt sich an, als hätte mich jemand mit einem …" Ein wütender Blick schoss in seine Richtung. „Nein", hauchte der Mann ungläubig. „Du elender … hast *du* mich im Schlaf mit einem Paddel verprügelt?"

„Redet keinen Unsinn! Ihr habt zu viel getrunken."

„So fühle ich mich aber!"

„Azed, bitte!"

„Kein ‚Azed, bitte' mehr! Ich habe genug von deinen Lügen." Ein Seil erschien in der Öffnung einer Kiste und flog in seine Richtung.

„Was ist damit?"

„Fesseln“, erklärte der Junge fest. „Glaubst du, ich lass dich hier unten noch weiter frei herumlaufen?“

„Das kann nicht Euer ...“

Ein leises Knacken ertönte. Etwas wurde im Halbdunkel auf ihn gerichtet.

Er stöhnte. Er hatte recht gehabt. Die kleineren Modelle ließen sich tatsächlich ganz vorzüglich in den Ärmeln eines Kleidungsstücks verstecken.

„Herkommen, wenn ich bitten darf“, befahl der Abbademer. „Und ich darf, denn ich habe eine Armbrust.“

„Das ist alles überhaupt nicht nötig.“

„Doch, das ist es. Und jetzt los.“

Er seufzte. Dann aber stapfte er gehorsam in die Richtung, die die Bolzenspitze ihm wies. Über den kurzen Anstieg des Tunnels ging es zurück in die große Hauptkammer. Der Abbademer hielt sorgsam von ihm Abstand. Der Mann hatte dazugelernt. So also würde dieser unrühmliche Tag zu Ende gehen.

„So“, verkündete der Mann, nachdem er sich auf seinem Deckenlager niedergelassen hatte. „Und jetzt schön festziehen. Keine Tricks, sonst nagle ich dich mit einem Bolzen an den Boden, alter Mann. *‚Nahkämpfer‘*. Wovon träumst du sonst noch? Du kannst schon froh sein, wenn du deine eingewachsenen Fußnägel besiegt bekommst.“

Erschöpft leistete er Folge. Der Abbademer fesselte nach seinen Knöcheln auch noch seine Handgelenke aneinander. Nachdem er alle Knoten einzeln geprüft hatte, nickte er zufrieden und warf mit einer alles andere als freundlichen Geste eine Decke über ihn. „Hier.“

„Danke“, gab er bissig zurück. „Beinahe wie zu Hause.“

Der Mann trat taumelnd an ihm vorüber und sank auf seinem eigenen Kissenlager in sich zusammen.

Er schnaufte. Einige Dinge waren tatsächlich wie zu Hause. Zum Beispiel, dass die Welt sich um sich selbst drehte, wenn man abends die Augen schließen wollte. Das ewige Problem mit Schnaps. Er hätte wissen müssen, dass im Schnaps nichts als Unglück lag.

Noch eine ganze Weile, während der Abbademer bereits friedlich schnarchte, lag er in unbequemer Stellung wach. Trotz der beengten Verhältnisse versuchte er, eine halbwegs angenehme Position zu finden. Irgendwann aber war nicht länger zu verleugnen, dass dem Unternehmen keine Aussicht auf Erfolg beschieden war. Grummelnd versuchte er, still zu liegen. Durch die Scharten unterhalb der Decke fiel Sternenlicht herein. Einige winzige Regentropfen fanden glitzernd ihren Weg bis auf den Boden.

Wirklich ganz fantastisch, dieser Tag. Eine Enttäuschung jagte die nächste. Diese ganze Unternehmung hätte wirklich kaum besser laufen können.

Kapitel 10 – Substanz

Der Morgen fand ihn ungewöhnlich steif, was sicherlich auch damit zu tun hatte dass seine Arme und Beine von verdammten Fesseln zusammengehalten wurden. Es roch nach frischem Tee und frischem Regen. Neben einem leichten Schwindelgefühl war ein Druck auf seiner Stirn, der, wie sich erwies, von der Spitze eines Stiefels stammte.

„Aufwachen, *Kafir*!"

Stöhnend schlug er die Augen auf. Der Abbademer hatte eine kleine Kiste zu sich herangezogen und saß ihm gegenüber. „Wir wollten uns noch unterhalten."

„Wollten wir das?"

„Ja, das wollten wir. Und ich sage dir sogar, womit du anfängst. Meine Krüge. Die Waffe. ‚Mehr als Gold', hast du gesagt. Also. Worum geht es in dieser ganzen Sache?"

„Macht mich erst los."

„Mh, mh." Der Mann schüttelte den Kopf wie ein strenges Elternteil. „Da unten gefällst du mir sehr gut, *Kafir*. Gibt dir Zeit, um nachzudenken, was du gestern getan hast."

„Was soll das werden?", ereiferte er sich. „Späterziehung? Au!" Wieder stieß die Fußspitze gegen seine Stirn.

„Also", fuhr der Mann fort. „Je früher du redest, desto früher gibt es Frühstück. Schau! Ich hab mir Tee gemacht. Aus Abbadema. Richtig lecker und erfrischend."

„Ihr seid ein richtig fieser Mensch!"

Anstelle einer Antwort ertönten schlürfende Geräusche. „Hmm!", verkündete der Junge und deutete mit dem Glas zu ihm herab. „Lecker!"

Er ließ ein Knurren hören. Sein Magen schloss sich mit einem ganz ähnlichen Geräusch an. Einige Momente lang versuchte er, sich so zu drehen, dass nicht jedes einzelne seiner

Gelenke vor Schmerzen brannte. Das Unterfangen war nicht von Erfolg gekrönt. „Was wollt Ihr wissen?“, stieß er aus. „Krillborgs Feuer. Es ist in einem Krug wie diesen. Ich muss es finden.“

„Langweilig“, verkündete der Abbademer. „So viel weiß ich schon.“ Der Mann zog seinen Dolch und begann damit, die Zwischenräume seiner Zähne zu säubern. „Das Feuer ist eine alte Merkesch-Waffe“, verkündete er, wie um beim Anstoß der Erzählungen zu helfen. „Sie existiert nicht mehr, soweit ich weiß.“

„Nun, wie es aussieht, liegt Ihr falsch.“

„Hm.“ Der Abbademer nickte gedankenvoll. Sein prüfender Blick galt etwas, das seine Bohrversuche ans Licht befördert hatten. „Das Feuer war also auf diesem Wagen“, stellte er fest. „Warum?“

„Das braucht Euch nicht zu interessieren! Es geht um Menschenleben. Wir dürfen nicht zulassen, dass es in die falschen Hände fällt.“

„Bla, bla, bla“, machte der Abbademer, unterstützt von einer entsprechenden Geste seiner Hand. „Ich will alles hören. Jetzt sag mir schon, warum du hier bist.“

Er gab ein Knurren von sich. Ein schöner Geheimauftrag war das, bei dem man alle zwei Tage gezwungen war, ihn irgendeinem Fremden offenzulegen. „Sie haben es wiedergefunden“, verkündete er knapp. „Eine Ladung davon hergestellt. Alles, was es gibt, hat man in einen Krug gefüllt. Alle, die damit zu tun hatten, sind praktischerweise tot. Die Formel ist verschwunden. Es gibt nur dieses eine Gefäß. Sie haben es versteckt, in diesem Wagen. Zwischen Krügen mit ganz normalem Lampenöl.“

„Aha.“ Der Abbademer nickte zufrieden. „*Jetzt* kommen wir der Sache näher. Ihr habt etwas verbockt. *Ihr* habt diese

Waffe geschaffen. Um euren Nachbarn Schreckliches anzutun. Und jetzt habt ihr sie verloren. Ha! Eigentlich ziemlich komisch."

„Ja", gab er bissig zurück. „Sehr komisch. Also. Reden wir übers Geschäft. Ich muss wissen, wo die übrigen Krüge sind. Was verlangt Ihr, um mir damit zu helfen?"

„Aha." Sein Gegenüber ließ das stolze Grinsen eines Lehrers sehen, dessen Schüler zum ersten Mal selbstständig die Lösung für eine Gleichung gefunden hat. „Das Geschäft. Gut, *Kafir*. Wirklich gut. Reden wir übers Geschäft. Das war gerade Lektion eins: Kenne stets den Wert deiner Ware. Den Rat kriegst du sogar umsonst." Der Mann nickte zufrieden. Er starrte auf die Spitze seiner Klinge und hob nachdenklich eine Braue. „Ein Krug mit Krillborgs Feuer also", wiederholte er. „Sehr gefährlich. Kein Wunder, dass ihr das Zeug zurückhaben wollt. Ich nehme an, der neue Besitzer weiß noch nicht mal, was er da in seinen Händen hält, was?"

„Ihr wollt Gold?", schnitt er das Geplänkel des Mannes ab. „Bitte sehr. Reichtümer sind kein Problem. Ich kann sie Euch verschaffen. Ich mache Euch zu einem reichen Mann."

„Bitte, *Kafir*." Der Abbademer verzog das Gesicht, als habe der Vorschlag ihn beleidigt. Der Mann breitete die Arme aus und deutete zu den aufgestapelten Waren. „Sehe ich für dich vielleicht aus wie ein armer Mann? Sieh dich um. Das hier sind Rücklagen für drei. Jetzt bin ich alleine. Glaubst du wirklich, ich brauche dein Gold?"

„Spart Euch den Unsinn." Selbst ein Blinder konnte sehen, dass der Kerl lediglich versuchte, den Preis in die Höhe zu treiben. Jeder wollte immer noch mehr Gold. „Was wollt Ihr für Eure Mithilfe?"

Der Abbademer machte ein nachdenkliches Gesicht. Offenbar handelte es sich bei den in die Länge gezogenen Überlegungen um ein sorgsam eingeübtes Schauspiel. „Weißt du, was ich an eurer Stadt schon immer toll fand?“

„Was?“, gab er gereizt zurück. Die Spitze der Dolchklinge konnte unmöglich derart interessant sein. „*Was* ist an meiner Stadt so toll?“

„Ihr Gesetz“, erklärte der Abbademer, so als sei die Antwort doch wohl offensichtlich. „Für alles gibt eine Regel. In allen Dingen muss es gerecht zugehen in eurer Stadt. Ich finde, Gerechtigkeit ist eine tolle Sache.“

„Ha!“ Zu *dem* Thema hatte er einige weitaus weniger erfreuliche Geschichten beizutragen. „Ein tolles Gesetz. Und weiter?“

„Ich habe mal darin geblättert“, verkündete der Mann wie beiläufig. „In eurem *Kanos*. Viele interessante Passagen. Besonders diese eine. Die Sache mit dem Bürgerrecht. *Die* Stelle fand ich besonders interessant.“ Es folgte eine weitere bedeutungsschwere Pause.

Er knurrte in sich hinein. Schon erstaunlich. Anscheinend kannten selbst Fremdvölker das Gesetz von Merkesch besser als er. Vermutlich hatten sogar die *Okori* eine Ausgabe davon unter ihren Betten. „Bürgerrecht“, wiederholte er ungeduldig. „Was soll das heißen? Ihr wollt ein *Bürger* werden? Von *Merkesch*? Ha! Wollt Ihr etwa in die Tharsis?“

„Nicht doch, *Kafir*.“ Der Junge schüttelte den Kopf über die Vorstellung. „Für so was fehlt mir die Geduld. Ich dachte da an etwas anderes. Den Heldenparagrafen“, erklärte er rundheraus. „Nie davon gelesen?“

„Nein“, gab er knapp zurück. „Bin nie ein Held gewesen. Ihr etwa?“

Der Junge zuckte mit den Schultern, so als sei die Möglichkeit zumindest nicht auszuschließen. „Bürgerrecht für Fremde mit ‚herausragenden Verdiensten um das Wohl und die Sicherheit der Stadt'. So heißt es dort. Man benötigt irgendeine große Heldentat. Und einen Zeugen, der für einen bürgt. Jemanden, der bereits das Stadtrecht hat. Außerdem noch eine erhebliche Menge Gold für den Antrag. Aber der Teil ist kein Problem."

Es dauerte einige Augenblicke, bis sein müder Verstand begriff, was der Mann von ihm verlangte. „Bürgerrecht", wiederholte er ungläubig. „Ihr wollt die Bürgerschaft. Und ich soll für Euch bürgen."

Der Abbademer zuckte erneut mit den Schultern wie jemand, der weiß, dass er eine zwar hohe, aber gerechte Forderung gestellt hat. „Was wäre heldenhafter, als Merkesch vor Krillborgs Feuer zu retten? Wer weiß, in welche Hände eure schöne Waffe sonst gelangt?"

„Ihr erpresst mich!"

„He." Ein Finger richtete sich auf ihn. Ärger blitzte aus den Augen des Mannes. „Ich biete dir einen Handel an. Niemand zwingt dich zu irgendwas."

„Ha!" Ein Gericht würde die Sache unzweifelhaft anders sehen. „Was Ihr verlangt, ist mehr wert als jede Menge Gold. Was bekomme ich dafür?"

Der Abbademer stützte sich auf seinen Knien auf und erhob sich. „Ich kann dir sagen, wo dein Feuer ist", verkündete er und hob erneut die Klinge vor seine Augen. „Wo es sich befindet. Und wie man dort hingelangt."

„Schön", verkündete er bitter. „Nur leider brauche ich mehr als vage Andeutungen. Ich schlage vor, Ihr zeigt Euch ein wenig gesprächiger."

Der Abbademer schnaufte und wandte sich ab. „Es gibt nur einen Ort“, beharrte er. „Ohne mich findest du ihn niemals. Und selbst wenn: Du wirst es nicht hinein schaffen. Niemals. Außerdem weißt du nicht, mit wem du drinnen reden musst.“

„Aber Ihr wisst das alles, nehme ich an?“

„In der Tat, *Kafir*. Ich weiß das alles. Also? Sind wir im Geschäft?“

„Nein. Das allein wird nicht reichen.“

„Ach?“

„Nein“, beharrte er. „Mit dem Finden ist es nicht getan. Ich muss ... “ Er unterbrach sich.

Der Abbademer musterte ihn fragend.

Erneut entfuhr ihm ein Knurren. Geheimnistuerei half ohnehin nicht weiter. „Ich brauche etwas, um es zu zerstören“, fügte er ungeduldig hinzu. „Eine bestimmte ... eine seltene Substanz. Ich glaube kaum, dass Ihr hier draußen ...“

Der Abbademer machte große Augen. Der Mann breitete die Arme aus, so als sei er soeben persönlich beleidigt worden. „Eine *Substanz, Kafir*? Und *selten*? Hmm! Dumm, was? Dumm nur, dass du hier draußen keinen ausgezeichneten Händler kennst. Nein, du hast recht. Am besten begraben wir unsere Hoffnung gleich jetzt und hier.“

„Bromkalk“, stieß er unwirsch aus. Das Fläschchen, das Brugnir ihm gegeben hatte, lag irgendwo in seiner Wohnung in Merkesch. „Ich brauche Bromkalk. Eine ätzende Substanz aus weißem Kristall. Und?“, wollte er herausfordernd wissen. „Habt Ihr hier unten zufällig welches herumliegen?“

„Bromkalk.“ Der Abbademer sprach den Begriff aus, als handle es sich um ein kompliziertes Fremdwort. Der Mann verzog sorgenvoll das Gesicht. „Bromkalk“, wiederholte er und begann, mit hinter dem Rücken verschränkten Händen in der Höhle auf und ab zu wandern. „Das klingt *wirklich* selten. Es wäre schon ein *sehr* glücklicher Zufall, hier draußen in der Wildnis ...“ Der Junge stützte sich auf einen Kistenrand und schüttelte traurig den Kopf. „Ich fürchte, *Kafir* ... oha!“ Die Hand war von der Kante abgeglitten. Um ein Haar wäre er vornüber in die Kiste gestürzt. „Entschuldige bitte“, murmelte er. „Dumm von mir.“ Der Händler richtete sich auf und kratzte sich hinter dem Ohr. Zwischen seinen Fingern glitzerte ein winziges Fläschchen. „Bromkalk ...“ Die Stimme seines Gastgebers war zerknirscht. „Das wird leider schwer zu finden sein. Wie soll *irgendjemand* hier draußen eine derart seltene Substanz ...“

„Verdammt noch mal, Azed! Ich habe keine Geduld für Eure Spielchen!“

„Was? Oh!“ Der Mann betrachtete die Phiole zwischen seinen Fingern, als sähe er sie zum ersten Mal. „Ah! *Kafir*!“ Sein Gesicht hellte sich auf. „Sieh mal! Na, so ein Zufall!“

„Die Unterhaltungseinlagen könnt Ihr Euch sparen“, gab er knurrend zurück. „Außerdem könnte das Zeug in Eurer Hand alles Mögliche sein.“

„Hm.“ Der Mann musterte das glitzernde Fläschchen. Ein dünner schwarzer Faden war daran befestigt. „Du glaubst, ich würde dich belügen?“, wollte er wissen. „Dich einfach so in dein Verderben schicken? Nach allem, was wir durchgemacht haben?“

„Ich weiß nicht“, gab er scharf zurück. „Würdet Ihr?“

Der Mann schüttelte bedauernd den Kopf. „Ihr Fremden. Kein Herz und kein Verstand. Wo ich herkomme, ist ein Geschäft etwas Heiliges. Außerdem: Wenn du tot bist, wer soll dann für mich bürgen? Häh? Aber bitte. Eine Vorführung. Komm mit raus.“

Der Blick seines Gefangenen genügte wohl, um ihn auf gewisse Schwierigkeiten hinzuweisen.

„Stimmt ja, stimmt." Der Mann erhob sich und begann, an seinen Fesseln herumzunesteln. „So", verkündete er, nachdem zumindest seine Knöchel wieder frei waren. „Jetzt beweg dich."

Steif und unter Mühen erhob er sich und blickte an sich herab. Von Freiheit konnte kaum gesprochen werden. Seine Handgelenke blieben gefesselt. Richtig war, dass seine Knöchel nicht mehr aneinandergebunden waren. Einer davon lag jedoch noch immer in einer Schlinge. Ungläubig hob er den Blick zu seinem Gastgeber. Eine Hand des Mannes hielt das Seilende wie eine Leine. Die andere führte soeben das dampfende Teeglas an die Lippen seines Bewachers. „Ah", stieß der Junge aus. „Heiß!"

„Wirklich?", wollte er finster wissen. „Ihr verlangt, dass ich herumlaufe wie ein Hund an der Leine?"

„Ein Hund hat noch nie versucht, mich zu beklauen, *Kafir*. Also los. Husch, husch!" Das Glas deutete in Richtung der Steine vor dem Ausgang. „Räum den Durchgang frei."

Knurrend machte er sich an die Arbeit. Die schweren Brocken beiseite zu räumen war mit verbundenen Händen wahrlich keine Leichtigkeit. Nachdem der Tunnel freigelegt war, ging er in die Knie und kroch, angetrieben vom Abbademer, durch das dunkle Loch ans Sonnenlicht.

Der Geruch von Feuchtigkeit, der Duft von Bäumen und der Anblick eines sommerlichen Morgens empfingen sie auf der anderen Seite. Einige Grauhasen, die offenbar die Nacht im Schutze der überhängenden Felsen verbracht hatten, stoben eilig vor ihnen davon.

Der Abbademer schob sich an ihm vorüber und trat zu einer kleinen Mulde, die Regen und Witterung in den Felsen über seinem Versteck hinterlassen hatten. „Mein Vater war Arzt“, verkündete er im Plauderton. „Tierarzt“, ergänzte er, so als handle es sich um eine Nebensächlichkeit. „Hauptsächlich Pferde. Aber auch Menschen, wenn sich niemand anders finden ließ. Ich hab viel von ihm gelernt.“ Der Mann band das Seil an einem Baumstamm fest. „Die Götter lieben dich, *Kafir*“, erklärte er. „Es gibt nicht viele hier draußen, die sich mit Medizin *und* mit seltenen Waren auskennen. Du solltest besser glauben, dass sie es gut mit dir meinen.“

„Ja. Keine Ahnung, warum ich mich damit schwertue.“

Der Mann grinste ihn an. Betont achtlos warf er das Fläschchen von einer seiner Hände in die andere. „Was weißt du über Bromkalk, *Kafir*?“

Er überlegte. Brugnir hatte irgendetwas erzählt, vor einer gefühlten Ewigkeit, beim Umtrunk im Hof seiner Schmiede. Etwas davon war tatsächlich noch übrig, das auch der Selbstgebraute nicht hatte hinwegschwemmen können. „Es brennt“, erinnerte er sich. „Wasser. Wenn man Wasser darübergießt, entstehen blaue Flammen. In Form einer Art ... Säule.“

„Sehr gut, *Kafir*!“ Der Abbademer nickte anerkennend. Mit großer Vorsicht zog der Mann den Korken aus der kleinen Flasche. Mit einem Klopfen seines Fingers auf dem Glas beförderte er eine winzige Menge weißen Pulvers auf den Stein. Anschließend trat er zurück und nickte ihm zu. „Also los“, forderte er.

„Also was?“

„Wasser“, erklärte der Mann ungeduldig. „Gieß Wasser drauf. Wenn du es nicht selber machst, glaubst du doch wieder, ich hätte dich betrogen.“

Meine Güte, der Bursche war wirklich empfindlich. Aber gut. Er ging in die Hocke und tauchte die Fingerspitzen in eine der reichlich vorhandenen Pfützen. Anschließend nahm er die angespannte Haltung eines Fechters ein, jederzeit bereit, zurückzuspringen. „Bereit?", wollte er wissen.

Der Abbademer rollte mit den Augen. „Jetzt mach nicht so eine Schau draus!"

Der Mann hatte gut reden. Behutsam streckte er die Arme vor und spritzte mit den Fingerspitzen einige Tropfen in Richtung der weißen Kristalle. Er sprang zurück.

Das Pulver zeigte keine Reaktion. Eine Amsel zwitscherte über ihnen zwischen den Zweigen.

Der Abbademer ließ laut die Luft entweichen und prüfte demonstrativ den Stand der Sonne.

„Augenblick!" Er unternahm einen weiteren Versuch. Wieder trat er vor, schnippte Flüssigkeit in Richtung des Pulvers und sprang zurück. Wieder nichts. „Ich will nur sichergehen, dass ich nicht zu viel ..."

„Alef a mustawla sa'chim!" Das Teeglas flog an seinem Kopf vorüber und zerbarst mit einem Klirren an den Felsen. Eine mannshohe Stichflamme schoss fauchend empor, die ihn taumelnd zurückwarf. Rückwärts stürzte er auf den feuchten Boden. Die blaue Feuersäule stand für mehrere Augenblicke in der Luft, bevor sie urplötzlich zerfaserte und sich zu schwarzem Rauch zerstreute.

„So", verkündete der Abbademer ungeduldig. „Bromkalk. Das Glas geht auf deine Rechnung." Der Blick des Mannes folgte ihm erwartungsvoll, während er sich aufrichtete und Erde von seinem Gewand klopfte. „Und?"

„Die Reinigung geht auf Eure."

„Sind wir im Geschäft?", wollte der Junge wissen.

Er nickte widerstrebend. „Sieht so aus. Bromkalk also. Ich nehme Euer Zeug."

„So einfach?", wunderte sich der Bursche. „Ohne nach dem Preis zu fragen?"

„Preis?" Er hielt inne. „Habe ich mir die Ohren verbrannt? Das Bürgerrecht. Den Teil hatten wir bereits."

„Das war für den *Ort* der Krüge und den *Zugang*", beharrte der Abbademer. „Vom Bromkalk war dabei noch nicht die Rede."

Er stieß die Luft aus. Nicht zu fassen. Ein Halunke blieb eben ein Halunke. „Also", gelang es ihm, beherrscht hervorzubringen. „Was noch?"

„Ein Haus", schoss es aus dem Händler hervor. „Ich will ein Haus innerhalb der Mauern."

Der Kerl war wirklich unglaublich. „Wisst Ihr eigentlich, wie schwierig es ist ..."

„Ich bin noch nicht fertig", unterbrach ihn der Abbademer. „Außerdem will ich Marktrechte. Ein eigenes Geschäft mit Marktrecht auf dem Palon Braset."

Dieses Mal blieb ihm wortwörtlich der Atem weg. Der Blick des Mannes aber war fest und unnachgiebig.

„Sehe ich vielleicht aus wie der verdammte Petrarch? Oder einer der Götter? Seht Ihr hier irgendwo ein verdammtes Füllhorn unter meinem Arm?"

„Dann eben nicht!", blaffte der Junge. Er ließ die Phiole in seinem Ärmel verschwinden und zeigte seine leere Hand. „Deine Entscheidung, *Kafir*. Dann geh zu einem anderen Bromkalk-Händler in diesem Wald, der weiß, wo deine Krüge sind."

„Versteht doch! Was Ihr verlangt, ist unmöglich!"

„Unmöglich, *Kafir*? Die Menschen meinen nie ‚unmöglich', wenn sie das Wort verwenden. Sie meinen ‚undenkbar', ‚ungeheuerlich' oder ‚unerhört'. Weil sie sich nicht trauen, nach den *wirklich* großen Dingen zu fragen! Solche Menschen kommen niemals bis ganz nach oben. Ich bin anders, *Kafir*. Du hast mein Angebot gehört. Nimm es an oder verschwinde und schlag dich alleine weiter durch."

„Hört zu." Mit den Fingerspitzen rieb er sich die Schläfen. Nach einer Weile öffnete er die Augen. Der Mann stand noch immer vor ihm und war nicht, wie erhofft, lediglich die Ausgeburt irgendeines haarsträubenden Albtraums. „Könnt Ihr Euch nicht einfach Gold wünschen wie ein ganz normaler Mensch?"

„Vielleicht bin ich kein ganz normaler Mensch." Der Mann hatte die Arme verschränkt. Weitere Appelle an seine Vernunft waren offenkundig reine Zeitverschwendung.

Erschöpft ließ er die Luft entweichen. „Azed", erklärte er. „Ich kann Euch alles Mögliche versprechen. Was Ihr verlangt, ist … wie stellt Ihr Euch das alles vor? Euer Vertrauen ehrt mich. Aber glaubt Ihr wirklich, ich sei zu all dem in der Lage?"

„Was sollen sie dir abschlagen, wenn du ihre Stadt gerettet hast?", gab der Mann zurück. „Vielleicht bist *du* derjenige, der unterschätzt, wozu der ‚Retter von Merkesch' alles in der Lage ist."

Er schüttelte den Kopf. Der Mann verstand nicht, wie solche Dinge liefen. „So einfach wird es nicht. Helden *gewinnen* Schlachten. Niemand erinnert sich an Männer, die eine Schlacht *verhindert* haben."

„Dann gib ihnen ihre Schlacht!", ereiferte sich der Junge. „Mach ein Spektakel draus! Zeig ihnen, was ihr verdammtes Feuer angerichtet hätte. Brenn von mir aus ganz Kalabat nieder. Dann können sie sehen, wovor du sie gerettet hast."

„Kalabat?"

Das Gesicht seines Gastgebers verzog sich. „Kostenloser Vorschuss", brummte er. „Falls wir ins Geschäft kommen."

Er seufzte. „Ihr lasst Euch nicht davon abbringen, oder?"

„Nimmst du an?"

„Habe ich denn eine Wahl?"

„Ja. Es gibt immer eine."

„Uff." Er hob den Blick. Anscheinend gab es wirklich keinen anderen Weg. „In Ordnung", erklärte er. „Ich nehme an. Wir sind im Geschäft."

„Schwöre es!"

Er ließ ein weiteres Seufzen hören. „Ich schwöre es. Ich schwöre, dass ich mit allem, was in meiner Macht steht, dafür arbeiten werde, dass Ihr alles bekommt, über das wir eben gesprochen haben. Die Bürgerschaft von Merkesch. Ein Haus in der Stadt. Und ..." Er schüttelte den Kopf, ungläubig darüber, was er hier gerade versprach.

„Und?", drängte der Abbademer.

„ ... und ein Geschäft mit Marktrecht auf dem Palon Braset. Wisst Ihr eigentlich, dass ich *dreißig* Jahre lang geschuftet habe, um nur die ersten beiden zu bekommen?"

„Es geht nicht darum, wie hart man arbeitet, sondern wie schlau, *Kafir*. Ich will, dass du richtig schwörst. Vor deinen Göttern."

Er rollte mit den Augen. „Bitte. Vor welchen denn?"

„Vor allen!"

„Gut. Ich schwöre vor allen Göttern. Sogar vor denen, die es gar nicht gibt."

„Möge *Salau* über dich kommen und dich verschlingen, wenn du dein Wort nicht ehrst. *Ene el ka'had de fahan kefi ism'me aha al moha'deled!*"

„Wenn es sein muss." *Salau.* Hatte der Alte nicht gesagt, das Zeug klebe ohnehin schon an ihm? Viel verfluchter konnte man wohl wirklich nicht mehr werden. „Sind wir fertig hier, Azed?"

„Noch nicht", verkündete der Mann. „Warte hier."

„Ich bin *angebunden*", erinnerte er seinen Gastgeber laut, während dieser sich durch den Tunneleingang duckte und im Inneren verschwand. „Aber ja. Ich werde hier warten." Er warf die Arme in die Luft, soweit die Fesseln es zuließen. Wenn jedes Handelsgespräch mit einem Abbademer derart langwierig ablief, musste man sich fragen, ob an einem gewöhnlichen Handelstag in Ryamad überhaupt irgendein einziger Gegenstand den Besitzer wechselte. Vermutlich war selbst für den Kauf einer einzelnen Kaffeebohne ein mehrwöchiges Ritual erforderlich.

Nach einer Weile erschien der Kopf des Mannes erneut in der Felsenöffnung. Eine Hand hielt ihm eine bekannte Flasche entgegen. Eine bernsteinfarbene Flüssigkeit plätscherte darin.

„Oh, nein. Nein!" Abwehrend hob er die Hände. „Bitte. Ich bereue jetzt noch, dass ich von Eurem Zeug getrunken habe."

„Nicht dafür, *Kafir*. Setz dich." Der Mann deutete auffordernd auf einen niedrigen Stein, den bereits Sonnenstrahlen wärmten. Er leistete Folge. Was plante dieser Kerl?

„Zieh den Ärmel hoch."

„Meine Hände sind gefesselt!"

„Ach." Die Stimme des Mannes klang, als handle es sich um eine Nebensächlichkeit. Mit einer Bewegung des Dolches löste sich das Seil von seinen Handgelenken und er war frei. „Na los. Mach!"

Gehorsam, größtenteils aus Neugier, legte er seinen rechten Arm frei. „Und jetzt?"

Sein Handelspartner ließ sich auf einem weiteren Brocken nieder, der dem seinen gegenüberlag. „In meinem Volk gibt es einen Brauch, um einen wichtigen Schwur zu besiegeln“, erklärte er wie in Gedanken. Eine seiner Hände hob prüfend ein zweites Fläschchen vor die Sonne, in dem eine schwarze Flüssigkeit glänzte. „Ein wichtiger Handel gilt erst, wenn er besiegelt wurde.“

„Ihr meint mit einer Art Bemalung?“

„So einer Art.“ Der Abbademer ergriff seine Hand und goss Schnaps über das entblößte Handgelenk. „He. Was ...“

„Stillhalten.“

„Ha!“ Ruckartig zog er seinen Arm zurück. Mit einem Mal verstand er. „Eine Tätowierung? Ihr wollt Tinte unter meine Haut stechen?“

„Eine Bemalung ist irgendwann weg. Wäre ein schlechtes Zeichen für dein Wort, oder nicht?“

„Vergesst es!“

„Dann vergiss unser Geschäft.“

Er musterte den Kerl entgeistert. „Ihr meint das hier tatsächlich ernst!“

„*Yamin Alasram*“, erklärte der Abbademer im Tonfall von jemandem, der an diesem Morgen schon entschieden zu viel Geduld aufgebracht hat. „Ein Schwurzeichen, das dich an deine Pflicht erinnern wird. Würdest du jetzt bitte stillhalten?“

„Ich denke ja nicht dran!“

Der Ausdruck in den Augen des Mannes machte deutlich, dass auch seine Geduld Grenzen kannte.

„Verdammt.“ Ungläubig richtete er den Blick zum Himmel. „Ich glaube ja nicht, was ich hier tue.“

Der Abbademer holte einen kleinen Stofflappen hervor und rieb die feuchte Stelle unterhalb seines Handgelenks trocken.

Er stöhnte. „Habt Ihr das wenigstens schon mal gemacht?“

„Schon oft.“

„Wie oft?“

„Mein Vater war Arzt.“

„Für Pferde!“

Der Mann hielt ihm die Flasche hin. „Hier“, erklärte er. „Gegen den Schmerz.“

„Nein. Nein, danke. Ich möchte nüchtern sein, wenn ich das hier bereue.“

„Wie du willst.“

„Argh!“ Der erste Stich der dünnen Nadel durchbohrte seine Haut gerade unterhalb der Daumenwurzel. Der Abbademer blickte prüfend zu ihm auf.

„Was?“

„Nichts.“

„*Nichts*?“

„Nichts“, beharrte der Mann. Es konnte jedoch kein Zweifel daran bestehen, dass er für einen Augenblick wie jemand ausgesehen hatte, der erfolglos versuchte, sich an zentrale Bestandteile dieser Operation zu erinnern. „Sei still, *Kafir*. Ich muss mich konzentrieren.“

„Argh!“

Mit großer Sorgfalt setzte der Mann einen winzigen Punkt neben den nächsten. Irgendwann prangten drei schmale, nebeneinander angeordnete Sicheln wie Kerben im Holz in seiner geröteten Haut, eine jede etwa von der Größe und Form einer Fingernagelspitze. „Fertig“, verkündete der Abbademer mit dem Stolz des Debütanten und einer beunruhigenden Menge an Erleichterung in seiner Stimme. Wieder wurde Schnaps über sein Handgelenk gegossen.

„Gngh!“

„*Kwad wahjatum ila'ha drika*“, erklärte der Mann ruhig und wischte die Nässe fort. „Mögest du dich über alle Zeiten an deinen Schwur erinnern.“

„Kein Zweifel, dass ich das werde.“

„Hier.“

Er nahm den dargebotenen Stofffetzen entgegen und umwickelte damit sein Handgelenk. Er öffnete und schloss seine Faust. Die Haut würde eine Zeit lang wund bleiben. Zu hoffen war, dass sie sich nicht entzündete. Dieser Wald war ein reichlich ungeeigneter Ort, um sich aus freiem Willen Verletzungen zuzufügen. „In Ordnung“, bestätigte er. „Jetzt zu Eurem Teil.“ Er streckte die bandagierte Hand aus und öffnete sie. „Mein Bromkalk, wenn ich bitten darf.“

Der Mann schnaufte belustigt. Er zog das Fläschchen aus seinem Ärmel und ließ es demonstrativ hineinfallen.

Zufrieden wog er das Objekt in der Handfläche. Wie eine Kette legte er sich die Phiole mithilfe der Schnur um seinen Hals und ließ den kleinen Anhänger im Kragen verschwinden. „So“, erklärte er.

„Gut“, bestätigte auch der Abbademer.

Einen Moment lang sahen sie einander an. „Ich bin immer noch verwundert“, brachte er schließlich hervor. „Gestern habt Ihr noch geklungen, als verachtet Ihr unsere Stadt. Und heute sagt Ihr plötzlich, Ihr wollt dort leben.“

„Von Verachtung kann keine Rede sein, *Kafir*“, korrigierte ihn der Abbademer. „Ich sagte, sie ist überheblich und verdorben. Darin liegt noch keine Wertung.“

Er musste lachen. „Ich sehe schon. Ja. Bestimmt kommt Ihr dort bestens zurecht. Aber wenn ich hier draußen sterbe, bekommt Ihr nichts und Euer Einsatz ist verloren. Das ist Euch schon bewusst, oder?“

Der Abbademer zuckte mit den Schultern. „Von Fläschchen wie diesen habe ich ein ganzes Regal. Lektion zwei, *Kafir*. Die Kunst eines guten Handels besteht darin, zur rechten Zeit am rechten Ort zu sein."

Er nickte anerkennend. „Geschäft ist Geschäft, nehme ich an."

„So ist es."

„Nun denn." Er zog einen Ärmel über den Verband. „Dieses Mal will ich eine Geschichte hören. Und sie sollte ebenfalls besser gut sein. Wo sind meine Krüge?"

Die Antwort bestand aus einer angehobenen Kanne. „Tee?"

„Immer her damit." Wenig später stand auch vor ihm ein dampfendes Gefäß. Der Abbademer hatte nicht gelogen. Das Zeug *war* lecker.

„Deine Krüge", verkündete der Mann und schüttelte ein aufgerolltes Pergament, das seinen Weg aus der Höhle nach draußen gefunden hatte. „Ich sage dir, wo sie sind. Aber es wird dir nicht gefallen."

„Soll ich so tun, als wäre ich überrascht?"

Der Mann breitete das Papier an der Felswand aus. „Es gibt einen Ort", erklärte er über die Schulter hinweg. „Alle Waren in Ingwall landen früher oder später dort." Fleckige Tuschezeichnungen bedeckten das Dokument. Anscheinend handelte es sich um einen selbst gezeichneten Plan. Der Finger des Mannes tippte auf eine mit Dreiecken und Kreisen bedeckte Fläche. „Das hier ist der Wald", erklärte er. „Wo genau wir sind, kann dir egal sein. Hier." Die Fingerspitze wanderte. „*A'belehz Sadarra*. Die ‚Schlucht der Verfluchten'. Da habe ich dich gefunden."

„Und verprügelt! Glaubt nicht, das hätte ich vergessen."

Der Mann schnaufte seinen Einwand fort. „Glaub mir, du kannst trotzdem dankbar sein. Ansonsten ginge es dir jetzt *wirklich* schlecht."

„Und weiter?"

„Der Fluss, den du gesehen hast, führt vom Wasserfall weiter durch die Schlucht", fuhr der Abbademer fort. „An den Gefängnissen vorbei. Und irgendwann in eine Bucht." Der Finger des Mannes tippte auf einen blattförmigen Einschnitt aus Wasser. Anscheinend führte nur eine schmale, parallel zur Küste verlaufende Schere von dort aus hinaus ins offene Meer. „Sie verstecken ihre Schiffe dort", erklärte der Mann. „Händler. Seeräuber. Ruderboote der *Okori*. Zur See hin gibt es hohe Klippen, sodass sie von dort aus nicht zu sehen ist. Hier." Seine Fingerspitze deutete auf ein Plateau zur Linken der Wasserfläche. „Eine Hochfläche oberhalb der Bucht. Vom Meer nicht einsehbar. Da ist der Ort, den du suchst. Dort sind deine Krüge."

„Kalabat."

Der Mann nickte. „Es sei denn, sie wurden schon verkauft. Allerdings sind die Teile sehr auffällig. Weiß und dann noch mit den Kreuzen drauf? Schwer, damit nicht aufzufallen. Vielleicht hat jemand versucht, sie umzufüllen."

„Bloß nicht. Nur einer davon kann dem Feuer standhalten."

Der Abbademer zuckte mit den Schultern. „Ich denke, du könntest Glück haben. Die vielen Toten, die Sache mit dem Wagen ... *ich* würde diese Ware erst mal eine Weile lang versteckt lassen. Bis Gras über diese Sache gewachsen ist. Für den Fall, dass es jemanden gibt, der heiß darauf ist, sie zu finden. Oder Rache zu üben."

Er nickte stumm. Entweder das, oder irgendein unglücklicher Hausherr, der lediglich seine Lampe entzünden wollte, erlebte nach Sonnenuntergang eine böse Überraschung. Er betrachtete die Karte eingehender. „Sind das Mauern rund um Kalabat?“

„Palisaden“, korrigierte ihn der Mann. „Mit scharfen Spitzen. Mit Wachtürmen und allem.“

„Die Besatzung?“

„Tharsis“, erklärte der Abbademer. „Unangenehme Menschen. Dazu auch noch *Okori. Okori* gab es hier schon immer. Lange bevor die Menschen kamen.“

Fragend hob er eine Braue. „Ihr sprecht, als handle es sich bei ihnen nicht um Menschen.“

„Aha al moha'deled. Ich weiß nicht, was sie sind. Aber glaub mir das hier: Du willst nicht mit ihnen sprechen. Sie gucken dir direkt in deinen Kopf.“

„Hm.“ Einige Momente lang überlegte er stumm. „Ihr hattet recht. Nichts davon gefällt mir. Aber gut. Wie komme ich hinein?“

Der Abbademer stöhnte. Ein Ausdruck wie Bedauern kam über seine Züge. „Ich habe dich gerade erst gerettet. Bist du sicher, dass du dein Leben direkt wieder wegwerfen willst?“

„Wie, Azed?“ Es war müßig, über solche Dinge nachzudenken. Zu groß war die Gefahr, dass er sich tatsächlich noch von dem ganzen Wahnsinn abbringen ließ.

Der Mann seufzte widerwillig. „Es ist schlimmer geworden in letzter Zeit“, beklagte er. „Früher konnte man dort ohne große Schwierigkeiten ein und aus gehen. Aber heute ...“ Er schüttelte den Kopf. „Bernrot ist vorsichtig geworden. Viele neue Männer sind gekommen. Viele von euch, *Kafir*. Aus euren Dörfern. Sie sind nicht zum Handeln hier, so viel ist sicher. Ihre Zelte sind sehr schlecht. Den ganzen Tag über sitzen sie davor und langweilen sich. Sie lungern in den Straßen rum und machen ehrlichen Händlern das Leben schwer. Sie warten auf irgendetwas. Und jeden Tag kommen mehr dazu.“ Der

Mann nickte finster wie zu sich selbst. „Die Frau, *Kafir*. Sie hat irgendwas vor. Ich glaube, diese Männer sind gekommen, um für sie zu kämpfen. Es sind Truppen. Die Frau versammelt eine Armee."

Er schwieg. Der Abbademer vermied es offenkundig, ihren Namen auszusprechen, so als handle es sich um ein böses Omen. Verdammter Kapilar. Saß Merkeschs Aufklärungsdienst eigentlich den ganzen Tag auf seinen eigenen Händen? Theus, Olaikan, die ganze zweite Legion musste inzwischen beinahe in Ingwall sein, um ihr Lager in den Gurdon-Wiesen aufzuschlagen. Nach dem Verlust von Kapilars Spähern in den Folterkammern der Tertiari war kaum darauf zu hoffen, dass die Männer ahnten, was sie hier draußen erwartete.

Er wandte sich ab. Die Neuigkeit war schlecht, sehr schlecht. Eine Legion der Tharsis in voller Kampfstärke brauchte die Begegnung mit einem Haufen schlecht ausgebildeter Freiwilliger und angegrauter Deserteure nicht zu fürchten. Dies galt allerdings nur in offenem Gelände. Was geschehen konnte, wenn schwere Fußtruppen in diesen Wäldern in einen Hinterhalt gerieten, zeigte schmerzlich der Verlust der Dritten. „Der Ort muss groß sein", wunderte er sich laut. „Kalabat. Viele Leute müssen wissen, wo er liegt. Warum haben wir ihn nie gefunden? Warum ahnt in Merkesch niemand etwas davon?"

Der Abbademer antwortete mit einer Mischung aus Kopfschütteln und Schulterzucken. „Zauberei, nehme ich an. Bernrots Werk. Irgendeine böse *Okori*-Kunst. Und überhaupt: *Wollt* ihr hinter euren Mauern daran glauben, dass es hier draußen solche Orte gibt?"

Er ließ die Luft entweichen. Solche Geschichten fehlten gerade noch. „Weiter", forderte er. „Was sind meine Möglichkeiten?"

„Es gibt zwei Tore“, erklärte der Abbademer. „Hier und hier.“ Der Mann strich die behelfsmäßige Zeichnung glatt und deutete auf zwei Durchgänge in der Umzäunung. „Sie werden schwer bewacht. Jeder, der hineinwill, wird genau geprüft. Besonders die aus Merkesch. Vergiss nicht, dass *Okori* dabei sind. Manche von ihnen können deine Gedanken lesen. Ich glaube nicht, dass du das überstehst.“

„Abgehakt. Welche Wege gibt es noch?“

„Es gibt den Weg durch *A'belehz Sadarra*. Den kennst du ja schon.“ Der Abbademer hob bedeutsam die Brauen und deutete noch einmal auf den zackenförmigen Verlauf der Schlucht.

„Ja“, bestätigte er. Den Weg kannte er in der Tat. „Zu gefährlich. Was noch?“

„*Einen* Weg gibt es noch.“ Die Worte des Mannes kamen zögerlich hervor. Sein Ausdruck wurde noch besorgter als zuvor. „Bewacht wird er bestimmt nicht. Nur ein Wahnsinniger würde es auf *die* Art versuchen.“

„Klingt nach meinem Eingang.“

Die Mine des Abbademers drückte Zweifel aus. Er wandte sich zur Karte und deutete auf die gezackte Grenze zwischen Land und Ozean. „Die Klippen“, erklärte er. „Die Küste ist sehr steil. Niemand glaubt, dass jemand es auf *diese* Art versuchen würde.“

Er schniefte. „Wie hoch sind diese Klippen?“

„Hoch. Vielleicht fünfzig Manneslängen. Aber es gibt Spalten und Vorsprünge. Vögel nisten dort.“

„*Vögel*.“ Bitter stieß er die Luft aus. „Ihr habt recht. Klingt ganz nach Wahnsinn.“

„Dein ganzer Plan ist Wahnsinn, *Kafir*.“

Er fuhr sich durch die Haare. „Das ist Euer bester Einfall? Etwas anderes habt Ihr nicht für mich?“

„Ich habe nie behauptet, dass er dir gefallen wird."

„Hmpf." Er schüttelte den Kopf. „*Dafür* habe ich mir die Haut durchstechen lassen."

Der Abbademer gab keine Antwort.

Er überlegte einige Momente in Stille. Dann hob er den Blick zu seinem Gastgeber. „Ihr redet so, als kennt Ihr Euch dort aus", stellte er fest. „Wart Ihr schon oft dort drinnen?"

„Ja." Der Ausdruck des Mannes wurde misstrauisch. „Warum?"

„Man kennt Euch also. Und ist Eure Besuche gewohnt."

„Oh nein, nein." Der Abbademer hob abwehrend beide Hände. „Denk nicht mal daran, *Kafir*. Dass ich mitkomme, war nie Teil unserer Abmachung."

„Ihr könntet mich verkleiden", beharrte er. „Ihr könnt sagen, ich arbeite für Euch. Sagt von mir aus, ich sei irgendein Verwandter."

„Vergiss es." Der Ausdruck des Mannes ließ keinen Zweifel daran, dass dieser Weg fest verschlossen war. „Ich gehe nicht zurück. Ich habe dort ... nein. Du hast nichts, was du mir bieten kannst. Dein Köcher ist leer, *Kafir*. Das musst du schon alleine machen."

„Hmpf." Noch eine ganze Weile stierte er auf die gezackte Küstenlinie. Schon die Zeichnungen auf dem Papier wirkten wenig einladend. Wie viel abschreckender musste dann die Wirklichkeit aussehen? „Wie würdet Ihr es machen?", wollte er wissen. „Bei Nacht?"

„Zu gefährlich", befand der Abbademer. „Du musst sehen, wo du hintrittst, sonst ist dein Aufstieg schnell vorbei."

„Hm. Und angenommen, ich schaffe es bis zur Spitze. Was dann?"

„Ah." Ein Anflug von Erleichterung erschien auf dem Gesicht seines Gastgebers. Von hier an schienen sie sich wieder auf vertrauterem Territorium zu bewegen. „Ich kenne jemanden“, erklärte er. „Einen Mann, der vieles weiß. Bei ihm kannst du unterkommen. Er kann dir sicher sagen, wo dein Feuer ist. Sein Name ist Ibi. Er ist ... so etwas wie mein Onkel.“

Er blinzelte stumm. „Mir ist neu, dass es bei so etwas einen Ermessensspielraum gibt.“

„Wir sind verwandt“, verkündete der Abbademer brüsk. „Gewissermaßen. Wie, tut nichts zur Sache. Ich vertraue ihm.“

Hoffentlich zu Recht. „Gut. Wie finde ich Euren Onkel?“

Der Junge strich sich über den Arm. Mit einem Mal wirkte er beinahe verlegen. „Du wirst ihn finden“, behauptete er. „Er wohnt in einem großen, alten Haus aus Holz. Bunt bemalt. Mit Balkonen und ... Verzierungen.“

„Geht es etwas deutlicher?“

„Du wirst es erkennen, wenn du es siehst“, stieß der Junge unwirsch aus. „Davor ist eine kleine Veranda. Klopf an die Tür mit dem ... Klopfer.“

Er hob eine Braue. „Jetzt hoffe ich wirklich, dass ich lange genug lebe, um zu sehen, wovon Ihr redet.“

„Sag ihm einfach, Azed schickt dich.“

„Ich richte Grüße aus“, verkündete er trocken. „Sonst noch etwas?“

„Habe ich schon gesagt, dass diese ganze Sache Wahnsinn ist?“

„Mehrfach. Wann brechen wir auf?“

„Wir?“

„Natürlich ‚wir‘. Glaubt Ihr etwa, ich schaffe es alleine überhaupt nur bis an die Küste?“

„Was kommst du jetzt schon wieder mit ‚wir‘?“

„Ihr kennt mich, Azed. Keine zweihundert Schritte überlebe ich auf mich allein gestellt in diesem Wald. Denkt nach!

Wer soll für Euch bürgen, wenn ich nicht mehr am Leben bin?"

„Ein Handel ist ein Handel, *Kafir*." Der Mann blickte zerknirscht und einigermaßen pikiert drein. „Man kann nicht einfach weiter daran herumschnüren, wenn er einmal abgeschlossen ist."

„Ich bringe es noch fertig und lasse mich von *Okori* fangen", gab er zu bedenken. „Und dann? Wisst Ihr, was ich tue, wenn man mir Gewalt androht?"

„Was? Du lachst in die Gesichter deiner Peiniger?"

„Überhaupt nicht! Ich singe wie ein Vögelchen. Wer weiß, was ich unter Schmerzen alles preisgebe?"

„Elu a'chud. Du wagst es, mich zu erpressen?"

„Ich zwinge Euch zu überhaupt nichts. Und mein Vater war ein Mensch, vielen Dank."

Der Mann knurrte. „Sieh an. Der Herr spricht also unsere Sprache."

„Man hört so einiges, draußen in der Welt. Also. Nehmt Ihr an?"

Sein Gastgeber schnaufte. Drohend hob der Bursche einen Finger. „Den Rand der Wälder. Bis dorthin bringe ich dich. Weil ich so ein großes Herz habe. Keinen Schritt weiter. Danach bist du auf dich allein gestellt."

Er deutete eine dankbare Verbeugung an. „Sehr vernünftig von Euch. Wisst Ihr, was außerdem noch sehr vernünftig wäre? Eine Stärkung. Ich brauche etwas im Magen, sonst besteige ich heute nicht einmal mehr einen Kiesel."

„Alles mehr Gewicht, das du über die Klippen schleppen musst", gab der Abbademer zu bedenken.

„Das Wagnis nehme ich in Kauf. Es verreckt sich so schlecht auf nüchternen Magen."

„Wie du meinst. Ist allerdings im Preis nicht inbegriffen. Du kriegst den ersten Eintrag in meinem neuen Schuldenbuch. Reife Leistung. Dabei habe ich noch nicht mal mein Geschäft."

„*Mein* erster Eintrag ist das nicht, falls Euch das beruhigt. Aber schreibt ruhig alles an. Ich nehme ..."

„Hartes Brot und eingelegtes Gemüse", kam ihm der Abademer zuvor und erhob sich. „Kommt sofort!"

Kapitel 11 – Begegnung

Die Gelegenheit zur Stärkung war nur kurz. Sie durften nicht noch mehr vom Tag verstreichen lassen. Nach Einschätzung des Abbademers würde es bis in den Nachmittag dauern, bis sie den Ozean vor sich hatten, und selbst dann lag der Aufstieg über die Klippen erst noch vor ihm. Nachdem sie die Mahlzeit hinter sich gebracht hatten, überreichte ihm der Abbademer ein Bündel aus dunklem Stoff. „Zieh das hier an, *Kafir*."

„Was ist das?"

„Ein Geschenk", erklärte der Mann. „Oder vielmehr: eine Investition. Wenn ich schon mit dir gesehen werden muss, sollst du wenigstens anständig gekleidet sein."

Er nahm das Paket entgegen und musterte es. „Sieht aus wie eine Abbademer-Kutte. Eines von euren Wickelgewändern."

„Ein *Efrindir*", korrigierte ihn der Mann. „Hier." Der Junge reichte ihm auch noch die dazugehörige Kopfbedeckung mit dem Schleier.

„Hm", brachte er hervor. „Danke." Es war nicht unbedingt Dankbarkeit, die er empfand. Das Gefühl und der Anblick waren noch zu vertraut. Wenigstens stammte die Kleidung dieses Mal nicht von einem Toten. „Heißt das, Ihr befördert mich zum Abbademer?"

„Ha!" Der Junge machte ein Gesicht. „In deinen Träumen, *Kafir*. Aber ich kann ja wohl kaum zulassen, dass du mich hier draußen zum Gespött machst. Oder hattest du vor, im Morgenmantel nach Kalabat zu wandern?"

„Wenn Ihr wüsstet, wie ich hier draußen schon herumgewandert bin …"

„Nun, diese Zeit ist jetzt vorbei!", erklärte der Mann entschlossen. „Ab heute reist du mit Azed. Und *Azed Ibn Ali*

Ahal'kam bar Eherem Achama reist nur in anständig gekleideter Gesellschaft. Komm. Ich zeige dir, wie man ihn wickelt."

Wenig später war das Werk vollendet. Sein Gastgeber musterte ihn für einige Augenblicke und ließ ein zufriedenes Nicken sehen. „Nicht schlecht, *Kafir*", befand er. „Wer hätte das gedacht? Vielleicht wird aus dir ja doch noch was."

„Das wäre wohl zu hoffen." Er blickte an sich herab und bewegte die Arme. Gar nicht einmal schlecht. Erstaunlich, wie viel Freiraum diese Stoffbahnen boten. Das Gewand war leicht und dazu auch noch überaus bequem. Die Abbademer wussten schon, warum sie darin herumliefen. Er schob die Kopfbedeckung in eine Brustfalte. Für einen Schleier war es an diesem Morgen eindeutig zu warm. „Bereit", verkündete er.

„Noch nicht." Ein Gürtel aus bläulich schimmerndem Leder wurde ihm entgegengestreckt. Eine verzierte Dolchscheide hing davon herab. Der Junge schüttelte auffordernd das dargebotene Schmuckstück. „Nimm."

„Wie viel?"

Der Abbademer rollte mit den Augen. „Geschenkt, *Kafir*."

„Eine weitere ‚Investition?'"

„Ein Kunde hat mich darauf sitzen lassen", erklärte der Junge mit nur einer Spur von Ungeduld. „Vielleicht bringt er dir ja Glück."

Beinahe andächtig nahm er den Gegenstand entgegen. Er legte ihn um und tätschelte zufrieden das Leder. Es war ein gutes Gefühl, wieder bewaffnet zu sein. „Danke, Azed. *Jetzt* bin ich bereit."

Sein Gastgeber nickte. Der Blick des Mannes wanderte zurück zum Unterschlupf. Die Felsen waren wieder ordnungsgemäß verschlossen. Auch die Feuerspuren und die Reste ihrer Mahlzeit hatten sie beseitigt. „Dann los", verkündete der Junge. „Wir haben schon viel zu lange getrödelt."

Während sein Kamerad bereits voranstapfte, sah er sich noch einmal um.

Auf Nimmerwiedersehen, Höhle. Der Steinhaufen sah nicht anders aus als irgendeine der anderen Felsformationen. Schon jetzt hätte er daran vorbeilaufen können, ohne ihren Schlafplatz der letzten Nacht wiederzuerkennen.

Die Richtung, in die der Abbademer steuerte, war die gleiche, aus der sie am Vortag hergekommen waren. Gemäß der Karte lagen die gesuchten Klippen nicht zu weit entfernt von der Schlucht, aus der der Junge ihn gerettet hatte. Entsprechend seltsam war es, dass ihm nichts am Weg zurück vertraut vorkam. Er hätte erwartet, sich zumindest an einige Felsen oder seltsam geformte Bäume erinnern zu können. Nichts dergleichen war der Fall. Nichts an der Umgebung weckte irgendeinen Anflug von Wiedererkennen oder Erinnerung. Es war, als ob die Wälder sich mit voller Absicht darum bemühten, fremd und verwirrend zu bleiben und sich jeglicher Erfassung durch den ordnenden Verstand zu widersetzen.

Der Abbademer schien von derartigen Sorgen unbeeinträchtigt. Seine Bewegungen verrieten keinerlei Unsicherheit, allenfalls Vorsicht. Immer wieder gebot ihm der Junge, innezuhalten und abzuwarten, bis es, oft mit nicht mehr als einem Nicken, weiter vorwärts ging. Niemals zeigte sich während ihrer Wartepausen irgendein Anzeichen für eine Bedrohung. Dennoch unterwarf er sich bereitwillig dem Ritual des ständigen Anhaltens und Weitergehens. Solange sie nur sicher an die Küste gelangten, war ihm jede Art der Fortbewegung recht.

Pausen waren anscheinend erst einmal nicht vorgesehen. Nach einiger Zeit begann ihm der Marsch sogar eintönig zu werden. Der Abbademer ging ein kurzes Stück voraus und scherte sich nicht um ihn. Seit einer ganzen Weile waren sie nun schon in diesen Wäldern unterwegs, ohne dass ihnen Feinde oder schlecht gelaunte Waldbewohner über den Weg gelaufen wären.

Er hob einen Arm und strich sich über den Ärmel seines Gewandes. Wirklich gar nicht übel, so ein *Efrindir*. Besonderer Anlass zu erhöhter Vorsicht schien aktuell nicht zu bestehen. Es sprach also nichts dagegen, sich einen kleinen Versuch zu erlauben.

Er hielt inne und peilte einen umgestürzten Baumstamm an. Mit einem kurzen Anlauf lief er los und sprang darüber hinweg. Moos knirschte unter seinen Stiefeln. Die Landung glückte einwandfrei. Er nickte zufrieden. An die Passform gewöhnte man sich schnell. Nach einer Weile entdeckte man sogar ungewohnte Freiheiten. Er hob beide Arme und schlug mit Streichen seiner Handkanten unsichtbare Feinde in die Flucht. Wirklich ganz vorzüglich! Warum hatte er sein bisheriges Leben eigentlich mit dem Tragen von Merkesch-Uniformen verschwendet? Die Reaktion der hohen Herren würde mit Sicherheit köstlich ausfallen, wenn er sich in einem solchen Aufzug auf einem ihrer Abendempfänge blicken ließ.

Er bemerkte, dass der Abbademer innegehalten hatte und ihn ansah. Kein Wunder, dass der Junge neidisch war. Wer hätte ahnen können, dass ein alter Merkesch-Veteran einen besseren Abbademer abgab als ein Abbademer selbst? Dann erkannte er, dass seinen Führer irgendetwas anderes bewegte. Der Junge war in die Hocke gegangen und bedeutete ihm mit seinen Händen, es ihm gleichzutun. Mit einem Finger deutete der Mann nach vorn.

Jetzt erkannte er den Anlass. In nicht mehr allzu weiter Entfernung lichtete sich der Wald. Eine grasbewachsene Böschung und ein leicht erhöhter Damm aus Erde waren dahinter zu erkennen. Der Junge legte warnend einen Finger an die

Lippen. Die Mahnung war überflüssig. Dennoch nickte er, um zu zeigen, dass er verstanden hatte.

Der Abbademer winkte ihn zu sich heran. Als er sich genähert hatte, beugte sich der Junge vor. Seine Stimme war nicht mehr als ein Flüstern. „Die Straße nach Kalabat", verkündete er. Der Finger des Mannes folgte dem Verlauf des Walls von rechts nach links. „Wenn wir richtig sind, liegt weiter links eine Kreuzung mit einer Brücke." Der Blick seines Kameraden drückte Besorgnis aus. „Es ist seltsam, *Kafir*", befand er. „Seltsam still. Normalerweise reiht sich hier ein Wagen an den nächsten."

Er lauschte. In dem Fall herrschten tatsächlich schlimme Zeiten. Heute war der Weg wie ausgestorben.

Der Junge zuckte mit den Schultern. „Gut für uns", befand er schließlich. Dennoch verriet sein Unterton, dass er sich nicht einmal selbst mit der Versicherung vollends überzeugen konnte. „Macht die Sache einfacher. Was habe ich dir gesagt, *Kafir*? Die Götter meinen es gut mit uns."

„Hmpf." Er verzichtete auf Widerworte. Es gab keinen Grund dazu, die Erhabenen unnötig zu verstimmen.

Der Blick seines Begleiters ging erneut zum Weg. „Wir müssen auf die andere Seite", erklärte er. „Oben auf dem Damm ist es gefährlich. Aber auf der anderen Seite ist Wald. Dort haben wir Deckung. Ich gehe zuerst, *Kafir*. Du bleibst dicht hinter mir. Verstanden?"

Er nickte.

„Dann los!" Der Junge setzte sich in Bewegung. Mit beiden Händen teilte er die Büsche am Wegesrand und stieg zwischen den scharfblättrigen Farnen in die Senke. Mit wenigen Schritten war er die Straßenböschung hinaufgesprungen und winkte ihm von oben zu. „Los!"

Er gehorchte und schob sich ebenfalls durch die feuchten Blätter. Lose weiße Steine bedeckten den Verlauf der Furche. Er musste aufpassen, um nicht zwischen ihnen umzuknicken und zu stolpern.

„Schneller, *Kafir*!", drängte ihn der Abbademer. Sein Blick wanderte getrieben von einer Seite zur anderen. Er ergriff die dargebotene Hand des Jungen und ließ sich über das letzte Stück nach oben ziehen. „Danke", presste er hervor. „Nicht, dass ich Eure Hilfe benötigt hätte."

Er verstummte.

Die Augen seines Gegenübers waren weit und alarmiert.

Dann vernahm auch er es.

Dumpfe Erschütterungen.

Durch den Boden unter ihren Füßen ging ein Beben. Das Schnaufen von Biestern war jenseits der Kurve zur Rechten zu vernehmen. Es war begleitet von einem Klirren wie von eisernen Geschirren.

„Vorwärts, *Kafir*!" Der Abbademer war bereits losgestürzt. Mit langen Schritten überwand der Mann den Weg und verschwand hinter der Böschung auf der anderen Seite.

Auch er sprang vorwärts und erstarrte. „Verdammt!"

Von wegen Deckung. Brache und Verwüstung war der Anblick, der sich ihnen bot. Niedergedrücktes Buschwerk, ausgerissene Wurzeln und zerborstene Stämme lagen auf der anderen Seite wild umher. Der Wald, der einmal hier gestanden hatte, war zerschlagen und vernichtet worden wie von einem Sturm.

Er benötigte einen Augenblick, um sich aus seiner Erstarrung loszureißen. Der Junge stürmte unbeirrt über den grasbewachsenen Hang hinab.

Jetzt sah er die Brücke. Eine Abzweigung, nur ein kurzes Stück entfernt, ging rechts vom Hauptweg ab. Eine niedrige

Holzbrücke, gebaut nach Art der Tharsis-Pioniere, unterquerte ihn. Zwischen ihren Tragpfeilern lagen tiefe Schatten. Der Abbademer steuerte geradewegs darauf zu.

Nicht umsehen, Palter! Er stürzte los. Das Schnaufen der Pferde näherte sich mit alarmierender Geschwindigkeit.

Er sprang, stolperte und lief über das Trümmerfeld.

Der Junge hatte es schon beinahe geschafft.

Nicht umsehen.

Laufen.

Nur laufen!

Schon tauchte der Bursche vor ihm in die Dunkelheit.

Ein paar letzte Sprünge, und auch er selbst stürzte vorwärts in die rettenden Schatten. Hände ergriffen ihn und warfen ihn hart mit dem Rücken gegen einen Brückenpfeiler. Eine Hand presste sich auf seinen Mund.

Zur Rechten ein Zucken: die Formen von Reitern auf dem Weg. Nur für einen Augenblick blitzten die gestreckten Umrisse auf dem Dammweg auf. Legionsreiter. Tertiari, mit wehenden Umhängen und verkniffenen Gesichtern. Für einige Momente verschwanden die Berittenen aus ihrem Sichtkreis. Dann setzte direkt über ihren Köpfen ein Donnern ein. Ströme von Staub und Erde rieselten auf sie herab, als die Tiere über die Bohlen preschten. Vollkommen regungslos warteten sie, bis das Poltern und Stampfen nachließ. Nach einiger Zeit verklangen die Geräusche in der Ferne. Die Hand des Abbademers aber war noch immer fest auf sein Gesicht gepresst.

„Mh!“ Protestierend schob er den Mann von sich. „Danke“, brachte er hervor. „Das genügt. Glaubt Ihr, ich ... ha!“

Sie waren nicht alleine. Ein halbes Dutzend Augenpaare war auf sie gerichtet. Ebenso zwei Schwertklingen, die größeren Anlass zur Besorgnis gaben.

Der Abbademer ließ ihn los. Die Jungen mit den Waffen wichen vor seinem Begleiter zurück. Ihre Gesichter waren schmutzig und in Argwohn verzogen. Sieben waren es an der Zahl, die in diesen Schatten zu erkennen waren. Wie ein Rudel wilder Hunde wirkten sie, zurückgehalten nur vom festen Blick des Abbademers, unentschlossen zwischen Scheu und Angriff. Sein Kamerad hob ruhig den Blick von der Klinge vor seiner Brust und musterte ihren Besitzer ohne erkennbare Furcht. „Und?", wollte er wissen. Aus seiner Stimme klang Herausforderung. Wie zufällig berührte seine Hand den Abbademer-Dolch an seiner Seite. „Was soll das werden, wenn es fertig ist?"

Der Rechte der Schwertträger blickte unsicher zu seinem Nachbarn. Keiner der Kerle konnte mehr als zwanzig Jahre alt sein. Der Linke kniff die Augen zusammen. Der Blick des Burschen wandte sich vom Abbademer ab und richtete sich auf ihn. „Ihr da", wollte er im fordernden Tonfall wissen. Mit seinem Schwert deutete er hinab auf den dunklen *Efrindir*. „Was soll das?", fügte er hinzu. „Ihr seid ein Nordblut. Was macht Ihr in einem solchen Aufzug?"

Ungläubige Stille schloss sich an. *Das* war die erste Frage, die dem Jungen einfiel? Er räusperte sich und hob abwiegelnd die Hände. „Ganz ruhig, Junge. Wir sind nicht hier, um Euch Ärger zu bereiten."

„Banditen", stieß der Junge aus. Die Klinge wanderte empor und richtete sich auf sein Gesicht. „Seid ihr Banditen? Steht ihr mit Bernrot im Bund?"

Aus den Augenwinkeln blickte er zum Abbademer. Der Mann starrte noch immer ungerührt auf ihre Belagerer.

„Nein", gab er langsam zurück. „Keine Banditen. Wir stehen mit niemandem im Bund. Wir stehen auf unserer eigenen Seite." Es war besser, sich nicht vorschnell festzulegen. Noch war nicht auszumachen, woher der Wind wehte. „Wir wollen keinen Ärger“, beharrte er. Manchmal war es besser, sich zu wiederholen. „Beruhigt euch. Wir sind schon wieder fort. Hört ihr? Wir werden ganz in Ruhe unseren Weg fortsetzen und euch alleine lassen. Kommt.“ Er machte eine auffordernde Geste zum Abbademer.

„Halt!“ Die Stimme des Schwertträgers war scharf. Die Klinge des Burschen wurde noch näher herangeschoben.

Er senkte den Blick und musterte die Waffe. Der Kerl war offenbar so etwas wie der Anführer. Sein Schwert aber war wenig mehr als eine grob in Form gehauene Bahn aus schlechtem Eisen. „Ja bitte?“

Die Klinge schwankte leicht. Dies war nicht der Ausdruck eines Mannes, der es gewohnt war, Befehle zu erteilen. Gut. Umso besser standen ihre Aussichten.

„Was, wenn es eine List ist?“, gab jemand aus den Schatten zu bedenken. „Wenn Bernrot sie geschickt hat, um uns aufzuspüren?“

„Sei still“, gab der Anführer zurück. Der verkniffene Blick des Jungen wanderte von ihm zum Abbademer und wieder zurück. „Woher kommt ihr?“, wollte er wissen. „Ihr!“ Wieder hefteten sich die misstrauischen Augen auf ihn. „Ihr kommt aus Merkesch, oder nicht? Oder aus den Vorstädten?“

„Aus Merkesch.“ Er sprach die Worte ruhig und langsam aus. Der Bengel sollte ruhig wissen, dass er einen Bürger vor sich hatte. Es war Zeit, die Initiative umzukehren. „Und *ihr*?“, wollte er wissen. „Nein, wartet. Ich kenne euresgleichen. Aus dem Umland. Welches Dorf? Offenbar eines, in dem es keine anständigen Schmiede gibt.“

„Was? Was soll das heißen?“

Langsam ließ er die Luft aus seinen Lungen fahren und die Hände sinken. Gut so. Zeit, sich selbstsicher zu zeigen. Die unmittelbare Lebensgefahr schien erst einmal gebannt. Was aus diesen Blicken sprach, war eher Furcht als Hass. So sahen keine Truppen aus, die Bernrot treu ergeben waren. Ganz im Gegenteil. So langsam ergaben die Dinge einen Sinn.

„Ihr wollt nach Kalabat", stellte er fest, zum Angriff übergehend. Es war ein Wagnis. Das Zucken in den Augen des Jungen bestätigte jedoch, dass er getroffen hatte.

„Aha." Er nickte zufrieden. „Nein. Ihr *wolltet* nach Kalabat. Aber jetzt nicht mehr. Jetzt versteckt ihr euch hier unten und habt Angst davor, dass man euch findet. Warum?"

„Sag ihm nichts", erklang von weiter hinten eine Stimme. „Er will uns nur ..."

„Ich bin Hauptmann in der zweiten Legion der Tharsis." Der Junge mit dem Schwert zuckte zusammen. Eine weitere Bestätigung. Das Kalkül ging auf. „Vinx Tremens", fuhr er mit fester Stimme fort. „Und ich erkenne einen Haufen von Möchtegern-Rekruten, wenn ich einen sehe. Also." Entgegen aller Vernunft trat er vor. Die Klingenspitze berührte den Stoff vor seiner Brust. „Ihr habt zwei Möglichkeiten", erklärte er ruhig. „Ihr könnt zustoßen. In dem Fall habt ihr allerdings besser vor, für immer hier zu bleiben, denn man wird euch hinrichten, wenn ihr je versucht, in Merkeschs Länder zurückzukehren. Oder Ihr könnt mir sagen, wer ihr seid und was ihr hier macht. Und vielleicht, *vielleicht* nur helfe ich euch dabei, aus dieser Sache lebend herauszukommen."

Der Junge starrte ihn an. Ein hämisches Zucken ging um seine Mundwinkel. Für einen Moment schien er tatsächlich zu erwägen, es darauf ankommen zu lassen.

„Ihr seid schon länger hier", setzte er nach. Der Geruch nach Fäulnis und der Zustand ihrer Kleidung ließen daran keine Zweifel. „Aber viel Zeit habt ihr nicht mehr. Wie viel

Wasser habt ihr noch? Hm? Wie viel Nahrung? Wie viel länger könnt ihr euch hier unten noch verkriechen?“

„Gislin“, erklang drängend eine Stimme in den Schatten. „Lass ihn doch. Lass uns wenigstens mit ihm reden. Vielleicht kann er uns helfen.“

„Ihr sollt den Mund halten!“ Blick und Klinge des Bewaffneten waren noch immer auf ihn gerichtet. Ein weiteres, belustigtes Schnaufen. Nur langsam senkte sich die Klinge. Der Junge senkte auch den Blick. Mit seinem Kinn deutete er auf seinen *Efrindir*. „Ihr solltet vorsichtiger sein, *Hauptmann*“, befand er. „In diesem Aufzug seht Ihr beinahe aus wie ein *Kazak*. He. Heee!“ Der Junge trat zurück und hob seine Klinge. Der Abbademer war unversehens vorgetreten. Gerade noch hatte er es geschafft, seinen Begleiter vor der Brust zurückzuhalten.

„Was war das, *Kafir*?“ Die Stimme seines Führers war gerade noch beherrscht. „Hast du das gerade auch gehört? Was hat er da gerade gesagt?“

„*Kafir?*“ Die Stimme des Schwertträgers war ein ungläubiges Keuchen. „Hauptmann! Wie könnt Ihr zulassen, dass Euer ...“

Statt eine Antwort zu geben, trat er langsam vor. Er legte seine Hand von oben auf die Klinge und drückte sie herab. Einige Augenblicke lang hielt er den Blick des Burschen fest. Der Ausdruck des Anführers schwankte zwischen Wut und Fassungslosigkeit.

„Euer Abbademer ...“

„Es ist nicht ‚mein Abbademer‘“, verkündete er mit aller Ruhe, die er aufzubringen imstande war. „Und Ihr habt gerade sehr, *sehr* viel Glück gehabt. Ich habe gerade Euer Leben gerettet und Ihr wisst es nicht einmal. Aber verwendet noch *einmal* diese Bezeichnung für meinen Kameraden hier, und ich werde ihn tun lassen, wonach es ihn verlangt. Dann werden wir sehen, wie gut Ihr mit Eurer stumpfen Waffe seid."

Der Bursche schnaufte. Einen Augenblick lang hielt er seinem Blick stand. Dann wandte er sich ab, zu seinem Nebenmann, der ebenfalls seine Waffe auf den Abbademer gerichtet hielt. „Da, wo ich herkomme ...", begann er.

„Wir sind aber nicht, wo Ihr herkommt", unterbrach er den Kerl mit nachdrücklicher Ruhe. „Begreift Ihr das? Eure Heimat ist sehr, sehr weit von hier entfernt. Und Ihr werdet meinen Kameraden mit Respekt behandeln. Habt Ihr das verstanden?"

Der Mann verzog das Gesicht. „Auf dem Hof meines Vaters ..."

„Ob Ihr mich verstanden habt, *Gislin*."

Der Mann knurrte etwas. Dann wandte er sich unversehens ab. „Ihr wollt mit ihnen reden?" Seine Worte galten offenkundig der Versammlung. „Bitte. Dann redet mit ihnen. Ich habe keine Lust. Mich mit dem hier weiter zu unterhalten." Ohne weitere Umstände schob der Junge sich durch den Kreis der Gaffer. Er begann, sich am Gepäck zwischen den Pfeilern zu schaffen zu machen. Möglicherweise versuchte er auch lediglich den Eindruck von Beschäftigung zu erwecken.

Er atmete auf. Das war schon einmal geschafft. „Also", ließ er laut vernehmen und richtete einen fordernden Blick zum Schwertträger auf der rechten Seite. Der Mann war soeben unfreiwillig zum Sprecher der Bande befördert worden. „Sprecht mit mir. Was ist hier los, Junge?"

Die Schwertspitze des Angesprochenen sank zu Boden. Sein Blick schoss hinüber zu seinen Kameraden, dann widerwillig zurück zu den fordernden Besuchern. „Es ist wahr", gestand er ein. „Wir wollten zu Bernrot. Bevor wir gehört haben, wie es bei ihr wirklich ist. Was sie mit Rekruten machen. Was man uns im Umland versprochen hat, war gelogen. Von wegen ‚gutes Leben'. Gut geht es bei Bernrot nur den ausgebildeten Soldaten. Alle Neuen werden dort behandelt wie der letzte Dreck. Viele sind gestorben. Ein Junge hat es uns erzählt. Er ist dort gewesen."

„Ein Geflüchteter?", wollte er wissen. „Jemand, der von dort entkommen ist?"

„Nein." Der Schwertträger schniefte. „Er ist nicht entkommen. Nicht lange. Er war verwundet. Wir haben ihn begraben. Draußen im Wald." Die anderen nickten in finsterer Bestätigung. So also standen die Dinge. „Wir haben uns nichts zu Schulden kommen lassen!" Der Junge mit dem Schwert hob seinen Blick. „Wir dachten nur ... wir hatten nicht vor, gegen die Tharsis zu kämpfen. Wirklich! Wir wollen einfach nur zurück. Alles ist schlimmer hier. Das Land ist verflucht. Alles hier ist tausend Mal schlimmer als daheim."

„Wie viele?" Es war besser, streng zu bleiben und den Druck aufrecht zu halten. „Wie viele von euch? Wie viele Männer hat Bernrot bei sich versammelt?"

Der Junge zuckte mit den Schultern. „Ich weiß es nicht. Im ganzen Umland wird verkündet, dass Bernrot tapfere Schwerthände sucht. Alle, die ihr helfen, werden reich belohnt. So heißt es überall. Ich weiß nur, dass sehr viele aus den Dörfern losgezogen sind."

„Viele? Was soll das heißen? Ich brauche Zahlen, Junge."

„Wir haben keine Zahlen. Hört doch! Wir wissen überhaupt nicht ... *Hauptmann*! Versteht doch. Wir haben einen Fehler gemacht. Und jetzt kommen wir nicht mehr zurück. Überall auf diesen Straßen sind Soldaten unterwegs. Keine von unseren. Die von Bernrot. Und in den Wäldern ..." Der Junge erschauderte. „In den Wäldern ist alles sogar noch schlimmer."

„Wir wollen hier draußen nicht verrecken müssen", fügte jemand anderes hinzu. „Es ist nicht ... wir haben das alles nicht gewollt."

Er nickte grimmig. Dumm gelaufen. Sterben wollte selten irgendjemand. Wer in einem solchen Zustand auf den Straßen in die falsche Richtung lief, verriet unweigerlich seine Intentionen. Bernrots Männer würden sie bestimmt nicht am Leben lassen. Er schwieg und grübelte. Der Abbademer sah ihn an. Verdammter Mist.

Der Mann hob eine Braue. „*Kafir*?" Vage Befürchtung klang aus seiner Stimme.

Er stöhnte. Es war wirklich kaum zu glauben, dass er an solche Dinge dachte. „Azed. Wie weit noch bis zur Küste?"

Die Pause, die folgte, war lang und schwer. „Noch ein ganzes Stück", erklärte der Abbademer langsam. „Ein *gefährliches*, ganzes Stück." Anscheinend fragte sich der Mann, ob er tatsächlich hörte, was er zu hören glaubte.

Er nickte. „Irgendeine Aussicht auf Erfolg, wenn ich es allein versuche? Meint Ihr, ich finde den Weg auch ohne Euch?"

Der Abbademer schwieg. Die dunklen Augen fixierten ihn. Langsam schüttelte der Mann den Kopf. Nein, schien er zu sagen. Was tust du? Bring nicht alles in Gefahr.

„Gar keine?", wollte er mit Nachdruck wissen.

Der Ausdruck des Mannes blieb für einige Augenblicke unverändert. Wut und Fassungslosigkeit huschten wie Schatten über seine Züge. Dann verzog er knurrend das Gesicht.

„Sprecht mit mir."

„Nach Westen." Die Worte kamen unverkennbar gegen großen Widerwillen hervor. „Irgendwann weht dir Salzgeruch entgegen. Aber ..."

„Ich verstehe."

„*Kafir*!“ Der Abbademer starrte ihn ungläubig an. Der Mann trat vor und beugte sich dicht zu ihm heran. Sein misstrauischer Blick blieb auf die Jungen gerichtet. „Was macht du hier, Mann? Was ist los mit dir? Du willst alleine gehen? In deinen Tod?“

„Nein. Den Tod gedenke ich aufzuschieben, bis ich meine Aufgabe erledigt habe.“

„Warum, *Kafir*? Du wirfst dein Leben weg! Etwa für *die* hier?“

„Es sind Dummköpfe“, gestand er ein. „Das sehe ich selbst. Sie sind jung. Junge Männer machen Fehler. Aber sie haben dafür nicht den Tod verdient.“

„Findest du?“, gab der Mann gereizt zurück. „Hast du den einen nicht gehört? Von mir aus können sie hier draußen allesamt verrotten.“

„Ich habe einen Plan“, beharrte er zischend. „Denkt nach! Wenn sie in ihr Dorf zurückkehren, können sie berichten, wie es in Bernrots Lager wirklich ist. Vielleicht schaffen wir es auf diese Weise, ihr den Nachschub abzuschneiden. Unsere Aussichten würden sich entscheidend verbessern.“

Der Abbademer funkelte ihn an. „Weißt du, was sie im Umland mit Abbademern machen, *Kafir*?“

„Denkt an unser Ziel“, forderte er beschwörend. Er hob sein Handgelenk und deutete auf den Verband über der tätowierten Stelle. „Denkt an unser Geschäft.“

„Das hier ist nicht Teil davon!“

„Dann denkt an ihre Familien. An die Eltern dieser Jungen.“

„Ihre *Eltern, Kafir*? Hast du den da hinten nicht zugehört? Kannst du dir vorstellen, wie es aussieht, auf dem Hof von seinem Vater? Da, wo sie herkommen, sind Abbademer *Eigentum*. Ihre verdammten Eltern halten Männer wie mich in

Sklavenhütten. Und du willst mir sagen, sie haben nicht den Tod verdient?“ Die Augen des Abbademers glühten. Es war ein offenes Geheimnis, dass die Sklaverei zwar im gesamten Reich verboten war, der Petrarch und das Konzil in den ländlichen Regionen jedoch gern ein Auge zudrückten, solange die Gutsbesitzer mit ihren persönlichen Milizen an den gefährlichen Außengrenzen des Reiches für Ruhe sorgten.

Er ließ den Arm mit dem Verband sinken. Kopfschüttelnd blickte er zu Boden. „Nein“, gestand er ein. „Ihr habt recht. Das hier ist nicht Teil unseres Geschäfts. Ich habe kein Recht, das hier von Euch zu verlangen. Aber ich bitte Euch. Ich bitte Euch als Freund und nicht als Handelspartner. Könnt Ihr diese eine Sache für mich tun?“

„Pfff“. Der Abbademer machte eine Bewegung mit der Hand und wandte sich ab.

„Denkt an die Mission!“, versuchte er es. „Die Retter von Merkesch. Wie stellt Ihr Euch das vor mit Eurer Bürgerschaft, mit Eurem Marktrecht, wenn von Merkesch nichts mehr übrig ist?“

Es dauerte eine ganze Weile, bis der Mann ihn wieder ansah. Dieses Mal war der Ausdruck in seinem Gesicht noch düsterer als zuvor. Darin verblassend war die Hoffnung, dass sein Begleiter noch Vernunft annehmen und sich die Sache anders überlegen würde. „Bitte sehr. Wie du willst, *Kafir*.“ Die Worte waren ein bitterer Ausstoß. *„Batima Kah'minjada.* Dein Blut von meinen Händen.“

„Azed. Ich tue das hier ebenso ungern wie Ihr.“

„Nein, *Kafir*. Glaub das bloß nicht. Glaub das nicht mal ansatzweise.“

„Danke. Ich danke Euch. Es bedeutet mir sehr viel, dass Ihr das hier für mich tut.“

„Dank mir, wenn du morgen noch am Leben bist, *Kafir*", knurrte der Mann. „Gut möglich, dass du dich noch vor dem Abend selbst verfluchst, weil du nicht auf mich gehört hast."

Gut möglich, in der Tat. Er atmete tief und wandte sich zurück zu den Jungen. „Ihr habt heute großes Glück", verkündete er. Die Gruppe erwiderte zweifelnd seinen Blick. Er nickte mit Nachdruck. „Mein Kamerad hier hat sich bereit erklärt, euch zu führen. Diejenigen, die es sich verdienen, werden ihre Heimat wiedersehen."

Die Blicke der Umstehenden wanderten argwöhnisch zum Abbademer. Der Abbademer blickte nicht weniger argwöhnisch zu ihnen zurück.

„Was ich mit ‚verdienen' meine? Ich sage es euch. Sprecht mit euren Freunden und Familien, wenn ihr zurück im Umland seid. Warnt sie davor, was hier draußen *wirklich* vor sich geht. Sorgt dafür, dass auch sie ihre Freunde und Familien warnen, sich von diesen Länden fernzuhalten. Niemand soll mehr herkommen. Niemand soll mehr sein Leben für leere Versprechungen wegwerfen müssen. Nicht alle haben so viel Glück, wie ihr es heute hattet."

Er bedachte jeden einzelnen der Jungen mit einem festen Blick. Einer nach dem anderen gab mit einem Nicken zu verstehen, dass er verstanden hatte. Etwas bewegte sich in den Schatten. Der verhinderte Anführer trat aus dem Kreis hervor. Die anderen machten ihm Platz. Der Junge bedachte den Abbademer mit einem abschätzenden Blick. „Der Abbademer soll uns führen?", wollte er zweifelnd wissen. „Was ist mit Euch?"

„Mein Kamerad hier ist ein freier Mann." Seine Stimme war schneidend. Allmählich verlor auch er die Geduld mit diesem Kerl. „Anders als ihr. *Er* kann tun und lassen, was er will. Ihr aber seid Gefangene, in euren eigenen, törichten Entscheidungen. Für euch gibt es nur zwei Möglichkeiten: Gefolgschaft oder Tod. Mein Kamerad hier hat die Freiheit, jeden, der sich nicht benehmen kann, in diesem Wald zurückzulassen. Also entscheidet euch. Jeder von euch, der seine Heimat lebend wiedersehen möchte, hebe seine Hand. Damit verbunden ist der Schwur, jeder seiner Anweisungen Folge zu leisten. Die anderen können gerne hierbleiben und sich allein durchschlagen. Also?"

Eine Zeit lang geschah nichts. Jemand in der hinteren Reihe war der Erste. „Ich", erklang es in den Schatten. „Ich komme mit. Ich will leben." Weitere Hände schlossen sich mehr oder weniger zögerlich an.

Sein Blick ging fordernd umher. Sogar der Oberochse schien noch einen Funken von Verstand in seinem Schädel zu besitzen. Sein Ausdruck blieb feindselig, doch irgendwann ging selbst seine Hand widerwillig in die Höhe.

„Gut", befand er grimmig. Er wandte sich zur Seite. Der Abbademer hatte seinen Blick nicht vom Anführer der Gruppe abgewandt.

„Azed."

Der Mann schüttelte langsam den Kopf.

„Azed!" Wieder hob er den Verband und die Stelle seiner Tätowierung. „Hierfür. Nicht für ihn. Denkt an Euer Marktrecht. An Euer Haus und Eure Bürgerschaft."

„Der Junge hier wird Ärger machen, *Kafir*." Das finstere Kopfschütteln seines Kameraden hielt an. „Du weißt es. Er wird wieder irgendwas Dummes sagen. Und dann werde ich ihn umbringen. Du weißt, dass es so ist."

Er seufzte schwer. „Azed. Versucht es wenigstens. Ich bitte Euch. Werdet Ihr es wenigstens versuchen?"

Der Mann wandte sich ihm zu. Der Blick war leer und schien durch ihn hindurchzugehen. Der Junge ließ ein Schulterzucken sehen, das wohl als Zustimmung gedeutet werden konnte. „Haus“, formulierte er laut. „Marktrecht. Bürgerschaft.“

„Gut so! Seht Ihr? Genauso mache ich es auch immer. Könnt Ihr spüren, wie Ihr Euch schon besser fühlt?“

Der Ausdruck seines Nachbarn blieb unbewegt. „Du triffst eine gefährliche Entscheidung, *Kafir*. Das weißt du, oder? Ist das hier wirklich das, was du willst? Ist es das hier wert?“

Er seufzte. „Das werde ich feststellen, sobald ich auf dem Weg zur Küste bin. Und mir wünsche, ich hätte bloß auf Euch gehört.“

Der Mann löste seinen Blick von ihm. Er deutete unter der Brücke hindurch, in die Richtung, die der, aus der sie hergekommen waren, gegenüberlag. „Geh dort entlang“, forderte er ausdruckslos. „Immer nach Westen. Du wirst schon bald den Wind spüren und Salz riechen können. Aber du musst vorsichtig sein, *Kafir*. Die *Okori* haben ihre Augen auf dem Land.“

„Das werde ich.“

„Wenn du auf *Okori* triffst ... “ Der Mann verstummte und schüttelte den Kopf. „Bete.“

„Ha. *Danke*. Dann kann ja nichts mehr schiefgehen.“

„Ha!“ Der bittere Tonfall, den der Bursche anschlug, stand üblicherweise ihm zu. Er seufzte. Dann streckte er seine Hand vor sich aus. Der Abbademer betrachtete sie einen Augenblick lang. Dann ergriff und schüttelte er sie.

„Auf Wiedersehen, Azed. Und Danke. Danke für alles.“

„Viel Glück da draußen, *Kafir*.“

„Vielleicht habt Ihr ja recht und die Götter sind mir gnädig. In dem Fall sehen wir uns hoffentlich bald wieder.“

„Wenn die Götter gnädig sind, *Kafir*, werden sie mich einige Zeit damit verschonen." Der Mann verzog das Gesicht zu etwas, das ein erzwungenes Lächeln sein mochte. *„Kelmen lohot'ihet, Kafir.* Gern gegeben. *Und der Kindergarten hier"*, befahl er laut, sodass es unter der Brücke widerhallte. *„Vorwärts: marsch!* Jeder sucht sich seinen Partner und nimmt ihn an der Hand. Und dann schüttelt er sie und entschuldigt sich bei ihm dafür, dass er hier unten so ein Arschloch war." Ohne sich umzuschauen, trat der Mann aus den Schatten. Die Jungen beeilten sich, ihre Bündel zu ergreifen und ihm zu folgen. Nur die Wenigsten nahmen sich die Zeit, um ihm im Vorübergehen zuzunicken.

Einer nach dem anderen verließen die Mitglieder des kleinen Trupps die Deckung und folgten dem Abbademer über die niedergedrückten Büsche zum Erdwall der Straße. Hintereinander erklommen sie die Böschung und verschwanden nach und nach auf der Oberseite. Schließlich war auch der Letzte von ihnen hinter dem Scheitelkamm verschwunden.

Er atmete tief aus.

Er war alleine.

Zum ersten Mal seit seiner Befreiung aus der Zelle war er wieder ganz auf sich allein gestellt.

Kapitel 12 – Klippen

Vorsichtig nach links und rechts blickend verließ er die Schatten der Brücke in die Richtung, die der Abbademer ihm gewiesen hatte. Der Sturm oder was immer diese Bäume umgerissen hatte, musste von gewaltiger Kraft gewesen sein. Stämme von beeindruckender Dicke und Wurzelkränze, höher als ein Mann, lagen wild verstreut umher. Die Erde war aufgewühlt wie von übergroßen Pflugscharen. Einige Male wandte er sich um, zurück zur Straße, doch keine Bewegung, kein Anzeichen möglicher Verfolger waren dort mehr zu erkennen. Je weiter er über das zerstörte Feldstück weiter vorankam, desto besser wurde der Sichtschutz, den die zerschlagene Vegetation ihm bot. Nach einer Weile hatte er den Rand der noch intakten Wälder erreicht und trat wieder in die vertrauten, unter diesen Umständen sogar angenehm erscheinenden Schatten der Bäume.

Der Abbademer sollte recht behalten. Bereits nach einem kurzen Wegstück stellte sich eine leichte Brise ein. Unverkennbar lag darin der Geruch von Salz, den der Zug vom Meer herüberwehte. Gepaart mit den Erfahrungen aus Tagesmärschen der Vergangenheit, war es nicht zu schwierig, auf einem Weg in jener Richtung zu bleiben, die der Abbademer ihm gewiesen hatte. In gewisser Weise erfüllte ihn der neue Geruch, die Spur von Frische in der Luft sogar mit Vorfreude. Er hatte genug Bäume gesehen. Es war Zeit für eine unverstellte Aussicht. Was gab es dafür Besseres als den Anblick des offenen Meeres?

Derart gestärkt gestaltete sich der erste Teil der Strecke erfreulich kurzweilig. Nach einer Weile jedoch machte sich die Erschöpfung des zurückliegenden Marsches und der vergangenen Tage doch noch bemerkbar. Immer häufiger musste er

Pausen einlegen, auch aus Gründen der Sicherheit. Wie der Abbademer es ihm gezeigt hatte, hielt er regelmäßig an, um in die Wälder hineinzulauschen. Wenn man alleine unterwegs war und ordentlich die Ohren spitzte, bemerkte man erst einmal, was in einem solchen Waldstück alles vor sich ging. Vögel, deren Rufe er noch nie zuvor vernommen hatte, zwitscherten irgendwo im Blätterdach. Kleine Wesen huschten raschelnd im dichten Unterholz umher. Überall regte sich im Verborgenen das Leben, unterbrochen lediglich von den wenigen Augenblicken, in denen man doch einmal den Pelz eines Wiesels oder die Schuppenhaut einer Schlange zu Gesicht bekam. Dieses Mal war niemand da, um ihn auf die Eigenheiten sämtlicher Lebewesen hinzuweisen. Weitere Kommentierungen waren ohnehin nicht erforderlich. Er hatte genug gehört, um zu wissen, dass bei jeder Kreatur, vom Käfer bis zum Bären, mit dem Schlimmsten zu rechnen war.

Der Stand der Sonne zwischen den Zweigen wies darauf hin, dass es bereits fortgeschrittener Nachmittag geworden war. Andererseits konnte man sich in diesen Wäldern nie ganz sicher sein, wie lange man bereits marschiert war und welche Strecke man dabei zurückgelegt hatte. Er hatte sich die Karte des Abbademers recht gut eingeprägt. Einiges daran schien nicht zu stimmen. Teilstücke, die eigentlich die Länge eines Tagesmarsches hatten erahnen lassen, waren wie im Flug vergangen, während andere sich unwahrscheinlich in die Länge zogen. Entweder der Mann war beim Erwerb auf einen Fälscher hereingefallen oder aber das Land verfügte tatsächlich über eine eigenwillige Laune und Magie, die sich der Messung durch Uhr und Kartenwerk hartnäckig widersetzte.

Gerade hatte er eine längere Pause beendet und seinen Ruheort in einem Kreis von Felsen hinter sich gelassen. Das vorausliegende Waldstück war eine Anordnung hoher, beinahe schwarzer Bäume, die auf den ersten Längen glatt und gerade waren wie von Menschen geschaffene Säulen und erst in einiger Höhe breite Kronen aufspannten. Plötzlich befiel ihn das ungute Gefühl, dass etwas nicht in Ordnung war. Es dauerte eine Weile, bis er begriff, wo die bedrückende Empfindung ihren Ursprung nahm. Der Wald war still geworden. Kein Vogelzwitschern war mehr aus der Höhe zu vernehmen. Selbst im Unterholz war keine Regung mehr. Nichts um ihn herum erzeugte noch irgendein Geräusch, außer seinen eigenen Schritten und dem leichten Zug des Windes, der die Zweige wippen ließ. Er hielt inne. Ein Schauer lief über seine Haut. Verfluchte Wälder. Welche neue List war das nun wieder?

Vorsichtig unternahm er einen weiteren Schritt. Das Knarzen auf dem Waldboden war unerträglich laut. Unwillkürlich empfand er einen Anflug wie von Scham. Es war, als habe man in einer einmütig verstummten Trauergesellschaft plötzlich zu plappern begonnen.

Eine List.

Irgendein Bereich seines Verstandes war noch zu Warnungen fähig.

Eine List. Du darfst nicht stehen bleiben.

Tatsächlich. Es musste mehr dahinterstecken. Irgendeine unsichtbare Macht. Etwas, das versuchte, unerkannt zu bleiben. Fremde Gedanken, die versuchten, sich als seine eigenen auszugeben. Nur unter Aufwendung erheblicher Mühen widersetzte er sich dem unbeschreiblichen Zwang, einfach stehen zu bleiben, regungslos abzuwarten, was geschehen würde.

Irgendetwas kam. Etwas Echtes oder eine Wahnvorstellung? Er hatte keine Unhofbeeren angerührt! Seit Tagen hatte er um jeden Strauch, der bunte Früchte trug, einen weiten Bogen gemacht!

Sein Blick fand einen seltsam geformten Stamm. Schwarze, zu beiden Seiten hin gewölbte Borke empfing ihn. Wurzelstränge einer unbekannten Baumart ragten ihm entgegen wie zur Einladung ausgebreitete Arme. Mit Schritten, die schwer und langsam waren wie durch tiefes Wasser, trat er vor und presste sich schutzsuchend in die kleine Höhle. Er hob die Arme und verbarg den Kopf darunter. Flach atmend, wie ein Kind in einem Albtraum, lag er für einige Augenblicke still. Was immer auch geschah, sollte vorübergehen. Ihn in Ruhe lassen. Er hatte kein Bestreben, irgendetwas davon zu sehen.

Etwas befahl seinen Blicken. Mit größter Vorsicht hob er den Kopf und spähte über die feuchte Rinde des dunklen Gewächses. Bewegungen, still und langsam wie der Aufgang eines dunklen Mondes, wie die Näherung mehrerer, von einem geräuschlosen Wind herangetriebener Schiffe. Menschliche Wesen, riesenhaft, aufrecht gehend, mit entblößten Oberkörpern, schwarz und weiß bemalt, bedeckt mit Linienmustern, die wie lebendig waren, die Umrisse ihrer Träger verwischten zwischen Schatten und Licht. Wie der Anblick von Gespenstern war der ihre, wie der von wandelnden Toten. Schwarze, tief liegende Augenhöhlen, eingefallene Wangen und vorstehende Rippen. Der Kopf des Vordersten war wie ein schmaler, eng mit Haut bespannter Schädel. Die anderen beiden trugen ihre Haare offen, fahl und glatt und lang bis über ihre Schultern, von einer Farbe wie alte Knochen oder Kohlenasche nach dem Verglühen aller Flammen. Schweigend stapfte die Gruppe dahin, umhüllt von Stille, so als verursachten ihre Schritte keinerlei Bewegung unter den trockenen Blättern und Zweigen auf dem Boden. Ihre Blicke waren ausdruckslos. Konzentriert starrten ihre Augen ausschließlich nach vorn.

Dennoch konnte kein Zweifel daran bestehen, dass nichts, was in diesen Wäldern vor sich ging, ihrer Aufmerksamkeit entging. Männer wie er. Wegen ihm und seinesgleichen waren sie in diesen Wäldern unterwegs. Eindringlinge zu suchen, die nicht hierhergehörten. Sie zu finden und zu fangen, wie es sich gehörte. Übertreter der Gerechtigkeit. Beschmutzer einer guten Sache. Mit welchem Recht verbarg er sich? Zeig dich, Eindringling, Übertreter, Feind ...

Er wollte die Augen zusammenkneifen, doch es gelang ihm nicht, sich abzuwenden.

Der Letzte wandte seinen Kopf. Wie suchend wanderte der Blick des *Okori* zwischen den Bäumen umher. Es war, als habe ein unhörbares Geräusch ihn aufmerksam gemacht.

Er lag wie erstarrt. Mehrere Augenblicke wagte er es nicht, zu atmen. Erblickte ihn der Bursche? Hatten seine Augen ihn erfasst?

Der Kerl lief noch immer, hatte nicht innegehalten. Nur sein Kopf wanderte auf dem Nacken herum wie der einer Eule.

Götter!

Unversehens löste sich der Blick von ihm.

Er zitterte, erwachte wie aus einem Albtraum, schwitzend und verstört. Der Rücken des Letzten vom alten Volk verschwand soeben in der Ferne zwischen den Stämmen.

Tausend Höllen. Wie lange lag er schon hier unten?

Er blinzelte. Bläulicher Lichtschein, eine verblassende, kaum noch sichtbare Spiegelung im schwarzen Holz des Baumes hing für einen Augenblick in der kleinen Höhlenkammer. Dann war sie verschwunden.

Azura? Verdammt!

Er schüttelte sich. Götter und Dämonen. Alles hier draußen versuchte auf immer neue Arten, seine Sinne zu verwirren.

Erschöpfung, gepaart mit zu viel Schnaps und alten Geschichten. Es wurde wirklich Zeit, das Meer zu sehen, frische Luft zu atmen und wieder ungefiltertes Sonnenlicht auf der Haut zu spüren. Möglichst noch, bevor es die verdammten Wälder schafften, ihn ganz um den Verstand bringen.

Steif erhob er sich. Er bewegte probeweise beide Beine und strich tote Blätter von seinem *Efrindir*. Das Geräusch der Vögel war zurück. Ein Sonnenstrahl fiel direkt über ihm durch die Zweige und blendete ihn. Einige Asseln hatten seine kurze Rast in der Wurzelkammer offenbar als Einladung dazu verstanden, in den Falten seines Gewandes eine Kolonie zu gründen.

„Verschwindet", brummelte er. Nein, Freunde. So weit war es noch nicht. Palter Calgola war kein Futter für die Krabbelkäfer. Er wandte sich erneut zum Wind. Die Spur des Salzes wehte zuverlässig zu ihm heran. Die Küste. Es konnte nicht mehr lange dauern, bis endlich wieder Wellen vor ihm lagen.

Die Begegnung mit den *Okori* war eine aufrüttelnde gewesen. Schon fühlte es sich an, als sei er bereits seit Tagen alleine in diesen Wäldern unterwegs. Noch vor kurzer Zeit hätte er das Ganze seiner eigenen Verwirrung zugeschrieben. Inzwischen aber konnte kaum noch ein Zweifel daran bestehen, dass die Vegetation mit voller Absicht daran arbeitete, seine Sinne für Zeit und Entfernung zu betäuben. Irgendetwas an diesem Land *wollte* ihn davon überzeugen, dass er hier draußen rettungslos verloren war. Ließ man sich erst einmal darauf ein, eine solche Richtung der Gedanken weiter zu verfolgen, konnte es nicht mehr lange dauern, bis man irgendwann beschloss, einfach nicht mehr aufzustehen, bis Gras und Wurzeln über einen gewachsen waren.

Beinahe gedankenlos stapfte er weiter voran. Schon zuvor hatte er ganz ähnliche Angriffe erlebt und gelernt, ihnen Widerstand zu leisten. Das Geheimnis bestand darin, die Gedanken auf das unmittelbar Fassbare und Erforderliche zu richten. Das nächste Wegstück. Das aufmerksame Spähen nach der nächsten Bedrohung.

Nach einer Weile kam ihm äußere Erleichterung zu Hilfe. Ein bekanntes, lang herbeigesehntes Geräusch. Das Donnern von Brechern, die sich gegen eine Felsenküste warfen. Auch der Wind hatte an Stärke zugenommen. Die Wälder schienen die Tatsache, dass die Küste näher kam, nur widerwillig einzugestehen. Zögerlich traten ihre Stämme weiter auseinander, bis weiter vorne grauer Himmel zu erkennen war. Die Stellen, an denen ihre Wurzeln noch ins Erdreich dringen konnten, wurden seltener. Zusehends erhoben sich Felsen und Steinschollen aus dem Boden der bedeckt war mit dicht gepressten Blättern und braunen Nadeln. Auch die Formen der Bäume, bisher stolz aufgerichtet und erhaben, waren zunehmend gebeugt, verbogen und von Wind zerrupft. Die Blätter wichen dunklen Nadeln, die schwarzen Stämme gebeugten Formen mit kupferfarbener Rinde, aufgeplatzt wie vom Sonnenbrand geschädigte Haut.

Über das Rauschen des Windes und der Wellen war es schwer, noch weiter nach Gefahren zu lauschen. Aus irgendeinem Grund aber umfing ihn das Gefühl, dass die Bedrohungen der Schatten ohnehin davor zurückschreckten, sich der ungeschützten Offenheit des Ufers und den gedämpften Strahlen der Sonne hinter den grauen Wolken zu weit anzunähern.

Unversehens senkte sich das Land vor seinen Füßen ab. Er hielt inne, duckte sich an den gedrungenen Stamm eines Nadelbaums und ließ den Blick über den Hang vor seinen Füßen schweifen. Vor und unter ihm lag ein lang gezogener Steinhang, an den sich niedrige Tannen klammerten. Kaum mehr als einzelne schwarze Nadelbüschel wuchsen noch auf den verdrehten Zweigen. Die Böschung führte hinab in eine zu beiden Seiten von hohen Klippenwänden eingefasste Schlucht von einiger Breite, deren Sohle weiter hinten zum windgetriebenen Meer hin offen war.

Tir Kalossi.

Das Himmelblaue Meer drängte, in Verspottung seines eigenen Namens, steingrau und schäumend gegen ein von Felsen und Geröll gesäumtes Ufer. Der Weg nach unten, ja der gesamte Taldurchbruch war angefüllt mit Brocken aller Art und Größe, manche nur wenig kleiner als ein Haus. Abrutschende Gesteinsschichten mussten diesen Steilhang einst geschaffen haben, als sie sich den Weg aus der Höhe und bis hinab zum Meer gebahnt hatten. Zur Rechten wuchsen oberhalb der Klippenkante Nadelbäume bis dicht an und teilweise sogar über den bröckelnden Rand hinweg. Zur Linken aber, wo die Wände sogar noch steiler aufragten, waren auf der Krone menschliche Bauwerke zu erkennen, Palisaden und die Plattformen zweier Wachtürme, besetzt mit einzelnen Gestalten.

Menschen. Wachposten, die das umliegende Land von den Befestigungen aus im Auge behielten. Ein erleichtertes Stöhnen entfuhr ihm. Kalabat. Wenigstens das. Bernrots Lager. Es musste es sein. Wenigstens bis hierher war der Plan des Abademers aufgegangen.

Argwöhnisch musterte er die aufragenden Klippen unterhalb der Palisaden. Nein, dort war ein Aufstieg garantiert nicht von Erfolg gekrönt. Zu steil und teilweise überhängend war die Felswand. Sein Kamerad musste eindeutig von der

Meerseite gesprochen haben. Er musste es ans Ufer schaffen. Von dort aus konnte er es wagen.

Noch einmal suchte er gründlich das umliegende Gelände ab. Der steinerne Überhang auf der linken Seite bot, wenn man sich dicht bei der Wand durch den Verlauf der Schlucht bewegte, einen gewissen Sichtschutz vor Blicken aus der Höhe. Auf diese Weise sollte es ihm eigentlich möglich sein, durch den Erdriss hindurch unbemerkt ans Ufer zu gelangen. Er richtete sich auf. Irgendwann kam immer der Punkt, an dem Überlegen nicht mehr weiterhalf und eine Entscheidung erforderlich war.

Grasbüschel krallten sich an die Felsen und wogten unter den Böen hin und her, während er sich, mit beiden Armen balancierend, an den Abstieg machte. Er kletterte und rutschte die Böschung hinab. Der Seewind fuhr kühl durch den Stoff des *Efrindir* und ließ die Bahnen des Gewandes flattern. Der Weg nach unten war, wie erwartet, mühevoll. Er musste mit großer Vorsicht vorgehen, um nicht in eine der vielen Spalten zu stürzen oder bei der Überquerung von kaum sichtbaren, knöchelhohen Absenkungen in den Felsschichten umzuknicken. Auch die Gefahr von Erdrutschen war hier unten überaus real.

Irgendwann aber hatte er die Talsohle erreicht. Dünne, ungesund aussehende Wasserströme zogen zwischen Anhäufungen von sonnengebleichtem Gehölz dunkle Bahnen über den Fels, um sich irgendwo weiter vorne ins Meer zu ergießen. Er folgte dem Verlauf der Bächlein um Felsenkanten herum und durch die Schatten großer Felsbrocken. Außer einigen kreisenden Insekten war hier unten keine Form von Leben zu erkennen.

Zumindest bis jetzt. Er kniff die Augen zusammen. Auf der Kante eines Brockens saß ein buntes Knäuel, nicht größer als die Faust eines Kindes. Ein Vogel war es, eine Art Sittich mit grünem Körper und rotem Kopf. Vor dem dunklen Gestein nahm sich das Wesen aus wie der unbeabsichtigte Farbklecks eines Künstlers auf einem ansonsten gedeckt gehaltenen Gemälde. Das Tier legte den Kopf schief. Es konnte kein Zweifel daran bestehen, dass der Vogel ihn beobachtete. Das Wesen breitete die Flügel aus und verschwand in irgendeiner Spalte. Er schüttelte den Kopf. Hoffentlich nicht schon wieder eine Einbildung, ein weiteres Vorzeichen geistiger Ermattung und einsetzenden Wahnsinns.

Mehr Gekrächze war von weiter vorne zu vernehmen. Nach einigen Schritten war das Ende der Felsen erreicht. Zwischen den letzten Findlingen trat er hinaus ans Ufer. Dunkle, vom Meer ausgeworfene Algen überzogen die flachen Felsenkuppen bis an die schäumende Grenze des Ozeans. Einige ihrer Artgenossen, die mithilfe zurückliegender Fluten sogar noch weiter vorgedrungen waren, hatte die Sonne zu verkrusteten, bläulichen Netzen verbrannt. An diesem Tag drangen nur wenige ihrer Strahlen durch die grauen Wolken.

Der Lärm von Seevögeln, schon seit längerer Zeit deutlich zu vernehmen, wurde derart nahe beim Ufer beinahe ohrenbetäubend. Er trat vorwärts auf den schmalen Strand. Langsam ließ er den Blick über die Wellen wandern. Schließlich wandte er sich nach links.

Für einige Augenblicke starrte er regunglos. Seine böse Vorahnung wurde nicht enttäuscht. Der letzte Beweis dafür, dass der Abbademer nicht ganz dicht sein konnte, war damit wohl endgültig erbracht.

„Verdammte Götter!" Dies war sie also: seine beste Option, um nach Kalabat zu gelangen. Der tatsächliche Anblick war schlimmer als irgendetwas, auf das ihn eine Karte hätte vorbereiten können. Eine Wand aus Stein, höher als die Außenmauern Merkeschs, wuchs vor ihm aus dem Meer empor. Über eine unüberschaubare Länge zog sich das Bollwerk am Rand des Ozeans entlang. Hunderte, vielleicht Tausende von kreischenden Meeresvögeln stritten sich lautstark auf den von Feuchtigkeit geschwärzten Klippen. Zu Dutzenden stürzten sie von ihren schmalen Vorsprüngen waghalsig in die Tiefe oder zogen in verfeindeten Schwärmen dicht über der Brandung daher. Es musste sich um eine Fehde handeln, die bereits seit Generationen anhielt. Die Wand war in ihrer vollen Breite überzogen mit gräulich-weißen Sickerspuren der Hinterlassenschaften unzähliger Jahre. Jede Felsnase, jede noch so kleine Ritze war von den lärmenden Biestern mit ihren Nestern in Beschlag genommen worden. Ihre noch flugunfähige Brut gab sich von dort aus alle Mühe, in die allgemeine Feindseligkeit miteinzustimmen.

Ungläubig schüttelte er den Kopf. Der Abbademer hatte recht. Nur ein Wahnsinniger würde es auf *diese* Art versuchen. Außerdem gehörte selbst bei einem Wahnsinnigen noch eine gute Menge an Alkohol dazu, um das Ganze wie eine gute Idee aussehen zu lassen.

Er fuhr sich durch die Haare. Hatte er denn eine Wahl? Worin bestanden die Alternativen? Eine Rückkehr in die Wälder? Eine Rast irgendwo in diesem Tal, um dort neue Pläne zu schmieden? Jedes unnötige Verharren reduzierte lediglich die Zeit, die bis zum Einbruch der Dunkelheit übrig blieb. Er grunzte. Ebenso groß war die Gefahr, dass er zu viel Zeit zum Nachdenken bekam und einfach alles hinwarf.

Erneut schüttelte er den Kopf. Kaum zu glauben, was er allen Ernstes zu tun gedachte. Er hob den Blick zum grauen Himmel. Der Abbademer war wirklich ein Scherzbold. Ein unerklärlich hoffnungsvoller Scherzbold. „Ihr meint es also gut mit mir, hm?“ Der Wind riss seine Worte unbarmherzig fort. Die Götter gaben sich keine Mühe, ihn in seinem Unterfangen zu bestärken. Vielleicht fiel es den Erhabenen auch schwer, sich über das Geschrei der Vögel verständlich zu machen.

„Nun denn“, verkündete er mit einer Entschlossenheit, die er keineswegs empfand. Er rieb die Hände aneinander. Seine armen Gliedmaßen konnten einem jetzt schon leidtun. An ihnen würde die meiste Arbeit hängen bleiben. „Dann wollen wir mal“, erklärte er, ebenso wenig wahr wie überzeugend. Er wollte keineswegs, doch die Alternativen sahen auch nicht besser aus.

Er sah sich um und fand einen Vorsprung, eine Art flacher Stufe zwischen Strand und Klippenwand. Wenn man von dort aus weiter auf diese Felsnase stieg, sich dort drüben ein wenig in die Höhe zog, von dieser flachen Stelle auf jene auf der anderen Seite sprang, war man doch schon fast ...

Genug überlegt. Er sprang, kletterte und zog sich empor.

Ein Schritt nach dem anderen, Palter. Die ersten Längen sahen doch sogar ganz machbar aus. Gut, dass niemand ihn davor gewarnt hatte, dass in diesen Ländern an jedem Tag eine neue Kletterei erforderlich war. Ansonsten hätte er sich ernsthaft überlegt, ob eine von Kapilars Zellen nicht doch die angenehmere Aussicht gewesen wäre.

Seine Muskeln und Sehnen brannten bereits nach einer kurzen Weile. Das Blut pochte protestierend zwischen seinen Schläfen, doch er zwang sich, an nichts zu denken als an den nächsten Schritt. Stück für Stück, Palter. Einen Fuß vor den anderen. Die nächste schmale Trittstufe. Der nächste Griff in einen Halt gebenden Riss. Es kam nichts Gutes davon, an irgendetwas anderes zu denken als an das nächste, unbedingt erforderliche Stück.

Nach einer Weile begannen seine Finger, kalt und hart zu werden. Die Spitzen waren wund von der Belastung, doch er erlaubte sich nicht, irgendetwas zu fühlen als Entschlossenheit, irgendetwas zu sehen als die nächste Überquerung, die nächste Stufe auf dem Weg nach oben. Er presste die Kiefer zusammen, ignorierte das Zerren des Windes an seinem Gewand, das Geschrei der Biester und das Donnern der Klippen in der Tiefe unter seinen Füßen.

Es konnte funktionieren. Er wusste, dass sein Körper zu solchen Dingen in der Lage war. Wenn man dem Schmerz deutlich genug zu verstehen gab, dass man ihm keine Beachtung schenkte, wenn man nur ausdauernd genug davon absah, auf den Verlauf der Zeit zu achten, konnte es durchaus geschehen, dass man sich nach Stunden, nach einer endlosen Abfolge von Einzelschritten am Ende einer Dauer und Distanz wiederfand, die, in einem Stück betrachtet, kaum zu bewältigen war.

Zumindest in Ansätzen schien die Überlistung seines eigenen Körpers an diesem Nachmittag zu funktionieren. Die Sonne war zwischen den Wolken aufgetaucht und brannte heiß auf seinen Rücken. Der salzige Wind strich rau über seine Wangen, doch Palter Calgola fühlte nichts, er dachte nichts und ganz bestimmt, ganz ohne jeden Zweifel, starb er an diesem Tag auch nicht.

Tut einfach eure Arbeit, Finger. Konzentriert euch, Füße. Tut einfach, was ihr immer tut. Lasst nicht nach in eurer Vorsicht, Augen. Dann kommen wir aus dieser ganzen Sache wieder heil heraus.

Das Manöver funktionierte erstaunlich lange, bevor ihm bewusst wurde, dass die strengen Zügel seiner Gedanken die erschöpften Biester der Arme und Beine nicht mehr lange mit Gewalt vorantreiben konnten. Mit einem Ächzen zog er sich auf eine schmale Stufe und presste den Rücken gegen die Felsen.

Er atmete tief und rasselnd. Es war besser, vorsichtig zu sein, rechtzeitig eine Rast einzulegen, bevor sich die geschundenen Körperteile entscheiden konnten, zu einem weitaus unpassenderen Zeitpunkt den Aufstand zu proben. Er drehte die Hände in den Gelenken, öffnete und schloss die Fäuste. Irgendwie machte er den Fehler, nach unten zu schauen.

„Heilige ..."

Mit einem scharfen Geräusch sog er die Luft ein. Schnell zog er die Knie an, drückte sich so fest wie möglich an die kalte Steinwand und bohrte seine Finger in glitschige Moosspalten. Weit unten donnerte eine Welle mit einer solchen Wucht gegen die Felsen, dass die ganze Klippe spürbar erzitterte.

Bei den Göttern! Noch einmal wagte er einen kurzen Blick hinab. Tausend Höllen. Die Täuschung seiner Glieder hatte sogar noch besser funktioniert als erwartet. Wer hätte ahnen können, dass er bereits *so* weit oben war? Die Farbe der See war grau und blau wie zerkratztes, mit Öl beriebenes Eisen. Der Brecher, der eben versucht hatte, ihn von seinem Vorsprung zu schütteln, zog sich wie ein wildes Tier nach dem Angriff unter schlürfenden Schaumspuren von den losen Brocken auf dem Strand zurück.

Für einen kurzen Augenblick schloss er die Augen.

Nicht zu lange, Palter.

„Ich weiß", gab er knurrend zurück. Die Gefahr war real. Die Anstrengung des zurückliegenden Wegstücks ließ sich nicht auf ewig leugnen. Er hatte keine Lust, hier oben zu erfrieren, darüber täuschte auch die beeindruckende Aussicht nicht hinweg.

Eine Bewegung zur Linken zog seinen Blick auf sich. Eine Möwe war nur wenige Armlängen entfernt auf einem Felsvorsprung gelandet und blickte ihn abwechselnd aus ihren gelben Augen an. „Na?“, hörte er sich krächzend fragen. „Auch allein hier draußen?“

Die Antwort der Kreatur bestand in einem anklagenden Kreischen. Mit einem plötzlichen Flattern seiner Flügel sprang das Tier über die Kante, ließ sich von der nächsten Windböe entlang der Felsen in die Höhe treiben und verschwand unter lauten Vorwürfen zwischen seinen Artgenossen.

„Ja“, erklärte er mit einem müden Winken. „Euch ebenfalls noch einen schönen Tag.“ Er erhob sich und wagte einen Blick in die Höhe. Der nächste Abschnitt war steiler als der erste. Er streckte die Hände vor und ließ seine Finger über die Felsen wandern, tastend nach der nächsten Spalte in der feuchten Wand.

Eine dünne Gischtwolke wehte unversehens aus der Tiefe zu ihm herauf und besprühte seinen Rücken mit Myriaden kleiner Tropfen. „Grmpf.“ Irgendein unfreundlicher Wind musste die Krone einer Welle im Moment des Aufpralls ergriffen und hier heraufgetrieben haben. „Danke. Genau das habe ich gebraucht.“

Wirklich großartig. Als hielte die Natur an diesem Nachmittag nicht schon genügend Ärgernisse für ihn bereit. Das Land gab wirklich sein Bestes, um einem unschuldigen Mann das Leben schwer zu machen. Nicht weniger schlimm war, dass seine Muskeln, Sehnen und Finger das falsche Spiel durchschaut hatten. Die Körperteile beharrten eindringlich auf einer deutlichen Verlängerung der Rast.

Er musterte das nächste Klippenstück. Wenn seine Augen ihn nicht täuschten, zeichnete sich nur wenig weiter oben ein weiterer Absatz vor den Felsen ab. Das Teil schien deutlich breiter als die aktuelle Stufe. Die Entfernung betrug vielleicht noch vier oder fünf Manneslängen. Wenn er es bis dorthin schaffte, würde er sich für einige Augenblicke *richtig* ausstrecken können.

Komm schon, Palter! Unter nicht geringen Mühen zog er sich über das nächste Stück empor. Zum Glück boten sich ausreichend Ritzen und Vertiefungen, in denen seine Finger und Fußspitzen Halt fanden. Nach einigem Ächzen und unter erheblicher Beanspruchung seiner gereizten Glieder war er dem erspähten Ruheort nahe genug gekommen, um mit den Fingern seine Kante zu berühren. Noch eine letzte Anstrengung und ...

Er hielt inne und lauschte. Ja. Über das Rauschen des Windes und der Wellen, zwischen dem auf und ab wallenden Geschrei der Möwen war noch etwas anderes zu vernehmen. Ein Zwitschern und Piepsen auf der Plattform über seinem Kopf.

Er schnaufte. Verdammte Viecher. Überall hatten sie ihre Nester aufgeschlagen, auf jeder noch so kleinen Fläche, die keine perfekte Vertikale war. Aber gut. Dann würde er sich seinen Rastplatz eben teilen müssen. Er streckte die Hände über die Kante, fand mit seinen Fußspitzen eine ausreichende Vertiefung im Fels und zog sich mit einem Kraftakt beider Arme an der Wand empor. Vorsichtig linste er über die Felsnase, inbrünstig hoffend, nicht sofort ein Auge ausgehackt zu bekommen.

Die Oberseite der kleinen Plattform war keineswegs so groß wie erhofft. Dafür war sie annähernd flach und gerade breit genug, um einem erwachsenen Mann Platz zu bieten, sofern er sich hinhockte, die Beine anzog und leise wimmerte, wobei Letzteres eine Frage des persönlichen Geschmacks war. Erschwert wurde das Vorhaben dadurch, dass sich über die gesamte Breite des kleinen Balkons ein Nest aus Zweigen erstreckte. Ästen, korrigierte er sich. Von Zweigen konnte nur gesprochen werden, solange das Gehölz eine gewisse Stärke nicht überschritt. Der vor ihm liegende Baustoff aber war von überaus beunruhigenden Ausmaßen. Kaum vorstellbar, dass eine *Möwe* all das hier oben angesammelt haben sollte.

In dem Bau war Bewegung zu erkennen. Fünf Küken, flaumige, schneeweiße Federbälle, drehten zuckend ihre Köpfe und erwiderten seinen prüfenden Blick mit feindseligem Geschrei.

Er schluckte. Nein, Möwenküken erreichten mit Sicherheit nicht eine solche Größe. Gegenüber diesen Biestern wirkte selbst sein Nachbar von der letzten Plattform beinahe freundlich. Die Wesen erweckten keineswegs den Eindruck, ihren Ruheort bereitwillig teilen zu wollen.

Nun, manchmal mussten die Gefühle von Federvieh eben hinter den unvermeidlichen Erfordernissen anderer Weltbewohner zurückstehen. Seine Waden wiesen ihn mit einem Zittern darauf hin, dass er nicht mehr allzu lange an der Felswand würde hängen können. Er warf einen besorgten Blick über seine Schulter. Er räusperte sich und wandte sich erneut den Küken zu. „Na? Ist eure Mama zu Hause?“

Augen wie blitzende Kohlenstücke, schnappende, hakenförmige Schnäbel ließen erahnen, dass eine Begegnung mit dem Muttertier vorzugsweise zu vermeiden war. Eines der Küken sperrte den Schnabel auf, sodass eine winzige rosafarbene Zunge zum Vorschein kam. Die Geste bewegte auch die anderen dazu, es ihrem Geschwisterteil gleichzutun.

„Oh nein. Nein.“ Offensichtlich handelte es sich um ein Missverständnis. „Ich habe nichts zu essen mitgebracht. Ich will nur ...“

Er fuhr zusammen. Ein gellender Schrei hallte von den Klippen wider. Das Lungenvolumen einer Möwe reichte bei Weitem nicht aus, um ein derartiges Geräusch hervorzubringen.

„In Ordnung. In Ordnung.“ Kein Grund zur Sorge. Auf einer solchen Klippe musste es Dutzende von Vorsprüngen geben, auf denen Raubvögel ihre Brut zum Nisten unterbrachten. Die Wahrscheinlichkeit, dass gerade *dieses* hier ...

Ein aufgeregtes Piepsen erhob sich aus den winzigen Kehlen. Einige der Biester begannen, übereinander zu klettern, um in dem zuckenden Haufen ganz nach oben zu gelangen.

„Schlecht“, erkannte er gepresst. „Das ist schlecht.“ Unverkennbar nicht die beste Zeit für einen Besuch. Mit den Fußspitzen tastete er nach einer Kante in der Tiefe, um sich erneut herabzulassen. Trotz wiederholter Bemühungen schaffte er es nicht, fündig zu werden. „Komm schon. Komm schon!“

Ein plötzliches Rauschen in der Luft. Ein Schatten fiel über ihn, zudem noch über einen gehörigen Teil der Felswand.

„Gargh! Nun komm schon.“ Die Haare in seinem Nacken standen aufrecht. Zunehmend getrieben, tastete er weiter mit den Füßen in der Tiefe blind umher. Immer noch fanden seine Stiefel nichts als glatten, nackten Fels.

Ein plötzlicher Luftzug, der seine Haare flattern ließ.

Er kniff die Augen zusammen. So also würde es zu Ende gehen.

Eine fühlbare Präsenz war hinter und dann über ihm. Regungslos erwartete er das Gefühl scharfer Krallen in seinem Fleisch, den mächtigen Ruck, der ihn von der Felswand in die Tiefe werfen würde.

Federn streiften ihn. Dünner Flaum strich über seine Ohrmuschel. Ein beängstigendes Knirschen kündete davon, dass mächtige Fänge sich vor seiner Stirn in Felsenspalten gruben. Instinktiv riss er einen Arm zum Schutz in die Höhe, um sein Gesicht zu schützen. „Neineineineinein!“, brachte er krächzend hervor. „Nicht! Ich bin kein Nesträuber. Ich will euch überhaupt nichts tun!“

Er wartete. Stille trat ein, abgesehen vom aufgeregten Zwitschern der Küken, dem wieder zunehmenden Gekeife der Möwen an der Klippenwand. Die Präsenz des großen Vogels war mit jeder Faser unverkennbar zu verspüren.

Noch immer war der Angriff nicht erfolgt. Mehr Augenblicke vergingen, in denen er erstaunlich unzerfleischt, erstaunlich un-herabgestürzt in mörderische Tiefen an den Felsen hing. Nur langsam wagte er einen vorsichtigen Blick über seinen Arm hinweg.

Obwohl er geahnt hatte, was ihn erwartete, schnappte er nach Luft. Der Adler saß nicht einmal eine Armlänge von ihm entfernt. Graue Augen musterten ihn über einen Schnabel von der Form und Länge eines Dolches. Die Schulterhöhe des Tieres entsprach gut und gerne der eines hockenden Mannes. Der Kopf war weit vorgeschoben, so als verspreche sich das Tier von einer näheren Betrachtung genauere Erkenntnisse über den ungebetenen Besucher. Schon der Schnabel hätte vollends ausgereicht, um dem Biest einen unangefochtenen Spitzenplatz am oberen Ende der Nahrungskette zu sichern. Dass es auch noch über Klauen von der Länge menschlicher Finger verfügte, ließ sich nur als unnötige Übertreibung der Natur erklären.

Die gelben Fänge des Wesens hielten den Lohn eines erfolgreich ausgeführten Beutezugs. Ein Seehecht von beeindruckenden Ausmaßen lag mit starrem Blick auf dem Felsvorsprung. Aus frischen Wunden in dem glänzend-grünen Schuppenpanzer ergoss sich Blut in rosafarbenen Spuren über eine weiße Bauchpartie.

Die Küken reckten ihre Hälse nach dem Fang. Das Muttertier aber schenkte seinem lärmenden Nachwuchs keinerlei Beachtung. Viel interessanter schien der unerwartete Besucher, der es bisher versäumt hatte, seine Anwesenheit in irgendeiner Weise zu entschuldigen.

Er schluckte. „Keine böse Absicht“, wiederholte er zur Sicherheit. „Ich ... bin nur auf der Durchreise.“ Großartig. Einem Raubvogel gut zureden. Das *musste* schließlich helfen. „Wie es aussieht, störe ich beim Abendessen“, fügte er hastig hinzu. „Ich will daher auch gar nicht lange ... argh!“

Blutspritzer trafen sein Gesicht. Mit einer blitzartigen Wendung hatte sich das Tier herabgebeugt und der Beute mühelos den Kopf abgerissen.

„Wurgs!“

Der Räuber war noch nicht am Ende. Mit zuckenden Bewegungen begann er, durch das Halsloch Innereien aus dem Körper seiner Beute an die Luft zu zerren. Die Jungen streckten sich danach, als handle es sich um köstliche Delikatessen.

Er versuchte, nicht zu genau hinzusehen. Stück um Stück verschwand der Meeresbewohner in den gierigen Schnäbeln der lärmenden Brut. Die Kleinen schrien und zankten sich um jeden Fetzen, egal, wie viel das Muttertier in ihre nimmersatten Schnäbel schob.

Seine Arme und Beine hatten zu zittern begonnen. Die Körperteile nutzten die Gelegenheit, um darauf hinzuweisen, dass er bereits äußerst lange in unbequemer Position an der

Seite dieser Felsnase hing. Die Haut an seinen Fingern brannte. Seine Beine waren schwer und müde. Allzu lange würde er sich nicht mehr halten können. Fraglich war allein, ob er den Übergang zur nächsten Horizontalen kontrolliert und mit Vorsatz oder schreiend und unter ständiger Beschleunigung zurücklegen würde.

Ohne die Vögel aus den Augen zu lassen, zog er sich ein kurzes Stück empor. Da niemand ihm Beachtung schenkte, wagte er, sich noch ein wenig weiter hinaufzudrücken. Langsam schob er eine Seite seines Gesäßes über die Kante auf die Plattform. Etwas knackte. Scharf sog er die Luft ein. Einige abgebrochene Zweige segelten an ihm vorüber in die Tiefe. Schuldbewusst blickte er auf.

Der Schnabel des Adlers war direkt vor ihm. Die grauen Augen starrten ihn an.

„'tschuldigung", brachte er flüsternd hervor. „Müde. Nur eine kurze Rast."

Das Mahl der Küken war beendet. Ihr weißer Flaum war ganz mit Blut besudelt. Abgesehen von wenigen Hautfetzen waren nur noch Kopf, Schwanz und ein Gerüst aus Knochen von dem gewaltigen Seehecht übrig.

„Seht ihr", brachte er hervor. „Keine böse Absicht. Ganz harmlos. Ich will nur ..."

Das Raubtier machte eine plötzliche Bewegung mit dem Schnabel. Ein Stück Haut flog durch die Luft und landete mit einem Platschen direkt vor seinen geschundenen Händen.

Er blickte auf.

Das Tier sah ihn erwartungsvoll an.

„Was?"

Der Blick war ungebrochen.

„Für ... mich?"

Der Adler rührte sich nicht.

Er schluckte. Das Teil sah wenig appetitlich aus. Ein wenig Fleisch hing noch daran. „Ahh. Tut mir leid. Ich habe schon gegessen.“ Der Verzehr von rohem Fleisch war nichts, was er seinem Magen zumuten wollte. Spätestens mit der Erfindung des Feuers hatten sich derartige Unsitten doch eigentlich erledigt.

Die Jungen im Nest bemühten sich, lauthals und ohne Unterlass darauf hinzuweisen, dass das nahrhafte Überbleibsel in ihren Mägen sehr viel besser aufgehoben wäre als im Schlund irgendeines undankbaren Eindringlings. Der fordernde Blick der Mutter aber verharrte unverändert auf ihm.

Zögerlich streckte er die Finger vor und zog das Fleischstück zu sich heran. Keine Schreie, keine vorschnappenden Kiefer deuteten darauf hin, dass er das Zeichen missverstanden hatte. Er hob die Haut vor den Mund. Das Tier ließ ihn nicht aus den Augen. Ergeben nagte er das Fleisch von den Schuppen. „Hmm“, brachte er gehorsam hervor. „Sehr lecker. Wirklich. Danke.“ Er hatte in der Tat schon schlechter gespeist, allerdings auch unter geringerem Erwartungsdruck. Er kaute weiter auf dem Fetzen herum. Über den Rand konnte er beobachten, wie die Jungen immer wieder versuchten, aus ihrem Nest herauszuklettern. Das Muttertier schob sie mit dem Schnabel hinter den Rand zurück, gegen quiekenden Protest.

„Ha“, entfuhr es ihm. Frohlock Gilbran hätte das hier gefallen. Der Gedanke kam von irgendwo aus seinem müden Hirn. Anerkennend schüttelte er den Kopf. Gefüttert von einem wilden Adler. „Wirklich sehr heldenhaft“, befand er murmelnd. „Sehr legendär.“ Beinahe schon *zu* legendenhaft. „Jap“, befand er. „Keine Frage. Wird mir niemals jemand glauben.“

Eine weitere Idee kam ihm. Der Gedanke ließ ihn erstarren. Wenn dies hier eine Legende war und er der Held ... Langsam wandte er den Kopf. Der Adler erwiderte seinen Blick.

Mit der Zunge fuhr er sich über die Lippen. „Seid Ihr etwa …" Er verstummte. Es lag immer eine gewisse Gefahr darin, mit Wahnvorstellungen umzugehen, als seien sie real. Irgendwo drohte, wie zu befürchten war, der Punkt, an dem man nie wieder zurückkehren konnte. „Ich meine nur. Für den Fall. Haben Euch die …" Er rollte mit den Augen und deutete mit dem Finger nach oben. „Haben die da oben Euch geschickt? Um mir zu helfen? Oder …" Er schluckte. Auch diese Sache war in Geschichten nicht unerhört. „Seid Ihr vielleicht selbst einer?"

Das Tier rührte sich nicht. Sein Ausdruck blieb undurchdringlich.

Hoffnungsvoll wandte er den Blick zu den Klippen in der Höhe. Hatte man nicht auch davon schon gehört? Helden, die in Seenot von Adlern zurück ans Land getragen worden waren?

„Meint Ihr …" Prüfend musterte er erneut seinen Gastgeber. „Meint Ihr, das wäre eine Möglichkeit? Mich mit Euren Flügeln dort hinauf …" Mit den Augen deutete er hinauf zur Klippenkante. „Ich meine natürlich nur, wenn es Euch nichts ausmacht. Müsste Euch ein Leichtes sein, mich dort hinaufzutragen. Nur wenn Ihr Zeit habt, selbstverständlich! Ich will Euch damit keineswegs zur Last fallen."

Der Adler öffnete den Schnabel und entblößte eine rosafarbene Zunge. Das Tier schien zu gähnen, was ihn verdutzte. Er hatte nicht gewusst, dass Vögel gähnen konnten. Allerdings hatte er auch noch nicht zu viel darüber nachgedacht.

Mit einem Mal richtete sich das Muttertier hoch auf. Die gewaltigen Schwingen breiteten sich langsam zu den Seiten aus. Wie prüfend flatterten sie mehrere Male gefühlvoll durch die Luft. Einen Moment lang verharrte das Tier auf diese Weise, die Flügel zur Linken und zur Rechten erhoben. Dann wandte sich der Vogel zum Abgrund und stieß sich kräftig von den Felsen ab.

Schützend wandte er sich ab. Der Luftzug war erheblich. Der Körper glitt über die Kante und fing sich nach einigen Längen in der Tiefe. Mit seinen Blicken folgte er dem Schemen. Die Spannweite der Flügel übertraf bei Weitem die seiner eigenen Arme. Der Adler senkte sich zur Seite und beschrieb eine weite Runde. Dutzende von Möwen stiegen erschreckt und unter lautem Krächzen von den Felsen auf. Ohne einen weiteren Flügelschlag segelte das Tier auf einer Kreisbahn wieder an die Klippenfront heran. Die Spitzen seiner Schwingen berührten beinahe den Stein. Das rechte Auge blitzte und schien in milchigem Blau, als wolle es noch einen letzten Blick auf den Besucher werfen. Nur eine Spiegelung? Dann war das Wesen vorüber. Mit kräftigen Flügelschlägen erhob es sich entlang der Felsen in die Höhe. Ein unsichtbarer Luftstrom schien den Körper zu erfassen und elegant emporzutragen. Irgendwann löste sich der Adler aus dem Wirbel und trieb aufs offene Meer hinaus.

Die Schwärme der Möwen begannen, sich langsam zu beruhigen. Die Vögel kehrten in ihre Nester und Spalten zurück oder wandten sich wieder ihren Streitereien zu. Auch die Adlerküken an seiner Seite wandten sich ab und drängten sich dicht aneinander, bis nur noch ein einziger, zitternder Fellball zu erkennen war.

Er wandte den Kopf zum Meer und verzog missmutig das Gesicht. „Oder auch nicht“, kommentierte er missmutig das Vergehen einer kurzzeitigen Hoffnung. Adler müsste man sein. Es wäre schön gewesen, einfach so davonzufliegen. Offenbar war auch für Möweneltern die Zeit zur Fütterung gekommen. In Schwärmen kreisten die Tiere über der Oberfläche umher, durchstießen mit gewagten Sturzflügen die dunkle Oberfläche, um anschließend, mit glitzernder Beute in ihren Schnäbeln, wieder in die obere Welt zurückzukehren.

Du musst zusehen, dass du von hier fortkommst.

„Ich weiß", erklärte er dem Wind und den Felsen. Er musste weiter. Ansonsten würden Erschöpfung und Unterkühlung erledigen, was menschlichen Feinden bisher nicht gelungen war. Die Adlerküken hätten sicher nichts dagegen einzuwenden. Eine Mahlzeit, die auch noch so freundlich war, sich selbst zu servieren, lehnte hier draußen sicher niemand ab.

Er richtete den Blick nach oben. Missmutig starrte er in seine Handflächen, öffnete und schloss die Fäuste, als könnten die Linien der Haut ihm Antworten geben. Was zum Henker tat er überhaupt hier oben? „Wie wäre es mit etwas Hilfe?", murmelte er in Richtung der Wolken.

Anstelle einer Antwort donnerte erneut ein Brecher an die Felsen in der Tiefe. Die Klippe erzitterte. Eine Gischtwolke stieg vor der Felsnase auf.

„Was wollt ihr von mir?", forderte er vom Wind, der ihm glitzernde Wassertropfen entgegenspie. „Hä? Was wollt ihr, dass ich tue?" Es war zum Heulen. Er fand einen losen Kiesel und schleuderte ihn aufs Meer hinaus. Der Gegenwind erfasste das Geschoss und lenkte seine Flugbahn steil nach unten. Selbst der verdammte Wind schien fest entschlossen, ihm jegliches Erfolgserlebnis zu verwehren. „Ich habe keine Lust mehr, hört ihr? Drückt euch klarer aus. Oder macht eure verdammte Arbeit selbst. Ich weiß ja nicht einmal, was ihr von mir wollt!" Wut wallte in ihm auf. Gerade noch widerstand er der Versuchung, mit der Hacke nach den Felsen zu treten. Gesunde Füße mochten in den nächsten Stunden noch von entscheidender Bedeutung sein.

Die Küken glucksten. Die meisten von ihnen schienen zu schlafen. Andere versuchten, im Knäul ihrer Geschwister die wärmsten Plätze zu ergattern.

„Götter!“ Er nahm den Kopf zwischen beide Arme. Hatten Helden nicht Anspruch auf göttlichen Beistand? So funktionierte dieser ganze Handel, oder nicht? Man erklärte sich bereit, ihre Spiele mitzuspielen, und im Gegenzug gewährten die Erhabenen einem ihren Beistand. Mindestens aber sollten sie dafür sorgen, dass man nicht auf irgendeiner Klippe jämmerlich erfror. Er hatte seinen Teil geleistet, oder nicht? Wo also blieb die verdammte Gegenleistung? „Ihr meint es gut mit mir, was? Oh ja. Was meint ihr es heute wieder gut mit mir.“

Auch das Einreden von Schuldgefühlen schien bei den Göttern nicht zu fruchten. Knurrend richtete er sich auf. „Also gut“, befand er bitter „Wie ihr wollt. Ganz wie ihr wollt. Gebt euch nur keine Mühe. Aber wehe, ihr beschwert euch, wenn die ganze Sache schiefgeht.“ Mit grimmiger Entschlossenheit trat er an die Felswand und tastete nach der nächsten Felskante. Gerade als er sich emporziehen wollte, fiel sein Blick auf den Kopf des Hechtes, der ihm vom Boden aus leblos entgegenstarrte. Vorsichtig blickte er nach links und rechts.

Lächerlich, Palter. Hör auf, dich lächerlich zu machen.

Dennoch ging er in die Knie. Die Hoffnung war bekanntlich das letzte, was sich in der Bedrängnis verabschiedete. Vorsichtig öffnete er mit beiden Händen die Kiefer des Fisches. Er neigte den Kopf und blickte in den Schlund voller nadelspitzer Zähne. Der Rachen wies eine bemerkenswerte Abwesenheit von magischen Ringen oder sonstigen hilfreichen Gegenständen auf, die sich in Sagen und Legenden gern an solchen Orten finden ließen. Er schnaufte bitter und erhob sich mit knackenden Gelenken. „Also gut“, stieß er aus. Was hatte er erwartet außer einer weiteren Enttäuschung? „Wie ihr wollt." Dann halt alleine. So wie immer. Auf die bewährte Weise. Entschlossenheit und Muskelkraft. Mit beiden Händen umklammerte er ...

Ein Knirschen ertönte. Die Kante zerbrach unter seinem Griff zu kleinen Splittern. Gerade noch fanden seine Füße Halt auf der Plattform, um nicht vollends von der Stufe in den Abgrund zu stürzen.

„Verdammt!" Er schlug die Handflächen zusammen und bereute es sofort. Es war nicht gerecht. Es war einfach nicht gerecht. Er hatte solche Schwierigkeiten nicht verdient.

Wieder trat er vor, betastete die feuchte Felswand und fand eine weitere Kante. Schon bei der ersten Belastung, mit der er sich emporziehen wollte, schoss ein stechender Schmerz durch seinen rechten Arm und ließ ihn zurückfahren. „Argh!"

Tränen des Schmerzes und der Wut stiegen in seine Augen.

Nicht gerecht. Nichts von all dem, was ihm hier draußen angetan wurde, hatte er verdient. Warum nur konnten die Dinge nicht einmal, nur ein *einziges* Mal einfach sein? Einige Momente lang rieb er sich mit den Knöcheln über den steifen Arm, um wieder Gefühl hinein zu massieren. Dann unternahm er einen neuen Versuch.

Dieses Mal schaffte er es tatsächlich über mehrere Fuß in die Höhe. Irgendwann aber tasteten seine Hände vergeblich nach der nächsten Kante. Er versuchte es zur Rechten und zur Linken, doch nirgendwo fanden seine Finger Halt. Noch lagen nicht einmal zwei Manneslängen zwischen ihm und dem Nest der Küken. Ringsum aber nirgendwo ein Weg nach oben zu erkennen. Nichts lag vor und über ihm als glatter, schwarzer Stein.

Was nun? Mit der Linken klammerte er sich fest. Mit der Rechten zog er vorsichtig den Dolch aus der Scheide an seinem Gürtel. Mit langsamen Bewegungen begann er, die

Klinge über seinem Kopf hin und her zu bewegen. Eine Spalte. Irgendwo musste doch eine Spalte ...

„Aha.“ Die Klinge fand etwas. Einen schmalen Ritz. Er schob die Waffe hinein, so tief es ging. Hoffentlich war das Teil kräftig genug gefertigt. Wenn er nur ... „Ha!“ Gerade noch schwang er herum. Seine Rechte bekam Fels zu fassen. Wie ein glitzernder Fischkörper zuckte die Klinge vor den Klippen und verschwand lautlos in der Tiefe. „Verdammt. Verdammt, verdammt, verdammt!“

Vorsichtig wagte er über die Schulter einen Blick nach unten. Der Wind zog an seinem *Efrindir*. Unter dem Plateau mit dem Nest erstreckte sich Felswand, deren Überwindung ihn mehrere Stunden und den größten Teil seiner Kraft gekostet hatte.

Nein. Er konnte nicht zurück. Es durfte nicht umsonst gewesen sein. Dies hier war der Weg. Hier entlang hatte der Abbademer ihn geschickt. In den Geschichten geschah so etwas nie.

Er schloss die Augen und lehnte sich vorwärts mit der Stirn gegen die kalte Felswand. Wenn er sich einfach rückwärts abstieß, war das Ganze wenigstens schnell vorbei.

Mit einem Mal ertönten laute Stimmen über ihm. Fetzen von Befehlen, vom Wind verzerrt und fortgerissen. Ungläubig legte er den Kopf in den Nacken. Ein weites Stück leicht überhängender Felswand. Dahinter Geräusche.

Wachen. Irgendwo dort oben waren Wachen. Unsichtbar, aber deutlich zu vernehmen.

Menschen. Andere Menschen waren dort oben. Beinahe hatte er vergessen, dass er nicht völlig alleine in dieser Welt war. Was aber hatte es auf sich mit den plötzlichen ...

Aus einem Instinkt heraus wandte er sich um. Ein Keuchen entfuhr ihm. Er traute seinen Augen kaum.

Etwas Buntes bewegte sich auf den endlos grauen Wellen. Fünf Schiffe unter blauen und goldenen Segeln. Sie waren bereits sehr nahe herangekommen.

Schiffe auf der See. Hatten sie ihn bemerkt? Nein, der schwarze *Efrindir* vor den dunklen Klippen machte ihn so gut wie unsichtbar. So schnell wie möglich kletterte er zurück zur Plattform mit dem Nest der Adlerküken und presste sich gegen die Steinwand.

Aus insgesamt fünf Kähnen bestand der kleine Verband. Die Strömung musste stark sein, stärker noch, als von hier oben zu erahnen war. Wie gegen erheblichen Widerstand kämpften sich die Kiele durch die weißgekrönten Wellenkämme. Die Segel waren gespannt und flatterten heftig in der steifen Brise. Drei von ihnen waren dickbäuchige, tief im Wasser liegende Koggen. Bei den anderen beiden musste es sich um leichtere Begleitschiffe handeln. Er kannte die Formen. Abbademische *Zhalandi*. Schnelle und wendige Kriegsschiffe mit dreieckigen Segeln. Was aber trieb einen Handelszug derart nahe an die Küste? Entweder es handelte sich um Schmuggler und Piraten oder aber irgendeine Notlage hatte den Kommandanten dazu gezwungen, von der sicheren Route auf dem offenen Meer abzuweichen und sich den gefährlichen Klippen zu nähern. Die hinterste der Koggen bestätigte die Vermutung. Das Schiff fuhr mit deutlicher Schlagseite und schien Mühe zu haben, mit der Geschwindigkeit der anderen Schritt zu halten. Ein Tau verband den Nachzügler mit einem der weiter voraus fahrenden Schiffe, das den verwundeten Artgenossen hinter sich herzog.

Erneut erklangen Geräusche von der Klippenkrone. Ein Flattern wie von Segeln oder Planen. Das Rasseln von Ketten und das Knarzen von Gebälk. Er stutzte. Bekannte Geräusche. Zu bekannt. Konnte es sein?

Doch, tatsächlich. Ein Knirschen wie von schweren Wellen und dicken Seilzügen. Das krachende Einrasten von Zahnrädern. Niemand musste ihn daran erinnern, wie Belagerungsgeräte klangen.

Sein Blick ging zurück zum Handelszug. Niemand auf den Schiffen schien etwas von der Gefahr zu ahnen, die von der Oberseite dieser Klippen drohte. Das Hochplateau war von der See her nicht einsehbar. Umgekehrt hingegen musste es ein Leichtes sein, die Beute ins Visier zu nehmen. Er ging in die Hocke und legte sich auf den Steinboden, um nicht aus der Nähe doch noch aufzufallen. Inzwischen waren Einzelheiten auszumachen. Seilzüge, die sich zwischen den Segeln spannten. Kisten und Fässer an Deck. Besatzungsmitglieder, die sich an der Reling festhielten oder in der Takelage umherkletterten. Der Höhenunterschied und die Abwesenheit von Landmarken musste das Einmessen für die Geschützbesatzungen schwierig machen. Es konnte sich nur noch um Augenblicke handeln, bevor die Schiffe in ihren Feuerkreis gerieten.

Mit einem Mal begann ein Mann an einer Mastspitze zu winken und zu schreien. Andere bemerkten die Rufe ihres Kameraden und folgten mit ihren Blicken der Richtung seines ausgestreckten Armes. Nicht zu den Klippen, nach Osten hin gingen seine hektischen Bewegungen, entlang der Küste, in Fahrtrichtung des Verbandes.

Nun erkannte auch er den Anlass für die Aufregung. Flache, lang gezogene Boote mit schwarzen Dreieckssegeln. Ähnlich einem Rudel lauernder Raubtiere lösten sich die schlanken Formen aus dem Schutz der Felsen zur Linken. Davon also hatte der Abbademer gesprochen. Irgendwo dort drüben musste sie liegen, die geheime Bucht, in der sich Kalabats Flotte vor dem Meer verbarg.

Auch die Besatzungen der anderen Abbademer-Schiffe hatten die Angreifer in der Zwischenzeit bemerkt. Geschrei erhob sich. Warnungen vor der herannahenden Gefahr wurden von einem Deck zum nächsten weitergegeben. Auf den schweren Handelsschiffen setzte hektische Aktivität ein. Die Kapitäne hatten schnell erkannt, dass ihnen die wendigen Angreifer an Geschwindigkeit überlegen waren. Fluchtversuche waren aussichtslos. Quermasten wurden herumgeworfen, um in einem offenbar abgestimmten Manöver zur Küste hin beizudrehen. Die Koggen bildeten eine Art Linie, um den Piraten ihre Breitseiten zuzuwenden. Männer stürmten über Treppen ins Innere und kehrten mit Armen voller Bögen aus den Frachträumen zurück. Waffen wurden ausgegeben und die Besatzungen formierten sich entlang der Relings, um die heranpreschenden Feinde mit einem Pfeilhagel zu empfangen. Niemand konnte ahnen, dass die wahre Gefahr von oben drohte. Unwissentlich hatte der Verband die Arbeit der verborgenen Geschützmannschaften durch die Einnahme einer unbeweglichen Verteidigungsposition soeben erheblich erleichtert.

Die beiden *Zhalandi* nahmen Fahrt auf und steuerten geradewegs auf die Gruppe der Angreifer zu. Offenbar besaßen die Kommandanten der Begleitschiffe genügend Vertrauen in ihre überlegene Ausbildung und Bewaffnung. Eine *Zhalandi* in der Hand einer erfahrenen Besatzung war durchaus in der Lage, auch aus einer Begegnung mit zahlenmäßig überlegenen Feinden als Sieger hervorzugehen. Zugleich aber zeigte das Manöver die völlige Unkenntnis des Verbandsführers über das Ausmaß der Bedrohung.

Oberhalb der Klippen ertönte ein gebrüllter Befehl. Dem Ausruf folgte ein lautes Schnappen, ein federndes Geräusch, als löse sich eine gewaltige Bogensehne. Ein Geschoss von der Länge eines kleinen Baumstamms rauschte über ihn hinweg, beschrieb einen Bogen durch die Luft und schlug nur wenige Fuß neben dem Kiel der küstennahen *Zhalandi* in die Wellen.

Jetzt erst wurden sich die Männer auf den Schiffen der Gefahr bewusst. Ein Kommandant mit grünem Kopfschmuck und wehendem Umhang erteilte schreiend und zur Küste deutend neue Befehle.

Das Schnappen eines weiteren Geschützes ertönte, dieses Mal gefolgt von einem Donnern, dem Aufprall eines Schleuderarms auf einem Querbalken. Ein Schauer von glühenden Splittern erfüllte die Luft mit einem Rauschen wie von Wasserströmen und zog einen vielarmigen Vorhang aus grauen Rauchspuren über den Himmel. Der größte Teil des Katapultschusses ging zu kurz. Ein Teil der brennenden Fragmente fand jedoch sein Ziel. Loderndes Schrapnell durchschlug die Stoffbahnen der Segel, hagelte auf das hölzerne Deck der *Zhalandi* und sandte Flammen entlang der Masten empor.

Die Besatzung war gut ausgebildet. Sofort machten sich die Seeleute daran, den Stoff von den Masten zu reißen und Löschversuche einzuleiten. Ihre Bemühungen gingen zulasten der Geschwindigkeit. Schon war das Boot deutlich hinter das seiner weiter voranpreschenden Schwester zurückgefallen. Zudem machte es die verringerte Mobilität der feindlichen Geschützbesatzung deutlich einfacher, die nächste Salve platzierter abzusetzen.

Inzwischen begann die andere *Zhalandi*, auf die Bedrängnis ihrer Kameradin zu reagieren. Dass Schiff brach seinen Vorstoß ab und schwenkte herum. Offenbar hatte der Kapitän beschlossen, dass das Manöver in Anbetracht der neuen Kräfteverhältnisse aussichtlos war, und sich entschieden, den Angriff stattdessen im geschlossenen Verband zu erwarten. Die Reihe der Handelsschiffe bemühte sich, weiter zur offenen

See hinauszusteuern, um den Abstand zu den Küstengeschützen zu vergrößern, ohne dabei die Formation der Abwehrreihe aufzugeben. Ohnehin war davon auszugehen, dass sich der Beschuss der Belagerungswaffen vorerst auf die Begleitschiffe konzentrieren würde, um die wertvolle Beute in den Frachträumen der Händler nicht zu gefährden.

Der Besatzung der angeschlagenen *Zhalandi* war es bemerkenswert schnell gelungen, die meisten der Brandherde zu löschen. Die Männer waren eilig darum bemüht, das versengte Segel erneut zu hissen, um wieder manövrierfähig zu werden.

„Feuer!"

Die nächste Katapultsalve folgte dem Ruf des Kommandanten auf den Klippen. Wie erwartet hatte die Geschützbesatzung ihre Fehlpeilung aus der ersten Ladung korrigiert. Sich kräuselnde Rauchbahnen zogen fauchend über den Himmel. Glühende Splitter prasselten entlang der vollen Länge des Schiffes auf das Deck der *Zhalandi.* Es war, als habe der Götterschmied selbst seinen Glutofen geöffnet und über den unglücklichen Abbademern ausgegossen. Männer sprangen um sich schlagend und mit brennenden Gewändern über Bord und in die Wellen. Flammen züngelten über Spanten, Masten und Seile und fraßen sich innerhalb kürzester Zeit entlang des Hauptmasts empor. Einige der Geschosse hatten die Bordwand durchschlagen und Brände im Inneren entzündet. Ein Volltreffer. Das Schiff war ohne jeden Zweifel rettungslos verloren. Nach einem kurzen, aber aussichtslosen Kampf gab die Besatzung ihre Löschversuche auf. Der Kapitän erteilte den Befehl, das Boot aufzugeben. Fässer, Bretter und sonstige schwimmfähige Gegenstände wurden über Bord geworfen. Trauben von Seeleuten versuchten, sich mit der Hilfe von Netzen und Tauen ins Wasser abzuseilen. Diejenigen, die es ganz nach unten schafften, klammerten sich an das auf den Wellen tanzende Treibgut oder versuchten, durch die Dünung zu den noch intakten Handelsschiffen zu entkommen.

Die Mannschaft des Geschützes leistete, wie man zugeben musste, hervorragende Arbeit. Es gehörte einiges dazu, bereits beim zweiten Versuch einen derartigen Wirkungstreffer zu erzielen. Auch die Feuerrate ließ auf eine eingespielte Besatzung schließen. Die Balliste, die den ersten Schuss abgegeben hatte, schwieg nun schon erstaunlich lange.

Wie zur Bestätigung ertönte ein erneutes Schnappen und Donnern. Dieses Mal feuerten beide Geschütze beinahe gleichzeitig.

Treffer. Der Anblick brachte ihn beinahe dazu, sich abzuwenden. Die Besatzung des Katapults war nun vollends eingeschossen. Der Hagel der Projektile traf das bereits in Flammen stehende Kriegsschiff erneut auf voller Länge. Einige Besatzungsmitglieder hatten den Fehler gemacht, sich an der küstenseitigen Reling abzuseilen. Mehrere von ihnen stürzten schreiend in die Wellen. Andere trieben regungslos und mit brennenden Gewändern auf der Oberfläche.

Das Geschoss der Balliste war von einer besonderen Art. Dem auf einer Bogenform in die Tiefe rauschenden Bolzen folgte ein Seil, das an seinem hinteren Ende befestigt war. Die breite, mit Widerhaken versehene Spitze des Keils durchschlug Segel und Takelage des am nächsten bei der Küste treibenden Handelsschiffes und fiel jenseits der abgewandten Bordwand in die Wellen.

Der Führer der Geschützmannschaft brüllte einen Befehl. Eine große Winde setzte sich knarzend in Bewegung. Das Seil straffte sich. Er konnte erkennen, wie der Bolzen jenseits der Bordwand aus den Wellen auftauchte, splitternd zwischen den zur Seite springenden Besatzungsmitgliedern über das

Deck des Schiffes tanzte und schließlich unterhalb der küstenseitigen Reling ruckend Halt fand.

Ein weiterer Befehl ertönte. Das Knarzen der Winde wurde angestrengter, während sich Männer oberhalb der Kante geräuschvoll ins Zeug legten, um die getroffene Beute näher an die Küste heranzuziehen. Gelang der Fischzug, so waren gleich zwei der Handelsschiffe unrettbar festgesetzt. Dasjenige, das am Haken hing, war noch immer durch ein dickes Tau mit seinem angeschlagenen Artgenossen verbunden.

Auch die Piraten reagierten auf die veränderte Gefechtslage. Während zwei ihrer schnellen Kaperschiffe weiter auf den abbademischen Verband zusteuerten, allerdings mit deutlich gedrosselter Geschwindigkeit, wichen die drei übrigen zum offenen Meer hin aus, um der Beute den rückwärtigen Fluchtweg abzuschneiden.

Erstmals kam nun so etwas wie Unordnung in die Formation der Beuteschiffe. Die Männer auf der Kogge, die von der Winde unbarmherzig immer weiter in Richtung der Klippen gezogen wurde, versuchten mit Handäxten, ihre eigene Reling zu durchschlagen, um die Widerhaken des Bolzens zu lösen. Einige andere bemühten sich mit Schwertern und Dolchen darum, das Seil am Ende des verhakten Geschosses abzutrennen. Der ganze Abschnitt jenseits der eisernen Öse bestand jedoch aus eisernen Kettengliedern. Einige besonders Verzweifelte unter den Bogenschützen an Bord des getroffenen Schiffes unternahmen den vergeblichen Versuch, das Feuer der Küstengeschütze mit ihren Handwaffen zu erwidern.

Eilig kroch er rückwärts und drückte sich eng an die Steinwand. Mit einem Klappern prallte der Pfeilhagel ringsum gegen die Felsen. Er riss die Arme über den Kopf, während rings um ihn herum zerbrochene Schäfte niedergingen. Schwärme zeternder Möwen erhoben sich von den Felsen. Die Adlerküken schrien und krächzten. Mit ausgestrecktem Fuß versuchte er, das Adlernest zurück in eine schützende Felsritze zu schieben. Die Tiere dankten es ihm, indem sie nach seinen Zehen schnappten.

Die Reichweite der Abbademer-Bögen reichte bei Weitem nicht aus, um die gut positionierten Angreifer oberhalb der Klippen in Bedrängnis zu bringen. Dennoch begann das Katapult im Gegenzug, das Deck des Handelsschiffs mit Splittergeschossen einzudecken. Auf das Entzünden der Ladungen wurde verzichtet, wohl um die Ware in den Frachträumen nicht in Gefahr zu bringen. Diejenigen Männer der Besatzung, die den Einschlägen entkommen konnten, zogen sich unter das Deck zurück. Einige begannen sofort damit, Schwimmbares über die abgewandte Reling ins Meer zu werfen.

Jeglicher koordinierte Widerstand des Verbandes brach in sich zusammen. Das gefangene Handelsschiff hing hilflos am Ende der Bolzenkette, ebenso wie die zweite Kogge in seinem Schlepptau, der unter dem Eindruck des Beschusses niemand mehr Beachtung schenkte. Die brennende *Zhalandi* war inmitten von Trümmern und menschlichen Körpern bereits zu einem großen Teil in den Wellen versunken. Der Weg hin zur See war von drei Kaperschiffen abgeschnitten. Das noch manövrierfähige Kriegsschiff beschrieb hilflose Kreise vor den sich langsam nähernden Piratenschiffen, dem letzten kampffähigen Tier eines Rudels gleich, das sich drohend zwischen Jungtiere und Angreifer schiebt.

Erneut zog ein Schrapnellhagel über seinen Kopf hinweg. Dieses Mal war das zweite, im Schlepptau liegende Handelsschiff das Ziel. Wer von der Besatzung noch immer auf dem Deck war, floh ins Innere. Von den Segeln blieben kaum mehr als Fetzen übrig.

Der Kapitän der verbleibenden *Zhalandi* schien sich in Anbetracht der hoffnungslosen Lage für einen letzten, verzweifelten Angriff zu entscheiden, um wenigstens die Ehre noch zu retten. Das Schiff ließ von seinen Kreisbewegungen ab und stieß geradewegs auf die beiden Angreifer zu. Offenbar hatten die Piraten bisher darauf gesetzt, abzuwarten, bis die Geschütze auf den Klippen ihnen alle Arbeit abgenommen hatten. Nun aber erhöhten sie ebenfalls ihre Geschwindigkeit. Sobald die *Zhalandi* nahe genug heran war, ließen ihre Bogenschützen und Kurzballisten einen Hagel aus Pfeilen und Bolzen auf die Schiffe der Piraten niedergehen. Es handelte sich um die erste zielgerichtete Gegenwehr, zu der die Abbademer im Verlauf des kurzen Kampfes überhaupt in der Lage gewesen waren. Das Rudel der Kaperschiffe teilte sich, um den aggressiven Verteidiger in ihre Mitte einfahren zu lassen. Seile mit Enterhaken flogen von beiden Seiten auf das Deck der Abbademer. Trotz der eiligen Bemühungen der Besatzung, die Seile zu durchtrennen, wurde ihr Boot zwischen denen der Piraten eingespannt. Die Besatzungen der Angreifer machten sich daran, ihre Schiffe mit Muskelkraft immer weiter an die nun bewegungsunfähige Beute heranzuziehen. Nach einem kurzen Kampf lag die *Zhalandi* eingeklemmt zwischen ihren Feinden.

Es waren *Okori*, die nun in dichten Trauben über die Relings der flachen Segler sprangen, um das Kriegsschiff zu entern. Mit großer Gründlichkeit machten sie sich daran, die abbademische Besatzung mit ihren schwarzen Klingen niederzumachen. Die Piraten kämpften schweigend und gaben kein Pardon. Einer nach dem anderen fielen die Verteidiger unter ihren Schwertern. Die Besatzung der *Zhalandi* erkannte schnell, dass keine Gnade zu erwarten war. Die Männer kämpften entschlossen und bis zum Tod, bis auch der letzte von ihnen unter den Klingen der Angreifer tot auf die Planken fiel. Das Kriegsschiff war nun vollends in der Hand der Piraten. Die bewaffnete Eskorte des Handelszuges hatte aufgehört zu existieren. Die Besatzungen der Koggen waren entweder tot oder warteten zurückgezogen unter Deck auf welches Schicksal auch immer sie ereilen möge.

Ein äußerst korpulenter unter den *Okori*, ein Mann wie eine schwarz und weiß bemalte Tonne, gab vom eroberten Schiff aus ein Zeichen hin zu den Klippen. Die Geschütze, die sich bisher darauf verlegt hatten, auch das letzte der drei Handelsschiffe enterreif zu schießen, schwiegen daraufhin. Das Krächzen der Möwen hatte sich gelegt. Zum ersten Mal seit Beginn des Überfalls lag wieder Stille über dem Meer. Wenig war noch zu vernehmen außer dem Rauschen der Wellen und den Schreien der Verwundeten.

Die drei nicht mit der *Zhalandi* verstrickten Piratenschiffe nahmen von der See aus Kurs auf den nun vollends ungeschützt vor ihnen liegenden Konvoi. Nicht ein einziger Pfeil wurde von den verwüsteten Decks in ihre Richtung abgeschossen. Erst als die Piraten längs gingen und der Rumpf des vordersten ihrer Schiffe entlang der Bordwand der bewegungsunfähigen Handelskogge trieb, trauten sich die ersten Besatzungsmitglieder wieder von den unteren Decks hervor. Viele von ihnen stützten verwundete Kameraden und schwenkten die Arme, um deutlich zu machen, dass sie keinen Widerstand mehr leisten würden. Den Männern konnte nicht entgangen sein, wie es ihren Kameraden an Bord der *Zhalandi* ergangen war. Überbleibsel der *Okori*-Entermannschaft waren dort eben damit beschäftigt, die Gefallenen des Kampfes über Bord zu werfen. Niemand unter den Abbademern schien gewillt, sein Leben in der gleichen Weise wegzuwerfen.

Die ersten der Piraten sprangen bereits an Bord der Kogge. Die anderen Kaperschiffe hatten ihren Kurs auf die verbleibenden Frachter des Verbandes angesetzt. Die Besatzungsmitglieder des gekaperten Schiffes drückten sich in kleinen Gruppen gegen die küstenseitige Bordwand, furchtsam abwartend, was sie von ihren Feinden zu erwarten hatten. Die *Okori* wiederum versammelten sich entlang der seeseitigen Reling des Handelsschiffes und schienen dort auf Anweisungen zu warten.

Von den noch immer mit dem Feind vertäuten Eroberern der *Zhalandi* war ein kleines Beiboot zur See gelassen worden. Fünf oder sechs *Okori* ruderten darin. In ihrer Mitte stand der Dicke, der sie mit Rufen und Gesten weiter vorantrieb. Die Barke erreichte das gekaperte Handelsschiff. Der Mann stieg unter erkennbaren Mühen vom flachen Beiboot der Piraten an Deck des Beuteschiffes. Einige Augenblicke sah er sich um, als suche er etwas. Dann wurde er fündig. Mit der unaufhaltsamen Wucht eines heranrollenden Felsbrockens brach der Dicke durch die Reihe seiner Kameraden. Der Kapitän der Kogge, ein Mann in grünem und schwarzem Tuch, wich vor ihm zurück, doch der *Okori* hatte ihn gepackt, an den gekreuzten Lederriemen vor der Brust hoch über den Kopf gehoben und über Bord geschleudert, bevor irgendjemand einschreiten konnte. Der Dicke wandte sich um und ließ drohende Blicke über die übrigen Mitglieder der Besatzung wandern. Wer immer noch eine Waffe hielt, ließ sie klirrend auf das Deck fallen und hob die Hände. Die übrigen *Okori* stießen die Gefangenen vorwärts an die Reling, um sie zu durchsuchen. Andere stiegen auf das Zeichen ihres Anführers hin hinab in den Schiffsbauch. Nach einer kurzen Weile kehrten sie zurück und drängten weitere Abbademer vor sich über das Deck. Ob aus ihnen Sklaven oder Geiseln werden würden, konnte niemand sagen. In jedem Fall schienen die Ergriffenen eine zweifelhafte Zukunft der Sicherheit des sofortigen Todes vorzuziehen.

Die verbliebenen Handelsschiffe leisteten keinen Widerstand. Der Kapitän der zweiten Kogge bot dem Führer der *Okori* sein Schwert als Zeichen der Kapitulation. Der Dicke antwortete, indem er ihm den Kopf abschlug. Das Kalkül war grausam, aber logisch. Eine Besatzung ohne Führer war fügsamer als eine, deren alte Befehlsstrukturen noch intakt waren. Der Kapitän des letzten Bootes hegte keine Illusionen, welches Schicksal ihn erwartete. Der Mann fiel durch sein eigenes Schwert, sobald die ersten der *Okori* sein Deck betraten. Der Dicke schien hierüber überaus verärgert. Der Anführer packte den leblosen Körper des Abbademers und schüttelte ihn wütend, bevor er ihn ebenfalls über den Kopf hob und in die schäumenden Wellen warf.

Der abbademische Handelszug hatte aufgehört, zu existieren. Nachdem nun alle Schiffe in der Gewalt der Angreifer waren, machten sich die Piraten daran, ihre Beute mit der Hilfe von Tauen in Schlepp zu nehmen. Es kostete die *Okori* einige Mühe, den verklemmten Ballistenbolzen von der Reling des getroffenen Handelsschiffes zu lösen. Das kleine Beiboot ging längs zum Handelsschiff. Offenbar versuchte man, das Geschoss von seinem Kettenzug zu befreien, um es an Bord zu nehmen und über die See hin abzutransportieren. Irgendetwas aber musste sich verklemmt oder verbogen haben. Selbst nach längerer Bearbeitung gelang es ihnen nicht, den Bolzen von seinem Zugseil abzulösen.

Das Problem wurde eine Weile lang besprochen. Dem Kommandanten musste daran gelegen sein, seine Beute noch vor dem Einbruch der Dunkelheit wieder in den Schutz der Bucht zu bringen. Irgendwann gab der Dicke die Anweisung, die erfolglos gebliebenen Versuche einzustellen. Die Geschützbedienungen oberhalb der Klippen erhielten ein Zeichen. Wohl oder übel mussten sie ihr Seil zusammen mit dem Bolzen aus eigener Kraft zurück über die Klippen emporziehen. Dass bis hier unten kein Stöhnen zu vernehmen war, bedeutete nicht, dass die Besatzung der Winde keines von sich gab. Er konnte sich gut ausmalen, mit welchem Mangel an Begeisterung die Mannschaft an der Seilwinde auf die Aussicht reagieren würde, das Geschoss entlang der Klippen in die Höhe zu bugsieren. Nicht nur besaß der Bolzen unzweifelhaft ein erhebliches Eigengewicht, sondern die Widerhaken boten sich auch noch ausgezeichnet dafür an, in den diversen Rissen und Vorsprüngen im Fels hängen zu bleiben.

Die Piraten auf dem Beiboot stießen das Projektil mit vereinten Kräften über die Reling zurück ins Meer. Die Winde oberhalb der Klippen setzte sich quietschend in Bewegung. Die Flotte setzte ihren Kurs zurück nach Osten. Mit verringerter Geschwindigkeit, wie sie die schwere Last der angeschlagenen Handelsschiffe zuließ, fuhr der Verband die Küste hinauf und zurück in Richtung der versteckten Bucht.

Jetzt erst wurde er sich gewahr, dass er zitterte. Erst jetzt, da das Schauspiel vorüber war, begann sein Körper zu bemerken, dass er bereits äußerst lange auf dem kühlen Steinboden lag, dass seine Glieder bebten und ein kühler Wind über seinen Rücken pfiff. Steif und fröstelnd richtete er sich auf. Über die Kante hinweg war gut zu erkennen, wie sich das Seil der Balliste spannte wie eine überdimensionierte Angelschnur. Der Punkt, an dem das Tau die Oberfläche der See durchdrang und in den lichtlosen Tiefen verschwand, näherte sich langsam der Küste. Möwen umkreisten neugierig das eigentümliche Objekt, bis sie beschlossen, dass das Treibgut der Schlacht eine bessere Aussicht auf eine Mahlzeit bot. Auf den Bruchstücken von Masten und Planken ließen sich die Räuber nieder, stritten sich um die besten Plätze auf den angebrochenen Fässern und Kisten und scheuten nach einigen vorsichtigen Annäherungsversuchen auch nicht davor zurück, sich direkt auf den umhertreibenden Körpern niederzulassen, um sich an ihnen gütlich zu tun.

„Götter." Es war eine Weile her, seit er Zeuge einer Schlacht geworden war. Er hatte den Anblick keineswegs vermisst. Taktisch gesehen war das Agieren der Angreifer geradezu vorbildlich gewesen. Überraschendes Zuschlagen aus einer überlegenen Position, so hart und plötzlich, dass dem Gegner keine Gelegenheit zur organisierten Gegenwehr verblieb. Feldhandbuch-Material. In der Wirklichkeit aber lag immer etwas Erschütterndes darin, wenn Männer starben, ohne wenigstens die Gelegenheit zum Kampf zu bekommen, beraubt der Möglichkeit, zumindest in geringfügiger Weise Einfluss auf ihr Schicksal zu nehmen.

Er schreckte auf. Ein Klirren von Kettengliedern. Das scharfe, kratzende Geräusch des Bolzens auf den Felsen drang aus der Tiefe zu ihm herauf. Vorsichtig wagte er einen Blick hinab über die Kante. Unter ruckartigen Bewegungen näherte sich das Geschoss entlang der Felswand. Möwen stiegen kreischend auf. Astbündel und ganze Nester stürzten in die Tiefe, während der Bolzen mitten durch sie hindurchpflügte. Die Schwierigkeiten waren wie erwartet. Immer wieder verkanteten sich die Widerhaken in Spalten und in Rissen. Oftmals kam es, dass das Seil sich knarzend spannte, bis die Besatzung der Winde zu dem Schluss kam, dass ein bestimmtes Hindernis mit Gewalt allein nicht zu überwinden war. In solchen Fällen wurde mehr Spiel gegeben, damit der Bolzen durch sein hohes Eigengewicht erneut ein Stück in die Tiefe gleiten konnte, um sich anschließend wieder bewegen zu lassen und sich hoffentlich beim nächsten Versuch nicht wieder an der gleichen Stelle zu verfangen.

Nur äußerst langsam fand das Geschoss auf diese Weise seinen Weg über die zerklüftete Felswand. Der Weg des Seils war günstig. Die Winde musste irgendwo nicht zu weit über seinem Kopf auf der Krone dieser Klippen stehen. Irgendwann würde der Bolzen ihn passieren. In gar nicht einmal allzu großer Entfernung. Wenn er also ...

Er schloss für einen Moment die Augen. Ganz offenbar war ihm die Kälte nicht bekommen.

„*Das* hier?“ Der Wind trug Kühle und Salzgeschmack heran. Keiner der Erhabenen hielt es für erforderlich, eine donnernde Bestätigung zu geben.

„*Das* hier ist euer Plan?“

Besser als Erfrieren, oder nicht?

„Aber nicht viel“, teilte er den Winden mit. Und nur, wenn es funktionierte. „Wahnsinn.“ Dennoch ging er in die Knie und näherte sich der Kante. Nur wenige Manneslängen weiter unten hatten die eisernen Widerhaken unter der Zugkraft der Winde soeben eine Felsnase zerbröselt. Der Bolzen kam ruckartig los und sprang wie ein gefangener Lachs über die Wand. Die erratischen Bewegungen, mit denen sich das Geschoss über die zerklüfteten Felsen hinauf bewegte, waren eine weitere, deutliche Erinnerung daran, wie wenig sich der Windenzug als Transportmittel anbot. Ein glattes Stück Felswand folgte. Der Bolzen legte den Abschnitt mit weitaus geringeren Ausschlägen zurück.

Glatter Fels. War die verbleibende Strecke über seinem Kopf nicht von ganz ähnlicher Beschaffenheit? Gerade darin hatte das Problem bestanden, oder nicht? Seine Finger fanden dort oben keinen Halt. Warum sollte es *nicht* möglich sein, die verbleibenden Längen als blinder Passagier zurückzulegen?

„Ihr meint das also ernst, ja?“ Irgendeine Art von Rückmeldung wäre in der Tat hilfreich gewesen. Er hatte wenig Lust darauf, nach dem unvermeidlichen Absturz im Jenseits mit fassungslosem Kopfschütteln und der Frage empfangen zu werden, was er sich denn bitte bei *dem* Einfall gedacht hatte.

„Eure Idee, nicht meine. Oder?“ Das Problem mit Wahnvorstellungen war, dass sie sich nur selten als solche zu erkennen gaben. „Ein Zeichen“, brachte er knirschend zwischen den Zähnen hervor. „Irgendein Zeichen, Götter, wäre wirklich gut.“

Viel Zeit blieb ihm nicht. Der Bolzen befand sich nur noch wenige Längen unterhalb der Plattform. Das Objekt war bereits so nahe herangekommen, dass Einzelheiten zu erkennen waren. Das Holz des Schaftes war dunkel vom Seewasser. Grüne und gelbe Algen hatten sich an den Widerhaken verfangen und sandten silbrige Tropfenströme in die Tiefe. Er richtete den Blick zum Himmel. Jegliche Hilfe ließ selbstverständlich auch weiterhin auf sich warten. „Nichts?“, brachte er bitter hervor. „Wirklich gar nichts von euch?“ Also gut. Aber wehe, sie wagten es, später aufzutauchen, um die Lorbeeren einzustreichen. „Ich versuche es. Aber falls ich das hier überstehe: An Euch hat es sicher nicht gelegen!“

Etwas piepste vor seinen Füßen. Einige der Adlerküken waren aus ihrer Felsspalte hervorgekrochen und musterten ihn erwartungsvoll.

„Ihr findet das hier auch noch gut, was?“

Zum ersten Mal schwiegen die Biester. Anscheinend konnten sich nicht einmal die Tiere dazu herablassen, irgendwelche nützlichen Ratschläge zu geben.

„Ha! Also gut.“ Er trat bis an den Rand der Plattform und blickte hinab. Die Widerhaken sahen aus der Nähe sogar noch unangenehmer aus. Einer von ihnen arbeitete sich soeben knirschend durch die Schatten irgendeines Felsenrisses. Plötzlich zerplatzte der Stein mit einem lauten Krachen. Die eiserne Spitze tat einen Sprung gegen die Unterseite seines eigenen Felsvorsprungs, sodass der Fels erbebte.

Jetzt oder nie, Palter. Der Bolzen hing unmittelbar neben ihm, so nahe, dass er die Hand ausstrecken und ihn berühren konnte. Kein Hindernis im Fels hielt das Geschoss mehr zurück. Ohne erkennbaren Grund verharrte es, wie einladend, beinahe spöttisch, dazu herausfordernd, irgendetwas Dummes zu unternehmen. Die eisernen Kettenglieder glänzten feucht. Sie schienen gerade breit genug, un eine Hand hindurchzuschieben.

Die Küken reckten die Köpfe. Der Hechtkopf starrte auffordernd zu ihm herauf.

„Wer ist der dickste Hecht von allen?“ Er sprang, ohne nachzudenken. Genau in dem Moment setzte sich der Bolzen wieder in Bewegung. Der Augenblick, in dem er durch die Luft flog, zog sich auf seltsame Weise in die Länge. Er bekam ausreichend Gelegenheit dazu, die dunklen Wellen zu begutachten, die weiße Gischt, die sich unter endlosen Längen von Nichts unter seinen Füßen an den Felsen brach. Mit verspäteter Sicherheit überkam ihn die Erkenntnis, dass Menschen nicht dazu geschaffen waren, über gähnende Abgründe hinweg durch die Luft zu fliegen. Dann bekamen seine Hände Eisen zu fassen. Raue, kalte Kettenglieder. Seine Füße fanden rutschend Halt auf den gebogenen Widerhaken.

Der nächste Zug der Winde kam mit einem Rucken. Die plötzliche Bewegung warf ihn hart herum, sodass sein Rücken schmerzhaft gegen die Felswand prallte. „Argh!“ Er biss die

Zähne zusammen. Jeder Muskel in seinem Körper schmerzte. Seine gefühllosen Finger verkrampften sich entschlossen um die feuchten Ösen. Mehrere Atemzüge lang erwartete er den nächsten Ruck. Der Haken aber hing bewegungslos vor der Felswand.

Er richtete einen besorgten Blick in die Höhe. Hatte die Geschützbesatzung etwas bemerkt? Vielleicht war es das zusätzliche Gewicht, das sie hatte stutzen lassen. „Komm schon, komm schon, komm schon." Der Wind trieb sein Stoßgebet aufs Meer hinaus. Nichts bewegte sich. An seinen Füßen vorbei schielte er in die Tiefe. Sofort bereute er die Entscheidung. Zwischen ihm und den Wellen lag nichts als Wind, als kühle Luft und umherflatternde Möwen.

„Los doch!" Was war dies für ein Zeitpunkt für eine Pause? Ein anständiger Geschützführer hatte seine Männer anzutreiben, bis die Arbeit erledigt war. „Weiter", drängte er. „Weiter jetzt!"

Sein Wunsch ging unversehens in Erfüllung. Mit einem Rucken setzte sich der Zug erneut in Bewegung. Die Felsplattform mit dem Adlerhorst blieb unter ihm zurück. Baumelnd schabte sein Transportmittel über die glatte Felsenfläche, die er zuvor mit reiner Muskelkraft nicht hatte überwinden können. Immer wieder musste er seine Position auf der Eisenspitze verändern und das Gewicht verlagern, damit die Felsen nicht die Haut von seinen Armen rissen. Dennoch ließ es sich nicht ganz vermeiden, dass er einige ordentliche Stöße abbekam. Im Augenblick ging es allein darum, auf dem Weg nach oben weiter durchzuhalten.

Wieder stockte der Aufstieg mit einem plötzlichen Rucken. Er senkte den Kopf und sah, dass einer der Widerhaken unter einer kleinen Felsnase hängen geblieben war. Das Gestein knirschte protestierend unter der Belastung. Er konnte hören, wie sich die Fasern des Zugseils neben seinem Kopf knarzend spannten.

„Verdammter Mist“, fluchte jemand nur ein kurzes Stück weiter oben. „Das Miststück hängt schon wieder fest!“

„Heute Abend gibt es doppelte Rationen“, brüllte jemand darüber. „Los jetzt! Zu-*gleich*!“

„Hat keinen Sinn. Das Teil bewegt sich kein Stück!“

„Wir müssen ihn schon beinahe haben. Niemeg! Geh vor und schau über die Kante. Vielleicht kannst du ihn schon sehen.“

Panisch blickte er sich um. Nur wenige Mannslängen weiter oben ragten Wurzeln aus der Wand. Hier unten aber gab es keinerlei Sichtschutz. Jemand bewegte sich dort oben. Erdstücke bröselten auf ihn herab. Irgendjemand näherte sich der Kante.

„Pass auf, dass du nicht runterfällst.“

„Danke“, gab eine Stimme sarkastisch zurück. „Hätte ich fast vergessen.“

„Kannst du schon irgendwas sehen?“

„Hör auf, mich zu hetzen! Soll ich etwa ...“

Mit einem Splittern zerbrach der steinerne Vorsprung unter dem Zug des Widerhakens. Der Bolzen kam mit einem plötzlichen Rucken frei.

Ein Strom von Flüchen ertönte oberhalb der Klippen. Auch er selbst hätte beinahe das Gleichgewicht verloren.

„Ist er frei? Kannst du ihn sehen?“

„*Hat man euch ins Hirn geschissen?* Lasst die verdammte Winde los, wenn ich hier an der Kante stehe! Ich wäre beinahe abgestürzt!“

In ruckartigen Stößen zog der Fels an ihm vorüber. Dass Geschoss drehte sich wild. Die Aussicht darauf, das mühselige

Stück Arbeit bald hinter sich gebracht zu haben, schien bei der Geschützbedienung ungeahnte Kräfte freizusetzen.

„Siehst du ihn?“

„Ich sage *Bescheid,* wenn ich ihn verdammt noch mal sehe!“

Die Grasnarbe lag nur noch zwei oder drei Mannslängen über ihm. Kräftige Wurzeln, dicht wie ein Fischernetz, ragten aus der Wand. Die verwobenen Sprosse schienen durchaus geeignet, das Gewicht eines Mannes zu tragen, der verwegen genug war, nach ihnen zu greifen. Die Bewegung des Bolzens aber war entschieden zu schnell, das Taumeln zu wild, als dass er seinen Griff hätte lösen und eine Hand nach ihnen ausstrecken können.

„Gleich habt ihr es geschafft“, ertönte ein Johlen unmittelbar über ihm. „Nur noch ein kurzes ...“

Etwas strich über seinen Hinterkopf, sodass seine Haare umherflogen. Der Schrei des Adlers erklang gellend über dem Zerren des Windes. Mit kräftigen Flügelschlägen stieg das Tier aus der Tiefe hinter seinem Rücken empor und erhob sich kreischend über die Felskante. Er konnte Rufe hören, erschreckte Schreie aus vielen Kehlen.

„Halt dich fest! Festhalten, verdammt!“

Der Zug der Winde kam für einen Augenblick zum Erliegen. Geistesgegenwärtig streckte er die Hand nach den Wurzeln aus. Die kräftigen Stränge knarzten unter der Belastung, doch sie hielten, als er sein Gewicht verlagerte und sich mit seinem ganzen Körper daranhängte. Er zog die Füße nach und fand auch mit ihnen Halt in dem dichten Gewebe vor der gelblichen Erde.

Ein hämisches Lachen erschallte oberhalb der Grasnarbe. Offenbar hatten die Männer auf den Klippen ihren ersten Schrecken überwunden.

„Verdammt. Was gibt es da zu lachen?“ Die wütende Stimme des Mannes überschlug sich beinahe.

„Du hast geschrien wie ein altes Weib. Brauchst du neue Unterwäsche?“

„Halt dein Maul! Was war das für ein Vieh?“

„Nur ein Adler.“

„*Nur ein Adler*? Hast du das Biest gesehen? Größer als ein Haus!“

Ein Lachen ertönte. „Ein Gartenhäuschen, oder was? Komm schon. Komm hier rüber. Vielleicht haben wir den Bolzen durch sein Nest gezogen. Da wäre ich auch sauer.“

„*Sauer*? Hast du den Ausdruck auf seinem Gesicht gesehen? Das war doch kein normaler Vogel!“

„Was denn bitte sonst?“

„Können wir die Vogelkunde auf später verschieben?“, fuhr ein Dritter laut dazwischen. „Es ist scheißkalt hier oben. Und ich habe Hunger!“

Er wandte den Kopf ab, als der Haken mit einem letzten Ruck an ihm vorüberzog. Staub und gelbe Erde spritzten von der Wand. Das Objekt senkte sich vornüber und verschwand oberhalb der Kante.

„Und?“

„Sieht ganz in Ordnung aus. Ein paar Beulen und Kratzer. Keine Ahnung, warum das Teil so schwer war.“

„Vielleicht saß ja dein Adler drauf und hat sich von uns ziehen lassen.“

„Und wofür hat er Flügel?“

„Raubvögel sind schlaue Tiere“, hielt jemand unbeirrt dagegen. „Vielleicht hatte er ja gerade keine Lust, sie zu benutzen.“

„Du traust diesem Tier mehr Intelligenz zu als ich den meisten Menschen.“

„Adler sind sehr klug", erwiderte der Spezialist für Vogelkunde trotzig. „Ich habe mal gesehen ..."

„Genug mit eurem verdammten Adler!", ließ sich die dritte Stimme vernehmen. „Los jetzt! Den Bolzen verstauen. Die vom Katapult sitzen sicher längst beim Abendessen."

Er wagte nicht, sich zu rühren. Stumm verharrte er inmitten des Wurzelgeflechts und lauschte den Geräuschen von Holz auf Holz, von flatternden Planen und von Seilen, die festgezurrt wurden. Auch als nur noch das Geräusch des Windes zu vernehmen war, wartete er noch eine ganze Weile. Es gab keinen Grund, so nahe am Ziel noch unvorsichtig zu werden, doch noch entdeckt zu werden oder in den Tod zu stürzen.

Jeden seiner Handgriffe und Fußtritte sorgfältig planend, hangelte er sich nach rechts, um etwas Distanz zwischen sich und den Ort zu bringen, an dem möglicherweise Wachen zum Schutz der Ausrüstung zurückgelassen wurden. Zum Glück war das Wurzelgeflecht ausreichend dicht und hielt seinem Gewicht weiter stand. Das Knarzen der Stränge würde über dem Pfeifen des Windes kaum zu vernehmen sein. Irgendwo aber musste er es versuchen. Die Kraft in seinen Armen würde nicht ewig reichen.

Als er meinte, ein ausreichend langes Wegstück zwischen sich und die Stellung der Küstenbatterie gebracht zu haben, wagte er es, sich weiter in die Höhe zu ziehen. Grünes, überhängendes Gras befand sich nur noch ein kurzes Stück über seiner Stirn.

Er atmete tief. Kalabat. Hoffentlich hatte der Abbademer recht gehabt und diese Seite wurde nicht zu scharf bewacht.

Vorsichtig hob er den Kopf über die Kante.

Kapitel 14 – Dummheit

Eine Reihe dicht beieinanderstehender Sträucher. Verdrehte, dünne Zweige mit nur wenigen, gezackten Blättern. Kein sonderlich beeindruckender Anblick. Für eines aber waren die Geäste gut: Sie boten etwas Sichtschutz für die Überwindung der Klippenkante. Ächzend zog er sich über den Rand. Auf allen vieren kroch er vorwärts über das Gras, ließ sich niedersinken und blieb mehrere Atemzüge lang schwer atmend auf dem Bauch liegen. Gelbliche Halme tanzten vor seinen Augen. Ihre dünnen Spitzen zitterten im Wind.

Bei den Göttern! Er war am Leben. Wie, bei allen Höllen, hatte er es bis hierauf geschafft? Mit den Händen strich er über das feuchte Gras. Gras! Nicht der kalte Grund des Meeres. Nicht die erbarmungslose Brandung, die seinen leblosen Körper gegen die Klippen warf. Prüfend öffnete und schloss er beide Hände. Für zu viel Erleichterung gab es keinen Anlass. Noch war nichts geschafft. Ein kaum weniger komplizierter Abschnitt dieser lag noch vor ihm.

Widerwillig hob er das Kinn aus dem feuchten Untergrund und richtete den Blick zum Himmel. Die Dunkelheit kam unaufhaltsam näher. Noch hatte niemand ihm verraten, wo und wann mit einem Lager für die Nacht zu rechnen war. Ächzend nahm er eine kniende Position ein und lauschte durch die Büsche. Kein Geräusch war zu vernehmen außer dem Rauschen der Wellen und dem Knistern des Windes in den Zweigen. Langsam kroch er vorwärts. Nachdem auch weiterhin nichts Bedrohliches auszumachen war, schob er die Hände vor und teilte die Zweige der Sträucher.

Auf der anderen Seite lag ein schmaler weißer Pfad. Parallel zum Klippenrand erstreckte sich der Weg, eingetreten über lange Zeit hinweg durch eine Schicht aus kräftig grünem Gras, sodass der darunterliegende brüchig-weiße Kalkboden zum Vorschein kam. Unmittelbar dahinter musste sich das Land steil absenken, denn nichts war dort zu sehen außer dem Grau und Rot des Abendhimmels. Er lauschte erneut. Kein Knirschen, keine Stimmen verrieten, dass Menschen in der Nähe waren. Mit einigem Umstand gelang es ihm, gegen den Widerstand der Zweige weiter vorzukriechen.

Dort waren sie. Eine ebene, in etwa rechteckige Fläche lag zur Linken am Ende einiger Biegungen des sich entlang der Kante dahinschlängelnden Pfades. Helle Kiesel bildeten auch dort den Untergrund. Zwei mit weißen Planen bedeckte Gerüste standen darauf. Der Wind trieb Wellen über die flatternden Abdeckungen der Geschütze. Die Besatzungen waren schnell damit gewesen, ihre Waffen ordnungsgemäß zu verzurren. Kaum etwas spornte einen Mann zu derartigen Höchstleistungen an wie die Aussicht auf den Feierabend und ein anständiges Abendessen.

Ein schmaler Pfad bog rechts von dem Platz ab und führte von dort aus über eine grasbewachsene, zum Land hin abfallende Böschung in die Tiefe. Eine Reihe von Soldaten in den Uniformen der Tertiari war eben darauf im Abstieg begriffen. Von hier aus war bereits mehr von der Form des Landes jenseits dieser Klippen zu erahnen. Ähnlich dem Rand einer großen Schale schien sich die Steilküste um die Hänge eines weit gefassten Kessels zu ziehen, dessen Sohle auch von hier aus noch nicht einsehbar war.

Vorsicht war geboten. Eine einzelne Wache stand bei den Belagerungsgeräten. Der Blick des Mannes aber ging in die ihm abgewandte Himmelsrichtung, zum Meer hinaus nach Westen.

Für eine Weile beobachtete er den Soldaten. Zugleich lauschte er weiter auf den Pfad. Noch immer kein Geräusch. Irgendwo dort unten, am Ende dieser Hänge, musste es sein: Kalabat. Das Ziel der heutigen Etappe.

Mit vorsichtigen Bewegungen verschaffte er sich Platz und schob sich im knackenden Geäst weiter voran. Dort vorne! Türme. Hausdächer. Langsam erhob er sich.

„Götter."

Das also war es. Was es genau war, das seine Augen erblickten, formte sich nur langsam zu einem Gesamteindruck, der mit Worten zu beschreiben war.

Ein gutes Stück des Hanges nahmen fleckige Zelte ein. Vom Fuß der Böschung aus wuchs ihm ihre wilde Sammlung weit entgegen, wie Pilzbefall auf einem alten Stamm. Es mussten Hunderte sein, die sich dort auf der zertretenen Wiese aneinanderreihten, soweit von ‚Reihen' überhaupt zu sprechen war. Zwar hatte man dem Anschein nach versucht, ein gewisses Maß an Ordnung in die Formation der behelfsmäßigen Behausungen zu bringen, doch ohne großen Erfolg. Überall standen die Unterbringungen kreuz und quer herum, so als seien ihre Besitzer in schwer vorhersagbaren Schüben eingetroffen, als habe alles möglichst schnell vonstattengehen müssen. Die meisten der Quartiere waren von einfacher, viele sogar von schäbiger Form und Qualität. Jagd- und Handelszelte waren dabei, ebenso wie grobe Planen, die man behelfsmäßig über Gerüste geworfen hatte und die keineswegs so schienen, als eigneten sie sich für einen längerfristigen Aufenthalt.

Auch die Bewohner, die auf dem Gewirr von Trampelpfaden unterwegs waren oder vor den Eingängen ihrer Unterkünfte zusammensaßen, erinnerten nicht unbedingt an ausgebildete Soldaten, die es gewohnt waren, ein ordentliches

Lager zu errichten. Viele erweckten den Eindruck einfacher Dorfbewohner oder Bauern. Einen einzigen, aber gewichtigen Unterschied gab es, der sie von gewöhnlichen Zivilisten unterschied. Fast jeder auf dem Hang trug an seiner Seite eine Waffe.

„Verdammt." Theus hatte recht gehabt, ebenso wie die Jungen unter der Brücke. Wenn junge Schwerthände nicht nach Merkesch kamen, um in der Tharsis Waffendienst zu leisten, musste es einen anderen Ort geben, an den es sie stattdessen zog. Wie es aussah, hatte er ihn soeben gefunden.

Nicht ganz Kalabat war eine improvisierte Zeltstadt. Ganz im Gegenteil. Weiter unten, wo der Hang endete und der Boden eben wurde, waren feste Gebäude zu erkennen. Auf keinen Fall waren diese erst vor Kurzem hier errichtet worden. Holzbauten, oft mehrstöckig, erhoben sich wie Klippeninseln aus einem Ozean von einfachen Gerüsten. Seilzüge, Planen und Baldachine verbanden sich in den Gassen zu einem Netz von Handelsständen. Nicht wenige der größeren Gebäude ruhten auf steinernen Fundamenten, den verwitterten Überresten offenbar noch weitaus größerer und älterer Anlagen, die einmal prächtig gewesen sein mussten. Ströme von Passanten drängten sich dort unten durch den Kern der Siedlung, umlagert von Männern, deren Aufmachung und Gesten sie gemäß der in allen Ländern der Welt unverwechselbaren Merkmale als aufdringliche Straßenhändler kenntlich machten. Der Vielfalt und Betriebsamkeit nach zu urteilen, musste es sich bei Kalabat um einen florierenden Umschlagplatz für Waren handeln. Selbst in den Geschäftsstraßen von Merkesch und Ryamad herrschte kaum weniger Betrieb, und das bei einem vermutlich weitaus weniger interessanten Angebot an Waren.

Die Gemeinsamkeiten mit seiner Heimatstadt endeten nicht bei der Ausstattung mit Händlern und Geschäften. Der bereits niedrige Stand der Sonne ließ nicht sämtliche Einzelheiten klar erkennen. Dennoch war unverkennbar, dass in Merkesch ausgebildete Truppen ihre Handschrift in der Siedlung hinterlassen hatten. Dunkelrote Uniformen leuchteten auf den Plattformen vieler hölzerner Gerüste, die als frei stehende Wachtürme oder als Anbauten auf steinernen Gebäuden errichtet worden waren. Bogenschützen lehnten an den Brüstungen, um aus der Höhe nicht nur die umliegenden Wälder, sondern auch die Geschehnisse innerhalb der Mauern im Auge zu behalten. Die Spitzen von Tannen waren jenseits eines Außenrings aus Palisaden zu erahnen. Einige der lang gezogenen Bauten nahe bei der Holzmauer erweckten den Eindruck von Truppenunterkünften und Garnisonsgebäuden. Auch in der Zeltstadt auf dem Hang waren an vielen Stellen die leuchtend roten Uniformen von Tertiari zu erkennen. In kleinen Gruppen patrouillierten die Soldaten auf den ins Gras getretenen Pfaden. Auch schienen sie die wenigen rauchlosen Feuerstellen zu bewachen, an denen Menschentrauben darauf warteten, ihr Abendessen zubereiten zu dürfen. Ein erfahrener Kommandant würde darauf achten, dass keine Rauchfahnen zu sehen waren, die Beobachtern jenseits der Klippen oder in den Wäldern die Lage dieser Siedlung verraten konnten.

Kein Zweifel. Der Einfluss militärischer Autorität war nicht zu übersehen. Jemand hatte sich sehr gründlich und über lange Zeit hinweg mit der Absicht hier draußen eingerichtet, unentdeckt zu bleiben und sich im Notfall aus festen Positionen heraus verteidigen zu können.

Er schüttelte den Kopf. Kaum zu glauben, dass ein solcher Ort über eine derart lange Zeit hinweg verborgen bleiben konnte. Es kam beinahe einem Wunder gleich, dass noch keine Legion angeklopft hatte, nachdem irgendein unachtsamer Händler oder betrunkener Reisender in einem der vielen Gasthäusern im Umland zu gesprächig geworden war. Am Ende war vielleicht doch noch etwas dran an der Erklärung des Abbademers. Das Wirken irgendeiner Hexerei, die Bernrot zur Verschleierung um diesen Ort gewoben hatte, gehörte noch zu den überzeugenderen Erklärungen.

Er riss sich los. Sorgen für einen späteren Tag. Es war an der Zeit, sich einzuschleichen. Von der Rechten kroch bereits die Nacht schwarz und blau heran. Der Kessel der Hangwiese schien dort in einiger Entfernung abrupt abzubrechen. Dahinter zu erahnen war das dunkle Wasser einer breiten Bucht. Eine aufragende Klippenwand bildete die Begrenzung am gegenüberliegenden Ufer. Dies musste er sein, der verborgene Einschnitt, aus dem die Kaperschiffe hervorgekommen waren. Die verdammte Schlucht, durch die der Abbademer ihn gerettet hatte, musste weiter zur Linken der Bucht in Richtung Norden liegen. Mit Sicherheit waren die Piratenschiffe inzwischen von ihrer Kaperfahrt zurückgekehrt und wurden irgendwo dort unten von ihrer Beute entladen. Er wandte den Blick zur Linken, wo die Sonne golden zwischen grauen Wolkenbändern hing. Dort drüben, jenseits der Klippen, musste die Geröllschlucht liegen, durch die er sich vor Stunden zu den Uferklippen vorgekämpft hatte. Wenn man die Augen zusammenkniff, konnte man sogar die schwarzen Konturen der Bäume erahnen, die sich auf der anderen Seite des Einschnitts bis an die Felsenränder ...

„So mag ich meine Schlachten."

Er fuhr zusammen. Eine Stimme von der Rechten. Der Wind kam aus der anderen Richtung. Erst zu spät vernahm er das Knirschen schwerer Stiefel auf dem Weg.

„Wilburgs Männer haben ganze Arbeit geleistet", pflichtete eine zweite Stimme bei. „Gut eingeschossen, die Jungs, das muss man sagen. Diese *Kazaks* lagen auf dem Meeresgrund, bevor sie überhaupt wussten, was los war."

Hastig blickte er sich um. Der Strauch, in dem er steckte, knackte bei jeder einzelnen Bewegung. Kein Schutz. Das Blätterkleid war zu spärlich, um ihn zu verbergen. Ein Sprung zurück über die Klippenkante ins Netz der Wurzeln? Zu gefährlich. Außerdem fehlte ihm die Zeit. Die Oberkörper zweier Wächter waren bereits hinter einer Senke im Pfad erschienen, nur wenige Schritte weit entfernt zur Rechten.

„Ganz recht", pflichtete der Erste dem Zweiten bei. „Schnell und dreckig, so hab ich's gerne. Wir haben ihnen ordentlich den Arsch versohlt."

Seite an Seite wanderten zwei Tertiari über den Pfad. Einer von ihnen benutzte seinen Speer wie einen Wanderstock. Der andere trug lediglich sein Dienstschwert. Noch hatte keiner von ihnen den Blick nach vorn gewandt. Jeden Moment aber mussten sie ihn sehen. Blieb nur noch ...

Ein schneller Griff in den Gürtelbund hinter dem Rücken. Götter! Die abbademische Kopfbedeckung hatte den Aufstieg überstanden.

„Ein schöner, fetter Zug aus Abbadema", befand der eine der Soldaten gerade. „Bin mal gespannt, was wir dieses Mal in den Laderäumen ... he!" Die Hand des Mannes schnellte empor und hielt seinen Kameraden vor der Brust zurück.

„Was denn?" Dann erblickte auch er den hockenden Abbademer zwischen den Büschen. „Was zum ... "

„Argh!“ Der Soldat versuchte, sein Gesicht mit der Hand abzuschirmen.

„Was machst du hier?“, herrschte der Zweite ihn an und hob den Speer. „Das hier ist Sperrgebiet!“

„Verdammte Wilde!“ Das Gesicht des Ersten war erkennbar gerötet. „Ich habe es dir gesagt. Habe ich es dir nicht gesagt? Man hätte sie niemals hier hereinlassen sollen. Verdammte ... “ Die Hand des Mannes ging zu seinem Schwert. „Verdammte *Kazaks*. Ich werde ihn ... “

„Der Abort ist dort unten, du ... “ Der Zweite brach mitten in seinem wütenden Ausstoß ab. Die Speerspitze sank langsam herab. Dafür hoben sich die Mundwinkel des Mannes. Wie es aussah, hatte er sich von seinem ersten Schrecken erholt. Sein Blick fand seinen Kameraden, der umständlich sein Schwert aus der Scheide zog.

Die Lippen des Zweiten teilten sich und entblößten gelbliche Zähne. „Vielleicht weiß er nicht, was ein Abort ist“, schlug er launig vor. Schalk sprach aus seiner Stimme, unverhohlenes Vergnügen darüber, dass sein Kamerad sich noch immer nicht beruhigen konnte. „Oder ihm gefällt hier oben die Aussicht.“

„Mir egal, was ihm gefällt.“ Der Erste wedelte mit der Klinge. Sein Gesicht war noch immer gerötet. „Der Kerl geht über die Klippen. Los, *Kazak*! Vielleicht lernst du auf diese Art, dass wir hier nicht in irgendeiner verdammten Wüste sind, wo jeder tun und lassen ...“

„He. He! Ganz ruhig.“ Der andere streckte eine Hand vor, um seinen Kameraden zurückzuhalten. Ein Lachen schüttelte seine Brust. „Jetzt lass ihn schon“, forderte er. „Am Ende ist er noch wichtig. Weißt du etwa, ob Bernrot ihn für irgendwas braucht?“

Sein Moment zum Einsatz. Unterwürfig hob er beide Hände, senkte den Kopf und versuchte, möglichst fremdländisch zu murmeln.

„Jemand muss ihm Manieren beibringen!“, beharrte der Erste mit Nachdruck und deutete mit der Schwertspitze auf die Brust ihres Gegenübers.

„Jetzt komm schon.“ Die Stimme des anderen war versöhnlich. Inzwischen schien er in der Begegnung eher eine dankbare Unterbrechung ihrer ansonsten ermüdenden Patrouillentätigkeit zu sehen. „Dort unten liegen genügend tote Abbademer für einen Tag. Los.“ Der Mann winkte in Richtung der Wiese. „Verschwinde, Kerl. Lass dich hier bloß nicht wieder blicken. Beim nächsten Mal schicke ich dich persönlich über die Klippen.“

„Verschwinde“, brüllte ihm auch der andere Tertiari hinterher.

Nichts tat er lieber als das. Weiter murmelnd, sich beständig verbeugend, entfernte er sich rückwärts in Richtung des Abhangs. Nicht über den Pfad. Der Wachposten bei den Geschützen mochte misstrauisch werden und sich fragen, warum er ihn nicht hatte heraufkommen sehen. Adrenalin pochte zwischen seinen Schläfen. Die Beine drohten unter ihm nachzugeben. Der Gesichtsschleier hatte ihn gerettet. Hoffentlich schrieben die Tertiari seinen staksenden Gang dem Schrecken zu, den sie ihm eingejagt hatten.

„Schneller, *Kazak*!“, tönte die Stimme des Ersten über den Wind hinweg zu ihm herab. „Beim nächsten Mal schneide ich Teile von dir ab!“

Ohne sich umzusehen, lief er eilig weiter über die Wiese hinab in Richtung des Zeltlagers. Der Himmel im Westen hatte ein rotgoldenes Leuchten angenommen, so als wollte sich die

Sonne mit einem letzten Spektakel vom Tag verabschieden. Er zwang sich, seine Schritte zu verlangsamen. Wer rannte, hatte etwas zu verbergen. Auch blieb ihm auf diese Weise Zeit, um weitere Eindrücke von der Beschaffenheit des Ortes zu sammeln.

Zwei Tore waren in den Palisadenwall eingelassen, der die Siedlung ganz umfasste und von den umliegenden Wäldern abtrennte. Ihre Flügel standen offen, doch bewegliche Hindernisse aus gekreuzten Pfählen waren auf den schlammigen Plätzen jenseits der Durchgänge errichtet worden. Neuankömmlinge waren so gezwungen, unter den wachsamen Augen der Soldaten ein Labyrinth aus scharfen Spitzen zu durchqueren. Eben traf ein neuer, von Lasttieren gezogener Wagen beim linken der beiden Durchgänge ein. Wächter umringten das Gefährt und machten sich daran, es gründlich zu durchsuchen. Nach einer Weile durfte der Fahrer seinen Weg fortsetzen. Das Gefährt schien auf eine Art Umschlagplatz an der linken Seite des Lagers zuzusteuern. Ein weiter Halbkreis lang gezogener Gebäude umgab dort einen Platz von einiger Größe. Hölzerne Stege ragten wie ausgestreckte Zungen aus den Vorderseiten der Bauten hervor, an deren Enden Männer in bunten Kleidern standen und mit den Wagenführern feilschten. Dem Anschein nach musste es sich um Großhändler handeln, die sich um den ersten Zugriff auf frisch eingetroffene Waren stritten. Neben ausgefallener Kleidung wiesen auch Gruppen von persönlichen Wachmannschaften, die sich bei den Eingängen der Warenhäuser herumdrückten, darauf hin, dass es sich bei den Herrschaften auf den Stegen um Männer von einiger Bedeutung handelte, die über das Klein-Klein bei den Ständen in den Gassen erhaben waren.

Eine Zeit lang verharrte sein Blick auf den Handelsgebäuden. Einige reichten mit ihren Enden bis an eine Ansammlung weißer Felsen heran. Er erschauderte. Gut möglich, dass Krillborgs Feuer irgendwo dort unten eingelagert war, in einem in den Stein geschlagenen Keller. Womöglich war dieser ganze Ort untertunnelt, ebenso wie die Klippenfelsen bei der Bucht, wo man ihn nach seiner Gefangennahme in das Loch im Boden geworfen hatte. Jenseits des für Augen Sichtbaren mochte Kalabat sich noch sehr viel tiefer und weitläufiger unter diesem Land erstrecken. Die Götter mochten wissen, was sich in verborgenen Gängen und Höhlen unter diesen Felsen herumtrieb.

Noch etwas anderes zog seinen Blick auf sich. Auch diesen Anblick sah er nicht zum ersten Mal. Ein hölzernes Podest war nahe beim rechten der beiden Tore errichtet worden. Am heutigen Abend waren die Galgenschlingen leer, doch auch so sandte die Konstruktion eine eindeutige Botschaft an alle, die daran dachten, sich dem Gesetz dieses Ortes zu widersetzen.

Allmählich ahnte er, was der Abbademer gemeint hatte. Womöglich war der Weg über die Klippen tatsächlich noch die sicherere Option. Eine Gruppe von Neuankömmlingen wurde soeben von den Wachen in Empfang genommen und durchsucht. Einige wurden ausgesondert und mit jeweils zwei Soldaten an ihren Seiten in einen länglichen Holzbau geführt, vermutlich zum Zwecke weiterer Untersuchungen. Vielleicht war es gut, dass er nicht auf diese Weise versucht hatte, in die Stadt zu gelangen. Eine der Galgenschlingen hätte an diesem Abend möglicherweise weniger friedlich in der Abendbrise geschaukelt.

Inzwischen hatte er ein gehöriges Stück des Hanges hinter sich gebracht. Die vordersten der Zelte lagen unmittelbar vor ihm. Hier oben ganz am Rande des Lagers wirkten die Behausungen wie gerade erst frisch errichtet. An vielen Stellen war die Arbeit noch in vollem Gange. Gruben wurden ausgehoben, Pflöcke in den Boden getrieben und Seile festgezurrt. Einige der Gruppen konnten nicht viel früher eingetroffen sein als er selbst. Gesichter wandten sich ihm zu und Augenpaare richteten sich auf ihn. Einige Männer unterbrachen ihre Bemühungen, breite Keile mit Hämmern in den Boden zu treiben, und blickten zu ihm auf. Die Blicke waren alles andere als freundlich. Er senkte den Kopf und bemühte sich, den Abschnitt schnell hinter sich zu bringen. Umländer aus den Grenzregionen Merkeschs. Als jemand, der einen Abbademerschleier trug, tat man gut daran, in derartiger Gesellschaft nicht länger als nötig zu verharren.

Nach einer Weile wurden die eingetretenen Pfade im Boden breiter und tiefer, die Einrichtungen der Zelte besser befestigt. Die Bewohner dieses Abschnittes schienen wenigstens schon einige Wochen hier zu siedeln und hatten ihre Lebensumstände in einen weniger behelfsmäßigen Zustand überführt. Mit Erleichterung erkannte er, dass in einiger Entfernung Stände zu erkennen waren, an denen sich weitere Abbademer herumtrieben. Für Händler musste der Strom der bedürftigen Neuankömmlinge ein wahrer Segen sein.

Ein niedriger Graben und ein provisorischer Hauptweg, schlammig und zertreten von den Spuren vieler Stiefel, bildeten die Grenze zwischen dem Zeltlager und dem Teil der Siedlung mit den festen Gebäuden aus Holz und Stein. Banden von gelangweilt aussehenden jungen Männern drückten sich auf der anderen Seite zwischen den Ständen umher, beäugten die Waren, scherzten, rauften miteinander und legten jene beunruhigende Mischung aus Beschäftigungslosigkeit und unterschwelliger Aggressivität an den Tag, die Polizeikräfte in aller Welt schon längst verboten hätten, wenn die Möglichkeit dazu bestände. Im Rücken einer Gruppe Jugendlicher überquerte auch er die breite, rutschige Holzplanke, die als behelfsmäßige Brücke über den Graben fungierte. Für einen Augenblick trat er zur Seite, um den Weg für den Strom der Nachzügler frei zu machen.

Er ließ den Blick über das Gedränge zwischen den Buden wandern. Vertreter sämtlicher Völker der Welt schienen sich an diesem Ort zu sammeln. Umländer waren ebenso zu erkennen wie Abbademer in weiten Goldmänteln und Norn aus dem Norden der Welt mit schmutzigen Fellkragen und ledernen Rüstungen. Niemand schien ihm irgendwelche Aufmerksamkeit zu schenken. Jeder schien mit irgendetwas beschäftigt, und sei es nur der Suche nach Beschäftigung.

Ein Gesicht aber wandte sich ihm zu. Ein strahlendes Lächeln lag darauf. Instinktiv blickte er zurück über die Schulter. Er fand niemand anderen, der gemeint sein konnte. Als er sich erneut nach vorne wandte, war das Lächeln noch immer an seinem Platz. Der Anblick verwirrte ihn. Er hatte sich an Feindseligkeit, zumindest aber an Misstrauen gewöhnt. Freundlichkeit war kaum etwas, das man hier draußen erwarten durfte.

Der Besitzer des Lächelns breitete die Arme aus. Freude lag auf seinem Gesicht, so als empfange er einen lang verloren geglaubten Sohn. Ein dünnes Bärtchen nach Abbademerart bedeckte sein rundliches, an den Wangen gerötetes, aber dennoch auffällig weißes Gesicht. Der Kerl war so wenig ein Abbademer wie er selbst. Seine Haut war bleich und sein Bartwuchs spärlich. Dennoch hingen schwere Goldketten über seiner Brust und sein Gewand wies reichliche Verzierungen auf. Auch die aufgetürmte Kopfbedeckung sollte die Art von Abbadema wohl zumindest nachahmen. Die Art der Wicklung verriet viel Enthusiasmus, allerdings nur wenig echte Kenntnis abbademischer Mode und Gebräuche.

„Was sehen meine Augen!“ Weiß schimmernde Zähne traten zwischen den breiten Lippen hervor. Der Mann strahlte, als sei sein Auftauchen der Höhepunkt des ganzen Tages. Womöglich war es das tatsächlich. Der wacklige Handelsstand des Mannes erweckte nicht den Eindruck, als sei er im Laufe des Tages allzu viel von seiner Ware losgeworden.

Nickend deutete er einen Gruß an. Er hatte keine Wahl, als den Stand des Mannes zu passieren. Er war bereits im Vorübergehen, als ihn etwas am Ärmel seines Umhangs zurückhielt. Er hielt inne. Langsam ließ er den Blick an seinem Gewand herabwandern. Die Finger des Kerls hielten ihn tatsächlich am äußersten Ende seines *Efrindir* zurück.

„Wartet doch!“ Das Gesicht des Mannes zitterte leicht. Möglicherweise in Vorfreude. Vielleicht auch vor Furcht unter seinem bohrenden Blick. „Nur einen Augenblick Eurer Zeit, oh, edler Sohn der Wüste!“

Mit einer schnellen Bewegung riss er sich los.

Mit kaum geringerer Geistesgegenwart schob sich der Mann zwischen ihn und den weiteren Verlauf der Straße. „Gruß und Heil auf Eurem Weg, oh Mann des Westens“, verkündete die verzierte Straßensperre. „Ich konnte nicht anders, als Euch aufzuhalten. Ansonsten wäret Ihr an all dem Wunderbaren geradewegs vorbeigestürmt, das die Götter an diesem Abend noch in Euer Leben bringen wollen.“

Er wandte sich nach links und tat einen Schritt nach vorn. Wie durch einen Zufall befand sich der massige Körper des Händlers erneut in seinem Weg. „Seht doch nur, was ich hier für Euch habe!“, setzte der Mann nach. „Seht her! Ist es nicht, als habe dieses Schmuckstück geradewegs auf Euch gewartet?“ Eine breite Silberkette mit glitzernden Steinen hing mit einem Mal vom Zeigefinger des Mannes herab. Er war sich beinahe sicher, dass der Kerl das Stück lediglich auf gut Glück aus den Auslagen seines Standes gezogen hatte. Der Haufen auf der Holzplatte erweckte den Eindruck, als sei ihr Besitzer bereits im Begriff gewesen, seine Waren für die Nacht zusammenzupacken. „Juwelen und Geschmeide für die Blume Eures Lebens, einstmals bestimmt für die höchsten Familien Merkeschs. Nur für Euch an diesem Abend zu einem ganz besonderen Preis!“

Er schüttelte den Kopf und versuchte erneut, sich zu verdrücken. Wieder hielt ihn die Hand des Mannes an seiner Kleidung fest. Mit einer wilden Drehung fuhr er herum. Er beugte sich vor und glühte den Kerl durch den Sehschlitz an. Seine Sprache würde ihn verraten, doch allmählich war es ihm egal.

„Nicht der Geschmack Eurer mandeläugigen Schönheit?“ Die Stimme des Mannes enthielt einen leichten Anflug von Verzweiflung. „Wie wäre es dann mit diesem wunderbaren Stück?“ Die Hand des Dicken hatte eine furchtbare grüne Brosche gefunden und fuchtelte damit unmittelbar vor seinem Gesicht herum. „Pures Gold“, behauptete der Kerl schamlos. „Gewinnt das Herz noch der stolzesten Wüstenblume. Wertvoll wie viele, viele Kamele!“

Er stöhnte. Allmählich verstand er, warum der Abbademer dem Umgang mit Merkesch-Volk so wenig abgewinnen konnte. Kamen gleich noch exotische Vergleiche von Dschinns, Oasen und Wasserpfeifen dazu?

„Oder dies hier“, jammerte der Händler, der zu bemerken begann, dass er seinen potenziellen Käufer nicht auf ewig würde festhalten können. „Frisch aus Merkesch eingetroffen! Ein mit Perlen besetzter Dolch. Aus dem Haushalt des Hochverräters Palter Calgola!“

Beinahe wäre er über seine eigenen Beine gestolpert. Die Körperteile waren nicht dazu ausgelegt, gleichzeitig in eine Richtung davonzueilen und in eine andere zurückzustürzen.

„Oh ja“, raunte der Händler, wieder Hoffnung schöpfend. „Der Held von Wolfshecke! Ihr habt davon gehört? Die List mit dem verkleideten Bullenkeiler? Eine atemberaubende Geschichte voller Liebe und Verrat! Nun, was glaubt Ihr, was ich hier in meiner Hand halte? Diese Waffe, von einer Kunstfertigkeit, wie Ihr nirgendwo eine zweite ... he!“

Er hatte das Handgelenk des Mannes ergriffen und gemeinsam mit dem Dolch bis dicht vor sein Gesicht herangezogen.

Bei den Göttern.

„Wie ich sehe, gefällt sie Euch“, verkündete der Mann mit einem Grinsen, das Schmerz mit Fröhlichkeit zu überdecken versuchte.

Sein Atem ging in sorgsam beherrschten Stößen.

Götter und Dämonen. Sie hatten es gewagt. Sie hatten es tatsächlich gewagt.

„Der Preis, oh kühlender Schatten über den Oasen von ...“

„Woher?“, fauchte er.

Der Mann blinzelte verwirrt, inzwischen etwas angestrengter. Auch sein Grinsen verkündete aufkommende Besorgnis. „Ich mache Euch einen besonderen Preis“, beharrte er. „Wobei ich, leider, bei diesem ganz besonders seltenen Stück nur sehr wenig Raum für Nachlass ...“

„*Woher stammt diese Waffe*?“

Der Mann schluckte. Glücklicherweise war die Wut in seiner Stimme weitaus eingänglicher als der misslungene Versuch, einen abbademischen Zungenschlag nachzuahmen.

Der Bursche hüstelte. „Ihr müsst verstehen, Erhabener, dass mein Verhältnis mit meinen Lieferanten ein vertrauliches ist. Vertrauen und Vertraulichkeit. Qualität und Schweigen. All meine Geschäfte gründen sich auf diese Werte. Ich versichere Euch: Die Ware ist echt. Ihre Herkunft und Qualität stehen außer Frage. Ein Stück wie dieses findet Ihr bei niemand anderem. Ein aufregendes Kleinod mit Schönheit und Geschichte! Das Blut des Verräters ist noch warm auf dem Hackblock des Scharfrichters. Reist selbst in den nächsten Wochen nach Merkesch, und Ihr könnt mit eigenen Augen seinen Kopf bewundern. Aufgespießt zur grausamen Warnung für alle Verräter auf den höchsten Mauerwerken. Nur bei mir habt Ihr für kurze Zeit die Möglichkeit, die Ausstattung eben jenes Schreibtischs zu erwerben, an dem der verkommene Geist seine schändlichsten Verbrechen ersann ... “

„*Seines* ... ?“ Er stieß den Mann zur Seite. Mit einem Schritt war er beim Handelsstand und ließ einen fassungslosen Blick über die Auslagen wandern. „Mein Briefbeschwerer“, stieß er hervor, halb die Beherrschung, halb das Bewusstsein verlierend. „Meine Federkiele. *Meine Pflaumenschale!*“

„Ach was? Ein echter Kenner!“ Beinahe konnte er hören, wie der Mann sich hinter seinem Rücken die Hände rieb und im Geiste Zahlenreihen aufsummierte. „Soll ich alles für Euch einpacken? Eine wirklich feine Verzierung für Euer Zelt, oh sonnengebräunter ... “

„Gah!“ Er wandte sich ab. Unfassbar. Sollte er den Burschen gleich hier ausquetschen oder lieber so lange in einen Schlammgraben drücken, bis keine Geräusche mehr kamen?

Ruhig bleiben, Palter. Es musste sein Verstand sein, der sich nach kurzer Abwesenheit zurückmeldete.

Jetzt ist nicht die Zeit für Ärger und ungewollte Aufmerksamkeit.

„Argh!“ Unsanft schob er sich an dem Mann vorüber.

„Ihr geht?“ Der Händler schien schockiert über die unerfreuliche Wendung. „Um Euer Geld zu holen?“

Der Mann war ein echter Menschenkenner.

„Ich bin morgen wieder hier“, setzte der Bursche hastig nach, als keine positive Antwort kam. „Aber morgen ist alles teurer! Überlegt es Euch!“

Er schüttelte den Kopf, während er davonstapfte. Überlegungen würden nicht nötig sein. Falls sein Kopf überhaupt irgendwann wieder in der Lage sein würde, vernünftige Überlegungen anzustellen. Jemand in Merkesch hatte ihn ausgeplündert. Noch keine zwei Wochen waren vergangen, seit man ihn aus seinem Leben gerissen hatte, und doch hatte irgendjemand nicht abwarten können, ihm sein sauer verdientes Eigentum abzujagen. Die Art des Wiedersehens war dabei fast noch die größte Beleidigung. Sein kostbarer Besitz: verramscht! An irgendeinen dahergelaufenen, drittklassigen Hehler. Er würde Nachforschungen anstellen. Oh ja. Er würde herausfinden, wer dieser Jemand war. Und dann würde dieser Jemand dafür bezahlen, was er getan hatte. *Lex Calgola.* Paragraf 1a. Mit Zins und Zinseszins. Der Bursche würde sich noch wünschen, lediglich unter das Gesetz des Ingwall gefallen zu sein.

Achtlos drängte er sich durch die Menge vorwärts, nicht zu sehr darauf bedacht, wohin er eigentlich lief. Was war das überhaupt für ein Unsinn mit der Enthauptung? Dem abgetrennten Kopf am Ende einer Spitze auf den Mauern? Das leere Gewäsch eines Verkäufers oder doch das Anzeichen für eine weitere Verschwörung, irgendeinen neuen Betrug, von dem er noch nicht einmal erfahren hatte?

Ein aufdringlicher Händler am Straßenrand versuchte, ihm Juwelen in den Weg zu halten, doch er drängte sich vorüber. Er brauchte Ruhe. Unterkunft. Zeit, um nachzudenken. Was hatte der Abbademer noch gesagt? Onkel Ibi. Ein Haus, das sich nicht verfehlen ließ. Mit vielen Verzierungen und Balkonen. Er fluchte leise. Was für eine Wegbeschreibung. Er hätte darauf bestehen müssen, dass der Mann sich deutlicher ausdrückte.

Das Bild seines perlenbesetzten Dolches, handgefertigt von einem Kunsthandwerker in einem Dorf im Wüstenland im Westen, erschien erneut vor seinem geistigen Auge. Das Teil war ein Geschenk gewesen. Die Dankesleistung eines Offiziers, dessen Einheit sie aus der Bedrängnis geschossen hatten. Kaum zu bezahlen. Was tat der alte Hergemuffe eigentlich für seinen Lohn, dass er es nicht einmal *zwei* Wochen lang verhindern konnte, dass sie ihm seine Schätze raubten? Wie zum Henker sollte man sich auf den Auftrag konzentrieren, wenn die anderen es nicht einmal schafften, ihre weitaus einfacheren Aufgaben ...

Er war zu sehr mit seiner Wut beschäftigt gewesen, um den Norn kommen zu sehen. Der Zusammenprall kam für sie beide gleichermaßen unerwartet. Der Stapel mit Hühnerkäfigen in den kräftigen Armen des Nordmanns begann bedenklich zu schwanken. Hilflos versuchte der Bursche, sein Gleichgewicht zurückzugewinnen. Vergeblich. Der Turm neigte sich. Die Holzkistchen prallten auf den Boden. Dünne Gitterstäbe zerbarsten mit einem lauten Krachen. Wolken von weißen Federn stoben empor. Wild mit den Flügeln schlagende Vögel flohen gackernd in alle Richtungen. Die Aufregung schreckte wiederum andere Tiere auf. Ein Ochse, eingespannt vor einem Karren voller rundlicher Tonkrüge, brüllte laut und schüttelte sich klirrend in seinen ledernen Geschirren. Eine

Gruppe von Ziegen, von einem einzigen Mann mit Schlingen um ihre Hälse zusammengehalten, beschloss, dass der Moment für den Aufstand gekommen war, und stob blökend in alle Richtungen davon. Passanten stolperten links und rechts über die gespannten Leinen, stürzten zu Boden und ließen dabei ihre Waren fallen. Die gesamte Breite der Straße war mit einem Mal von lärmendem Viehzeug und fluchenden Menschen erfüllt.

Er stolperte rückwärts, kam taumelnd wieder auf die Beine. Schnell zog er seinen Schleier zurecht und bemühte sich, möglichst unauffällig aus dem Getümmel zu verschwinden. Eine kräftige Hand ergriff von hinten seine Schulter und riss ihn zurück. Der Nordmann hatte ihn gefunden. Das bärtige Gesicht war wutverzerrt. Eine Faust war zum Schlag bereit erhoben. Die zerschlissene Lederweste erlaubte einen Blick auf baumstammdicke Arme. „Ihr habt vergessen zu zahlen, Abademer."

Unwillkürlich riss er beide Hände zum Schutz empor.

„Halt! Ihr da!" Er wandte den Kopf. Eine Gruppe von Tertiari bahnte sich mit harten Stößen ihren Weg durch die lärmende Menge. Schaulustige wurden von den Wächtern ebenso beiseite gedrängt wie die Händler, die noch immer darum bemüht waren, ihre rebellierenden Tiere unter Kontrolle zu bringen. Die Hühner aus den Käfigen waren längst verschwunden. Zweifellos würden sich an diesem Abend diverse Zeltgemeinschaften auf dem Hang über eine unverhoffte Fleischbeilage freuen.

Dem Anführer der Wächtergruppe, den Schulterstücken nach ein Decas, gelang es, zu ihnen durchzudringen. Der Mann hielt sein Schwert in der Faust. Die Spitze der Klinge deutete auf die breite Brust seines Bedrängers. „Haltet Eure Fäuste im Zaum, Norn", befahl der Mann mit einer Stimme, die Gehorsam gewohnt war. „Die Wache wird diesen Fall regeln.“

„*Atkozot.*“ Der Nordmann spuckte das Wort regelrecht aus. Der Hüne schien keineswegs gewillt, seinen Anspruch auf gewaltsame Vergeltung derart einfach abzutreten.

„Lasst den Mann los“, forderte der Decas erneut, ruhiger dieses Mal. Es war die Stimme eines Mannes, der nicht laut werden musste, um eine klare Drohung auszusprechen. „Tut es jetzt oder erleidet die Konsequenzen.“

Der Norn knurrte. Nur widerwillig sank die zum Schlag erhobene Faust herab. Die andere Hand hielt noch immer seinen *Efrindir* an der Schulter fest. Der Bursche zog ihn dicht zu sich heran. Die Augen des Norn funkelten und er konnte säuerlichen Atem riechen. „Scheint, als wäre heute Euer Glückstag.“ Der Hüne versetzte ihm einen kräftigen Stoß. Er stolperte, ruderte mit den Armen und stürzte rückwärts in den Schlamm. Sein Gegner stand über ihm und blickte finster auf ihn herab.

„Genug“, erklärte der Anführer der Tertiari scharf. „Ihr kommt mit zum Kommandanten. Beide!“

Nur das nicht! Er erhob sich auf den Ellenbogen. Ein halbes Dutzend Legionäre hatte sie umzingelt. Die Schwerter der Männer waren gezückt und auf den Kreis der Gaffer gerichtet, der sich um sie herum gebildet hatte. Der Lärm und die Bewegung hatten Neugierige angezogen, die nun, nachdem die meisten Tiere wieder eingefangen waren, auch das Ende der Vorstellung erleben wollten.

„Was alle anderen angeht ... “ Der Befehlshaber machte eine Bewegung mit dem Kopf in Richtung der Umstehenden. „Weitergehen. Zurück an eure Geschäfte. Wer einen Verlust erlitten hat, soll eine Meldung machen. Alle, die nur deshalb noch hier stehen, weil sie nichts zu tun haben, werden namentlich erfasst. Wir werden schon eine Beschäftigung für sie finden."

Die Drohung zeigte Wirkung. Bewegung kam in die Menge. Der dichte Kreis begann sich aufzulösen.

Zwei Tertiari traten zu ihm heran. Die Männer rissen ihn unter den Armen empor und richteten ihn auf. Der Decas ließ sein Schwert zurück in die Scheide fahren und trat vor ihn. „Wie ist Euer Name, Abbademer?"

Fieberhaft schossen seine Blicke nach rechts und links. Das hatte ihm gerade noch gefehlt.

Der Offizier kniff die Augen zusammen. „Was?" Seine Stimme war ungeduldig. „Nach Eurem Namen habe ich gefragt. Sprecht Ihr unsere Sprache?"

Er brachte ein Schulterzucken zustande. Fremdländisches Gemurmel allein würde ihn dieses Mal nicht retten können.

Der Mann stöhnte und rollte mit den Augen. „Holt einen Abbademer her", befahl er in Richtung eines seiner Männer. „Jemanden, der für diesen Idioten übersetzen kann."

„*Gabeah*! Hier bist du also!"

Der Decas blickte an ihm vorüber. Irgendjemand schien sich von dort zu nähern.

„*Gabeah*! Habe ich dich endlich gefunden", rief eine vertraute Stimme. „Was machst du da? Du sollst doch nicht alleine fortgehen!"

Ungläubig wandte er sich um.

Azed. Der Abbademer trat aus der Menschenmenge hervor, händeringend wie jemand, den die Dummheiten eines kleinen Kindes langsam, aber sicher in den Wahnsinn treiben. „Endlich!" Seine Stimme klang in gleichem Maße verzweifelt wie erleichtert. „Endlich habe ich dich wiedergefunden. Ich hatte mir solche Sorgen gemacht." Jetzt war der Mann heran. Seine Hände ergriffen ihn von hinten an den Schultern, kneteten und schüttelten ihn kameradschaftlich. „„Mein Junge. Da bist du ja endlich, hm?" Eine Spur warnender Verbissenheit klang aus der Stimme. Auch die Griffe der Hände wurden hart und schmerzhaft. „Mein dummer, dummer Junge. Du darfst doch nicht alleine hier herumlaufen."

„Bleibt zurück, Abbademer." Der Führer der Tertiari nickte zu seinen Männern, die den Neuankömmling grob zurückstießen. „Entfernt Euch. Das hier ist eine Angelegenheit der Wache."

„Danke, Kommandant!" Der Abbademer trat vor, als habe er die Worte überhaupt nicht wahrgenommen. „Danke! Ich bin Euch ja so dankbar, dass Ihr meinen Vetter gefunden habt." Der Kerl schaffte es, die Hand des verwirrten Tertiari zu ergreifen und ausgiebig zu schütteln. „Danke. Danke! Mein Vetter ist von Geburt hier oben etwas einfach." Der Zeigefinger seiner Hand drehte sich neben seiner Schläfe. „Eine mühsame Last für uns alle. Und doch ein Liebeswerk! Er hat doch wohl nichts angestellt?"

Der Tertiari riss seine Hand los. „Zurück mit Euch! Der Kommandant wird über seinen Fall entscheiden."

„Ach, *Gabeah*!" Azeds Hände verknoteten sich vor der Brust. Seine Stimme war klagend, so als breche es ihm das Herz. „Es tut mir ja so leid. Mein armer Vetter weiß nicht, was er tut. Er darf überhaupt nicht unbegleitet hier herumlaufen. Ich bitte Euch, Kommandant. Habt ein Herz mit einer Familie, die schon so lange unter der Geißel seiner Verblödung zu leiden hat. Ich werde alles wiedergutmachen!"

„Zurück mit Euch!" Die Augen des Offiziers weiteten sich fassungslos. Wieder musste er einen aufdringlichen Versuch des Abbademers abwehren, seine Hände zu ergreifen. „Fasst noch einmal einen Offizier der Wache an und Ihr werdet … “

„Ich bitte Euch!“ Der Abbademer schlug sich mit beiden Händen auf die Brust. „Ich flehe Euch an! Wir wollen keinen Ärger. Vater wird außer sich sein, wenn er von all dem hier erfährt. Ich zahle das Doppelte. Das Doppelte von jedem Schaden, den er angerichtet hat. Lasst mich alles wiedergutmachen. Nur lasst mich diesen armen Kerl wieder an einen Ort bringen, wo er keinen Schaden mehr anrichten kann. Seht nur, er wird schon ganz blass. Das alles hier ist viel zu anstrengend. Bestimmt kriegt er gleich wieder einen seiner gefährlichen Anfälle.“

„Einverstanden!“ Der Norn trat vor. Die Gelegenheit war zu gut, um sie verstreichen zu lassen. „Das Doppelte. Ich nehme an! In dem Fall verzichte ich sogar auf eine Anklage.“

Der Anführer blickte misstrauisch zwischen den beiden Abbademern hin und her. Seine Brauen zuckten. Allmählich schien er zu dem Schluss zu kommen, dass die Geißel der Verblödung eine verheerende Schneise quer durch die gesamte Familie geschlagen hatte. „Ich muss trotzdem eine Meldung machen“, verkündete er, nun allerdings leicht verunsichert.

„Ihr Götter!“, rief der echte Abbademer. „Jetzt habt Ihr ihn so weit! Ein Anfall! Zurück mit euch! Gleich geht es wieder los!“

Die Griffe an seinen Schultern lösten sich. Die Tertiari an seinen Seiten traten vorsichtshalber einen Schritt zurück. Auch einige der Zuschauer beäugten ihn auffordernd, so als erwarteten sie, dass er mindestens in einer Blutfontäne explodierte.

Azeds Blick durchbohrte ihn. „Ich sagte, er hat wieder einen seiner … “

„Blerg“, spuckte er geistesgegenwärtig aus. „Blerblblbbl.“ Mit aller Grazie eines Zwiebelsacks ließ er sich seitwärts in den Schlamm fallen. Er schlug hart auf, begann, sich knurrend umherzuwälzen und wild mit allen Gliedmaßen zu zucken.

„Wasser“, rief Azed. „Wasser! Oh, bringt doch Wasser! *Gabeah*! Wach auf, *Gabeah*. Wach auf! Was soll ich Vater sagen?“ Der Abbademer stand mit einem Mal über ihm, beugte sich zu ihm herab und versetzte ihm eine Ohrfeige, die deutlich härter ausfiel als für das Schauspiel nötig war.

„Au!“

„Ach, *Gabeah*“, lamentierte der Abbademer. „Bist du wach? Lebst du noch? Oder hat dich dein Verstand nun ganz verlassen?“

„Hört auf ... au!“

„Oh Elend! Manchmal wird es so schlimm, dass er die Sprache unserer Väter vergisst!“

„*Ma'hatma hörtamitaufah!*“, brachte er zwischen den Zähnen hervor. Zu spät wurde er sich bewusst, dass auch Abbademer unter den Schaulustigen waren.

„Was hat er gesagt?“, wollte der Kommandant wissen, halb angewidert, halb fasziniert von dem Schauspiel.

Die Abbademer warfen einander befremdete Blicke zu. „Er sagte, fünf Enten vor Mitternacht seien selten.“

„Was soll das sein?“, stieß der Tertiari aus. „Eine Art Sprichwort?“

Der Abbademer zuckte hilflos mit den Schultern.

Er konnte sehen, wie sich das Gesicht des Offiziers verzog. Der Mann öffnete den Mund, offenbar entschlossen, dem Ganzen mit einem abschließenden Befehl endgültig ein Ende zu bereiten.

„Auf ein Wort, Decas." Ein älterer Herr aus der Reihe der Abbademer trat vor. Kleider und Turban kündeten von erheblichen Besitztümern. Alles an seinem Gesicht strahlte Würde und Autorität aus. „*Gabeah* bedeutet Dummheit in der Sprache unseres Volkes", erklärte er sanft. „Dieser Junge ist vom Beginn seines Lebens an gezeichnet und seine Familie mit ihm. Seine Verwandten tragen eine große Bürde. Zeigt doch Mitleid mit ihnen. Lasst zu, dass sein Vetter sich um ihn kümmert."

Der Decas ließ seinen Blick über die Umstehenden wandern. Die anderen Abbademer nickten zustimmend. Der Alte schien eine Art Würdenträger zu sein, dessen Wort in ihrer Mitte erhebliches Gewicht besaß. Auf ein Nicken seines Kopfes hin trat einer der Begleiter des Mannes vor und ließ einige Münzen in die offene Hand des Hühnerhändlers fallen. Der Nordmann nickte zufrieden und ließ die Geldstücke in seiner Tasche verschwinden.

Die Kiefer des Tertiari mahlten. In seinem Kopf schien es zu arbeiten. Trotz des früheren Befehls hatte sich erneut eine Versammlung Schaulustiger gebildet und erwartete gespannt den nächsten Akt des Theaterstücks, das hier dem Anschein nach von einer Gruppe talentfreier Laiendarsteller dargeboten wurde. Bisher spielte die Wache darin keine allzu vorteilhafte Rolle. Die Tiere waren inzwischen wieder gebändigt. Die übrigen Soldaten blickten fragend zu ihrem Anführer. Der Decas seufzte und wedelte verärgert mit der Hand. „Schafft ihn von hier fort", befahl er düster. „Und sorgt dafür, dass er keinen Ärger mehr macht. Wehe, ich greife euch noch einmal auf."

„Danke, Hochwürden. Oh! Ich bin Euch ja so dankbar." Azed zerrte ihn in die Höhe und schob ihn durch den Kreis der Schaulustigen vor sich her. „*Mezama sahamiat,*

Mubaij." Der alte Abbademer nahm den Dank mit einem würdevollen Nicken an. „Und du hältst den Mund, *Kafir*", zischte der Abbademer durch die Zähne. „Kein Wort mehr von dir, verstanden?"

Er verstand überhaupt nichts mehr. Er fühlte er sich erschöpft, benommen, im Körper wie im Geist. Der Abbademer drängte ihn weiter vor sich her. Die Umstehenden schienen zu dem Schluss zu kommen, dass der interessante Teil der Vorführung vorüber war. Die Menge begann, sich zu zerstreuen.

„Dummheit?", ereiferte er sich, sobald etwas Abstand zwischen ihnen und den Wachen lag. „Wirklich? Das soll mein Name sein? Etwas Besseres ist Euch ..."

„Mund halten, habe ich gesagt."

„Wie habt Ihr ... wie seid Ihr überhaupt ..."

„He!" Der Abbademer packte ihn und zog ihn dicht zu sich heran. „Platzt dir der Kopf, wenn deine Kiefer zur Abwechslung mal zusammenbleiben? Willst du uns beide an den Galgen bringen? Halt den Mund. Den Mund halten. Hast du das verstanden? Lass mich bloß nicht bereuen, dass ich dir ein zweites Mal das Leben gerettet habe."

„Was macht Ihr hier? Ich dachte ..."

„*Meine Investition beschützen.* Ruhe jetzt. Kein Wort mehr will ich von dir hören. Du bist hier oben etwas einfach, also verhalte dich auch so. Sollte überhaupt kein Problem für dich sein."

„Oh, *ha, ha*", brachte er missmutig hervor. „Tolle Geschichte. Warum zurückgeblieben und nicht einfach stumm?"

Der Abbademer schnaufte hinter seinem Rücken. „Ich wollte etwas, das dir liegt. Los jetzt, komm."

Kapitel 15 – Streichelzoo

Der Abbademer hatte einen Arm unter den seinen geklemmt und führte ihn durch das Gedränge in den Gassen. Menschentrauben hatten sich zu beiden Seiten vor den Ständen gebildet, insbesondere vor denjenigen, die verschiedene Arten von Leckereien feilboten. Wer unter den Bewohnern über das erforderliche Kleingeld verfügte, durfte sich über eine reichhaltige Auswahl an potenziellen Abendmahlzeiten freuen. Über diversen Feuern briet das rotbraune Fleisch bekannter und unbekannter Tierarten. Dazu kam eine Anzahl von Kesseln, deren Inhalt nur schwer zu bestimmen war. Der Geruch aber war überaus einnehmend. Er sorgte dafür, dass sich auch in ihm der Hunger regte. Hatte er tatsächlich seit dem Frühstück nichts mehr zu sich genommen?

Der Abbademer richtete einen sorgenvollen Blick hinauf zum Himmel. „Keine Sonne mehr“, stellte er fest. „Zeit, bei Onkel Ibi anzuklopfen.“

Widerstandslos ließ er sich mitziehen. Hoffentlich betrieb dieser Ibi einen Gasthof. Zum Glück wurde er sich erst jetzt und nicht schon früher auf den Klippen bewusst, dass er am Verhungern war und den besten Teil einer Schafherde hätte verschlingen können. „Euer Onkel betreibt nicht zufällig ...“ Er verstummte. Der Abbademer hatte im gleichen Augenblick innegehalten.

Ein hagerer, hoch aufragender Körper steuerte durch die Menge geradewegs auf sie zu. Die Passanten zerstreuten sich vor den Schritten des beim Gehen leicht vornübergebeugten Schemens. Eine Gruppe von Kriegern, Norn in ledernen Rüstungen, beeilte sich, den Weg vor dem *Okori* freizumachen, der selbst die Größten unter ihnen um eine Kopfhöhe überragte. Glattes, knochenfarbenes Haar hing von seinem Schädel herab. Die Gesichtszüge erschienenen eingefallen, verstärkt noch durch die schwarzen und weißen Bemalungen auf seiner Haut. Wie ein umherwandernder Baumstamm, ein in Bewegung geratenes, eigentlich unbelebtes Objekt, erschien der Mann aus dem alten Volk. Die Menge teilte sich vor ihm wie Antilopenherden vor einem dahinschreitenden Raubtier.

Er bemerkte, dass ihm kalt war. Seine Füße versagten ihm den Dienst. Auch der Abbademer war wie eingefroren. Das Wesen war nun beinahe ganz heran. Er hielt die Luft an, schaffte es nicht, seinen Blick zu lösen. Eine Bewegung der langen Arme, und der Mann würde sie berühren können, sie gepackt haben und mit seiner kalten Hand alles Leben aus ihren Knochen ziehen.

Erst als der Abbademer ihm bestärkend auf die Schulter klopfte, bemerkte er, dass die Gefahr vorüber war. Der Hüne hatte sie passiert. Verwirrung war zwischen seinen Schläfen. Mehrere Augenblicke schienen in seiner Erinnerung zu fehlen. Er machte Anstalten, den Kopf zu wenden, doch der Abbademer schob ihn entschlossen voran. „Nicht umdrehen, *Kafir*. Laufen. Einfach laufen. Jetzt haben wir es fast geschafft."

„Wa ..." Er schaffte es, sich zu unterbrechen. Schlaf. Schlaf und eine Mahlzeit. Für beides war es wirklich dringend an der Zeit. Er schluckte. „Gibt es Betten, da, wo Euer Onkel wohnt?"

„Reichlich, *Kafir*."

„Gut", erklärte er murmelnd. „Gut. Und wir sind gleich da, ja?"

„Mh, hm."

„Was ist das für ein Geschäft, nach dem wir Ausschau halten müssen?"

„Nicht wir, *Kafir*. Ich. Du musst nur laufen. Und den Mund halten. Kann beides nicht so schwierig sein."

„Warum die Geheimnistuerei?“

„Weil ich es sage! Genug mit deinen Fragen.“

Er schaffte es, sich im Protest halb umzudrehen. „Ihr seid in dieser Sache seltsam reizbar. Warum wollt Ihr mir nicht einmal verraten, welche Art von Geschäft Euer Onkel betreibt?“

Der Abbademer schnaufte missmutig. „*Was für ein Geschäft, was für ein Geschäft*“, wiederholte er entnervt. „Mann! Er betreibt einen verdammten Streichelzoo. Ich hab genug von deinen Fragen. Folg mir oder lass es bleiben. Ich habe keine Lust mehr, dich wie einen Esel vor mir herzuschieben.“ Sein Begleiter ließ ihn los und schob sich an ihm vorüber.

Er vollführte eine hilflose Geste mit den Händen. „Ich will doch nur ...“

Der Mann verließ die Hauptstraße und bog in eine Gasse zur Linken ein.

Kurz sah er sich um. Nein, allein zu bleiben war keine Option. Schnell beeilte er sich, seinem Begleiter zu folgen.

Gerade bog der Abbademer weiter vorne nach rechts in einen Seitenweg ab. Wenige Augenblicke später erreichte er selbst die Häuserecke. Nur ein schmaler blauer Streifen am Ende der Gasse kündete noch von dem zurückliegenden Sonnenuntergang. Gerade, als er es schaffte, zu seinem Vordermann aufzuschließen, öffnete sich der Weg zu einem schlammbedeckten Platz aus festgetretener Erde. In seiner Mitte erhob sich ein zweistöckiges Holzgebäude. Sein Führer hielt mit entschlossenen Schritten darauf zu.

Ein Glucksen entfuhr ihm trotz der widrigen Umstände. *Das* also war das Geheimnis hinter der ganzen ausgiebigen Schweigerei. Ja, langsam ergab alles einen Sinn.

Das Gebäude war in der Tat nicht zu verfehlen. Die anderen Häuser schienen sich von ihm fernzuhalten, so als schämten sie sich, mit ihm zusammen gesehen zu werden. Einstmals musste die Villa prächtig gewesen sein. Die Bausubstanz ließ auf nicht geringen Wohlstand schließen, ebenso wie auf die Absicht, inmitten der umstehenden Gebäude gut gesehen und erkannt zu werden. Nun aber war die Hülle baufällig bis zur Unbewohnbarkeit. Rötliche Farbe blätterte an vielen Stellen von der Holzfront ab. Überall waren Reparaturen, Ausbesserungen und missglückte Verschönerungsversuche vorgenommen worden, bei denen verschiedene Architekten mit äußerst unterschiedlichen Auffassungen von Form und Proportion zum Einsatz gekommen sein mussten. Auch die Handwerker schienen sich hinsichtlich ihrer Begabungen beim Umgang mit Hämmern, Nägeln und Maßbändern erheblich unterschieden zu haben. Insbesondere Letztere waren allenfalls sporadisch zur Anwendung gekommen. Selten hatte er eine derartige Vielfalt an windschiefen Balkonen, Erkern und Türmchen ohne erkennbaren Nutzen zu Gesicht bekommen. Einige der Fenster waren mit Läden verschlossen, in denen Lamellen fehlten. Andere waren ganz mit Brettern vernagelt. Beinahe hätte man den Eindruck gewinnen können, das Gebäude sei bereits vor langer Zeit verlassen worden. Einzig zwei rote Laternen, die unter dem Vordach einer kleinen Veranda zu beiden Seiten einer Eingangstür im Luftzug baumelten, erweckten überhaupt den Eindruck von irgendeiner Art von Leben.

„Ach *so*." Er machte sich keine Mühe, das diebische Vergnügen in seiner Stimme zu verhehlen „Ein *Streichelzoo*. Warum habt Ihr das nicht gleich gesagt?"

Die entschlossenen Schritte seines Führers verkündeten untrüglich, dass der Mann auf Nachfragen keinesfalls erpicht war. Ein Grund mehr, um weiter auf ihn einzudringen. „Sehr freundlich von Eurem Onkel, einen *Streichelzoo* zu unterhalten“, bemerkte er unschuldig. „Kommen viele Familien her? Welche Art von Haustieren hält er, Euer Onkel Ibi?“

„Mund halten“, knurrte der Abbademer. Sein Blick war fest auf die Eingangstür gerichtet. Seine Schritte donnerten laut auf dem Holz der alten Stufen zur Veranda. Die Hand des Mannes griff nach dem eisernen Klopfer auf der Tür. Erst im letzten Moment zuckte sie davor zurück.

„Oha“, staunte er, mit noch größerem Vergnügen. „Was für ein Klopfer. Donnerwetter. Meint Ihr ... ohoho!“

Die Knöchel seines Führers schwebten über dem Holz der Tür. Hier draußen gab es sogar noch mehr zu sehen. Jemand hatte mit deutlich mehr Begeisterung als Talent den Umriss einer auf der Seite liegenden Dame auf die Eingangstür gepinselt.

„Hehehe.“ Er legte den Kopf in den Nacken, um den Schriftzug aus angelaufenen Kupferbuchstaben über dem Türrahmen in Augenschein zu nehmen. „*El Harram*“, las er vor, mit der betonten Unwissenheit eines Reisenden in einem fremden Land. „Klingt einladend. Was das wohl bedeuten mag?“

Der Abbademer schloss für einen Moment die Augen. Wenn man genau genug hinhörte, konnte man meinen, das leise Zirpen seines angespannten Geduldsfadens in der Stille zu vernehmen. Aus seiner Faust wuchs ein warnend aufgerichteter Zeigefinger.

„Schon gut. Kein Wort mehr von mir. Ich habe verstanden.“

Der Abbademer atmete tief. Er schien durch das Holz der Tür hindurchzublicken. „Bevor wir eintreten: Es gibt da etwas, was du über Mudrik wissen musst.“

„Mudrik?“

„Mein Onkel.“

„Ich dachte, sein Name sei Ibi?“

„Nicht für Fremde. Für dich ist er Mudrik, klar?“

„Herr Mudrik?“

„Von mir aus.“ Der Abbademer schüttelte den Kopf, so als trage er weitaus wichtigere Gedanken mit sich herum. Er trat einen Schritt zurück, winkte ihn in eine Ecke der Veranda und beugte sich zu ihm vor, so als wollte er ihm ein Geheimnis anvertrauen. „Mein Onkel Ibi ist gewissermaßen ... blind.“

„Aha.“ Er nickte langsam. „Verstehe. Ein Blinder, der einen Streichelzoo betreibt. Das passt zusammen.“

„Was?“

„Na, weil er ... “ Er vollführte einige Gesten, die ausdrücken sollten, dass sich ein Mann ohne Augenlicht die Welt wohl nur durch ausgiebiges Betasten erschließen konnte. Er unterbrach seine Ausführungen, als das Glitzern in den Augen des Abbademers erneut jene besorgniserregende Mischung aus Fassungslosigkeit und Gewaltbereitschaft anzunehmen begann. „Schon gut“, wiegelte er ab. „Er ist also blind. Sonst noch etwas, was ich wissen sollte?“

Der Abbademer räusperte sich. Seine Pupillen wanderten auf der Veranda umher, so als bemühe er sich, seinen Blicken auszuweichen. „Wie ich schon sagte. Onkel Ibi ist gewissermaßen nicht unbedingt mein Onkel.“

Er nickte erneut, dieses Mal noch langsamer. „Verstehe. Er heißt nicht Ibi und ist nicht Euer Onkel. Onkel Ibi also.“

Der Abbademer schüttelte unwirsch den Kopf. „Es ist kompliziert“, raunte er. „Es ist damals ... einfach irgendwie passiert. Ich war vor ein paar Jahren hier. Geschäftlich natürlich!“

„Geschäftlich“, wiederholte er gehorsam. „Natürlich.“

Wieder erschien ein drohender Finger vor seiner Nase.

„Geschäftlich." Er nickte brav. „Gut. Und weiter?"

Der Finger senkte sich. Erneut räusperte sich der Abbademer. Sein Blick schien irgendetwas zwischen den Bohlen der Veranda zu suchen. „Eine Feier", fuhr er fort. „Der Abend war gut. Wir kamen ins Gespräch. Und irgendwie muss ich damals ... " Er wedelte unbestimmt mit der Hand, so als handle es sich um ein Missverständnis, das jedem hätte unterlaufen können. „Irgendwie habe ich erfahren, dass sein Neffe schon vor langer Zeit verschwunden ist. Junger Kerl. Ungefähr mein Alter. Mit Sicherheit längst tot. Ich hatte Schnaps getrunken. Und irgendwie hat es sich ergeben ... " Der Mann zuckte mit den Schultern, hilflos und ein wenig trotzig.

„Irgendwie hat es sich ergeben, dass Ihr einen blinden Mann belogen und Euch als sein toter Neffe ausgegeben habt?"

„Es war ein Missverständnis!", hielt der Abbademer dagegen. „Und überhaupt: Was soll's? Der Alte ist reich und lebt hier ganz alleine. Der Junge ist längst tot. Eigentlich tue ich ihm doch etwas Gutes, oder nicht?"

„Nein?", brachte er zweifelnd hervor. „Ich glaube, Ihr tut sogar etwas ziemlich Schlimmes. Einen Blinden belügen und sich als sein toter Neffe ausgeben, zu Eurem eigenen Vorteil? Ich glaube nicht, dass man ein solches Vorgehen als ‚gut' ..."

„Ach!" Der Abbademer machte eine wegwerfende Geste mit der Hand. „Hab ich dich nach deiner Meinung gefragt? *Aha al moha'deled.* Ein verdammter Priester ist an dir verloren gegangen. Spiel einfach mit, ja? Versuch einfach, deinen Mund zu halten. Auf mein Zeichen." Er trat vorwärts zur Tür und hob die Hand. „Eins. Zwei ... "

Die Tür öffnete sich, noch bevor seine Knöchel das Holz berührt hatten.

„Drei“, vollendete er selbst den Satz mit schwacher Stimme. Die Worte versagten ihm beinahe. Er konnte nicht anders, als zu starren.

Eine Frau stand im Türrahmen. Sie trug grün schimmernde Pluderhosen, eine Ansammlung durchsichtiger Schleier und war von Kopf bis Fuß mit dünnen Silberketten behängt. Der gesamte Aufzug reichte in der Summe trotzdem noch nicht aus, um sie als angezogen zu bezeichnen. Ein geübtes Lächeln lag in den Augen der Schönheit. Der Ausdruck gefror, als ihre Blicke auf den Abbademer fielen.

Sein Führer breitete die Arme aus. „Ah!“, stieß er voller Freude aus. „Welch ein Anblick! Welche Freude, oh Blume meiner ... “ Es gelang dem Burschen gerade noch, einen Stiefel zwischen Tür und Rahmen zu schieben, bevor die Frau sie ihnen vor der Nase zuschlagen konnte. „Nicht doch, meine anmutige ...“ Die Worte des Abbademers kamen ächzend hervor. Mit beiden Händen versuchte er, die Tür aufzustemmen, während sich jemand an der Innenseite um das genaue Gegenteil bemühte. Der Junge richtete einen Blick auf ihn und rollte mit den Augen, so als werde er lediglich Zeuge eines harmlosen Scherzes zwischen zwei Vertrauten. „Meine Schöne“, stieß er aus, erkennbar außer Atem. „Was ist nur geworden aus der Gastfreundschaft dieses Hauses? Was soll mein Vetter denken bei einer solchen Begrüßung?“

„Verschwinde“, tönte es durch das Holz. „Du bist auf dieser Seite nicht willkommen.“

„Ist Ibi da?“, verlangte der Abbademer zu wissen. „Onkel Ibi!“ Der Mann verlegte sich aufs Rufen. „Onkel Ibi! Hört Ihr mich? Ich bin es. Jonathan! Ich komme, um Euch zu besuchen!“ Der Abbademer wandte sich zu ihm um und vollführte eine nachdrückliche Bewegung mit dem Kinn zum Holz der

Tür, wohl eine Aufforderung, ebenfalls beim Schieben mitzuhelfen.

„Jonathan?", formte er ungläubig mit den Lippen. Es war kaum möglich, sich einen Namen vorzustellen, der weniger zum Abbademer passte.

Der Mann wiederholte seine Geste mit noch höherer Eindringlichkeit.

Fassungslos schüttelte er den Kopf. Das hier war der Plan zu ihrer Unterbringung für die Nacht? Ein Ort, an dem man sie nicht einmal über die Schwelle lassen wollte?

Eine Stimme ertönte mit einem Mal in der Tiefe des Hauses. Sie forderte irgendetwas Unverständliches. Der Widerstand der Tür gab unvermittelt nach, sehr zur Überraschung des Abbademers, der vorwärts über die Schwelle fiel.

Das Holz gab Dunkelheit frei. Ein Raum von anscheinend nicht geringen Ausmaßen, beleuchtet nur von roten Kerzen und von schwachem Abendlicht, das durch die Spalten in den Fensterläden fiel.

„Wer ist an der Tür?" Die Stimme eines Mannes, irgendwo im schummrigen Inneren.

Die Frau verschränkte die Arme. „Euer nutzloser Neffe", verkündete sie, ohne den Abbademer anzusehen. „Mit einem Freund."

„Mit einem *Vetter*", korrigierte der Abbademer, der sich ächzend erhob und Staub von seinen Ärmeln klopfte. „Wie ich mich freue, dich zu sehen, oh Weide meiner Augen, Brunnen in der Wüste meiner ..."

„Ich ziehe mich zurück", rief die Dame über ihre Schulter in den Raum hinein. „Bis später, Ibi."

„Wie viel später?", wollte der Abbademer eilig wissen, während die Frau sich abwandte. „Wir haben uns doch so viel ... "

„Kommt darauf an, wie lange ihr bleibt."

„Uh!“ Er verzog das Gesicht und sog scharf die Luft zwischen den Zähnen ein. Der Abbademer warf ihm einen bösen Blick zu. Er hatte sich nicht beherrschen können. Es tat regelrecht weh, den einseitigen Austausch mit anzusehen.

Die Dame hatte begonnen, eine offene Treppe zur Linken hinaufzusteigen.

„Eine schwierige Frau“, erklärte Azed und zuckte mit den Schultern, als sei die Sache anders nicht zu erklären.

„Hm“, pflichtete er unverbindlich bei. Die Art, in der die Angesprochene die Stufen erklomm, bereitete ihm gewisse Schwierigkeiten, den Blick abzuwenden und sich zu konzentrieren.

„Was soll man machen?“, erklärte der Abbademer mitleidsvoll. „Tulmina ist in mich verliebt.“

„Wirklich?“ Die Überraschung in seiner Stimme konnte unmöglich zu überhören sein. „Alle Achtung. Auf *den* Einfall wäre ich tatsächlich nicht von selbst gekommen.“

Der Junge nickte schwermütig, so als handle es sich um eine besondere Bürde, die sich bei einem Mann von seinem Kaliber leider nicht vermeiden ließ. „Ich kann sie gut verstehen. Aber ich bin ja schon verheiratet. Kein Wunder, dass sie nicht zu trösten ist.“

„Und Ihr seid ganz sicher, ja?“

Der Abbademer deutete beinahe entrüstet mit beiden Händen auf sein Gesicht und seinen Körper. „Was denn sonst? Ich wollte auch nicht jeden Tag daran erinnert werden, was mir entgangen ist.“

Selbstbewusstsein hatte der Mann, das musste man ihm lassen. „Vermutlich habt Ihr recht. Irgendeine andere Erklärung ist kaum denkbar.“

„Sag ich ja. Komm.“ Der Abbademer bedeutete ihm, zu folgen, und trat voraus in die Schatten.

Der Raum, in den sie traten, hatte die Ausmaße einer kleinen Halle. Er erstreckte sich über die Höhe von zwei Etagen, wobei die obere nur im hinteren Teil existierte und von einer Balustrade aus einen Blick in die Tiefe bot. Lampen in kunstvoll geschmiedeten Gitterkäfigen hingen an eisernen Ketten von der Decke herab und warfen komplizierte Lichtmuster auf breite Sitzkissen, auf ausladende Sessel mit dicker Polsterung und auf den mit Teppichen bedeckten Boden. Überall zwischen den Möbeln standen große Kübel, in denen Pflanzen wuchsen: Palmen mit ausladenden Blättern, Bündel von Farnen und duftende Blumen mit Blüten in allen Farben. Die meisten der Fenster waren an der Innenseite mit dicken Stoffbahnen verhangen, sodass lediglich das Licht der Laternen, zusammen mit den überall aufgestellten Gruppen weißer und roter Kerzen, für eine gedämpfte Beleuchtung sorgte. Zwischen allem aber waberten die grauen Schleier diverser Kräuter und Hölzer, die in kleinen Gefäßen in den Ecken des Raums brannten und die Luft mit Wohlgeruch erfüllten.

Er konnte spüren, wie seine Augen unter den ungewohnten Reizen zu tränen begannen. Den Abbademer schienen keine solchen Schwierigkeiten zu plagen. Der Mann hatte die Hände in die Hüften gestemmt, sog die Luft ein und blickte sich zufrieden um.

In der hinteren Ecke des Raumes, an der rechten Seite, war der Rauch ganz besonders dicht. Er schien dort in regelrechten Wolken aufzusteigen. Der Abbademer setzte sich in Bewegung und steuerte geradewegs in die entsprechende Richtung. Mit zunehmender Annäherung war zu erkennen, dass jemand dort auf einem großen Kissen saß, eingehüllt in die wohlriechenden Schwaden einer Wasserpfeife, deren sanftes Blubbern in regelmäßigen Abständen durch die Stille zu vernehmen war.

„Onkel Ibi!“ Der Abbademer breitete im Laufen die Arme aus. „Onkel Ibi! Ich bin es. Jonathan!“

Tatsächlich. Auf einem riesigen purpurnen Kissen mit goldenen Bestickungen saß ein Mann von beeindruckenden Körpermaßen, gekleidet in eine Art schimmernden grünen Mantel, dessen Verzierungen denen seiner Sitzgelegenheit in nichts nachstanden. Eine runde Brille mit Gläsern aus geschwärztem Glas verbarg seine Augen. Ein dünner weißer Schnurbart hing in langen weißen Fäden über seine roten Pausbacken hinab. Auf seinem Kopf saß ein goldener Turban, der beinahe so breit war wie sein ganzer Körper. Der Mann nahm einen weiteren tiefen Zug aus seinem Pfeifenschlauch. Die Spitze des Glaskörpers bildete ein aus Kristall gefertigter Schwan, der bei jedem Aufglühen der Kohle geometrische Lichtmuster durch die Nebel streute. „Jonathan“, schnurrte eine angenehme Honigstimme. Die Aufmerksamkeit hinter den Brillengläsern schien sich jetzt erst ganz auf sie zu richten. „Endlich. Komm her und gib deinem Onkel eine Umarmung.“

„Ach, Onkel.“ Der Abbademer beugte sich herab. „Ich habe Euch ver...“

Eine schallende Ohrfeige traf ihn, sobald sein Gesicht in die Reichweite der gepflegten Hände gekommen war.

„Ah!“ Der Abbademer sprang zurück und hielt sich die Wange. „Onkel!“

„Wo warst du so lange“, schimpfte der Mann. „Seit Monaten warte ich und nicht einmal hast du mich besucht!“

„Ich hatte zu tun! Ich muss arbeiten für meinen Lebensunterhalt!“

„Und womit verdienst du ihn? Schmuggel? Diebstahl? Nutzloser Bengel! Deine arme Mutter hätte dich viel öfter schlagen sollen. Dann wäre vielleicht etwas aus dir geworden!“

Der Abbademer hielt sich mit wütendem Ausdruck die Seite seines Gesichts. Sein gequälter Blick wanderte in die Richtung seines Begleiters.

Er antwortete mit einem Schulterzucken. Bei einem solchen Umgang gehörte nicht viel Fantasie dazu, um sich auszumalen, warum der echte Jonathan irgendwann nicht mehr aufgekreuzt war.

Der gewaltige Turban bewegte sich nur leicht, während sein Besitzer Anzeichen eines Kopfschüttelns erkennen ließ. „Deine arme Mutter“, wiederholte er. „Sie war immer viel zu gut zu dir. Ich habe sie geliebt. Nur ihretwegen kümmere ich mich um dich. Jetzt komm her. Gib deinem Onkel eine anständige Umarmung. Ich habe eigentlich erst später mit dir gerechnet.“

Der Abbademer leistete nur vorsichtig Folge. Wie nicht zu verkennen war, vertraute auch er nicht länger auf die scheinbare Gemächlichkeit des massigen Körpers, der, wie sich erwiesen hatte, durchaus zu schnellen Bewegungen fähig war.

„Jemand ist bei dir“, stellte der der Alte fest, nachdem der Abbademer sich wieder aufgerichtet hatte.

„*Gabeah*, Onkel. Mein Vetter.“

„*Gabeah*?“

„Der Name seiner Eltern. Er ist hier oben etwas einfach.“ Der Junge vollführte mit den Fingern eine eindeutige Bewegung hin zum Kopf, die ein blinder Mann nicht sehen konnte.

„*Gabeah* muss ein Mann von Qualitäten sein“, befand der Alte ruhig. „Wenn deine Schwester beschlossen hat, ihn zu heiraten.“

Sein alarmierter Blick schoss zu Azed. Verdammter Abbademer. Warum hatte der Mann eine Tarngeschichte gewählt, die sie derart einfach in Verlegenheit bringen konnte?

„Er hat ein gutes Herz“, erklärte der Junge mit einem gewissen Widerstreben.

„Eine vorzügliche Qualität, in der Tat“, befand der Dicke. Der Mann wandte den Kopf und nickte ihm zu, äußert zielgerichtet für einen Blinden. „Willkommen, *Gabeah*. Willkommen in meinem Haus.“

Er erwiderte den Gruß mit einem Nicken. Sollte er sprechen? Wie war hier der Plan? Das Gesicht ihres Gastgebers war ihm noch immer zugewendet. Sein eigener Blick suchte den des Abbademers. Was nun?

„Kann er denn nicht reden?“, wollte der Alte ruhig wissen.

„Ich fürchte, die Einfachheit in seinem Kopf verhindert, dass er zu viel Brauchbares von sich gibt.“

Der Alte nickte würdevoll. „Eine weitere Qualität von hohem Wert. Schweigende sind die beste Gesellschaft. Eure Schwester war weise darin, einen solchen Mann zu wählen. Viele heiraten vorschnell und wähnen sich verflucht, sobald ihnen ihr Partner unablässig mit seinen Dummheiten in den Ohren liegt.“

„Haha“, brachte der Abbademer gezwungen hervor und warf ihm einen finsteren Blick zu. „Ja. Eine weise Frau, meine Schwester. Ein Segen, in der Tat.“ Er räusperte sich und fuhr mit der Hand durch die Luft. „Wie dem auch sei, Onkel. Unsere Reise war sehr lang und äußerst ermüdend. Habt Ihr wohl eine Mahlzeit und ein Zimmer für die Nacht für uns?“

Der Dicke wedelte mit der Hand. „Eine solche Frage fragst du mich? Sind mein Herz und meine Zimmer je verschlossen? Nehmt euch, welches euch gefällt. Ihr sollt es gut bei mir haben. Du und dein schweigsamer Freund mit dem guten Herzen."

„Mein Vetter, Onkel."

„Vetter, Freund. Jeder Einfältige ist bei mir willkommen. Besonders die Schweigenden, die keine falschen Worte sprechen."

Der Abbademer schien für einen Augenblick verwirrt. Einiges an der Sprache des Alten war rätselhaft. Man wusste nie, ob er arglos oder mit verdeckter Spitze sprach.

„Nun dann." Der Abbademer hatte wohl beschlossen, die Zusage von Bett und Speise nicht unnötig aufs Spiel zu setzen. „In dem Fall entfernen wir uns für die Nacht. Morgen können wir reden, Onkel. Versprochen."

„Oh, kein Zweifel."

„Was die Mahlzeit angeht ..."

„Zelini erwartet euch", unterbrach ihn der Mann. „Sagt ihr, sie soll euch etwas zu essen bringen."

„Danke, Onkel!" Mit Nachdruck deutete der Abbademer hinüber zur Treppe, so als sei ihm daran gelegen, die Episode schnell hinter sich zu bringen. Gemeinsam machten sie sich an den Aufstieg. Töpfe mit bunten Pflanzen hingen auch hier an den Wänden. Die Stufen waren mit dickem, purpurnem Teppich bedeckt. „Und eine gute Nacht!"

Auf den Ausruf des Abbademers über das Geländer folgte keine Antwort. Lediglich das Blubbern der Wasserpfeife und die Lichtstrahlen des glühenden Schwans waren hinter der Wolke in der Tiefe auszumachen.

Der Junge stapfte voran. Er meinte, eine gewisse Anspannung in den Bewegungen seines Führers zu erkennen. Ihre Aufnahme war bisher reichlich seltsam verlaufen. Beinahe stießen sie ineinander, als sein Vordermann schlagartig anhielt. „Zelini!“, ertönte die Stimme des Jungen. „*Jubarik Eyani*! Wie lange ist es her?“

Eine Frau mit blonden Locken wartete am Treppenabsatz auf sie. Ihre Kleidung unterschied sie sich kaum von derjenigen der Dame, die sie an der Tür begrüßt hatte. Auch auf ihrem Gesicht lag derselbe unverkennbare Ausdruck von Missbilligung. Offenbar war rettungslose Verschossenheit in den Abbademer in diesem Haus ein gravierendes Problem. Dann aber wandten sich die blauen Augen ihm zu. Ein geübtes Lächeln trat in die anmutigen Züge. „Willkommen.“ Auch ihre Stimme war warm und angenehm. „Ihr müsst *Gabeah* sein. Ich soll Euch zu Eurem Zimmer führen. Welches würde Euch gefallen?“

„Wir nehmen das Gartenzimmer“, verkündete der Abbademer schroff. „Und etwas zu essen. Viel davon. Was habt ihr heute auf der Karte?“

Die Frau gab keine Antwort. Ihre blauen Augen waren noch immer fest auf den Stummen unter ihnen gerichtet.

„Ähm.“ Er warf einen kurzen Blick zum Abbademer. „Das ... Gartenzimmer, nehme ich an?“

„Eine gute Wahl“, bestätigte die Dame freudig. „Und was darf ich Euch zu essen bringen?“

„Die teuerste Mahlzeit auf der Karte.“ Die Stimme des Abbademers verriet nun offene Irritation. Der Mann war es nicht gewohnt, behandelt zu werden wie ein unsichtbarer Geist. „Und heizt das Dampfbad an. Ich will mir den Staub der Straße von den Knochen waschen.“

Der Ausdruck der Frau blieb unverändert, so als nähme sie die Existenz seines Begleiters überhaupt nicht wahr.

„Mel'ahun!“ Der Junge warf die Arme in die Luft. „Na los, *Kafir*. Sag es ihr.“

Er räusperte sich. „Was immer Ihr empfiehlt. Bitte sucht doch etwas von der Karte für uns aus.“

„Selbstverständlich.“

„Das Bad, *Kafir*!“

„Und könntet Ihr wohl ein Dampfbad für uns vorbereiten?“

„Ich mache mich sofort daran.“

„Danke.“

„Danke!“, rief der Abbademer laut dazwischen.

„Soll ich Euch den Weg zum Zimmer zeigen?“

„Wir kennen den verdammten Weg!“

„Danke. Wir kennen den ...“ Der Abbademer hatte ihn gepackt und in den Gang zur Linken gezogen, bevor er seinen Satz vollenden konnte. Es war nicht zu übersehen, dass der Mann seine Verärgerung nur mit Mühe im Zaum hielt. „Du wirst staunen, *Kafir*“, verkündete er mit einem Ingrimm, der sich nicht ganz überdecken ließ. „Das Gartenzimmer ist von allen hier mein Lieblingszimmer.“

„Wie viele kennt Ihr denn?“

„Ich muss nicht alles kennen. Ich weiß, was mir gefällt.“

„Hm.“ Der Mann zog ihn weiter durch den Gang. Bilder von zweifelhafter Qualität zierten die Wände zu beiden Seiten. Möglicherweise handelte es sich um denselben Künstler, der sich schon an der Haustür hatte versuchen dürfen. Entweder es handelte sich vorsätzlich um Werke abstrakter Kunst oder aber ihr Erschaffer hatte Vorstellungen von menschlicher Anatomie, die nur als erschreckend bezeichnet werden konnten. Ausgerenkte Gliedmaßen gehörten noch zu den harmloseren Folgen, die jemand mit normal funktionierenden Gelenken bei der Umsetzung der in Öl festgehaltenen Anregungen zu befürchten hatte.

„Was war mit ihr?“, wollte er wissen und deutete mit dem Kopf über die Schulter zurück. „Warum sind hier drinnen alle so schlecht auf Euch zu sprechen?“

Der Abbademer schüttelte resigniert den Kopf. „Frauen, *Kafir*. Lass dich von ihren Finten nicht verwirren. Was soll ich machen? Es gibt halt nur einen Azed, und der kann sich nicht teilen.“

Sie passierten weitere Zimmer. Einige der Türen standen offen, wurden allerdings zugeworfen, als sie vorübergingen. Er erkannte Augenpaare, Bewegungen, mehr Kleidung im Stil ihrer Gastgeberinnen. Einmal fiel sein Blick durch einen Spalt auf einen goldenen Käfig. Ein grüner Vogel saß darin, ein aufgeplustertes Fellbüschel mit rotem Kopf. „He!“, brachte er hervor. „Ich glaube, den habe ich …“

„Hier ist es“, unterbrach ihn der Abbademer und machte vor einer Tür mit Blütenmuster halt. Die Bemalung war sogar halbwegs gelungen. Die Darstellung von Pflanzen lag dem unbekannten Künstler anscheinend deutlich näher als die von Lebewesen.

„Tadaaa!“, verkündete der Junge und drückte die Klinke herab. Nichts tat sich. Der Mann rüttelte einige Male am Türgriff, was ebenso wenig von Erfolg beschieden war. „Verschlossen“, stellte er verärgert fest.

„Kommt mir bekannt vor. Ihr seid ein echter Fachmann für Öffnungsmechanismen, was?“

„*Zelini!* Unsere Tür ist abgeschlossen!“

Nichts rührte sich im Gang.

Der Abbademer schloss die Augen. Nur mit Mühe atmete er ruhig. „*Kafir*?“

„Entschuldigt bitte", versuchte er es selbst. Es bestand wenig Hoffnung, dass sich an diesem Abend noch irgendjemand dazu durchringen würde, die Existenz seines Begleiters anzuerkennen. „Könnte uns wohl jemand die Tür öffnen?"

Bewegung erschien in einem der nahe liegenden Rahmen. Eine weitere Dame, gekleidet wie die beiden ersten, näherte sich ihnen ohne große Eile. „Willkommen. Willkommen im *El Harram*."

„Beniat." Der Stimme des Abbademers fehlte inzwischen jeglicher spielerische Beiklang. „Könntest du uns *bitte* diese ..."

„Und Ihr müsst *Gabeah* sein."

Der Abbademer fuhr sich durch die Haare und wandte sich ab.

„Wie schön, dass Ihr auf Eurer Reise bei uns haltmacht", behauptete die Dame und zwinkerte ihm zu. „Ich bin mir sicher, dass es Euch bei uns gefallen wird. Ruft mich einfach, wenn Ihr irgendetwas braucht."

Er schluckte und brachte ein Nicken zustande.

„Die Tür?", hörte er den Abbademer ächzen. „Jetzt? Bitte?"

„Könntet Ihr uns wohl mit der Tür behilflich sein?"

„Sehr gerne." Die Dame trat vor und drehte den Schlüssel im Schloss. Sie stieß die Tür auf und bedeutete ihm einzutreten. „Bitte sehr. Genießt Euren Aufenthalt. Ich wünsche eine gute Nacht, *Gabeah*."

„Nacht", gab er zurück. Mit aller Eile eines Schlafwandlers trat er über die Schwelle und versuchte sich an einer Art Winken.

„Nacht", rief der Abbademer und warf die Tür mit einem Krachen hinter ihnen zu. „Endlich!", verkündete der Mann, so als seien sie einer furchtbar langweiligen Angelegenheit um Haaresbreite entkommen. „Endlich Ruhe."

„Ruhe?“ Er konnte sich ein Grinsen nicht verkneifen. „Man könnte meinen, Ihr seid bereits genug in Ruhe gelassen worden.“

Der Junge schüttelte den Kopf. „Ich sag dir: Fall bloß nicht auf ihr Spiel herein. Sie benutzen dich nur, um an mich ranzukommen. Ich darf nicht nachgeben, sonst habe ich sie alle am Hals.“ Die falsche Sorge des Mannes konnte seinen Ärger nicht ganz verdecken. Die Existenz als Gespenst ging ihm unverkennbar gehörig auf die Nerven. „Was soll‘s?“, verkündete der Junge. Er breitete die Arme aus. „Na? Habe ich dir zu viel versprochen?“

Die Ausstattung des Zimmers war in der Tat beeindruckend. Die namensgebenden Pflanzen waren überall. Palmen, Farne, Blumen, sogar kleinere Büsche standen oder wuchsen in bronzenen Vasen, in tönernen Krügen und hölzernen Trögen. Sie hingen von der Decke herab, umrankten Türrahmen und Wände und standen an jedem freien Platz auf dem Boden. Alles duftete in einer Weise, der allenfalls noch Merkeschs Ewiger Garten nahekam. Das größte Wunder aber befand sich zur Rechten an der Wand des Raumes. Die Bezüge des großen Doppelbetts zierten ebenfalls Blumenmuster. Oberhalb der Liegefläche spannte sich ein Baldachin aus weißem, beinahe durchsichtigem Stoff. Ungläubig trat er vor und streckte die Finger aus. Er berührte den Bettpfosten. Nein, kein Traum. Ein sauberes, trockenes, herrlich duftendes Bett. „Ein Bett“, stellte er fest. Die Verblüffung hätte kaum größer sein können, hätten seine Finger ein Tier berührt, das eigentlich nur in Sagen existierte.

„Habe ich es nicht gesagt?“, freute sich der Abbademer hinter seinem Rücken. „Heute schlafen wir wie die Könige! Aber erst nach einer Mahlzeit. Und nach einem ordentlichen Bad.“

Palter hörte nichts mehr. Er warf seine Kopfbedeckung in eine Ecke des Raums und ließ sich vorwärts fallen. Aufgefangen wurde er von herrlich weichen Kissen.

„*Kafir*. Was machst du da?“

„Liegen bleiben“, schnaufte er in die Matratze. „Für immer. Oder zumindest bis zum Frühstück.“ Das hier war, was er wollte. Mehr als Essen. Mehr noch als ein Bad.

„Ohne Abendessen?“, entrüstete sich der Abbademer. „Ohne dich zu waschen? Und *ihr* wagt es, andere als Wilde zu bezeichnen? Hmpf. Wie du meinst. Dann bade ich alleine. Aber wehe, du machst alles dreckig.“

„Keine Angst. Ich halte mich von Eurer Seite fern.“

„Meiner ...“ Er konnte förmlich hören, wie der Abbademer hinter ihm erstarrte. Es folgte das unverkennbare Geräusch eines Mannes, der eine Tür aufriss und in den Flur hinaussprang. „Zelini! Was soll das hier? Warum hat unser Zimmer nur ein Bett?“

Niemand auf dem Flur war gewillt, der körperlosen Stimme Beachtung zu schenken. Er konnte hören, wie der Mann auf dem Gang umherlief und erfolglos an diversen Klinken rüttelte. „Verdammte Weiber! Alles abgeschlossen, *Kafir*! Ruf du sie! Du musst ... “

„Mhmpf“, gab er zurück. Die Seidenkissen waren wunderbar.

„Steh auf, *Kafir!*“ Der Abbademer war zurück im Raum. „Rede mit ihnen. Auf dich hören sie! Sie sollen dir ...“

Ein Schnappen ertönte. Ein Knirschen, als jemand von außen abschloss.

„Wagt es nicht!“ Flüche und Tritte verrieten, dass die Zimmertür sich nicht mehr öffnen ließ. „Verfluchte Furien! Wie könnt ihr ... *Kafir*! Sie haben uns ...“

Die Worte drangen nur noch wie durch ferne Nebel an sein Ohr. Er würde nichts mehr tun. Auf keinen Fall würde er sich heute noch bewegen. So gut wie hier hatte er seit einer Ewigkeit nicht gelegen. All seine Glieder schienen wie in Watte gepackt.

„*Kafir!* Du kannst nicht … hier gibt es nur ein Bett! He! Ich warne dich. Wag es bloß nicht, einzuschlafen."

Kapitel 16 – Dampf

Er erwachte durch den Geruch von Kaffee und Gebäck. Einen Moment lang befürchtete er, nur geträumt zu haben und sich beim Öffnen der Augen irgendwo im Matsch wiederzufinden. Dann erinnerte er sich. Kerzen. Wasserpfeifen. Blumenduft. Warmes Licht drang durch seine Augenlider. Kissen umfassten ihn mit überwältigender Weichheit. Er schnaufte zufrieden. Selbst seine Träume waren angenehm gewesen. Er hatte hoch oben an der Kante eines Wasserfalls gestanden, der in einem Gebirge voller schneebedeckter Gipfel in die Tiefe stürzte. Ein friedlicher Ausblick war es gewesen, auf ein von steilen Felswänden eingefasstes Tal. Weit unten in seiner Mitte hatte ein See gelegen, halb verborgen unter golden gleißenden Nebeln, umrahmt von hölzernen Gebäuden nach einer fremden Bauart. Dunkle Muster waren zu seinen Seiten über die Felsen gestrichen, die Schatten von Vögeln mit gewaltigen Spannweiten, die zwischen den Gipfeln in den Wolken kreisten. Aus irgendeinem Grund hatte er das Gefühl gehabt, die ganze Welt sehen zu können, hätte er nur den Kopf gehoben, um den Blick wandern zu lassen.

Er schlug die Augen auf. Milchig-weißes Licht erfüllte den Raum. Irgendwo hinter dem dichten Blätterwald verbargen sich mit Tüchern verhangene Fenster, durch die gedämpftes Tageslicht hereindrang. Straßengeräusche waren keine zu vernehmen. Ibis Villa war wie eine Welt für sich. Kaum vorstellbar, dass dort draußen, jenseits dieser kleinen Oase der Ruhe und des Wohlgefühls, das Lager ihrer Feinde lag.

Von der Rechten her drang ein Stöhnen an sein Ohr, gefolgt von einem Knacken wie von Knochen und Gelenken. Der Abbademer richtete sich vom Boden auf. An seiner Wange klebte ein großes Blatt.

Verwundert blinzelte er zwischen seinen Kissenbergen hindurch. „Morgen."

„Blerg." Dem Ausdruck des Mannes nach zu urteilen, handelte es sich bei seinem Ausstoß nicht unbedingt um einen Gruß. Der Abbademer verzog schmerzhaft das Gesicht und rieb sich den Nacken.

„Was macht Ihr dort unten?"

„Was macht Ihr dort unten?", kam es knurrig zurück. *„Alef a mustawla sa'chim!* Ich glaube, ich habe mir mehrere Wirbel gebrochen."

„Habt Ihr etwa da unten geschlafen?"

„A'belehz A'telif! Wo denn bitte sonst?"

„Das fragt Ihr wirklich?"

„Etwa in dem Bett? In *diesem* Bett? Mit *dir*? *Nah'tan milin*. Nur weil in Merkesch die Verderbtheit herrscht, heißt das nicht, dass es in anderen Völkern keinen Anstand mehr gibt."

„Aha. Na dann. Wie Ihr meint."

„Dann wie Ihr meint", äffte ihn der Abbademer nach. „Mann!" Der Bursche wirkte an diesem Morgen noch gereizter als am Vorabend. Steif erhob er sich von seinem improvisierten Nachtlager, wobei noch mehr Blätter von ihm abfielen. Offenbar hatten gleich mehrere Ziergewächse ihr Leben für seine improvisierte Schlafunterlage lassen müssen.

„Die armen Pflanzen", bekundete er vom Bett herab. „Ihr habt sie einfach ausgerissen!"

„Der *Scheloch* soll dich holen, *Kafir*. Dich und diese Weiber. Argh! Wie viele Rippen braucht man zum Überleben?"

Er schnaufte belustigt in seine Kissen. Aus seiner Sicht gab es an diesem Morgen bisher überhaupt nichts auszusetzen „Die Damen müssen wirklich schlimm in Euch verliebt sein", bemerkte er. „Bestimmt wollen sie nur verhindern, dass Ihr schon wieder geht. Bestimmt haben sie uns deshalb eingeschlossen."

„Ja." Der Abbademer funkelte ihn an. „Bestimmt." Der Mann schüttelte sich, sodass Blätter und kleine Äste aus den Falten seines *Efrindir* fielen. „Die Armen. Glauben wohl immer noch, sie könnten mich beeindrucken. Rührend, wie sie sich bemühen. Riechst du auch Kaffee?"

Das tat er in der Tat. Der verheißungsvolle Duft war einer der wenigen Gründe, die tatsächlich dafür sprachen, dieses Bett jemals wieder zu verlassen. Der Abbademer, den keine derartigen Fesseln der Bequemlichkeit an sein Nachtlager banden, stand bereits an der Tür und rüttelte an der Klinke. „Immer noch abgeschlossen", stellte er zerknirscht fest.

„Hallo?", grunzte er halbherzig aus dem Bett. „Wir sind hier drinnen eingeschlossen. Könnte uns wohl bitte jemand befreien?"

Er konnte den Abbademer schnaufen hören. „Du bist viel zu nett zu ihnen. Du hast keine Ahnung, wie sie wirklich sind."

„Bezaubernd?", schlug er vor.

Der Abbademer winkte ab. „Heute bezaubernd und morgen ... du wirst es schon noch sehen."

Nach einer Weile knirschte tatsächlich ein Schlüssel im Schloss. Er richtete sich halb auf. Tulmina, die Dame von der Eingangstür, trat mit einem Tablett voller Gebäck in zugedeckten Körben und einer dampfenden Kaffeekanne durch den Rahmen. „Guten Morgen, *Gabeah*." Die Dame ließ ein strahlendes Lächeln sehen und stellte ihre Last auf einer Kommode an der Wand ab. „Habt Ihr gut geschlafen?"

„Nein“, knurrte der Abbademer anscheinend ohne große Hoffnung darauf, gehört zu werden. Sein Blick galt allein dem Tablett. „Eine Zumutung ist das alles hier. Was hast du uns gebracht?“

„So gut wie lange nicht“, gab er selbst vom Bett zurück. „Vielen Dank.“

„Für Euch doch gerne. Ihr müsst sehr hungrig sein. Ihr habt gestern Abend gar nichts mehr gegessen.“

„Das stimmt“, bestätigte er. „Wir waren zu erschöpft.“

„*Wir waren eingeschlossen*“, korrigierte ihn der Abbademer scharf. Der Mann war damit beschäftigt, die kleinen Bastkörbe mit dem Backwerk zu plündern. „Sag ihr das!“, forderte er, mit einem Hörnchen wedelnd. „Sag ihr, dass sie uns wie Gefangene behandelt haben!“

„Das verstehe ich.“ Die Dame zog in einem Ausdruck des Mitgefühls die Stirn kraus. „Die Gesellschaft, in der Ihr herkamt, war mit Sicherheit sehr ermüdend.“

„Haha!“, machte der Abbademer mit der übertriebenen Fröhlichkeit von jemandem, der zu wütend ist, um ehrlichen Sarkasmus zustande zu bringen. „Und das findet ihr witzig, ja?“ Der Mann schob sich ein Hörnchen quer zwischen die Backen und versuchte, gleichzeitig zu kauen und finster dreinzuschauen.

„Ich habe das Dampfbad vorbereitet“, verkündete die Dame ungerührt. „Bestimmt wollt Ihr Euch nach dem Frühstück erst einmal waschen.“

„Wurde auch Zeit“, blaffte der Abbademer. „Aber versucht bloß nicht, dazuzukommen. Ich bin verheiratet und *Gabeah* hier ist ein anständiger Mann.“

Tulmina schüttelte bedauernd den Kopf. „Es tut mir leid, dass Ihr hier oben etwas einfach seid.“ Ein mankiürter Finger tippte an eine wohlfrisierte Schläfe. „Normale Menschen meiden Azed. Seine Mutter hat ihn nie geliebt."

„Waff?" Der Abbademer hustete eine empörte Wolke von Gebäckkrümeln durch den Raum. „Fprefft mifft wo über meime Mupper!"

„Esst Euch gründlich satt." Die Frau zwinkerte. „Sagt Bescheid, wenn Ihr sonst noch etwas braucht." Ihre Besucherin wandte sich ab, trat durch den Türrahmen und zog die Tür hinter sich zu.

Der Abbademer schüttelte den Kopf und stopfte weiter Hörnchen in sich herein. „Miffps ifp flimmer alf eime pfurückgewieweme Frau", verkündete er und schluckte. „Glaub mir. Iss, *Kafir*. Es ist wirklich Zeit für unser Bad."

Nachdem auch er sich gestärkt hatte, traten sie zusammen auf den Flur hinaus. Zwei weiße Handtücher lagen um ihre Hüften. Vermutlich war das eine davon zum Tragen und das andere zum Abtrocknen gedacht, doch da einer von ihnen nicht existierte und somit nur die halbe erforderliche Anzahl zur Verfügung stand, würde sich für das Abtrocknen wohl oder übel eine andere Lösung finden lassen müssen. Zuerst hatte er sich geweigert, den Anhänger mit der Bromkalk-Phiole im Zimmer zurückzulassen, doch der Abbademer hatte ihm versichert, dass ihre Sachen dort sicher waren. Der Mann schien den Weg zum Bad zu kennen. Er führte sie zurück über den Flur, in die gleiche Richtung, aus der sie am Vorabend gekommen waren, vorbei an dem Treppenabgang, über den sie heraufgekommen waren.

„Onkel Ibi ist ein feiner Kerl, weißt du", erklärte der Junge plötzlich. „Er behandelt diese Mädchen gut. Gibt ihnen Schutz und Sicherheit. Sie sind gerne hier. Und nur, weil sie wollen."

„Hm", brachte er unverbindlich hervor. Die Ansicht war zumindest eigenwillig. „Warum erzählt Ihr mir das?"

„Damit du keinen falschen Eindruck von ihm bekommst", beharrte der Abbademer. „Ich will nicht, dass du schlecht über ihn denkst."

„Wie Ihr meint. Aber inzwischen wird auch Euer Onkel wissen, dass ich kein stummer Abbademer bin."

„Du bist sein Gast", erklärte der Abbademer fest. „Und Gäste stehen unter seinem Schutz."

„Hm, hm." Gäste also. Die Sache mit den Gästen war, genau betrachtet, ein rätselhafter Umstand. Ein solches Haus hätte, zumindest in den Abendstunden, gut besucht sein müssen. Seit ihrem Eintreffen aber war ihnen, von den Damen einmal abgesehen, noch kein einziger Mensch begegnet.

„Hier ist es", verkündete sein Begleiter und deutete auf ein hölzernes Treppenhaus hinter einem offenen Türrahmen zur Rechten. Der Abbademer ging voran. Er folgte dem Mann hinab über die hölzernen Stufen, die in der Form eines Rechtecks entlang der Wände in die Tiefe führten. Nach einigen Runden wichen die hölzernen Trittstufen solchen aus hellem, im Laufe der Jahre an den Rändern schwarz gewordenem Stein. Offenbar ging es in eine Art Kellergeschoss hinab, einen steinernen, von außen nicht erkennbaren Unterbau, auf dem das hölzerne Gebäude errichtet worden war. Schließlich hatten sie den Boden erreicht. Auch dieser bestand aus hellem Stein, glatt gerieben wie von unzähligen Schritten, überzogen von kleinen Mulden, so als hätte jemand weiches Kerzenwachs mit dem Daumen eingedrückt. Ein steinerner Torbogen aus dunklen Quadern erhob sich an der rechten Wand. Eine schwere, mit runden Nieten befestigte und schwarz angelaufene Eisentür war darin eingelassen. Dünne Spuren von Dampf drangen aus winzigen Ritzen im Mauerwerk. Der Durchgang hätte auch einer kleinen Festung zur Ehre gereicht. Die Steine des Bogens wirkten sogar noch älter als diejenigen der Treppe. Möglicherweise war Ibis Haus auf gleich mehreren übereinanderliegenden Gebäudefundamenten aus weitaus früheren Zeiten errichtet worden.

Der Abbademer trat zur Seite und deutete mit dem Kopf auf die Klinke.

„Ah.“ Die Aufforderung ließ ihn feixen. „Ihr habt wohl Angst, Euch die Finger zu verbrennen?“

Der Ausdruck des Abbademers blieb unbewegt. „Ich hatte in letzter Zeit nicht besonders viel Glück mit Türen.“

„Ha!“ Anstatt Folge zu leisten, nahm er für einige Augenblicke die Steine des Torbogens in Augenschein. Die Oberfläche war geschwärzt wie von Feuer. Unter dem Ruß waren eingeprägte Linien zu erahnen wie von lange verschwundenen Mustern. „Hat Euer Onkel das alles hier gebaut?“

„Das bezweifle ich. Das Zeug hier unten ist alt. Uralt.“

„So sieht es aus“, stimmte er murmelnd zu. „Viel älter als die Tertiari.“

„Vielleicht *Okori*“, gab der Abbademer zu bedenken. „Oder noch älter. Wer weiß, wie lange die schon hier sind. Oder wer *davor* hier war.“

„Hm, hm.“ Die Linien im Fels waren seltsam. Sie erinnerten ihn an irgendetwas. Etwas, von dem er nicht sicher war, ob es ihm tatsächlich schon einmal begegnet oder lediglich in einem Traum erschienen war.

Der Abbademer räusperte sich. „Vielleicht sind einige dieser Völker ja ausgestorben, weil sie zu lange vor dieser Tür herumgestanden haben. So wie wir jetzt gerade. Was meinst du?“

„Nicht auszuschließen.“

„Oder sie haben sich gegenseitig die Köpfe eingeschlagen, weil der eine von ihnen so getrödelt hat.“

„Ihr scheint kein Freund historischer Architektur zu sein.“

„Ich bin ein Freund von warmen Füßen."

„Dann wollen wir mal sehen, ob Ihr glücklich werdet." Er trat vor und testete die Temperatur der Klinke mit dem Finger. Dann legte er die Hand auf den Eisengriff und drückte. Ein Knirschen erklang. Er zog, und die schwere Tür schwang langsam auf. „Offen", freute er sich.

„Ganz toll", kommentierte der Abbademer trocken und starrte in die Dampfschwaden auf der anderen Seite. „Du hast ganz alleine eine Tür geöffnet. Herzlichen Glückwunsch."

„Nicht so einfach, wie es aussieht. Habe ich gehört."

Erneut übernahm der Abbademer die Führung. Er folgte dem Mann über die eiserne Schwelle.

„Aha!" Die Stimme seines Führers verkündete ehrliche Freude. Der Mann wandte sich halb um. Auf seinem Gesicht lag ein Grinsen. „Siehst du, *Kafir*? *Darauf* habe ich gewartet."

Er nickte anerkennend. Der Mann hatte tatsächlich nicht zu viel versprochen. Durch die von Rillen durchzogenen Bodenplatten drang angenehme Wärme an ihre nackten Füße. Erstaunlich, dass es selbst hier draußen derartige Anlagen gab, die nach all der Zeit noch funktionierten. Die Bäder Merkeschs waren in einer ganz ähnlichen Weise angelegt. Große Heizkammern mit Feueröfen sandten heißen Dampf durch ein Geäst von Tunneln unter dem Boden. Vereinzeltes Zischen verriet, dass sich im Laufe der Zeit in einigen der Leitungen Lecks gebildet hatten, durch die heißer Dampf nach außen drang. Die Folge war, dass man kaum mehr als einige Schritte weit sehen konnte. Entsprechend waren auch die Ausmaße des Raumes, durch den sie sich bewegten, nur äußerst schwer abzuschätzen. Gelegentlich war ein Stück Wand zwischen den umherwabernden Schwaden zu erkennen. An vielen Stellen zeigten sich grauer Putz oder geschwärzte, offen liegende Steine, durch deren Fugen tastende Wurzelenden ihren Weg ins Innere gefunden hatten. Vereinzelt waren noch die weißen Kacheln und mosaikartigen Blumenmuster aus bunten Zierfliesen zu erkennen, die vermutlich einmal die gesamten Wände bedeckt hatten.

Nach einer Weile, deren Länge er nicht hätte beziffern können, erreichten sie ein in den Boden eingelassenes Becken. Hellblaues Wasser plätscherte wie von einer unsichtbaren Strömung bewegt an seinen Rand. Der hintere Bereich lag unter dichten Nebeln verborgen.

Der Abbademer legte sein Handtuch ab und kletterte als Erster hinein. „Ah!" Alles hier unten schien die Stimmung seines Kameraden deutlich zu verbessern. „So mag ich das. Heiß wie die Feuer des *Scheloch*."

„Ihr kennt Euch aus in den Strafkammern der Unterwelt?"

„Probier es selber, Priester. Aber wunder dich nicht, wenn es dir auf dieser Seite nachher besser gefällt."

Er legte sein Handtuch ab und ließ sich ebenfalls ins Becken gleiten.

„Ahh." Der Abbademer hatte recht. Die Wärme war herrlich. Es war, als würde man bei lebendigem Leib in duftendem Öl gekocht.

„Na?", wollte sein Begleiter wissen. „Was sagst du? Ist das etwa kein Leben, das ich dir biete?"

„Man könnte sich tatsächlich fast daran gewöhnen." Er streckte die Beine von sich und legte den Kopf auf die Kante. Über ihm wanderten träge Schwaden wie besonders faule Wolken unter einer Decke umher, die sich in der Höhe nur erahnen ließ. Er schloss die Augen. Ein heißes Bad war genau, was er gebraucht hatte. Der Schlaf hatte für die dringend benötigte Erholung gesorgt. Nun aber war es, als fielen ganze Schichten von Schmutz und Schweiß von ihm ab. Die Wärme begann, ihn immer weiter zu durchdringen. Selbst ein Teil der Sorgen, die ihm im Verlauf der letzten Tage angeheftet hatten, schien langsam von ihm abzufallen.

Ein Plätschern ließ ihn blinzeln. Der Abbademer hatte die Arme auf dem Beckenrand ausgebreitet und schien mit sich und seinem Leben äußerst zufrieden. „Die Götter lieben uns, *Kafir*.“

„Ach ja?“ Er kam nicht umhin, widerstrebende Bewunderung für den Mann zu empfinden. Das Leben musste sehr viel angenehmer sein, wenn man stets von der unerschütterlichen Annahme getragen wurde, dass alles und jeder einen liebte und gar nicht anders konnte, als einem zugetan zu sein.

Die frischen Schnitte und Wunden an seinen Armen und auf seiner Brust sprachen eine andere Sprache. Er musterte seine von den Beschwernissen der letzten Tage malträtierten Körperteile. Die Art der Liebe, die die Allmächtigen ihm angedeihen ließen, hätte in den meisten Einrichtungen für Leute, die für solche Dinge zu zahlen bereit waren, viel Geld gekostet. Zwischen den roten, purpurnen und gelben Flecken und Striemen gab es kaum noch eine Farbe, die nicht vertreten war. Er hob die Hand und betrachtete die frische Tätowierung mit den drei kleinen Strichen unterhalb der Daumenwurzel. Die Stille, das friedliche Plätschern der Wellen stimmten ihn nachdenklich. „Was wisst Ihr von den Göttern, Azed?“

Der Mann ließ ein Schnaufen hören, so als habe er mit seiner Bemerkung keineswegs beabsichtigt, eine derart tiefgründige Betrachtung loszutreten. „Was gibt es da zu wissen? Priester werde ich wohl nicht mehr. Aber aufs große Ganze betrachtet bin ich hoffentlich noch einer von den Guten.“

„Hm.“ Palter lehnte sich zurück, sodass die Muskeln und Gelenke seiner Arme knackten.

„Warum fragst du?“

Er versuchte sich an einem Schulterzucken. „Glaubt Ihr, die Götter greifen manchmal in die Dinge hier unten ein?"

„Oh, die ganze Zeit", versicherte ihm der Abbademer. „Man tut gut daran, es sich nicht mit ihnen zu verscherzen."

„Hm, hm." Er begann, mit dem Finger Kreise ins Wasser zu malen. „Glaubt Ihr, sie nehmen manchmal die Form von Tieren an?"

„Tieren. Hm. Vielleicht. Aber wozu?"

„Vielleicht, um uns zu beschützen."

Der Abbademer musterte ihn mehrere Augenblicke lang. Dann verzog er das Gesicht und nickte. „Ja. Warum nicht? Ich meine, davon habe ich schon mal gehört. Bären. Adler. So etwas."

„Auch Hunde?"

„Hunde? Hm. Nein. Zumindest nicht, wo ich herkomme. Ein Haustier? Komm schon, *Kafir*. Wir reden hier von den Göttern. Es sei denn, du meinst Wölfe."

„Wölfe meine ich ganz sicher nicht. Vor ein paar Tagen hätten mich einige davon beinahe verspeist."

Der Abbademer nickte, als fände die Tatsache seine Zustimmung. „Das passt", befand er. „Nur böse Götter benutzen Wölfe. Jeder weiß das."

„Und Hunde ganz sicher nicht?"

„Was weiß ich? Könnte dein Hund auch ein Wolf gewesen sein?"

„Nein. Ein Hund. Und einmal auch ein Adler."

„Bei Adlern stehen die Aussichten besser", befand der Abbademer. Der Mann rieb sich das Kinn. „Hast du in letzter Zeit zu Gralmos gebetet?"

„Ich dachte, Gralmos' Diener sind Kondore?"

„Sind Kondore Vögel?"

„Sicher.'"

„Und was sind Adler?"
„Ich habe *nicht* zu Gralmos gebetet."
Der Abbademer zuckte mit den Schultern. „Vielleicht hat dir ein niedriger Waldgeist einen Besuch abgestattet. *Rah'wit*. Isringar. Oder *Gah'galom*."
Schweigen schloss sich an. Der Abbademer wandte den Kopf und blickte ihn schief an. „Du fragst viel über die Götter, *Kafir*", stellte er fest. „Scheint, als hättest du eine interessante Reise hinter dir."
„Könnte man so sagen."
Sein Gegenüber schien zu überlegen. Der Blick des Mannes ruhte nachdenklich auf ihm. Dann wandte er sich ab. „Vielleicht bist du für irgendwas ausgewählt", verkündete er, als handle es sich um eine Nebensächlichkeit.
„Auserwählt? Warum? Und wofür?"
„Die ganzen guten Dinge, die dir widerfahren", beharrte der Abbademer. „Das Glück, das du die ganze Zeit hast. Die Sache mit den Tieren. Dass du noch am Leben bist. Überhaupt, dass du mich getroffen hast."
„Ja", stimmte er scherzhaft zu. „Das ist ohne Zweifel das größte Glück von allen."
Der Abbademer zuckte lediglich mit den Schultern.
Nun war es an ihm, nachzudenken. „Und warum?", wollte er schließlich wissen. „Mal angenommen, es stimmt, was Ihr sagt. Warum gerade ich?"
„Was weiß ich? Vielleicht einfach so. Vielleicht gefällt es den Göttern ja, jemanden auszuwählen, der eigentlich keine Lust hat, ausgewählt zu werden."
„Ich weiß ja nicht mal, ob ich an sie glaube."

Der Abbademer wandte den Kopf und musterte ihn belustigt, so als habe es sich bei dem letzten um das dämlichste aller seiner bisherigen Argumente gehandelt. „Ich nehme an, das ist den Göttern ziemlich egal, *Kafir*."

Er stöhnte und ließ sich tiefer ins Wasser sinken. „Kann ich irgendetwas dagegen tun?"

„Wogegen?"

„Ausgewählt zu sein. Wenn an Eurer absurden Theorie irgendetwas dran sein sollte."

Der Abbademer schüttelte den Kopf. „Eine ganz schlechte Idee. Ich kann mir nicht vorstellen, dass den Göttern so etwas gefallen würde. Ausgewählt zu sein ist nicht gerade wie ein Stellenangebot. Man kann nicht einfach ‚Nein' dazu sagen."

„Also eher wie Sklaverei."

„Ausgewählt zu sein ist eine große Ehre, *Kafir*. Viele Männer würden ihren linken Arm dafür geben, von den Göttern auserwählt zu sein."

„Wer von uns beiden klingt jetzt wie ein Priester?"

„Du solltest dich freuen", hielt der Mann dagegen. „Vielleicht bist du ja einer dieser Helden, die in die Geschichte eingehen."

„Ich will aber nicht in die Geschichte eingehen. Dazu muss man, soweit ich weiß, aus dem Leben scheiden."

„Stimmt auch wieder. Außerdem klingst du für mich überhaupt nicht wie ein Held. Helden ergeben sich, wie man hört, ohne Widerworte entschlossen in ihr Schicksal."

„Seht Ihr? Das kommt für mich zum Beispiel überhaupt nicht in Frage."

Der Abbademer kicherte. „So wie du redest, bist du eigentlich ein Ketzer. Weißt du, was die Götter mit Ketzern machen?"

„Nein. Was?"

Der Mann lachte erneut, so als bereite ihm der Gedanke daran Vergnügen. „Ein Ketzer als Auserwählter. Die Götter haben manchmal wirklich Humor."

Er ließ ein gezwungenes Stöhnen hören. Wenn ihm eines noch gefehlt hatte, so waren es Diskurse über höhere Theologie.

Der Abbademer streckte die Hand aus und plätscherte damit in einem Kaltbecken hinter seinem Rücken. „Vielleicht solltest du einfach versuchen, die Sache zu Ende zu bringen", schlug er vor. „Deine Mission. Den Auftrag, den die Götter dir erteilt haben. Wenn du Glück hast, lassen sie dich danach in Ruhe."

„Welchen Auftrag?"

„Deinen Auftrag", beharrte der Abbademer. „Du müsstest ein entsprechendes Zeichen erhalten haben. Hast du irgendwelche Visionen gehabt? Träume? Erscheinungen? Hat sich vielleicht der Himmel über dir aufgetan und eine drohende Donnerstimme zu dir gesprochen? Hat irgendein Tier plötzlich mit Menschenstimme zu dir geredet?"

Er grübelte einen Moment. „Einmal", fiel ihm ein. „Aber nur, um mich zu beleidigen. Ach so. Und um mich zu überreden, mich fressen zu lassen. Wartet. Da war noch etwas anderes."

„Na bitte", erklärte der Abbademer zufrieden. „Dein Auftrag. Und? Was hat man dir befohlen?"

Er dachte an die Göttin beim Gefängniswagen. An die Stimme des Landes. Eindeutig war lediglich, dass sich die beiden widersprochen hatten. „Ich bin nicht sicher", brachte er unwirsch hervor. „Möglicherweise soll ich verhindern, dass sich alle gegenseitig umbringen."

„Hm." Der Abbademer zog zweifelnd die Brauen zusammen. „Bist du ganz sicher? In dem meisten Fällen, von denen ich gehört habe, verlangen die Götter das genaue Gegenteil. Vielleicht hast du nicht richtig hingehört."

„Vielleicht." Ratespiele und Vermutungen. Viel Fortschritt war in dieser Unterhaltung nicht zu erwarten. „Ihr habt meine Frage von gestern noch nicht beantwortet."

„Hm?"

„Wie Ihr hereingekommen seid. Nach Kalabat. Ihr habt mir gesagt, ich müsste alleine gehen. Ihr sagtet, es gäbe nur den einen Weg über die Klippen."

„Weil es die Wahrheit ist", erwiderte der Abbademer. „Du bist hier, oder nicht? Gesund und in einem Stück."

„Gerade so! Wenn ich gewusst hätte, wie einfach es ist, hier einfach so hereinzuspazieren ..."

„Wer sagt, dass es einfach ist, *Kafir*? Ich bin ich und du bist du. Nur weil etwas für mich einfach ist, ist es das noch lange nicht für dich."

„Was ist mit den Jungen?", beharrte er. „Denen von der Brücke."

„Ha." Anstelle einer Antwort holte der Abbademer tief Luft und ließ sich ganz ins Wasser sinken. Für einige Momente war von ihm nichts weiter zu sehen als sein schwarzes Haar, das wie Seegras auf den reflektierenden Wellen trieb. Nur langsam kehrte der Mann an die Oberfläche zurück. Er prustete und schüttelte sich, sodass die Tropfen aus seinen Haaren umherflogen. Anschließend rieb er sich mit den Fingerknöcheln durch die Augenhöhlen. Der Junge schien irritiert, als er bemerkte, dass noch immer ein fordernder Blick auf ihn gerichtet war. „Hmpf", befand er und bohrte mit einem kleinen Finger in seinem Ohr herum. „Schöne Bande war das. Du hättest ihnen gleich noch eine Peitsche geben sollen. Eine andere Sprache verstehen meinesgleichen nicht, habe ich gehört."

„Das war noch immer keine Antwort auf meine Frage."

Der Blick des Abbademers wurde hart. „Ich habe sie nicht in ihr Verderben geführt, falls es das ist, was du meinst."

„Nein? Wohin dann?"

Der Abbademer zuckte einmal mehr mit den Schultern, als handele es sich um ein Ding von wenig Belang. „Ich habe ihnen ihre Möglichkeiten aufgezählt. Sie haben sich für den Osten entschieden. Wollten ihr Glück auf der großen Straße versuchen. Du kannst unbesorgt sein, *Kafir*. Bestimmt sind sie in ein paar Tagen wieder daheim, um meine Brüder zu misshandeln."

„Danke, Azed." Er hielt den Blick des Mannes fest. „Ich verspreche, mich darum zu kümmern, wenn ich zurück bin. Ihr habt etwas gut bei mir."

„Oh ja", bestätigte der Mann. „Ich habe nichts davon vergessen."

Ein leises Geräusch unterbrach ihr Geplänkel. Ein Klopfen drang durch die Dampfschwaden zu ihnen heran. Es klang, als bitte jemand an einer Tür um Einlass. Offenbar gab es im hinteren Teil des Raumes noch einen weiteren Durchgang, der ihren Blicken durch die dichten Wolken entzogen war.

„Sieh an, sieh an." Aus der Stimme des Abbademers klang Genugtuung. „Ich wusste es. Hab ich es dir nicht gesagt?" Der Mann deutete ein Augenrollen an. „*Besetzt!*", rief er laut, sodass seine Stimme von den Kacheln widerhallte. „Männer sind dabei, sich zu unterhalten!"

Das Klopfen wiederholte sich beharrlich.

„Ich habe es dir gesagt! Habe ich es dir gesagt?" Der Mann schüttelte den Kopf. „Manchmal ist es wie ein Fluch. *Herein!*", gestand er laut zu. „Aber zieht euch etwas an. Ich bin verheiratet und *Gabeah* ist ein anständiger Mann."

Das Quietschen von Angeln ertönte, dann das Klatschen von Sandalen auf dem Fliesenboden. Die Nebel wogten wie sich auftürmende Wolken vor einer Bergkette. „Hier seid ihr also.“ Der gewaltige Umriss ihres Gastgebers schälte sich aus den Schleiern. Es sah ein wenig aus, als stürze der Mond durch eine Wolkendecke auf die Erde zu. Der Mann war mit einem riesigen Handtuch bekleidet. Vor seiner Brust glänzte eine schwere Goldkette. „Wie ist das Wasser?“

„Voll“, erklärte der Abbademer alarmiert. „Wir wollten gerade gehen.“

„Bleibt doch noch“, forderte der Mann sie auf. „Wir wollten uns doch noch unterhalten.“

„Unterhalten kann man sich am besten im Trockenen, sage ich immer“, brachte Azed hastig hervor. „Warum treffen wir uns nicht oben, sobald Ihr ...“

Das Handtuch ihres Gastgebers flog in eine Ecke. Der Wasserspiegel stieg merklich an, als der Mann sich neben ihnen ins Becken sinken ließ. Beide drückten sie sich so weit wie möglich an den Rand. Der Neuankömmling schnaufte zufrieden. „Ihr bleibt“, verkündete er, als hätte er trotz seiner Blindheit Azeds eilige Kopfbewegungen in Richtung des Ausgangs sehen können. Sein Tonfall ließ keinen Widerspruch zu. Über den Rand des Beckens hinweg tastete er nach einem Schwamm und begann, sich gründlich damit abzureiben. „Endlich etwas Ruhe“, befand er. „Also. Erzähl. Warum bist du hier, Jonathan?“

Der Abbademer zögerte nur einen kurzen Augenblick. „Um dich zu besuchen, Onkel.“

„Ja, ja.“ Der Mann vollführte eine ungeduldige Bewegung mit der Hand. „Und sonst noch?“

„Ich weiß nicht, was Ihr meint.“

„Meine Familie bringt keine Narren hervor, Jonathan. Sicher weißt du das.“

Der Abbademer sah ihn an. „Mein Freund hier“, erklärte er widerstrebend.

„Dein Vetter“, korrigierte ihn der Alte geduldig.

„Genau“, schob der Abbademer pflichtschuldig nach. „Er sucht etwas. Ich helfe ihm dabei. Wir sprachen gerade davon.“

„Wunderbar“, befand der Alte. „Diese Wasser sind sehr heilsam. Er kann also wieder sprechen?“

Der Abbademer blickte zerknirscht drein und schwieg.

„Und? Was sucht Ihr, Freund?“, wollte ihr Gastgeber wissen und wandte sich ihm zu.

Er erstarrte. Durch die runden Brillengläser hinweg versuchte er, den Gesichtsausdruck des Mannes zu lesen. Alles, was er sah, war sein eigenes Spiegelbild. „Etwas Gefährliches“, brachte er hervor.

„Davon gib es viel.“

„Eine Waffe“, fügte er hinzu. Sein Blick schoss zum Abbademer. „Krillborgs Feuer.“

Sein Begleiter reagierte mit einem ungläubigen Blick. Er wusste selbst nicht, was ihn dazu gebracht hatte, die volle Wahrheit auszusprechen. Aus irgendeinem Grund fühlte es sich an, als sei Ehrlichkeit die beste Option.

Der Alte schien seinen Blick durch die Brillengläser zu erwidern.

Der Abbademer holte Luft, um etwas zu sagen.

„Halt den Mund, Jonathan.“ Der Mann strich sich über den dünnen Schnurrbart. „Ist es hier? Bei uns?“

Er zuckte mit den Schultern. „Ich vermute es.“

„Wo?“

„Bei einem Händler, nehme ich an. Es steckt in einem weißen Krug. Von außen sieht es aus wie Lampenöl.“

„Und was wollt Ihr tun? Wenn Ihr es gefunden habt?"

„Ich vernichte es."

Ibi schnaufte. „Viele hohe Herren würden vielen Menschen viele schlimme Dinge antun, um in den Besitz des schwarzen Feuers zu gelangen. Und Ihr wollt es vernichten?"

„Schlimme Dinge sind bereits geschehen", hielt er dagegen. „Vielleicht ist es noch nicht zu spät, um zu verhindern, dass weitere dazukommen."

Ihr Gastgeber nickte. Mit der Hand fächelte er sich Luft in sein Gesicht. „Wisst Ihr, was ich an diesem Ort besonders mag?", wollte er unversehens wissen. „Was er gesehen hat", beantwortete er die Frage selbst. „Völker. Reiche. Herrscher. Helden und Banditen. Sogar die eine oder andere Legende. Alle sind sie hier gewesen. Alle haben ihre Zeit an diesem Ort verbracht und sind dann irgendwann vergangen. Der Flecken Land aber, an dem all das geschehen ist, hat sie alle überstanden. Man mag ihn einen Schandfleck nennen. Ein Ärgernis, das Relikt einer Vergangenheit, die in dieser Welt nichts mehr zu suchen hat. Aber dennoch hat er all das überdauert." Der Alte stieß die Luft aus. Es war nicht zu erkennen, ob er von seinem Haus oder von der ganzen Siedlung sprach. Mit einem Mal begann der Mann leise zu kichern. „Wisst Ihr, was in diesen Zeiten Rebellion darstellt? Nicht feindseliges Agieren. Nicht der Versuch, eine neue Ordnung zu errichten. Als Rebellion gilt in diesen Zeiten schon die Weigerung, die Vergangenheit loszulassen und sich der Zukunft zuzuwenden. Es ist sehr komisch. Nur so wenig ist noch übrig von den alten Dingen. Und trotzdem finden die, die an der Zukunft hängen, keine Ruhe, bis auch der letzte Schatten ausgeleuchtet und vertrieben ist." Der Mann bewegte sich im Wasser. Der Anhänger vor seiner Brust glitzerte wie ein versunkener Schatz, ein etwa daumengroßer Kreis über einem Querbalken an der

Spitze eines umgekehrten Dreiecks. Der Alte seufzte. „Ich fürchte wirklich, seine Zeit geht bald zu Ende. Es ist bedauernswert. Jeder muss verstehen, was für ein Verlust dadurch entsteht, wenn es nur noch Merkesch gibt und Abbadema und nichts mehr zwischen ihnen. Kein Ingwall mehr. Etwas wird verloren gehen, unumkehrbar, für alle Zeit, solange diese Welt besteht. Künftige Generationen werden nicht einmal mehr wissen, dass es je bestanden hat. Man wird von Märchen sprechen, von den Legenden rückschrittlicher Völker, die es nicht besser wissen konnten. Doch wenn nichts mehr von uns übrig ist, wer wird uns dann noch vermissen? Für die Menschen wird es sein, als hätten wir niemals richtig existiert. Der Gedanke daran erfüllt mich mit Trauer."

Die Worte des Mannes waren seltsam einnehmend. Sein eigenes Spiegelbild, zurückgeworfen von den Brillengläsern, begann ihn zu beunruhigen. Irgendetwas Seltsames ging vor sich. Dennoch war er unfähig, den Blick abzuwenden.

„Nur eines wäre schlimmer", fuhr die bekannte Stimme fort. Das breite Gesicht schien langsam hinter dichten Nebeln zu verschwinden. „Schlimmer wäre es nur, wenn eure Welt verginge und nur die unsere bestehen bleibt. Wenn dieser Ort auch den kommenden Sturm überstehen würde und dafür das Reich der Menschen untergeht. Aus irgendeinem Grund ist mir, als könnte ich es nicht zulassen. Seltsam, oder nicht?" Wieder ertönte ein gedämpftes Lachen. „Vielleicht sind es nicht einmal meine eigenen Gedanken, die mir diesen Weg befehlen. Vielleicht bin auch ich nur Teil von etwas, das die Richtung, die wir einschlagen müssen, längst beschlossen hat. Was meint Ihr, *Gabeah*? Können wir in dieser Sache frei entscheiden? Oder sind unsere Schritte längst für uns bestimmt?"

„Ich weiß es nicht.“ Seine Stimme war nicht mehr als ein Flüstern. Nur langsam gelang es ihm, den Kopf zu schütteln. „Ich weiß es wirklich nicht.“ Die Dampfschwaden wurden immer dichter. Der Abbademer war bereits in ihnen verschwunden. Auch von seinem Gegenüber war nichts mehr zu erkennen als zwei spiegelnde, schwarze Flächen. Die Brillengläser schienen größer geworden zu sein, ein jedes nicht mehr kleiner als der Umfang eines Kopfes.

„Dieses *Haluzinarium, Gabeah*, stammt aus einer sehr alten Zeit“, erklärte die Stimme ruhig. „Manche sagen, Bronzegas selbst habe es errichtet. Der Gründer eurer Stadt, nachdem er von dort fliehen musste. Andere sagen, es sei sogar noch älter. Von einem Volk, das lange vor der Gründung Merkeschs in den Höhlen dieser Klippen wohnhaft war.“

„Wirklich?“ Er schaffte es nur noch unter Aufwendung großer Mühen, Worte hervorzubringen. Seltsame Dinge schienen sich jenseits des Beckenrands zu bewegen. Schatten huschten ringsum durch den Dampf. Die Formen von bedrohlichen, schlangenartigen Körpern, die mal näher kamen, mal wieder in den Wolkenwänden verschwanden. Er meinte, ein Kläffen zu vernehmen, weit entfernt und wie durch Watte gedämpft.

„Habt keine Sorge, *Gabeah*“, beruhigte ihn die tiefe Stimme. „Ihr seid an einem sicheren Ort. Hier unten kann Euch nichts geschehen.“

„Ich muss es vernichten“, hörte er sich selbst stöhnen. „Das Feuer. Ich muss es vernichten. Es ist mein Auftrag.“

„Ja, das müsst Ihr“, bestätigte die Stimme. „In jedem Fall müsst Ihr es versuchen.“

Ein Teil der Nebel verflüchtigte sich entlang des gekachelten Beckenrandes. Sie gaben den Blick frei auf eine Gestalt, die neben ihm im Wasser saß und die Ellenbogen lässig über den Rand gelehnt hatte.

Wolskin lehnte sich zurück und spuckte eine Wasserfontäne in die Höhe. Der Mann grinste, als die Tropfen wieder zurück auf seine Stirn prasselten. Sein Blick wurde spöttisch, als er den entsetzten Ausdruck bemerkte, den der Anblick seiner Halswunde auf das Gesicht seines Nachbarn gerufen hatte.

Neben Wolskin im Becken saß eine weitere Gestalt. Wolskins Diener, der bei den Käfigen des *Uluru Patang* sein grausames Ende gefunden hatte, blickte zerknirscht zum Beckengrund. „Die Gefahr ist noch nicht gebannt." Die Stimme des Mannes war so niedergeschlagen wie sein Ausdruck. „Schlimme Dinge müssen noch geschehen. *Salau*. Die Opfer, die das Land von Euch verlangen wird. Doch Ihr müsst das alles hier zu Ende bringen."

„Was meint Ihr?" Seine eigene Stimme war ein Krächzen. Die Erinnerung daran, wie der Mann vor wenigen Abenden sein schlimmes Ende gefunden hatte, genügte, um ihm die Kehle zuzuschnüren. Er zuckte zusammen, als einer der Schatten außerhalb des Beckens bis auf wenige Schritte heranschoss und erst im letzten Moment abbog, um in den Nebeln zu verschwinden.

„Ein letzter Auftrag, Hauptmann", erklang eine weitere Stimme. „Eure letzte Mission. Noch einmal das Schwert aufheben. Noch einmal dem Ansturm entgegenstehen in der Hoffnung auf das Ende. Ihr wisst doch, was Ihr tun müsst. Die Zähne zusammenbeißen und standhalten, bis der Sturm vorüber ist."

„Strohmalm!"

Der General nickte und lächelte traurig. „Es wäre zu schade, wenn wir uns zu früh wiedersehen. Bevor all das vorüber ist."

Die Worte versagten ihm in der Kehle. Er konnte spüren, wie ihm Tränen in die Augen stiegen. Sein alter Freund sah aus wie beim letzten Mal, als sie einander begegnet waren.

Sein letzter Tag im Dienst der Tharsis. Das harte Gespräch über Pflicht und Suspendierung. Der General, der einen designierten Manipen empfing und ihn dann doch als Hauptmann in den vorzeitigen Ruhestand entließ. Immer wieder hatte er sich vorgenommen, den Mann zu besuchen, der mit ihm dreißig Dienstjahre geteilt hatte. Immer hatte sich irgendeine Ausrede ergeben, um darauf zu verzichten.

Strohmalm nickte, so als hege auch er traurige Gedanken. „Schade, dass ich nicht selbst dabei sein kann", erklärte er bedauernd. Der Mann schüttelte den Kopf, sodass die Spitzen seines Rosshaarkamms Spuren auf der Oberfläche hinterließen. Selbst unter dem Wasser schien er seine volle Uniform zu tragen. „Wäre ein schönes Abenteuer geworden. Du und ich und Olaikan."

„Strohmalm." Überwältigender Schmerz drückte seine Brust zusammen. „Es tut mir ja so leid." Ohne ihn hatte der Mann im Sand des Übungsplatzes gelegen, niedergestochen von der Hand irgendeines ängstlichen Rekruten. Ohne irgendjemanden von damals hatte er sie durchstehen müssen, seine letzten Augenblicke, als das Leben in Stößen von Blut durch seine Finger quoll.

„Dass du so gehen musstest." Er konnte spüren, wie warme Tränen über seine Wangen rannen. „Nach all den Jahren. Ich war nicht da. Götter! Niemand ist mehr übrig. Jarl Olrig kommt. Die Peculari sind uns auf der Spur. *Sovorim*. Sie wissen davon. Wie soll ich ..."

„Wir gehören jetzt zu Merkesch", ermahnte ihn die Stimme seines alten Kameraden. „Unser Lebensweg bestimmt, was wir sind. Nicht unsere Abstammung. Du musst die Stadt beschützen. Es gibt viele in der Tharsis, die bereit sind, zu tun, was getan werden muss. Alles, was sie brauchen, ist Führung. Jemanden mit der richtigen Erfahrung. Warum drückst du dich davor? Sollen etwa all die Jahre umsonst gewesen sein, in denen man dich ausgebildet hat?“

„Aber wie soll ich ...“

Ibi blinzelte hinter seinen Brillengläsern. Es war wie der Flügelschlag von breiten Schwingen. Die Nebel wallten auf und entzogen die Körper am Beckenrand seinen Blicken.

„Nein“, stieß er aus. „Meine Frage! Du musst mir noch sagen, wie ich ...“

Dampf hatte ihn ganz umfangen, bevor er seine Frage beenden konnte. Nicht nur der Beckenrand, selbst seine eigenen Hände waren nicht mehr zu erkennen, obwohl er sie vor sein Gesicht hob. Feuchte Hitze umwallte ihn und war mit einem Mal kaum noch zu ertragen. Unsichtbare Schleier strichen kühlend über seine Haut. Irgendwo ganz in der Nähe knurrte ein Hund. Etwas in den Schwaden leuchtete blau.

„Kommt“, ertönte Ibis ruhige Stimme. „Ich will Euch etwas zeigen.“

Kapitel 17 – Handel

Er schrak auf. Tulmina, die über ihn gebeugt gewesen war, zuckte mit einem Laut des Erschreckens vor ihm zurück. Er stöhnte. Weiße Flecken tanzten vor seinen Augen und gaben nur langsam eine Fülle von Blättern und Pflanzen frei. Ein kühler Lappen lag auf seiner Stirn. Unter seinem Rücken war die Weichheit einer Wolke, die sich als das Bett herausstellte, in dem er die Nacht verbracht hatte. „Urgs“, gelang es ihm, hervorzubringen. „Wo war ich? Wie lange war ich ...?“ Er blinzelte einige Male. Einige der Schleier an den Rändern seiner Wahrnehmung hielten sich besonders hartnäckig. Er wandte den Kopf und fand die Quelle dafür in ihrem Gastgeber. Der Mann saß auf einem frisch herangeschafften Kissen zur Linken des Bettes und stieß ruhig den Rauch seiner Wasserpfeife durch die Mundwinkel aus. Der Mann hatte sich einen blütenweißen Bademantel von den Ausmaßen eines mittelgroßen Teppichs umgeworfen. Die dunklen Brillengläser waren ihm zugewandt.

„Was ist passiert?“ Seine Stirn schien trotz des kalten Tuches zu glühen.

„Die Hitze ist zu viel für Euch geworden“, erklärte die Frau. In ihrer Stimme lag Tadel. Ihr Gesicht war wieder über ihn gebeugt und die Augen musterten ihn sorgenvoll. „Ihr könnt von Glück reden, dass ...“ Sie verstummte und warf einen widerwilligen Blick zum Eingang der Raumes, wo der Abbademer mit verschränkten Armen im Türrahmen lehnte.

„Dass ich da war?“, ergänzte der Mann bereitwillig den Satz. „Hm? Was ist daran so schwer zu sagen?“

Die Frau rollte mit den Augen und richtete sich auf.

Der Abbademer trat vor und zeigte drei Finger. „Dreimal, *Kafir*“, hielt ihm der Mann vor. „*Dreimal* habe ich dir jetzt schon das Leben gerettet. Wie bist du jemals ohne mich zurechtgekommen?“

„Was habt Ihr getan?“, wollte er stöhnend wissen. „Mich beatmet?“

„*Nah'tan milin.* Wenn *das* jemals erforderlich wird, kann ich nichts mehr für dich tun.“

„Der Anstand, was?“

„Darauf kannst du dich verlassen.“

Die Frau verschränkte die Arme vor der Brust und verzog die Brauen. „Ein Glück, dass Ihr endlich wieder bei uns seid. Das geht nun schon seit Stunden so. ‚*Ich habe ihn gerettet.*‘ ‚*Er steht in meiner Schuld.*‘ Was meint Ihr: Wie viele Denkmäler hat er sich verdient, Euer Retter? Ich meine, wie viele Hundert?“

„Seine Augen waren weiß“, hielt der Abbademer scharf dagegen und stieß sich vom Türrahmen ab. „Ein wenig später, und er wäre tot gewesen.“

„Oh, mit Sicherheit“, pflichtete die Frau ihm bei. „Ohnmacht endet immer mit dem Tod. Wer hat noch nicht davon gehört?“

„Das Bad war zu heiß“, beharrte der Junge. „Fast wäre ich selber umgekippt. Besonders, als Ibi meinte, uns Gesellschaft leisten zu müssen. Mit Euren seltsamen Geschichten! Ihr solltet Euch bei ihm entschuldigen, Onkel.“

Der Angesprochene nahm einen tiefen, blubbernden Zug aus seiner Pfeife und stieß Rauch durch seine Nasenlöcher aus. Wolkenschemen jagten einander wie zuckende Schlangenkörper durch das Innere des Glasbehälters. „Ihm war nur etwas unwohl“, verkündete er ruhig. „Keine ungewöhnliche Reaktion für jemanden, der zum ersten Mal ein *Haluzinarium* besucht. Er hat etwas gesehen. Die Eindrücke können einen Mann leicht überwältigen.“

„Allerdings", versicherte der Abbademer hitzig. „Ich habe auch etwas gesehen. Mehr, als ich jemals sehen wollte."

„Nicht so viel wie er, Neffe."

„Das bezweifle ich!"

Ihr Gastgeber hob die Hand, um den Mann zum Schweigen zu bringen. Einen Moment lang verharrte er regungslos inmitten seiner Wolke. Nur sein Atem wogte wie ein schwacher Wasserstrom durch die Schwaden. „Die Eindrücke können, je nach ihrer Intensität, überwältigend sein", erklärte er. „Dinge, die in uns verborgen sind, kommen an einem solchen Ort wieder hervor. Alte Ängste und Hoffnungen. Schuldgefühle. Unerledigte Aufgaben. Gutes ebenso wie Schlechtes. Nicht alles davon muss für Euren weiteren Weg gleichermaßen von Bedeutung sein. Das *Haluzinarium* hilft lediglich dabei, Dinge freizulegen, die in der Geschäftigkeit des Alltags allzu oft verborgen bleiben. Was Ihr mit ihnen anfangt, liegt letztendlich an Euch."

„Ich weiß, was ich mit meinen anfange", meldete sich der Abbademer scharf zu Wort. „Eine jahrelange Therapie!"

„Ihr sollt den Mund halten, Jonathan."

Der Zurechtgewiesene antwortete mit einem Knurrlaut.

Er selbst starrte hinauf zum Baldachin des Bettes, unter dem sich Wolken aus Dampf kräuselten. „Stimmt es, was Ihr mir gezeigt habt?", wollte er wissen. „Die Damen? Der Zweck Eurer Anwesenheit an diesem Ort? Der Grund, warum hier drinnen keine anderen Menschen sind?"

Der Abbademer blinzelte und sah er sich fragend um. „Stimmt", pflichtete er bei. „Für ein Freudenhaus ist es hier drinnen ganz schön leer. Läuft der Laden nicht, Onkel?"

„Ich glaube, Ihr könnt jetzt gehen", erklärte ihr Gastgeber, ohne den Blick der Brillengläser vom Bett abzuwenden. „Ich habe Euch mitgegeben, was ich konnte. Es war mir ein Vergnügen, Euch hier zu treffen und für eine Weile Euer Gastgeber zu sein. Ich bin sehr froh, dass wir einander begegnet sind.“ Ein leises Glucksen ließ den mächtigen Körper erzittern. Der Mann schüttelte den Kopf wie in Unglauben. „Es ist manchmal wirklich überaus erstaunlich, in welch unerwarteter Form das lang Erwartete manchmal auftritt.“

„Was?“ Der Blick des Abbademers war verwirrt. Ärger lag in seiner Stimme. „Wovon redet ihr da?“

Er nahm den Lappen von seiner Stirn und schwang seine Beine über die Bettkante. Nicht so schlimm wie erwartet. Beim Gleichgewicht gab es keinerlei Probleme.

„Hallo?“, meldete der Abbademer sich erneut. „*Kafir*! Was habe ich verpasst?“

Palter streckte sich. Genau genommen ging es ihm sogar ausgesprochen gut. Er verspürte weder Schwindel noch Übelkeit. Die Nachwirkungen seiner Ohnmacht ähnelten weniger denen eines Hitzschlags als denen eines Traumes, aus dem man etwas zu schnell erwacht war.

„Euren *Efrindir* habe ich ersetzen lassen“, erklärte Ibi. „Der alte war doch etwas zu zerschlissen, um sich damit auf dem großen Handelsplatz sehen zu lassen.“

Er blickte an sich herab. Tatsächlich. Frische Stoffbahnen umgaben seinen Körper. Hastig tastete er zu seinem Hals.

„Auf der Kommode“, erklärte ihr Gastgeber geduldig. „Niemand von uns hat Eure Kette angerührt.“

Er nickte und erhob sich auf. Der Abbademer hatte das Objekt bereits gefunden. An seinem ausgestreckten Finger baumelte der Anhänger mit dem Bromkalk.

„Danke.“ Er nahm den Gegenstand entgegen und legte ihn sich um. Der Blick seines Begleiters blieb finster. Er schien keineswegs erfreut darüber, von wichtigen Entwicklungen ausgeschlossen zu bleiben.

„Ich erkläre es Euch draußen“, versprach er. „Der Tag ist bereits weit fortgeschritten. Wir haben noch zu tun.“

„Haben wir das?“, wollte der Mann brummig wissen und wischte sich die Hände an den Seiten seines Gewandes ab. „Keine Ahnung, was *du* noch zu tun hast. *Ich* habe noch gar nicht entschieden, was ich heute mache.“

„Habt Euch nicht so. Ihr wart auch nicht immer sonderlich gesprächig, was Eure Pläne anging.“ Er wollte sich umwenden, doch etwas fing seinen Blick ein. Ein Spiegel stand in einem runden Holzrahmen auf der Kommode. Es war seltsam, zum ersten Mal seit derart langer Zeit wieder sein eigenes Ebenbild zu sehen. Der Mann, der ihm entgegenblickte, sah erschöpft aus, sehnig und verbeult. Ein altes Werkzeug, das trotz gewisser Verschleißerscheinungen durchaus noch in der Lage war, seinen Zweck zu erfüllen. Was ihn besonders überraschte, war der Ausdruck in den Augen. Eine Unbeugsamkeit lag darin, ein unter vielen Schichten von Bequemlichkeit freigelegter Trotz gegen eine Welt, die ihn beständig unter immer neuen Hoffnungslosigkeiten zu begraben versuchte. Vielleicht war dieser alte Körper doch noch zu etwas gut. Ausgewählt oder nicht: Die Welt sollte nur nicht glauben, dass Palter Calgola sich in irgendeinem Loch verkriechen und dort auf sein Ende warten würde. Er löste den Blick von der Glasfläche und wandte sich an seinen Begleiter. „Gehen wir“, verkündete er.

„*Wir*?“, wollte der Abbademer wissen. „Warum ‚wir‘? Und wohin überhaupt?“

„Zum großen Handelsplatz.“

„Warum?“

„Ich sagte doch bereits: Das erkläre ich Euch draußen.“

Der Abbademer schnaufte. „Vielleicht habe ich gerade überhaupt keine Lust, zum großen Handelsplatz zu gehen. Vielleicht habe ich heute schon ganz was anderes vor."

„Das wäre schade. Dann müsste ich alleine gehen."

„Wirklich?" Der Mann wirkte für einen Augenblick überrascht. „Ich meine, das ist gut. Endlich Ruhe vor deinen ständigen Problemen."

„So wäre es." Er schwieg.

Der Abbademer starrte ihn an. „Obwohl du vermutlich auf dem Weg dahin umkommst."

„Gut möglich, ja."

„So wie du dich anstellst, schaffst du es vermutlich noch, uns alle dabei umzubringen."

„Vielleicht. Mir wäre es auch lieber, wenn Ihr mitkommt."

Sein Begleiter warf die Arme in die Luft und seufzte ergeben, so als habe man ihn untertänigst um seine Mithilfe gebeten. „*Bitte* sehr. Da geht sie hin, meine Freiheit. Aber gut. Ansonsten bekomme ich wohl niemals meinen Lohn."

Sie wandten sich zu Ibi. Ihr Gastgeber legte das Mundstück seiner Pfeife mit einem leisen Klirren um den Wasserkörper und hob den vergitterten Aufsatz an. Der Glutfunke an der Spitze war gestorben. Nichts war mehr übrig von dem runden Kohlenstück als feinblättrige Asche. Der Mann seufzte schwer, sodass einige der grauen Staubflocken aufwirbelten. „Die Zeit Eures Besuches ist vorüber", erklärte er. „Ja. Es ist vorbei. Aber es war nicht vergebens. Ich bin sicher, dass Euer Auftreten hier von großer Bedeutung war." Wieder schloss sich ein Moment der Stille an. Noch einmal seufzte der Alte. „Gut. So muss es dann wohl sein. Bis in diese Tage haben wir hier draußen ausgeharrt. Ganz sicher war es nicht umsonst."

Mehr rätselhafte Worte.

Der Abbademer antwortete nichts. Sein finsterer Blick verriet, dass er es satt hatte, Fragen zu stellen, auf die ihm ohnehin niemand eine Antwort geben würde.

Der Alte nahm eine aufrechte Position auf seinem Kissen an. Er hob eine Hand und winkte ihn heran. „Komm her, Jonathan."

Der Blick des Abbademers wurde argwöhnisch. Der Junge rührte sich nicht.

„Komm her", wiederholte ihr Gastgeber, dieses Mal strenger.

Nur widerstrebend setzte sich sein Begleiter in Bewegung.

Wieder waren die Hände des Alten überraschend schnell. Mit beiden Armen umfasste er den Abbademer hinter dem Nacken und zog ihn zu sich herab. Für einige Augenblicke verharrten die beiden in einer seltsamen Form von Umarmung. Sein Kamerad musste sich in unbequemer Haltung darum bemühen, das Gleichgewicht zu bewahren. „Bis bald, Neffe." Die Hände des Alten packten seinen vermeintlichen Verwandten an den Schultern. Zum ersten Mal schien der Anflug einer Gefühlsregung über das breite Gesicht zu ziehen. „Bis bald", wiederholte Ibi mit einer Stimme, in der tatsächlich Rührung zu vernehmen war. „Ich hätte es wissen müssen", erklärte er. Die Hände schüttelten den Abbademer leicht. „Eure Mutter kann sehr stolz auf Euch sein."

„Was?" Mit verstörtem Blick schob der Junge die Hände fort und richtete sich auf. Wie vor den Kopf gestoßen starrte er auf den vor ihm Sitzenden herab. Alles an ihm erweckte den Eindruck, als habe man ihm soeben eine Tracht Prügel verpasst. Dann begann er langsam zu nicken. „Ja", verkündete er mit einer Sicherheit, die erst in der Mitte seiner Erwiderung in seine Stimme fand. „Natürlich. Was soll das? Natürlich kann sie stolz auf mich sein."

Ihr Gastgeber senkte ergeben den Kopf, halb in Zustimmung, halb wie in Ehrerbietung. „Bis bald“, murmelte er. „Bis bald, Neffe.“ Der Mann wandte den Kopf und winkte als Nächsten ihn zu sich heran. „Und Ihr“, verkündete er. Er wartete, bis auch sein zweiter Besucher sich genähert hatte. Wieder schienen die schwarzen Gläser eine ungewöhnlich lange Zeit auf ihm zu verharren. „Leider kann ich Euch nicht viel anderes mit auf den Weg geben. Euer Schicksal ist ... kompliziert. Noch viele Hindernisse werden dort draußen auf Euch warten. Aber diese eine Sache wird entscheiden, wer letztendlich den Sieg davonträgt: ob Ihr zulasst, dass sie Euch besiegen. Oder ob Ihr alles, was sich gegen Euch stellt, mit Eurem Willen überdauert. Nicht um Euren Körper müsst Ihr Euch sorgen. Euer Wille ist es, der den Sieg oder die Niederlage bringt. Darum hütet Euren Willen. Versteht Ihr? Es hängt alles davon ab.“

Seine Antwort bestand in einem Seufzen. „Ich bin nicht sicher“, erklärte er wahrheitsgemäß. „Etwas Handfesteres habt Ihr nicht für mich?“

Der Mann verharrte eine ganze Weile regungslos, so als denke er angestrengt nach. „Nehmt Hilfe an, wo sie Euch geboten wird“, verkündete er schließlich. „Haltet fest zu denen, die für Euch eintreten. Ja.“ Ihr Gastgeber nickte, so als habe er die Worte erst ausgesprochen und dann durchdacht und verstanden. „So viel weiß ich. Ein einfacher Rat. Aber einer, den Ihr beherzigen solltet.“

Er nickte. Dann deutete er eine Verbeugung an. „Vielen Dank, Herr Mudrik. Für Euren Rat und Eure Gastfreundschaft.“

„Nennt mich Ibi“, forderte der Mann. „Und vergesst nicht Eure Kopfbedeckung. Ihr müsst dort draußen wieder Abbademer sein.“

„In Ordnung, Ibi. Ich bedanke mich bei Euch."

„Kelmen lohot'ihet", erwiderte der Mann. „Gern gegeben."

Er wandte sich zur Tür und nickte zu seinem Begleiter. „Lasst uns gehen, Azed."

„Ja", murmelte der Abbademer finster. „Lass uns gehen. Nur zu. Gehen wir. *Mir* braucht hier keiner irgendwas zu erklären."

Niemand begegnete ihnen, als sie aus dem Zimmer traten. Auch auf dem Gang zurück zur Treppe war von keiner der Damen eine Spur zu sehen. Keiner von ihnen sprach ein Wort, während sie die Stufen in die Eingangshalle hinabstiegen. Im Licht des Tages, das durch die zerbrochenen Lamellen hereinfiel, machte der Raum einen deutlich erbärmlicheren Eindruck als noch am Vorabend. Ohne den Schutz der Dunkelheit und die verbergenden Schleier von Pfeifenrauch wirkte die Innenseite des Gebäudes so baufällig und fragil wie die Außenhülle. Nicht viel mehr als ein einstmals prächtiges Haus schien es zu sein, an dem schon zu lange keine Reparaturen mehr vorgenommen worden waren. Über fadenscheinige Teppiche trotteten sie, zwischen eingestaubten Pflanzen. Schließlich standen sie wieder vor der Eingangstür.

Der Abbademer betrachtete ihn, als er seine Kopfbedeckung mit dem Schleier hinter dem Gürtel hervorzog und beides anlegte. Er nickte zu seinem Kameraden. Der Mann nickte zurück. Von hier an war er wieder *Gabeah*: stumm und zwischen den Schläfen etwas einfach. Die Erholung hatte gutgetan. Die wenigen Stunden in Ibis Haus waren eine willkommene Abwechslung vom ständigen Kampf dort draußen gewesen. Jenseits dieser Tür aber wartete eine Welt, die sich keineswegs darauf freute, sie wiederzusehen. „Also los", erklärte er.

Der Abbademer machte eine auffordernde Bewegung zur Tür. „Nur zu.“

Die schwere Klinke knirschte, als er sie hinunterdrückte. Fahles Licht fiel herein.

Die Wolken hingen niedrig über den Giebeln der umliegenden Häuser. Die Verhältnisse machten es schwierig, auf irgendeine Tageszeit zu schließen. Der Tag in Kalabat war feucht und verhangen. Später Nachmittag, wie zu vermuten war. Gemeinsam traten sie hinaus auf die Veranda und atmeten die kühle Luft. Die Tür verursachte ein schnappendes Geräusch, als er sie hinter sich zuzog. Er atmete tief durch. „Gut“, erklärte er.

Der Abbademer hob zweifelnd eine Braue. Der Mann war offenkundig noch immer verstimmt darüber, dass entscheidende Dinge geschehen waren, die sich ihm entzogen. Dennoch folgte er klaglos, als er zuerst die knarzenden Holzstufen hinunterstieg. Niemand anderes war zu sehen auf dem schlammigen Platz. Die umliegenden Gebäude wirkten nicht viel belebter als die Villa hinter ihrem Rücken. Jenseits davon aber war das unverkennbare Stimmgemurmel der Gassen zu vernehmen.

„In welcher Richtung liegt der große Handelsplatz?“, wollte er wissen.

Der Abbademer deutete wortlos nach links. Er nickte und schlug die entsprechende Richtung ein. „Ihr hattet recht, was Euren Onkel angeht“, erklärte er, nachdem sie einige Schritte zwischen sich und Ibis Villa gebracht hatten. „Er meint es gut mit denen unter seinem Dach.“

Der Abbademer hielt den Kopf gesenkt, so als überlege er, ob er die rätselhafte Aussage tatsächlich mit einer Frage würdigen wollte. „Warum?“, wollte er schließlich wissen. „Was meinst du damit?"

„Ihre Namen“, gab er zurück. „Ich erinnere mich wieder. Unten im *Haluzinarium* habe ich mich daran erinnert. Ich habe ihren Namen schon einmal gehört. Damals, als ich jünger war. Bis vor wenigen Jahren gab es auch in Merkesch noch solche Orte. Leer stehende Häuser, in denen lange niemand mehr gewohnt hat. Trotzdem hat es niemand je gewagt, dort einzuziehen oder einen neuen Bau an ihre Stelle zu setzen. Seltsam, oder? Heute gibt es keine mehr davon. Etwas hat sich geändert in den letzten Jahren, ohne dass ich viel darüber nachgedacht habe.“

Der Abbademer schritt weiterhin wortlos an seiner Seite. Offenbar wartete der Mann darauf, dass er seine Erklärungen von selbst fortsetzte.

Er schüttelte den Kopf, während er über seine eigenen Worte nachsann. „Ibi hat es mir gezeigt“, fuhr er fort. „Eine Sache der Vernunft. Die Menschen haben aufgehört, daran zu glauben. Die alten Geschichten, die mit diesen Orten verbunden sind. Die Verbote, die mit dem Verstand nicht zu erklären sind. Habt Ihr je darüber nachgedacht? Was mit Erzählungen und alten Geistern geschieht, wenn die Menschen nicht mehr an sie glauben?“

„Was?“ Die Stimme seines Begleiters war gereizt. Offenbar hatten seine Worte bisher eher für Verwirrung als für mehr Erleuchtung gesorgt.

„Nahe beim Hafen gab es eine Villa“, erklärte er. „Ein schönes Gebäude. Sehr alt und ganz mit Efeu überwachsen. Aus den allerfrühsten Zeiten unserer Stadt. Schon als ich meinen Dienst antrat, stand sie bereits seit vielen Jahren leer. Ein Kamerad erzählte mir einmal davon. Verwunschen, wie er nicht müde wurde zu behaupten. Irgendeine schreckliche Geschichte. Eine ganze Familie, die sich die Feindschaft mächtiger Herren zugezogen hat. Sie wollten fliehen, mitten in der

Nacht, doch man erwartete sie in einem Hinterhalt. Alle niedergemacht, heißt es, draußen in den Wäldern jenseits der Vorstädte. Ihre Heimstatt hat man stehen lassen, als Warnung für die anderen. Alle Eingänge und Fenster zugemauert. Erst später kam heraus, dass bei den Leichen in den Wäldern jemand fehlte. Ein junges Mädchen. Man hat sie nirgendwo gefunden. Sie muss zurückgeblieben sein, als die andern fliehen wollten. Hat sich versteckt irgendwo in ihrem Elternhaus. Niemand hat es je gewagt, dort drinnen nachzusehen. Es gab Geschichten von Erscheinungen und seltsamen Geräuschen. Von Tieren, die im Garten des Gebäudes verschwanden." Er legte eine Pause ein und sah zu seinem Begleiter auf.

Der Mann blickte befremdet drein. „Und?", wollte er wissen.

„Man hat es abgerissen", fuhr er fort. „Vor wenigen Jahren erst. Die Menschen fürchten sich nicht mehr. Der Name des Mädchens war Tulmina. Tulmina Moroi."

Der Mann verzog das Gesicht und schnaufte. „Zufall", befand er.

„Nein." Er schüttelte den Kopf, ohne den Blick vom Boden abzuwenden. „Ibi hat es mir gezeigt. Sie kommen hierher. In den Städten ist kein Platz mehr für sie. Theus hat es ebenfalls gesagt. Das Licht breitet sich aus. Es treibt die Schatten vor sich her. Bestimmt gibt es nicht mehr viele Orte, an denen sie noch Zuflucht finden können."

Der Abbademer schnaufte erneut. Ein belustigter Ausdruck kam über seine Züge. „Weißt du, *Kafir*", begann er. „So ein Hitzeschlag ist eine ernste Sache. Dann noch die Geschichte mit der Sprachbarriere. Ich spreche eure Sprache erst seit Kurzem. Es kann sein, dass es dadurch gelegentlich zu ... Missverständnissen zwischen uns beiden kommt. Dieses hier war gerade eins davon. Ich hätte schwören können, dass du gerade meintest, Tulmina sei eine Art ..." Der Mann ließ die Hand kreisen. „Wie sagt man noch? Wenn man nicht den Verstand verloren hat?"

„Heimatloser Geist?", versuchte er auszuhelfen.

„Richtig!" Der Abbademer klatschte erleichtert in die Hände. „Heimatloser Geist. *Das* Wort habe ich gesucht. Ich hätte eben schwören können, dass du mir sagen willst, Tulmina sei ein heimatloser Geist. Jemand, der eigentlich schon lange tot sein sollte, aber uns heute Morgen unser Frühstück gebracht hat."

„Nicht nur sie."

Sein Kamerad verstummte. Er selbst hielt seinen Blick weiter auf den Weg gerichtet. „Sie alle", erklärte er. „Zelini Verdara. Die junge Frau eines reichen Händlers in Ryamad. Ibi hat es mir gezeigt. Verschollen, heißt es. Doch jeder weiß, was wirklich mit ihr geschehen ist. Habt Ihr je davon gehört? Vor Kurzem hat man wieder damit begonnen, vor den Kaianlagen zu fischen, wo es jahrzehntelang verboten war. Die Leute haben keine Angst mehr, was sie dabei finden könnten."

Ein krächzender Laut kam aus der Kehle des Abbademers. Der Mann hielt schlagartig an, sodass auch er selbst innehielt.

„Unmöglich, *Kafir*!", brachte der Junge hervor. „Diese alte Geschichte? Was redest du da?"

„Nur, was ich im *Haluzinarium* gesehen habe. Ob Ihr mir glauben wollt, ist Eure Sache." Er wollte seinen Weg weiter fortsetzen, doch der Abbademer machte einen Satz und hielt ihn am Ärmel zurück. Die Augen des Mannes waren weit. Seine Haut war mit einem Mal eigentümlich bleich. „Ihr meint, Onkel Ibi betreibt ein Haus für *Geister*? Ein *Freudenhaus* für Geister?"

„Tarnung", gab er schulterzuckend zurück. „Wo sind die Besucher? Außer uns habe ich dort niemanden gesehen."

„Aber *wir* waren dort drinnen.“ Der Abbademer schüttelte seinen Arm. „Was ist mit uns? Sind wir *Geister*? *Bayin Ahaya!* Bin ich tot? Haben sie mich deshalb nicht gesehen?“

„Ihr seid nicht tot.“ Ungeduldig versuchte er, sich loszuschütteln. „Ich kann Euch sehen und hören. Auch Eure Tritte waren echt. Ich glaube eher, sie haben sich einen Spaß mit Euch erlaubt. Vielleicht habt Ihr sie verärgert. Bei einem Eurer früheren Besuche.“

„*Nah'tan milin!*“ Der Mann ließ ihn schlagartig los und prüfte mit der Hand die Temperatur auf seiner Stirn. „Ganz kalt!“, befand er atemlos und tastete hastig nach seinem Handgelenk. „*Bayin Ahaya!*“, stieß er aus. „Ich glaube, ich habe keinen Puls. Fühl, *Kafir*!“

„Ihr seid am Leben, Azed.“

Der Mann schüttelte sich. „Wenn ich auch nur daran denke ... *El Sha'himlia hofni*. Seit Jahren habe ich dort übernachtet. Was ist mit Ibi? Mein Onkel! Ist er ebenfalls ein Geist?“

Er schüttelte den Kopf. „Nein“, befand er. „Nur jemand mit einer Gabe. Ich habe davon gelesen. Ich glaube, Euer Onkel ist ein Illusionist. Jemand mit Fertigkeiten in den alten Künsten dieser Länder. Gute Nachrichten für Euer Gewissen, Freund! Womöglich wart nicht *Ihr* es, der *ihn* hinters Licht geführt hat. Gut möglich, dass er *Euch* zu sich gerufen hat. Ich glaube, er sieht Dinge. Vielleicht war es wichtig, dass wir beide heute ...“

„*A'belehz!* Sieh nur!“ Der Ausruf des Abbademers ließ auch ihn herumfahren. Aus den Ritzen in der Holzverkleidung der Fassade drangen Rauchfäden. Flammenschein zuckte hinter den Fenstern in den unteren Etagen.

„*Mel'ahun*!“ Der Abbadamer hatte bereits einen Satz unternommen und winkte ihm zu. „Komm, *Kafir!* Wir müssen ihnen helfen!“

„Wartet!“ Dieses Mal war er es, der seinen Begleiter zurückhalten musste. Er schüttelte den Kopf „Das wird nicht nötig sein, Azed. Eurem Onkel geht es gut.“

„Was redest du? Wir müssen ...“ Der Mann blickte erst das Feuer, dann ihn aus weiten Augen an. Dunkle Rauchsäulen stiegen inzwischen aus den Türmen und Erkern zu den Wolken empor. Fensterläden flogen auf. Lodernde Vorhänge bauschten wie Flammenzungen aus den Rahmen.

„Was soll das?“, wollte der Abbademer entgeistert wissen. „Warum tut er das?“

„Kommt.“ Er winkte den Mann weiter in die Richtung, in der sich der große Handelsplatz befinden musste. „Ich denke, er verschafft uns etwas Ablenkung.“

Tatsächlich waren die Vorgänge um Ibis Villa inzwischen auch im restlichen Lager nicht unbemerkt geblieben. Menschen erschienen in den Mündungen der Gassen. Schreie des Alarms ertönten. In einem fernen Wachturm wurde eine Glocke geschlagen.

„Ablenkung?“ Der Abbademer schloss sich nur widerwillig an. „Ablenkung wovon?“

„Von unserem eigentlichen Ziel“, entgegnete er und stapfte entschlossen voran. „Ibi hat mir einen Namen genannt. Einen Händler namens Alamot. Wisst Ihr, welches der Handelshäuser seines ist?“

„Alamot? *Al'amot? Mel'ahun!* Ausgerechnet.“

„Ihr kennt ihn?“

„Oh, ich kenne ihn. Eine Schlange in Menschengestalt. Ausgerechnet er hat deinen Krug?“

„Ibi scheint daran zu glauben. Ich denke, wir haben keine Wahl, als ihm einen Besuch abzustatten. Ist der Kerl wirklich so schlimm?"

Der Abbademer zuckte mit den Schultern. „Er kauft manchmal von mir ein."

„Ein echter Schurke also."

„Das meinte ich nicht! Der Kerl versucht ständig, einen übers Ohr zu hauen. Findet Vergnügen daran, einen unter Druck zu setzen. Ich glaube, er genießt es, wenn die Leute vor ihm zittern."

„Reizend. Klingt immerhin, als ließe er mit sich reden, wenn der Preis stimmt."

„Jeder Mensch lässt mit sich reden, wenn der Preis stimmt, *Kafir*."

Inzwischen hatten sie den Eingang einer Gasse erreicht, die vom Schlammplatz nach Westen führte. Menschen kamen ihnen entgegen. Einige der Neugierigen bemühten sich darum, den Eindruck zu erwecken, als trügen ihre Füße sie nur rein zufällig in die Richtung der Rauch spuckenden Attraktion. Andere machten aus ihren Absichten keinen Hehl und beeilten sich, um möglichst schnell die besten Plätze vor dem brennenden Gebäude zu ergattern. In einer Siedlung, in der ein großer Teil der Bewohner seine Zeit damit verbrachte, ohne Beschäftigung herumzulungern, machten Neuigkeiten von unterhaltsamen Spektakeln dieser Art mit Sicherheit schnell die Runde.

Ein Horn ertönte weiter vorne in den Gassen. Eine Gruppe kräftiger Männer war darum bemüht, einen großen Pumpwagen mit Löschwasser durch die Schaulustigen voranzuschieben, was jedoch nur noch mehr Zuschauer anzog, die in die gleiche Richtung strebten und das Fortkommen der Maschine damit zusätzlich erschwerten. Erst als einige Tertiari-Mannschaften hinzukamen und sich mit Gewalt einen Weg durch die Umstehenden stießen, kam die Besatzung des Wagens wieder schneller voran. Er stieß den Abbademer an und bedeutete ihm, sich zu beeilen.

Ein Zischen ertönte, als Wasserstrahlen vom Löschwagen in die Fenster gerichtet wurden. Die Menge kommentierte den Vorgang mit begeisterten Ausrufen. Ibis Ablenkung kam in der Tat nicht ungelegen. Es erforderte die Präsenz gleich mehrerer Tertiari-Patrouillen, um die Neugierigen zurückzuhalten. Aller Hoffnung nach würde auch ein gewisser Decas in diesen Augenblicken Besseres zu tun haben, als Ausschau nach zwei bereits vorgewarnten Abbademern zu halten, die sich gemäß seiner Befehle von den Straßen fernzuhalten hatten.

Trotz der Attraktion des Feuers waren die Geschäftsstraßen noch immer gut besucht. In Kalabat schien jede Tageszeit die richtige für eine Mahlzeit zu sein. Das Angebot an den Ständen war ungebrochen reichhaltig. Einige Besucher hatten Fleischspieße erworben und starrten kauend hinauf zu den aufsteigenden Rauchwolken über den Hausdächern. Andere setzten sich mit ihren frischen Einkäufen gleich in Richtung der Brandstelle in Bewegung, um ihr Mahl mit etwas Unterhaltung zu garnieren.

Sein Blick fiel auf einen hageren *Okori*, der in einem Unterstand unbeeindruckt seiner Arbeit nachging. Mit kräftigen Schlägen eines groben Fleischerbeils trennte der Mann Stücke von einem Schweinekörper ab, der an einer schwarzen Kette von der Decke seines Holzverschlages herabhing. Sein bleicher, ganz mit schwarzen Linien überzogener Oberkörper war mit Blut bespritzt. Ein dünner, rötlicher schimmernder Bart hing in zwei dünnen Zöpfen von seinem Kinn herab.

Über den hohen Wangen seines schmalen Gesichtes funkelten dunkle Augen. Der Mann hielt inne und blickte ihnen nach, während sie vorübergingen. Schnell wandte er den Blick ab. Der Abbademer hatte recht. Es war tatsächlich, als blickten sie geradewegs in einen hinein.

„Was sind das für Menschen?“, wollte er gedämpft wissen, nachdem sie ein Stück zwischen sich und das Furcht einflößende Wesen gebracht hatten. „Die *Okori*. Was hat es mit ihnen auf sich?“

„Hm?“, wollte der Abbademer wissen. „Nein! Danke, wir möchten keine Spieße.“ Sein Begleiter wehrte sich fuchtelnd gegen einige besonders aufdringliche Versuche eines Verkäufers, ein paar Fleischspieße notfalls auch ohne Zustimmung seiner Kunden in deren Mündern unterzubringen, um anschließend Bezahlung für die nicht mehr verkäufliche Ware zu verlangen. „Wir sollen nicht ... *alef a mustawla sa'chim!*“ Der erfolglose Werber duckte sich gerade noch rechtzeitig unter den Flüchen seines Kameraden davon, bevor die Sache eskalieren und ein Fechtkampf zwischen Stäben frittierter Leckereien entbrennen konnte. Der Abbademer schüttelte irritiert den Kopf und wischte sich die Hände an seinem *Efrindir* ab. „Die *Okori*?“, griff der Junge seine Frage auf. „Ein seltsames Volk. Sehr alt. Wir nennen sie *Shilab el'kadhi*. Die Bemalung soll irgendeinen Schutz bieten. Vielleicht gegen zu viel Sonne.“

„Aber warum Bernrot?“, wollte er wissen. „Warum folgen sie der Frau?“

„Warum folgen ihr die Tertiari?“, hielt der Abbademer dagegen. „Ich habe keine Ahnung. Bernrot hat so eine Art, um ihren Willen zu bekommen. Niemand weiß, wo sie herkommt. Das Land hat sie aufgenommen, heißt es. Sie erwählt. Sie hat nach etwas gesucht, was verschollen war. Dann hat sie es gefunden. Es muss etwas Schlimmes gewesen sein. Alles ist schlimmer geworden, seit Bernrot hier ist. Rahid hat das immer gesagt. Für die *Okori* ist sie eine Art Heilige. Und als eure Leute herkamen, sind sie ihr ebenfalls erlegen. Irgendetwas stimmt nicht mit ihr, das kann ich dir sagen. Die Frau ist gefährlich. Gefährlicher als irgendein Mann, der mir je begegnet wäre." Gemeinsam beobachteten sie, wie ein weiterer *Okori* ihnen durch die Menge entgegenkam. Auch dieser ragte zwischen den Angehörigen der anderen Völker deutlich hervor. Anders als die Umstehenden schien er den Rauchwolken über den Giebeln keinerlei Beachtung zu schenken.

„Es ist beinahe, als kümmerten sie sich nicht darum, was um sie herum vor sich geht", stellte murmelnd fest, halb zu sich selbst. „Als wären wir für sie nicht viel mehr als Rauch."

Der Abbademer zuckte mit den Schultern. „Vielleicht haben sie schon genug von uns kommen und gehen sehen. Oder sie mögen uns ganz einfach nicht. Da vorne ist es!"

Sie hatten das Ende der breiten Handelsstraße erreicht. Vor ihnen öffnete sich der Weg zu einem weitläufigen Platz aus festgetretener Erde. Es war derselbe, den er am Tag zuvor vom Hang bei den Klippen hatte sehen können. Die Bretterfronten von Lagerhäusern waren in einem Halbkreis darum angeordnet. Wagen hatten, ähnlich Schiffen an den Molen eines Hafens, an ihren langen Holzstegen festgemacht, um dort entladen zu werden.

„*Al'amot* gehört das dort drüben." Der Abbademer wies auf ein Gebäude etwas zur Linken. „Überlass das Reden mir."

Er hatte ohnehin nichts anderes vorgehabt. Zum Glück war der Warenverkehr auf dem großen Platz überschaubar. Gelegentlich mussten sie einem Gespann ausweichen. Trotzdem gelangten sie ohne größere Schwierigkeiten auf die andere Seite.

„Was wollt Ihr ihn fragen?“, murmelte er seitlich durch den Schleier. „„Entschuldigt bitte, aber habt Ihr in den letzten Tagen irgendwelche gestohlenen Krüge angeboten bekommen? ‘“

„Ich bin Händler, *Kafir*. Du verstehst nichts von solchen Dingen. Sieh und lerne. Es hat schon seinen Grund, dass ich ...“ Der Mann verstummte urplötzlich und hielt an. *„Elu a'chahudi!“*

„Was?“

„Nichts.“ Sein Kamerad schüttelte den Kopf und nahm seine Schritte wieder auf. „Lauf weiter“, zischte er.

Er gehorchte. Irgendetwas war passiert. Der Ausdruck seines Kameraden war mit einem Mal verhärtet. „Was habt Ihr?“

Der Abbademer stapfte einige Schritte schweigend voran. „Die beiden Neuen“, knurrte er schließlich. „Die Wächter. Ich erkenne zwei davon. Zwei sind neu. Ich erkenne ihre Gesichter.“

Er hatte die Kerle ebenfalls bemerkt. Eine Gruppe Männer lehnte an den Stützpfeilern des hölzernen Steges, auf den die Schritte seines Führers zusteuerten. Inzwischen war ein Holzschild an der Vorderkante des Plankenwegs zu erkennen. „Al’amot“ stand dort in geschnitzten, mit Goldfarbe bemalten Buchstaben. „Händler feinster Waren – Merkesch – Ingwall – Ryamad.“ Bei der Gruppe bei den Pfählen schien es sich um eine Art private Wachmannschaft zu handeln. Die Ausstattung der Kerle stand im deutlichen Kontrast zum erlesenen Eindruck des mit Schnitzereien verzierten Steges. Offenkundig verband die Männer eine Vorliebe für schwarzes Leder. Ihre Westen, Hosen und Stiefel waren aus dem Material gefertigt. Viele davon waren verziert mit bunten Abzeichen, die sich beim Näherkommen als private Wappen und Uniformteile verschiedener Kampftruppen herausstellten. Tharsis-Ärmelstreifen waren ebenso zu erkennen wie Hoheitszeichen der Truppen des Khans von Abbadema. Allem Anschein nach handelte es sich um im Kampf erbeutete Trophäen. Die Männer ähnelten eher einer Schlägerbande als einer ordentlichen Kampftruppe.

„Was meint Ihr?“, flüsterte er in Richtung seines Nachbarn. „Was meint Ihr damit, Ihr kennt ihre Gesichter?“

Die Augen des Mannes waren starr geradeaus gerichtet. Etwas schien in seinem Blick zu liegen, das zuvor noch nicht dagewesen war. „Die beiden ganz rechts“, erklärte er trocken. „Mit den wenigen Abzeichen. Sie waren dabei. Bei den Räubern. Nachts, beim Wagen mit den Krügen. Sie waren dabei, als sie uns in die Wälder trieben.“

„Götter!“ Er versuchte, nicht in die entsprechende Richtung zu starren. Offensichtlich erlangte dieser *Al‘amot* seine Waren auch noch auf andere Arten als durch Handel. „Sind wir in Gefahr?“, wollte er zischend wissen. „Azed! Haben sie Euch damals ebenfalls erkannt?“

„Der ganz rechts hat Shaku getötet“, erklärte der Abbademer leise. Die Drohung im Klang seiner Stimme war nicht zu überhören.

Er murmelte einen Fluch in seinen Schleier. Dass die Sache persönlich wurde, hatte ihm gerade noch gefehlt. „Azed!“, forderte er. „Konzentriert Euch. Müssen wir abbrechen? Müssen wir uns einen anderen Plan überlegen?“

Über den Ausdruck seines Begleiters zog grimmige Belustigung. „Warum?“, verkündete er mit einer Unbesorgtheit, die Böses ahnen ließ. „Wir sind schon einmal hier. Reden wir also mit ihnen.“

Auch die Wächter hatten inzwischen ihre Annäherung bemerkt. Einer der Männer sprach etwas und deutete mit dem Kinn in ihre Richtung. Die anderen folgten seinem Blick und stießen sich von ihren Pfählen ab. Irgendwo in der Welt musste es eine Schule geben, die Grobianen in allen Ländern beibrachte, beim Empfang von unerwartetem Besuch die Daumen hinter ihre Gürtel zu schieben. Ein Mann mit besonders vielen Abzeichen auf seiner Kleidung spuckte zur Seite hin aus. Der Kerl war kräftig und dem Anschein nach nur wenig jünger als er selbst. Ein schmaler Haarkranz umfasste seinen kantigen Schädel, der bereits zum größten Teil kahl geworden war. Dem Gebaren nach handelte es sich um den Anführer der kleinen Gruppe.

Erschrocken wurde er gewahr, dass sein Kamerad seine Schritte beschleunigt hatte. Auf dem braun gebrannten Gesicht des Abbademers lag ein strahlendes Lächeln. Sogar die Zähne des Mannes schienen zu blitzen, während er mit weit ausgebreiteten Armen vortrat. „*Scherep*“, gurrte er, den Namen verschwörerisch in die Läge ziehend, so als handle es sich bei ihnen beiden um zwei alte Schlitzohren, die sich endlich wiedertrafen.

Der Anführer der Gruppe hob das Kinn und verschränkte die breiten Arme. Die Freude über das Wiedersehen fiel offenkundig sehr einseitig aus.

Die Arme des Abbademers sanken herab, doch das geübte Lächeln blieb. Mangelnde Professionalität konnte man dem Mann nicht vorwerfen. „So gut, Euch wiederzusehen, Scherep“, behauptete er mit der Stimme eines geübten Lügners. „Wie geht es Euch? Was macht die Familie?“

Der Anführer der Wächter musterte ihn wortlos von Kopf bis Fuß. Der Mann schien keine Absichten zu hegen, den Besucher mit irgendeinem Wort zu würdigen. Beim Abbademer aber war er damit an einen Mann geraten, der notfalls auch mit sich selbst ein ausführliches Gespräch führen konnte. „Sind das neue Trophäen auf Eurer Weste?“, wollte der Junge im Plauderton wissen. „Die Unglücklichen. Manche Leute schaffen es wohl einfach nicht, keinen Ärger zu machen, was?“

Der Mann nickte langsam. „Ja“, erklärte er mit unverkennbar drohendem Unterton. „Besonders Abbademer.“

„Aha!“, stieß der Abbademer aus, mit einem Ausdruck von Belustigung, der zwar seine Gesichtszüge, nicht aber seine Augen erreichte. „Immer das Gleiche mit diesem Volk, was?“ Sein Kamerad wandte sich zu ihm um und machte mit dem Daumen eine Bewegung in Richtung des Wächters, so als handle es sich um einen vorzüglichen Scherz. „Er wieder, was?“

„Haha“, brachte er selbst trocken hervor. Schweiß hatte sich unter seinem Sehschlitz zu bilden begonnen. Was für ein Spiel trieb der Abbademer? Die ungezwungene Art des Mannes schien bisher mehr Schaden als Nutzen einzubringen.

Die Blicke der übrigen Wächter waren feindselig und verkniffen. Wenigstens wies bei den beiden Angesprochenen bisher nichts darauf hin, dass sie den Abbademer wiedererkannten.

Das Lächeln verschwand aus Azeds Gesicht wie die Sonne hinter einer Wolke. Offenbar war er zu demselben Schluss gekommen. „Wir müssen mit *Al'amot* sprechen“, verkündete er, mit einem Mal kühl und verbindlich. „Es geht ums Geschäft.“

Der Mann namens Scherep ließ ein spöttisches Schnaufen hören. Irgendein Objekt bewegte sich zwischen seinen Kiefern, auf dem er pausenlos herumkaute. Dem Ausdruck auf seinem Gesicht nach konnte es sich nur um einen Kieselstein oder ein besonders widerwärtiges Insekt handeln. Schließlich wanderte der Blick des Mannes zu ihm. „Wer ist der da?“, verlangte er zu wissen.

Der Abbademer legte eine Hand um seinen Nacken und schüttelte ihn freundschaftlich. „Mein Vetter“, erklärte er. „Er erlernt von mir die Geheimnisse des Handels.“

Der Glatzköpfige unterzog ihn einer gründlichen Musterung. „Wie heißt du, Vetter?“

„*Gabeah*“, erklärte Azed für ihn.

„Was soll das?“, herrschte der Mann ihn an. „Kann er nicht für sich selbst sprechen?“

„Leider spricht er nur selten. Er ist hier oben etwas einfach.“

Der Glatzköpfige stieß verächtlich die Luft aus.

Der Abbademer hob beide Hände, um ihm zuvorzukommen. „Ich weiß, ich weiß. Läuft in der Familie. Haha. Sehr komisch. Könnt Ihr jetzt bitte *Al'amot* rufen? Ihr vertrödelt meine Zeit und damit auch mein Geld und das Eures Herrn. Einige von uns haben nicht den ganzen Tag Zeit, um hier herumzustehen.“

Der Blick ihres Gegenübers blieb für einige Augenblicke unbewegt. Das unbekannte Ding wanderte noch immer zwischen seinen Kiefern umher. Nach einer Weile hob der Mann die Brauen und sah sich zwischen seinen Spießgesellen um. Einige der Männer nickten. Offenkundig war eine unausgesprochene Vereinbarung getroffen worden, den Anwesenden beim geringsten Anlass eine Lektion in Benimmregeln zu erteilen. Ohne ein weiteres Wort, dem Anschein nach betont langsam, wandte der Mann sich um und begann, den Steg hinabzuschreiten. Das Bauwerk reichte an der hinteren Seite bis an eine Formation von weißen Felsen. Ein teuer aussehender Vorhang aus rotem Stoff unter einem kleinen Vordach verbarg den Durchgang.

„Herr?“, rief der Mann halb über seine Schulter, sodass er die Besucher weiterhin im Auge behalten konnte. „Ihr habt Besuch“, verkündete er. „Jemand, der mit Euch sprechen will. Es geht um ein Geschäft.“

Einige Momente vergingen. Etwas Unverständliches tönte aus dem Inneren zurück.

Der Mann nickte, so als habe er diesen Teil bereits befürchtet und hege keinerlei Zweifel daran, welchen Mangel an Begeisterung die erwünschte Auskunft im Inneren der Felsen hervorrufen würde. „Azed Ibn Ali“, erklärte er im Tonfall eines Mannes, der eben den perfekten Namen für das Objekt zwischen seinen Zähnen gefunden hat.

Eine weitere unverständliche Antwort ertönte, nach merklichem Zögern. Der Wächter nickte. Erneut schob er die Daumen hinter seinen Gürtel und schlenderte zu ihnen zurück. Jetzt erst bemerkte er, dass ein Koppelschloss der Tharsis das Kleidungsstück zusammenhielt. Eine gewisse Genugtuung schien im Blick des Mannes zu liegen, während er sich breitbeinig vor ihnen aufbaute und sie warten ließ.

„Was hat er gesagt?“, wollte der Abbademer wissen.

Das Grinsen auf dem Gesicht ihres Gegenübers wurde noch etwas breiter. „Er will wissen, ob Ihr etwas kaufen wollt.“

„Ob ich ...“ Der Abbademer öffnete stumm den Mund und schloss ihn wieder. Er vollführte eine Geste mit den Händen, so als fehlten ihm die Worte angesichts einer solchen Unhöflichkeit. „Ob ich etwas *kaufen* möchte?“, wiederholte er mit der Empörung eines Mannes, der soeben grob beleidigt wurde. „Ein guter Freund steht vor der Tür. Jemand, dem das Wohlbefinden Eures Herrn eng am Herzen liegt. Und er will wissen, ob ich etwas *kaufen* will?“ Der Junge stieß die Luft aus. „Sagt ihm: ja! Vielleicht will ich tatsächlich etwas kaufen. Vielleicht ist das tatsächlich alles, was in dieser Welt noch zählt. Aber lasst ihn wissen: Geschäfte sind nicht das Einzige, was das Herz von Azed Ibn Ali anrührt. Sagt ihm, Azed Ibn Ali geht es um mehr als das Geschäft. Die Gesundheit, das Wohlbefinden Eures Herrn ist ihm weitaus wichtiger. Die kleinen und großen Umtriebe seines Lebens. Das Rennglück seiner Zuchtpferde. Das Wohl seiner Familie. Der Rücken seiner armen Mutter, gesegnet seien ihre Wirbel." Der Abbademer schnaufte. „Kaufen. Wohin ist es mit dieser Welt gekommen, Vetter?"

Ihr Gegenüber zog eine Braue in die Höhe. Dann zuckte er mit den Schultern und wandte sich um. „Er will nichts kaufen", schrie er zurück zum Felsendurchgang. „Er sagt, er will mit Euch über Eure Mutter reden."

„A'belehz A'telif! Ihr seid ein Unhold, Scherep. Lasst mich selbst mit ihm sprechen!"

Sein Wunsch ging in Erfüllung. Der Vorhang teilte sich. Ein Mann trat hindurch, gekleidet in ein goldbesticktes Gewand aus schwarzer Seide, die Hände hinter dem Rücken verschränkt. Er war schlank und jung und trug seine langen Haare in einem säuberlichen Pferdeschwanz. Ganz wie jemand, den er kannte. Ganz wie ...

Er schnappte nach Luft.

Nicht wie. Es *war* Hobovese. Hobovese war *Al'amot*. Ohne sein Zutun ballten sich die Hände an seinen Seiten zu Fäusten. Hobovese. Verkäufer unreifer Feigen. Händler gefälschter Zedern-Betten und modisch untragbarer Morgenmäntel. Der Ausdruck auf dem jugendlichen Gesicht mit dem Flaumbart war aufmerksam, gar nicht einmal unfreundlich, doch in den blauen Augen lauerten Härte und Kalkül. Der Junge schlenderte ruhig zum Ende des Steges und kam vor und über ihnen zum Stehen. Der Bursche beugte sich leicht vornüber und blickte zu ihnen herab, so als handle es sich bei seinen Besuchern um hungrige Enten in einem Teich. Sie wiederum mussten die Köpfe in die Nacken legen, um zu ihm aufzublicken.

„Azed“, stellte der Händler im Tonfall eines Mannes fest, der überrascht ist, nach langen Jahren den Jungen, den er während der gemeinsamen Schulzeit regelmäßig verprügelt hat, vor seiner Haustür anzutreffen.

„Al'amot.“ Der Abbademer deutete eine Verbeugung an und ließ erneut sein schelmisches Lächeln aufblitzen. „So gut, Euch wiederzusehen. Wie geht es Euch? Was machen Pferde und Familie?“

Der Händler richtete seinen Blick zum Himmel. Seine Hände waren noch immer hinter dem Rücken verschränkt und er wippte auf den Fußballen auf und ab. „Den Pferden geht es gut“, erklärte er. „Meiner Mutter ebenfalls, da Ihr schon danach gefragt habt. Sie verbringt ihre Zeit an einem sehr guten, sehr teuren Heilort, der für ihre Gesundheit Wunder tut. Mann kümmert sich dort bestens um sie und ihren armen Rücken.“

„Eine Freude, das zu ...“ Der Abbademer hatte die Hände ausgebreitet, doch Hobovese brachte ihn mit eine Geste seiner Hand zum Schweigen. Der Blick des Mannes war noch immer in die Höhe gerichtet. Mit der Spitze seiner Zunge fuhr er sich über die Lippen, so als teste er den Geschmack der Luft. „Meine Schwester leistet ihr Gesellschaft“, fuhr er fort. „Auch sie hat ihre unglückliche Kondition inzwischen beinahe überstanden.“

„Eure ...“ Der Abbademer schien auf merkwürdige Weise zu erbleichen.

„Meine Schwester“, wiederholte der Händler. Langsam kehrte sein Blick von den Wolken zurück und fixierte den Abbademer. „Die Salbe, die Ihr mir verkauft habt. Für ihre … besondere Kondition. Die Ärzte sagen, es sei schon fast ein Wunder, dass nichts Schlimmeres geschehen ist. Wisst Ihr, was gute Ärzte kosten, Azed Ibn Ali?“

„Selah.“ Sein Begleiter schlug sich auf die Brust und verzog schmerzerfüllt das Gesicht. „Ich bin untröstlich. Ich hatte ja keine Ahnung …“

„Vielleicht hilft der Zustand meiner Zuchtpferde, um Euch die Erklärung zu erleichtern“, unterbrach ihn der Mann auf dem Steg eisig. „Meine besten Rennhengste. Ganz aufgebracht, seit wir die Stute mit Eurer *anderen* Heilsalbe behandelt haben. Sagt mir, Azed. Ist die Beschriftung Eurer Waren etwas, das Ihr persönlich übernehmt?“

„Selah!“ Der Abbademer verkrümmte sich in Büßerhaltung beinahe bis zum Boden. „Ein Unglück! Ein unerklärliches Missgeschick! Ich persönlich werde dafür Sorge tragen, dass die Sache aufgeklärt wird. Der Nichtsnutz, der dahintersteckt, wird ausgepeitscht werden, bis sein Rücken …“

„Sein Rücken?“, erklang erneut die Unterbrechung von der Stegkante. „Was wird mit ihm? Sprecht doch weiter, Abbademer. Wie lange wollt Ihr ihn behandeln, seinen Rücken? Vielleicht, bis er glühend rot wird? Voller juckender, unerträglich schmerzhafter Entzündungen?“

„Selah!“ Die Stimme des Abbademers klang nun, als erfahre er die beschriebenen Schmerzen am eigenen Leibe. „Verzeiht doch! Verzeiht einem einfachen Händler, der manchmal zu viel Vertrauen in andere Menschen setzt. Selbstverständlich leiste ich Euch umfassenden Ersatz und erstatte alle Kosten. Sagt Eurer Schwester …“

„Seid Ihr der Meinung, Abbademer, dass man Leiden des Körpers am besten dadurch behandelt, dass man den Körper gleich als Ganzes abschafft?“

„Selah! Nichts dergleichen!“

Der Mann ließ den Abbademer einige weitere Augenblicke hilflos unter seinen bohrenden Blicken dastehen. Dann nickte er. „Also“, forderte er. „Warum seid Ihr hier? Sicher nicht, um Eure Schulden zu begleichen.“

„Scharf erfasst, wie alle Eure Beobachtungen, Herr.“ Der Abbademer blickte vorsichtig auf. Langsam wagte er es wieder, eine aufrechtere Körperhaltung anzunehmen. Sein Kamerad räusperte sich und strich unsichtbaren Staub von seinen Ärmeln. „Wollen wir nicht sprechen, wie es Sitte ist, *Selah*? Gemeinsam einen Tee trinken? Die Vergangenheit Vergangenheit sein lassen und über die Zukunft sprechen?“

Hobovese blinzelte, so als befürchte er, sein Gegenüber falsch verstanden zu haben. „Einen Tee?“, fragte er ungläubig. „Hm. Ich weiß nicht. Lasst mich fragen.“ Der Blick des Mannes ging zu seinen Schlägern. „Wächter“, wollte er wissen. „Hat einer von euch vielleicht Lust, Azed Ibn Ali einen Tee zu bringen?“

Keiner der Angesprochenen rührte sich. Einige erweckten jedoch den Eindruck, als hätten sie die Sache mit der Herbeiführung entzündeter Striemen interessant gefunden. Hobovese zuckte mit den Schultern. „Hm. Sieht nicht danach aus. Also?“

Der Abbademer schniefte. Für den Moment wenigstens würden sie die Behandlung wohl oder übel über sich ergehen lassen müssen. „Wir sind hier, um zu kaufen“, verkündete der Junge schließlich mit einem Anflug von Trotz in seiner Stimme.

„Aha." Die Freude auf dem Gesicht des Händlers hielt sich in Grenzen.

„Ja", fuhr der Abbademer fort, offensichtlich irritiert von der anhaltenden Kühle seines Gegenübers. „Lampenöl", brachte er hervor. „Ich bin mit meinem Vetter hier unterwegs, um eine Ladung Lampenöl zu beschaffen. Für meinen Onkel in Ryamad. Natürlich habe ich sofort daran gedacht, mit einem solchen Anliegen zuerst bei Euch vorstellig zu werden."

Hobovese verzog das Gesicht zu einem Lächeln. Es war ein Ausdruck ohne Freundlichkeit, der eher zu noch mehr Vorsicht mahnte. „Lampenöl, ja?" Der Mann strich sich mit den Fingern übers Kinn. „Seltsam. Nach meiner Kenntnis sind die Speicher in Ryamad mit Lampenöl bis an den Rand gefüllt. Der ganze Markt ist still. Es gibt einfach zu viel von dem Zeug. Niemand will es haben. Niemand außer Euch. Verzeiht. Ich meine, außer Eurem Onkel." Wieder ließ der Mann sie unter seinem Schweigen stehen. Möglicherweise hoffte er, dass sie aus eigenem Antrieb etwas Verfängliches preisgaben.

Der Abbademer zuckte mit den Schultern und machte ein unschuldiges Gesicht. „Mein Onkel ist ein kluger Mann. Er wird schon wissen, was er tut."

„Vielleicht weiß er etwas", schlug der Händler vor und musterte sein Gegenüber eingehend. „Was hat er vor? Will er es einlagern, um es später teuer wieder zu verkaufen? Weiß er etwas über den Markt, das mir bisher auf irgendeine Weise entgangen ist?"

„Seine Bewegründe sind mir nicht bekannt", hielt der Abbademer nüchtern dagegen. „Wie ich bereits sagte. Mein Onkel ist schon lange im Geschäft. Und wenn es wirklich so viel davon gibt, sollte es Euch nicht schwerfallen, uns einen guten Preis zu machen."

„Hm." Der Händler nickte in gespielter Anerkennung, ohne sie aus den Augen zu lassen. „Und angenommen, Ihr findet welches. Auch Euer Onkel wird vernommen haben, dass der Transport in diesen Tagen äußerst schwierig wird. Sie schließen die Grenze, heißt es. Irgendeine Militäroperation von Merkeschs Legionen. Wie wollt Ihr es hinüberbekommen?"

Der Abbademer seufzte. Der Mann war gut darin, die Anspannung zu überdecken, die ihm das Ausdenken immer neuer Lügen mit Sicherheit bereiten musste. „Wir haben ausdrückliche Anweisung, das Geschäft so bald wie möglich durchzuführen. Alles Weitere wird sich finden."

„Hm." Der Händler schien noch immer nicht überzeugt. Der Mann war wirklich eine Schlange. Beinahe war es, als hielte irgendeine Ahnung, irgendein unbestimmtes Bauchgefühl ihn zurück. Mit einem Mal richtete sich der Finger Hoboveses auf ihn. „Ihr und Euer Vetter, ja?"

„Ja. Wir beide zusammen."

Der Händler nickte erneut und schürzte die Lippen. Dann breitete er die Arme aus und lächelte. „Was soll ich sagen? Ich mag es, wenn Familie zusammensteht. Viel zu oft muss man mit ansehen, wie Blutsbande zu einer schmerzhaften Kette werden. Findet Ihr nicht auch?" Ohne eine Antwort abzuwarten, wandte der Mann sich ab und begann, eine Treppe auf der anderen Seite des Steges herabzusteigen. Er umquerte die Vorderseite und näherte sich ihnen. Bis auf wenige Schritte kam der Mann heran und blieb schließlich nur einen Schritt vor ihnen stehen. Die Blicke des Kerls musterten ihn interessiert. „Sieht Euch gar nicht ähnlich, Euer Vetter", befand er. „Aus welchem Land stammt er?"

„Aus einem Dorf nahe bei der Grenze." Er konnte sehen, wie der Abbademer an seiner Seite unruhig wurde.

Hobovese nickte. „Es ist wirklich an der Zeit, dass ihr mich mit Eurer Familie endlich bekannt macht, Azed. Meine kennt Ihr ja bereits. Haha."

„Haha", wiederholte der Abbademer angespannt. „Ja. Also. Das hier ist mein Vetter. Sein Name ist *Gabeah*."

„*Gabeah!*" Der Händler hob die Brauen. „Das ist aber nicht sehr freundlich."

„Die Wahl seiner Eltern. Er ist hier oben etwas einfach."

„Hm." Hoboveses Blick hielt noch immer den seinen fest. Dann wanderte ein freundliches Lächeln über die Züge des Händlers. „*Salem'aharu ha kefi*", verkündete er in fließendem Abbademisch. „*Kamen al'ha el kahiem?*" Eine Hand ragte ihm entgegen. Er ergriff sie und schüttelte sie zögerlich. Der Mann hielt seine Finger fest. Die Bewegung dauerte deutlich länger, als es die Regeln der Höflichkeit geboten. „*Mahue es'mukar, zafiha*?", wollte Hobovese wissen. Der Mann legte fragend den Kopf schief, als eine Antwort ausblieb.

„Er spricht nicht viel", erklärte Azed schnell. „Ich fürchte, seine Beschränktheit macht ihn beinahe stumm."

„Hm, hm." Jetzt erst ließ der Mann ihn los. Der Blick der Augen aber verharrte auf ihm. „Was ist mit seinem Gesicht?", wollte er wissen. „Warum trägt er einen Schleier?"

„Er ist entstellt", fiel dem Abbademer ein. „Er fühlt sich sicherer auf diese Weise. Er bekommt sonst immer seine Anfälle."

„Ach ja?"

„Ja."

Hobovese nickte erneut in gespieltem Verständnis. Der Blick des Mannes schien Mitleid zu enthalten. Dann aber wurden seine Augen hart. „Ich will sein Gesicht sehen", verkündete er.

„*Selah!* Sein Zustand."

„Ich habe Euch gehört, Abbademer. Ich bestehe trotzdem darauf. Wenn er einen Anfall bekommt, behandelt ihn mit Euren Salben. Ich will wissen, mit wem ich Geschäfte mache. Keine Offenheit, kein Geschäft."

„Nicht möglich, Herr! Mein Onkel wird ..."

„Nicht möglich?" Ein triumphierender Ausdruck war in die Augen des Mannes getreten. „Die Sache wird ja immer interessanter. Ich fürchte, jetzt muss ich darauf bestehen."

„Al'amot ..."

Hobovese hob die Hand. Gleich mehrere seiner Wächter traten vor, um den Abbademer zurückzuhalten. Weitere legten ihre Hände an die Schwertgriffe.

„Verzeiht meine Neugier", murmelte Hobovese mit einem Blick, in dem ehrliche Faszination lag. Die Hände des Mannes wanderten empor zu seinem Schleier.

Er kam ihm zuvor. Er war dieses Spiels schon lange überdrüssig geworden.

Ein Laut des Unglaubens entfuhr dem Mund des Händlers. Der Mann wich vor ihm zurück wie beim Anblick eines Geistes.

„Guten Morgen, Hobovese." Der Zorn in seiner Stimme war echt. Der Ausdruck des Entsetzens in den Zügen des Ganoven war die Sache beinahe wert. Es war gut, wieder frische Luft auf dem Gesicht zu spüren. „Wie schön, Euch wiederzusehen. Wir müssen ohnehin noch miteinander reden."

Kapitel 18 – Salau

Die Augen des Händlers waren weit und ungläubig. Wie von selbst tastete die Hand des Mannes nach dem Dolch an seiner Seite. „Calgola“, brachte er hervor. „Tod und Götter! Aber Ihr seid …“

„Tot, Hobovese? Oder soll ich sagen: *‚Al‘amot‘?* Von welchen Göttern sprecht Ihr? Unseren oder Euren eigenen, Gold und Betrug?“

Noch einige weitere Augenblicke starrte ihn der Mann an, als traue er seinen Augen nicht.

„Was?“, forderte er. „Überrascht, meinen Kopf auf meinen Schultern zu sehen und nicht auf einem Spieß auf Merkeschs Mauern?“

Nur langsam entspannte sich die Haltung seines Gegenübers. Die Mundwinkel des Mannes begannen zu zucken. Dann breitete sich ein Lächeln über seine Züge aus, überrascht zwar, aber nicht länger fassungslos. „Palter Calgola“, stieß er aus. „Calgola, der Verräter. Nein. Ihr habt recht. Mit *Euch* habe ich hier draußen wirklich nicht gerechnet.“ Noch einmal schüttelte der Mann den Kopf. Dann lachte er laut auf und wandte sich zu seinen Wächtern. „Könnt Ihr ihn ebenfalls sehen? Seht Ihr ihn auch oder ist mir ein Gespenst erschienen?“

Die Wachen musterten ihn mit misstrauischen Blicken. Der überwiegende Teil schien zu dem Schluss zu kommen, dass er tatsächlich aus Fleisch und Blut bestand. „Es gibt einen Weg, das rauszufinden“, gab der Mann namens Scherep hilfreich zu bedenken und tätschelte bedeutungsvoll den Griff seines Schwertes. Hobovese hob lächelnd die Hand. „Danke, Scherep. Für den Augenblick vertraue ich dem Urteil Eurer Augen.“

Der Händler trat vor. Wieder musterte ihn der Blick des Mannes, dieses Mal beinahe mit Vergnügen. „Erstaunlich", befand er. „Wirklich ganz erstaunlich. Sieht aus, als hättet Ihr Eure Hinrichtung gut überstanden. Was wiederum eine kuriose Frage aufwirft: Wer, wenn nicht Ihr, steckte unter diesem schwarzen Sack, als man Euch vor aller Augen den Kopf von den Schultern schlug?"

„Ich habe eine bessere", brachte er zwischen zusammengepressten Kiefern hervor. „Meine Sachen, Hobovese. Mein Eigentum. Habt Ihr sie verramscht? Verdanke ich es Euch, dass ich die Ausstattung meiner Wohnung auf dem Tisch eines drittklassigen Verkäufers wiederfinden musste, inmitten von Gerümpel, über das die Leute ihre Nasen rümpfen?"

Der Beschuldigte verzog das Gesicht und strich sich über den Kopf, so als sei ihm die ganze Sache peinlich. „Nun, was soll ich sagen? Manche Geschäfte wollen schnell getätigt werden. Bevor die Leute zu viele Fragen stellen können. Ihr könnt mir glauben, dass ich große Schmerzen dabei empfand, Eure Sachen derart unter Wert losschlagen zu müssen. Glaubt mir: Dies ist auch für mich ein äußerst unangenehmer Moment."

„Noch nicht unangenehm genug!" Der Händler zuckte vor ihm zurück, als seine Hände vorschossen. Das Geräusch von Eisen ertönte, als die Wächter ihre Klingen zogen. Hobovese hob die Hände, um seine Männer zurückzuhalten, halb anscheinend auch, um den Schrecken zu überspielen, der für einige Momente unverkennbar auf seinem Gesicht gelegen hatte. „Langsam, langsam", forderte er mit einer Belustigung, die ebenfalls die Wut über die zurückliegende Bloßstellung zu überdecken suchte.

Palter ließ die Hände sinken. Nur mit Mühe dämpfte er seine gerechte Wut. Es gab wichtigere Anliegen als die Genugtuung, den Mann für sein Verbrechen leiden zu sehen. Er atmete tief und suchte den Blick seines Gegenübers. „Unsere Streitsache verschieben wir auf später, Hobovese“, erklärte er. „Ich bin hier, um einen Handel abzuschließen.“

„Einen Handel!“ Der Mann blickte sich zu den Umstehenden um, so als handle es sich um einen misslungenen Scherz. „Einen *Handel* wollt Ihr abschließen. Sieh an! Ist der Hauptmann der Tharsis unter die Schmuggler gegangen? Sind Eure Pensionsansprüche derartig niedrig ausgefallen, dass Ihr Euch etwas dazuverdienen müsst? Und ausgerechnet *den* hier habt Ihr Euch als Lehrmeister ausgesucht?“

Der Blick des Abbademers war grimmig. Zwei Wächter hielten seine Arme fest. Ein dritter stand zum Eingreifen bereit hinter seinem Rücken.

„Einen Handel“, beharrte Palter, ohne den Blick zu senken. „Wir beide haben schon oft miteinander Geschäfte gemacht. Das hier ist nichts anderes.“

„Nichts anderes?“ Hobovese machte große Augen. Dann verzog er das Gesicht und streckte in einer Gönnergeste seine Hände aus. „Gut“, befand er. „Reden wir. Ich bin sehr gespannt. Reden wir übers Geschäft.“

„Reden wir über Lampenöl.“

„Lampenöl“, wiederholte der Mann. „Ihr also auch. Was ist es nur mit diesem Zeug?“

„Hört auf, jedes meiner Worte zu wiederholen. Ich suche es. Habt Ihr welches?“

Die Pupillen des Mannes wanderten umher, so als hoffe er darauf, in den Augen seines Gegenübers irgendetwas zu erkennen, das ihm die wahren Umstände dieser seltsamen Begegnung verraten konnte. „Vielleicht“, erwiderte der Händler unverbindlich. „Vielleicht habe ich welches. Wozu braucht Ihr es?“

„Ich habe es gerne hell und warm“, gab er knurrend zurück. „Und dieses Mal will ich sehen, was ich kaufe. *‚Zedern aus dem Land der Shugan.‘ ‚Feigen vom honiggelben Ufer.‘“*

Hoboveses Blick wich dem seinen aus. Der Mann zuckte mit den Schultern. „Eine Ware ist immer nur so gut wie ihr Abnehmer.“

„Und Eure ist so miserabel wie ihr Verkäufer. Also. Lampenöl. Ich will es sehen, bevor ich es kaufe.“

Der junge Bursche trat einen Schritt vor ihm zurück. Wieder gingen seine Finger zu den dünnen Barthaaren unter seinem Kinn und zwirbelten daran herum. Der Mann richtete einen ausgestreckten Finger auf seine Brust und schüttelte ihn. „Ihr wisst etwas“, beschloss er. „Ihr sucht etwas ganz Bestimmtes.“

„Ja“, erwiderte er ungeduldig. „Und ich habe Euch bereits gesagt, was es ist.“

„Nein, nein, nein“, beharrte der Händler kopfschüttelnd. „Ich kenne Euch, Palter Calgola. Ich weiß, wie sehr Ihr an Euren Besitztümern hängt. Eure ganzen schönen Sachen sind hier draußen. Und wonach fragt Ihr mich? Nach Lampenöl! Ihr müsst wirklich glauben, ich sei erst seit gestern in diesem Geschäft.“

„Ich weiß nicht, was Ihr meint.“

„Lügt mich nicht an! Seht Euch um. Mit dem, was Ihr da gerade laienhaft versucht, verdiene ich seit vielen Jahren meinen Lebensunterhalt. Und ausgerechnet auf *dem* Gebiet wollt Ihr mich belehren?“ Der Mann schüttelte den Kopf und wandte sich ab. Wieder verschränkte er die Hände hinter seinem Rücken. „Es gibt genug Öl“, ließ er sie an seinen Gedankengängen teilhaben. „In Merkesch wie in Abbadema. Also muss es etwas anderes sein. Etwas, das Euch dazu bewegt hat, herzukommen und hier draußen Euer Leben zu riskieren.

Warum nach Kalabat kommen für etwas, das man auf dem Markt in Merkesch für ein paar Kupferstücke bekommt? Es muss einen Grund geben, warum Ihr hier seid. Warum Ihr gerade *meine* Ware wollt. Wenn Ihr also wirklich hofft, dass wir uns einig werden, dann schlage ich vor, dass Ihr offen mit mir seid, bevor ich die Wachen rufe. Also. Sprecht mit mir, mein guter Freund aus Merkesch. Was ist mit meinem Öl?"

Er schnaufte. Er versuchte, nachzudenken. Der Mann war ein Ganove, aber mit Sicherheit kein Wahnsinniger. Auch er würde verstehen müssen, in welche Gefahr er sie alle brachte, wenn ein Wort von Krillborgs Feuer an Bernrots Ohren drang. „Ich sage es Euch", gestand er zu. „Ich sage es Euch, wenn ich sicher bin, dass Ihr es habt. Aber erst muss ich es sehen."

„Ha." Hoboveses Ausstoß war spöttisch. „Ihr wollt es *sehen*. Nun. Ihr scheint etwas zu vergessen. Ihr seid in keiner Position, um Forderungen zu stellen. Vielleicht, Palter, und ich darf doch ‚Palter' sagen? Vielleicht ist mir gerade nicht danach, dir mein Öl zu zeigen. Vielleicht sehe ich es mir lieber selbst noch einmal genauer an. Du willst etwas von mir? Dann verrate mir, warum du hier bist. Denn wie es aussieht, lieber Palter, hast du im Augenblick meine Hilfe sehr viel dringender nötig als ich die deine."

Er schluckte. Er hatte sich geirrt. Die Sache lief schlecht. Die Antwort des Mannes machte eines überaus deutlich: Es konnte nur ein Fehler sein, ihn in irgendeiner Weise ins Vertrauen zu ziehen. „Meine Vorleistung ist Gold", erklärte er. „Nennt mir einen Preis und ich werde ihn bezahlen."

„Nicht gut genug." Die Stimme des Händlers war ein Fauchen. „Du überschätzt anscheinend meine Skrupel, dich der Frau zu übergeben. Also. Meine Art oder keine. Ich allein entscheide, ob und wie dieses Geschäft zustande kommt."

Er knirschte mit den Zähnen. Der Mann schaffte es tatsächlich noch und brachte es fertig, alles so kurz vor dem Ziel zu ruinieren. „Wenn dir irgendetwas an Merkesch liegt, Karmin Hobovese", brachte er hervor. „Und ich *darf* doch Karmin sagen? Wenn dir irgendetwas an der Stadt liegt, die wir beide unsere Heimat nennen, dann führst du mich zu den verdammten Krügen."

„Aha!" Die Brauen des Mannes zuckten. „Die Krüge. *Jetzt* kommen wir der Sache näher. Krüge also. Dann nehme ich an, du weißt von meiner jüngsten Lieferung. Nun, immerhin weiß ich jetzt, wo ich nachsehen muss."

„Hör mir zu!", stieß er hervor. „Du siehst doch, was geschieht. Bernrot bereitet einen Krieg vor. Wie sieht es dann aus mit deinen *Geschäften*? Schon jetzt verschließen sie die Grenze. Wie willst du Handel treiben, wenn sie auch die Straßen schließen? Wenn deine Ware nirgendwo mehr hingelangt, weil überall Soldaten sind?"

Hobovese stieß belustigt die Luft aus. „Man merkt, dass du vom Handel nichts verstehst. *Nichts* ist dafür besser als Unruhen und Kriege. Nicht, solange man über entsprechende Vorräte und genügend Schwerthände verfügt, um sie zu schützen. Frag doch deinen Freund dort drüben. Oder behält er die wichtigsten Lektionen für sich selbst zurück?"

„Du sprichst von Dingen, die du nicht beherrschen kannst", beharrte er. „Ich beschwöre dich. Als Mitbürger. Als Kunde. Als was auch immer dir etwas bedeutet. Es geht um etwas Höheres als nur uns beide."

„Etwas Höheres?" Der Mann legte den Kopf in den Nacken, um zum grauen Himmel aufzuschauen.

„Ich meine es ernst! Du verstehst es nicht. Nichts davon. Wenn du mir nicht hilfst, wirst du es bereuen."

„Oha!“ Hoboveses Augen wurden weit. „Ach?“, wollte er wissen. „*So* reden wir jetzt also miteinander?“ Der Mann hielt seinen Blick über einige Augenblicke fest. Dann schüttelte er den Kopf und seufzte tief, so als betrübe ihn sehr, dass es so weit hatte kommen müssen. „Was mache ich mit dir, Palter?“, wollte er wissen. „Du kannst nicht einfach herkommen und mich bedrohen. Hier, vor meinen Männern. Auf der Schwelle meines Hauses. Du kannst nicht einfach herkommen und auf allem herumtrampeln, das ich mein Leben nenne. Ganz besonders deshalb nicht, weil alle wissen, dass du eigentlich tot bist. So etwas geht ganz einfach nicht. Es macht die Leute nervös.“

„Das hier ist kein Spiel, Hobovese!“

„Ach nein? Mir scheint aber, du behandelst es wie eines. Weißt du, was ein anständiger Mann tut, Palter? Er fügt sich in sein Schicksal. Er stellt sich ihm und nimmt es an. Ein anständiger Mann erhebt sich nicht einfach aus seinem Grab, wenn er eigentlich tot sein sollte. Er lässt die Lebenden in Ruhe. Und ganz besonders versucht er nicht, die Lebenden bei ihren *Geschäften* über den Tisch zu ziehen. Warum bist du hergekommen, Palter? Für Merkesch? Für die Stadt, die einen Feiertag aus deiner Hinrichtung gemacht hat? Ich begreife es ganz einfach nicht. Hast du irgendeine Ahnung, was für eine Zumutung deine Weigerung, im Totenreich zu bleiben, für anständige Menschen wie mich bedeutet?“

„Ich ...“

„Nein“, unterbrach ihn der Mann und schüttelte entschlossen seinen Kopf. „So können wir nicht weitermachen. Glaub mir: Die Welt braucht deine Einmischung nicht. Wir kommen sehr gut ohne dich zurecht. Es wird Zeit, mit dieser ganzen Sache aufzuräumen. Offenbar gibt es nur einen Weg, um einen angemessenen Wert für meine Mühen zu erzielen. Bernrot wird mit Sicherheit dankbar sein, wenn ich dich ihr übergebe. Deine Versprechungen sind nicht mehr als Worte. *Ihre* Dankbarkeit ist etwas wert an diesem Ort. Mit Sicherheit hat sie einige interessante Fragen für dich. *Ich* bin im Vergleich noch viel zu freundlich."

Eine Art Kloß hatte sich während des Vortrags in seinem Hals gebildet. Er musste schlucken, um wieder sprechen zu können. „Du machst einen Fehler, Hobovese", erklärte er krächzend. „Ich bin nicht allein in dieser Sache. Du legst dich mit den Göttern an. Die Götter sind auf meiner Seite."

Der Ausdruck des Mannes war für einige Momente ungläubig. Dann wurde seine Miene gequält. „Gute Güte, Palter. Was ist mit dir passiert?"

„Ich scherze nicht." Er schluckte und wusste selbst nicht, woher er seine Worte nahm. „Ich verstehe auch nicht alles, was geschieht. Aber das hier weiß ich: Wenn du dich gegen mich entscheidest, wirst du sterben."

Der Blick seines Gegenübers war leer. Ein spöttisches Grinsen spielte um die Mundwinkel des Mannes, doch ganz gelang es ihm nicht, eine ehrliche Gefühlsregung zu überspielen. Etwas, das der Kerl in seinen Augen gesehen hatte, schien ihn in Furcht zu versetzen.

Für einen Augenblick hoffte er, etwas im Inneren des Händlers berührt zu haben. Dann aber ging der Blick des Mannes zu Boden. Ein Lächeln kam über seine Züge. „Nun denn", erklärte er. „Lassen wir es darauf ankommen. Sehen wir, wer von uns als Erster vor den Göttern steht. Ich für meinen Teil habe da so eine Ahnung. *Wachen!*", befahl er laut. „Ergreift diesen Mann!"

Zwei der Schwarzgekleideten traten vor und packten ihn an beiden Armen.

„Ha!“, machte Hobovese und musterte seine beiden Handflächen fasziniert, so als habe er soeben Feuerbälle daraus hervorgeschleudert. „Das wollte ich schon immer einmal sagen!“

„Der Mann gehört mir.“

Das Lächeln auf Hoboveses Gesicht verschwand. Sein Blick wanderte zum Abbademer.

Feuer lag in den Augen seines Kameraden, der drohend nickte. „Ihr habt mich richtig verstanden. Dieser Mann ist mein Geschäft. Ich berufe *Ub'thawa aht laena* über ihn.“

„Was redet Ihr da?“ Aus der Stimme des Händlers klang Wut.

„Ihr versteht mich gut. Dieser Mann stellt unverzichtbare Geschäftsinteressen für mich und meine Familie dar. Ich erkläre ihn für unberührbar unter Fluch. Liefert ihn an Bernrot aus, und Ihr macht Euch mich und meinen ganzen Stamm zu Feinden. Ihr kennt unsere Gesetze, *Al'amot*.“

„Oh, ich kenne sie.“ Hobovese trat dich an seinen Kameraden heran. „Ich kenne sie gut. Und wisst Ihr, was ich sonst noch weiß? Eure Familie ist sehr weit weg. Ebenso wie Euer Stamm. Ein Mann wie *Al'amot* hat Möglichkeiten, die *sehr* viel näher liegen. Und da meint Ihr, Ihr könnt mir drohen?“

„Ich will handeln“, erklärte der Abbademer ruhig. „Vergesst nicht: Ihr steht bereits in meiner Schuld.“

„Tue ich das, ja?“

„In der Tat.“ Bevor irgendjemand hatte reagieren können, war der Abbademer herumgefahren. Sein Schlag traf den Wächter hinter seinem Rücken mit einem Knirschen mitten im Gesicht. Der Schwarzgekleidete sank stöhnend in sich zusammen. Blut schoss über seine Lippen, während zwei Männer vorstürzten, um den Gefangenen zu ergreifen.

„*Was zum ...?*“

„Das war für Shaku“, brachte der Junge atemlos hervor. „Euer Mann hat ihn getötet. Ich war dabei. Ich habe es gesehen. Ebenso wie ich gesehen habe, wie sie den Wagen ausgeplündert haben. *Unseren* Wagen. Den wir zuerst gefunden hatten. Wisst Ihr, was das Gesetz über solche Dinge zu sagen hat, *Al'amot*? Ist Bernrot bekannt, dass Eure Männer in diesen Ländern Plünderei betreiben?“

Der Blick des Händlers war verkniffen. „Darum geht es hier? Um irgendeinen verdammten *Wagen*?“

Der Abbademer nickte bestätigend. „Ich glaube nicht, dass die Frau für solche Dinge viel Verständnis hat. Sie mag es nicht, wenn jemand in ihren Ländern die Gesetze bricht. Schlecht für die Ordnung und für das Geschäft. Was meint Ihr? Hm? Wollen wir uns darüber mit ihr ebenfalls unterhalten, wenn Ihr meinen Vetter zu ihr bringt?“

„*Vetter*, hm?“ In Hoboveses Stimme lag böser Spott. Dennoch fuhr sich der Mann mit den Fingern übers Kinn und trat zurück. Die Haut lag gespannt über seinen Wangenknochen. „Was wollt Ihr von mir, Abbademer? Einen Handel? Mein Schweigen gegen das Eure? Ihr wollt, dass ich über Eure Rolle bei diesem Verrat hinwegsehe?“

„Ich will ein Geschäft.“ Der Blick des Abbademers blieb fest. „Euer Schweigen gegen das meine. Und meine Krüge. Ich bin bereit, sie von Euch zu kaufen. Als Anerkennung für Eure ‚Mühen‘. Zum Marktpreis, versteht sich. Als Zeichen meines guten Willens.“

Der Händler schnaufte. Tücke trat erneut in seinen Ausdruck, gefolgt von einem beiläufigen Achselzucken. „Eure Freiheit sollt Ihr haben. Was die Krüge angeht ... Ihr werdet verstehen, dass ich sie Euch nicht so einfach geben kann. Bernrot wird von Eurem ‚Vetter‘ wissen wollen, was es mit ihnen auf sich hat. Wie sähe es da aus, wenn ich sie verkauft hätte, noch dazu an seinen Komplizen?"

„Die Sorge kann ich Euch nehmen." Die Augen des Abbademers glühten. „Mein Vetter kommt mit mir. Ich fordere ihn ein zur Begleichung Eurer Blutschuld. Ihr wisst, dass das Leben Eures Mannes mir gehört. Als Vergeltung für seinen Mord an Shaku. Ich bin bereit, es einzutauschen."

Der Händler schüttelte gequält den Kopf. „Ihr könnt nicht ..."

„*Ich* bin hier derjenige, der großzügig ist, *Kafir*", unterbrach ihn der Abbademer scharf. „Die Krüge gehören bereits mir. Auf meinem Vetter liegt *Ub'thawa aht laena*. Trotzdem bin ich bereit, beides doppelt von Euch loszukaufen. Marktpreis für die Krüge. Und das Leben Eures Mannes gegen das meines Vetters."

Der Blick des Abbademers traf ihn nur kurz. Er schluckte. In Abbadema war die Blutschuld etwas Heiliges. Es war ein hoher Preis, den der Mann für ihn bezahlte.

Das Gesicht des Händlers war verkniffen. Der Mann schüttelte kaum merklich den Kopf und fuhr sich mit der Zungenspitze über die Zähne. „Wirklich, Abbademer", begann er leise. „Ihr sprecht forsch, so als befändet Ihr Euch auf dem Markt von Ryamad. Doch dort sind wir nicht. Wir sind in Kalabat. Vielleicht bedarf es einer kleinen Auffrischung, um Euch an diese Tatsache zu erinnern." Hobovese blickte auf. „Ihr wollt einen gerechten Tausch? Nun, dann lasst mich dafür sorgen, dass sich der Zustand unserer Handelswaren nicht ungebührlich unterscheidet."

Ein kurzes Nicken des Mannes ging in Richtung seiner Wächter.

Mit einem Mal füllte eine schwarze Faust seinen ganzen Sichtbereich. Was folgte, war eine Explosion von Schmerzen, begleitet von weißen Blitzen, die ihn in der Umklammerung seiner Bewacher rückwärts warfen. Alle Sicht war für einige Augenblicke verloren. Er konnte spüren, wie ihn die Männer unter den Armen emporstemmten und aufrecht hielten.

„So“, dröhnte Hoboveses Stimme durch einen Tunnel von Schmerzen. „Jetzt können wir weiterreden.“

Er blinzelte stöhnend. Seine Nase war noch ganz. Der Wächter hatte ihn direkt über den Augen an der Stirn getroffen. Ein Pochen hallte zwischen seinen Schläfen und durch seinen ganzen Schädel.

„Verratet mir doch, Abbademer“, erklang erneut Hoboveses Stimme, während die verschwommenen Umrisse des Mannes langsam wieder zueinanderfanden. „Was hat Palter Euch bezahlt? Wie hat er es geschafft, für Euch einen derartigen Wert zu bekommen? Glaubt Ihr wirklich, Ihr könntet mir Bedingungen stellen? Ihr hättet Eure Freiheit nehmen sollen, als ich noch bereit war, sie Euch zu geben. *Ergreift sie beide*“, forderte er in Richtung seiner Wächter. „Bringt sie in den Keller. Wir wollen doch sehen, ob sie nicht gesprächiger werden, wenn wir sie ...“

„Herr!“ Es war Schereps Stimme, die Hobovese herumfahren ließ.

Auch er selbst hatte die Veränderungen in den Geräuschen hinter ihren Rücken bemerkt. Er blickte zurück, soweit die Griffe seiner Bewacher es erlaubten. Männer auf den Stegen der umliegenden Geschäfte versuchten erfolglos wieder den Eindruck zu erwecken, eigentlich mit anderen Dingen beschäftigt zu sein. Auch einige Passanten, die innegehalten hatten, setzten sich wieder in Bewegung. Die Ereignisse bei Hoboveses Handelshaus waren bei den Umstehenden keineswegs unbemerkt geblieben. Ein unverkennbares Geräusch in der Ferne wies ebenfalls darauf hin. Ein Klappern und Knirschen wie von Rüstungen. Bewegungen erschienen auf der anderen Seite des großen Handelsplatzes. Zwischen den Ausgängen der Gassen glänzte blanker Stahl. Eine Patrouille der Tertiari näherte sich im zielgerichteten Laufschritt.

„Verdammt." Hobovese fuhr herum. „Wer von euch hat die Wachen gerufen?"

Die Wächter antworteten mit einem Schulterzucken. Keiner von ihnen wollte für die unerfreuliche Einmischung verantwortlich sein.

Etwas an den heranstürmenden Wachen erweckte seine Aufmerksamkeit. Es waren sechs an der Zahl, in voller Panzerrüstung, um zu beeindrucken und Widerstand gar nicht erst aufkommen zu lassen. An ihrer Spitze lief jemand mit goldenen Abzeichen und dem Schultergürtel eines Preisboxers. Jede einzelne seiner Bewegungen enthielt eine Androhung von Gewalt. Die Seiten seines vernarbten Schädels zierten bläuliche Tätowierungen.

Er stöhnte. Schwalbdorn. Der Kohortenführer von der Lichtung. Die Einmischung dieses Metzgers hatte ihnen gerade noch gefehlt.

Auch auf dem Gesicht des Entstellten blitzte mit einem Mal Erkenntnis. Einen kurzen Augenblick schien es, als zögere der Mann. Dann aber setzte er sich unversehens wieder in Bewegung. Passanten mussten beiseite springen, um dem Furor des Mannes auszuweichen, der mit dem Antritt eines zur Wut gereizten Bullen über den Schlammplatz stürmte. Wie der Rammsporn eines angreifenden Kriegsschiffes pflügte der Körper des Mannes durch die Gruppen der Umstehenden und hielt dabei geradewegs auf ihn zu.

Die Griffe seiner Bewacher lösten sich von ihm. Auch die Schläger schienen zu begreifen, dass es klüger war, der bevorstehenden Begegnung nicht im Weg zu stehen. Eben fraßen die entschlossenen Schritte des Mannes die letzten Längen zwischen ihnen. Dann war das vernarbte Gesicht mitten in seinem eigenen. Er konnte säuerlichen Atem riechen, spürte kleine Spritzer von Schaum auf seiner Haut. Die schweißglänzende Stirn des Mannes presste gegen seine eigene, ließ ihn nach Halt suchen, rückwärts taumeln zwischen Hoboveses zu beiden Seiten hin ausweichenden Männern.

Sein Rücken prallte gegen einen der hölzernen Stegpfeiler. Mit einem Mal war der Unterarm des Kohortenführers vor seiner Kehle und presste ihm die Luft ab. Gelbliche Zähne zeigten sich zwischen den bebenden, halb erstarrten Lippen. Jeden Augenblick würde der Kerl seine Kiefer auseinanderreißen, um ihn in der Art eines Raubtiers als Ganzes zu verschlingen.

Mit einem Mal aber war Bewegung hinter der Schulter seines Gegenübers. Ein weiterer Soldat trat schwer atmend an die Seite seines Vorgesetzten. Das Gesicht war bekannt. Es war derjenige, der schon bei ihrer Begegnung in den Wäldern das Sprechen für den Versehrten übernommen hatte. Der Oberkörper des Mannes hob und senkte sich, während er sich augenscheinlich darum bemühte, den Ausdruck im geröteten Gesicht seines Vorgesetzten zu lesen. „Mörder“, stieß er in der hölzernen Art von jemandem hervor, der etwas abliest, ohne dabei den Sinn der Nachricht zu begreifen. „Brudermörder“, präzisierte er. „Ihr habt ihn getötet. Gasil. In der Schlucht. Ihr habt einen Kameraden in den Tod gestürzt!“

Die Augen des Entstellten blitzten. Noch immer bebten Teile seines Gesichts, als stünde eine innere Eruption kurz davor, ihn in zwei Hälften zu zerreißen.

Er schluckte. Es dauerte einige Augenblicke, bis er begriff. Die Luftnot war keine Hilfe. Der Wächter. Der Mann sprach von dem Tertiari in der schmalen Schlucht, den der Abbademer auf ihrer Flucht hatte in den Abgrund stürzen müssen. Das Opfer war unvermeidbar gewesen. Offensichtlich sah die Sache in den Augen dieses Mannes anders aus.

„Luft!“, versuchte er hervorzubringen. Der Druck auf seiner Kehle blieb fest wie der eines Balkens. Verachtung glühte in den milchigen Augen. Irgendeine seltsame Vorstellung von kameradschaftlicher Loyalität musste es sein, die den Burschen derart in Rage brachte. Seine Legionstätowierung war es gewesen, die ihm auf der Lichtung zwischen den Abbademern das Leben gerettet hatte. Welche Verbundenheit auch immer der Kohortenführer ihm damals angerechnet hatte: Sie war hiermit offensichtlich zerstört.

„Verräter“, stieß der jüngere Mann an der Seite seines Vorgesetzten aus, mit der bekannten Abwesenheit von Intonation. „Ich hätte Euch schon damals töten sollen.“

Er versuchte flach zu atmen. Schwalbdorns Gesicht schwebte noch immer dicht vor seinem eigenen. Was noch an Luft den Weg in seine Lungen fand, reichte bei Weitem nicht aus, um ihn länger bei Bewusstsein zu halten.

Der Übersetzer räusperte sich. „Ihr kommt mit uns“, verkündete er zögerlich mit einem Blick auf den Gefangenen, dessen Gesichtsfarbe ihm offenkundig Sorge zu bereiten begann. „Bernrot will Euch sehen.“ Die Augen des Burschen fanden die seines Kohortenführers. Das Unwohlsein in seinem Gesicht verkündete, dass die Worte seine eigenen gewesen waren. Offenkundig handelte es sich um eine Erinnerung an seinen Vorgesetzten, dass sie den Gefangenen lebend brauchten.

Schwalbdorn schnaufte tief. Es war unverkennbar, dass er Gewalttaten einer unversehrten Übergabe vorgezogen hätte.

Ein weiteres Räuspern ertönte, das sie alle drei die Köpfe wenden ließ. Hoboveses Kehle war der Ursprungsort für das Geräusch. Der Mann hatte die Hände vor der Brust gefaltet und verbeugte sich tief. „Eine überaus kluge Entscheidung der Herrin“, brachte er schmeichelnd hervor. „Eben deshalb wollte ich Euch gerade rufen lassen. Eine Lieferung für sie. Spione, die wir gerade erst aufgegriffen haben. Richtet Bernrot einen schönen Gruß von mir aus. Die allerhöchste Hochachtung ihres treuen Dieners *Al'amot*.“

Der Händler wagte einen schnellen Blick zu Schwalbdorn, bevor er erneut den Kopf senkte. Die Präsenz des Grobschlächtigen schien selbst ihn zu verunsichern. Wieder blickte der Mann auf. Dieses Mal versuchte er sich an einem Lächeln, das wohl gewinnend sein sollte. „Bitte richtet Bernrot aus, dass es mir, wie immer, ein Vergnügen ist, ihr behilflich sein zu können. Seid doch so gut und lasst ihr mein untertänigstes Ersuchen um ein persönliches Gespräch zukommen. Hier, in meinem Geschäft“, fügte der Mann hastig hinzu, wohl getrieben von der plötzlichen Furcht, an irgendeinen Ort von Bernrots Wahl zitiert zu werden. „Wo ich für ihre Bequemlichkeit persönlich garantieren kann“, bemühte er sich zu erklären. „Ich habe einen Vorschlag für ein weiteres Geschäft. Etwas, woran sie mit Sicherheit großes Interesse finden wird.“ Der Mann verstummte unter Schwalbdorns Blick und senkte den Kopf. Seine Finger hatten begonnen, nervös vor seiner Brust herumzunesteln.

Der Arm des Kohortenführers löste sich von seiner Kehle. Dankbar sank er entlang des Pfeilers in sich zusammen, nutzte die unverhoffte Gelegenheit, wieder frische Luft zu schöpfen.

Der Grobschlächtige wandte sich von ihm ab und ganz dem Händler zu, was möglicherweise mehr war, als dieser sich erhofft hatte. Der Mann senkte seinen Kopf noch weiter und trat eilig einen Schritt zurück. „Womit ich der Herrin natürlich keinesfalls zu nahe ..."

„Wenn die Herrin mit Euch sprechen will, so weiß sie es bereits", verkündete der Sprecher kühl. „Sie weiß, was in ihren Ländern vor sich geht. Sie bedarf dazu nicht Eurer Erinnerung."

„Natürlich. Natürlich!" Der Händler verzog gequält das Gesicht und hob abwehrend die Hände.

„Die Herrin pflegt auf keine Geschäfte einzugehen", fuhr der Mann weiter fort, mit einem Mangel an Ausdruck, der es dennoch schaffte, den Klang einer Drohung anzunehmen. „Die Herrin befiehlt. Sie allein entscheidet, welcher Lohn einem jeden zusteht. Sie bedarf dazu keiner Vorschläge. Ihre Entscheidungen sind gerecht."

„Das sind sie. Das sind sie ganz sicher!", bestätigte der Händler eilig. „Ganz so ist es recht. Genauso habe ich es auch gemeint." Der Mann hielt den Kopf gesenkt, bis der Kohortenführer seinen brennenden Blick wieder von ihm abwandte.

Palter keuchte und richtete sich an dem Holzpfeiler auf. Elendes Kriechtier! Offenbar fürchtete der Schuft darum, dass man ihm seine Geiseln abnahm, ohne einen Gegenwert zu entrichten, und versuchte gerade zu retten, was noch zu retten war.

Der Blick des Kohortenführers richtete sich wieder auf ihn. Der kantige Schädel richtete ein kurzes Nicken zu seinen Männern. „Mitnehmen!"

Zwei der Tertiari traten vor und ergriffen ihn. Er stöhnte und rollte mit den Augen. Die Masche wurde langsam alt.

Seine Arme wurden an diesem Tag herumgereicht wie Staffelstäbe.

„Was ist mit dem hier?"

Zum ersten Mal richtete sich die Aufmerksamkeit des Grobschlächtigen auf den Abbademer.

„Ah", erklärte Hobovese schnell. „Der zweite Teil meiner Gabe an die Herrin. Ein weiterer Verräter, der mit diesem hier im Bunde steht. Ein Schmuggler und weithin bekannter Lügner. Er hat versucht uns anzugreifen. Einer meiner Männer konnte ihn gerade noch aufhalten, als er entkommen wollte. Unter hohem persönlichen Einsatz, wie Ihr erkennen könnt."

Der Schwarzgekleidete, dessen untere Gesichtshälfte noch immer von Blut verschmiert war, nickte bestätigend. Etwas lag in seinen Augen. Ein Ausdruck, der ihn stutzen ließ. Genugtuung. Heimtücke. Etwas wie ein verborgener Triumph. Dann erkannte er den Grund. Der Atem stockte ihm. Ein Laut des Entsetzens entfuhr seiner Kehle.

„Ist ihm nicht bekommen", bestätigte der mit dem Blut auf dem Gesicht mit einem Nicken zu dem Abbademer, der regungslos vor ihm stand.

„Azed!"

Sein Kamerad hörte nicht. Der Oberkörper des Mannes war vornübergebeugt. Eine seiner Hände war gegen seine Seite gepresst.

„Was ...?"

„Er hat uns angegriffen", wiederholte der Kerl mit schlecht vorgetäuschtem Bedauern. „Da mussten wir uns wehren."

„*Azed*!"

Wortlos sank der Abbademer vornüber auf die Knie. Sein *Efrindir* war oberhalb der Hüfte glänzend und durchweicht.

„Nein!" Er wollte vorstürzen, doch die Tertiari hielten ihn zurück. „Verfluchte ... *Azed*! Was ist passiert?"

„Seid Ihr sicher, dass Ihr Euch die Mühe machen wollt, ihn mitzunehmen?“, wollte der Händler zweifelnd wissen. „Ich fürchte, der Abbademer macht es nicht mehr lange. Ich bezweifle, dass Ihr noch allzu viel aus ihm herausbekommen werdet.“

„Hobovese!“ Tobend versuchte er sich zu befreien. „Hobovese, Ihr elender ... Schwalbdorn! Der Mann braucht einen Arzt! Diese Ratte hat ihn ... gargh!“

Der Schwarzgekleidete hinter dem Rücken seines Kameraden blickte mit unverhohlenem Grinsen auf den Mann vor seinen Knien herab. Eine seiner Hände strich die Haare an der Seite seines Schädels glatt. Die andere lag auf dem Knauf seines Dolches in der Scheide. „War dumm von ihm, uns anzugreifen“, wiederholte er. „Wirklich dumm. Ich fürchte, der hier ist hinüber.“

„Er ist nicht ... Kohortenführer! Ihr müsst ...“

„Schweigt, Verräter!“ Der Anführer der Patrouille trat vor. Über mehrere Momente musterte er den Mann vor seinen Knien regungslos.

„Ihr“, ertönte die Stimme des Übersetzers neben ihm. „Ihr seid der, der dem Hauptmann bei der Flucht geholfen hat?“

Der Abbademer antwortete nicht. Der Oberkörper des Mannes schwankte leicht. Lediglich ein Stöhnen kam über seine Lippen.

„Einen Arzt! Verdammt. Kohortenführer! Ihr müsst sofort ...“

„Genug mit dem Getöse!“ Der Befehl des Sprechers war scharf. Ein Knebel senkte sich vor seinen Augen und spannte sich zwischen seine Zahnreihen.

„Garg! *Awep!*“

Der Händler trat vor, die Hände wie zum Gebet zusammengelegt, und hob mit einem Ausdruck des Bedauerns beide

Schultern. „Einer wie der andere ein Lügner, fürchte ich", erklärte er. „Ich kenne diesen Mann. Ich bin mir *sicher*, dass er hinter dieser Sache steckt. Jemand wie er würde alles tun für den persönlichen Profit."

„Hm! *Hmmmm!*" Alles Kämpfen war vergebens. Die Griffe der Tertiari waren fest.

Der Kohortenführer starrte noch immer auf den Mann vor seinen Knien herab. Der Abbademer sah nicht zu ihm auf. Es schien ihm bereits Mühe zu bereiten, die Lider geöffnet zu halten.

„Bernrot sagt, er kommt alleine", verkündete der Sprecher teilnahmslos. Schwalbdorn blickte über die Schulter zurück und sah ihn an. Offensichtlich galten die Worte ihm. Der Mann nickte. „Also kommt er auch alleine. Abbademer", erklärte er. „Ich verkünde das Urteil über Euch. Ihr habt Verrat begangen und einen Wächter getötet. Eure Strafe ist der Tod."

Der Knebel erstickte seinen Laut des Aufbäumens.

Zwei Tertiari traten vor und zerrten seinen Kameraden unter den Armen in die Höhe.

„Gerecht", verkündete Hobovese mit verschränkten Armen und besorgtem Blick. „Hart, aber gerecht. So ist das Gesetz."

„Hmmm!" Er zerrte an den Armen der Tertiari und rollte wild mit den Augen. Lügen, nichts als Lügen. Wenigstens anhören mussten sie ihn. Die Soldaten aber unternahmen nichts dergleichen. Einer versetzte ihm einen Stoß in die Seite, der ihn zusammensinken ließ. Er versuchte, genügend Luft zu bekommen, um sich zu wehren, doch auch er wurde in die Höhe gerissen.

„Vorwärts." Der Kohortenführer setzte sich als Erster in Bewegung. Die Wächter, die den Abbademer zwischen sich über den Boden schleiften, folgten ihm.

Er versuchte, sich zu sträuben, doch die Männer schleppten und zerrten auch ihn unbarmherzig vorwärts.

Hobovese, seine schwarz gekleideten Wächter und die Stege des Lagerhauses blieben hinter ihnen zurück. Mehrere Passanten hatten innegehalten und wichen dem vorausstapfenden Kohortenführer aus. Der Mann vollführte eine unwirsche Bewegung mit dem Kopf hin zu seinem Sprecher.

„Verräter“, ließ der Soldat laut hören. „Seht, was Übertreter des Gesetzes zu erwarten haben!“

Die Warnung richtete sich offenkundig an die Umstehenden. Auf diese Art also hielten die Tertiari innerhalb der Palisaden die Ordnung aufrecht.

Wild trat er um sich, doch der Weg der Patrouille wurde dadurch allenfalls verlangsamt. Die Ausgänge der Handelsstraßen öffneten sich vor ihnen. Hierhin war es, dass die Soldaten sie weiter vorwärts zwangen.

„Hmm!“

Ich rede ja. Ich rede mit der Frau! Aber bringt den Mann zu einem Arzt.

Alles Augenrollen war vergebens. Der Stimme beraubt, verblieb ihm keine Möglichkeit, um sich ihren Bewachern mitzuteilen. Er stemmte seine Fersen in den schweren Morast, was nichts einbrachte als einen weiteren Schlag unter seinen Rippenbogen. Die Ränder seines Sichtbereichs drohten zu verschwimmen, doch er blinzelte die Nebel wütend fort.

Kein Wort! Hört ihr mich? Kein Wort werde ich mit ihr reden, wenn ihr ihn nicht rettet!

Der gerötete Nacken des Kohortenführers schien wie ein Leuchtfeuer durch die Menge, während die Soldaten ihnen einen Weg durch die Gruppen der Gaffer freistießen.

„Gesetzesbrecher“, verkündete die Stimme erneut. „Seht, was mit Übertretern des Gesetzes geschieht!“

Ein dritter Schlag traf ihn, der seinen Widerstand noch immer nicht zu dämpfen vermochte. Schmerzen hatten keine Bedeutung. Es musste einen Weg geben. Es gab immer irgendeinen Weg. Der Abbademer selbst schien zu keiner Gegenwehr mehr fähig. Der dunkle Fleck auf seiner Robe hatte sich ausgebreitet. Mit gesenktem Kopf hing der Mann in den Griffen seiner Bewacher.

Azed! Hört Ihr mich? Sagt doch irgendetwas. Rührt Euch! Wenigstens rühren müsst Ihr Euch.

Das Ende der Handelsstraße war erreicht. Vor ihnen lag der Graben, der die festen Bauten vom schlammigen Abhang trennte. Der Vorderste der Tertiari wies eine Gruppe junger Umland-Bengel an, auf der anderen Seite zurückzubleiben, damit der Kohortenführer eine der breiten Planken überqueren konnte. Es folgten die beiden Soldaten, die zwischen sich den Abbademer trugen. Die Knie und Stiefelspitzen seines Kameraden hinterließen Spuren in der Decke aus Morast.

„Seht, was die erwartet, die die Gesetze brechen!"

Vor ihnen lag die Böschung mit dem Kieselpfad. Der Kohortenführer übernahm die Spitze. Seinen entschlossenen Schritten folgte der Übersetzer, der den anderen beiden immer wieder dabei helfen musste, den Abbademer über den Weg emporzuschleifen.

Etwas geschah mit dem Wetter. Vom Meer her aufkommender Wind hatte die niedrig hängenden Wolken des Nachmittags aufgelöst. Jenseits der Klippenkante glühte der Himmel wie Gold hinter den letzten Bahnen grauer Fetzen. Eine Brise ließ die See aus Gras ringsum erzittern. Die Umhänge der Soldaten zuckten wie Kerzenflammen.

Leben für Leben, Junge. Seid Ihr bereit, den Preis zu zahlen? Die Opfer zu bringen, die gefordert sind?

Nein! Erneut stemmte er sich mit aller Kraft gegen die Kiesel, ließ sich fallen und hängen, doch die Soldaten rissen ihn auf die Beine und zerrten ihn weiter voran.

Auch die Planen der Zeltstadt hatte der Wind ergriffen. Diejenigen, die nicht zu sehr damit beschäftigt waren, ihre Heimstätten gegen den Sturm zu sichern, blickten erschrocken zu ihnen auf. Verschiedenste Gefühlsregungen lagen in ihren Gesichtern: Neugier, Anteilnahme, aber auch Erleichterung darüber, dass das Urteil jemand anderen als sie selbst getroffen hatte.

Ein weiteres Geräusch ertönte weiter oben am Hang. Das Flattern einer Plane. Nicht mehr lange, und sie würden die verdeckten Rahmen der Küstengeschütze passieren. Eines der Seile musste sich unter den Böen aus seiner Verankerung gerissen haben. Die Abdeckung wallte in die Höhe wie das Segel eines Schiffes, wie der Flügel einer gewaltigen Möwe, die sich vergeblich darum bemühte, genügend Auftrieb für den Flug zu gewinnen.

Salau. Die schlimmste Form des Unglücks. Bis Eure Schuld mit Zins und Zinseszins beglichen ist.

„Rawgh!"

Irgendetwas musste es geben. Irgendetwas musste geschehen, um diesen Wahnsinn aufzuhalten. Wo blieben die Adler? Wo blieben die verdammten Götter?

Er brüllte laut in seinen Knebel, biss die Zähne auf das Leder, bis er Blut schmecken konnte. Wut stieg in ihm auf, gegen die Soldaten, gegen sich selbst, gegen die verdammte Welt, die solche Ungerechtigkeiten zuließ.

Es tut mir leid, Azed.

Die Worte waren mit einem Mal in seinem Geist und er hasste sie, weil sie ein Eingeständnis waren, dass es ansonsten nichts mehr gab, was er noch tun konnte.

Es tut mir leid. Ich wollte nicht, dass es so endet. Ich wollte Euch in diese Sache nicht hineinziehen.

„Hm, *hmmm!*"

Es tut mir leid.

Sein Knebel fing die Worte auf. Niemand anderes hörte sie.

Irgendwo in der Ferne war ein Grollen zu vernehmen. Die Böen schienen langsam nachzulassen. Die Luft war schwer geworden, feucht und wie geladen. Ein Sturm kam auf, die unverkennbaren Anzeichen eines heraufziehenden Gewitters.

Jetzt lag die Klippenkante vor ihnen, scharf hervorgehoben von den Strahlen der untergehenden Sonne. Der sich absenkende Rand gab den Blick frei auf den aufgewühlten Ozean. Möwen schossen über den Mondsicheln der Wellenkämme daher. Eine dunkle Wolkenfront näherte sich wie die dicht gepackte Kriegsflotte einer feindlichen Macht. Zu ihrer Rechten schlug unablässig, dem Flügel eines verwundeten Vogels gleich, die losgerissene Plane.

Die Soldaten stießen den Abbademer vor sich auf die Knie. Der Grasboden reichte hier bis an den Abgrund. Die Männer mussten den Gefangenen an beiden Schultern packen, um zu verhindern, dass der Mann vorwärts in die Tiefe stürzte. Der Kohortenführer wartete, bis man auch ihn bis auf wenige Schritte an den Rand herangeführt hatte. Der Mann wandte sich zur Seite und blickte ihn an. Die Wut in seinem Ausdruck war verflogen. Keinerlei Gefühlsregung lag mehr darin. Nichts als Ernst sprach aus der von Narben entstellten Fratze.

„Bezeugt Gerechtigkeit, Hauptmann", verkündete der Sprecher an seiner anderen Seite. „Leben für Leben. Blut für Blut. So ist das Gesetz."

Nein! Er schüttelte den Kopf, fordernd, bittend sogar, erst zum Sprecher, dann zu Schwalbdorn selbst.

Er kann nichts dafür. Ich bin es. Bringt mich zu ihr. Ich werde es erklären!

Schwalbdorn nickte entschlossen, so als habe er sein Ersuchen zwar verstanden, aber bewusst überstimmt. Der Kohortenführer trat vor. Mit einem reibenden Geräusch fuhr seine Klinge aus der Scheide.

Er warf sich herum, doch die Soldaten hielten ihn. Eine seltsame Art der Benommenheit begann ihn zu ergreifen. Betäubung spiegelte sich auch auf den entrückten Ausdrücken der Tertiari. Etwas Höheres vollzog sich. Der Umriss des knienden Abbademers war wie der Anblick einer Ikone, irgendeiner künstlerischen Abbildung auf dem bunt verzierten Fenster eines Tempels. Die Arme des Mannes hingen schlaff zu seinen Seiten herab. Seine schwarzen Locken flatterten im Wind.

Schwalbdorn trat vor und hob sein Schwert mit beiden Händen über den Kopf.

Jetzt!

Verdammt noch mal.

Ein Blitzschlag. Ein Adler. Irgendetwas!

Er meinte, ein Zittern zu sehen, das durch den Köper des Abbademers ging, ein Schütteln wie von verborgenem Gelächter. „Wir sehen uns, *Sha'hir.*“

Eine schnelle Bewegung.

Einige Momente verharrte der Körper unbewegt in kniender Haltung. Die Schwertklinge war herabgefahren, tief eingedrungen in die Stelle zwischen Schulter und Hals, dann unvermittelt zurückgezogen worden, mit einer Geschwindigkeit, die seine Augen sich geweigert hatten, ihm mitzuteilen.

Der Stiefel des Kohortenführers setzte zwischen den Schulterblättern des *Efrindir* auf. Ein Stoß, und der Abbademer sank vorwärts über die Kante. Dann nichts mehr außer dem Himmel. Nichts blieb zurück als die zuckenden Spitzen niedergedrückter Gräser.

Er starrte, unfähig zu irgendeiner Äußerung.

Schwalbdorn reichte seine Klinge an einen Soldaten weiter, der vorsprang, um sie zu reinigen. Der Kohortenführer rieb seine Hände aneinander wie jemand, der nicht mehr als die notwendige Entsorgung eines alten Möbelstücks vorgenommen hat. Der Mann trat vor ihn und musterte ihn mit großem Ernst.

Er schüttelte den Kopf unter seinem Knebel. Sein Blick war noch immer auf die Abdrücke im Gras gerichtet. Es war nicht wahr. Es konnte nicht wahr sein. Das Krächzen der Möwen war unverändert. Die Wogen brachen sich geräuschvoll an den Klippen in der Tiefe. Der Wind trieb die Halme, unbeteiligt wie bereits seit Ewigkeiten, so als wäre nichts geschehen.

Der Entstellte schien zu seufzen und schüttelte den vernarbten Kopf. „Euer Herz hängt an den falschen Dingen, Hauptmann“, erklärte die Stimme an seiner Seite. „Euer Geist ist verhaftet mit der falschen Welt. Tretet vor die Herrin mit leerem Geist. Nur so könnt Ihr empfangen, was sie Euch zu geben hat.“

Er spürte, wie die Knie unter ihm nachgaben. Die Schwere des Momentes traf ihn mit der Wucht eines plötzlichen Blutverlusts. Harte Griffe unter seinen Armen zogen ihn zurück in eine aufrechte Haltung.

„Kommt jetzt“, forderte eine Stimme, während Schwalbdorn sich von ihm abwandte. „Bernrot wartet.“

Er geriet in Bewegung, doch es kümmerte ihn nicht. Leere war alles, was er noch empfand, Betäubung wie nach dem Empfang einer schweren Wunde, die selbst das Schmerzempfinden überfordern musste. Zur Rechten war das Donnern der

Brandung an den Klippen, vor seinen Augen heller Kalkstein, die Spur des Pfades entlang des Klippenrandes unter seinem Körper, über den man ihn weiter voranzog. Vage nahm er wahr, dass sie Gebüsche passierten, die Stelle seines Aufstiegs aus der Tiefe.

Der eine hinauf, der andere hinunter.

Er schüttelte sich, um bei Bewusstsein zu bleiben. Die Wachen an seinen Seiten mühten sich, ihn voranzuschieben. Sollten sie doch. Wenn sie ihn in Bewegung sehen wollten, konnten sie ihn, wenn es nach ihm ging, tragen.

Vor ihnen senkte sich der Pfad leicht ab. Von hier waren am Vortag die beiden Tertiari herangekommen, die ihn in den Büschen gefunden hatten. Dann, nach einer Weile, wandte sich der Weg nach links. Zu ihrer Rechten lagen nun die Wasser der vom Meer verborgenen Bucht, die dunkle Oberfläche mit dem schmalen Felsdurchgang zum Ozean und den glatten, aufragenden Felsenklippen auf der gegenüberliegenden Seite. Weit unten, an einem Ufer von weißen Kieselstränden, waren die schlanken Formen der Piratenschiffe auszumachen. Man hatte sie am Ende hölzerner Stege festgemacht, mitten zwischen den Schiffen des abbademischen Handelszuges, die sich an der Seite der schnellen Jagdboote plump und schwerfällig ausnahmen. Trauben von Männern liefen über den Strand und waren damit beschäftigt, die Ladung aus den Bäuchen der Beuteschiffe mithilfe von Handkarren oder bloßer Muskelkraft an Land zu schaffen.

„Vorwärts, Hauptmann." Ärger lag in der Stimme des Soldaten, der sich damit abmühte, ihn weiter voranzuschaffen. Ihm egal. Sie hatten ihn verprügelt und so zugerichtet, also sollten sie auch mit den Konsequenzen leben.

Der Kohortenführer hatte innegehalten. Der Weg, auf dem sie gingen, endete vor einigen Felsen. An der Rechten waren

Treppenstufen in den Stein geschlagen, die zurück in Meeresrichtung entlang der Klippenwand zur Bucht hinabführten.

„Passt auf, dass er sich nicht das Genick bricht“, forderte der Übersetzer von den Männern, die ihn trugen. Die Soldaten knurrten. Bereits bis hierhin hatte einiges an Kraft dazu gehört, den Gefangenen in Bewegung zu halten. Der bevorstehende Abstieg mit der zusätzlichen Schwierigkeit des Gefälles würde die Sache keineswegs vereinfachen. Die Stufen glänzten von Feuchtigkeit und waren an der linken Seite zur Bucht hin offen. Selbst ein Mann, der freiwillig versuchte, diesen Weg zu nehmen, musste äußerste Vorsicht walten lassen, um nicht auszugleiten und den Weg in die Tiefe weitaus schneller zurückzulegen, als ihm lieb sein konnte. Die Tertiari zwangen ihn bis dicht an die Klippenwand zur Rechten. Einer von ihnen blieb an seiner linken Seite, während der andere sich darauf verlegte, hinter ihm zu gehen. „Unternehmt nichts Dummes, Hauptmann.“

Keine Antwort. Wenn er dem Mann zu seiner Linken einen anständigen Stoß versetzte, würden sie beide in der Tiefe aufschlagen, bevor irgendjemand merkte, was geschehen war. Selbst für Verzweiflungstaten fehlte ihm jedoch die Ambition. Die verzehrende Leere in seinem Inneren kam der Wirkung eines Gifttrunks gleich.

Wie in einem Traum stapfte er die Stufen herab, zu gebrochen, um eigenständige Gedanken zu entwickeln, außerdem eingenommen von den seltsamen Mustern in der Wand. Das Steinwerk erschien alt, von ähnlich urtümlicher, verwitterter Beschaffenheit wie die untersten Strukturen in Ibis Haus. Eingemeißelte Bilder und Verzierungen waren unter dem aus jeder Ritze quellenden Moos zu erahnen. Figuren und Motive, die sich wiederholten, unter Beimischung neuer Variationen fortsetzten und dabei eine Art von Entwicklung durchmachten, die einer Pflanze in verschiedenen Stadien ihrer Reife nahekam. Absatz über Absatz ging es auf diese Weise hinab, mal zum Meer gewandt, dann wieder zurück in Richtung des Landes. Gelegentlich wandte sich der Kohortenführer zu ihm um, so als wolle er persönlich sicherstellen, dass die Ware unversehrt ihr Ziel erreichte. Er hatte nicht vor, zu springen. Er hatte überhaupt nichts mehr vor. Sollten sie ihn auf den Grund des Meeres führen. Es machte alles keinen Unterschied mehr.

Je näher sie den schwarzen Wassern kamen, desto weniger Abendlicht fand noch den Weg zu ihnen in die Tiefe. Die Stufen waren in den Schatten zusehends schwerer zu erkennen. Für einen Augenblick hielt er inne und hob den Kopf. Die Gewitterwolken über dem Meer hatten den Klippendurchbruch hin zum Tir Kalossi überwunden. Wie Belagerer bei der Überquerung einer Burgmauer ballten sich ihre Formen über den Felsen. Anders als erwartet, brachte ihre Annäherung an die Wasserfläche der Bucht keine Kühle mit sich. Die Beschaffenheit der Luft wies nun, da sie von den Felsen vor dem Seewind geschützt waren, eine schwüle Wärme auf, die an Dichte und Feuchtigkeit immer weiter zunahm. Es war, als baue sich eine Spannung auf, die umso heftiger ausfallen würde, je länger die unausweichliche Entladung auf sich warten ließ. Noch fielen keine Tropfen, doch es war nur noch eine Frage der Zeit, bis ...

Der erste Blitz durchteilte den Himmel und warf die Schatten ihres Zuges scharf gegen die Felsen. Der ganze Zug hielt inne und wartete auf den Donner. Einige der Männer zählten stumm die Augenblicke, bis ein schweres Grummeln aus der Ferne heranrollte, durch die schmale Einfahrt der Bucht hereinpreschte und schließlich zwischen den sich gegenüberliegenden Felswänden hin und her sprang wie ein gefangenes Tier.

„Weiter", bestimmte der Übersetzer.

Es waren nur noch wenige Absätze, bis die Treppe an einem Strand aus groben Kieseln endete. Der Boden nahm sich seltsam hell aus neben der Finsternis des Wassers. In einiger Entfernung stapelten sich die Kisten und Fässer der Ladung, die noch immer aus den Bäuchen der Schiffe hervorgeholt wurde. Der Kohortenführer ignorierte die Vorgänge an den weiter entfernt liegenden Stegen und führte sie über den knirschenden Sand zu demjenigen, der ganz zur Linken lag und sich somit von ihnen aus am nächsten befand.

Eine Gruppe von Männern erwartete sie. *Okori*, insgesamt sieben, die in einer Reihe auf dem Querstück am Ende des Steges standen. Ein lang gezogenes Ruderboot mit spitzen Enden schaukelte neben ihnen auf den schwarzen Wellen. Die Männer schienen gewusst zu haben, dass sie kamen. Ihre Oberkörper waren unbekleidet und in Schwarz und Weiß bemalt. Von den Gürteln ihrer abgewetzten ledernen Hosen hingen Bündel von bronzefarbenen Talismanen herab.

Schwalbdorns Stiefel erzeugten donnernde Geräusche auf dem hölzernen Steg. Die Bohlen erzittern unter seinen Schritten. Die Planken zu ihren Füßen waren zu schmal, als dass beide Bewacher neben ihm hätten gehen können.

Die Gestalten zeigten keinerlei Regung, während die Patrouille sich ihnen näherte. Die Bemalungen auf ihrer Haut waren verwirrend. Einige erinnerten an die Maserungen eines Blattes, andere an die Jahresringe von Bäumen oder dünne Adern in den Flügeln von Schmetterlingen. Alle trugen sie ihr fahles, glattes Haar lang und offen. Diejenigen, deren Arme nicht wie leblos von ihren Seiten herabhingen, hielten schwarze, mit Widerhaken bewehrte Speere in ihren Händen. Ein Mann, den eine solche Waffe durchbohrte, durfte nicht darauf hoffen, allzu weit zu kommen.

Als ihr Zug nur noch wenige Schritte von den *Okori* entfernt war, hielt Schwalbdorn inne und hob eine Hand zum Gruß. Zugleich diente die Geste den übrigen Tertiari als Befehl zum Halten.

Keiner von den *Okori* erwiderte die Geste. Einige Momente lang standen sich die beiden Gruppen schweigend gegenüber. Dann wandte sich Schwalbdorn zu seinem Gefolge. Winkend befahl er den Soldaten, ihren Gefangenen loszulassen, und ihm selbst, vorzutreten. Der Tertiari leistete Folge. Auch er selbst leistete keinen Widerstand.

„Diese Männer werden Euch zu Bernrot bringen", erklärte der Übersetzer hinter seinem Rücken. „Die *Okori* gestatten uns nicht, auf ihrem heiligen Fluss zu fahren."

Wie in Trance unternahm er einige Schritte über den schmalen Steg.

„Bernrot redet nicht mit jedem", verkündete der Übersetzer mit gedämpfter Stimme, während er am Kohortenführer vorübertrat. Beinahe war es, als flüstere Schwalbdorn ihm einen gut gemeinten Rat zu. „Ich hoffe, Ihr wisst, wie glücklich Ihr Euch schätzen könnt. Die Herrin hat die Kraft, Euch zu vergeben. Die Stimme der Herrin hat die Macht, Euch aufs Neue zu gebären."

Er öffnete den Mund, um etwas zu erwidern. Etwas aber legte sich wie ein erstickender Teerfilm über das kurze Aufbäumen von Widerstand. Das Aufwallen in seinem Inneren verstummte. Die Blicke der *Okori* waren wie ein stummer Befehl.

Komm.

Es gelang ihm nicht, seine Augen davon zu lösen.

Drei der Wartenden setzten sich in Bewegung. Sie bestiegen das schmale Boot und lösten die Taue. Eine der Gestalten auf dem Steg gebot ihm mit einer Geste ihrer Hand, ebenfalls hinabzusteigen.

Für einige Augenblicke war er unfähig zur jedweder Rührung. Wie gefangen folgte er den Mustern auf dem ausgestreckten Arm des Mannes. Ihr Verlauf weckte Erinnerungen an die Strömung eines kleinen Baches, der silbern unter der Bedrohung einer Ingwallnacht dahinfloss. Aus der Handfläche glotzten ihm zwei leere Augenhöhlen entgegen, die Oberseite eines Totenschädels, aus dem schwarze Schatten quollen.

Er blinzelte die Verwirrung fort. Ohne klare Absicht saß er auf der Kante des Steges und glitt hinab ins Boot. Der schmale Holzkörper schwankte unter seinem Gewicht und sandte plätschernde Wellen gegen den Steg. Er nahm auf einer der schmalen Sitzbänke Platz und hielt sich an beiden Seiten fest. Die anderen Gestalten folgten ihm.

Die *Okori* benutzten Paddel, um sich vom Steg abzustoßen. Mit geübten Bewegungen steuerten sie den Bug ihres Gefährtes auf die Bucht hinaus. Die Ruderblätter drangen durch die dunkle Oberfläche und setzten das Gefährt mit kräftigen Stößen in Bewegung. Hinaus auf die Wasser ging es, unter plätschernden Geräuschen, sodass die vorragende Felsnase zu ihrer Linken immer weiter zurücktrat. Eine glatte Felswand trat dahinter hervor, durch die von der höchsten Stelle bis zur hinab zur Wasseroberfläche ein vertikaler Riss verlief. Weit oben in der Höhe klammerten sich einige wenige Bäumchen an die Kante und schienen sich wagemutig über den Abgrund hinauszulehnen. Das Boot schaukelte für einen Moment, als die Ruderer den Kurs korrigierten, um den Bug geradewegs auf den Bruch in den Felsen auszurichten. Anschließend hielten sie mit kräftigen Ruderstößen darauf zu.

Er wandte sich um. Schwalbdorns einsame Gestalt stand am Ende des Steges und blickte ihnen nach.

Ein Zucken aus der geballten Wolkenfront. Das purpurne Licht eines Blitzes fuhr über die schwarzen Wasser. Er warf den Kopf herum und erstarrte angesichts der Erscheinung auf der landseitigen Felswand. Schimmernde Spuren wie Bemalungen von Menschenhand glühten im grauen Fels. Die Umrisse einer riesenhaften, urtümlichen Kreatur, aufragend von den Wellen bis zur Oberkante der Klippen, in der Mitte zerrissen von dem vertikalen Bruch im Stein. Viele Künstler mussten über viele Generationen versucht haben, das Werk zu beenden, und hatten doch nicht mehr geschafft, als eine Ahnung von dem Wesen zu geben, das ihre Geister derartig beflügelt hatte.

Eine Hand auf seiner Schulter drückte ihn zurück auf seine Bank. Die Erscheinung auf den Klippen begann bereits wieder zu verblassen. Der schwarze Spalt aber war nicht mehr weit entfernt. Er konnte nicht viel breiter sein als ein Mann, der seine Hände zu beiden Seiten ausgebreitet hielt. Für einen Augenblick brachen Sonnenstrahlen durch die Wolken hinter ihren Rücken und zeichneten goldene Muster auf die Wellen. Dann aber verschwand auch dieses hoffnungsvolle Zeichen.

Bernrot wartet.

Er senkte den Kopf, als sie in die Schatten fuhren und die ersten Tropfen fielen.

Das war Buch II. Ich hoffe, es hat Dir Spaß gemacht. Was nun?

Hol Dir den nächsten Teil „Die Masken der Feinde“ auf www.amazon.de (erhältlich Mitte/Ende 2018).

Warum?
Bernrot wartet. Zeit, herauszufinden, was sie vorhat. Was hat es auf sich mit den *Okori* und der verlorenen Legion der Tertiari? Und welche anderen Mächte versuchen immer wieder, sich in die Angelegenheiten der Menschen einzumischen? Noch mehr Geheimnisse warten in den Wäldern. Und vielleicht wird es ja sogar noch besser.

Bewerte „Die Zuflucht der Schatten“ auf Amazon.

Das auch noch!?
Das ist wirklich wichtig. Nur durch Bewertungen erlangt das Buch Sichtbarkeit für potenzielle Leser. Mehr Leser bedeuten, dass ich weniger Zeit mit anderen Arbeiten verbringen muss und mehr Zeit mit Schreiben verbringen kann. Mehr Schreiben bedeutet wiederum mehr neue Bücher.

Komm auf meine E-Mail-Liste auf www.mjdiaz.com

Damit du mich zuspammen kannst, oder was?
Nee. Aber Drittanbieter können ihre Bedingungen nach Belieben ändern. Über Email hingegen kann ich unabhängig davon mit Dir kommunizieren. Wenn Du möchtest, schicke ich Dir auf diese Art regelmäßig Updates zu neuen Büchern, Rabattaktionen und exklusive Hintergrundinfos zur Welt und zur

Entstehung der Geschichte. Du kannst mir natürlich auch jederzeit eine E-Mail schreiben, dann nehme ich Dich wieder von der Liste.

Schreib mir eine Nachricht an matt@mjdiaz.com

Ich freue mich über Meldungen und bemühe mich, schnell zu antworten.

Der Autor

Matthias mag Geschichte und alte Sagen. Er versucht sich an Erzählungen, in denen eine legendäre Welt, in der die Dinge eine höhere Bedeutung haben, auch für Menschen unserer Zeit erfahrbar wird. Drei Dinge sind schuld daran, dass er schreiben muss: J.R.R. Tolkiens Silmarillion, Terry Pratchetts Scheibenwelt und die Musik von Amorphis.

Er hat mal Europastudien und Konfliktforschung studiert und würde vielleicht historische Romane schreiben, doch dann müsste er recherchieren und sich an Fakten halten und das überlässt er lieber Wissenschaftlern. Manchmal schreibt er auch Kurzgeschichten oder Profile über sich selbst in der dritten Person.

Anhang

Handelnde Personen

(in der Reihenfolge ihres Auftretens)

Kapitel 1- Verloren

Ein Waldschrat mit wenig Sinn für Gastfreundschaft
Ein wunderschöner **Schmetterling**
Eine unfreundliche **Amsel**

Kapitel 2- Legenden

Hergis, ein Held aus alter Zeit, von dem nun nur noch Knochen übrig sind (beziehungsweise waren)
Taja, eine weiße Wölfin, Führerin eines Rudels

Kapitel 5- Infiltration

Schwalbdorn, stummer Hauptmann der dritten Legion „Tertiari“, dessen Gesicht gelähmt ist, sodass er einen Übersetzer benötigt

Kapitel 6 –Versenkung

Rahid, Begleiter und Mentor Azeds

Kapitel 8 – Versteck

Azed Ibn Ali Ahal’kam bar Eherem Achama, ein ehrenhafter Händler

Shaku, neben Azed und Rahid der dritte im Bunde einer ehrenhaften Händlerbande

Kapitel 10- Substanz

Ibi, eine Art Onkel Azeds

Kapitel 11 – Begegnung

Gislin, junger Führer einer Gruppe gescheiterter Bernrot-Rekruten aus dem Umland

Kapitel 14 – Dummheit

Gabeah, angeblicher Vetter Azeds, abbademische Bezeichnung für Dummheit und jetzt auch für Palter Calgola

Kapitel 15 – Streichelzoo

Mudrik, ein anderer Name des blinden Onkel Ibi
Jonathan, Neffe Mudriks, als der sich Azed ausgibt ... es ist kompliziert
Tulmina, eine Dame in Onkel Ibis Geschäft
Zelini, eine weitere Dame

Kapitel 17 – Handel

Moroi, Tulmina, Gegenstand einer Gespenstergeschichte aus Merkesch
Verdara, Zelini, Gegenstand einer Gespenstergeschichte aus Ryamad
Al'amot, Händler erlesener (und teurer) Waren

Scherep, Anführer einer Wachtruppe an Al'amots Handelshaus

Kapitel 18 – Salau

Gasil, Tertiari-Wächters, den Azed bei Palters Befreiung wohl in den Fluss der Felsenklamm gestürzt hat

Bereits bekannte Personen

(alphabetisch)

Aurich, Herzog, Adliger aus Merkesch, der vor Generationen versuchte, in Ingwall eine Siedlung zu gründen und dort zusammen mit seinem Gefolge spurlos verschwand
Bernrot, Banditenführer in Ingwall, der sich den gerechten Zorn Merkeschs zugezogen hat
Bronzegas, legendärer Gründer und Erbauer Merkeschs und Erschaffer ihrer Gesetze
Brugnir, Besitzer einer Schmiede in Merkesch, Freund Palters und Olaikans
Gilbran, Frohlock, legendärer Chronist, Verfasser mehrerer Bände über die Geschichte der Welt, darunter „Schätze des Ingwall" und „Von der großen Stadt Merkesch"
Hergemuffe, ein alter Hausdiener in Palters Diensten
Herwan, treuer Gefolgsmann aus dem Hause Rabacus
Hobovese, Händler erlesener (und teurer) Waren (Betten, Morgenmäntel, Feigen)
Kapilar, ranghohes Mitglied in Merkeschs Peculari-Geheimdienst
Krillborg, Schüler des Bronzegas, bekannt vor allem für die Erschaffung mächtiger Waffen

Olaikan, langjähriger Kamerad Palters, der Bequemlichkeit für eine ansteckende Krankheit hält
Olrig, Jarl, Führer der Vargen, einem kriegerischen Volk von Seefahrern aus dem Norden
Rabacus, General, Kommandeur der dritten Legion „Tertiari“, die vor zwanzig Jahren in Ingwall spurlos verschwand
Strohmalm, General, ehemaliger Kommandeur der zweiten Legion „Vinx Tremens“, langjähriger Freund von Palter und Olaikan, kürzlich ermordet bei einem Anschlag
Theus, General, aktueller Kommandeur der zweiten Legion „Vinx Tremens“ und Oberkommandierender der Tharsis
Wolskin, alter Gefangener in einer Zelle der Peculari

Die Götter

(alphabetisch)

Azura, „Die Herrin“, Göttin der Liebe und des Mitgefühls
Gralmos, „Der Gesandte“, Oberster der Götter, wohnhaft auf den Berggipfeln des Riesengebirges, wo ihm Kondore als Boten und Beobachter dienen
Helgaslost, „Der Götterschmied“, Gott der geschaffenen Dinge und Patron des Hauses Grauwacke
Iasnin, „Die Jägerin“, Göttin der Wälder, der Tiere und der Jagd
Mergas, „Der Vertilger“, Gott des Krieges
Noluf, „Herr der Tiefe“, Gott der Meere und Gewässer
Rani, „Die Heilerin“, Göttin der Heilung, der Weisheit und der Nacht

Orte, Ausdrücke und Eigennamen
(alphabetisch)

Abbadema, weitgehend von Wüsten bedecktes Land im Westen, beherrscht vom Khan von Ryamad
A'belehz Sadarra, Abbademisch für „Schlucht der Verfluchten“
Batima Kah'minjada, Abbademisch für „Dein Blut von meinen Händen“; der Sprecher entledigt sich damit jeglicher Verantwortung für das weitere Schicksal des Adressaten
Belehz, abbademische Bezeichnung für verdorbene Dämonen, auch gut als Beleidigung geeignet
Darmukta, „Furchtlose“, Kriegervolk aus dem Norden der Welt, das sich in Merkeschs Diensten als Söldner verdingt und auch in Ingwall eingesetzt wird
Efrindir, abbademisches Kleidungsstück aus gewickelten Stoffbahnen
Elu a'chud, Abbademisch für „Hundesohn“
Gah'galom, abbademische Bezeichnung für ein bösartiges Geistwesen der mächtigeren Art
Halle, „Der Scheinende“, einer der beiden Monde (siehe: Lakon)
Haluzinarium, heute nicht mehr bekannte Art von Badehaus mit interessanten Nebeneffekten
Honiggelbes Ufer, Küstenstreifen nördlich der Schelek-Bucht
„Heldenparapraf“, eine Passage im Gesetz des Kanos, die es Fremden mit herausragenden Verdiensten um das Wohl und die Sicherheit der Stadt (und erheblichen Mengen Gold) ermöglicht, mit der Unterstützung eines Bürgen das Bürgerrecht von Merkesch zu erhalten

Holum-Kraut, berauschendes Rauchwerk, in Abbadema weit verbreitet

Isringar, Bezeichnung für einen gutartigen Waldgeist

Kafir, abbademische Bezeichnung für Fremde, keineswegs freundlich gemeint

Kalabat, Bernrots Rückzugsort in Ingwall

Kanos, zentrales Gesetzeswerk der Stadt Merkesch, erschaffen von Bronzegas

Kazak, herabwürdigende Bezeichnung für Abbademer, mit deren Verwendung man seine Lebenserwartung deutlich verkürzt

Kelmen lohot'ihet, Abbademisch für „gern gegeben", Ausdruck der Gastfreundschaft

Konzil, Ratsversammlung mächtiger (sprich: reicher) Männer (Konsuln), höchstes Regierungsorgan Merkeschs

Lakon, „Der Finstere", der andere der beiden Monde (siehe: Halle)

Litris Pelasi, „herrlicher Lichtschein", mythische Bezeichnung für den Herrschaftsbereich Merkeschs und den Geltungsbereich ihrer Gesetze in Abgrenzung zur unzivilisierten Wildnis; außerdem inoffizielle Bezeichnung der im Aufbau befindlichen, fünften Legion der Tharsis

Ma'hatma hörtamitaufah, Abbademisch für „fünf Enten vor Mitternacht sind selten", wenn man nicht besonders genau hinhört; Ausdruck für überhaupt nichts

Mel'ahun, „Verdammt" auf Abbademisch

Nordblut, (Selbst)bezeichnung von Menschen ohne bräunlichen Hauteinschlag, die sich durch solche Dinge besser fühlen

Okori, Ureinwohner des Ingwall, von denen nicht viel bekannt ist

Palon Braset, der „Goldene Markt“; innerer, durch eigene Mauern von der Außenstadt abgetrennter Bereich Merkeschs, in dem sich der Palast des Petrarchen und die Häuser der mächtigsten Bewohner befinden
Peculari, Geheimdienst Merkeschs, bekannt für seine keineswegs zimperlichen Methoden
Petrarch, Bezeichnung für das Oberhaupt der Regierung Merkeschs, den Ersten des Konzils
Rah'wit, abbademische Bezeichnung für eine weitere Art von Geistwesen
Ryamad, Hauptstadt Abbademas
Salau, die „schlimmste Form des Unglücks“; eine Art Fluch, der über denjenigen kommt, der sich gegen das Land Ingwall verschuldet hat; Salau fordert den Ausstand mit Zinsen ein, bis es sich alles geholt hat, was dem Betroffenen wichtig und teuer ist
Ryamad, Hauptstadt Abbademas
Scheloch, Bezeichnung für die Unterwelt
Sha'hir, Abbademisch für „Bruder“
Shilab el'kadhi, abbademische Bezeichnung für die Okori
Schwurzeichen, abbademischer Brauch, durch eine Tätowierung einen wichtigen Schwur zu besiegeln
Shugan, Volk im Norden und Osten der Welt
Sovorim, Vargisch für „Schlafender“
Turle Lomos, „Nachtgeburt“, Legenden nach der erste Tag der Menschen außerhalb der Nebel der Urwelt
Ub'thawa aht laena, Abbademisch „Unberührbar unter Fluch“; der damit Belegte steht unter dem Schutz des Sprechers und seines gesamten Stammes
Uluru Patang, „Fluchdrachenplateau“, einzige Festung Merkeschs zwischen dem Gurdon im Osten und der alten Ingwallmauer im Westen

Umland, Bezeichnung für das nähere Reich Merkeschs zwischen den Vorstädten im Osten und dem Gurdon im Westen
Unhofbeeren, nicht zum Verzehr geeignet, dafür bewusstseinserweiternd
Vargen, kriegerische Volk von Seefahrern aus dem Norden
Vorstädte, Kreis wilder Siedlungen rund um die Außenmauer Merkeschs, durchzogen von wenigen großen Ausfallstraßen
Wolfshecke, Ort einer siegreichen Schlacht der Tharsis, eingenommen durch eine angebliche Heldentat Palter Calgolas, zu der verschiedene Berichte von hohem kreativem Eigenleben existieren
Zhalandi, schnelles und wendiges abbademisches Kriegsschiff mit dreieckigen Segeln

42905126R00275

Printed in Poland
by Amazon Fulfillment
Poland Sp. z o.o., Wrocław